石北 申光洙文學 研究

李起炫 著

圖書出版　寶庫社

책머리에

學問의 길은 참으로 끝이 없다. 不惑의 나이에 들어선 뒤에야 學問의 세계를 조금 알 수 있었다. 갈수록 부족함을 느끼면서도 새로운 시작을 위하여 이 책을 낸다. 걸음마를 배우는 아기처럼 조심스러운 마음으로 學問의 세계에 첫 발을 내딛고자 한다.

이 책은 石北文學을 종합적으로 검토하기 위해 詩文學과 辭賦文學 및 散文文學으로 나누어 그 세계를 밝히고자 한 노력의 산물이다. 이를 위해 먼저 時代的 背景과 傳記的 背景 및 文學觀을 살폈다. 石北의 문학관은 性情之正과 聲音之和, 有補世敎, 情景相値와 天理流行, 詩有神境으로 압축된다.

詩文學의 세계는 그 主題領域을 크게 日常的 삶의 哀歡, 社會認識, 風流意識, 歷史認識, 思想的 趣向으로 나누어 考究한 바, 특히 自我와 世界에 대한 인식에 초점을 맞추었다. 이와 다른 시각에서 科詩와 樂府詩의 세계를 설정하여 <關山戎馬>와 <關西樂府>를 시토했다. 그것은 이 두 작품이 石北詩를 대표하며, 音樂과도 밀접한 관련을 맺고 있기 때문이다.

日常的 삶의 哀歡에서는 旅情을 통해 나타난 鄕愁와 思親 및 家族에 대한 그리움, 貧賤과 失意 등에서 온 삶의 苦惱와 葛藤, 農村生活과 安分知足을 형상한 작품을 살펴 보았다. 社會認識이 드러난 詩는 愛民意識을 바탕으로 형상되었는데, 여기서 民生의 慘狀과 桎梏뿐만 아니라, 理想的 牧民相과 社會相을 提示했으며, 知識人의 悲哀와 苦惱를 드러내기도 했다. 風流意識은 賞自然, 竹社老人會, 演戲와 藝人, 官邊의 風俗, 風情과 그 戲化 등을 통해 표출되었고, 歷史認識은 孝宗 및 端宗과 관련된 역사적 사건, 그리고 三綱五倫을 形象한 시를 통해 표출되었다.

石北의 思想的 趣向은 佛家的 思惟, 道家的 思惟, 神仙思想과 仙界憧憬을 통해 나타나고 있다. 現世志向의 儒教社會에서 발생한 좌절은 갈등을 동반하는 바, 佛教나 道教에 대한 思想的 趣向을 통해 갈등을 抒情하고 극복하려는 일면을 보였다. 특히 隱遁 속에서도 隱逸文學을 낳을 수 있는 바, 그것은 觀念 속에서는 얼마든지 招世的 隱逸을 追求할 수 있기 때문에 나타난 현상이다. 현실에서 빚어진 구속과 억압, 좌절과 갈등 등을 道家的 思惟를 통해 극복하려고 한 바, 그 양상은 경제적 기반이 튼튼한 士大夫들과 다르다. 神仙思想을 다루면서 仙語의 心象과 그 詩的 機能도 함께 탐구했다. 仙語는 상상력의 세계를 창조할 뿐만 아니라, 인간존재가 지닌 본연의 정서 등을 표출하는데에 효과적으로 활용되기도 했다. 神仙에 대한 憧憬이나 仙趣는 불완전하고 모순에 가득찬 현실적 桎梏으로부터 벗어나려는 욕망과 관련 깊다.

<關山戎馬>는 科詩改革의 대표적 작품이며, 石北 당대부터 최근까지 널리 愛唱되었다는 데에 그 가치와 의의가 크다. <關西樂府>는 教化論的 主題의 전개를 통해 民族的 情調와 律調를 잘 살린 작품이다. <關山戎馬>와 더불어 널리 사랑을 받은 바, 이 두 작품은 中國에서도 불리워졌다. 漢詩와 音樂의 만남은 이 두 작품으로 인하여 본격적으로 이루어졌다는 점에서 韓國漢詩史 上 그 가치와 의의가 크다고 하겠다.

辭賦文學인 <東招>와 <反招魂>은 宋玉의 <招魂>을 受容하여 韓國的 變移를 보인 작품이다. 죽음에 대한 인식과 巫俗的 思惟, 그리고 죽음의 仙的 昇華와 死後世界에 대한 인식 등을 드러내고 있다.

散文文學의 세계는 傳記文學, 書事文學, 駢儷文 등을 통해 검토했다. 傳記文學의 傳統性과 그 文藝的 變移에 초점을 맞춰 살핀 바, 적지 않은 변모가 나타나고 있음을 볼 수 있었다. 奇異追求와 興味追求가 전면에 浮刻되면서 文藝性은 크게 향상되었지만, 規範意識과 銘頌意識 및 褒貶意識이 크게 약화되었고, 諷刺意識과 批判意識이 상대적으로 강화되어 文藝性의 변화를 招來했다. 書事文學 등은 傳記文學과 親緣關係에 있기 때문에 서로 넘나드는 一面이 있다. 여기에서 人才登用에 대한 비판, 忠孝思想과 天道思想 등이 나타남을 볼 수 있었다. 騈儷文에서는 蘇東坡의 <赤壁賦>의 受容樣相을 엿볼 수 있었으며, 江上風流와 歸田 및 隱居生活의 面貌를 살필 수 있었다.

이 책은 여러 恩師님들의 가르침과 보살핌, 그리고 가족의 헌신적인 도움으로 세상에 나오게 되었다. 李鐘殷선생님께 깊이 감사드린다. 스승의 각별한 일깨움이 없었더라면 아직도 迷路에서 헤매고 있을 것이다. 부족한 學位論文의 심사를 맡아 지도해 주신 李家源선생님, 朴魯埻선생님, 李鐘燦선생님, 金學主선생님께도 감사드린다. 그리고 늘 격려를 아끼지 않으셨던 崔來沃선생님과, 이 연구에 많은 관심과 도움을 주신 여러분에게도 감사드린다.

이 조그만 작업으로 石北의 문학세계가 보다 총체적으로 밝혀지고, 그리하여 조선후기 漢文學을 이해하는 데에 조금이라도 도움이 될 수 있기를 기대한다. 이 책에서는 學位論文에서 미처 다듬지 못한 곳을 부분적으로 손질하고 바로잡았다. 그러나 부족한 공부에 적지 않은 잘못이 아직도 많을 것이다. 거리낌 없는 叱正을 바란다. 끝으로 많은 어려움에도 불구하고 기꺼이 출판해 준 김홍국사장님, 이 책을 내기까지 지대한 관심을 표명한 石北의 후손 申弘淳님께도 감사드린다.

어머니의 사랑은 참으로 그지없다. 멀리 떠나신 아버님, 형님, 누님께 삼가 이 책을 바친다.

1996년 9월 3일

저자 씀

【目　次】

6

I. 序 論

이 책은 石北 申光洙(1712-1775)의 文學世界를 總體的으로 밝힘을 目的으로 한다. 이를 위해 詩文學과 辭賦文學 및 散文文學으로 나누어 그 世界를 考究할 것이다. 이는 石北文學의 背景이 되는 時代的 背景과 傳記的 背景 및 文學觀을 바탕으로 하여 進行될 것이다. 이러한 작업은 朝鮮後期 漢文學의 世界를 파악하는 데에 도움이 될 것으로 생각한다.

英正朝를 前後한 朝鮮後期는 朱子學의 시대에서 實學의 시대로 移行되고 있었다. 이러한 思想的 흐름 속에서 당시 文壇의 主流를 형성했던 異質的인 두 文人群이 있었다. 朱子學的 秩序 아래 官僚層을 대표하여 文衡을 잡고 文壇을 主導한 官僚文人群이 그 하나이며, 朱子學的 秩序를 批判하면서 出發한 實學者文人群이 다른 하나이다. 이 두 潮流 사이의 橋梁的 구실을 하면서도 實學派에 接近한 이들이 石北을 중심으로 한 일계이다.

朝鮮後期는 思想의 開放性과 함께 民族主體性을 확고히 하고자 한 시기로 文化藝術 全般에 폭넓은 변화가 있었다. 實學思想의 展開, 庶民意識의 擡頭, 民衆藝術追求, 散文精神의 反影, 朝鮮風·朝鮮詩의 强調, 새로운 詩意識과 詩經論, 多樣한 文學論의 展開, 樂府의 盛行, 委巷文學의 全面的 登場 등이 있었다. 이러한 一連의 변화는 우리의 歷史, 地理, 風俗, 現實 등을 새로운 方法과 態度로 노래하지 않을 수 없게 했다. 그리하여 寫實的 詩風과 民謠趣向性, 自由로운 表現方式과 敍事性 등이 보다 追求되었다.

寫實的 詩風은 觀念的인 道나 技巧의 浮刻보다는 具體的 描寫를 통해 繪畵性까지도 강조했고, 時代相의 反影을 중시했다. 民謠趣向性은 朝鮮詩·朝鮮風

10

의 자각과 강조, 時調의 漢譯, 《詩經》 國風觀의 중시에서 온 朝鮮的 詩語의
창조, 詩經論의 변화 등의 諸要因을 배경으로 하여 나타나 開放性을 지향했
다. 자유로운 表現形式과 敍事性은 近體詩보다는 長短句를 사용하는 古體詩와
樂府詩에서 주로 채택했다. 특히 樂府詩로도 볼 수 있는 長篇古體詩가 많이
지어졌다. 表現方式의 樣相으로는 方言, 訓借, 音借한 詩語의 사용, 口語體와
反復語의 빈번한 사용, 詩行과 字數 및 押韻의 自由化 등이 나타났다. 이러
한 경향 중 일부가 잘 반영된 작품이 <金馬別歌>와 <關西樂府> 등의 樂府
詩이다.

石北은 內的으로 당시 實學派, 곧 磻溪·星湖 一系의 傳統的인 心血을 繼承
하고, 外的으로는 中國 杜甫의 文學思想을 받아들여 寫實的 작품을 낳았다.[1]
그의 작품에 實學的 眼目이나 批判意識, 그리고 憂國衷情 등이 적지 않게 나
타난 것은 이 때문이기도 하다. 그는 沒落한 전형적인 南人이었다. 그러므로
그의 시에는 自憐自哀의 서글픔을 노래한 작품이 많다. 그 주된 이유는 무엇
보다 貧賤에 시달렸기 때문이다. 이로 인하여 客地生活을 많이 한 바, 이 또
한 그 이유 중의 하나이다. 그는 젊어서부터 詩名이 높았으나 懷才不遇의 詩
人이었다. 작품에 葛藤相이 풍부히 나타나고 있는 것은 이때문이다. 個人的
環境과 時代的 背景에서 발생한 詩人의 葛藤相은 다양하며, 그만큼 그 解消方
法도 다양하다고 하겠다. 그런데 '동양인에게 찾을 수 있는 특징 가운데 하나
는 현실에서 갈등을 경험하게 되었을 때, 이를 현실에서 극복하려 하기 보다
는 이를 초월하려 한다'[2]고 한다. 이러한 점에도 주목하고자 한다.

石北은 누구 못지 않은 風流詩人이었다. 그러면서도 儒者의 本分을 잊지
않으려고 노력했다. 不條理한 社會相을 批判하고 三綱五倫의 人倫을 形象한
것은 이에 다름 아니다. 그러나 그의 思想은 開放的이었다. 佛家나 道家의 思
惟에 침잠하기도 했다. 그만큼 石北文學은 다양한 樣相으로 펼쳐지고 있다.

---

1) 李家源, <石北文學硏究>, 《東方學志》(延世大學校, 1958), 196쪽.
2) 李鍾殷, <道敎思想의 現代的 意義>, 《韓國學論集》 第26輯(漢陽大學校 韓國學硏究所,
   1995), 11-12쪽.

石北은 主體的인 文學精神으로 詩文을 改革함에 이바지했다. 뿐만 아니라, 우리의 日常的 生活相과 風俗 및 世態 등을 寫實的 필치로 形象했다. 非現實的인 浪漫性이 없는 것은 아니나, 現實性을 바탕으로 하여 지은 寫實的 傾向의 작품이 많다. 또한 漢詩의 傳統的인 美學인 諧調나 整齊의 美에 구애됨이 없이 民謠辭說套의 詩語와 그 措辭方式을 대담하게 도입하기도 했다.3) 民謠風으로 지은 <金馬別歌>는 民間의 口語套를 살렸고, 萬口에 膾炙된 <關西樂府>는 民族의 聲音口氣와 一致된 작품이라는 점에서 古樂府와 다르다. <關西樂府>는 당대의 風俗을 寫實的으로 반영한 그의 대표작이다.

石北은 數百年 동안 내려온 科詩를 改革했다. 淫聲美色에 中毒된 形式爲主의 科詩에서 벗어나 文質彬彬의 작품을 지었다. 그리하여 絶妙하고 아름다운 科詩의 世界를 創出했다. 그의 科詩는 文藝性이 풍부하다. 후대에 준 영향은 ≪石北科詩集≫4)에서 보여준 바와 같으나, 무엇보다 <關山戎馬>가 <關西樂府>와 함께 唱으로 불리워 膾炙되었다는 데에 남다른 가치가 있다.

石北의 文學研究는 그의 著名度에 비해 상대적으로 많지 않다. 지금까지 石北文學에 대한 研究는 李家源, 尹敬洙, 李庚秀 등이 하였고, 筆者도 관심을 기울인 바 있다.5) 그러나 總體的이고 深度 있는 研究는 아직까지 滿足할 만

3) 李東歡, <朝鮮後期에 있어서 民謠趣向의 擡頭>, ≪韓國漢文學研究≫ 第3-4輯(韓國漢文學研究會, 1978-1979), 48-49쪽 참조.

4) 申光洙, ≪石北科詩集≫ 1冊(成大圖書館所藏).

5) 尹光鳳, <신광수론>, ≪韓國文學作家論≫(나손선생추모논총간행위원회, 1991)
   尹敬洙, <科詩改革과 西道唱 關山戎馬論>(上), ≪現代文學≫ 第25卷 第3號 通卷292(1979. 3).
   ───, <科詩改革과 西道唱 關山戎馬論>(下),≪現代文學≫ 第26卷 4號 通卷293(1979. 4)
   ───, <關山戎馬研究>(建國大學校 碩士學位論文, 1976).
   ───, <石北文學研究>, ≪陶南學報≫ 第5輯(陶南學會, 1982)
   ───, <石北詩研究>(成均館大學校 博士學位論文, 1983).
   ───, ≪石北詩研究≫(正法文化社, 1984).
   ───, <石北申光洙의 詩語>, ≪石齋趙演鉉博士華甲紀念論文集≫(石齋趙演鉉博士華甲紀 念論文集刊行會, 1980).

한 水準은 아니라고 하겠다.

　石北文學에 대한 最初의 硏究는 李家源의 <石北文學硏究>이다. 石北文學에 대한 資料가 비교적 잘 정리되어 있고, 文學世界를 전반적으로 다루려는 努力이 뚜렷하다. 石北의 生涯와 思想, 寫實的 作風, 行詩, 樂府, 艶體詩 등을 다루었다. 實學派와 古文派 사이에서 內的으로 實學派를 계승하고, 外的으로 杜甫의 영향을 받은 인물로 평가했다. 行詩의 改革性을 높이 평가했고, 樂府 가운데 <關西樂府>를 새로운 세계를 개척한 작품으로 높이 평가했다. 艶體詩에서는 關西遨遊와 白首風流를 다루었다. 이후 尹敬洙가 石北詩를 집중적으로 다루었고, 李庚秀와 筆者도 관심을 드러냈으며, 石北文學의 資料에 대한 소개 등6)도 있었다.

　本硏究는 韓國漢文學硏究會에서 石北의 逝去 200周年을 追慕하여 影印한 ≪崇文聯芳集≫ 속의 ≪石北文集≫을 중심자료로 활용하고자 한다.7) 비교적

―――, <申石北의 耽羅錄考>, ≪成大文學≫ 第23輯(成均館大學敎 國語國文學科,1984).

李家源, <石北文學硏究>, ≪東方學志≫ 第4輯(延世大學校, 1958).

―――, <石北申光洙와 關西樂府>, ≪韓國名人小傳≫(一志社, 1975).

―――, <玉溜山莊詩話>, ≪延世論叢≫ 第7輯(延大大學院, 1970).

李庚秀, <石北詩硏究>(서울대碩士學位論文, 1978).

李起炫, <關西樂府에 대한 一考察>(漢陽大學校 碩士學位論文, 1985).

―――, <石北 申光洙의 金馬別歌 硏究>, ≪韓國漢文學硏究≫ 第17輯(韓國漢文學會, 1994).

―――, <石北의 東招硏究>, ≪韓國學論集≫ 第28輯(漢陽大學校 韓國學硏究所, 1996).

―――, <石北의 反招魂硏究>, ≪한양어문연구≫ 제13집(한양대학교한양어문연구회,1995).

李炳基, <關山戎馬에 대하여>, ≪韓國言語文學≫ 17·18호(韓國言語文學會, 1979).

6) 石北文學을 紹介한 資料에는 ≪石北詩集·紫霞詩集≫(申石艸 譯, 大洋書籍, 1975), ≪여섯 사람의 옛시인≫(허경진, 청아출판사, 1982), ≪石北 光洙 詩選≫(허경진 엮음, 평민사,1993) 등이 있다.

7) 以下 ≪崇文聯芳集≫에 있는 ≪石北文集≫은 ≪文集≫으로 略稱한다.

정리가 잘 되어 있을 뿐만 아니라, 韓國漢文學硏究會에서 자료를 追加하고 整理한 것이기 때문이다. ≪崇文聯芳集≫은 石北의 四兄弟妹의 詩文集을 합한 것이다.

≪石北文集≫은 16권 8책으로 1권-10권은 詩, 11권-16권은 주로 散文이다. 詩는 약 1060題 1800餘首가 실려 있고, 散文은 11권-12권에 書, 13권에 書·疏·上樑文, 14권에 祭文, 15권에 序·碑陰記·傳·麗文, 16권에 雜著와 附錄이 실려 있다. 石北은 모든 文學方面에 뛰어나 樂府·行詩·古體詩·近體詩·辭賦·傳記文學 등을 남겼다.

文學作品을 硏究하는 方法은 다양하다고 할 수 있다. 그러나 가장 바람직한 것은 綜合主義的 觀點에서 작품에 접근하는 것이다. 하나의 文學作品을 중심으로 볼 때 作家와 世界 및 讀者를 設定할 수 있다. 作品이란 作家에 의해서 創作되며, 거기에는 作家의 價値觀이나 生活體驗이 반영된다. 또한 作家에 의해 創作된 作品은 언젠가는 讀者가 볼 것을 전제한다. 곧 文學作品이 讀者에게 影響을 미칠 수 있다는 것을 전제한다. 그러므로 하나의 作品은 다양한 視角에서 접근할 수 있다. 그러나 일반적으로 反影論, 表現論, 效用論, 客觀論으로 나누어 생각할 수 있다.

劉若愚는 에이브럼즈의 作品·藝術家·宇宙·聽衆이라는 네 범주 가운데 藝術家 대신 作家를, 聽衆 대신 讀者를 設定하여 再整理했다.[8] 그리하여 네 要素의 相互關係가 전체적인 藝術過程을 구성하는 네 단계로 어떻게 나타나는가를 보였다. 곧 作家의 創造的 過程과 讀者의 審美的 經驗뿐만 아니라, 무엇이 創造的 過程을 앞서고, 무엇이 審美的 過程을 따르는가에도 留念했다. 첫째 단계는 自然이 作家에게 影響을 준다. 둘째 단계는 作家가 이러한 反應을 벗어나서 한 作品을 創造한다. 셋째 단계는 作品이 讀者를 感動시킨다. 넷째 단계는 自然에 대한 讀者의 反應이 作品에 대한 그의 經驗에 의하여 修飾된다. 그리하여 모든 過程은 '自然→作家→作品→讀者→自然'과 같이 循環한다. 讀者

---

8) 劉若愚 著, 李章佑 譯, ≪中國文學의 理論≫(汎學圖書, 1978).

는 作品에 대한 반응에 의거하여 作家와 心的으로 交感하며, 作家의 自然에 대한 반응을 再捕捉할 수도 있으므로 循環은 동시에 거꾸로 돌아가기도 한다. 이 體系는 存在論的인 理論이 들어설 자리를 남기지 않았다고 생각할 지도 모른다. 그러나 作家나 讀者를 設定하지 않고 文學을 論議할 수는 없다는 점을 肯定한다면 그 사정은 다르다.

作者의 관점에서 보면 循環의 둘째 단계가 되며, 讀者의 관점에서 보면 셋째 단계가 된다. 이 體系는 文學作品의 직접적인 藝術的 效果와 가능한 殘存 效果 또는 長期에 걸친 實用的 結果 사이의 한 구분을 긋는 것을 가능케 한다. 文學의 審美的 效果는 셋째 단계에 속하며, 文學의 道義的·社會的·政治的 效果는 넷째 단계에 속한다. 이것은 實用的인 것에서 審美的인 것을 分離시키는 것이 바람직함을 보여준다.

本硏究는 1800餘首라는 시와 적지 않은 산문을 대상으로 하기 때문에 어느 하나의 方法만으로는 작품을 제대로 理解하기가 곤란하다. 그러므로 綜合的인 측면에서 石北文學에 접근할 것이나, 경우에 따라 적절한 방법 중 하나를 택할 것이다. 특히 自我와 世界를 당대 知識人의 한 사람으로서 어떻게 認識하고 있었는가에 보다 초점을 맞추고자 한다.

石北文學을 보다 效果的으로 理解하기 위해 먼저 時代的 背景과 傳記的 背景 및 文學觀의 考察이 要求된다. 詩文學의 世界는 主題領域으로 나누어 考究코자 하며, 辭賦文學은 두 作品을 대상으로 하여 그 世界에 접근하고자 한다. 散文文學은 漢文學의 樣式을 考慮하여 그 世界를 考究하되, 文藝的 傳統性이나 그 變移 및 主題 등에 초점을 맞추고자 한다.

詩文學의 世界는 그 主題領域을 日常的 삶의 哀歡, 社會認識, 風流意識, 歷史認識, 思想的 趣向으로 나누어 살필 것이다. 그러나 科詩와 樂府詩는 主題領域과 별도로 다루고자 한다. 그것은 科詩인 <關山戎馬>와 樂府詩인 <關西樂府>가 石北詩를 대표하고 있기 때문이다. 이 過程에서 文學觀의 反影樣相도 부분적으로 드러나리라 기대한다.

辭賦文學의 世界는 <東招>와 <反招魂>을 대상으로 죽음에 대한 認識과

巫俗的 思惟, 그리고 죽음의 仙的 昇華와 死後世界에 대한 認識 등을 考究할 것이다. 이는 韓國人의 死生觀 및 世界認識을 파악하는 데에 도움을 줄 것으로 생각한다.

散文文學은 傳記文學, 書事文學, 碑陰記, 騈儷文으로 나누어 檢討하기로 한다. 傳記文學인 <鄭烈婦傳>, <虎僧傳>, <劍僧傳>은 文學的 傳統性과 文藝的 變移에 초점을 맞추어 그 世界를 考究하고자 하며, 書事文學인 <書馬騎士事>와 <書狂奴子墓誌事>, 그리고 碑陰記는 文藝性과 主題樣相을 통해 그 世界를 살피고자 한다. 騈儷文은 세 편의 作品을 대상으로 하여 그 世界를 밝히고자 한다.

石北文學은 詩가 그 핵심이지만, 文에도 뛰어난 作品이 적지 않다. 本研究를 통해 石北文學의 多樣性과 그 世界의 多樣性이 밝혀지고, 朝鮮後期 世界觀과 社會相의 폭넓은 變貌 속에서 한 사람의 知識人이 世界를 어떻게 바라보고 어떻게 反應했는가를 살필 수 있을 것이다.

Ⅱ. 背景과 石北의 文學觀

1. 時代的 背景

朝鮮後期는 政治·經濟·思想 등 社會와 文化 全般에 걸쳐 폭넓은 變動이 일어난 시기로 反省과 自覺의 時代라고 할 수 있다. 民族의 受難을 극복코자 하는 움직임, 朋黨의 葛藤과 그 深化, 蕩平策의 實施, 商業資本의 形成, 身分秩序의 動搖, 道學의 지속적 強調와 그것이 지닌 空理空論를 배척한 實學思想 등이 나타났다. 壬辰倭亂과 丙子胡亂을 거치면서 朝鮮朝는 支配階級의 동요와 社會階級의 移動 등의 변화가 있었다. 지배계급 안에서 名目上의 신분과 달리 實生活은 피지배계급과 같은 沒落兩班이 생겨남으로써 階級構成의 내용에 변화가 일어났다. 이에 반하여 지배계급의 가장자리에 놓인 中人과 서얼, 그리고 農業을 주요 생산활동으로 했던 農民이 주요 구성원이 된 良民, 商工業 從事者 등의 성장으로 身分秩序가 동요하게 되었다.

兩班士大夫 중의 中小地主 가운데서 직접 생산활동에 나서야 했던 自營農民이 나타나게 되었다. 이에 따라 양반사대부의 美意識도 서서히 변화했다. 階級分解와 身分制의 동요에 따라 신분은 兩班이지만, 經濟的인 처지는 窮民에 속한 窮班이 생겨나고, 富를 축적한 中人과 良民 중에서 양반사대부의 風流를 즐기는 新興勢力이 생겨나기도 하였다. 농업기술의 발달과 노동집약적 생산방식에 따라 대규모 토지를 소유한 地主들에 의한 광작현상으로 富의 축

적이 이루어지기도 했다. 手工業生産이 증가하고 商業活動이 활발해졌다.

朝鮮後期는 朱子學의 矛盾이 深化된 시기였다. 主理와 主氣의 學說上의 是非와 政治上의 異見, 地方別의 對立 등이 격렬해져 마침내 東人과 西人으로 갈라지고, 그것이 다시 南人과 北人, 老論과 少論으로 나뉘어졌다. 특히 禮學을 숭상하는 경향이 짙어지면서 그 矛盾이 더욱 深化되었다. 지나친 形式重視와 空理空論 및 私利私慾에다 黨爭까지 겹쳐 朱子學의 末期的 현상이 나타났다. 朱子學의 矛盾이 深化되자 空理空論을 비판하고 實學이 나타났다. 原始儒敎인 孔孟의 眞意를 되찾아 經世致用·利用厚生·實事求是하려는 것이 實學이다. 그리하여 世界에 대한 認識이 크게 變貌했다. 現實的 삶의 중시, 人間本然의 感情에 대한 充實, 人間性의 肯定 등이 그러한 樣相들이다.

이러한 변화를 바탕으로 英正朝에는 文藝復興이 일어났다. 특히 藝術面에 있어서는 새로운 創作意識과 庶民들의 藝術이 出現하였는데, 文學에 있어서는 國文小說과 辭說時調 등이 성행하였고, 音樂에 있어서는 판소리 등이 나타났으며, 舞踊에 있어서는 탈춤과 꼭둑각시놀음 등이 성행하였다. 繪畵에 있어서는 實景山水畵와 民畵 등이 출현하여 韓國藝術史上 가장 다양한 樣相을 띠게 되었다. 그리하여 藝人들의 活動이 두드러지게 나타나기도 하였다.

16세기 退溪·栗谷에 의해 뿌리를 내려 朝鮮化의 경향을 띤 性理學은 17세기에 이르러 性理學者이자 政治家인 士大夫에 의하여 그 統治理念이 朝鮮社會에 실현되었다. 그 과정에서 學派·政派 사이에 黨爭이 벌어진 바, 그것은 각 朋黨의 學問的 差異와 그 實踐方法 내지는 志向의 差異에서 빚어졌다. 특히 栗谷의 이론은 宋時烈 등에 의해 계승되어 朝鮮末까지 儒學者들에게 크게 好評을 받았다. 이러한 人文哲學의 경향은 藝術方面에도 영향을 끼쳐 文學에서도 그러한 要素들이 나타났다.

朝鮮朝 士大夫들은 文·史·哲을 갖추어 素質에 따라 文勝한 文人, 理勝한 學人으로 性向을 달리 하기도 했다. 그러나 學問과 文章은 같은 뿌리에서 나온 것이라는 道文一致論을 文章論의 原則으로 삼았기 때문에, 기본적으로는 學者이면서 文人이었다. 道文一致論은 道와 文이 일치되어야 한다는 文學理論이

다. 兩者는 表裏의 관계로 그 한계는 모호하지만, 文章이란 道를 담는 그릇으로 파악되고, 性情을 표현하는 수단으로 인식되었다. 이러한 文學思潮는 조선의 立國體制가 治法은 물론 文體 역시 모범으로 삼았다고 하는 宋나라의 영향때문이다. 古文家는 文統論을, 道學家는 道統論을 고집하여 팽팽하게 대립하다가 性理學이 隆盛期를 맞아 道統論者가 主導權을 잡음으로써 文統論을 壓倒했다. 朝鮮後期는 文衡을 쥐고서 文壇을 主導했던 대표적 官僚文人들을 중심으로 변화를 거부했다. 그들은 朱子學의 절대적 권위 아래 安住하면서 전통적인 載道的 文學觀을 固守하면서 강조하기도 했다.

英祖 때의 文衡은 제1대 李縡로부터 20대 李徽之까지 중간에 재임용된 경우를 제외하면 20餘名인데 黨色別로 분류하면, 老論 14명에 少論 6명이다. 이는 英祖時代의 政治版圖를 단적으로 예시해 주고 있다. 비록 蕩平策을 標榜하였지만, 老論勢의 强化라는 기본구도 속에 蕩平策이 진행된 것으로 이해된다. 국가의 文化政策을 추진하는 핵심주체이고, 人才登用의 장치인 科學試驗을 主管하는 文衡이야말로 당시 權力을 떠받치는 주요 기둥이었다. 그러므로 이들의 人的 事項과 黨色이 政權의 推移와 밀접하게 관련되었다. 이에 沒落한 南人들의 葛藤은 더욱 增幅되기도 했다.

英祖時代의 政治史는 1724년 英祖가 卽位하여 1725년 '乙巳處分'으로 老論이 復權하였고, 1727년 '丁未換局'으로 少論政權이 다시 성립되었다. 1729년 '己酉處分'에 의해 비로소 蕩平이 시작되고, 緩論中心의 老·少論 연립구도가 1740년 大蕩平의 시기까지 少論優勢 속에 10여 년간 계속되다가 1741년 '辛酉大訓'으로 英祖 得意의 蕩平이 본궤도에 올랐다. 이때에는 南人 吳光運도 참여하는 등 본격적인 蕩平이 되지만 점차 老論優勢의 政局이 형성되었고, 1755년 乙亥之變으로 少論이 一網打盡되어 老論全權의 계기가 마련된 뒤, 1762년 思悼世子의 죽음으로 老·少論의 葛藤이 일단락되었다. 英祖時代가 老論과 少論의 蕩平構圖라고 하여도 결국 英祖의 蕩平策이란 老論의 全權契機를 마련해 주었다.

朝鮮後期에 國際的 秩序는 크게 변하여 淸나라가 世界의 중심이 되었다.

丙子胡亂의 치욕을 씻고자 孝宗은 北伐을 계획했으나, 그의 죽음으로 그 꿈은 挫折되었다. 春秋大義思想으로 武裝한 尤庵에 의해 北伐의 意志가 다시 불타 오르기도 했으나, 그것은 끝내 實現될 수 없었다. 그러나 復讐雪恥의 意志는 民族의 底邊으로 크게 擴散되어 尊明排清意識으로 나타난 바, 그것은 華夷論 을 배경으로 한 朝鮮中華主義의 표현이기도 했다.

作家는 당대의 時代相을 어떤 형식으로든지 作品에 반영하게 마련이다. 石 北은 그의 文學作品에 당대의 時代相을 고루 반영하고 있는 것으로 보인다. 다양한 文學觀, 沒落兩班의 悲哀와 葛藤, 身分秩序의 動搖相, 實學的 眼目에 의한 社會認識, 中世的 秩序의 強調, 生活理念과 人間性을 바탕으로 한 風流, 丙子胡亂의 遺恨에 따른 歷史認識 등을 문학작품에서 形象하고 있다. 특히 貧 賤과 制度의 矛盾에 따른 葛藤相은 그의 文學作品에 끊임없이 풍부하게 나타 나고 있다. 兩班士大夫가 직접 農事를 짓지 않을 수 없는 時代相, 沒落兩班의 窮乏한 社會相 등이 形象되었고, 商業에 종사하지 않을 수 없는 窮班의 悲哀, 그리고 實學的 眼目이나 현실적 不滿에서 싹튼 批判意識 등이 形象되기도 했 다. 賞自然, 藝人에 대한 관심, 官邊風俗 등에 나타난 風流意識도 現實的 삶의 중시나 人間性의 肯定 등과 無關하지 않다. 그리고 歷史認識에서 엿볼 수 있 는 尊明排清意識이나 忠孝烈의 強調도 당대의 時代相의 반영이다. 佛家的 思 惟나 道家的 思惟, 또는 神仙思想과 仙界憧憬 등은 思想의 開放性이나 不條理 한 현실에서 발생한 不滿이나 葛藤의 解消와 無關하지 않다.

2. 傳記的 背景

申光洙(1712-1775)의 字는 聖淵이며 號는 石北 또는 五嶽山人이다. 그는 檣 (1382-1433)의 次男이자 申叔舟의 仲兄인 申仲舟의 후손이다. 여기서는 石北 의 家系와 生涯, 文學的 性向과 評, 師友關係, 人品의 순서로 살피고자 한다.[1]

高靈 申世家는 文學으로 뛰어났다. 11世祖 檣은 文章筆翰으로 이름이 있었 다. 世宗朝에 벼슬이 集賢殿 大提學에 이르렀다. 10世祖 仲舟는 端宗遜國을 맞아 벼슬에 뜻이 없어 知淳昌郡事의 벼슬을 그만두고, 아우 末舟와 함께 全 羅道 淳昌에 살았는데, 隱士로 이름이 높았다. 6世祖 永源은 牧隱 李先生의 玄孫 參奉 允秀의 딸에게 장가들었다. 湖南을 떠나 비로소 韓山에서 살았다.

5世祖 湛(1519-1595)은 盧蘇齊 守愼 및 奇高峰 大升과 道義로써 벗이 되었 다. 壬辰亂을 당하여 倡義한 바, 穆陵朝의 名臣이었다. 그는 正言·持平·典籍· 掌令을 거쳐, 1571년 軍資監正으로 ≪明宗實錄≫ 편찬에 참여하였고, 그 뒤에 忠淸道 관찰사, 慶州府尹, 禮曹參判 등을 지냈다. 1592년 임진왜란 때 義兵 1 천여명을 모집하여 倭賊의 進擊을 막았다. 그 공로로 吏曹判書에 追贈되었다.

南人이었기 때문에 仁祖의 癸亥反正과 肅宗의 庚申大黜陟을 거치면서 몰락 하기 시작하였다. 曾祖父 濬은 道察訪을 지냈고, 祖父 泰濟는 進士로서 문학 과 덕행이 뛰어났다. 父公 澔는 僉知中樞府事를 지냈다. 성품이 峻潔하여 일 찍 과거를 폐했으나, 聰明하고 博洽하였으며, 史學에 밝았다. 淸刻自修하고 好 古樂善했다. 星山 李氏 通德郎 徽의 딸에게 장가들었다. 石北은 任辰年(1712) 음력 2월 3일 漢京 嘉會坊 宰洞 外家에서 澔의 장남으로 태어났다. 무릇 副學 公으로부터 四世 동안 京師에 世居하였으나, 父公 中年부터 다시 韓山에서 살 았다. 家勢가 점점 기울어 石北 13세 때 韓山으로 落鄕한 것으로 보인다.

石北은 資性이 뛰어나고 穎異하여 5세에 屬文한 바, 문득 사람을 놀라게

---

1) 申光洙의 傳記的 背景은 그의 文集에 있는 申光河의 <行狀>과, 아들 禹相과 虁相이 쓴 <年記>를 주로 참조했다. 특별한 경우를 제외하고 별도의 注를 달지 않기로 한다.

22

하였다. 筆畵은 飛動하여 사람들이 때때로 취하여 가지고 갔다고 한다. 6세에 丁先夫人 親喪에 슬퍼하고 그리워함이 마치 成人과 같았다. 13세에 繼母 李夫人을 섬김에 孝謹備至하니, 부인이 매우 편안해 하였다. 대개 5,6세로부터 刻苦하지 않고도 글을 읽었으며, 記覽하는 것을 좋아하였다. 長老가 故實을 考究하다가 혹 의심나는 것이 있을 때면 어린 나이로 곁에 앉아 있다가 문득, '모서 몇 권 몇 판에서 나왔습니다.'고 대답했다. 그 근거를 고찰하면 조금도 틀림이 없었다. 長老가 크게 경이롭게 생각했다.

弱冠에 湖南에서 놀아 남쪽의 인사들이 사귀기를 원하지 않음이 없었다. 吳達運·李彦根·蘇凝天 같은 이는 세상에서 三文章이라 칭했는데, 그들과 더불어 함께 닦거나 酬唱하여 이름을 호남에 떨쳤다. 그러므로 儒釋은 말할 것도 없이 文을 얻으려는 자가 서로 이었다. <大芚寺八相殿上樑文> 또한 세상에 膾炙되었다.[2] 弱冠에 仲弟 光淵과 더불어 古文辭에 힘써 작자로서 自負했다. 林川의 李直心은 문장이 매우 高簡한데, 한번은 石北의 詩文을 보더니 흔연히 웃으며 말하기를, "天才로다. 東方人이 아니로다."라고 했고, 菊圃 姜樸의 高下後進들은 石北詩에 미칠 수 없다고 여겼다.

辛酉年(1741) 30세에 金尙星榜下의 陞補試에 합격했고, 丙寅年(1746) 35세에 李鼎輔榜下의 漢城試에서 <關山戎馬>로 2등을 차지한 바, 그것이 歌詞에 올랐으며, 겨울에는 陞補試에서 壯元을 차지했다. <關山戎馬>는 行詩改革으로 유명한 작품으로 당시 平壤妓의 사랑을 받았으며, 최근까지 漢學者들이 愛唱했다.

庠序間에 노닐 적에 有司가 문득 그에게 굴복하였으니, 일시에 公車家의 體裁는 一變하여 陋習을 늘어 놓던 것에서 벗어났다. 이에 極南·極北·荒野·海島의 小民에 이르기까지 石北의 詩書를 외울 줄 알았고, 文詞를 배우는 자는 그의 詩賦 累十編을 쌓아 놓고 날마다 외우면서 그 이름을 들먹였으며, 그 얼

2) <年記>, ≪文集≫ 권16 장26. "先考以弱冠遊湖南 南之人士無不願交 如吳達運李彦根蘇凝天世稱三文章 而或與之同硏 或與之酬唱 而名震湖南 故無論儒釋乞文者相續 大芚寺八相殿上樑文亦爲世膾炙"

굴을 한번 보기를 원했다. 사방에서 游學之徒가 跋涉千里하여 門下者가 되었다. 한 마디 말을 이어 指授하면 簡略하고 悟解하여 法度로 삼지 않음이 없었다.

戊辰年(1748) 37세에 湖西의 覆試에서 上之下로 壯元을 차지했다. 庚午年(1750) 39세에 비로소 進士가 되었다. 사람들이 그에게 일러 말하기를, "그대의 문장이 너무 높으니 조금 낮추는 것이 어떠하오." 했더니, 石北은 웃으면서 말하길, "내가 문장을 다스림에 아직 이르지 못했소."라고 하면서 끝내 고치지 않았다.3) 京鄕을 합쳐 십여 차례 壯元을 하였으나, 46세 이후에는 아예 科場에 들어서지 않았다. 科擧를 포기하고 鄕里에 칩거하지 않을 수 없었던 이 무렵을 전후하여 經濟的 窮乏이 매우 심각했다. 빚과 세금에 쪼들리고 노복들은 분산되었으며, 가족들이 離散될 정도로 생활이 어려웠다.

庚辰年(1760) 49세에 關西에서 놀아 沸流江과 浿江 등의 諸勝을 관람하고, 辛巳年(1761)에 다시 浿江에 놀았는데, 李鼎輔의 낙점으로 겨울에 寧陵參奉에 제수되었다. 삼 년 동안 봉직하면서 ≪驪江錄≫을 지었다. 寧陵은 驪江에 임하여 山水가 絶佳하다. 날마다 한 두 벗과 더불어 甓寺 아래 배를 띄우고 지극히 酣嬉한 바, 唱酬詩가 매우 絶妙하였다. 언제나 말하기를, "내가 驪江에서 가장 得意하여 노닐었다. 시 또한 그러하다."고 했다.4)

癸未年(1763) 52세에 司甕奉事로 例遷되었다. 53세 甲申年(1764) 正月에 禁府都事로 耽羅에 奉使하였다. 罪人을 잡아들이라는 王命을 받들어 海南縣에 이르러 半日만에 제주에 들어갔다. 다음날 巡撫御史와 함께 先後로 출발하였는데, 夜半에 칠백 리 바다에 이르러 大風을 만났다. 商船 두 척이 앞에서 부딪혀 깨어졌다. 뱃사람들은 몹시 두려워서 울었으며, 同僚郎이 石北의 손을 잡고 痛哭하였으나, 얼굴 빛 하나 변하지 않고 서서히 말하기를, "두려워하지 마라. 죽고 사는 것은 命에 달려 있다. 그렇게 운다고 어찌하겠느냐."5)와 같

---

3) <行狀>, ≪文集≫ 권16 장19. "今上二十六年庚午 始擧進士 時年三十九 人謂之曰 子之
   文甚高 盍少降而取之 公笑曰 我治之未至也 卒不改已而益困"
4) <行狀>, ≪文集≫ 권16 장19. "五十始薦寧陵郎 寧陵故臨驪江 山水絶佳 日與一二友朋
   泛舟甓寺下 劇酣嬉有唱酬詩 詩多絶妙常曰 吾於驪江最得意游 詩亦然"
5) <行狀>, ≪文集≫ 권16 장19. "明日同巡撫御史 舟先後發 夜半到七百里洋 大風作 天墨

은 의연한 태도를 보였다. 濟州에 回泊하여 45일 동안 留館하며 ≪耽羅錄≫을 지었다. 날마다 同僚郞 및 書吏 朴壽喜와 더불어 歌詩를 지은 바, 人民·風土·山川·鳥獸·羈旅·困頓의 모습을 기록했다. 그리하여 ≪浮海錄≫, 곧 ≪耽羅錄≫이 세상에 나왔다. 四月에 繕工奉事가 되었다. 54세에 禮賓直長을 거쳐, 55세에는 六敎寧主簿가 되었다.

56세 丁亥年(1767) 봄에 父親喪을 당하여 향리로 돌아가 執喪하였다. 庚寅年(1770) 59세에 西部都事로 복직했으며, 辛卯年(1771) 가을 60세에 漣川縣監으로 부임했다.

61세 壬辰年(1772) 二月에 母夫人을 비롯한 여러 사람들의 强勸으로 耆老科에 나가 甲科第一에 뽑히었다. 當日로 唱榜하고 곧바로 堂上官에 올라 三日만에 右承旨가 되었다. 英祖는 御筆로 四皓閣 三字를 써 承政院에 걸게 했는데, 당시 耆榜四人이 모두 承宣이 되었기 때문이었다. 英祖는 文章士를 얻었음을 기뻐하며 三絃歸覲케 했다. 承旨에게는 일찍이 이러한 사례가 없었으므로, 英祖는 '萬古所無爲'라고 했다. 당시 英祖가 '旣給三絃 歸而榮親可也'라고한 것처럼 楊州樂은 임금의 特恩이었다. 三月에 敦寧都正에 제수되었다. 中國의 故事 '壯元給宅之例'에 따라 給宅奴婢를 내렸다. 石北은 第宅奴婢의 명을사양했으나, 영조는 批答을 내려 '내 뜻이 사사로운 것이 아니니 사양치 말고받으라'고 했다.

順天府使로 낙점되어 韓山에 이르렀을 때 罷職되었다. 당시 팔도 文守令이모두 도중에 서둘러 들어왔다. 그리하여 文臣에 들지도 못하자 英祖는 이를안타까워했다. 九月에 寧越府使로 제수되었다. 이때에 八路 郡縣 중에 文臣으로서 宰相이 된 자는 오직 石北 한 사람뿐이었다. 62세 癸巳年(1773) 十二月에 교체되어 돌아오기까지 廳釐를 설치하여 백성들의 아픔을 덮었으며, 鄕豪를 억눌렀다. 그러므로 鄕豪의 狡猾함이 輩語에 합세하여 文人은 본디부터 疎悍하다고 날로 訛傳되기도 했다. 石北은 善政을 베푸는 한편, 이곳에서 지극

色 水擊帆過十丈 舟旋 飄一踔 商舶二艘觸碎於前 舟人大恐啼 同僚郞執公手痛哭 公色不變徐曰 毋恐也 死生有命 哭奈何"

한 白首風流를 즐기기도 했다.

甲午年(1774) 63세에 蔡濟恭이 平壤監司로 부임하게 되어 <關西樂府> 108 曲을 지었다. 이 작품은 <關山戎馬>와 함께 關絃歌曲에 올라 中國에까지 알려져 그곳 關善亭에서도 불리워졌다. ≪高靈申氏世譜≫ 中의 '文章鳴震一世 關山戎馬關西樂府之作 登於關絃歌曲 中國關善亭 亦以公詩懸楣 華人稱之 東國 詩禮宗匠'은 이를 말한다.

64세 乙未年(1775) 二月에 右承旨에 제수되었다. 이때에 應製十韻律로 壯元을 차지했다. 英祖는 豹皮를 내렸고, 얼마되지 않아 또 비단을 내리는 등 특별한 관심을 보였다. 이 해 4월 26일 64세로 北山 寓舍에서 別世하였다.

石北을 포함한 申光淵(1715-1778), 申光河(1729-1795), 그리고 芙蓉堂 申氏(1732-1791)는 모두 뛰어난 詩人이었다. 夫人은 海南 尹氏인데, 禮曹參議 孤山先生 善道의 曾孫 成均進士 斗緖의 딸로 婉順하고 柔嘉하여 婦德을 지니고 있었으나, 石北보다 이십 년 앞선 丙子年에 세상을 떴다. 五男三女가 태어났으니, 長男 禹相은 文科 正言으로 出仕하여 督郵가 되었고, 그 다음 履相은 進士에 들었으며, 그 다음은 渭相·奭相·甫相이었다. 6家의 한 사람6)인 石北을 비롯한 三兄弟와 그의 後孫은 文名에 뛰어나 崇文八文章이란 美稱을 얻었다.7) 高靈 申氏世家는 石北에 이르러 크게 일어났으니, '英正 兩聖은 右文之朝이다. 우리집을 돌아보건대 또한 여기에서 성하였다.'8)는 이를 말함이다.

生涯에서 엿볼 수 있는 것처럼 石北은 오랫동안 懷才不遇의 詩人으로 지냈다. 그가 科擧에 及第하지 못한 것은 個性的인 文學觀때문이기도 하지만, 그 핵심적 이유는 黨爭때문이라고 하겠다. 英祖는 朋黨의 弊端을 是正하기 위해 蕩平策을 실시했다. 蕩平別詩에서 賦題를 '無黨無偏 王道平平 無偏無黨 王道 蕩蕩賦'9)라고 한 것은 그러한 의도였다. 그러나 派爭은 그 뿌리가 워낙 깊어

---

6) 尹敬洙는 <石北詩硏究>(成均館大學校 博士學位論文, 1983) 8쪽 注10)에서 六家로 '金正喜·申光洙·申維翰·申緯·李家煥·李用休'를 들었다.
7) 崇文八文章은 석북 삼형제와 아들 懶雲·蕉石 및 大麓 奭相, 孫 岱上 秉, 그리고 曾孫 槐蔭 英樂을 말한다. ≪崇文聯芳集≫(探求堂, 1975), 7쪽 참조.
8) 申觀休, <跋>, ≪文集≫. "英正兩聖右文之朝 顧吾家亦於斯爲盛"

蕩平策만으로는 근본적인 해결책이 될 수 없었다. 黨爭은 더욱 深化되어 英祖
末年에는 僻派와 時派로 갈라지기도 했다.

　石北이 科擧에 及第할 수가 없었던 또 하나의 이유는 科學試驗의 不正腐敗
때문이었다. 이것은 史書 등의 文獻이나 文學作品 등에도 보이는 바, 적지 않
은 사람들이 그 폐단을 지적했다. 이런 상황에서 그의 個性的 文學觀과 不合
於世의 올곧은 성격이 及第를 더욱 어렵게 만든 것으로 보인다. 그러므로 50
세에야 蔭補로 寧陵參奉에 제수되었다.

　南人인 石北家는 宦路가 막혀 이로 인해 더욱 詩作에 전념하게 되었다. 石
北은 實學의 영향으로 社會現實에 깊은 관심을 보였고, 世我矛盾에서 온 葛藤
相을 安分知足이나 神仙思想 등을 통해 극복하려고 했다. 寫實的 作風으로 民
謠趣向과 口語體를 살려 漢詩의 傳統的 格式과는 다른 作法을 보이기도 했다.

　詩는 오로지 少陵을 숭상하였지만, 王維와 孟浩然 등 諸家에도 출입하여
心에서 얻어 神에 모은 것은 性情之眞을 드러냈다. 그러므로 洪而憲과 睦幼選
등 諸人은 항상 石北의 詩는 高華·豪儁·淸麗·頓挫하다고 했다. '그 隨物賦形은
可能하나, 각각 그 妙함을 다함은 不可能하다. 隨物而妙는 오히려 可能하나,
그 逸處는 不可能하다[10]고 했으니, 近世의 巨匠[11]이란 평가를 받았던 것이
다. 丁範祖도 <石北遺集序>에서 文보다 詩를 높이 평가했다. 그는 시라는 것
은 하늘에서 부여받은 才, 사람에게 달려 있는 學과 識, 이 세 가지가 갖추어
진 뒤에야라야 이루어짐을 말한 뒤에, 石北과 어울리며 詩의 高下를 다투던 벗
들이 대개 3,4인이었으나, 才에 이르러선 '聖淵에게 미칠 수가 없다'고 했다.
또한 石北詩는 國風·離騷·漢魏로부터 아래로는 盛唐 諸名家에 이르기까지 깊
이 玩味한 바, 빼어남은 가슴 속에 가득 넘쳤다고 했을 뿐만 아니라, 雅俗을
구별하고 古近을 나누어서 오직 본보기로만 돌아갔다고 했다.[12] 石北은 天性

---

9) 李肯翊, 《燃藜室記述別集》 권9 官職典故 科擧三 登科摠目, 英宗 48년 8월.
10) <行狀>, 《文集》 권16 장24-25. "詩專尙少陵 出入王孟諸家 得於心而會於神者 發之以
　　性情之眞 故洪而憲睦幼選諸人 常以爲石北之詩其高華豪儁淸麗頓挫　可能也其隨物賦形
　　各極其妙不可能也 隨物而妙尙可能也 其逸處不可能也 盖知言也"
11) 張錫龍, <石北集序>, 《遊軒集》 권7 장21. "其詩 則專尙少陵 固可謂近世之巨匠也"

的으로 詩才가 뛰어난 시인이었지만, 자만하지 아니하고 刻苦의 노력 끝에 얻은 學識을 바탕으로 시를 지었다. 그러므로 그의 시에 대단히 많은 典故가 사용되고 있는 것으로 보인다.

丁範祖는 石北을 氣·格·采에 있어서 뛰어난 詩人으로 평가하기도 했다. 氣를 崇尙하는 자는 떠들썩하지 않음이 드물지만, 石北은 中聲으로써 調律하여 和雅하고 鴻豐한 기품을 드러냈고, 格을 崇尙하는 자는 拘束되지 않음이 드물지만, 石北은 天閑의 駿馬가 걷고 달림에 법도가 있는 것처럼 昻昻히 千里의 形勢가 있으며, 采를 崇尙하는 자는 繁華함이 많지 않음이 드물지만, 石北은 泰華의 연꽃 일만 봉오리가 출렁이는 것과 같아서 모두 다 眞色으로 향기가 일어난다 했다. 이러한 까닭에 그 詩聲이 호수에 있으면 호수에 가득하고, 서울에 있으면 서울에서 눈물을 흘릴 뿐만 아니라, 시 한 편이 나오면 서로의 입을 통해 海內에 두루 전해진다고 했다.[13] 이는 결국 石北이 氣와 格과 采가 조화된 文質이 彬彬한 시를 썼음을 의미한다고 하겠다.

弱冠에 아우 騎鹿 및 震澤과 더불어 古文을 힘써 공부했고, 항상 左丘明과 司馬子長의 文을 즐거이 읽었다.[14] 文章은 雄肆·峻潔하고 敍事는 簡要·奇奧한데, 그 骨格과 風神은 韓愈와 歐陽修에 가장 가깝다.[15] 石北의 文章은 '天機가

---

12) 丁範祖, <石北遺集序>, "乃爲之序曰 夫詩難言也 才受之天 學與識在人 三者備而後 詩 始成諸 與聖淵游而爭長詞盟者蓋三四公 而至於才 壹辭推謂 不可及聖淵 結髮治詩 自國 風離騷漢魏 下逮盛唐諸名家含咀 英粹洋溢胸腹 而其學蓄辨雅俗劑古近 壹歸之軌法 而其 識精 以是爲詩固至矣 而猶未也"

13) 丁範祖, 앞의 글. "尙氣者鮮不譟 而乃聖淵 則始微作燕音 而卒調之以中聲 和雅而鴻豐也 尙格者鮮不拘 而乃聖淵 則如天閑之駿步驟中規 而有昻昻千里之勢也 尙采者鮮不穠 而乃 聖淵 則如泰華之蓮萬葩旖旎 而渾是眞色生香也 以故其詩聲 在湖滿湖 在洛淚洛 一篇出 而口相傳遍海內也 詩至此可以已矣 而抑猶未也"

14) 張錫龍, 앞의 글, ≪遊軒集≫ 권7 장22. "弱冠與弟騎鹿震澤 公力攻古文 常喜讀左丘明司 馬子長之文"

15) <行狀>, ≪文集≫ 권16 장24. "蓋公之文雄肆峻潔 敍事簡要奇奧 然其骨格風神最近於韓 歐"

流動하여 조각으로 말미암지 아니하고, 순수함은 마치 金玉이 쇳덩어리와 옥덩어리로부터 나온 것과 같고, 俊逸함은 몹시 사나운 새가 높은 나무 위를 나는 것과 같다.'16)는 평가를 받기도 했다.

石北은 젊어서 苧亭 李德胄와 菊圃 姜樸을 스승과 선배로 삼고 門下에 출입하였다. 다음은 이같은 사실을 보여준다.

　제가 젊어서 뜬 기림이 있어 자못 先輩의 모임에 허락되었으니, 惠圃와 苧亭과 같은 여러 늙은이는 진실로 스승과 제자 사이로 지냈습니다. 그런데 苧亭은 평생 그리워한 바, 交遊가 한 세상에 가득했습니다. 李聖會와 가장 莫逆하여 서로 더불어 歌詩를 지었습니다. 개연히 옛날의 작자를 사모하고 의기가 펄펄 넘쳐 술에 취해 늘 嘉隆間에 王弇州와 李滄溟이 主盟이었음을 말했습니다. 海內에서 千古를 엿보고, 또한 文人이 뜻과 일을 얻어 서로 보며 한번 웃었을 따름입니다.17)

苧亭 李德胄는 숨은 文章家인데, 石北의 詩文을 한번 보고 "天才로다. 東方의 口氣가 없다."고 했으며, 姜菊圃는 당시에 이름을 드날렸지만, 스스로가 미치지 못한다고 여겼다.18) 石北이 布衣時節에 가깝게 交遊했던 시인은 蔡濟恭·李獻慶·李東運이었고, 晩年에는 洪翰輔·丁範祖·睦萬中 등이었다. 비록 窮達이 뒤섞일지라도 모두 聲氣가 相感하여 文章을 지은 바, 서로 唱酬하여 忘形에 기울어지고, 서로 함께 끌어당기니 거듭 古人의 풍도가 있었다. 性品이 술 마시는 것을 좋아하여 문득 조금 취하면 國風과 離騷를 외웠는데 楚聲이 많았다19)고 한다.

---

16) 張錫龍, 앞의 글, ≪遊軒集≫ 권7 장22. "大抵公之文章 天機流動 不由彫刻 純粹如金玉之出鑛璞 俊逸若鷙鳥之翔雲林"
17) 申光洙, <與法正>, ≪文集≫ 癸未(1763) 권11 장22-26. "僕少有浮譽 頗爲先輩期許 如惠圃苧亭諸老 固在師友間 而苧尤生平所慕交游滿一世 而與李聖會最莫逆 相與爲歌詩 嘅然慕古作者 意氣淋漓 酒酣每語嘉隆間王弇州李滄溟主盟 海內睥睨千古 亦文人得意事 相視一笑而已"
18) 張錫龍, 앞의 글, ≪遊軒集≫ 권7 장22. "苧亭李公德胄隱而文者也 一見公詩若文 曰天才也 非東方口氣 姜菊圃先生 時負盛名 少許可 及見公所著 自以爲不及"

蔡濟恭은 젊었을 적부터 菊圃 姜樸의 門下에 드나들면서 莫逆했던 사이였으며, 당시 南人으로서는 가장 큰 정치적 영향력을 지녔던 인물이었다. 그는 25세에 급제하여 官界에 진출했으므로 石北과 실제 交遊할 기회는 별반 갖지 못하였지만, 晩年까지 友誼는 敦篤하였다. 李獻慶은 大司諫까지 오른 인물이다. 布衣時節에 石北과 交遊하다가 蔡濟恭과 同年及第하여 官界에 진출했다. 丁範祖는 正祖 때에 吏曹參判, 刑曹參判을 거쳐 藝文館 大提學에 오른 文臣인데, 石北이 寧陵參奉으로 재직할 당시 驪江을 중심으로 詩會를 열어 깊이 사귄 인물이다. 그러므로 <石北遺集序>에서 驪江의 詩가 그 중 가장 奇絶했는데, 淋漓의 精神과 聲氣가 會融하여 하나가 되었으니, '내가 聖淵이 되고 聖淵이 내가 된 것을 알지 못했다'고 회억하기도 했다. 그는 茶山의 族父로서 茶山詩에 깊은 영향을 주었다. 睦萬中은 石北의 再從弟로 丁範祖와 더불어 驪江에서 함께 어울렸고, 後日 石北이 서울에서 官僚生活을 할 때 함께 唱酬하기도 했다. 辛酉迫害 때 大司諫으로 時派의 天主敎徒의 處刑에 앞장섰던 인물이었다. 李東運은 夭折하였고, 洪翰輔는 晩年까지 가까이 지냈다.

石北은 下層民이나 委巷人과도 交遊하였다. 聾啞丐者나 占術家 劉雲泰 및 劍舞妓 秋江月, 그리고 月溪樵客 丁峰 등과 관련된 시가 있으며, 毫生館 崔北에 대한 시도 있다. 특히 書吏 朴壽喜는 濟州道에서 留館하며 지낼 때 더불어 많은 시를 짓기도 했다. 이와 함께 奴婢에게 보낸 편지나 奴婢와 관련된 詩 등에서 따뜻한 人間愛를 엿볼 수 있다. 石北詩에서 下層民에 대한 憐憫意識은 이같은 人間愛의 發露라고 하겠다. 布衣로 關西에서 노닐 적에 關西伯 鄭翬良은 邸舍에서 한번 사귀기를 원했으나 石北은 끝내 사양했다. 여기서 벼슬이 높다고 하여 자신을 굽히지 않는 剛直한 一面을 엿볼 수 있다. 英祖가 집과 노비를 내렸으나, 모두 받지 않은 謙德兼介한 性品의 所有者였다. 이러한 性品이 不條理한 현실을 그냥 默過할 수 없게 한 것으로 보인다.

---

19) <行狀>, 《文集》 권16 장24. "少嘗與蔡尙書濟恭 李學士獻慶 李進士東運 爲布衣交 晩 與洪翰輔丁範祖睦萬中 游六七人者 雖窮達錯迕 要皆聲氣相感 爲文章 相唱酬 傾倒忘形 相與引重 有古人風 性愛酒飮 未嘗滿盃 輒微醺 誦國風離騷 多楚聲"

石北은 後進을 接引할 적엔 材氣의 高下를 살펴 그것을 즐거이 말했고, 조그마한 善이 있다고 할지라도 매우 칭찬했다. 지극한 孝誠과 溫柔敦厚한 성품은, '너의 兄은 나를 섬김에 오십 년을 하루같이 하였으나, 平居에 일찍이 그가 疾言하고 遽色함이 있음을 보지 못했다.'[20]라는 데서 단적으로 드러난다. 古人의 言行과 四方의 異聞을 들으면 반드시 그것을 陳說함에 그 말이 委曲하였고, 혹은 詩文을 지어 우연히 得意하면 문득 朗誦하기도 했다. 그 表裏가 洞澈하고 粹然함은 진실로 君子였다. 어렸을 적부터 무릇 草木昆蟲과 같은 微物을 保護함이 마치 그것이 다칠까 두려워하는 것처럼 했다. 仁愛之心은 天性 그대로였다. 오십 이후에는 神完而守하여 진실로 안으로 고요했고, 밖으로는 윤택했다. 冠帶를 바르게 하고 端拱히 몸을 세우니, 氣品은 嫺雅하고 秀逸했다.

天下의 좋은 책을 읽는 즐거움을 公相일지라도 바꾸기를 원하지 않은 讀書熱을 지니기도 했다. 항상 疾病이 많았으나 神思는 沈遠하였고, 거의 物與相忘하고자 했다. 두어 君子가 이르면 문득 술을 놓고 낮과 밤이 다하도록 古今의 經史를 劇談하였고, 神仙·佛·老·中國·外夷·山川·道里·物産·謠俗에 이르기까지 가까이 했다. 名園勝會에 즐거이 달려가 반드시 오래 머물러 酣暢하여 痛疾이 몸에 있음을 알지 못했다.

石北의 마음은 깊고도 넓었으며, 韻度는 순수하고 밝았다. 處己接物에는 坦蕩寬穆하여 境界를 만들지 않았고 모나지도 않았다. 곧은 性品은 任眞했고, 사람에게 믿음이 있었으며, 혹은 忠恕에 지나치기도 했다. 그러나 사람들에게 不可한 뜻이 있으면 반드시 正色을 하고 그것을 꺾었다. 言議는 항상 苟且하지 않았으며, 傲慢하기조차 했다. 利益을 좇는 것에는 문득 逡巡하여 물러나 양보했다. 石北의 인품은 襟抱沖曠, 韻度粹朗, 坦蕩寬穆, 不設畦畛, 不爲厓異, 直性任眞, 處人於信, 過於忠恕, 言議常不苟에 압축된다. 가난 속에서도 날마다 읊조리며 편안히 지냈다. '사람들이 知足함을 알지 못하는 것은 옳지 않느니라. 滿足함을 알면 욕되지 않을 것이다. 내가 평생 남보다 뛰어나지 못하지만,

---

20) <行狀>, ≪文集≫ 권16 장25. "太夫人嘗謂光河曰 女兄事吾 五十年如一日 平居未嘗見 其有疾言遽色 以我爲知言也"

知足함은 남에게 앞섰느니라.'21)고 스스로 自負한 데서도 엿볼 수 있는 바, 安分知足의 태도는 그의 文學을 한층 昇華시키는 구실을 한 것으로 보인다.

石北의 이러한 人品은 그의 文學觀이나 詩에 고스란히 반영되었다. 丁範祖는 '무릇 詩라는 것은 마음에서 우러나는 것이다. 그 마음의 굽음과 곧음, 두터움과 엷음, 맑음과 간특함이 모두 詩에 형상된다. 그윽히 바라보건대 聖淵은 人倫과 事物을 두터이 서술하였고, 오랜 벗에게는 매우 敦篤하여 車笠에 情誼로움을 잃지 않음이 있었다. 後進을 薦擧하고 寵愛함을 기뻐하여 한 마디 말의 工巧로움이 있어 문득 자랑하고 기렸으며, 사람이 많이 모인 자리에서도 일체의 利害得失을 말하는 것을 容納하지 않았다. 漠然하게 뜻을 행한 것이 아니니, 대개 그 마음 씀이 君子였던 것이다. 그러므로 그것을 드러내면 詩가 되는 것이니, 風調가 높고 넓어 崎嶇함과 齷齪함이 전혀 없다. 聖人이 ≪詩經≫ 삼백 편을 一言而蔽之하여 思亡邪라고 하였다. 이것으로써 聖淵은 거의 가깝다고 할 것이다.'22)라고 한 바, 石北의 人品이 그의 詩에 그대로 반영되었음을 알 수 있겠다. 張錫龍(1823-1906)이 ≪孟子≫의 <萬章下>의 구절 '頌其詩 讀其書 不知其人可乎 是以論其世'를 인용하고, 詩는 性情에서 나온 것이므로 詩의 道가 또한 어렵다23)고 하면서, 石北을 높이 평가한 것도 이에 다름 아니다.

---

21) <行狀>, ≪文集≫ 권16 장23. "轉右承旨 或曰 大夫人益老 家甚貧 盍陳疏乞郡養公 不肯曰 吾以親故得二邑 雖不久於官 亦嘗養矣 有子禹相見 任大同督郵 幸朝夕供無闕 吾不欲藉 吾親以求益也 顧語子弟曰 人不可以不知足 知足無辱 吾平生無能踰人 自謂知足先於人也"

22) 丁範祖, 앞의 글, "夫詩者心之發也 其心之回直厚薄淑慝 壹于詩而形焉 窃瞷聖淵惇叙倫物 尤篤故舊 有車笠不忘之誼 喜薦寵後進 有一言之工輒詡譽 稠坐不容口其 於一切利害得喪 漠然不以爲意 盖其心君子人也 故發之爲詩者 風調高曠 絶無崎嶇齷齪語 聖人以一言蔽三百篇 曰思亡邪 以是而蔽聖淵之殆庶幾哉"

23) 張錫龍, 앞의 글, ≪遊軒集≫ 권7 장21. "孟子曰 頌其詩 讀其書 不知其人可乎 是以論其世 盖詩出性情 而詩之道亦難矣"

3. 石北의 文學觀

朝鮮後期 文學思想은 朝鮮前期에 비해 다양하게 나타난다.[1] 朝鮮後期 詩論
도 前期처럼 載道論을 바탕으로 하고 있으나, 그 구체적 양상은 風敎論·性情
論·理氣論·妙悟論·天機論 등으로 나타난다. 風敎論은 載道論에 바탕을 둔 敎
化論的 詩觀으로, 이것은 朝鮮前期뿐만 아니라 後期까지 보편적으로 나타난
文學觀이다. 性情論 또한 載道論에 바탕을 둔 것으로 올바른 性情을 통한 詩
的 形象化를 강조하는 관점인데, 궁극적으로는 世敎에 보탬이 되어야 한다고
생각한다. 理氣論은 내용과 형식, 意趣와 格律, 精神과 技巧로 理氣를 파악하
는 것으로, 理가 主가 되고 氣는 從이 되는데, 詩에 있어서 精神的 活力을 중
시한다. 妙悟論은 以禪喩詩로 깨달음을 통한 神秘로운 精神的 境地를 강조하
며, 天機論은 꾸밈이 없는 眞率한 情緖의 表出을 중시한다. 이러한 문학관은

---

1) 이에 대한 論著나 編輯을 들면 다음과 같은 것들이 있다.

金南馨, ≪朝鮮後期 近畿實學派의 藝術論 硏究≫(高麗大學校博士學位論
文, 1988).

金相洪外, ≪韓國文學思想史≫(啓明文化社, 1991).

金興圭, ≪朝鮮後期의 詩經論과 詩意識≫(高大民族文化硏究所, 1982).

尹基洪, ≪朴趾源과 後期 四家의 文學思想 硏究≫(延世大學校博士學位論文,
1988).

李相鎭, ≪朝鮮後期 閭巷文學의 展開過程과 文藝意識≫(成均館大學校 博士
學位論文, 1991).

李種殷外, ≪韓國歷代詩話類編≫(亞細亞文化社, 1988).

任侑炅, ≪英祖朝 四家의 文學論 硏究≫(이화여자대학교 박사학위논문,
1991).

전형대外, ≪한국고전시학사≫(弘盛社, 1983).

鄭珉, ≪朝鮮後期古文論硏究≫(亞細亞文化社, 1989).

정대림, ≪한국고전문학비평의 이해≫(태학사, 1991).

鄭玉子, ≪朝鮮後期文學思想社≫(서울大學校出版部, 1990).

조규익, ≪朝鮮朝 詩文集 序·跋의 硏究≫(숭실대학교출판부, 1988).

趙東一, ≪韓國文學思想史試論≫(知識産業社, 1982).

儒家의 전통적인 效用論과 表現論에 귀속된다. 效用論에 적합한 作詩法은 直敍其實하여 立議論하는 鋪陳이고, 表現論에 입각한 作詩法은 繪象其影하여 述光景하는 影描이다.

石北의 文學觀은 대부분의 朝鮮朝 文人들이 그랬던 것처럼 效用論을 바탕으로 하고 있으나, 朝鮮後期 文人들에게서 쉽게 찾아볼 수 없는 특이한 점이 눈에 띈다. 여기서는 石北이 특히 강조했던 몇 가지를 살펴 보고자 한다. 이것은 그의 文學을 이해하는 데 도움이 될 것으로 여겨진다.

石北은 性情之正과 聲音之和를 통한 有補世敎, 情景相値와 天理流行, 詩有神境등을 강조했다. 참된 詩敎는 오로지 인위적 巧拙을 부질없이 노래할 것이 아니라, 반드시 性情의 올바름을 통한 聲音의 조화를 얻어 世敎에 도움이 되어야 한다고 했다. 또한 情景이 相値함에 自然의 神이 發動하여 읊조리는 것은 天理의 流行 가운데 하나라고 주장했다. <與法正書>나 <近藝雋選序> 등에서 이러한 점을 확인할 수 있다. 시를 小技로 여기지 않았을 뿐만 아니라, 특히 시에는 神境이 있어야 함을 말하기도 했다.

1) 性情之正과 聲音之和

시를 溫柔敦厚한 정서의 표현으로 보는 견해는 보편적인 것으로 性情의 올바름에서 나온 시가 인간의 情緖醇化에 이바지할 수 있다고 생각했다. 性情의 올바름을 얻어야 한다는 것은 두 가지 측면, 곧 作者와 讀者를 염두에 둔 말이다. 작자는 시를 통하여 人格이나 순화된 정서를 蘊蓄할 수 있고, 이것이 聲音의 調和를 얻어 시로 표현될 때, 그 시는 독자를 감화시켜 情緖醇化에 이바지 함으로써 世敎에 보탬이 된다. 문학을 통한 世敎나 治敎의 구현은 조선조 右文政策의 핵심이었다. 그러므로 이를 실천하기 위한 방법으로 가장 근본적인 것은 性情之正을 기르는 것이었다.

性情之正이 표출된 시는 인간의 情緖를 醇化하고, 인간의 心性을 陶冶하여,

궁극적으로는 社會敎化를 실현하고자 한다. 性情의 올바름을 얻어 聲音의 調和를 이룰 때 世敎에 보탬이 된다는 것은 결국 性情之正의 지향점이 風敎에 있음을 의미한다. 性情論과 風敎論이 서로 맞물려 있음을 알 수 있다. 石北이 丁範祖와 더불어 賞自然의 詩遊를 누리고 싶은 갈망을 담은 편지에 이러한 점이 잘 나타나 있다.

王元美가 이르기를, '子雲은 相如와 견주다가 미치지 못하자 壯夫는 할 짓이 아니라고 큰 소리쳤다.'고 하였으니, 그대는 子雲에게 속임을 당한 것입니다. 세상에서 '取靑媲白騈花麗葉'하는 晚唐의 무리가 진실로 小技인 것입니다. 만약 性情之正에서 나와 聲音之和를 얻는다면 世敎에 보탬이 있을 것이니, 어찌 ≪詩經≫ 300편과 古詩 19수뿐이겠습니까. 太史氏가 採錄할 만하고 先王들이 볼 만한 것이 이것입니다. 曹·劉·陶·謝와 盛唐의 李白·杜甫 諸公들이 어찌 오늘날의 학자와 다르겠으며, 만약 小技라 하여 唱酬를 폐한다면 朱子는 반드시 張敬夫와 더불어 南嶽에 가 노닐지 않았을 것입니다. 요컨대 朋友들이 모여 情景相值함에 自然의 神이 發動하여 吟咏하는 것은 역시 天理流行 중의 하나이니, 그 날씨에 맞추어 바람에 매미가 울고 비에 지렁이가 우는 것과 같습니다. 그대의 말씀은 어찌 이리도 구차합니까. 저도 역시 '士君子는 詩外에 일이 있다.'고 말하지는 않겠습니다마는, '그대가 莽宕한 시인으로 生涯를 마칠 것이다.'고 말하지도 않겠습니다.[2]

石北의 문학관이 포괄적으로 언급된 바, 여기서 주목되는 것은 시를 小技로 여기는 태도에 대한 비판, 性情之正과 聲音之和 및 世敎에 대한 강조, 天理流行의 중시 등이다. 특히 性情之正은 시로써 마음을 바르게 한다는 以詩正心과 관련이 깊고, 世敎는 시로써 세상을 바르게 한다는 以詩正世와 관련이

---

[2] 申光洙, <與法正>, ≪文集≫ 권11 장24-25. "從此不復開口論詩矣 雖然 足下引楊子雲雕蟲之語 似若薄不爲詩者 然王元美曰 子雲儗相如不至 乃大言壯夫不爲 足下被子雲欺爾 世之取靑媲白騈花麗葉 如晚唐之流 固小技矣 若夫出於性情之正 得其聲音之和 有裨世敎者 又豈非三百篇十九首之遺乎 太史之可以采 先王之可以觀是已 曹劉陶謝 盛唐李杜諸公 何渠不若今之學者乎 如以小技而廢酬唱 則朱子必不與張敬夫爲南嶽之游矣 要之朋友會合情景相値 自然神動發之吟咏 是亦天理流行中一事 風蟬雨蚓得其候則鳴耳 足下之言何爲此拘也 僕亦非不曰 士君子詩外有事 又非曰 足下以莽宕詩人畢此一生也"

깊다. 性情之正은 결국 世敎에 도움이 되어야 하므로, 以詩正心은 以詩正世에 보탬이 되어야 하는 것이 당연한 구결이다. 性情論과 風敎論이 서로 맞물려 있음을 알 수 있다.

石北은 시란 性情之正에서 나와 聲音之和를 얻을 때에 世敎에 보탬이 된다고 했다. 세교에 보탬이 되어야 한다는 시정신은 ≪詩經≫이 그 시원이 된다. 유학의 이념인 修己治人을 생활철학으로 했던 동양에서 중시되었던 것은 敎化論的 效用論이었다. ≪詩經≫은 오랜 세월에 걸쳐 시의식의 전범으로 여겨져 왔다. 그러나 ≪詩經≫에 대한 해석은 관점에 따라 다양하게 전개되어 왔다.3) 공자는 ≪詩經≫ 삼백 수를 '思無邪'로 압축했다.4) 생각함에 邪慝함이 없다는 것은 시인의 내면에 邪惡함이 없다는 의미이고, 그러한 시인의 시를 읽는 독자 또한 사특한 마음을 갖지 않게 된다는 의미이다.

예로부터 '그 나라에 들어가면 교육의 정도를 알 수 있는데, 그 사람됨이 溫柔敦厚하면 詩敎가 이루어진다.' 5)거나, '詩에서 興起되고, 禮에서 서고, 樂에서 이룬다.'6)거나, '關雎詩는 즐거우나 음란하지 않고, 애처로우나 마음을 상하게 하지 않는다.'7)고 하는 것들은 모두 溫柔敦厚한 시정신과 관련된다. 공자는 思無邪의 시정신을 통해 독자를 감화시키고, 그리하여 溫柔敦厚한 性情을 함양함으로써 세상을 敎化하려고 했다. 여기에 나타난 溫柔敦厚한 시정신은 강약을 달리 하면서 지속적으르 계승되었다.

宋代 朱子도 溫柔敦厚한 시를 강조했다. 그는 '溫柔敦厚한 것이 시의 敎化이다. 가령 편편마다 다 꾸짖고 나무라는 것이라면 사람이 어찌 溫柔敦厚해질 수 있겠는가.'8)라고 했다. 溫柔敦厚의 시정신은 중국이나 조선조 儒者들이 보

---

3) 金時俊, ≪毛詩硏究≫(瑞麟出版社, 1981).
　金興圭, ≪朝鮮後期 詩經論과 詩意識≫(高麗大學校民族文化硏究所, 1982).
　정대림, ≪한국 고전문학비평의 이해≫(태학사, 1991).
4) ≪論語≫, <爲政篇>. "詩三百 一言以蔽之曰 思無思"
5) ≪禮記≫, <經解篇>. "入其國 其敎可知也 其爲人也 溫柔敦厚 詩敎也"
6) ≪論語≫, <泰伯篇>. "興於詩 入於禮 成於樂"
7) ≪論語≫, <八佾篇>. "關雎 樂而不淫 哀而不傷"
8) ≪朱子語類≫ 권80 장1. "溫柔敦厚 詩之敎也 使篇篇詩譏刺 人安得溫柔敦厚"

36

편적으로 강조했던 시정신이다. 그런데 朱子의 시대에 이르러서 以詩正心的
性情之正은 보다 강조된다.

> 내가 생각하건대 이는 이 시를 노래한 이가 性情之正과 聲氣之和를 얻었음을
> 말한 것이다. 德이 雎鳩와 같아서 극진하면서도 분별이 있으니, 后妃의 性情之
> 正을 엿볼 수 있다. 간절히 생각하며 뒤척이다가 琴瑟·鍾鼓로 그 哀樂을 다했으
> 나, 모두 法度에 지나치지 아니하였으니, 또한 시인의 性情之正을 남김 없이 엿
> 볼 수 있다.9)

朱子는 《詩經》 國風 關雎詩에 대해 孔子가 말한 '樂而不淫 哀而不傷'을
연상하고는 性情之正과 聲氣之和를 얻었다고 논평했다. 石北은 <與法正>에서
性情之正과 聲音之和를 강조한 바 있다. 여기에서 미세한 차이가 발견되지만,
그것은 그렇게 중요한 의미를 지닌 것으로 생각되지 않는다. 朱子는 性은 하
늘이 사람에게 부여한 心의 본체로서 純善한 것이며, 情은 性이 사물에 감응
하여 일어나는 것으로 보았다. 이 情은 善할 수도 惡할 수도 있다. 後天的 氣
品과 外物의 작용에 따라 인간은 惡해질 수도 있기 때문에, 性情之正을 길러
本然之性의 純善에 돌아가야 한다고 했다. 인용문에 이어서 '배우는 자가 그
詞에 임하여 理致를 살핌으로써 마음을 기르면, 또한 시를 배우는 근본을 얻
는다.'고 말한 것은 存心養性의 기능을 강조한 것이다. 일찍이 《孟子》 <盡
心上>에서는 "存其心養其性 所以事天也"라 했고, 《中庸》 제1장에서는 "天命
之謂性 率性之謂道 修道之謂敎"라고 하여 存心養性을 강조한 바 있다. 朱子는
理氣哲學의 관점에서 시에 접근하고 있음을 볼 수 있다. 石北 또한 이러한 사
유가 전혀 없다고는 할 수 없겠으나, 性理學者가 아니라는 점에서 理氣哲學과

---

9) 《詩傳大全》 권1 장9-10. "孔子曰 關雎 樂而不淫 哀而不傷 愚謂此言 爲此詩者 得其性情
  之正 聲氣之和也 蓋德如雎鳩 摯而有別 則后妃性情之正 固可以見其一端矣 至於寤寐反
  側 琴瑟鍾鼓 極其哀樂 而皆不過其則焉 則詩人性情之正 又可以見其全體也 獨其聲氣之
  和 有不可得而聞者 雖若可恨 然學者姑卽其詞 而玩其理以養心焉 則亦可以得學詩之本
  矣"

는 거리가 멀다고 할 것이다. 朱子가 시를 存心養成의 도구로 여기는 성향이 보다 강하다면, 石北은 시의 독립성을 보다 긍정하는 쪽이라고 하겠다. 이러한 차이때문에 石北이 말한 天理流行은 단순히 道學的 사유로만 해석할 수 없는 소지가 있다. 그러나 石北이나 朱子나 모두 自然을 벗삼아 咏月吟風함으로써 性情之正을 기를 수 있다는 생각에는 본질적으로 차이가 없다고 하겠다.

朱子에 이르러 크게 강조된 이른바, '무릇 시에 표현되어 있는 언어 가운데, 善한 것은 사람의 착한 마음을 감발하게 해줄 수 있고, 惡한 것은 사람의 放逸한 뜻을 징계해 줄 수 있는 것이어서, 그 쓰임은 사람으로 하여금 情性의 올바름을 얻는데 귀착될 뿐이다.'10)와 같은 주장은 조선조 유자들에게 많은 영향을 주었다. 朱子의 性情之正에 대한 강조는 결국 性情美學을 크게 부각시켰다. 性情美學은 周子와 二程, 그리고 朱子에서 출발했던 것이니, 이들은 대개 사회보다는 自然에서 存性하고 硏學하는 것을 중시했다. 山水間에 은거하여 性理學에 전념하였으므로, 性理學的 心性의 일단인 性情을 山水詩에 형상시켰다. 이는 魏晋南北朝의 浮華하고 情感的인 詩風과 晚唐의 질탕한 抒情의 放逸을 止揚해야 한다는 文學史的인 반성과도 관계가 있고, 晚唐에 이은 반세기에 걸친 五代의 혼란을 극복한 宋朝에 대한 긍지도 작용했을 것이다. 石北이 '取靑媲白騈花儷葉' 하는 晚唐의 무리가 진실로 小技라고 한 것은 이러한 사유가 부분적으로 작용한 것이다.

시가 小技로 전락한 까닭은 '取靑媲白騈花儷葉'를 취하는 만당의 무리와 같은 文人들이 있기 때문이다. '取靑媲白'은 柳宗元의 <讀韓愈所著毛穎傳後題>에 있는 말로써 詩文을 지을 때 오직 아름다운 字句만을 배열하는 것을 뜻한다. '騈花儷葉' 또한 같은 의미로 쓰이고 있다. 晚唐의 시는 美辭麗句에 지나치게 집착할 뿐만 아니라, 질탕한 서정으로 인하여 性情之正을 잃었다고 본 것이다. 淫聲美色의 중독이 깊었던 것이다. 그러므로 石北이 小技로 여기고 있는 것은 性情의 올바름에 의거하지 않은 시일 뿐이다. 질탕한 抒情의 표출

10) ≪論語集註大全≫, <經書>(成均館大學校 大同文化硏究院 影印), 76쪽. "凡詩之言 善者 可以感發人之善心 惡者 可以懲創人之逸志 其用歸於使人得其情性之正而已"

이나 지나친 美辭麗句의 사용은 詞理醇正의 시정신에 어긋날 뿐만 아니라, 中節을 잃은 것이다. 聲音之和가 강조될 수밖에 없는 까닭이 여기에 있다. 시가 小技가 아니라는 근거로 朱子가 南嶽에서 張敬夫와 더불어 노닌 예를 들었다. 自然을 벗삼아 시를 짓는 것은 鳶飛魚躍의 活潑性 속에서 性情之正을 기르는 수단이었다. 性理學의 空理空論에 반발하여 實學이 나타났지만, 그러나 아직도 性理學的 觀念이 팽배했던 시대였고, 朱子를 절대시했던 시대였다. 그러므로 性理學者가 아니라도 性理學的 思惟에서 완전히 벗어나지 못했던 시대였다. 石北이,

聞道東遊昨始廻　　　　　동유타가 어제야 돌아왔다 들었나니
萬峰秋色送君哉　　　　　일만 봉 가을빛이 그대를 보냈구나.
文章本得山川助　　　　　문장이란 본시부터 산천이 도울지니
造化應隨筆墨來　　　　　조화가 마땅히 필묵 좇아 오리로다.
<聞朴仲涵師海東遊回有寄>(권9 장22-23)

라고 읊은 것은 이에 크게 벗어나지 않는다.

性情之正의 강조는 조선조 退溪와 栗谷 및 河西 등에 의해 계승되고 발전되면서 性情美學으로 확립된다. 이같은 詩風은 이미 ≪東文選≫ 序文에서 그 단서가 발견된다. 서거정은 '貫道之器'의 主題意識, '不文於文'의 形象意識을 제창했고, 또 '詞理醇正'과 '有補治敎'의 시들을 선발했다. 특히 詞理醇正은 抒情의 放逸을 경계했으며, 이점이 江湖를 道體로 관념하는 理念化를 초래했다. 山水의 觀念化는 外物認識과 관련이 있는 바, 玩物喪志와 移情蕩心에 접맥되는 以我觀物의 외물인식을 배척하고, 以物觀物·以理觀物의 反觀的 외물인식을 추구했다. 反觀은 目觀이나 心觀이 아닌 理觀으로 외물을 인식하는 以物觀物, 곧 物我一體·內外無間·無我之境·會心의 경지이다.11) 退溪는 자연을 매개로 하여 道義를 기뻐하고 心性을 기르는 즐거움을 주장했고, 栗谷은 '이 중에 講學

---

11) 李敏弘, ≪朝鮮中期 詩歌의 理念과 美意識≫(成均館大學校 出版部, 1993), 78-94쪽 참조.

도 하려니와 咏月吟風ㅎ리라'를 노래했던 것이니, 모두 性情之正을 기르기 위한 것이었다. 이들은 영월음풍을 통해 淸和를 펼쳐내어 가슴 속에 쌓인 찌꺼기를 씻어냄으로써 淸淨하고 和順하며 고매한 인품을 향유하려 했다. 不動의 정신적 경지를 맛보아야 하고, 義로움을 즐길 수 있어야 하며, 世俗의 모든 利欲에서 벗어나야 하고, 인간 내면의 더러운 것들을 깨끗이 씻어서 心性을 청결히 해야 했다. 남을 탓하거나 怨望하지 아니하고, 淫亂하거나 放蕩한 심정을 일으켜서는 안 된다고 생각했다. 人欲과 天理를 합치시켜 天人合一의 경지를 추구함으로써 聖賢을 본받고자 했다. 그러므로 河西는 '吟風弄月 가난길의 兩程의겨 傳授하니 光明ㅎ다 濂溪道統 正大ㅎ다 兩程道統 孔孟道統 分明ㅎ다'[12]라고 했다.

石北은 性情의 올바름에서 나와 聲音의 調和를 얻는다면 世敎에 보탬이 있을 것이니, 여기엔 ≪詩經≫ 300편과 古詩 19수뿐이 아니라고 했다. 太史氏가 採錄할 만하고 先王들이 볼 만한 것으로 오늘날에도 있다는 것이다. 그러나 그가 전범으로 생각하고 있는 것은 ≪詩經≫과 고시 19수 등의 古人之詩라고 하겠다. 여기서 고인지시는 性情之正과 聲音之和를 갖춘 시다. 그러므로 이것들은 질탕한 서정의 방일이나 淫聲美色의 中毒이 없어 風雅之道를 절로 지니게 된다.

제가 缶翁을 보지 못한 지가 십 년입니다. 금년에 翁께서 彦陽에서 임금의 명을 받고 都下로 들어와, 이른바 ≪夏雪巘陽錄≫이란 것을 보여 주면서 말하길, '夏는 우리 忠州의 산이며 巘은 곧 언양인데, 이것은 우리집과 관에서 얻은 것입니다.'라고 했습니다. 李夢瑞가 그 序文을 지었고, 그대가 그것을 이은 것입니다. 아아, 제가 옹을 따라 노닒이 일찍이 반 년뿐이었으나, 스스로 옹을 안다고 여겼습니다. 옹은 시에 있어 젊어서는 錢劉를 배웠고, 늙어서는 白香山을 좋아했습니다. 옹은 약관에 上第에 올라 氣銳와 才涌으로 風雅에 힘을 써서 古人을 좇았으니, 옹을 香山과 蘇州로 여길만 했습니다만, 아직도 저와 몽서를 알지

---

12) 丁益燮, <湖南歌壇을 背景으로 한 河西 金麟厚 硏究>, ≪河西 金麟厚의 思想과 文學≫ (河西紀念會, 1994), 256쪽 再引用.

못했다면, 누가 알아 찾겠습니까. 近世 詞人이 미칠 수 있는 바가 아닙니다. 또한 隱居 사십 년은 궁핍하고 굶주렸으나, 매우 애써 경작하여 어버이를 봉양하는 가운데서도, 시로 드러낸 것은 안분하면서 명을 기다렸고, 전혀 원망하거나 탓하는 말이 없으니, 곧 이것은 또한 忠臣과 孝子가 國風에서 얻는 것입니다. 제가 옹을 안 것은 참으로 몽서보다 먼저였습니다. 그러나 옹이 지금 또한 豊川으로 부임하니, 풍천은 바다를 질머진 極西로 고을은 외지나 訴訟은 간략하여 山水와 絲竹의 빼어남이 있습니다. 옹이 장차 綠浪紅欄之句를 지을 것이니 마치 白杭州와 같을 것이고, 장차 疾病流亡之句를 지을 것이니 韋蘇州와 같을 것입니다. 그대가 돌아옴에 또한 豊州錄이 마땅히 있을 것이니, 저와 몽서가 장차 그것으로써 韋와 白을 본받음이 있을 것입니다.[13]

이는 性情之正을 얻은 시가 감동을 주고 남을 敎化할 수 있음을 보인 것이다. 은거하여 사십 년 동안 窮乏하고 굶주렸으나 어버이를 받들면서 지은 시가 安分知足하고, 命을 기다렸으며, 남을 怨望하거나 탓하는 말이 없다고 평했다. 그것은 시인이 性情의 올바름을 안으로 온축하고 있었기 때문이고, 樂而不淫과 哀而不傷의 國風이 지닌 溫柔敦厚한 性情之正을 지니고 있었기 때문이다. 가난 속에서도 안분지족할 줄 알고, 인륜을 지키는 가운데 기다릴 줄도 아는 인내 등은 忠臣과 孝子가 五常을 갖추었음을 보인 것이고, 그것은 모두 온유돈후한 성정을 함양한 데서 나온 것이다. 성정의 올바름은 仁義禮智信의 五性을 통해 구현된다. 그렇다고 하여 士林派에게서 보이는 道學的 性情之正과는 그 양상이 다르다고 하지 않을 수 없다. 石北은 道學者가 아닌 詩人이었다.

---

13) 申光洙, <夏雪瀜陽錄序>, ≪文集≫ 권15 장2-3. "不佞不見缶翁十年矣 今年翁自彦陽承召入都下 示所謂夏雪瀜陽錄者曰 夏吾忠州山也 瀜卽彦陽也 此吾家與官所得也 李夢瑞爲之序 子其續之 噫不佞從翁游嘗半世已 自以爲知翁 翁於詩 少學錢劉 晚喜白香山 方翁之弱冠登上第 氣銳才涌 力攻風雅 若可以步趨古人 翁之爲香山與蘇州 未知不佞與夢瑞 孰得而要之 非近世詞人之所可及 抑其屛居四十年窮餓 亦甚力耕養親之餘 發於詩者 安分俟命 絶無怨尤之言 則此又忠臣孝子之得於國風者 不佞之知翁 固已先於夢瑞矣 然翁今又赴豊川 豊負海極西地僻訟簡 有山水絲竹之勝 翁將賦綠浪紅欄之句 如白杭州乎 將賦疾病流亡之句 如韋蘇州乎 於其歸又當有豊州錄 不佞與夢瑞 將有以卞其韋與白也"

石北은 儒家思想을 바탕으로 하면서도 道家思想이나 佛家思想을 아울러 수용하고 있었다. 그가 생각한 性情之正이란 사회적 존재로 사람이 살아가는 데에 반드시 필요한 道德的 倫理나 그 實踐과 관련이 깊다. 그가 추구한 性情之正이 도학적 사유가 전혀 없을 수는 없겠으나, 空理空論을 배격한 시대에 實學 쪽에 기운 것으로 볼 때, 여기서의 性情之正은 道學的 思惟라기보다는 倫理意識을 바탕으로 한 보편적인 것이라고 할 수 있다. 그러한 점에서 도학자들이 이야기하는 性情之正과는 거리가 있고, 그들의 美學과도 거리가 있다. 그러나 온유돈후함을 바탕으로 한 넓은 의미의 성정미학으로 볼 수는 있다.

性情之正은 物我一體가 될 때 길러질 수 있다. 현상계는 參差不齊이며, 그 속에는 善惡 상대적 세계도 있다. 그런데 이것들은 모두 理의 顯現이므로 理에도 선악이 있게 된다. 그러므로 顯現된 外物에는 淸濁이 있을 수밖에 없다. 性情美學에서 취하는 것은 외물에 깃든 理 중에서 긍정적인 분야만 취했다. 강호자연을 찾아 性情之正을 기르려는 것은 純善에 가까운 자연의 질서, 곧 天理에 순응함으로써 성현의 도를 치득코자 한 것이다. 도학자들이 물아일체를 추구하는 까닭이 여기에 있다. 農巖은 '以物觀物→以象觀物→以理觀象'의 과정으로 善觀物을 논리화한 바, 物의 외면인 形에 머물지 않고 그 裏面에 있는 象을 보고, 그 象 안에 숨겨진 理를 보아야 한다고 했다. 시인들은 山水를 만나면 物我一體의 경지를 추구하지만, 그렇다고 그 內的 意味가 다 같은 것은 아니다. 다만 溫柔敦厚한 性情을 기른다는 思惟만은 본질적으로 모두 共有했다고 하겠다.

이를 볼 때 石北이 생각한 詩의 本領은 어디까지나 성정의 올바름을 얻는 데 있다. 일차적으로 시인은 그 성정이 올바르지 않으면 안된다는 관점이다. 그 다음으로 중시되는 것은 聲音의 調和라고 하겠다. 그런데 성음의 조화를 이루었다고 할지라도 性情之正에서 나온 시가 아니면 참된 시가 될 수 없다. 그러므로 性情에 본령하지 않는 시는 古人之詩가 될 수 없다. 반면에 古人之詩는 性情之正에 바탕한 것이드로 風雅之道를 지녀 大雅를 떨칠 수 있다.

行詩는 우리나라의 科體이다. 國初에 卞季良이 처음 科擧制度를 정비하면서 各體의 시에도 入題·鋪頭·回題 등의 법이 있어서 선비를 뽑는 程式이 되어, 4백 년간 科擧를 業으로 삼는 자들이 이것만을 따르니, 어린이로부터 이것에 능하여 才士라고 불리우는 사람까지도 塗習하므로, 다시는 詩人이 性情을 배움에 있음을 알지 못하였다. 때문에 國朝 이래 비록 館閣의 大家라 할지라도 그 詩는 대개 千篇一套로 淺陋하여 우리나라의 시는 볼품없는 것이 되어 버렸다. 風氣가 국한된 바를 알지 못하고 또한 科體가 累習이 되어 버린 것에 말미암은 따름이었다. 그러나 그 體를 논하건대 또한 이에 妙함이 있다. 音節은 鏗鏘하고 意味는 新巧하며 模寫는 精工하며 裁製는 能하니 또한 어찌 쉽게 말할 수 있겠는가. 權君 聖直이 그 儕友 가운데서 辛未 이후부터 有名한 課詩者 삼십여 사람마다 각각 다섯 수 모두 일백오십오수를 성스럽게 모아 두었으니, 聲名이 있으나 더 불지 아니한 자는 雋續補一開卷을 얻기를 기다렸다. 마치 群玉之府에 오르는 것과 같았고, 波斯之市에 들어가는 것 같아서, 사람으로 하여금 아쩔하게 하여 應接할 겨를이 없게 하였으니, 언제 그렇게 성했던가. 어찌 이른바 사람은 좋은 말을 몰고, 가옥은 城을 이은 것이 아니겠는가. 그러나 子雲은 詞賦란 彫蟲小技이므로 壯夫가 할 짓이 아니라고 가볍게 여겼으니, 하물며 科體임에랴. 비록 工巧함이 세상에서 일컬어지는 바와 같다고 할지라도, 金哥와 李哥가 進士를 얻으려고 하는 것이니, 목적을 달성하기 위한 방편일 따름이므로 충분치 않다. 災木 때문에 어찌 諸君이 굽혀서 마음을 쓰려고 하는가. 나 또한 場屋에서 노닌 것이 삽십 년이다. 세상에서 시를 잘한다고 일컬어지는 사람도 中年에는 두려워하게 된다. 그러나 스스로 流俗에서 벗어나고자 하면, 古人의 시를 다스려야 한다. 그렇지만 만약 淫聲美色의 中毒이 깊다면, 결국 痼瘁을 익히게 되어 風雅之道를 얻을 수 없다. 그러므로 이름이 알려질수록 부끄러움은 더욱 커지나니, 退之가 말한 '大慙小慙'이 바로 이것이다. 諸君의 재주로써 그 나이에 힘써 두드리고 스스로 분발하여 저 功擧業者에게 나아가 이른바 古人의 시를 구한다면, 蔚然히 나라에서 一代가 울려 大雅를 떨칠 것이다. 그대는 여기에서 장차 弊弊함을 돌아봄이 있을 것이다. 그러나 많은 사람들은 淫俗之途에 힘쓴다. 王世貞은 '高麗人의 시는 내가 아직 그것이 무슨 법인지 알지 못하겠다고 했으며, 錢謙益은 '高麗人과 더불어 唱和하면 諸君은 高麗人이니, 이에 부끄럽지 않음이 없다'고 했다. 바라건대 聖直은 나의 말에서 그것을 찾도록 하라.14)

---

14) 申光洙, <近藝雋選序>, ≪文集≫ 권15 장3-4. "行詩者我國之科體也 國初卞春亭創科場 各體詩 亦有入題鋪頭回題等法 爲取士之程式 四百年爲擧業者不外是 塗習自童卯能於是 者號才士 不復知有詩人性情之學 故國朝以來 雖館閣鉅手 其詩大抵千篇一套淺陋 不足觀

우리나라의 科體인 행시를 통해 性情之正이 크게 훼손되고 있음을 지적하면서 風雅之道를 갖출 것을 강조하고 있다. 國初에 卞季良이 처음 科學制度를 정비하면서 만든 법이 선비를 뽑는 程式이 된 까닭에, 詩人이 性情을 배우는 것이 그 본령임을 알지 못하고 있다는 것이다. 國朝 이래 비록 館閣大家의 시까지 千篇一套로 淺陋하여 볼품없는 것이 되어 버린 것은 과시가 지닌 기교 위주의 폐단때문이다. 또한 淫聲美色에 중독되어 淫俗之途에 힘쓰므로 風雅之道를 잃을 수밖에 없다는 것이다. 그러므로 잘못된 流俗에서 벗어나고자 하면, 古人의 시를 다스려야 한다. 고인의 시는 性情之正과 聲音之和를 구비한 시이므로 風雅之道를 지녔다. 性情之正에서 나온 시가 반드시 聲音之和를 얻어야 하는 까닭도 여기에 있다. 性情之正을 얻었다고 할지라도 聲音之和를 얻지 못하면, 그것은 彫蟲篆刻의 小技로 전락하거나 淫聲美色에 중독될 우려가 많다.

올바른 性情을 얻은 다음에는 반드시 聲音의 調和를 이루어야 한다는 것은 시가 시다운 맛이 있어야 한다는 의미가 되겠다. 文質이 彬彬한 시는 내용과 형식이 절묘하게 조화될 때 나타날 수 있다. 性情之正이 내용적인 것이라면, 聲音之和는 형식적인 것이다. 내용과 형식이 절묘하게 조화될 때, 그것은 최상의 시가 되며, 보다 많은 감동을 준다. 性情之正은 溫柔敦厚와 통한다. 美辭麗句를 나열한 시는 溫柔敦厚한 性情之正이 없기 때문에 배척했다. 시를 小技로 여기는 태도는 전통적으로 載道的 문학관에서 기인하고 있다. 性理學者들

我國之詩 不惟風氣所局 亦由科體之爲累已 然自其體論之 亦有妙彦 音節鏗鏘 意味新巧
模寫之工 裁製之能 亦豈易言哉 權君聖直袞其儔友中 自辛未以後 有名課試者三十餘人
人各五首 合一百五十五首 有能聲而不與者 待得雋續補一開卷 如登群玉之府 入波斯之市
使人眩不暇應接 何其盛也 豈所謂人驕上垂家握連城者耶 然子雲薄詞賦爲彫蟲小技 壯夫
不爲 況科體乎 雖工如世所稱 金李得進士 則筌蹄耳不足 以災木何諸君之枉用心也 不佞
亦游場屋三十年 世所稱能詩者 中歲瞿 然欲自拔於流俗 治古人之詩 然如淫聲美色中毒深
結習痼卒 無得於風雅之道 故名益盛而愧益甚 退之所云 大慙小慙是也 以諸君之才乘其年
力鼓而自奮 移夫功學業者 求所謂古人之詩 則吾知蔚然一代鳴國家 而振大雅者 其將在斯
顧弊弊 然群鶩於淫俗之途乎 王世貞曰 高麗人詩 吾未知其何法 錢謙益曰 勿與高麗人唱
和 諸君高麗人也 不恥諸 願聖直以吾言告之"

은 道가 구현되지 않은 문을 小技로 치부했고, 질탕한 서정의 放逸을 경계했지만, 石北은 道의 具顯與否보다는 性情之正을 담지 않은 채 美辭麗句에 골몰한 문학을 小技로 파악하고 있다. 성리학자처럼 道體를 강조하지는 않았다.

石北이 性情之正과 聲音之和를 말한 것은 文質이 彬彬한 시를 염두에 둔 것이다. 文質이 彬彬한 것이 이상적이지만, 보다 중요한 것은 性情은 自然性에 부합되어야 한다15)는 점이다. 石北이 天理流行을 강조한 것은 性情의 自然性을 중시한 것이다. 眞情이 발현될 때 有補世敎의 敎化論的 效用性은 보다 커지기 때문이다.

2) 有補世敎의 效用論

性情의 올바름에서 나와 聲音의 調和를 얻은 시는 世敎에 보탬이 된다. 世敎나 治敎에 대한 견해는 전통적인 敎化論的 效用論이다. 시의 본질에 대한 조선후기 문인들의 가장 일반적인 견해는 시의 효용성을 바탕으로 한 有補世敎의 정신에 압축된다. 仁義禮智信의 五常이 구현된 道德的 社會를 건설하고, 政治의 得失과 不條理한 社會現實을 告發하고 諷刺함으로써 세상을 바로잡으려고 했다. 修身齊家治國平天下라는 유교의 이념에서 그들의 지향점을 쉽게 파악할 수 있다. 性正之正의 강조가 修身에 초점을 맞춘 것이라면, 有補世敎는 治國平天下에 초점을 맞추고 있다. 성정의 올바름을 강조하는 以詩正心的 문학관은 결국 세상을 교화하여 바로잡는다는 以詩正世的 문학관을 지향하게 된다. 이것은 궁극적으로 治國平天下를 추구할 수밖에 없는 유자들의 사유에서 나온 당연한 귀결이다. 시로써 세상을 바로잡는다는 以詩正世的 문학관은 세상에 대한 敎化와 諷刺라는 형태로 나타난다. 그런데 세상에 대한 풍자도 性情之正을 바탕으로 하여 나타난 것이므로 溫柔敦厚해야 한다.

孔子는 ≪詩經≫의 시를 '思無邪'로 단언했다. 그는 ≪詩經≫을 道德的 影

---

15) 車柱環, ≪中國詩論≫(서울大學校出版部, 1992), 37쪽 참조.

響의 發揮, 社會相의 反影과 批判, 情緒의 振作, 修辭의 典型, 知識의 寶庫로
생각했다. 도덕적 영향의 발휘는 後人들에 의해 보다 교훈적인 색채를 띠게
되었다. 사회의 비리와 모순을 시가 속에 담아서 세상을 匡正하려는 濟世的
詩風은 ≪詩經≫ 때부터 존재했다. 우리나라 또한 新羅時代로부터 高麗時代와
朝鮮時代에 이르기까지 어두운 사회현실을 바르게 광정하려는 兼濟的 의지를
형상한 역사는 오래되었다. 시로써 비리를 고발하고 그 시정을 촉구했던 것이
니, 以詩正世의 시정신이 면면히 이어졌다고 하겠다. 性情美學을 바탕으로 한
社會美學의 형상화가 요청되는 까닭도 여기에 있다.

시를 통해 윗사람은 아랫사람을 敎化하고, 아랫사람은 윗사람을 風諫한다
는 것은 시가 지닌 美刺의 기능이다. 溫柔敦厚한 批判意識은 풍자의 목적을
보다 쉽게 이룰 수 있게 한다. 石北은 '사군 南泰普의 治績이 湖南과 湖西에
서 가장 뛰어나다. 갈려 갈 때에 金馬百姓들이 반드시 수레채를 잡고 눈물지
을 사람이 있을 것이니, 내가 그 뜻을 일러 시를 지어 民意를 남게 하고, 한
나라의 風謠의 振作에 대비하려 함이다.'16)라 하고, <金馬別歌>를 통해 美刺
의 기능을 충실히 드러냈다. 어지러운 시대를 근심하지 않는 것은 儒者의 올
바른 태도가 아니다. 백성들과 더불어 즐거워하고 백성들과 더불어 슬퍼하는
것은 儒者가 지녀야 할 美德인 것이다. ≪詩經≫의 작품들 중 亂世之音이나
亡國之音은 어지러운 시대를 근심하고 바른 시대가 도래하기를 希求하는 풍
자적 의미를 지녔다. 治世之音이 평안하고 즐거운 것은 정치가 조화를 이룬
때문이고, 亂世之音이 원망스럽고 노여운 것은 정치가 잘못되었기 때문이며,
亡國之音이 슬프고 근심스러운 것은 그 백성이 困窮한 때문이다.17) 시가 시
대상을 반영하여 是非曲直을 드러냄은 이렇듯 그 역사가 심원하다. 그러므로
興亡盛衰의 거울로서 시는 政治의 得失을 바로잡을 수 있는 구실을 했다. 石

---

16) 申光洙, <金馬別歌序文>, ≪文集≫ 권4, 장24. "使君南泰普治行 爲兩湖最 於其歸 金馬
之民 必有攀轅涕泣者 僕爲歌 道其意 以遺其民思 備一邦風謠之作"
17) ≪詩經≫, <大序>, "治世之音安以樂 其政和 亂世之音怨以怒 其政乖 亡國之音哀以思
其民困"

北이 ≪詩經≫과 古詩 19수 등 古人의 시를 본받아야 한다는 까닭도 여기에 있었다.

　人倫을 두텁게 하여 風俗을 아름답게 하고, 社會의 矛盾과 非理를 諷刺하여 세상을 바르게 하는 것이 有補世教의 시정신이다. 溫柔敦厚한 시정신을 통해 독자를 感化하고, 社會的 矛盾이나 政治的 得失을 비판함으로써 規範意識을 확립하고 社會病弊를 바로잡으려 했다.

　　周詩 <四牡>과 <皇華> 이후에 大夫奉使者는 때때로 行役之作이 있었다. 그들이 宦游로 이른 곳마다 旗藋의 전후로 廚傳이 끊임없이 오갔고, 車馬에 그 몸은 편안했으며, 號令에 그 뜻은 유쾌하여 道途之苦가 있음을 알지 못했다. 그러나 그 시에는 먼 길을 감에 艱難한 말이 많았다. 持斧者를 곧바로 가리키고, 變服하여 潛蹤하고, 屠·販·傭·丐에 섞이고, 深山窮谷을 두루 돌아다니고, 風雨寒暑에 跋涉晨夜하고, 飢渴을 면하지 못하였으니, 지극히 困窮하다고 이를 만하다. 叔果의 시는 이것과는 다르다. 숙과는 玉署로 말미암아 전후에 자주 奉命하여 繡衣를 입고, 곧 그가 出沒潛行하여 南北에 분주하였으니, 辛苦함을 갖추어 맛보면서도 그 겨를에는 시 수백 편이 있었다. 대저 民隱을 採訪하고 吏績을 廉求함에 그 근력의 괴로움을 잊었다. 聖上이 咨詢之意했다. 그러므로 그 생각은 纏綿惻愴하고, 그 말은 忠厚和平하며, 임금만을 오로지 생각하였다. 親切함은 羈旅의 困頓한 빛이 없었다. 山川·風土·物産·謠俗·樓觀·寺刹을 보고 음영함에 塞垣으로부터 嶺海를 다하여 搜羅幾遍하니, 또한 風人의 壯觀일 따름이었다. 숙과와 같은 이는 사신의 직을 저버리지 아니하고도 弧矢四方의 뜻을 실천했다. 그런데도 숙과의 시는 어찌 諸繡衣에 멈출 수 있었는가. 바야흐로 脂車燕雲을 거느려 昭王의 樂生之墟를 볼 것이다. 그러한 뒤에 그 시는 마땅히 더욱 크게 돌아가 나에게 行卷을 보일 것이니, 내가 또한 그것을 기다린다.18)

───────────────

18) 申光洙, <李叔果繡衣卷序>, ≪文集≫ 권15 장4. "自周詩四牡皇華以後　大夫奉使者往往有行役之作　彼宦游所至　旗藋前後　廚傳絡繹　車馬便其體　號令快其意　不知有道途之苦而然其詩多征邁艱難之言　直指持斧者　變服潛蹤　混於屠販傭丐　遍行深山窮谷　風雨寒暑跋涉晨夜　不免飢渴　可謂極困矣　叔果之詩則異是焉　叔果由玉署　前後屢奉命衣繡　方其出沒潛行　奔走南北　備嘗辛苦而　以其暇能爲詩數百篇　大抵採訪民隱廉求吏績　忘其筋力之勞體　聖上咨詢之意　故其思纏綿惻愴　其語忠厚和平　一念君親絶　無羈旅困頓之色　若其山川風土物産謠俗樓觀寺刹之見　於吟詠者　自塞垣而窮嶺海　搜羅幾遍　亦風人之壯觀已　若叔果者

≪詩經≫ 小雅의 <四牧>과 <皇華> 이후의 行役之作과 대조적인 叔果의 시를 好評했다. 民隱을 採訪하고 吏積을 廉求한 숙과의 시는 본받을 만한 것으로 평가했다. 정치의 득실과 民隱을 있는 그대로 살펴 시에 담는 것이 결국 世敎에 보탬이 된다는 의식이다.19) 石北은 <關西樂府幷序>에서 <關西樂府>가 世尊의 淸淨大法과 같은 구실을 할 수 있음을 자부하면서, '請樊巖以吾詩 爲禪家數珠 綺筵酒席一歌一舞 念念自省'이라 한 바, 이는 有補世敎의 시정신을 극명하게 드러낸 것이다. 이러한 詩意識은 대체로 社會認識이나 歷史認識을 드러낸 시 등에서 잘 나타나고 있다.

3) 情景相值와 天理流行

다음으로 주목되는 것은 情景相值와 天理流行이다. 石北은 情景이 相值함에 自然의 神이 발동하여 음영하는 것은 天理의 流行 중의 하나라고 했다. 한편의 시가 이루어지려면 반드시 情景이 서로 만나야 된다. 情景이 合一이 될 때 自我와 世界와의 거리는 없어져 절로 天理가 流行하게 된다. 그러므로 情景相值는 일단 情景合一·情景融合·情景交融을 염두에 둔 말이라고 하겠다. 이의 실현은 借景抒情함으로써 실현되는 바, 주로 山水詩를 통해 구현된다. 시는 정서의 표현일 뿐만 아니라, 外景의 반영이다. 그러므로 이상적인 시는 情景이 융합된 시라고 하겠다.

中國古代詩歌의 情景交融의 이론은 세 가지로 정리할 수 있다. '詩歌應該情景兼備'와 '情與景兩者必修交融爲一'과 '情與景之間以情爲主'가 바로 그것이

其不負使臣之職 而踐弧矢四方之志者乎 然叔果之詩 豈得諸繡衣而止哉 方將脂車燕雲 觀昭王樂生之墟 然後其詩當益大驛 而示吾行卷 余又俟之"

19) 道德的 敎訓性과 社會的 批判性을 중시하는 詩論은 일반적으로 다음과 같은 특징을 지닌다. 첫째, 시는 개인이 덕성에 영향을 끼치는 도구이다. 둘째, 시란 政治의 得失에 대한 백성들의 생각을 반영해야 하고, 社會惡을 고발해야 한다. 셋째, 시는 風雅之道를 지녀야 한다. 넷째, 古人之詩를 모방해야 한다. 다섯째, 文體보다도 主題를 더욱 중시한다.

다.20) 이것은 詩歌의 이상적 抒情方式이다. 情과 景은 이름이 둘이지만 분리될 수 없다. 정교한 시는 情 가운데 景을 나타내고 景 가운데 情을 나타내야한다. 情緖와 外景이 하나가 되어 조작이 가해진 흔적이 없는 자연스러운 경지에 이르러야 한다. 自我와 世界의 交感이 이루어질 때 自然의 神은 발동한다. 이것이 곧 天理流行 중의 하나이다. 天理流行과 관련이 깊은 것이 天然說21)과 天機論이다. 시는 개인적 정서의 자연스러운 발로이다.

시라는 것은 마음이 흘러가는 바를 적은 것이다. 마음 속에 있으면 志가 되고, 말로 표현되면 시가 된다. 정이 마음 속에 움직일 때, 시인을 그것을 말로 표현한다. 말로써도 부족하면 嗟歎하고, 차탄해도 부족하면 그것을 길게 노래한다. 길게 노래해도 부족하기 때문에 모르는 사이에 손으로 발로 춤추게 된다.22)

시를 정서의 자발적인 표현으로 보고 있다. 劉勰은 일찍이 ≪文心雕龍≫의 情采篇에서 시의 순수한 정서를 강조했다. '志之所之'의 '志'는 音部인 '之'와 意部인 '心'이 결합한 글자이다. 道學家들에게 心은 心意이다. 그러므로 그들의 '志'는 意志, 志向, 理想을 뜻한다. 개성주의자들에게 心은 心情이다. 그러므로 그들의 '志'는 情懷, 情欲, 情緖를 뜻한다.23) 후자의 견해로 보면 시는 곧 정서의 자연스러운 발로라고 할 수 있다. 시를 쓰고 싶은 감정이 마음 속에 가득찰 때, 天理流行 그대로 자연스럽게 표출되어야 한다.

自然性 그대로 꾸밈이 없는 시가 참다운 시라는 관념은 天然說이나 天機論과 관련이 깊다. 天機란 말은 ≪莊子≫에 나온 것으로 許筠, 張維, 金昌協, 洪世泰 등을 거쳐 특히 朝鮮後期 委巷人들의 일반적인 詩論 중의 하나였다. 그러나 시인에 따라 天理와 天機의 개념을 분명히 구분하기도 했다. ≪詩經≫

---

20) 楊蓁, <中國古代詩歌的情景交融問題>, ≪韓國傳統文化硏究≫ 第10輯(曉星가톨릭大學校).
21) 李鍾燦, ≪漢文學槪論≫(二友出版社, 1989).
22) ≪詩經≫ <大序>. "詩者志之所之也 在心爲志 發言爲詩 情動於中而形於言 言之不足 故嗟歎之 嗟歎之不足 故永歌之 永可之不足 不知手之舞之 足之蹈之也"
23) 劉若愚, 앞의 책, 103-104쪽 참조.

序에서 말한 '詩者 心之所之也'는 심정의 자연스러운 발로를 말한다. 생각만 움직여서 시가 되는 것이 아니라, 생각으로 나타난 말이 남의 심금을 울려 주어야 시가 되는 것이다. 韓愈가 말한 '物不得其平 則鳴'은이란 말이 이것이다. 물길이 막히면 여울이 되어 울리고, 바람길이 막히면 솔바람이 일어난다. '새로 봄을 울게 하고, 우뢰로 여름을 울게 하고, 벌레로 가을을 울게 하고, 바람으로 겨울을 울게 한다. 네 계절이 서로 교대되는 것도 아마 그 형평을 얻지 못했기 때문이다.'24)는 이를 말한다. 봄에 새가 울고 가을에 벌레가 울듯 詩文도 天地秩序의 자연적인 울음이다. 莊子의 齊物論에서도 자연의 소리를 말하고 있다.25) 천기의 자연스러운 流出, 곧 정서의 자연스러운 發露에서 眞情이 나타난다.

  뜻이 이르면 읊조리니, 날씨에 맞춰 벌레가 울다가 그치는 것과 같을 뿐입니다. 벌레가 철따라 우는 것이 어찌 工拙을 생각하고 울겠습니까. 제가 또한 이를 따른 지 사십여 년이 되었습니다. 처음부터 才力을 도모하지 않고 망녕되이 좇아 古人에 이르고자 하였으나, 이미 머리카락이 짧아지도록 이루지도 못한 채 몸과 마음을 다하여 애를 쓴 것을 한스러워합니다.26)

---

24) 韓愈, <送孟東野序>, ≪古文眞寶≫. "大凡 物不得其平 則鳴 草木之無聲 風撓之鳴 水之無聲 風蕩之鳴 其躍也或激之 其趨也或梗之 其沸也或炙之 金石之無聲 或擊之鳴 人之於言也 亦然 有不得已而後言 其歌也有思 其哭也有懷 凡出乎口 而爲聲者 其皆有不平者乎 樂也者 鬱乎中 而泄乎外者也 擇其善鳴者 而假之鳴 金石絲竹匏土革木八者 物之善鳴者也 維天之於時也 亦然 擇其善鳴 而假之鳴 是故以鳥鳴春 以雷鳴夏 以蟲鳴秋 以風鳴冬 四時之相推奪 其必有不得其平者乎"(李鍾燦, 앞의 책, 23-24쪽 참조)

25) <齊物論>, ≪莊子≫. "子綦曰 偃 不亦善乎 而問之也 今者 吾喪我 汝知之乎 女聞人籟 而未聞地籟 汝聞地籟 未聞天籟 夫 子游曰 敢問其方 子綦曰 夫大塊噫氣 其名爲風 是唯無作 作則萬竅怒呺 而獨不聞之翏翏乎 山林之畏佳 大木百圍之竅穴 似鼻似口似耳似枅似圈似臼 似洼者 似汚者 激者謞者 叱者吸者 叫者譹者 宎者咬者 前者唱于 而隨者唱喁 冷風則小和 飄風則大和 厲風濟則衆竅爲虛 而獨不見之調調之刁刁乎 子游曰 地籟則衆竅是已 人籟則比竹是已 敢問天籟 子綦曰 夫吹萬不同 而使其自己也 咸其自取 奴者其誰耶"

26) 申光洙, <與洪而憲>, ≪文集≫ 권12 장9. "意到則吟如候蟲之鳴而止耳 候蟲之鳴也 豈計其工拙而鳴耶 弟亦從事於此 四十年餘矣 始者不計才力 妄欲追到古人 旣而髮種種 而無成 悔其枉費心力 且脫能如李杜 朝鮮布衣詩何足數哉 昔與亡友李聖會羲甫近來法正夢瑞

철을 따라 벌레가 우는 것처럼 뜻이 이르면 읊조린다는 것은 天理의 流行
과 관련된다. 날씨의 변화에 따라 벌레가 우는 것은 자연 그대로의 모습이다.
시 또한 이와 같다는 인식이다. 工拙을 생각하지 않고 天然 그대로 지을 수
있을 때, 古人之詩에 이를 수 있다. 이것이 천기론적 시관이요, 천연설이다.
정서의 자연스러운 발로에 따라 시를 짓되, 이것은 性情之正에 어긋나서는 안
된다. 여기서의 性情은 道學者들이 말하는 개념과는 다르다. 純然한 人爲的인
道를 바탕으로 하는 성정이 아니기 때문이다. 인간이 가지고 있는 그대로 꾸
밈없는 성정이되, 그것은 남에게 감동을 줄 수 있는 것이어야 한다. 천연 그
대로의 마음은 性情之正과 聲音之和를 전제한다. 劉勰도 일찍이 情景相置에
따른 자연스러운 정서의 발로를 말한 바 있다.

　계절이 바뀌는 속에 음양의 기운으로 마음이 침출하기도 하고 기분이 명랑하
기도 한다. 자연의 변화에 감동되어 사람의 마음도 또한 동요되는 것이다. 대개
봄의 기운이 싹트면 개미는 활동을 시작하고, 가을 음률이 울리면 개똥벌레는
겨울 먹이를 저축한다. 미물인 벌레도 외계의 변화를 몸 속에 감각하는 것이다.
사시의 변천이 만물을 움직이는 것은 실로 깊다. 더구나 사람은 아름다운 옥에
비교할 만한 예민한 감각을 가지고 꽃다운 꽃에 비교할 만큼 맑은 기질을 기진
존재다. 자연의 움직임에 대하여 누가 편안하게 움직이지 않고 있으랴. (중략)
어느 계절이고 저마다의 풍물이 있고 풍물은 또 저마다의 양상을 나타낸다. 그
리하여 감정은 풍물에 따라서 변화하고 말은 감정의 흐름에 따라서 모양을 나
타낸다. 하나의 나뭇잎이 떨어져도 사람의 마음에 어떤 암시를 주고, 벌레 한
마리가 울어도 감정을 끌어 잡아당기는 힘이 있다. 하물며 하룻 사이에 맑은 바
람과 밝은 달같이 즐기고, 밝은 해와 봄빛 쪼이는 숲을 볼 수 있는 아침을 함께
맞았을 때이겠는가.[27]

　　幼選輩論詩 每歎天下後世孰知海外有所謂吾輩者哉"
27) 劉勰, <物色>, ≪文心雕龍≫ 권10. "春秋代序 陰陽慘舒 物色之動心亦搖焉 蓋陽氣萌而
　　元駒步 陰律凝而丹鳥羞 微蟲猶或入感 四時之動物深矣 若夫珪璋挺其惠心 榮華秀其淸氣
　　物色相召人誰獲安 (中略) 歲有其物 物有其容 情以物遷 辭以情發 一葉且或迎意 蟲聲有
　　足引心 況淸風與明月同夜 白日與春林共朝哉"

철따라 벌레가 울듯이 시인도 자연스럽게 情景에 따라 나타나는 정서를 표출해야 함을 말한 것이다. 石北 또한,

> 서리가 내리고 물이 떨어지는 物候의 변화에 그러함이 진실로 있었던 것입니다. 그러므로 그 시는 嶄截하고 奇異한 말을 함이 없이 雍容히 法度에 맞아 自然之味가 있습니다. 夢瑞가 劇賞하고 韋蘇州를 지극히 자랑한 것은 이때문입니다.[28]

라고 말한 바, 유협이 말한 것과 大同小異하다. 사시사철의 변화에 따라 벌레가 울듯이 시는 그렇게 자연스럽게 나와야 한다는 주장이다. 그럴 때 法度에 맞아 自然之味가 있다고 했다. 그러므로 위항시인 박수희의 시를 평함에 '그가 창화한 제시는 솔직함이 많다. 그가 뜻을 다스려 자료로써 소일하지 아니하고 해외의 풍토와 기려와 곤돈의 상황을 구한 것은 또한 충분히 징험함이 있고, 또 드러냄이 있다.'[29]라고 했다. 시에 솔직함이 많다고 평한 것은 천기론을 중시한 위항인들의 시적 특징을 지적함에 다름 아니다. 그러므로 石北이 情景相値함에 自然의 神이 발동하여 읊는 것은 天理流行 중 하나라고 한 것은 위항인들의 시관과 일치한다. 그러나 그것은 性情之正과 聲音之和를 전제하고 있음을 古人之詩의 중시에서 엿볼 수 있다.

4) 詩有神境

시의 본질을 妙悟의 세계에서 찾고자 한 것은 중국 宋代의 嚴羽인데, 禪의 영향 아래 이룩한 그의 이론은 후대 비평가들에게 많은 영향을 주었다. 그가 주장한 妙悟는 詩人의 直觀과 靈感으로 이해되기도 한다.[30] 시를 배우는 것

---

28) 申光洙, <夏雪巇陽錄序>, ≪文集≫ 권15 장2. "霜降水落物候之變 固有然者 故其詩不爲嶄截奇異之語 而雍容法度中有自然之味 夢瑞所以劇賞至詡韋蘇州者此也"

29) 申光洙, <耽羅錄並書>, ≪文集≫ 권7 장5. "亦有賴 於壽喜 爲之唱也 其唱和諸詩多率爾不經意以資消日 要之海外風土羇旅困頓之狀 亦足以有徵 又有以見"

은 禪을 배우듯 해야 하므로 어떤 口傳이나 논리로 되는 것이 아니다. 文字로 전해지는 것이 아니라 마음으로 깨달아야 하기 때문이다. 시를 익힌다는 것은 參禪을 하는 것과 같아서 妙處를 깨달을 수는 있어도 전해 받을 수는 없다. 嚴羽 이전에도 이러한 시관이 없었던 것은 아니다. 曾幾는 '學詩如參禪'이라고 하여 시 배우기를 참선하듯 하라고 했다.31)

엄우가 말한 妙悟와 相通하는 것이 石北이 주장한 神境이다. 石北은 <贈申 鵬擧序>에서 '詩有神境'의 이론을 펼쳤다.

처음으로 나의 족조 붕거가 감여술을 기쁘게 말했다. 하루는 가림으로부터 내방하여 밤이 깊었는데, 내가 아이들을 위해 시를 이야기하면서 말했다.
"시에는 神境이 있다. 이것은 無形之中에 寓居하다가 갑자기 나타났다 갑자기 사라지기 때문에, 우연히 만나면 볼 수 있지만, 그렇지 않고는 찾아보려고 해도 얻을 수 없다. 비유컨대, 아지랑이와 안개 물결은 곱고 아름다워 아득히 멀리서는 볼 수 있으나, 가까이서 바라보면 허공인 것과 같다. 그러나 이것은 作者가 스스로 얻을 수는 있으나, 언어로써 형용하기는 어렵다. 그러므로 아버지가 여러 아들과 더불어 얻을 수 없고, 형이 여러 아우와 더불어 얻을 수 없으며, 타인도 그것을 얻을 수 없다."32)

無形으로 존재하다가 어느 순간 忽出忽沒하는 神境은 우연히 볼 수 있지만, 억지로는 볼 수 없는 신비로운 시의 경지다. 말하자면 시에 있어서 入神의 恍 惚境이라고 하겠다. 아지랑이는 멀리서는 볼 수 있어도 가까이서는 볼 수 없다는 비유로 神境을 설명하고 있다. 시에 있어서 直觀이나 靈感, 또는 觀照와 一脈相通하고 있다. 無形之中에 숨어 있다가 忽然而來하고 忽然而逝한다는 점

---

30) 劉若愚, ≪中國詩學≫(同和出版公社, 李章佑譯, 1984), 120쪽.
　　전형대·정요일·최웅·정대림, ≪한국고전시학사≫(弘盛社, 1983).
31) 李鍾燦, ≪漢文學槪論≫(二友出版社, 1989), 44쪽 참조.
32) 申光洙, <贈申鵬擧序>, ≪文集≫ 권15 장10. "始吾族祖鵬擧喜言堪輿術 一日自嘉林來訪 夜深 余爲兒輩談詩曰 詩有神境 是物也 寓於無形之中 忽然而來 忽然而逝 遇之而若可見 卽之而無所得 譬如野馬烟波 嫋娜渺茫 遠望可見 而薄而視之 則虛空也 然此在作者自得 之 難以言語形容之也 故父不得以與諸子 兄不得以與諸弟 他人無得以與也"

에서는 직관이나 관조보다는 오히려 영감에 가까운 개념으로 보이기도 하나, 언어로 형용하기 어렵다거나 남과 더불어 얻을 수 없다는 데에까지 이르면 직관이나 영감 및 관조 등을 모두 포괄하고 있는 妙悟의 詩境을 말하는 것 같다. 그런 점에서 佛家的 思惟가 착색된 개념에 가깝다. 그러나 이것은 불가적 사유만은 아니다. 道家的 思惟나 儒家的 思惟나 그 最上處에 이르면 두루 통하기 때문이다. 그래서 神境이라고 쓰지 않았나 한다.

神境은 순간적으로 포착되는 것으로 애써 얻으려 한다고 해서 얻어지는 것은 아니다. 또한 언어로 형용할 수도 없고 남과 더불어 얻을 수도 없다. 그러한 점에서 神境은 禪道를 통한 妙悟의 경지와 통한다고 하겠다. 찰나적인 깨달음은 언어로 형용할 수 없다. 그러므로 언어문자로 전할 수도 없거니와 전해질 수도 없다. 남과 더불어 깨달을 수 없는 까닭이 여기에 있다. 佛家의 以心傳心, 拈華微笑, 心心相印으로만 그 경지가 이해될 수 있다. 그러므로 不立文字로 敎外別傳하는 것이라 하겠다.

王士禎은 嚴羽의 妙悟論의 영향을 받아 神韻說을 주장했다. 神韻은 시에 나타나는 神妙한 韻致로, 典故 등의 힘에 의지하지 않고, 직관적이면서도 신비스러운 맛이 함축되어 있는 경지다. 嚴羽가 말한 투철한 깨달음과 入神의 경지와 興趣의 세계가 융합된 데서 王士禎은 神韻을 끌어낸 것이다. 그러므로 그의 神韻은 詩禪相通의 경지요, 以心傳心의 妙處라고 할 수 있다. 곧 入神은 신묘한 경지로 일반적인 이론이나 표현을 떠난 미묘하고 아름다운 眞境, 神韻이란 시의 표현 뒤에 숨겨진 신묘한 운치[33]를 뜻하기도 한다. 이것은 石北이 말한 神境과 상통한다. 微妙法門의 佛家에서 實相無相과 非色非相은 결국 色空俱備와 色相俱空의 단계가 미묘하게 융합한 경지를 의미하고, 그것은 不立文字의 상태로 따로 전수되므로 터득이 어렵다. 石北은 일찍이 釋氏之道를 非顯非昧로 이해한 바 있다.[34] 그러므로 그 道는 문자를 세워 전수할 수 있는

---

33) 金學主, ≪中國文學序說≫(新雅社, 1996), 179쪽 참조.
34) 申光洙, <海南頭輪山大芚寺八相殿鐵鏡樓重修上樑文>, ≪文集≫ 권13 장20. "故語其道 則非顯非昧 證其跡 則莫往莫來"

성질의 것이 아니다. 以心傳心, 拈華微笑, 心心相印으로만 그 경지가 이해되므로 不立文字로 敎外別傳하는 것이다. 이 不立文字는 司空圖의 《二十四詩品》 含蓄의 해설에 '不着一字, 盡得風流'[35]라는 말을 연상시킨다. 한 글자도 짓지 않았는데 문득 風流의 眞境을 다할 수 있는 신비로운 경지는 남과 더불어 얻을 수도 없고, 남에게 설명할 수도 없다. 石北이 말한 無形之中에 있다가 忽然而來하고 忽然而逝하는 신비로운 경지는 이에 다름 아니다. 그러므로 石北의 神境이나 嚴羽의 妙悟, 그리고 王士禎의 神韻의 궁극적인 妙處는 같다고 하겠다.

> 말이 아직 끝나지도 않았는데 鵬擧께서 곁에서 궐연히 일어나 말했다. "그대가 시에 깊도다. 내가 높은 곳에 올라가 바라보면, 龍勢가 透迤하게 멀리 달려서 반드시 가마를 붙었다. 山勢가 屈曲하여 깨끗하고 맑은 기운이 있었으니, 나의 눈 속에 황홀히 숨었다가 나타났다. 비록 수백 리 먼 곳이라 할지라도 마치 咫尺에 있는 것 같았으니, 바로 그 때에 나만 오직 절로 볼 수 있어서 미친 듯이 부르짖고 뛰면서 좋아했던 것이다. 그러나 곁에 있는 사람들은 알지도 못하고 나를 보고 웃었던 것이다. 그대가 詩를 말하는 것이 어찌 그리도 나의 術法과 합치되느뇨."[36]

堪輿는 하늘과 땅, 곧 天地를 말하기도 하며, 天道나 地道를 뜻하기도 한다. 堪輿術이란 風水法을 말한다. 감여술을 통해 얻은 황홀한 경지를 시와 관련시키고 있다. 감여술에 달통한 사람이라면, 수백 리 먼 곳의 風水라고 할지라도 바로 눈앞에서 있는 것처럼 뚜렷이 볼 수 있다. 황홀하게 넘실대는 맑고 깨끗한 기운을 발견한 순간의 신비로운 경지는 시에 있어서 神境과 다를 바 없다.

---

35) 周勳初 外, 《중국문학비평사》(이론과 실천, 1992), 244쪽. 車柱環의 앞의 책 175쪽에서는 '不著一字 盡得風流'라고 했다.

36) 申光洙, <贈申鵬擧序>, 《文集》 권15 장10-11. "語未竟 鵬擧從傍蹶然起曰 子之深於詩也 吾登高以望 龍勢透迤遠走 必有扶輿 蜿蟺淸淑之氣 恍惚隱現於吾之眼中 雖數百里之遠 而如在咫尺 則方其時也 吾獨自見而知之狂呼雀躍 而旁人則不知而笑我也 子之論詩 何其與吾之術合也"

맑고 깨끗한 기운이 황홀히 隱顯한 바, 그것을 발견한 기쁨에 미친듯 부르짖고 뛰면서 좋아하지만, 곁에 있는 사람은 그 까닭을 알 수 없는 것이다. 시 또한 이와 마찬가지다. 대상을 바라보는 시각과 정신적 경지가 다르기 때문에, 시에 달통하지 못한 사람은 아무리 애를 써도 시에서 드러날 수 있는 황홀한 神境, 곧 시에 있어서 最上의 妙處나 신비로운 정신적 경지를 깨닫지 못한다.

石北이 말한 '詩有神境'은 入神의 경지이다. 시는 다루는 대상이나 소재, 그리고 시적 상황이나 처지 및 시인의 심리가 일정하지 않고 無窮無盡하므로, 어떠한 경우라 하더라도 거기에 적합한 최상의 시를 써낼 수 있는 경지가 神境이다. 石北은 入神의 경지, 곧 神境에 들어서야만 嚴羽가 말한 無迹可求와 같은 절묘한 시가 나올 수 있다고 본 것이다. 시는 이치를 따져 들어가는 일을 피한다. 말이라는 도구에 얽매임으로써 시어를 조탁하는 데에 정신이 팔려 言外之味를 희생시키는 일을 하지 않는다는 뜻이다. 嚴羽가 '말은 다했는데 뜻은 무궁하다(言有盡而意無窮).'라고 한 것은 이를 두고 한 말이다.

　　내가 말했다.
　　"오직 그대의 術法만이 그러한 것은 아닙니다. 匠扁의 바퀴, 郢人의 도끼, 遼의 丸, 秋의 바둑, 庖丁의 解牛도 모두 이것에 있었던 것입니다. 天下之術은 그 흐름이 비록 만 가지일지라드, 妙處는 같지 않을 수가 없는 것입니다. 내가 비록 風水를 알지 못하나, 옛날에 道先과 無學과 懶翁과 같은 이들이 地理에 통달하여 異人으로 불리웠다고 들었습니다. 생각건대 그들이 얻었던 것이 반드시 方術書에 不傳之妙로 있을 것이나, 俗師가 엿볼 수 있는 것이 아닙니다. 이제 그대의 말을 들으니, 그것은 반드시 여러 아들이 얻을 수 있는 묘함이 있습니다."37)

郢人과 庖丁 등의 이야기를 들어 그들의 技藝나 鵬擧의 감여술이나 石北

---

37) 申光洙, <贈申鵬擧序>, 《文集》 권15 장11. "余曰 不獨子之術爲然 匠扁之於輪也 郢人
之於斤也 遼之於丸也 秋之於奕也 庖丁之解牛也 皆是物也 天下之術其流雖萬 而妙處未
嘗不同也 余雖不知風水 聞昔有道詵無學懶翁之流通地理 號爲異人 意其所得必在乎方書
不傳之妙 而非俗師之所可窺也 今聞子之言 其必有得於數子者之妙乎"

자신이 말한 詩有神境이 궁극적으로는 다 같은 이치에 불과하다는 것을 밝히고 있다. 어떤 것이든 그 최상처에 이르면 절로 통하므로, 밖으로 드러난 구체적 양상의 異同에 상관없이 그 妙處에 이르러서는 같다고 했다. 아지랑이와 안개 물결은 곱고 아름다워 아득히 멀리서는 볼 수 있으나 가까이서는 볼 수 없는 것과 같은 자연현상의 이치나, 수백 리 밖의 먼 곳일지라도 산천의 깨끗하고 맑은 기운을 뚜렷이 볼 수 있는 달통한 감여술이나, 詩有神境은 물론 郢人과 庖丁의 技藝이거나 그 묘처는 다 같음을 강조했다. 그러한 점에서 이 부분은 주목된다. 그것은 詩有神境이 禪家의 妙悟의 경지만을 뜻하는 것이 아니기 때문이다. 그러한 점에서 石北 특유의 문학관을 드러냈다고 하겠다.

入神의 경지는 터득할 수는 있지만, 그것을 문자로써 전할 수 없다. 詩禪一如는 이러한 이치를 설명한다. 뗏목을 버리고 강언덕에 올라가는 것을 禪家에서는 悟境이라 하고 詩家에서는 化境이라고 하는데, 詩와 禪이 일치하여 거의 차별이 없다.[38] 禪家에게 있어서 妙悟에 도달하면, 거기에 이르기까지의 모든 방편은 불필요해진다. 시의 경우 뗏목은 결국 鍊琢의 과정을 통해 획득한 言語文字를 구사하는 각종의 기교를 의미한다. 언어문자의 테두리에 집착하고 생각에 집착하고 있는 동안은 시의 眞境에는 도달하지 못한다. 언어문자뿐만 아니라 생각마저도 벗어난 경지에 도달할 때 비로소 참다운 시의 세계를 맛볼 수 있다.

이러한 문학이론은 普照國師 知訥를 통해 엿볼 수 있는 證理成佛의 문학론[39]과 상통한다. 禪에서 모든 이치를 논증하는 궁극적 목적은 自性本體를 깨우쳐 成佛하는 것이다. 이것이 證理成佛이다. 증리성불이 修禪의 과정이라면 문학의 과정은 論理成文이다. 모든 이치를 탐구하여 하나의 작품을 창작하는 것이다. 證理의 과정을 통하여 眞如의 세계에 들어가고, 이 진여의 세계에 들어갔다는 생각이나 해득까지도 떠나는 것이 증리성불이다. 이 과정이 바로 離言絶慮이다. 말도 떠나고 생각마저도 끊을 때에 不立文字라는 최상의 경지에 이를 수 있다. 시인도 마찬가지다. 시인은 언어문자를 통하여 한 편의 작

---

38) 王士禎, ≪香祖筆記≫(8). "捨筏登岸 禪家以爲悟境 詩家以爲化境 詩禪一致 等無差別" (車柱環, 앞의 책, 290쪽 재인용).

39) 李鍾燦, ≪韓國佛家詩文學史論≫(불광출판부, 1993), 91-98쪽.

품을 창작해야 하기 때문에 그만큼 커다란 고통을 감수하지 않을 수 없다. 그러나 그 과정에서 문득 언어와 생각을 떠나 眞境의 세계에 도달할 수 있다.

不傳之妙는 俗師가 엿볼 수 있는 것이 아니라는 이유가 여기에 있다. 이것은 또한 嚴羽가 말한 妙悟의 세계나 興趣의 세계와 결국은 같다고 할 것이다. 말은 다했는데 뜻은 무궁하다든지, 영양이 뿔을 나뭇가지에 건 것과 같은 상황이라든지, 말이라는 도구에 얽매이지 아니한 경지라든지 하는 것들은 다 神境을 형용한 것이다. 시인은 參禪하는 사람과 같이 마음의 고요한 눈으로 인생과 자연을 관조하고, 그 속에서 眞情의 신비로운 세계를 포착해야 한다.

石北의 文學觀을 性情之正과 聲音之和, 有補世敎, 情景相値와 天理流行, 詩有神境으로 나누어 檢討했다. '哀而不傷 樂而不淫'이라는 溫柔敦厚함이나 思無邪가 性情之正이라 할 수 있는 바, 이는 賞自然을 통해 길러질 수 있을 뿐만 아니라, 美辭麗句나 淫聲美色을 멀리 하여 風雅之道를 견지함으로써 유지될 수 있다. 石北이 말한 性情之正은 性理學者들이 강조하는 道學的 개념과는 다소 거리가 있다. 性情之正과 聲音之和의 조화는 내용과 형식의 조화인 바, 이 경우에 文質이 彬彬한 이상적 시가 나타난다. 그러므로 性情之正에서 나와 聲音之和를 얻은 시는 有補世敎의 效用性을 가장 잘 드러낼 수 있다. 性情之正을 강조하는 以詩正心的 문학관은 세상을 敎化하고 바로잡는다는 以詩正世的 문학관을 지향한 바, 石北은 이 과정을 극명하게 드러냈다.

情景相値는 情景合一이나 情景融合으로 物我一體를 지향한다. 情景이 相値하면 自然의 神이 발동한다. 그리하여 吟咏하는 것은 天理流行 중의 하나인 바, 이는 天然說이나 天機論과 相通하는 것으로 情緒의 자연스러운 발로를 중시한다. 결국 石北은 自我와 世界의 합일상태에서 나타난 興趣나 悲哀 등의 情緖를 外景을 통해 자연스럽게 담아야 한다는 의미로 파악한 것같다.

詩有神境은 嚴羽의 妙悟論이나 王士禎의 神韻說과 상통하는 것으로 시에 있어서 入神의 경지다. 直觀과 觀照 및 靈感을 모두 포괄하는 개념으로 不傳之妙의 신비로운 詩境이라 할 수 있다. 詩有神境은 禪家的 思惟나 道家的 思惟 등 다양한 관점에서 파악할 수 있음을 밝혔다는 점에서 個性的 面貌를 보였다고 하겠다.

Ⅲ. 詩文學의 世界

1. 日常的 삶의 哀歡

風塵南北의 旅情, 삶의 苦惱와 葛藤, 農村生活과 安貧知足으로 나누어 日常的 삶의 哀歡을 살펴보고자 한다. 한 시인의 삶이 갖는 哀歡이 그의 시를 통해 어떻게 드러나고 있는가를 살피되, 主題領域의 범위를 가급적 가족의 테두리로 한정하려고 한다. 風塵南北의 旅情에서 형상된 작품 중 鄕愁와 思親, 그리고 家族愛를 드러낸 작품을 대상으로 하여, 그의 문학관이 부분적으로 어떻게 반영되고 있는가를 살필 것이다. 그리고 詩人意識은 그의 個人的 環境과 無關하지 않다는 점을 고려하여 삶의 苦惱와 葛藤을 살피되, 특히 貧窮文學으로서 石北詩가 어떤 意味를 지닐 수 있는가에도 유의하고자 한다. 農村生活과 安分知足에서는 石北이 세계를 어떻게 바라보고 있는가, 그리고 農村生活이 어떠한 樣相으로 드러나고 있는가를 살피되, 農村의 空間的 意味에도 유념하고자 한다.

1) 風塵南北의 旅情

벼슬하기 전 石北의 삶은 나그네의 삶 바로 그것이라 해도 과언이 아니었다. 13세 이후부터 韓山에서 지냈으나, 弱冠 때부터는 고향을 떠나 있는 시기가 많았다. 1년 이상을 객지에서 지내기도 했다. 그러므로 그의 시에는 旅程

과 客懷를 드러낸 것이 많다. 科擧試驗을 보기 위해 서울을 여러 차례 방문한
적이 있고, 妻家가 있는 湖南地方을 자주 방문했으며, 벼슬하기 바로 직전에
는 關西地方을 여행했다. 그리고 벼슬한 이후에는 王命을 받고 耽羅의 험한
뱃길에 오르기도 했다. 石北詩에 나타나는 많은 地名은 이를 여실히 드러낸
다. 벼슬하기 이전 그의 생활은 그야말로 風塵南北의 삶 바로 그것이었다. 出
仕 이후의 벼슬살이 역시 나그네의 삶으로 인식함은 마찬가지였다.

十載峯前今再過   십 년만에 봉우리 앞 이제 다시 지나니
風塵南北使人嗟   풍진세상 남북으로 떠도는 삶 애달퍼라.
         <過月出山>(권3 장2-3)

人生半是途中老   인생이라 반평생을 길에서 늙었나니
後夜鷄鳴何處聽   내일 밤에 닭울음을 어디에서 들을꺼나.
         <道中>(권1 장8)

誰知辛苦東窓下   동창 아래 신고함을 그 누가 알아 줄꼬
永夜浪浪聽雨聲   기나긴 밤 눈물 줄줄 빗소리를 듣누나.[1]
         <齋中悶吟>(권1 장55)

石北은 나그네 길을 風塵南北이라 했다. 이 詩語에 오랫동안 남과 북으로
떠돌아다닌 삶이 압축되어 있다. 南征北還과 北征南還의 삶인 바, 반평생을
길에서 늙었다고 탄식했다. 나그네 길에서 자주 등장하는 것이 닭울음이다.
새벽 닭의 울음은 나그네의 고달픈 삶을 상징하는 소재다. 낮에 우는 닭과 낮
에 짓는 개가 흔히 桃源境의 표상으로 나타난다면, 밤에 우는 닭이나 밤에 짓
는 개는 辛苦한 삶을 표상한다. 나그네는 닭의 홰치는 소리에 旅裝을 챙겨 길
을 떠나야 할 숙명을 지녔다. 때로는 새벽을 알리는 畵角聲에 길을 나서기도
한다. 莘莘征途는 恨스러운데, 기숙할 곳조차 없는[2] 것이 나그네의 현실이다.

---

1) 申光洙, <齋中悶吟>, 《文集》 권1 장55.
2) 申光洙, <廣津途中寄都下親友>, 《文集》 권1 장32. "故園歸不極 秋盡峽中行 失路悲霜

그러므로 暮年游는 더욱 애달프다3)고 했다.

　사시사철 가운데서도 나그네에게 가장 고달픈 것은 겨울이다. 겨울나그네
는 酷寒에 떨면서 호랑이를 걱정하기도 하고, 휘몰아치는 눈발을 맞으며 험한
길을 걷기도 한다.4) 겨울철 나그네 길은 늘 苦役이다. 嚴冬雪寒에 어린 종은
울면서 길에서 눕고, 말은 지쳐 언덕길을 오르려고 하지 않는 辛苦함이 있다.
그러나 그 속에도 따뜻한 人情味가 있게 마련이다. 사람 좋은 주인을 만나면
따뜻한 방에서 묵기도 한다.5) 따뜻한 방은 흐뭇한 인정이다. 가난한 시골이라
도 人情은 샘솟듯 넘쳐 흐르기 일쑤이다. 가끔은 사립문 밖까지 배웅하는 주
인옹의 따뜻한 人情味도 있다. 風塵南北의 고달픈 旅情은 詩的 昇華를 거치기
도 한다.

天寒宿古店	찬 날에 옛 주막에 묵고 있나니
歸客夜心孤	돌아가는 손 마음 밤에 외롭네.
滅燭窓明雪	등불 꺼도 창 훤히 눈빛에 밝고
燃茶枕近爐	베갯머리 차 끓는 화로 벌겋네.
深更知櫪馬	깊은 밤에 마굿간의 말발굽 소리
細事問鄕奴	향노에게 세세한 시골 일 묻네.
月落鷄鳴後	달이 지고 새벽닭 울고 난 뒤에
悠悠又上途	유유히 또 다시 길에 오르네.

<宿彌勒堂>(권3 장23)

　미륵당은 韓山에 인접해 있는 곳으로 夫餘에 있다. 고향으로 가는 길목이
다. 날씨마저 꽁꽁 언 겨울밤, 하얀 눈빛에 창은 밝기만 하다. 방안에는 차를
끓이는 화로불이 벌겋게 타오른다. 겨울밤은 태고의 시간 그대로다. 말발굽

鬢 逢人間地名 飛雲蒼野曠 落日大江明 苒苒征途恨 憑誰寄洛城"
3) 申光洙, <黃州>, ≪文集≫ 권2 장5-6. '欲成千里夢 憐向暮年游"
4) 申光洙, <車嶺曉發>, ≪文集≫ 권3 장23. "山店見燈起 月明人語多 四鄰鷄不已 前嶺虎如
　何 颼颼吹衣雪 陰陰掛木蘿 年年此中路 辛苦幾經過"
5) 申光洙, <果州寒曉>, ≪文集≫ 권3 장22. "聞鷄果州店 凍月始還鄕 地白風霜色 天蒼星
　芒 穉奴啼臥路 疲馬畏登岡 隋北主人好 今宵宿煖房"

소리가 들린다. 마굿간의 말도 잠 못 이루고 있다. 나그네 길에서 기쁨과 슬픔을 함께 했던 말은 시인과 일심동체였다. 그러므로 '深更知櫪馬'라고 했다. '櫪馬'란 구속된 상태를 의미하기도 한다. 떠돌이의 신세가 '櫪馬'와 다르지 않다. 무엇때문에 현실에 그토록 얽매인 삶을 살았을까. 細事를 鄕奴에게 묻는다. 닭울음 소리에 다시 유유히 길을 떠난다.

石北이 그의 문학관에서 강조했던 詩有神境의 경지가 이런 것이 아닐까. 어떠한 상황에서도 그에 가장 적합한 최상의 시를 써낼 수 있는 경지가 바로 神境이다. 말은 다했는데도 뜻은 無窮無盡하다. 言外之味가 풍부히 함축되어 있다.

旅情으로 가장 두드러진 것이 思鄕이다. 향수는 <七夕夜吟次秋興韻>, <春夕鄕思>, <漢陽秋夕> 등 적지 않은 작품에 나타난다. 향수는 주로 해질 무렵이나 밤에 나타난다. 향수는 주로 自然을 매개로 한다. 밝은 달, 구름, 밤비, 다듬잇소리 등이 향수의 매개체로 등장한다. 특히 달은 고향이나 그리운 사람을 연결하는 매개체로 자주 등장하고 있다. 향수는 다락과 같은 높은 곳이나 방안을 공간적 배경으로 하여 나타나기 일쑤이다. 계절적으로는 가을에 주로 나타난다. 重陽節과 같은 佳節에 읊은 작품은 으레 향수를 담았다. 除夕의 향수는 애절하기조차 하다. 이러한 점은 한시에 보편적으로 나타나는 특징이기는 하나, 石北의 경우는 내면적 정서를 있는 그대로 진솔하게 드러내고 있다는 점, 그리고 양적으로도 풍부하다는 점이 그 두드러진 특징이라고 하겠다.

그런데 自然을 매개로 한 향수는 情景相値를 통한 정서의 자연스러운 발로인 바, 이는 天理流行의 시적 형상이 아닐 수 없다. 여기서 꾸밈이 없는 眞情이 나타날 수 있다. 늦가을 해울녘을 배경으로 한 작품 하나만 보기로 한다.

平楚茫茫北	질펀한 들판 북쪽 아득도 한데
烟生是杜陵	연기 솟아 오른 곳 두릉이라네.
深秋臨水鷺	깊은 가을 백로는 물가에 있고
落日過橋僧	지는 해에 스님은 다릴 건너네.
籬落懸匏蔓	울타리에 박덩굴 걸려 있는데

陂塘設蟹罾 　　　　　　　　방죽에는 게 그물 펼쳐 놓았네.
南州時序晩 　　　　　　　　남쪽 땅 고을이라 철도 늦어서
歸思暮遙增 　　　　　　　　돌아가고 싶은 맘 더하는 저녁.
　　　　　　　　　　　　　　　　<自嶺下暮向萬頃>(권3 장3)

　두릉은 고향과 가까운 곳이다. 해울녘에 길게 솟아 오르는 밥짓는 연기는 고향풍경 그대로다. 물가의 백로는 외롭게 서 있는데, 스님은 유유히 다리를 건넌다. 자연과 사람은 그대로 한 폭의 그림이다. 울타리의 박덩굴, 방죽의 게 그물, 이 모든 것이 고향의 풍경처럼 아름답고 그윽하기만 하다. 깊은 가을 해울녘은 고향을 생각하는 시간이다.

　石北이 강조한 情景相値와 天理流行의 문학관이 비교적 잘 반영된 작품이다. 기련·함련·경련에서 風景을 그렸고, 마직막 결련에서 思鄕의 情緖를 드러냈다. 그렇지만 景 속에 情이 있고, 情 속에 景이 있다고 하겠다. 눈 앞에 펼쳐진 풍경은 고향의 풍경을 연상케 한다. 절로 고향으로 돌아가고 싶다. 고향으로 돌아가고 싶은 마음 속엔 눈앞의 풍경뿐만 아니라, 고향의 풍경까지 들어 있다. 그러한 점에서 情景融合·情景交融·情景合一이다.

　情景相値의 한 양상은 天人合一의 세계관에 기초를 둔 것이지만, 지나치게 道學的 측면에서만 해석할 것은 아니다. 情景相値의 심리적 기초는 시인의 주관적 정감과 자연 사이의 심미적 감흥이다. ≪文心雕龍≫ <詮賦>의 '情以物興'이나 '物以情觀', 또는 ≪禮記≫ <樂記>의 '人心之動 物使之然夜'는 情과 景의 관계를 잘 드러내고 있다. 美的 規律 중 하나인 感染性6)은 情景相値와 관련이 깊은 바, 王夫之의 ≪姜齋詩話≫의 '情景爲二 而實不可離'나 '景以情合 情以景生'도 이에 다름 아니다.

　계절의 변화상에 따른 정서의 자연스러운 발로는 天理流行의 한 양상이다. 늦가을 해울녘의 田園風景과 鄕愁의 情感이 절묘하게 배합되어 있다. 自我와 世界와의 交感이 이루진 상태, 곧 情景融合을 통해 향수의 詩想을 펼쳤다. 天

───────────────

6) 姜開翔, <自然美與藝術>, ≪山水與美學≫(丹青圖書有限公司, 中華民國七十六年).

衣無縫의 시다. 작품 전체에 관류하는 韻致는 詩有神境에서 나온 멋이라고도 하겠다.

향수는 家族에 대한 그리움을 동반하기 일쑤이다. 家族에 대한 그리움의 첫째 대상은 父母이다. 孝思想의 반영이자 性情之正이라는 그의 문학관의 직접적 반영이다. 性情之正과 聲音之和는 가장 근간이 되는 石北의 문학관으로 그의 모든 작품에 반영된 것으로 보이나, 이것이 궁극적으로 有補世教를 지향한다는 점에서 忠孝烈을 드러낸 작품에 보다 직접적으로 투영되고 있다 할 것이다.

歸夢西湖四百程　　　　꿈 속에서 돌아가는 서호라 사백 리 길
兩親顏面拜分明　　　　두 어버이 안면에다 절을 함도 또렷하네.
雪夜鷄聲是何處　　　　눈 오는 밤 닭울음 바로 이곳 어디메뇨
忽驚身在漢陽城　　　　문득 놀라 잠을 깨니 한양성에 몸은 있네.
<旅懷八詠>(권3 장24)

꿈 속에서 고향의 두 어버이에게 절을 하는 모습에서 鄕愁와 思親의 정도가 짐작된다. 서호 사백 리는 서정적 자아의 정서의 폭과 깊이를 나타낸다. 꿈 속의 일이 현실과 같은데, 닭울음 소리에 놀라 깨었다. 몸은 한양성에 묵고 있다. 평상시에 못다한 정회를 꿈 속에서나마 풀려고 하나, 닭의 울음이 그것을 가로막는다. 닭울음이 새벽이라는 시간적 배경을 환기시킴으로써 향수와 사친, 그리고 나그네의 처지를 보다 부각시켰다. 그러한 가운데 은근히 孝心을 드러낸 것이니, 이는 性情之正에서 나온 시라고 하겠다. 哀而不傷의 溫柔敦厚한 시정신이 반영된 바, 性情之正에서 나와 聲音之化를 얻은 文質이 彬彬한 시로 眞情을 담았다.

劉勰은 ≪文心雕龍≫에서 文風과 文骨을 논했다. 風은 情志를 작품 전체에 뚜렷하게 나타내는 힘이고, 骨은 修辭의 정확한 結構이다. 작품에 뜻이 없는 美辭麗句가 번잡하게 나열되어 있는 것은 骨이 없는 것이고, 작가의 생각이 작품 전체에 돌아 있지 않고 맥이 빠진 것은 風이 없는 것이다. 운문이건 산

문이건 문학이라면 淸新한 情志의 표명과 修辭의 운용이 조화되는 것이 가장 이상적이다. 情志는 質이고 修辭는 文이다. 그는 文과 質을 다 존중하여 文質이 彬彬한 것을 이상으로 삼았다. 그런데 보다 중요한 것은 性情이 自然性에 부합되어야 한다는 점이다. ≪詩經≫ 시대에는 情志를 나타내기 위해서 글을 썼고, 그 이후 諸子와 辭賦家들은 그와 반대로 글을 쓰기 위해서 情志를 조작해 냈는데, 전자의 경우에는 글은 간결하나 眞情이 나타나 있고, 후자의 경우에는 글은 淫麗하나 정지의 眞僞를 분간할 수 없게 되었다. 그런데 후세의 작가들은 眞情이 발휘되어 있는 ≪詩經≫ 시를 멀리 하고 가까운 사부를 모범으로 받들어 外華만 추구하여 문학의 정도에서 벗어나는 결과를 초래했다. 文勝質衰한 시대기풍을 비판한 것이다.[7] 石北詩는 自然性에서 나온 性情之正을 드러낸 것이 적지 않다.

家族愛를 동반한 鄕愁는 벼슬하기 이전뿐만 아니라, 出仕 이후에도 적지 않게 나타나고 있다. 특히 <旅懷八詠>·<除夕雜詠>·<葱秀月憶家諸作> 등에서는 한 편의 작품 속에서 首를 달리하여 각각의 가족을 그리기도 했다. 思親과 思鄕, 兄弟와 子女에 대한 그리움의 시적 형상화에 서글픔이 주조를 이룬 경우가 많다. 이 또한 天理流行이라는 문학관을 반영하고 있다. 여기서는 <葱秀月憶家諸作> 가운데 하나만 보기로 한다.

釋女伶俜獨在家   떠도니 어린 딸만 홀로 집에 있는데
自從無母倍憐爺   어미 없어 아비 맘엔 더욱 더 불쌍하네.
歸時謂與羅裾着   돌아와서 비단치마 입혀 주마 하였더니
猶向隣兒拭淚誇   이웃집 아이한테 눈물 썻고 자랑했네.

<葱秀月憶家諸作> 其五(권2 장4)

철부지 딸아이를 집에 홀로 남겨 놓고 아비는 風塵南北의 떠돌이가 되었다. 韓山으로부터 아득히 떨어진 북쪽 葱秀山에 있다. 아득한 거리만큼이나

---

7) 車柱環, ≪中國詩論≫(서울大學校出版部, 1992), 37쪽 참조.

안쓰러움도 크다. 어미가 떠난 지도 벌써 4년이나 지났다. 자식에 대한 父情을 애틋하게 드러냈다.

石北의 아내는 丙子年(1756) 正月에 세상을 떴다. <祭孺人文>에서 30년 동안 함께 살아온 아내의 죽음에 따른 슬픔과 그리움을 구구절절 드러냈다. 아내는 병으로 죽었지만, 그 죽음은 병때문이 아니라 가난때문이라고 자탄하기도 했다. 石北은 아내가 죽은 뒤에야 비로소 그녀를 그리워하는 작품을 남겼다. 아내에 대한 그리움을 노래한 것은 몇 편 되지 않는다. 이것은 당대 儒者들의 사고방식이 반영된 까닭이다. 생전의 아내에 대한 감정표출에는 인색했다. 죽은 아내에 대한 그리움의 형상은 당대 지식인의 의식을 엿볼 수 있다는 데서 그 나름대로 의미가 있다고 생각한다.

寒天愁上望鄕臺　　　　찬 하늘에 시름 안고 망향대에 오르니
秋盡湖中苦未廻　　　　가을 다한 湖西로 그 언제나 돌아갈꼬.
正憶去年秦地雪　　　　참으로 지난 해에 서울 눈을 생각하니
細君千里寄衣來　　　　세세한 그대 마음 천 리 밖에 옷 보냈네.
　　　　　　　　　　　　　　<旅懷八詠> 其四(권3 장24)

望鄕臺에 올라 고향을 생각하며 죽은 아내를 그리워했다. 아내가 더욱 생각나는 것은 추운 겨울철 나그네로 떠돌고 있기 때문이다. 아내는 겨울옷을 지어 서울로 보낸 적이 있다. 겨울옷엔 한땀한땀마다 아내의 精誠이 있었다. 그러한 아내의 마음이 못내 그립다. 그러므로 다른 수에서는 무덤에 쌓인 눈에 아내가 추위를 느끼지 않을 것이라고 자위하기도 했고, 나그네로 떠돌다가 집에 돌아갔을 때의 허전함과 쓸쓸함을 읊기도 했다. 貧賤을 한스럽게 생각했던 아내였다. 아내는 婉順하고 柔嘉하였으며, 婦人의 德을 갖추고 있었다.[8] 아내가 죽은 지 7년이 지난 뒤에 쓴 <有感>에서는 '婚嫁半成諸子女'[9]라 읊기도 했다. 子女의 成長을 다 보지 못하고 눈을 감은 아내를 생각한 것이다.

---

8) 申光洙, <行狀>, ≪文集≫ 권16 장25.
9) 申光洙, <有感>, ≪文集≫ 권6 장6.

어미 없이 혼자 집을 지키는 어린 딸이 더욱 안쓰러운 것은 아내의 영상과 겹치는 까닭이기도 하다. 나그네로 떠돌면서 집안을 제대로 돌보지 못했다. 石北이 風塵南北의 떠돌이가 된 것은 빈천때문이었다. 그의 風塵南北은 빈천을 해결하려는 목적성이 강했다. 빈천을 해결하고자 北征南還과 南征北還의 떠돌이가 되었고, 그만큼 고뇌와 갈등도 많았다. 科擧試驗을 위한 漢京出遊도 이에 다름 아니다. 出仕는 빈천을 해결할 수 있는 지름길이었다. 그러나 오랫동안 뜻을 얻지 못했다. 그 바탕에 몰락한 南人의 비애가 있었다.

風塵南北의 旅情을 통해 鄕愁와 思親 및 가족에 대한 그리움을 형상한 작품을 살펴보았다. 나그네 길에서 읊은 작품에는 이밖에도 孤獨이나 벗에 대한 그리움과 別離의 情恨, 風俗, 風流, 歷史에 대한 회고 등을 형상화한 것이 있다. 여기에서도 진솔한 감정을 숨김없이 드러낸 작품이 많다. 그러한 점에서 旅情을 통해 형상된 石北의 작품은 주로 情景相値와 天理流行이라는 그의 文學觀이 잘 반영된 작품이라고 하겠으며, 그 바탕에는 모두 溫柔敦厚한 性情之正이 깔려 있다고 할 것이다. 때로는 詩有神境의 경지가 형상된 작품도 있음을 볼 수 있었다. 詩有神境의 문학관은 주로 佛家的 思惟나 道家的 思惟를 形象한 시에 잘 반영된 것으로 보이나, 여기에만 局限된 것은 아니다.

2) 삶의 苦惱와 葛藤

石北의 삶은 貧寒과 분리해서 생각할 수 없을 정도로 가난의 연속이었다. 허약한 체질때문에 늘 병에 시달리기도 했다. 石北은 40세도 되지 않아 자신의 늙음을 노래했다. 일찍부터 詩名으로 이름은 높았지만, 당시의 정치적 여건때문에 쉽게 벼슬길에 나아갈 수 없었다. 靑雲의 꿈을 이룰 수 없는 현실은 石北으로 하여금 저절로 失意 속에 잠기게 했고, 뜻을 이루지 못한 채 세월이 자꾸 감은 자탄을 연발하게 했다. 그런 가운데서도 詩人으로서 본분을 잊지 않으려고 노력했다. 貧寒과 臥病, 歎老와 失意 속에서 스스로를 달래 보기도 했다. 빈천을 슬퍼하면서도 安分知足을 추구하기도 했으나, 빈천이 해결될 기미는 보이지 않았다. 이상과 현실의 괴리가 너무나도 컸다. 그는 懷才不遇의 시인인데다 성품은 不合於世했다. 그러므로 世我矛盾의 현실은 삶의 고뇌와 갈등을 더욱 증폭시켰다.

　石北은 南人으로 전형적인 몰락 사대부였다. 늦게야 벼슬길에 나아갔지만, 그렇다고 가난을 벗어난 것은 아니다. 石北의 가난은 숙명 같은 것이었다. 그래서 스스로도 가난은 어쩔 수 없는 것이라고 생각한 적도 있다.

東峽經營卜地新	동쪽 골에 복거지를 새로이 가꿈이야
只緣生理老年貧	사람살이 늙어서도 가난한 탓일러라.
村村板屋留殘雪	마을마다 판자집에 잔설 깔려 있건만
處處畬田及早春	곳곳마다 따비밭에 이른 봄이 왔도다.
日暮亂藤愁去馬	해울녘 亂藤은 가는 말을 시름케 하고
山深異鳥怪行人	깊은 산 새들은 길손 보고 갸웃하네.
此身難定悠悠計	이내 몸 유유히 살 곳 얻기 어렵나니
向處明年又問津	명년에는 어디메서 또 나루 물을꺼나.

<珍山道中>(권3 장4-5)

　살 곳을 찾아 헤매는 寒儒의 심정은 착잡하다. 동쪽 골짜기에서 새 복거지를 경영하려고 한 까닭은 나이가 들어서도 가난하기 때문이라 토로했다. 가난을 벗어나고자 하는 몸부림이다. 마을마다 판자집에 殘雪이 깔려 있는 봄이라, 따비밭 곳곳마다 봄빛은 굼실굼실 살아나고 있다. 농사를 지을 만도 한 곳이건만, 농토를 구하기가 쉽지 않다. 저물녘에 등나무가 얼키고설킨 길을 시름하며 가는 까닭이 여기에 있다. '亂藤'은 行路難의 뜻도 있지만, 얼키고설킨 시인의 복잡하고도 착잡한 마음을 뜻한다. 人境外의 깊은 深處까지 두루 찾아 헤맸다. 그러나 悠悠히 살 곳이 없다. 내년에는 어디에서 또 헤맬 것인가. 삶의 孤獨과 悲哀이다.

　그러나 삶의 고독과 비애 속에서도 기쁨이 없었던 것은 아니다. 石北은 영조 26년 서른 아홉 살에 처음 進士에 오른다. 그는 당시의 기쁨을 다음처럼 읊었다.

桃花如醉柳如眠 　　　　　도화는 취한 듯 버들은 조는 듯
雙笛春風出馬前 　　　　　쌍적 소리 봄바람에 말 앞에 서네.
三十九年申進士 　　　　　서른 아홉 살 신진사를
行人却說是神仙 　　　　　행인들은 저이가 곧 신선이라 하네.

<馬上喜述行者言>(권3 장4)

　　서른 아홉 살 늦게야 진사가 된 자신의 自嘲的 심정을 戲化한 측면이 없지
않으나, 진사에 오른 기쁨을 神仙에 압축시켜 놓았다고 하겠다. 신선이 된 듯
한 도도한 흥취가 드러난다. 같은 해인 庚午年(1750) 봄에 지은 <庚午新第春
詞>에서도 새로 집을 지은 기쁨을 노래했다. 그러나 그러한 기쁨도 오랫동안
지속되지 못한다. 貧賤때문이다.
　　石北이 떠돌이 생활을 한 것은 빈천때문이라고 한 바 있다. 빈천에 따른
石北과 그 형제의 비애는 <夜拈西字兄弟三人共賦> 등 庚辰年(1760) 11월에
關西地方을 여행하려 할 때 삼형제가 읊은 시에서 그 절정을 이룬다고 하겠
다. 關西地方을 여행한 실질적인 목적은 어디까지나 生資를 구하기 위한 것이
었다.

長途慙白髮 　　　　　머나 먼 길 백발이 부끄러운데
何處問黃金 　　　　　어디에서 황금을 물어 볼꺼나.

<又得深字> 其一(권2 장2)

　　石北이 관서지방을 여행하는 실질적인 목적이 드러난 부분이다. 生資를 구
하러 가는 길이었다. 黃金을 달함은 이를 뜻한다. 白髮貧遊가 부끄럽다. 술마
저 없어 客愁를 이기지 못했던 여행이었다. 당시는 禁酒令이 내려 어디를 가
나 술을 얻지 못하였다. 빈천을 해결할 목적으로 가는 여행이기에 시름도 많
았던 것이지만, 실제 여행에서는 가난때문에 곤욕을 당하기도 했다.

平山府吏叱門前 　　　　　평산부의 아전이 문전에서 질책하니
李侍郎書不可傳 　　　　　이시랑의 편지를 전할 길이 전혀 없네.

到處寒儒多敗意　　　　　간 곳마다 한유에겐 어긋난 뜻도 많아
黃州路上笑無錢　　　　　황주 길 위에서 돈 없음에 웃어 보네.
<平山道中>(권2 장5)

寒儒의 심정은 참담하기 그지없다. 黃海道 平山에서 아전으로부터 곤욕을
당했다. 李侍郎의 편지를 전하지도 못한 채 門前薄待를 당한 것이다. 이러한
곤욕이 여기서 그치는 것이 아님을 轉句에서 엿볼 수 있다. 간 곳마다 보잘
것 없는 선비는 어긋난 뜻이 많다 했다. 그러므로 黃州 길에서는 無錢에 웃음
을 터뜨린 것이다. 가난때문에 생긴 寒儒의 비애이다. 그러므로 나그네 길에
서 '不能無失意 遂欲置思鄕'10)이라고 읊기도 했다.

石北은 그의 일생을 통하여 가난과 싸우면서 작품을 썼기 때문에 그의 문
학과 가난은 분리할 수 없다.11) 벗과 헤어지면서도 '故人貧賤別 深夜鬓毛
明'12)이라고 읊기도 했다. 오랫동안 빈한과 고투했던 처절한 광경은 <謝睦太
守萬中二十錢歌> 등에서 사실적으로 그려지고 있고, <與法正及兪秀五恒柱
書>·<與權孟容巖書>·<與潭陽太守洪大受書> 등에서는 가난을 솔직히 고백하
고 있다.

立身揚名은 아득한데다 빈천은 해결될 기미도 없이 병들어 늙어가는 현실
이 답답하여 점괘를 풀어도 보았다. 점괘를 풀어보는 것은 병이 많기 때문이
지, 窮通을 물어보려는 것이 아니라 했다. 그러나 뜻을 이루지 못한 고뇌와
갈등이 그 바탕에 깔려 있다. 그저 뭇사람과 다름 없는 평범한 사람에 불과하
다는 인식13) 속에 내적 갈등이 잠재되어 있다. 아무리 문장 뛰어나고 뜻이
높다고 한들, 南人은 벼슬하기가 쉽지 않았다. 石北은 50세가 다 되도록 뜻을
얻지 못하고 失意 속에 방황했다. 그러한 방황이 나그네 생활로 이어진 것이

---

10) 申光洙, <劎水>, 《文集》 권2 장4-5.
11) 李家源, <石北文學研究>, 《東方學志》 第4輯(延世大學校, 1958), 153쪽 참조.
12) 申光洙, <辛未十月將赴忠州夜會會而宅崔吉甫洪光國話別>, 《文集》 권1 장31-32.
13) 申光洙, <設卜>, 《文集》 권1 장14. "開卦疎簾下 焚香小雨中 總緣多疾病 非欲問窮通
　　衣食猶豊歲 詩書幸古風 行藏元自卜 四十衆人同"

다. 여기엔 당시의 정치적 상황도 한 몫을 하고 있었다.

　16세기에 정계에 진출한 士林派는 朱子의 君子小人辨 중심의 朋黨論을 통해 자파를 방어할 수 있는 근거를 마련하였고, 李珥에 의해 마련된 調劑論은 이후 朝鮮的 朋黨論의 특징이 되었다.14) 숙종 6년(1680)에 庚申大黜陟이 일나 남인은 몰락하기 시작한 바,15) 18세기는 老少黨爭이 보다 심화되면서 老論專制化의 방향으로 전개되었다. 老論은 少論이나 南人의 배척에 일관했다. 그 방법이 양반 중에서도 人閥·學閥·地閥의 결집으로 성립되는 閥閱이라는 執權 特殊層을 형성하는 것이었다.16) 石北이 벼슬길에 쉽게 나아갈 수 없었던 것 은 이같은 정치적 배경때문이었다.

群山西走大江隨	뭇산 서쪽 달리니 큰 강 따르고
草閣無人獨立時	草閣에 사람 없어 홀로 서 있네.
細雨斜看來不已	가랑비 빗기 내려 그치질 않고
孤舟遠望去何遲	외로운 배 저 멀리 어찌 더딘고.
心期寂寞交遊散	마음 기약 적막한데 놀다 흩어짐
功業蹉跎妻子悲	功業이 어긋나니 妻子 슬프리.
乳燕落花渾滿眼	제비 새끼 지는 꽃은 눈속에 가득
靑春垂暮更多事	푸른 봄 저녁에는 일 다시 많네.17)

<江亭春望>(권1 장37)

　江亭에서 봄 경치를 바라보는 심경은 착잡하다. 서경과 서정이 절묘하게 조화되면서 시인의 처지와 심경이 고도로 응축되었다. 情景相値를 통한 天理 流行 그대로다. 哀而不傷하다는 점에서 그 바탕에 性情之正이 깔려 있다고 하 겠다. 江亭에서는 뭇산과 큰 강이 보인다. 가랑비도 내리고 있다. 후반부에서

---

14) 鄭萬祚, <朝鮮時代 朋黨論의 展開와 그 性格>, ≪朝鮮後期 黨爭의 綜合的 檢討≫(韓國精神文化硏究院, 1994), 149 참조.
15) 李成茂, <17世紀 禮論과 黨爭>, ≪朝鮮後期 黨爭의 綜合的 檢討≫(韓國精神文化硏究院,1994).
16) 李銀順, ≪朝鮮後期黨爭史硏究≫(一潮閣, 1995), 136 참조.
17) 申光洙, <江亭春望>, ≪文集≫ 권1 장37.

시적 분위기가 급변했다. 交遊하다 흩어진 벗들 생각에 적막한 심경을 드러내고는, '功業蹉跎妻子悲'를 통해 뜻을 이루지 못한 서글픔을 표출했다. 한 집안의 가장이 지닌 실의는 곧 아내와 자녀의 슬픔으로 확대된다. 그러므로 결련의 봄 경치는 단순한 자연물만을 의미하는 것은 아니다. '乳燕'은 제비 새끼를 나타냄과 동시에 바로 자신의 귀여운 자녀를 의미하며, '落花'는 뜻을 이루지 못한 채 늙어가는 자신과 아내의 모습을 함축하고 있다. 그러므로 '靑春垂暮更多事'를 통해 그러한 자신의 처지와 심경을 다시 한번 더 강조했다.

石北은 '靑雲非國士 白髮愧京花'[18]라고 읊기도 했다. 마흔이 넘도록 자신의 꿈을 이루지 못한 부끄러움의 표출이다. '京花'는 꿈의 실현이나 富貴功名, 그리고 서울의 화려함 등이 복합적으로 함축된 단어다. 나그네로 떠돌고 있는 것은 貧賤을 해결하기 위한 것이요, 立身揚名의 꿈을 실현하기 위한 것이다. 입신양명의 꿈을 이루지 못했으므로 가족들은 뿔뿔이 흩어져야 했고, 石北 자신은 風塵南北의 긴긴 旅路를 헤매야만 했던 것이다. 科擧에 及第하지 못한 자신때문에 노복마저 흩어져 고생을 겪었다.

<別妹往保寧外家借田作農>에서 누이의 辛苦한 삶을, <再過松江寓居>, <寄文初>, <夜深>, <始到西林文初寓所>, <蓬湖馬上望文初家悵然有吟> 등에서는 아우 文初의 辛苦한 삶을 노래했다. 石北詩는 自憐自哀의 서글픔이 주조를 이룬다. 뜻을 얻지 못했기 때문이요, 빈천에서 벗어나지 못했기 때문이다. 그러므로,

天涯吾二弟	천애에 나의 두 아우 있으니
垂老事多憐	늘그막에 일 많음 애달프기만.
橡拾三溪寺	삼계사서 도토리를 줍고 있으나
詩傳百奧船	시 백 편은 외진 곳 배에 전하네.
文章有窮鬼	문장에는 궁핍한 귀신이 있고
租稅急荒年	조세는 흉년 맞아 재촉 급하네.
歲暮東江上	한 해도 해설핀 동강 위에서

---

18) 申光洙, <又疊述客懷>, ≪文集≫ 권1 장52.

心摧去鴈前   날아가는 기러기에 마음 꺾이네.
                                          <得兩弟書>(권6 장4)

라고 노래하여, 三溪寺에서 도토리를 주어 延命하는 아우의 辛苦한 삶에 가슴
아파 하고 있음을 볼 수 있다. 도토리를 주어 延命하는 모습은 조선후기 몰락
양반의 삶 바로 그것이다. 여기에 조세를 재촉하는 관리의 모습도 연상할 수
있으니, 雪上加霜의 참담한 정경에 절로 마음 꺾인다고 했다.

  가족에 대한 그리움을 형상한 <除夕雜詠>에서도 가족들이 가난때문에 뿔
뿔이 흩어져 살아야만 하는 현실을 읊었다. 石北은 5男3女를 두었다. 둘째 아
들 履相은 가난때문에 자식을 妻家에 맡겨 놓고 閑谷에서 이삼 년을 지내고
있고, 셋째 아들 渭相은 公州 유점의 깊은 산중에서 상수리로 延命함을 <除
夕雜詠>에서 노래했다. 다른 작품에서는 '遠惟添父淚 貧實廢人情'[19]이라고 탄
식하기도 했다. 石北의 형제들 또한 마찬가지였으니, '江海生涯兩弟貧 文章誤
盡我家人'[20]이라 통탄했다. 문장에 진력했기 때문에 형제가 모두 가난할수밖
에 없었다는 침통한 고백이다. 문장을 닦는 것은 입신양명하기 위함이다. 그
러나 때를 만나지 못했기 때문에 떠돌 수밖에 없었다.

  石北은 詩人으로서 자부와 긍지가 누구보다도 드높았다. 그러나 때로는 시
인이기에 가난을 떨쳐 버리지 못함을 탄식했다. 우리나라 詩史上 시를 餘技로
써 여기지 않고, 문학의 한 양식으로 인식한 시인으로 石北만큼 철저한 인물
을 찾기는 쉽지 않을 것이다. 石北에게 시는 생활 그 자체였다. 그만큼 시를
사랑하고, 시를 즐겼으며, 시인으로 자처했다. 그러나 시인이었기에 가난을 벗
어나지 못한 것이요, 뜻을 이루지 못한 것이라는 생각이 짙다. 이리저리 떠돌
다가 깊은 산 속에서 밭이나마 얻고자하는 求田의 처량한 심정을 보이기도
했다. 文章은 돈으로 되는 것이 아니다. 시인으로 자부와 긍지를 지니고 살면
되지 않겠느냐고 自慰하기도 했다. 아무리 삶이 힘들어도 시만을 버릴 수 없

---

19) 申光洙, <得閑谷兒書病報頻重方以憂病不能送奴探問感得一首>, 《文集》 권4 장18.
20) 申光洙, <旅懷八詠> 其六, 《文集》 권3 장25.

다고 노래했다.

吾年初四十	내 나이 처음으로 마흔이건만
海岸作農人	바닷가 언덕에서 농사꾼 됐네.
世路行逾畏	세상 길은 갈수록 더욱 두렵고
詩家老益貧	시인은 늙을수록 더욱 가난해.
水流同遠意	흐르는 물과 함께 뜻은 멀건만
花發恨餘春	꽃이 피니 남은 봄 한스럽다네.
青眼開何日	어느 날에 청안이 마냥 열려서
長吟寂寞濱	쓸쓸한 물가에서 길이 읊을꼬.

<寄景休> <其四>(권1 장34-35)

시인으로서 면모가 잘 나타나 있다. 마흔 살에 바닷가 언덕에서 농사꾼이 된 현실을 직시하고 있다. 不惑의 나이에 들어선 것이다. 그러므로 세상 길이 갈수록 더욱 두렵다고 실토하고 있는 것이며, 시인은 늙을수록 더욱 가난하다고 탄식하고 있는 것이다. 시인의 自負와 矜持는 가난이란 현실때문에 갈등이 수반되고 있다. 성취해야할 '遠意'가 아직 남아 있다. 아름다운 봄을 詩友와 더불어 보내고 싶건만, 곁에 시우가 없다. 그러므로 青眼이 열리는 날에 더불어 시를 읊고 싶다고 토로했다. 청안은 절친한 친구를 만났을 때 쓰는 시어다. 기쁠 때는 눈에 푸른 자위가 많아진다. 晉나라 때 阮籍이 俗士를 만나면 白眼視하고 뜻에 맞는 친구를 만나면 青眼으로 대했다는 고사에서 왔다. 石北이 이 시어를 사용한 것은 자신을 완적에 비유함에 다름 아니다. 晉나라 竹林七賢처럼 세속을 멀리하여 清談을 일삼으며 살고 싶다는 강렬한 소망이 그 속에 담겨 있다.

시인으로서 石北의 면모는 <詩人>에도 잘 나타나고 있다. 복사꽃이 활짝 피고 새가 곱게 우지짖는 아름다운 春境에 詩情을 가눌 수가 없어 '晚風吹白髮 川上不勝情'[21]이라 했다. 多情多感한 시인이었다. 그러나 아직은 青雲의 꿈

---

21) 申光洙, <詩人>, ≪文集≫ 권1 장35. "谷口桃花發 南隣照眼明 詩人隨意往 春鳥得時鳴 世路年年改 天機日日生 晚風吹白髮 川上不勝情"

을 이루지 못한 腐儒일 뿐이다. 그러므로,

詩人元易老	시인은 원래부터 늙기가 쉽고
志士每多悲	지사는 어느 때나 시름이 많네.
行役何時已	나그네 길 언제나 그치려는지
功名未可知	공명이야 아직은 알 수가 없네.
菊花東郡早	동쪽 고을 국화는 일찍 피었고
秋日大江遲	가을날에 큰 강은 더디 흐르네.
滿目非吾土	눈에 가득 넓은 땅 낮이 설어서
前途一問之	앞길 한번 묻고서 가기도 하네.

<東郡>(권1 장32)

라고 읊은 것이다. 風塵南北의 旅程 속에 입신양명을 꿈을 이루지 못한 심정은 착잡하기만 하다. 詩人은 늙기가 쉽고 志士는 시름이 많다. 어느 때나 꿈을 이루어 志士의 포부를 활짝 펼칠 수 있을 것인가. 끝없는 나그네 길의 연속이었다. 그러면 왜 石北은 널리 알려진 그의 詩名에도 불구하고 立身揚名의 꿈을 이루지 못했는가. 老論天下의 一黨專制도 그 하나였지만, 당시 부폐한 과거제도가 한 몫을 하고 있기도 했다.

石北은 46세 이후에 아예 科場을 출입하지 않았다. 부단히 도전했지만, 뜻을 이루지 못했기 때문이다. 자신이 이루지 못한 꿈을 자식이나마 이루어 주기를 갈망하기도 한 바, 이러한 점은 <謁聖日感吟>이나 <其夕> 등에 잘 나타나 있다. 아들에 대한 기대감을 표출하기도 했고, 과거를 위해 경제는 다른 때에 도모할 수밖에 없다고 읊기도 했다.

石北은 50세에 음관으로 寧陵參奉을 비로소 하게 되어 관계에 진출한다. 십 년 동안 挫折과 失意 속에 보내다가 음보로 寧陵參奉이 된 것이다. 石北은 처음으로 벼슬을 하게 된 감회를 <聞除命>에서 읊었다. 무엇보다 부모를 봉양할 수 있다는 기쁨이 컸다. 그러나 빈천이 해결되지 않았기 때문에 그의 고뇌와 갈등은 지속적으로 나타나고 있음을 적지 않은 그의 작품에서 엿볼 수 있다.

庭闈八十明朝近	내일 아침 어머님은 팔순에 드시건만
歸養無田永夜嗟	봉양할 밭도 없어 긴 밤을 탄식하네.

<直廬除夕>(권9 장31)

벼슬을 버리고 고향으로 마냥 달려가고 싶은 除夕이다. 그러나 고향에 돌아가도 봉양할 한 마지기 밭도 없으니, 벼슬을 그만 둘 수도 없다. 기나긴 섣달 그믐밤 내내 탄식치 않을 수 없다. 빈천이야말로 조선후기 몰락양반의 근원적 갈등이었고, 그 해결이야말로 그들의 핵심적 과제였다.

石北이 寧越府使가 되기 전까지는 위에서 볼 수 있는 것처럼 貧賤이 시의 주요 제재 중의 하나였다. 그만큼 寒儒의 窮乏과 悲哀, 그리고 이에 따른 葛藤相을 풍부히 드러내고 있다. 그러한 점에서 韓國漢詩上 貧窮文學의 精髓를 유감없이 드러낸 시인은 石北이라고 할 것이다. 石北은 貧寒 속에서도 누구보다도 시인으로서 자부와 긍지를 강하게 드러냈다. 여기서 貧賤과 詩人이라는 함수관계를 생각하지 않을 수 없다.

당시 시문으로 이른 높은 荷亭 李德胄, 菊圃 姜樸, 그리고 隱士이자 內舅인 礀亭 李齊巖 등의 격찬을 三樂이라고 해서 세칭 '石北三樂'이라는 말까지 생겨났다고 한다. 石北 光洙, 騎鹿 光淵, 震澤 光河 三兄弟는 '三光'이라고 했고, 여기에 石北의 후손이 문명이 있어서, 石北 삼형제와 이들을 '崇文八文章'이라 했다. 문단에서 餘·艮·海·澤을 四文章으로 꼽기도 한 바,[22] 光河는 그 중 한 사람이었다. 別號가 山曉閣인 누이 芙蓉堂 또한 여류시인으로 뛰어났다. 石北의 四兄弟妹는 崇文聯芳이라 일컬어질 만큼 모두 뛰어난 시인이었다. 그러므로 광하는, '南國三申起 西江李二鳴 文章千古事 兄弟並時名'[23]이라고 노래했다. '三申起'는 石北 삼형제를 말함이며, '李二鳴'은 李承延과 李秉延 형제를 말한다. '文章千古事'는 杜甫의 시 <偶題>에 보이니, 詩聖 두보를 연상하고 그같은 시인이 되고자 하는 면모를 보였다고 하겠다. 이렇듯 스스로 시인으로

22) ≪崇文聯芳集≫ 7-9쪽 참조.
23) 申光河, <寄李台甫承延>, ≪震澤文集≫ 권1 장33.

서 대단한 자부를 지녔던 형제들이었다.

그러나 모두 貧寒을 벗어나지 못한 채 어렵게 생활했다. 石北은 失意와 臥病, 歎老를 노래하는 가운데서도 빈천에서 온 비애와 갈등을 당대의 어느 시인들보다 숨김없이 드러냈다. 빈천을 해결할 수 있는 지름길은 立身揚名이었지만, 당대의 현실에서는 뜻을 쉽게 이룰 수가 없었다. 그러므로 실의에 잠기지 않을 수 없었고, 가난에서 벗어날 수도 없었다. 여기에서 비애와 갈등이 발생한 바, 이를 시인이라는 자부와 긍지를 통해서 해소하려고 했다. 현실적 결핍을 심리적으로 충족시키고자 하는 의식의 발로가 시인으로서 자부와 긍지 지니게 했다. 이것은 모두 불만족스러운 현실적 결핍을 시인이라는 자부와 긍지를 통해 보상받으려는 심리작용이다. 빈천 속에서도 유난히 시인임을 강조한 것은 그러한 의식의 外面化이다. 그러므로 현실적 욕망을 충족시킬 수 없는 데서 온 결핍성, 그것을 충족시키려는 일종의 보상기제로 시인을 선택했다고 하겠다.

자신의 궁상스러운 처지를 石北처럼 솔직하게 드러낸 시인은 드물다. 조선후기 사회의 가장 중요하고 본질적인 측면은 생산에 직접 종사하고 있는 백성들의 궁핍화 현상이며, 몰락사대부 또한 이와 다르지 않다고 할 때, 빈궁문학은 설 자리를 찾을 수 있다. 궁핍에 대한 진솔한 형상은 시대상과 무관하지 않은 것이지만, 특히 시인의 개인적 시의식과 관련이 깊은 것으로 보인다. 石北의 궁상은 빈천을 형상한 데서 나타난다. 빈천과 이에 따른 비애 및 갈등을 숨김없이 드러낸 石北詩는 빈궁문학의 전형을 보인 것으로서 한국문학사상 중요한 위치를 차지하고 있다고 할 것이다.

빈궁문학을 중심으로 삶의 고뇌와 갈등 및 득의의 기쁨을 대치시켜 보았다. 빈천이 갈등의 핵심으로 나타나고 있다. 여기서 나타난 삶의 고뇌와 갈등은 주로 가족적 범주의 것이다. 득의의 기쁨도 오래가지 못함은 결국 빈천을 해결하지 못했기 때문이다. 빈천을 노래한 石北詩는 고려조 李奎報의 <望南家吟> 이후 나타난 빈궁문학의 전통을 계승했다고 하겠다. 18세기 빈궁을 노래한 대표적인 시인이 石北이다. 빈천에서 나타난 갈등을 극복하는 방법은 다양하지만, 여기서는 무엇보다도 시인으로서의 자부와 긍지를 통해 극복하려고 하고 있음을 보았다. 빈천이라는 불만족스러운 현실에서 나타난 결핍을 시인 이라는 기제를 통해 보상받으려 했다.

3) 農村生活과 安分知足

田園에 의탁하여 현실적 좌절이나 갈등을 극복하려고 한 詩歌의 전통은 그 역사가 깊다. 그러나 현실의 대립개념으로 田園歸依가 창작의 중요한 동기로 작용한 시기는 朝鮮朝이다. 조선조는 儒敎가 가치체계를 형성한 대표적인 사회였다. 儒學은 현실을 토대로한 실천적 사상이다. 儒敎的 秩序 아래서 立身揚名은 일반적인 선비들의 꿈이었다. 그러나 이것은 누구나 이룰 수 있는 것은 아니다. 사회가 不條理하고 矛盾이 많을수록 이에 따른 懷疑와 葛藤은 심화되지 않을 수 없었다. 그러므로 世我矛盾은 언제나 갈등상을 수반한다. 현실적 꿈의 좌절과 시련은 갈등상을 내포하게 되고, 그것을 서정하기 위한 田園歸依는 자연스러운 현상이었다. 懷才不遇의 시인일수록 전원을 찾는 측면이 두드러졌다. '天下有道則見 無道則隱'[24]이나 '古之人得志 澤加於民 不得志 修身見於世 窮則獨善其身 達則兼善天下'[25]는 儒家의 처세술이었다.

體制의 矛盾과 삶의 葛藤이 심하면 심할수록, 삶의 굴곡이 變化無雙할수록 영원불변의 모습을 지닌 自然의 의연함은 동경의 대상이 아닐 수 없었다. 田園의 의미는 時代를 지배하는 삶의 원리나 自我의 존재양상에 따라 부단히 굴절되어 나타난다. 理想으로서 田園과 시인이 처한 現實이 遭遇하는 것은 네 가지 양상으로 나타난다. 現實肯定과 田園否定, 現實否定과 田園肯定, 現實肯定과 田園肯定, 現實否定과 田園否定이 바로 그것이다. 현실이 긍정되고 전원이 부정되는 경우나 현실과 전원이 모두 부정되는 경우는 田園詩라고 할 수 없다. 특히 전원과 현실이 모두 부정되는 경우 그것은 仙間詩나 遊仙詩라 할 것이다.

---

24) ≪論語≫ <泰伯>.
25) ≪孟子≫ <盡心上>.

　　조선조의 田園詩는 현실이 부정되고 전원이 긍정되는 경우가 대부분이나,
현실과 전원이 함께 긍정되는 경우도 적지 않다. 정치적 현실과 관련된 전원
귀의는 自律的 전원귀의와 他律的 전원귀의로 나타난다. 타율적 전원귀의는
현실적 挫折을 서정코자 田園에 귀의하며, 자율적 전원귀의는 현실적 속박에
서 벗어나고자 田園에 귀의한다. 정치적 현실과 상관없이 이루어지는 生活的
전원귀의도 있다. 이것은 田園의 삶 그 자체를 지향한다.

苦愛襄陽老	괴로이 기리노라, 양양 늙은이
躬耕不入城	밭을 갈며 성에는 가질 않았네.
晩年方好道	만년에 바야흐로 도를 즐겨서
當世欲無名	당세에는 이름이 없고자 하네.
山鳥窺碁去	산새들은 바둑을 엿보며 날고
溪雲過硯行	냇가구름 벼루를 스치어 가네.
鹿門妻子計	녹문에서 처자를 먹일 계획에
深處更留盟	깊은 곳에 숨어 삶 다짐하였네.

<晩年>(권1 장36)

　　現實이 否定되고 田園이 肯定된 경우이다. 襄陽老는 唐나라 詩人 孟浩然을
말한다. 그에 대한 지극한 동경이 苦愛로 표출되었다. 벼슬을 마다 하고 襄陽
에서 농사를 지으며 산 바, 그의 삶은 '躬耕不入城'에 압축되어 있다. 그러므
로 苦愛는 田園躬耕으로 표상되는 전원생활에 대한 지향을 뜻한다. 晩年에 道
를 즐겨 超世코자 함이다. 그러므로 산수를 벗삼아 바둑을 두고 문장을 다듬
는 好道의 삶을 누리고 있다. 여기에 바둑을 엿보며 날아가는 山鳥가 있고,
벼루를 스쳐가는 溪雲이 있다. 自然을 매개한 安分知足的 삶이요, 自然親和的
삶이다. 서정적 자아가 동경했던 田園深處 녹문의 삶은 妻子를 먹일 계획이라
는 점에서 生活性을 강하게 풍긴다.

　　政治的 現實은 흔히 城市나 長安으로 대표된다. 이 작품의 城은 躬耕의 田
園과 대립되는 공간이다. 是非曲直과 利害得失, 그리고 挫折과 그에 따른 葛
藤이 있는 공간이다. 그러므로 현실적 挫折과 煩惱에서 온 葛藤을 抒情코자

田園躬耕을 추구했다. '欲無名'은 이를 말함이다. 儒者의 '欲有名'은 立身揚名
에 있다. 經國濟民의 이상을 펼치기 위함이다. 立身揚名의 좌절은 갈등상을
수반한다. 그러므로 '欲無名'은 田園躬耕과 晩年好道를 지향한다. 욕망의 좌절
에 따른 현실적 갈등을 벗어날 수 있음이다. 그러므로 現實은 否定되기 마련
이다. 政治的 現實을 否定하는 田園躬耕은 經濟的 現實에 대한 肯定을 함축한
다. 그러므로 '妻子計'와 자연스럽게 연결된다. 田園은 經濟的 生活空間으로
生産의 現場이란 뜻을 지니기 때문이다. 이 경우 전원은 인간의 정서를 순화
하거나 미적 쾌감의 충족을 위한 관조적 대상으로서 공간이 아니다. 茶山의
자연관26)은 이를 잘 설명한다. 생산현장의 전원은 농민의 현실적 삶의 공간
이므로, 그것은 자연과 대결하면서 생활을 영위하는 공간이다.

野老時相見	들 늙은이 때때로 서로들 만나
籬前送始回	울타리서 작별하고 돌아들 가네.
讀書松子落	글을 읽는 사이에 솔방울 지고
多病菊花開	많은 병에 누우니 국화는 피네.
巢許非高士	소부·허유 드높은 선비 아니어
夔龍接儁才	기와 용은 뛰어난 인재 만났네.
腐儒無一事	부유라서 한 일이 하나도 없이
耕鑿十年來	어느새 밭갈이로 십 년 살았네.

<野老>(권1 장4)

　田園과 現實이 모두 肯定되고 있으나, 田園에 비해 現實이 보다 肯定된 경
우이다. 修己治人의 儒家的 思惟가 반영되었다. 들늙은이의 한가함, 독서, 多
病을 드러냈다. 隱逸高士 巢父와 許由는 높은 선비가 아니다. 그러므로 기와
용은 순임금을 위해 준재를 만났다. 그러나 서정적 자아는 '耕鑿十年來'의 腐
儒로 살았을 따름이다. '腐儒'엔 내적 갈등이 단적으로 압축되어 있다. 아무리
문장이 뛰어나고 뜻이 높다한들 당대의 현실은 벼슬하기가 쉽지 않았기 때문

---

26) 宋載邵, ≪茶山詩研究≫(創作社, 1986).

이다. 세속적 욕망에서 벗어나고자 隱逸高士 巢父와 許由를 본받으려 했다. 그러나 자신은 그같은 은일고사가 아니다. 夔와 龍처럼 임금을 위해 벼슬을 하고 있지도 않다. 밭갈이로 십년을 보낸 腐儒일 뿐이다. 여기에 儒者로서 뜻을 펴지 못하고 田園에 묻혀 살아야 하는 착잡한 심정과 내적 갈등이 있다. 그의 인간적 고뇌 속엔 出仕에 대한 욕망이 꿈틀거리고 있음을 엿볼 수 있다. 石北의 농촌생활에 나타난 두드러진 양상 중의 하나가 이같은 갈등상이라고 하겠다.

정치적 현실에 대한 그지없는 욕망은 갈등을 동반한다. 조선조 사대부의 이념은 經國濟民에 있다. 그러므로 입신양명은 그들의 이념을 실천하는 지름길이었다. 생활로서는 전원귀의를 동경하지 않았던 까닭이 여기에 있다. 유가적 사유가 강하게 작용할 경우 현실은 보다 긍정적 대상이 된다. 그러므로 巢父·許由나 竹林七賢과 같은 傲世之志나 吾不關焉의 방관적 태도를 부정한다. 無爲를 異端으로 보고, 放逸을 頹廢로 보기 때문이다.

귀거래하여 物外閑人의 悠悠自適한 생활을 누릴 수 있었던 것은 土地所有 形態와 밀접한 관련이 있다. 지방의 田莊에서는 귀족의 토지소유가 더욱 용이하게 진전하였다. 그리하여 귀족이 自己田莊에 생활근거지를 두고 직접 농민경작을 감독하는 양식을 발생시켰다. 토지에 기반한 생활근거가 확고하게 마련되어 있었으므로 聾巖·俛仰亭·孤山의 江湖生活은 가능했으며, 또한 일반적으로 귀거래가 그렇게도 풍미한 것으로 여겨진다.[27] 石北 또한 현실에서 받은 상처를 서정하고 갈등을 해소하고자 끊임없이 歸去來意識을 보였다.[28] 그러나 石北처럼 몰락한 남인의 전원귀의는 갈등을 수반할 수밖에 없다. 조선후기 不遇於時하고 不合於世한 知識人들은 대부분 이에 벗어나지 않는 것으로 보인다.

조선조 사대부는 전원귀의하여 泉石膏肓을 강력히 標榜했다. 泉石膏肓은 현실과 손을 끊고 홀로의 세계에 잠기는 경지다. 그러나 형식적으로는 현실과

---

27) 崔珍源, ≪國文學과 自然≫(成均館大學校出版部, 1986), 17-18쪽 참조.
28) 이 책의 道家的 思惟 참조할 것.

손을 끊었다고 할지라도 내용적으로는 그렇지 못하였다. 立身揚名할 수만 있다면 전원은 언제든지 버리겠다는 것이 그들의 本心이었다. 전원귀의는 완전한 逃避가 아니었다. 완전한 도피는 철저히 現實을 부정하는 데서 올 수 있다. 그러나 대부분은 政治現實과 열린 관계를 유지했다. 儒學의 이념인 經國濟民을 生活信條로 삼았으므로 현실과 완전히 손을 끊을 수 없었다. 그러므로 栗谷은 '때의 만남과 못만남'을 말했던 것이다.

> 손님이 말했다. "선비가 이 세상에 나서는 經國濟民에 뜻하지 않음이 없으니, 뜻과 일이 同一해야 하거늘, 혹은 進하여 兼善하고, 혹은 退하여 自守함은 무슨 까닭인가?" 주인이 말했다. "선비의 兼善은 진실로 그 뜻이니, 自守함이 어찌 本心이겠는가. 때의 만남과 못 만남이 있을 뿐이다."[29]

선비의 뜻은 經國濟民의 兼善에 있는 것이므로 退而自守는 本心이 아니라는 것이다. 兼善의 宦路에 뜻이 있으므로 退而自守의 歸去來는 本心이 될 수 없다는 인식이다. 선비의 귀거래는 어디까지나 때를 만나지 못했기 때문이요, 때를 만난다면 언제라도 仕宦의 길에 들어서겠다는 의미이다. 이러한 현실 긍정적 태도는 栗谷뿐만 아니라, 대부분의 조선조 선비들이 지녔던 태도이다. 이것은 중국 晉나라 때의 竹林七賢이나 고려 仁宗 때의 竹高七賢 등이 지녔던 현실에 대한 傲世之志의 태도에 비교하면 그 성격이 더욱 뚜렷해질 것이다.[30] 이들은 無爲를 의지화하고 放逸을 행동화함으로써 현실에 대한 吾不關焉의 방관적 태도를 드러내고 있기 때문이다.

栗谷은 <高山九曲歌>에서 '誅茅卜居ㅎ니 벗님네 다오시ᄂᆞ다'라고 읊었다. 이것은 竹林七賢이나 竹高七賢이 지녔던 傲世之志의 태도는 아니다. 그러므로

---

29) 李珥, <東湖問答>, ≪栗谷全書≫ 권15 雜著2. "客曰 士生斯世 莫不以經濟爲心 宜乎心亦皆同 而或進而兼善 或退而自守 何耶 主人曰 士之兼善 固其志也 退而自守 夫其本心歟 時有遇不遇耳"

30) 李鍾殷, <竹林七賢과 竹高七賢의 對比的 考察>, ≪韓國道敎思想의 理解≫(亞細亞文化社, 1990).

咏月吟風의 賞自然 속에서도 '碧波에 고즐 쁴워 野外예 보내노라'와 '遊人은
오디 아니ᄒ고 볼것 업다 ᄒ더라'를 통해 與民同樂의 儒家的 志向을 드러냈
다. 栗谷이 退而自守하여 學朱子를 표방하고 講學을 다짐한 것은 이를 뜻한
다.[31] 儒者의 이념은 어디까지나 經國濟民에 있다.

谷口宜初夏   산골 마을 첫여름 마냥 좋으니
嚶嚶黃鳥聞   낭랑한 꾀꼬리의 소릴 듣는다.
靑林常欲雨   푸른 숲은 언제나 비올 듯한데
素壁不勝雲   흰 벽은 구름 속에 잠기어 있다.
漸就桑麻事   농사철로 차츰차츰 접어 드나니
新成子弟文   자제들의 글도 새로 이루어진다.
桃花曾不種   일찍이 도화를 심지 않음은
非是絶人群   인간세상 멀리 하려 아니함이라.
                    <幽居>(권1 장4)

전원과 현실이 모두 긍정되고 있는 경우이다. 그러나 도화로 표상되는 仙
間은 부정되고 있다. 낭랑하게 우지짖는 꾀꼬리 소리를 듣는 첫여름의 산골마
을이다. 시청각을 통해 형상된 谷口는 그지없이 한가하고 평화롭기만 하다.
初夏의 여백미 속에 물외한적의 유유자적이 녹아 흐른다. 농사철로 접어 드는
데, 자제들의 글도 새로이 이루어지는 흐뭇함이 있다. 도원경이 연상된다. 그
러나 일찍이 도화를 심지 않았다. 일상적인 전원의 모습과 유미적인 도화를
대립적이 소재로 활용하여 일상적인 전원에 초점을 맞추면서 유미적인 도원
을 배격했다. 儒者로서 石北의 일면이 엿보이는 대목이다. 이는 일상적이고
평범한 것에서 진리를 찾으려는 조선조의 보편적인 유가적 사유[32]이다.
   陶淵明의 <陶花源記> 이대 桃花는 현실을 피해 달아난 隱士들의 別世界를

---

31) 李起炫, <高山九曲歌의 構造와 志向>, ≪한양어문연구≫ 제11집(한양대학교 한양어문
    연구회, 1993).
32) 李珥, ≪栗谷全書≫ 권13 <洪耻齊仁祐遊楓嶽錄跋>. "士之遊金剛者 亦目見而已 不能深
    知山水之趣 則與百姓日用而不知者無別矣"

뜻했다. 도화를 심지 않았다는 것은 도피의 세계를 꿈꾸지 않겠다는 뜻이다. 도화는 현실과 절연된 武陵桃源이나 別有天地의 세계를 상징한다. 그것은 자기도취적 仙間生活이라고 할 수 있다. 이 시는 田園도 肯定되고 現實도 肯定된 경우이다. 그러나 桃花로 표상되는 仙間은 부정된다. 이 전원은 심미적 관조의 대상이면서 동시에 생산현장이기도 하다. 그러므로 조화로움과 기쁨이 넘치는 공간으로 그려지고 있다. 桑麻事의 생산현장인 전원은 悠悠自適과 子弟들의 成就라는 즐거움을 절로 얻는 공간이다. 自得之樂의 전원은 정치적 현실과 열린 관계를 유지하고 있다. 그러므로 자득지락의 전원은 兼濟天下라는 天下之樂을 위한 예비적 공간이라는 의미를 지니게 된다. 병과 가난 속에서도 오금회를 짓다가 많은 장서를 뜻하는 二酉書[33]를 엿보는 아들에게 기대감을 갖는 것도 이에 다름 아니다.[34] 또한 전반부에서 볼 수 있는 것처럼 심미적 대상이므로 정서를 순화하는 공간이기도 하다. 곧 현실에서 받은 상처를 서정하고 위축된 마음을 확장함으로써 出仕의 기회를 엿보는 공간이라는 의미를 지니게 된다.

정치적 현실과 관련하여 한 시인에게서 볼 수 있는 전원의 다양한 의미는 자아와 세계가 調和·合一로만 일관하거나, 철저한 對立으로만 일관하지 않고 있음을 보았다. 이것은 그만큼 인간적 고뇌가 많았음을 뜻함에 다름 아니다.

石北의 田園은 生活性이 강하게 풍긴다. 隱求之樂에서 얻을 수 있는 眞率한 農村生活이 펼쳐진다. 松巖은 <閒居錄>에서 '潔身傲世 獨善山林者 雖似異於聖賢之事 亦自得其隱求之樂也'라 했다. 전원에서 펼쳐지는 石北의 삶은 潔身傲世보다는 獨善에 가깝다. 隱求之樂은 ≪論語≫ <季氏篇>의 '隱居以求其志 行義而達其道'에서 온 말이다. 전원은 眞率味가 넘쳐 흐르고, 계절의 변화에 따른 풍요로움과 아름다움이 펼쳐지며, 그윽함이 넘실거리는 공간으로 나

---

33) 二酉書는 많은 장서를 뜻한다. 湖南省에 있는 大酉와 小酉 두 산 밑의 동굴에 千卷의 古書가 있었기 때문에 二酉書라 했다.
34) 申光洙, <山中>, ≪文集≫ 권4 장3. "一夜山中雨 靑靑照地蔬 不才成老圃 多疾守窮廬 翁作五禽戲 兒窺二酉書 欣然更數日 文種未應踈"

타난다. 일체의 是非曲直과 利害得失이 이곳에는 없다.

     欸欸鵓鳩何處啼   꾸룩꾸룩 비둘기는 어디서 우나
     人家日夕杏花西   살구꽃 핀 인가 서쪽 해가 저무네.
     千畦水白移秧近   즈믄 두둑 허연 물 모낼 철 닥쳐
     四月山靑欲雨迷   사월이라 푸른 산은 비올 듯 흐릿.
     墻下頻來鷄子女   담장 아래 병아리들 자주 몰리고
     樓頭端坐鷰夫妻   다락 머리 제비 한 쌍 깔끔히 앉네.
     祇應長夏添幽事   긴 여름에 그윽한 일 더할 뿐이니
     褊性年來喜獨棲   해마다 홀로 있음 오직 즐겁네.
                                                <初夏>(권3 장2)

   시청각을 농촌의 평화로운 풍경과 한정을 드러내는 가운데 원근법을 사용
했다. 비둘기 울음 소리가 한가롭게 들리는, 살구꽃이 화사하게 핀 마을에 해
가 저문다. 모내기철이 닥쳐서 논마다 물이 담겨 있고, 푸른 산은 비올 듯 흐
릿하다. 풍년을 예고하는 것 같은 날씨다. 전반부에서 원경을 노래하고, 이어
후반부에서는 근경을 그리고 있다. 담장 아래 몰리는 병아리, 다락 머리로 날
아드는 제비를 통해 더없이 그윽한 농촌의 정경을 묘사했다. 그러므로 긴 여
름에 그윽한 일 더할 뿐이니, 해마다 홀로 있는 것이 애오라지 즐거운 것이라
는 인식이 나올 수밖에 없다.
   전원은 건강한 노동현장이다. 부들이 자라는 연못에 내리는 백로가 있고,
연기가 피어오르는 한낮에 우는 비둘기가 있다. 백로와 비둘기는 전원의 한가
함을 표상하는 자연물이다. 여기에 건강한 노동의 현장이 겹치고 있다. 점심
때면 들밥을 인 아낙네가 있고, 논밭에는 늘 일하는 농부들이 있다. 이러한
시 중에는 그 성격은 다소 다르지만 朝鮮後期 士大夫의 農事時調에서 볼 수
있는 생활현장의 짙은 향기35)가 스민 것도 없지 않아 있다.

―――――――――――――――
35) 朴魯埻, <李鼎輔 時調와 退行 속의 進境>, ≪古典文學硏究≫ 第8輯(韓國古典文學硏究
   會, 1993).

一鳩兩鳩鳴　　　　　비둘기 한 마리 비둘기 두 마리
後園桑木上　　　　　뒤안의 뽕나무 위에서 운다.
溪南荳花田　　　　　시내 남쪽 흐드러진 콩꽃밭에서
少婦雨中餉　　　　　젊은 아낙 빗속에 음식 차린다.36)

<田家>(권3 장9)

　노동과 생산의 현장인 전원풍경이다. 비둘기 울음은 평화스러운 전원의 분위기를 드러내는데 감각적으로 기여하고 있다. 뿐만 아니라, 田家夫婦의 애정을 상징하고 있기도 하다. 풍년을 예고하는 비가 내린다. 젊은 아낙은 흐드러지게 핀 콩꽃밭에서 음식을 차린다. 남편과 함께 먹기 위한 음식이다. 남편을 전혀 등장시키지 않고도 두 마리 비둘기 울음을 통해 전가부부의 건강한 삶의 모습을 그렸다. 여백미를 통한 천의무봉의 솜씨다.

　경제적 현장으로서 전원은 愛民과 敎化를 통한 바람직한 중세적 질서를 지향하는 相生相養의 공간이기도 하다. 관리는 임금과 백성의 중간에서 相生相養의 바람직한 사회를 건설하려고 한다. 그들은 風俗과 生産을 관장함으로써 愛民과 敎化라는 天下之樂을 누린 이후에 自得之樂을 추구한다. '先天下之樂後自得之樂'은 사대부의 이상이었다. 先天下之樂의 양상은 특히 <金馬別歌>에 잘 형상되어 있다. 儒家的 思惟는 결국 經國濟民을 지향한다. 그러므로 백성들의 삶에 지대한 관심을 보이지 않을 수 없다. 관리가 아닌 사대부 또한 크게 다르지 않다.

裊裊春分雨　　　　　하늘하늘 춘분에 흩날리는 비
終朝度遠峰　　　　　아침 내내 먼 봉을 건너고 있네.
早花心獨喜　　　　　아침 꽃에 마음은 홀로 기쁘고
喧鳥語從容　　　　　햇새 울음 그 소리 조용도 하네.
不畏隣家去　　　　　두려워 하지 않고 이웃집 가다
微沾水岸逢　　　　　살짝 젖어 물 언덕 에서 만났네.

---

36) 申光洙, <田家>, 《文集》 권3 장9.

野人何所愛	들사람들 무엇을 좋아하리오
時節潤田農	시절이 밭농사를 윤택케 하네.

<春分雨>(권3 장34)

　하늘하늘 흩날리는 춘분의 비는 풍년을 예고한다. 비에 촉촉히 젖은 꽃, 햇
새의 그윽한 울음은 모두 樂時豐의 소재다. 비를 맞는 것이 두렵지 않다. 농
사를 돕는 비이기 때문이다. 들사람들의 최대 관심사는 농사의 풍년에 있다.
봄비가 오는 전원의 한가한 생활 속에서 풍년에 대한 농부의 소망을 담아 놓
은 바, 與民同樂의 興趣를 표출한 것이다. 이것은 內面志向이 아닌 外面志向
의 즐거움이다. 사회적 자아가 발동되어 농민과 더불어 同苦同樂함으로써 얻
을 수 있는 天下之樂의 한 양상이라 하겠다.

　石北의 농촌생활의 일면을 특히 잘 드러낸 작품이 <摘栗>37)이다. 이 작품
은 49구로 된 五言 古體詩다. 가을날 밤을 수확하는 즐거움과 그 일상적 삶의
敍事를 통해 생활을 성찰함과 아울러 太古의 淳俗을 지향한 작품이다. 농촌생
활의 일면을 사실적으로 그렸다.

　제1구-제12구는 밤을 따는 모습과 수확의 기쁨을 실감나게 형상했다. 음력
팔월 서리가 내릴 무렵 누렇게 익은 뜨락의 밤, 장대를 휘두를 때마다 우두둑
사방으로 떨어진다. '雨落空中實 磊磊遍地光'은 이를 말한다. 어떤 것은 미끄
러운 비탈을 굴러 무성한 풀속에 꼭꼭 숨어버리기도 한다.

　제13구-제16구는 밤의 용도를 읊은 부분이다. 큰 것이나 작은 것이나 각각
그 용도가 있다. 비둘기가 몰려와서 먹기도 하고, 각각의 주머니로 들어가기도

---

37) 申光洙, <摘栗>, ≪石北文集≫ 권3 장5-6. "八月霜欲降 園栗初坼房 昨日半青者 今日已
　全黃 山風一微過 動手拾盈筐 課奴上樹摘 揮霍飛竿長 雨落空中實 磊磊遍地光 厓滑自易
　流 草深或善藏 小大當異用 鳩聚又各囊 下以供飯飣 上以助烝嘗 一一餉僮僕 辛勤收未央
　小兒先後來 稍稍集樹傍 始猶嚴訶禁 漸覺踈隄防 趍趍乍犯邊 狼藉焂入場 赤身冒荊棘 跣
　足走穀芒 遂復不畏嗔 對面恣搶攘 　主人咨擊地 作勢驅踉蹡 黠者走旋來 隨例聚成行 如
　彼蜂起盜 東西禦不遑 居然作一笑 任汝分不妨 邃古食實時 爾我物何常 其人無所爭 山果
　恣充糧 淳俗日以下 園林亦有疆 棗梨及柿桃 聲色向人强 念此自騂顏 不欲苦較量 越巡舍
　栗去 群兒蹈舞狂"

한다. 아래로는 餰飣에 이바지하기도 하고, 위로는 烝嘗에 쓰이기도 한다. 두 정은 먹을 음식을 잔뜩 늘어놓는 것을 뜻함이니 잔치상 등에 밤이 사용된다는 것을 말함이고, 증상은 겨울에 지내는 조상의 제사를 뜻함이니 겨울 제사에 쓰인다는 것을 말함이다. 그러므로 종에게 단단히 일러 부지런히 거두게 한다. 그러나 더디기만 하다. 이때쯤 훼방꾼이 등장한다. 바로 마을 아이들이다.

제17구-제34구에서는 밤을 사이에 놓고 石北과 마을 아이들의 신경전이 벌어진다. 작은 꼬마들이 나무 곁에 모여 밤을 주어 챙기자 엄하게 꾸짖어 못하게 한다. 아이들 멀리 달아나다가 잠깐 사이에 우르르 들어온다. 밤송이에 찔리는 것도 아랑곳 않는 맨발이다. 매질하고 땅도 치고 소리를 질러도 막무가내다. 이 악당들은 마치 벌떼처럼 일어난 도적과 같다. 역부족이다. 여기서 삶에 대한 성찰을 한다.

제35구-제49구에서 성찰을 통한 깨달음이 나타난다. 태고의 淳俗이 聲色으로 인하여 사라졌다. '居然作一笑'는 깨달음에서 나타난 행위다. '一笑' 속에 깨달음이 함축되어 있다. 그러므로 '任汝分不妨'이라 했다. 열매를 먹던 아득한 옛날에는 산과일로도 넉넉했다. 성색에 집착함으로써 구별이 생겼다. 그러므로 '聲色向人强'이라고 했다. 밤을 사이에 놓고 꼬마들과 실랑이를 벌였던 일이 부끄럽다. 재빨리 밤을 버리고 간다. 아이들이 기뻐 날뛴다. '群兒蹈舞狂'이다. 거장다운 솜씨로 시상을 전개하고는 마무리했다.

石北의 전원생활의 모습은 <田家卽事>, <冥歸>, <茅亭雨眺>, <田家>, <倚杖>, <今年>, <杪夏急雨>, <觀刈柴>, <西林霽夕野渡> 등에서 그려지고 있다. 이를 통해 전원의 農心, 진솔미, 한가함, 그윽한 홍취, 건강한 삶의 현장, 맑고 깨끗한 삶 등을 노래했다.

전원생활의 두드러진 양상 중의 하나가 安貧樂道이다. 조선조 지식인들은 立身揚名의 포부를 성취하려고 노력했으나, 그것을 도저히 성취할 수 없을 때에 전원으로 돌아가 安分知足의 삶을 추구했다. 또는 현실적인 문제를 부단히 극복하려 했으나, 그것이 극복되지 않을 때에도 그러한 모습을 드러냈다. 현실적 갈등을 안분지족을 통해 극복하려는 측면이 강했다.

虛名三十載	부질없이 삼십 년 헛된 이름에
頭白返吾廬	머리 희어 집으로 돌아왔다네.
天下曾無友	하늘 아래 일찍이 벗 없으랴만
山中獨有書	산 속에는 오로지 서책만 있네.
學仙心不足	신선을 배우기엔 마음 부족코
多病藥難踈	많은 병에 약물은 곁에 늘 있네.
萬事元隨分	만사란 분수 원래 따라야 하니
松風讀逾初	솔바람에 글을 읽기 시작한다네.

<書壁>(권3 장27)

삶에 대한 성찰을 바탕으로 안분지족의 태도를 드러내고 있다. '虛名三十載'
엔 시인의 내적 갈등이 내포되어 있다. 20대부터 시인으로서 명성을 날렸지
만, 아직도 뜻을 이루지 못했다. 그리하여 결국 머리가 허옇게 되어 귀거래했
다. 오로지 서책만을 벗하고 지내는 산중이다. 不老不死의 신선이 되고 싶다.
많은 병으로 늘 시달리고 있기 때문이다. 그러나 신선술을 쉽게 배울 수도 없
다. '萬事元隨分'을 절실히 깨닫는다. 만사란 모두 분수에 따르는 법이니 억지
로 되는 것이 아니라는 인식이다. 그러므로 '松風讀逾初'의 삶을 지향했다. '逾
初'란 벼슬살이를 그만두고 야인으로 돌아가고자 하는 宿望을 이른다. 아직까
지 한번도 벼슬살이를 한 것은 아니지만, 자연과 책을 매개로 하여 안분지족
하고 있다.

분수에 만족하고 살아가려는 모습은 <幽事>, <老柿> 등에도 나타나지만,
특히<晩興>에서는 당장 먹을 식량마저 없는 상황 속에서도 '但使時平此身健
耕田歲歲報君王'38)이라는 태도를 드러내기도 한다. 안분지족 속에 忠義思想을
담은 것은 '亦君恩이샷다'의 태도에 다름 아니다. 전원도 긍정되고 현실도 긍
정되며, 심지어 지독한 가난까지도 긍정되고 있다. 그러나 이러한 안분지족은
관념 속에서나 가능한 것이지 생활 속에서는 불가능하다. 생활이 전면에 부각

---

38) 申光洙, <晩興>, 《文集》 권3 장31-32. "東郊西郊白日長 桃花李花點跡墻 野人繞屋看
　　翠麥 小婢出洞貸黃粱 詩名少日總可笑 生涯老年漸欲忘 但使時平此身健 耕田歲歲報君
　　王"

되면, 다시 고뇌와 갈등에 휩싸이게 된다. 그럼에도 불구하고 자연을 매개로 한 안분지족은 현실적 갈등과 고뇌를 극복하려는 한 양상이었다는 데에 그 의의가 있다. 石北의 경우 전원은 정치적 현실로부터 받은 상처와 갈등을 위안받고 서정하는 공간일 뿐만 아니라, 빈천에서 온 고뇌와 갈등을 서정하는 공간으로서도 큰 의미를 지닌다.

　현실과 전원은 조화·합일되기도 하고 대립되기도 한다. 현실이 부정되고 전원이 긍정되는 경우 안분지족과 자연친화적 삶이 나타나며, 생산현장으로서 경제적 생활공간이라는 의미를 지닌다. 전원과 현실이 모두 긍정되나 전원에 비해 현실이 보다 긍정되는 경우 내적 갈등이 드러나고 있다. 전원과 현실이 완전히 긍정되는 경우에는 도화로 표상되는 仙間은 부정된다. 이 경우 전원은 물외한적의 자득지락, 천하지락을 위한 예비적 공간이라는 의미를 지닌다. 이를 바탕으로 하여 주로 농촌생활의 모습을 형상한 시를 살펴 보았다. 건강한 노동현장, 풍요로움, 여민동락, 자아성찰 등의 공간으로서 나타남을 보았다. 그리고 이러한 공간에서 자연과 책을 매개로 하여 안빈낙도하고 있음도 살폈다.

2. 社會認識

　性理學的 美意識은 以詩正心을 보다 강조했다. 그러나 壬辰倭亂 이후에는 以詩正世의 社會美學的 詩意識이 보다 풍부히 나타났다. 美刺勸懲의 文藝意識은 일찍부터 존재했고, 이같은 主題意識은 수천 년 동안 줄기차게 이어졌다. 현실의 긍정적인 측면을 형상한 美意識과 부정적인 측면을 형상한 刺意識이 공존했다. 17세기를 거치면서 크게 변한 세계인식은 18세기에 이르러 더욱 확대되었다.

　시로써 잘못된 사회를 비판하고 바로 잡으려고 하는 것이 以詩正世다. 사

회의 부조리와 모순을 담아 세상을 광정하려는 濟世的 시풍은 이미 ≪詩經≫
으로부터 있었다. 시가 지니고 있는 '美刺'의 기능에 충실하려 함이다. 이같은
시풍은 崔孤雲의 시에서도 발견되며, 고려시대 많은 작품에서도 발견되고 있
다.[1] 조선조에는 사실적 敍事詩가 하나의 유형을 지닌 채 발전했다.[2] 특히
조선후기에 이르면 적지 않은 작품에서 사회상을 형상했다.

石北의 사회인식을 살피기 위해 애민의식, 민생의 참상과 질곡, 이상적 목
민상과 사회상 제시, 지식인의 비애와 고뇌로 나누어 살피기로 한다. 사회를
떠나서 시인이 존재할 수 없는 것처럼 시인은 어떤 형태로든지 당대의 사회
상을 반영하게 된다.

1) 石北의 愛民意識

굶주림과 헐벗음으로부터 해방은 豊年에 달려 있다. 백성들의 풍요로운 삶
은 국가적으로도 가장 중요한 과제였다. 그러므로 勸農은 목민관뿐만 아니라
모든 관리의 중요한 임무 중의 하나가 되었다. 그것은 兼濟天下, 곧 天下之樂
이라는 社會的 自我의 실현이었다. 石北은 <關西樂府>나 <金馬別歌> 등에서
바람직한 목민관의 자세를 제시했다. 백성들의 삶이 넉넉할 때 비로소 국가의
기반이 튼튼해진다. 풍년을 바라는 것은 民官 모두의 希求요, 渴望이다.

五月初得雨	오월에 처음으로 비가 내리니
皇天顧我東	황천이 우리 동국 돌보았구나.
八方蘇病物	팔방에 시든 만물 되살아나고
終日用微風	산들산들 바람은 종일 부누나.
典禮群神後	뭇神에게 의식을 갖추고 나서
精誠六事中	정성으로 六事를 지키려 하네.
古今由感應	예이제 감응으로 말미암나니

1) 金時鄴, <李奎報의 現實認識과 農民詩>, ≪大東文化研究≫ 第12輯(大東文化研究소, 1978).
2) 林熒澤 편역, ≪李朝時代 敍事詩≫(상)(창작과 비평사, 1992).

```
歌詠野人同                    歌詠을 들사람과 함께 하누나.
                         <五月二十五日始雨喜吟呼韻>(권9 장29)
```

가뭄 끝에 내리는 비를 통해 농부들과 더불어 기뻐하는 모습을 담았다. 팔방을 적신 단비는 풍년에 대한 희구이다. 皇天이 나라를 돌보았다는 의식 속에 비가 내리기를 오랫동안 갈망했음을 엿볼 수 있다. 단비의 기쁨은 만물의 소생, 산들바람, 祭儀, 歌詠으로 나타나면서, 六事를 지키겠다는 의지로 표출됐다. 六事란 周代의 六卿으로 사람이 지켜야 할 慈·儉·勤·愼·誠·明을 말한다. 음력 오월 한여름 단비는 풍년의 심상과 직결된다. 흉년을 면하게 되었다는 기쁨과 안도감은 마침내 들사람들과 더불어 歌詠하는 與民同樂으로 확대되고 있다.

백성이 헐벗고 굶주리게 됨은 가뭄이나 洪水 등 天災가 첫째 요인이라고 하겠다. 朝鮮朝 寫實的 敍事詩를 보면 遊離乞食하게 된 근본원인이 天災로 나타나고 있음을 볼 수 있다. 여기에 租稅督促이나 부조리한 제도, 虐政 등이 가미된 바, 그것들이 遊離乞食의 직접적인 원인으로 작용한다. 凶年을 맞으면 절로 租稅를 내지 못하게 되고, 그 결과 유리걸식할 수밖에 없었다. 조선후기 생산수단은 다양화하지만, 그래도 농업이 생산의 주요한 수단이었다. 그러므로 목민관의 가장 중요한 임무는 농사에 대한 권장이었다. 田園을 노래하고 있는 石北의 적지 않은 작품에서 나타나는 豊年希求는 愛民意識의 발로이다. 儒者의 愛民意識은 社會認識과 불가분의 관계에 있다.

애민의식을 바탕으로 하여 부조리한 사회상을 시정하려는 의지를 엿볼 수 있는 것은 <寧越弊瘼疏>3)이다. 이것은 寧越府使로 있을 때인 癸巳年(1773)에

---

3) 申光洙, <寧越弊瘼疏>, ≪文集≫ 권13 장18-19. "區區萬一之效 只在於簿書期會之間而其奈 弊瘼滋興 才術淺短 臣居常憂懼若隕淵谷 唯恐報效之無計 只訟罪戾之山積矣 今我聖上 至日求瘼之敎 丁寧懇惻藹然 一念與一陽交生 遍行於八路蔀屋之中 臣亦三百六十州中一吏 與父老婦孺 北望感涕之餘 豈無一二邑弊之可言者 而小小諸瘼不敢煩瀆 撮其甚者 略備省覽 惟聖明垂察焉 蓋本府爲邑 介在絶峽 土地瘠薄 人民稀少 戶不滿二千 生理可矜 況陵寢重地 事體自別 故奉公之節 有異於他邑 而徭役多端 凋弊特甚 守土之臣 惶懷悶歎 當如

지은 바, 영월의 폐막을 없애기 위해 올린 글이다. 영월의 가장 큰 폐해는 還
上에 있는 바, 이로 인하여 백성들이 헐벗고 굶주리고 있음을 지적하고, 이의
시정을 간절히 요구했다. 영월은 絶峽에 있어 땅은 좋지 않고 백성들은 적은
데, 陵寢重地의 徭役마저 많다. 이천 호가 채 안 되는 七面殘邑의 백성들이
이만이천여석의 곡식을 감당할 수 없어 고질적인 병폐가 되었다. 그리하여 홀
아비나 과부 등도 그 피해를 입고 있다는 것이다. 山田火耕으로 해가 다하도
록 勤苦하지만, 수학한 것을 모두 다 관의 창고에 바치게 되니, 헐벗고 굶주
릴 수밖에 없는데, 地主들도 못본 척하므로 백성들은 몸을 보존할 수가 없다.
그리하여 國恩을 생각하고 民隱을 돌아보면서 침식마저도 잊은 채 계책을 생
각했지만, 영월부사의 힘만으로는 도저히 어찌할 수가 없어 상소를 올리게 됐
다는 것이다. 還上의 弊端은 조선후기 백성들의 가장 커다란 고통 가운데 하
나였다. 식음을 전폐하고 잠자리에 들지 못할 정도로 고민했다는 고백에서 그
의 애민의식의 일단을 엿볼 수 있다. 환상을 포함한 三政의 문란은 18세기를
전후한 조선후기 전국적인 현상이었다.

石北의 아우 震澤이 쓴 <行狀>에서 당시 백성들의 상황을 엿볼 수 있다.

粤은 곧 沃沮의 옛땅이다. 지방이 거칠고 외지며 산은 깊은데 백성과 鳥獸가
살며 아전들의 불법이 많다. 鄕豪가 根據를 굳게 잡아 매우 武强하고, 芧稗과 柴
炭으로 요역하여 小民을 질책하니, 오로지 소민은 감당하지 못하고 이웃 군읍으

何哉 且以糶糴言之 七面殘邑還穀之數 則至於二萬七千餘石 以不滿二千戶之民當此二萬七
千餘石之穀 其何以堪之 然故每於分糶之時 雖折半留庫 折半分給 一戶所受 幾至數十石之
多 其中或有不願受者 而穀多人少 無以區處 故亦入於逐戶 分俵之中 及至秋捧 成一痼弊
三家數戶之村 鰥寡殘獨之類 皆受其害 山田火耕 終歲勤苦 而得之者盡納於官倉 身不得衣
腹不得充 而諸般雜役又多 名色窮弊山氓 殆難支保身 爲地主者目視此狀 無以蘇救 空言慰
撫 莫補顚連 臣上念國恩 下顧民隱 雖當餐忘食 臨寢無眠 以思懷保之策 而百爾究度實無
奈何 殿下平日之所孜孜 吾民之疾苦 而職在字牧之臣 無以仰體有負 我聖上如傷惻怛之念
臣罪至此 尤不勝萬萬隕越 而顧此邑上之弊 則有非自下之所可矯救者 敢以目下實狀有此
仰陳此 則令廟堂與道臣稟議 或移送他邑 或別般變通 俾此 闔境之民 得蒙一分之惠 千萬
幸甚臣無任 瞻天望聖 屛營祈懇之至 謹昧死以聞"

로 流徙함이 많아, 거주자가 더욱 크게 곤궁했다. 공이 비로소 이르러 어루만지고 쓰다듬어 주니, 휘어지고 구부러지지는 않았으나, 크게 병들어 있었다. 육칠일을 말을 달려 가서 보니, 監司 金種正이 振刷之術을 極言했다. 감사는 공에게雅重했는데 모두가 그를 따랐다. 사람들에게 일러 말하길, '누가 文士를 일러 사무에 소활하다고 하겠느냐.'라고 했다. 그의 말은 매우 명백하였다.4)

아전들의 불법과 향호의 횡포를 견디지 못하고 백성들이 이웃 고을로 옮겨 떠돌아 다닐 정도로 크게 병들어 있음을 지적했다. 백성들이 고향을 버리고 이웃 고을로 옮길 정도였으니, 당시의 불법과 횡포를 충분히 짐작할 만하다. 이런 때에 石北이 영월부사로 부임한 것이다. 김종정은 '누가 文士를 일러 사무에 소활하다고 하겠느냐.'라고 한 바, 진택은 그말은 매우 명백하다고 했다. 그렇게 말한 까닭은 다음과 같다.

또한 관리의 일을 익혀 釐正廳을 설치하였고 民戶簿를 열람하였다. 巨豪와 小民 등에게서 구실을 받으나 영을 따르지 않음이 있었다. 더욱 좋지 못한 자 두어 사람에게 立杖하니 감히 떠드는 자가 없었다. 소민이 지출에 응하여 보니 前時보다 오분의 삼이 감해졌었다. 이에 크게 기뻐하여 옮겨간 자들이 점점 돌아왔고, 또 창고를 열어 수천 斛의 포탈한 쌀을 적발하여, 雄猾한 관리는 모두 때리고 그들을 징계하였다. 이에 관리들이 속으로 느꼈지만, 향호는 고을 속에서 크게 시끄러웠다. 그러나 공은 조금도 굽히지 않았다. 다음해에 새로운 방백이 이르니, 좌우에서 기뻐하지 않은 자 중에 流言을 함이 많았으나, 끝내 그들을 방치해 버렸다.5)

---

4) <行狀>, ≪文集≫ 권16 장22. "粤卽沃沮故地 地荒僻山深 民鳥獸居 吏多不法 鄉豪盤據 甚武强 茅稈柴炭佗徭賦 責小民 專小民不堪 多流徙傍郡邑 居者益大困 公始至拊摩 不撓 鈞巨痩 六七馳往見 監司金鍾正極言振刷之術 監司雅重公 悉從之 謂人曰 誰謂文士闊於 事務 其言甚明白"

5) <行狀>, ≪文集≫ 권16 장22. "且習吏事 於是設釐正廳 閱民戶簿 征巨豪與小民等 有不 從令 尤無良者立杖數人 無敢譁者 小民之應支視 前時減五之三 乃大悅 徙者稍稍復 又剖 庫發數千斛逋糴 搗雄猾吏悉 徵之 於是吏陰感 鄉豪郡中大譟 公少撓 明年新方伯至 左右多不悅者中流言 竟置之中"

石北이 문사였지만 정사를 잘 돌보았음을 말했다. 구실이 오분의 삼이나 감해졌다는 데서, 石北이 얼마나 선정을 베풀었는가를 짐작할 수 있고, 그동안 관리와 향호의 불법과 횡포가 얼마나 컸는가를 충분히 알 수 있겠다. 石北의 선정으로 고을을 떠난 백성들이 다시 돌아왔다. 진택은 이어, '살피건대 公의 정사는 참되었고, 정성으로 다스려 기림을 구하지 아니하였으며, 먼저 儒化로 風俗을 바르게 하니, 사사로운 알현이 斥絶되었다. 법을 받듦에 오직 삼가하고 항상 慈諒廉約을 주로 하였다.'6)라고 적고 있다. 이처럼 石北은 백성들을 사랑하였고, 또한 올곧은 성품을 지녔던 것이다.

石北의 농사에 대한 관심과 애민의식은 <箭串>에 잘 나타나고 있다. 전관은 현재 한양대학 옆에 있는 살곶이 다리인데, 태조가 이 근처에 목마장을 두었다고 한다.

華陽亭下草茫茫　　　　화양정 아래에 푸른 풀은 아득한데
一望先朝放馬場　　　　생각하면 이태조가 방목했던 마장이라.
枕野橋連千駄蕾　　　　들다리 놓인 곳에 순무우밭 무성하고
繚垣石護萬株楊　　　　돌담을 에둘러싼 수양버들 일만 그루.
空聞虜騎曾來牧　　　　오랑캐가 말타고 와 방목했단 거짓 소문
不用官蒭有許長　　　　지금은 관유지로 풀만 길이 자라누나.
何似與民牛飽吃　　　　백성들로 하여금 소라도 기르게 하여
滿郊春雨勸耕桑　　　　들 가득 봄비 속에 농사짓게 아니하나.

<箭串>(권5 장50)

무성히 풀만 자라고 있는 官有地를 보고 비판적 시각을 드러냈다. 관유지를 방치할 것이 아니라, 백성들이 소를 먹이는 공간으로 활용해야 하지 않느냐는 것이다. 이것은 實事求是의 실학적 안목이다. 화양정은 전관평에 있는 정자이고, 先祖는 이태조이며, 虜騎는 병자호란 때의 胡兵을 뜻한다. 살곶이 다리라고 불리우는 전관은 지역이 평탄하고 넓으며 수초가 매우 풍부하다. 둘

---

6) <行狀>, ≪文集≫ 권16 장22. "考公爲政恬惆簡靖 不求譽 先儒化正風俗 斥絶私謁 奉法惟謹 常主於慈諒廉約"

러서 우리를 만들고 國馬를 길렀는데 넓이가 34리나 된다. 처음에는 나무우리를 만들고 해마다 改修하니, 백성은 이속들의 농간질에 피폐해지고, 말도 도둑맞거나 도망갔는데, 明宗朝에 와서 司僕寺提調 尙震이 요청하여, 돌을 쌓아 제방을 만들고 냇물이 흐르는 곳에는 鐵索으로 열고 닫게 하니, 그 후로 폐단이 제거되었다고 한다.7) 反省時代에 살았기 때문에 '問題를 空理空論에서 해결하지 말고 實地에서 現實問題로서 解決하자'8)는 실학정신을 드러냈다.

石北의 애민의식을 그의 작품 도처에서 발견된다. 애민은 課稅의 輕減과 백성의 처지에서 與民同樂할 것이 요청된다. '苛政猛於虎'라고 했다. 苛斂誅求가 백성들을 생활에 끼친 害惡은 열거하기 어려울 정도다. 石北은 변방으로 부임하는 관리에게 '塞田黍粟宜輕稅/ 關邑蔘貂每有言'9)이라고 당부하기도 했다. 조세를 가볍게 하고 인삼이나 담비가죽과 같은 진상품에 원한이 없도록 세심한 주의를 하라는 뜻이다. 洪君平이 나주로 부임할 때 지은 전별시10)에서는, '政與文章曾不遠/ 道存淸淨自然治'라고 하여 정사라고 하는 것은 문장과 멀리 떨어진 것이 아니며, 도가 청정하면 저절로 다스려진다고 하여 문장과 청정한 도를 강조했고, '秧雨三農挾馬隨'라고 하여 농사의 중요함을 일깨우기도 했다. 그러면 石北은 왜 정사와 문장은 멀지 않다고 했는가.

道文에 대한 견해는 文以載道에 이르고 다시 載道에서 寫實에 이르는 과정으로 본다. 유학적 문학관은 중국 고대의 道文觀에서 비롯된다. ≪周易≫에서는 天命과 宇宙, 자연의 질서와 道를 一元的으로 보고 있다. 하늘의 뜻을 나타내는 것을 문학이라고 보았다. ≪詩經≫에서는 詩敎를 통해서 先王의 어진 뜻을 펴나가고 善政을 꾀하는 것으로 보았다. 문학은 天地神靈만 감동케 하는 것이 아니라, 孝悌와 家風의 和睦, 나아가서 人倫을 두텁게 하고 올바른 역사의 전통을 유지해 나가는데 필요불가결한 것으로 보았다. 孔子의 文觀은 '學

7) ≪新增東國輿地勝覽≫ 備考篇 <東國輿地備考> 권2, <牧場>.
8) 趙潤濟, ≪韓國文學史≫(探求堂, 1993), 279쪽.
9) 申光洙, <寄靑海新府伯韓仁叟> 其三, ≪文集≫ 권6 장17.
10) 申光洙, <別洪僉判君平名漢赴羅州>, ≪文集≫ 권8 장32.

文·經學·詩書·禮樂·文化·德' 등 修己治人에 기본이 되는 德目이며, 문학이 곧
유학의 실천이라는 문학의 교훈적이고 효용론적 문학론에 접근했다. 공자는
修己治人에 필요한 모든 덕성과 인격의 함양, 諷刺를 통한 教化 및 政治外交
의 목적을 달성하는 방법으로 詩를 생각했으며, 특히 시로써 邪惡함을 제거하
고 正心·誠意·善心 등 심성을 함양할 수 있다고 생각했다.11) 공자의 文觀은
후대에 큰 영향을 미쳤다. 맹자 또한 시는 정치의 諷諫과 諷刺 및 백성의 教
化에 도움이 된다고 보았다. 石北이 말한 문장 또한 이러한 개념에서 벗어나
지 않는다. 그것은 시는 세상을 교화하는 데에 보탬이 된다는 有補世敎의 다
른 표현에 불과하다. 星湖 李瀷의 조카 李用休는 石北이 연천으로 부임할 때
'惟說職所管/ 是爲眞文章'12)이라고 읊은 바, 여기에 나타나는 '眞文章' 또한 위
와 같은 개념이다. 현실적 문제를 해결할 수 있는 것이 바로 참다운 문장이라
는 사고는 실학적 안목의 반영이다.

2) 民生의 慘狀과 桎梏

우리나라 시가 중에 노비를 소재로 한 작품은 많지 않다. 조선조 후기에
오면 신분질서가 동요되면서 贖奴의 현상도 없는 것은 아니나, 여전히 중세적
신분구조가 사회를 지탱하는 시대였다. 노비들은 대부분 비참한 생활을 했다.
계급차별의 신분제 사회에서 태어난 순간부터 운명적으로 노비가 될 수밖에
없었다. 우리 문학작품을 보면 양반 사대부가 노비로 전락한 경우도 없지 않
아 있다. 成海應의 <有客行>이 바로 그러한 작품이다. 이 작품은 귀족의 여
자가 정치적 전락으로 인해 관비신분으로 떨어져 모진 고난과 수모를 당하는
내용으로 당쟁과 연좌법에 대한 비판이 바탕에 깔려 있다. 石北과도 교유가
있었던 權攇의 <寺奴婢>는 가렴주구로 인한 민생의 피폐상과 시노비의 애환

---

11) 金圓卿, <韓國詩歌文學의 儒學思想研究>, ≪韓國文學의 思想的 研究≫(上)(太學社,
  1981), 170-185쪽 참조.
12) 李用休, <送申使君光洙之任漣川>, ≪惠寰詩鈔≫(筆寫本, 國立中央圖書館所藏).

을 형상화하고 있다. 石北의 아우 申光河의 <昆侖奴>는 양반집에서 머슴살이
하는 인간의 부정적 모습을 보이고 있어 다소 이채롭다. 17세기에 지어진 許
格의 <一環歌>는 권세가의 주변에서 자행된 농간에 의해 양민이 억울한 일
을 당하고 법제가 문란해진 사실을 폭로한 작품으로, 권세를 믿고 그 집 노비
마저 횡포를 부리는 모습을 담고 있다.

石北의 <採薪行>은 계유년(1753) 작품으로 계집종의 고달픈 삶의 모습과
그 비애를 예리하게 포착했다. 조선후기 양반사회의 해체과정에서 나타날 수
있는 몰락 양반가의 빈궁과 그 속에서 받는 女奴의 고통을 소재로 하고 있다.
여기에 노비에 대한 石北의 따뜻한 시선이 나타나 있다. 애민의식이 반영된
결과라고 할 것이다.

貧家女奴兩脚赤	가난한 집 계집종이 맨발의 두 다리로
上山採薪多白石	산에 올라 땔나무를 하는데 차돌도 많네.
白石傷脚脚見血	차돌에 다리 다쳐 다리엔 피가 흐르고
木根入地鎌子折	땅에 박힌 나무 뿌리에 낫은 부러졌네.
脚傷見血不足苦	다리 다쳐 흐르는 피에 괴로운데도
但恐鎌折主人怒	낫 부러져 주인 야단 걱정만 하네.
日暮戴薪一束歸	해어름에 나무 한 다발 이고 돌아와도
三合粟飯不饒飢	한 덩이 조밥으로 시장기를 면할 수 없네.
但見主人怒	주인에게 야단만 맞고 있다가
出門潛啼悲	문밖에서 남몰래 구슬피 우네.
男子怒一時	남자가 화내는 건 한 때라지만
女子怒多端	여자가 성낼 때는 꼬투리 많네.
男子猶可女子難	샌님에겐 견딜만 하나 마님 꾸중엔 어렵네.

<採薪行>(권1 장37-38)

가난한 집 계집종의 고통과 슬픔이 雪上加霜의 점층적 수법을 통해 확대되
고 있다. 계집종은 '貧家女奴'이다. 여기에 이미 여종의 비극적 삶이 함축되어
있다고 하겠다. '貧家女奴'이기에 '兩脚赤'의 모습을 하지 않을 수 없는 것이
고, 그러한 상태로 산에 올라 땔나무를 하지 않을 수 없는 것이다. 산에는 날

카로운 차돌도 많다. 결국 이러한 상황은 '白石傷脚脚見血/ 木根入地鎌子折'의 결과로 나타난다. 차돌의 흰 색과 피의 붉은 색이 대조됨으로써 시적 주인공의 비극적 상황은 보다 강조된다. 낫마저 댕강 부러져 버렸으니, 엎친데 덮친 격이다. 계집종의 비극성은 그녀의 내면의식을 통해 드러난다. 차돌에 다쳐 다리에 피가 흐르는 상황에서도 마음은 온통 부러진 낫에 집중되고 있다.

헐벗음과 굶주림, 그리고 다리가 다친 것은 그래도 참을 만하다. 정작 두려운 것은 주인에게 야단맞는 일이다. '但見主人怒'가 바로 그것이다. 주인의 '怒'와 계집종의 '悲'가 대조적이다. 계집종의 서러움과 고달픔은 '男子怒一時/女子怒多端'의 현실때문에 보다 심화된다. 그러므로 '男子猶可女子難'이라고 한 것이다. 신분제에 대한 비판적 인식을 바탕으로 한 人本主義의 문학적 표현이라는 점에 의의가 있다. 白居易의 <賣炭行>을 연상케 하는 <採薪行>은 결국 奴婢制度라는 체제의 모순에 대한 고발이자 신랄한 비판이라고 하겠다. 정신적 가치보다는 물질적 가치를 점점 더 중시하게 되는 조선후기 사회상도 엿볼 수 있다. 인간의 尊嚴性과 平等思想도 흐르고 있다. 인간의 尊嚴性과 平等思想에 대한 외침은 이미 許筠의 <洪吉童傳>에서 강렬하게 표출된 바 있다. 17세기 적서차별의 철폐에 대한 허균의 주장은 18세기 이후 개방성의 물결을 타고 더욱 확대되었다.

婢의 경우에는 公賤이거나 私賤이거나를 막론하고 관리나 주인의 성적유희의 대상이 될 뿐만 아니라 奴보다는 奴婢란 노동력을 양산할 수 있는 경제적 동물로 취급되어 값이 비싼 것이 노비의 처지였다. 18-19세기에 걸쳐 총체적인 노비의 수는 격감하기 시작하여 다수 노비소유 경향은 소수노비소유 경향으로 급변했으며, 그러면서도 率居奴婢는 끈질기게 존속하고, 奴婢主의 자비나 동정은 실제로 존재하지 않았으며, 노비층의 신분해방의 수단은 도망이 기본이었다. 노비들의 경제적 지위의 향상과 함께 도망하는 경우가 급증하여 노비신분제는 붕괴되어 가고 있었다.

조선조 후기에 身分制에 대한 비판적 견해는 柳馨源·李瀷·丁若鏞·柳壽垣·朴齊家 등 實學者를 중심으로 전개되었다. 유형원은 賤人의 증가를 막아 자유민

을 양적으로 확보함으로써 봉건국가의 기초를 삼으려고 하였으며, 노비세습제
를 폐지할 것을 궁극적 목적으로 삼았다. 이익은 私有奴婢數의 제한, 노비의
限年使役, 5세 이하 노비의 放良을 통한 점진적 노비해방, 더 나아가 良賤合
一을 통하여 궁극적으로는 신분계층의 타파를 목적했다. 정약용은 등급에 의
한 신분계층은 구별되어야 하지만 어느 정도 신분이동이 가능해야 한다고 보
기도 했다. 그러나 중세적 신분제에 대하여 양반신분과 천민신분을 부정하였
으며, 이것은 결국 중세적 신분제의 해체를 지향했다. 유수원은 노비제도의
존재의의를 부정하여 그 폐지를 주장하였고, 박제가 또한 班常의 타파를 주장
하였다.13) 실학자의 신분제에 대한 학자들의 견해에는 다소 차이가 있음도
사실이나 대체로 신분제의 해체를 궁극적 목표로 했다.

　石北은 이같은 시대적 사조의 영향을 입었을 것으로 보인다. 石北은 실학
의 선구자 磻溪 柳馨遠(1622-1673)의 外曾孫이다. 이러한 사실은 磻溪의 玄孫
柳詢(1737-1803)이 石北에게 奉贈한 시에서 나타나 있다. 石北의 王考 泰濟
(1656-1718)는 반계의 사위였다. 그러므로 石北이 실학파와 유대를 돈독히 할
수 있었다. 반계는 어릴 때에 外叔 李元鎭과 姑夫 金世濂에게 수학하였다. 이
원진은 하멜 표류사건 때 제주목사로 ≪耽羅志≫를 저술했고, 김세렴은 인조
때 호조판서로 ≪東溟集≫·≪海槎錄≫을 지었다. 또 이원진은 성호 이익과 당
숙간이다. 이익은 蔡濟恭의 從祖父 蔡彭胤의 사위이다. 石北이 채제공과 이익
의 高弟 또는 그의 조카인 李用休나 從孫인 李家煥, 李三煥과 교우가 두터워
진 것은 이러한 유대때문이었다. 반계의 후손이 石北에게 ≪磻溪隨錄≫ 간행
에 대한 收議로 편지하기도 했다. 石北은 또한 고산 윤선도의 玄孫女인 恭齋
斗緖의 딸과 결혼함으로써 茶山家와도 인척이 된다. 다산의 모부인 윤씨는 윤
고산의 7대손이므로 다산은 공재에게 있어 외증손서이다. 石北은 다산의 父公
荷石 丁載遠과 借書·還書의 교류가 있었고, 石北의 막내 아우 申光河는 다산
에게 시를 위증한 바 있고, 다산은 신광하의 만사를 짓기도 했다. 또한 石北

---

13) ≪韓國中世社會 解體期의 諸問題≫(上)(한울아카데미, 1992), 250-254 참조.

의 가장 절친한 詩友 정범조는 다산의 族父이다. 그는 다산시에 깊은 영향을 주었다. 실학자 申景濬도 石北의 친족이었음을 볼 때, 그는 다만 실학자라고 자처하지 않을 뿐 실학파에 가까운 인물이었다.[14] 이같은 유대때문에 石北은 실학파와 가까이 지낼 수 있었다.

<宿接同村女奴家>[15]는 사실적 서사가 두드러진 작품으로 여노가를 찾아가는 과정과 그 주변 풍경 및 노비에 대한 애정을 그린 작품이다. 제1구-제12구는 접동촌을 찾아가지 않을 수 없는 이유를 읊었다. 제13구-제28구는 접동촌 여노가의 정경과 상봉, 그리고 저녁밥을 통한 가난한 삶과 그 슬픔을 사실적으로 노래했다. 제29구-제32구는 접동촌 여노의 삶에 대한 감회와 떠남의 아쉬움을 담았다. 평화스러운 전원과 가난한 삶을 대조시키고, 서사구조 속에 서정성을 가미함으로써 비극성을 극대화했다. '貧實愧爲婢'에서 가난하기 때문에 노비가 되었다는 데서 사회상의 일면을 엿볼 수 있다. 신분질서의 동요 속에서 새로운 삶을 모색하고자 했던 조선후기 사회상의 일면을 현실주의 시각에서 사실적으로 그렸다.

荒年奴僕死亡稠　　　흉년 들어 노복들의 죽음도 많건마는
凍月催租又見囚　　　언 달에 조세 재촉 또 다시 수인 보네.
猶待主人登第去　　　주인의 과거급제 아직까지 기다리며
萬山深處數家留　　　만첩산중 깊은 곳 두어 집에 머물렀네.

<旅懷八詠> 其八(권3 장24)

노복의 죽음을 통해 흉년의 신고함을 드러냄과 동시에 조세 재촉과 수인을

---

14) 尹敬洙, ≪石北詩硏究≫(成均館大學校 博士學位論文, 1983), 14-16쪽 참조.
15) 申光洙, <宿接同村女奴家>, ≪文集≫ 권4 장6-7. "朝發靑蘿洞 晩涉藍溪水 水漲失日力 啁山半疋紫 本擬宿甌山 窮曛邈十里 山谷暝早生 新雨石齒齒 草樹多伏虎 微月不可恃 童奴識婢家 小聚隔溪指 信馬荳花徑 依岸斗屋是 黃犬吠蕭蕭 白廏懸累累 馬頭夫妻拜 土牀歇行李 持升走貸隣 小廚夜烟起 進飯星月下 山蔬壓茄子 再三稱無魚 貧實愧爲婢 吾寧食下咽 眼中憐生理 草草但兩口 契闊猶如此 小人一世上 凄寒孰非爾 天明擧鞭去 回首萬山裏"

통해 가혹한 정사의 일면을 폭로하고 있음을 볼 수 있다. 또한 과거에 급제하지 못한 자신 때문에 노복마저 고생을 겪고 있다고 표출하고 있다. 만첩산중 깊은 곳에 머물러 있는 노비 중 하나는 <宿接同村女奴家>에서 노래된 노비일 것이다. 여기서 노비가 주인의 영광과 함께 함을 볼 수 있다. 주인이 가난하기 때문에 노비마저 뿔뿔이 흩어져 살지 않으면 안되는 현실이 반영된 것이다. 부귀자의 노비는 주인과 부귀를 함께 누리던 시대였고, 권세가의 노비는 그 권세를 함께 누리던 시대였다. 許格의 <一環歌>에 이러한 점이 잘 나타나 있다.

판서댁의 노속인 일환은 양가집 여자를 약탈하는 만행을 저질렀고, 그로 인해 중형에 처해질 판이었는데, 엉뚱한 사람을 주모자로 조작해서 형벌이 가볍게 되며, 또 그나마 바꿔치기를 해서 조카가 대신 귀양을 가도록 한다. 그런데 귀양간 조카가 죽고 일환도 폭사한다는 줄거리다. 하늘의 징벌을 받은 것이나 당시 권세가의 횡포가 얼마나 심했는가를 여실히 보여주는 작품이다. 작품의 서문에서 허격은 부조리한 사회상을 옛날에도 기록했기 때문에 사건의 전말을 서술하여 후세 사람에 대해 경계시키고자 했다. 有補世敎의 以詩正世의 시정신이다. 石北이 <採薪行>을 지은 것 또한 여기서 크게 벗어나지 않는다. 成海應의 <有客行> 마지막 부분에서 '나라 위해 죽으면 忠臣의 가문/ 세상을 편히 하면 명족되나니/ 출신이 또한 무슨 관계 있으리/ 이 여자 참으로 측은하여라'[16)에서 암시받을 수 있는 새로운 사상의 발아에 연결되고 있다는 데에 그 문학사적 의의가 있다고 하겠다.

조선후기는 농업 생산력의 발달, 상품화폐의 발달로 인해 활발한 면모를 보이지만, 한편으로는 토지로부터 유리된 流民이 대거 발생한 시대였다. 조선 후기에 流民詩가 대량 창작되고 있음은 그 증거라고 할 수 있다. 중세사회를 지탱케 하는 근간은 봉건적인 토지소유제와 신분제도라고 할 것이다. 부조리한 사회제도와 천재지변은 농민들의 토지이탈로 나타나고, 그로 인하여 流民

---

16) 成海應, <有客行>, 《研經齋全集》 권1. "沈勁爲忠門 安世化名族 世類又奚罣 是特仁者惻"

問題가 커다란 사회적 문제로 대두됐다. 유민문제는 중세사회의 총제적 모순을 단적으로 보여줄 뿐만 아니라, 중세사회의 해체를 가속화시키는 구실을 했다. 조선후기 유민문제는 중세사회의 근간을 뿌리째 뒤흔드는 핵심적인 사건 중의 하나였다.

15세기 후반 왕조 내부의 모순이 심화되기 시작하면서 君盜들이 차차 고개를 들고 일어났다. 16세기 초엽부터는 차츰 전야가 황폐해지고 촌락이 폐허로 변했으며, 중엽에 이르러선 '十室九空'이니 '至於百里之間 不見人烟'이라고 표현할 정도에 이르렀다. 광범한 농민들의 유리현상이 아닐 수 없다. 율곡이 "弱者는 塡于溝壑하고 强者는 起爲盜賊이라"고 하였듯이, 노약자들은 굶어 죽거나 僧徒가 되거나 노비가 되는 경우도 많았지만, 청장년들 대부분은 군도가 되었다. 金莫同, 홍길동, 順石, 임꺽정이 이끄는 집단이 가장 대표적 군도였다. 民의 지배체제로부터의 이탈이라는 逋亡, 流民들의 폭도화인 군도가 발생하여 중세사회의 위협적 존재가 되었다.[17) 그 양상을 다르다고 할지라도 유민의 문제는 石北 당대에도 커다란 사회적 문제였다. 유민의 일부를 형성하고 있는 流丐는 특히 18세기에 증가했다. 상품화폐경제의 발달이 유개의 출현을 더욱 증가시킨 것이다. 대개 이들의 생활은 품을 파는 계층보다도 더 저급한 빈민층을 형성하였다.[18) 문학작품을 보면 유민 자체가 유리걸식하는 집단이기 때문에 사실상 流丐나 다름 없고, 따라서 그 구별은 쉽지 않다.

流丐가 소재로 등장한 石北의 작품으로는 <臘月九日行>과 <濟州乞者歌> 등이 있다. <臘月九日行>은 영릉참봉 시절에 지은 것이고, <濟州乞者歌>는 금부도사로 제주에 갔을 때 지은 작품이다.

<臘月九日行>[19)은 공사로 인한 행역의 고통과 추위로 죽거나 고통을 당하

17) 林熒澤, ≪韓國文學史의 視角≫(창작과 비평사, 1984), 121-126 참조.
18) 陳在敎, <李朝後期 流民에 관한 詩的 形象>, ≪韓國漢文學硏究≫ 제16집(韓國漢文學會, 1993), 346-348쪽 참조.
19) 申光洙, <臘月九日行>, ≪文集≫ 권5 장7. "人生每多事 驪州纔數日 復此臘月役 溯北寒凜栗 山川慘滿目 丈雪沒馬膝 淸朝發廣峴 風頭過箭疾 掩面伏馬背 飛冠屢見失 僕夫臥道周 口强聲不出 下馬一步步 氣直恒欲窒 行人立相視 面面氷作室 回頭宿處遠 却望前嶺

고 있는 거지의 비극성을 통해 당대의 사회가 안고 있는 모순을 드러낸 작품이라고 하겠다. 仄聲의 質字韻을 계속 사용함으로써 沈痛·鬱悒한 분위기를 자아내고 있는데, 전편이 換韻하지 않고 계속 같은 운을 사용하여 전체적인 분위기를 더욱 침통하게 만들고 있다.

제1구-제4구는 섣달에 일을 나가지 않으면 안될 미관말직의 괴로운 처지가 표출되었다. 여기서 북녘 섣달 매서운 겨울 추위는 삶의 시련과 역경을 상징한다고 할 수 있다. 그것은 石北과 같은 낮은 벼슬아치나 하층민의 시련과 역경을 또한 상징하기도 한다. 제5구-제18구는 매서운 섣달 겨울 추위 속을 가는 행역의 괴로움을 점층적으로 표출했다. 제19구-제22구는 천신만고 끝에 십 리를 걸어가서야 비로소 주막을 발견하고는 이내 불을 찾아 언 몸을 녹이는 모습이다. 추위의 고통으로부터 벗어나 따뜻함 속에서 안도의 한숨을 내쉬는 시간은 길지 않다. 그것은 제23구에서 주인 할멈이 등장하기 때문이다.

千金胡不恤	"어찌하여 천금으로 구휼하잖소.
今朝李夫峙	오늘 아침 바로 저 고개 위에서
凍殺幾六七	얼어 죽은 사람만도 일곱 여덟쯤
生世七十年	여태껏 칠십 평생 살아 왔지만
最見今冬凓	올처럼 매운 추위 처음 본다오."

제24구-제28구이다. 주인 할멈은 천금을 베풀어 죽어가는 사람을 왜 구휼하지 않는가라고 의문을 제기하고 있다. 칠십 평생 처음 만난 매서운 추위에 예닐곱 사람이나 얼어 죽은 현실때문이다. 얼어 죽은 예닐곱 사람은 고통을 당하고 있는 백성들을 대표한다. 앞에서 언급된 '却望前嶺峛'의 고개가 단순한

峛 十里始逢店 望門投一一 索火炙四體 移時解縮瑟 主嫗怪我行 千金胡不恤 今朝李夫峙 凍殺幾六七 生世七十年 最見今冬凓 我聞主嫗言 中心多愧懝 衣食不遑處 婚嫁苦未畢 垂老犯寒暑 傷生事難述 朱門有今日 苦寒豈盡悉 貂裘白炭紅 洞房重屛密 受命有賢愚 居世異勞佚 夜臥念寒乞 惻然心內怵 赤身啼波沱 餘飯見訶叱 寄宿人簷下 終夜雪風颰 持我今比汝 又覺體暖逸"

고개가 아님을 여기서 확인할 수 있다. 백성들의 참상을 드러내기 위하여 설정된 공간이다. 마찬가지로 매서운 겨울 추위도 단순히 행역의 시련과 고통을 나타내기 위한 것이 아니다. 그것은 결국 백성들이 겪는 고통과 곧바로 연결되고 있다.

제29구-제34구에서 얼어 죽은 사람들에 대한 주인 할멈의 이야기를 듣고 느낀 가난한 벼슬아치의 갈등을 드러냈다. 백성들에 대한 구휼은 마땅히 해야 할 것이나, 자신 또한 그럴 만한 처지에 있지 않다. 石北은 고향에 두고 온 여덟 남매의 앞가림을 해주기에도 벅찼던 것이다. <寧陵除夕行>에는 고향의 三弟妹와 八子女에 대한 근심으로 비참하지 않을 수 없는 심경을 진솔하게 노래한 바 있다. 齊家를 생각해야 했다. '修身한 후에 齊家하고 제가한 후에 治國하는 것은 천하의 공통된 원칙이다. 고을을 다스리려는 자는 먼저 자기 집을 잘 다스려야 할 것이다.'[20]가 강조되었던 사회였다. 한 고을을 다스리는 것은 한 나라를 다스리는 것과 같다. 자기 집을 다스리지 못하면 한 고을을 다스릴 수 없다는 뜻이다. 그런데 石北은 아직 한 고을을 다스리는 목민관이 아니다. 낮은 벼슬아치에 불과할 뿐이다. 그러므로 제가를 생각했다.

백성들과 고통을 함께 하고자 하는 애민의식과 비판의식은 제35구-제38구에서,

朱門有今日	부잣집은 오늘처럼 추운 날에도
苦寒豈盡悉	괴로운 추위 어찌 이리 심하리.
貂裘白炭紅	담비 옷에 벌겋게 핀 백탄 화로에
洞房重屛密	깊은 방엔 병풍 겹겹 둘렀으리라.

로 표출되었다. 극한적 상황에서 고통받는 백성들과 대조적인 朱門의 모습을 통해 모순된 현실을 통렬히 비판하고 있다. 모순된 현실을 직접적으로 비판하

---

20) 丁若鏞, <牧民心書>, 律己六條 第三條 <齊家>. "修身而後齊家 齊家而後治國 天下之通義也 欲治其邑者先齊其家"

106

지 않고 대조적 상황을 설정함으로써 독자로 하여금 모순된 현실을 생각케
하고 있다. 社會樂府에서 흔히 나타나는 전통적 표현방법인 대조의 수법이다.
그러나 石北 자신의 처지도 함께 드러내고 있다는 점이 일반 社會樂府와 다
르다. 石北의 개성적 시의식이 반영되었다고 할 것이다.

石北은 직접적 비판보다는 대조법을 통한 문학적 형상화가 보다 감동을 주
고 힘을 발휘한다고 여겼음에 틀림없다. <臘月九日行>은 杜甫의 <詠懷詩>
'朱門酒肉臭 路有凍死骨'와 上下의 千載에 一般的인 悲凉의 調子21)이다. 두보
는 당나라 통치계급의 무절제한 遊樂을 풍자했다. 백성들과 유리되어 안일과
부패에 젖은 그들은 마침내 安祿山의 반란을 발생케 했던 것이다. 모순된 현
실을 비판하고 그 시정을 바라는 방법은 石洲가 말한 '托興規諷'22)이다. 이 용
어는 석주가 光海君에게 親鞫을 받을 때 한 말이다. 시로써 현실의 비리를 고
발하여 부조리한 세상을 바로잡는다는 '以詩正世'의 의미로 사용했다.

石州는 興에 의탁하여 부조리한 현실을 비판하고 풍자해야 한다는 '托興規
諷'을 강조했다. 이런 정신으로 창작된 시는 대체로 유미적 음풍영월을 거부
하고 현실 문제에 적극적 관심을 갖는다. 당대의 민감한 현실 문제에 날카로
운 관심을 기울인 것은 오랜 전통을 지니고 있다. 현실 비판적 태도는 사림파
지식인이 지녔던 '溫柔敦厚'나 '沖淡蕭散' 및 '物外閒適'의 미학적 견해가 지닌
약점을 보완하고 있다.23) 물론 15·16세기 어두운 사회현실을 바르게 교정하려
는 시적 형상은 方外人을 통해 표출되고 있음을 볼 수 있다.24) 온유돈후는
퇴계계열의 주된 지표였고, 충담소산은 율곡계열의 미학견해였으며, 물외한적
은 노장적 취향을 가미한 隱居士人들의 미학견해였다. 온유돈후와 충담소산은

21) 李家源, <石北文學硏究>, ≪東方學志≫ 第4輯(延世大學校, 1958), 162쪽.
22) ≪光海君實錄≫ 권52 四年 壬子四月. "韡供云 任叔英殿策多發狂言 臣作此詩大意 好景
如此 人人得意而行 叔英以布衣 何爲如此危言乎 大抵古之詩人 有托興規諷之事 故臣欲
倣此爲之 以爲叔英以布衣 敢言如此 而朝廷無有直言者 故作此詩規諷諸公 冀有所勉勸
矣"
23) 李敏弘, ≪朝鮮中期詩歌의 理念과 美意識≫(成均館大學校 出版部, 1993), 425쪽 참조.
24) 林瑩澤, 앞의 책, 63-80쪽.

文以載道論的 儒家文學의 특성이 유감없이 발휘된 것이었다.

受命有賢愚　　　　　태어나면서 귀천이 따로 있으니
居世異勞佚　　　　　사는 것도 음지와 양지 다르네.

　태어나면서부터 귀천이 따로 있다는 인식은 石北을 비롯한 사대부들의 한
계이지만, 다시 한번 모순된 현실을 확인하고 있음을 볼 수 있다. 石北은 이
를 통해 자신이 의도한 바를 보다 명확히 하고자 했다. 그것은 어디까지나 백
성들의 참상을 최대한 부각시켜 부조리한 현실을 폭로하고자 함이다. '下以風
刺上'의 시정신이다.

　　그러므로 시에는 六義가 있으니, 첫째는 風이며, 둘째는 賦이며, 셋째는 比이
　　며, 넷째는 興이며, 다섯째는 雅이며, 여섯째는 頌이다. 이로써 윗사람은 아랫사
　　람을 風化시키고 아랫사람은 윗사람을 風刺한다. 완곡하게 다듬어진 말로써 넌
　　지시 諫하게 되므로, 말하는 자는 죄받지 않으며 듣는 자는 넉넉히 경계삼을 만
　　하다. 그러므로 風이라 한다.[25]

　政治的·社會的 上下關係에서 구현되어야 할 바람직한 시의 기능을 제시했
다. 시를 통해 윗사람은 아랫사람을 교화하고, 아랫사람은 윗사람을 風諫한다.
시가 지닌 美刺의 기능이 나타나 있다. 현실적 문제들을 해결하기 위해서는
'刺'라는 비판적 태도가 요구된다. 현실적 비판을 했다고 하여 죄받지 않는다
는 것은 溫柔敦厚한 시정신이 바탕에 깔려 있기 때문이다. 온유돈후한 비판의
식은 풍자의 목적을 보다 쉽게 이룰 수 있게 한다. 윗사람의 아랫사람에 대한
敎化의 美德이 펼쳐질 수 있는 까닭이 여기에 있는 것이다. 性情美學을 바탕
으로 한 社會美學의 형상화가 요청되는 까닭도 여기에 있다.
　石北은 제42구-제48구에서 방에 있는 자신과 추위에 떨고 있는 거지들을

---

25) ≪詩經≫, <大序>. "故詩六義焉 一曰風 二曰賦 三曰比 四曰興 五曰雅 六曰頌 上以風
　　化下 下以風刺上 主文而譎諫 言之者無罪 聞之者足以戒 故曰風"

대조시켰다. 안타깝고 눈물겨운 현실이 아닐 수 없다는 마음 속엔 石北의 惻
隱之心이 발동하고 있다. 연민의식을 통한 비판의식이다. 이것은 곧 관리로서
본분을 잊지 않겠다는 시인의 현실인식이며, 굶주려 죽어가는 백성들을 구제
해야 한다는 반성이다. '托興規諷'과 '以詩正世'의 시의식이다. 美刺의 '刺'의
기능에 충실하려고 했다. 그러나 이것은 어디까지나 溫柔敦厚한 性情之正을
바탕으로 한 有補世敎의 문학관이다.

    <濟州乞者歌>는 遊離乞食하는 거지들의 모습을 통해 사회가 안고 있는 문
제점을 부각시키고 治者의 바람직한 모습이 무엇인가를 드러낸 작품이다. 흉
년으로 유리걸식하는 제주 농민들의 비참상을 보고 그들에 대한 애민의식을
표현한 7언 고시이다. 사회의 비참상을 노래하고 있다는 점에서 崇高하거나
優雅한 美學과는 거리가 멀다.

白頭蠻家女	세햐얀 머리카락 섬의 여자들
焦髮蠻家兒	푸석한 머리카락 섬의 아이들.
累累爲群十數人	옹기종기 떼를 지은 거렁뱅이 수십 명
皆着半韓黃狗皮	모두 다 털이 빠진 개가죽을 둘렀고녀.
一身枯黑皮粘骨	검게 타서 여윈 살갗 뼛골에 달라붙고
飢不聲音細如絲	목소리도 배고픔에 실날처럼 가느랗게
口稱使道活人生	"사또님, 불쌍한 인생 살려 주옵소서."
乞飯公庭日三時	관아 뜨락 하루 세 때 구걸을 하는데
赤棍牌頭嗔如雷	곤장 든 패두놈이 벼락같이 소리치며
曳出門外鳴聲悲	대문 밖에 끌어내이 울부짖음 애달퍼라.
我叱牌頭且莫禁	내가 패두 꾸짖어 그러지 말라 이르고
放使近前而問之	그네들 가까이 불러 사정을 물었다네.
海島土薄頻歲荒	"바닷섬은 땅이 박해 흉년이 자주 들어
牛馬少者多流離	마소가 없는 이들 허다하게 유리하다
經冬入春半仆死	겨울 지나 봄이 오면 반이나 굶어 죽고
未死椎苦腹中饑	간신히 남은 사람 주린 배에 괴롭네요."
我聞此語不忍食	이야기 듣고서야 차마 음식 못 먹고
片肉餘飯每均施	편육이며 남은 밥을 골고루 주었노라.

爾亦吾王之赤子　　　　　　"그대들도 우리 임금 아들과 딸들이니
聖化無外唯一視　　　　　　임금 은택 안팎 없이 하나처럼 살핀다네.
肅宗船轉三南粟　　　　　　예전에 숙종께선 삼남 양곡을 배로 옮겨
越海年年哺不死　　　　　　바다 건너 해마다 죽지 않게 하셨으니
至今島民泣先王　　　　　　지금에도 섬의 백성 선왕에 느껴 우네.
今上繼之尤恤爾　　　　　　금상께서 계속하여 더욱 더 궁휼하시나니
積米常發羅里倉　　　　　　나라의 창고 열어 양곡 늘 보내시고
問瘼新歸繡衣使　　　　　　백성 고통 살피고는 어사 새로 다녀갔소.
都事雖客也王臣　　　　　　도사가 손일망정 나라의 신하이니
曶以官人侮王民　　　　　　관리로서 우리 백성 어찌 얕잡으리.
眼前所見適爾輩　　　　　　오늘 아침 눈앞에서 그대들 보았나니
何限三州如爾人　　　　　　세 고을에 그대 같은 인생 한정 있을소냐.
況復風雨北船阻　　　　　　게다가 또 풍우로 육지 배가 오래 막혀
米貴絶無如今春　　　　　　올봄같이 쌀 귀한 때 언제 다시 있었으랴.
近聞鬘帽凉臺不論直　　　요즘에 들리는 말 갓과 양태 헐값이라
富者但用小米三升得　　　부자들은 쌀 석 되면 그걸 사서 쓴다는데
此邦富者能幾何　　　　　　이 고장 부자라야 기껏해야 몇이 되랴
又失今農亦溝壑　　　　　　올해 또 실농하면 견디기 어려우리."
耽羅乞兒聞我言　　　　　　탐라의 거지들이 나의 말을 듣더니
一時掩面啼向北　　　　　　일시에 얼굴 가려 북쪽 향해 울먹이며
北方雖遠父母邇　　　　　　"북녘 비록 멀지라도 부모처럼 가까우니
萬里明見耽羅國　　　　　　머나먼 탐라국을 밝고 밝게 살피시리."
　　　　　　　　　　　　　　<濟州乞者歌>, ≪文集≫ 권7 장23-24.

　　당시 흉년을 만난 제주도 백성들의 참상은 <憫荒>에서 '長毛鎭卒偸廚肉
黃面蕃姑剝樹皮'26)로 나타났고, <又憫荒>에서는 '草食民啼路 鶉衣吏繞盤27)로
표출되고 있다. 세 고을에서 세 번 돌림으로 식사를 대왔을 정도로 관가도 어

────────────
26) 申光洙, <憫荒>, ≪文集≫ 권7 장14-15. "石田頻歲海民饑 滿目凄凉物色悲 從古魚塩無
　　市國 如今風雨絶船時 長毛鎭卒偸廚肉 黃面蕃姑剝樹皮 我亦王人來此地 每當朝夕自停
　　匙"
27) 申光洙, <又憫荒>, ≪文集≫ 권7 장15. "三縣三周供 荒年久客難 日邊頻有詔 海外不無
　　官 草食民啼路 鶉衣吏繞盤 靑衫貧使者 何術救饑寒"

110

려운데, 흉년에 오래 있기가 어려운 것이 관리의 심정이다. 관리가 있음을 굳이 말한 것은 관리가 백성을 다스린다는 사고의 반영이다. 그러나 풀을 먹고 살 수밖에 없는 백성들의 울부짖음을 듣고도 현실적으로 구제할 방도가 없다. 백성들의 비참한 참상에도 불구하고 그 饑寒을 구제할 수 없는 관리의 괴로움을 통해 애민의식을 표출한 것이다. <濟州道乞者歌>에서는 凶年에다 失農하여 죽기까지 하는 탐라민의 비참한 현실은, 風雨로 배가 오랫동안 막혀 보다 가중되었다. 이러한 거지들을 따뜻이 바라보고 위로하는 石北의 태도에 거지들은 울먹이며 君恩이 이곳까지 미치기를 갈망했다. 石北은 '爾亦吾王之赤子'라 하여 거지들 또한 임금의 아들과 딸임을 분명히 했고, 끝에서 거지들의 입을 통해 '北方雖遠父母邇'라고 하여 임금은 부모와 같은 존재임을 분명히 드러냈다.

儒敎의 정치사상은 흔히 가족의 윤리사상에 비유된다. 한 국가에 있어서 統治者와 被統治者의 관계는 마치 한 가정의 부모와 그 자녀와 같은 것이기 때문에 목민관은 백성에게 慈愛로워야 한다. 부모가 그 자식에게 정을 베풀듯이 목민관은 그런한 정을 백성에게 베풀어야 한다. 이는 유교의 정치사상의 기반을 이루고 있는 것으로 민본주의에 바탕을 둔 애민의식의 발로이다. <金馬別歌> 제24수의 '今日案前歸 敎儂若爲住 幼兒失爺孃 衣飯誰當厝'는 이에 다름 아니다. 금마사군이 부모와 같은 존재로 인식되고 있음을 볼 수 있다.

流民問題는 본질적으로 中世社會가 안고 있는 矛盾에서 발생하며, 農土를 버리고 遊離乞食함으로써 각종 義務를 거부할 뿐만 아니라, 국가의 재정과 군사적 기반에 막대한 영향을 줌으로써 중세사회의 균열을 가속화시켰다. 유민문제가 국가 존립의 커다란 위협이 되는 것이기에 국가에서도 다양한 조처를 취했지만, 중세사회의 구조적 모순이 해소되지 않은 상황에서는 계속하여 발생할 수밖에 없었다. 이들은 유리걸식하다가 죽기도 하고, 화전민으로 정착하기도 하며, 유랑예인으로 생활하기도 하지만, 때로는 群盜로 돌변하기도 했다. 그러므로 제주도의 거지에 대해 관리의 본분을 잊지 않고자 한 사유의 바탕에는 이러한 배경도 한 몫을 했다고 할 것이다. 문학작품을 통해 교화의 태도를 보인 것은 특이한 예다. 다산은 ≪牧民心書≫에서, "목민관의 직분은 민중 교화에 있을 따름이다."[28]라고 했다. 그러므로 조선조에서는 不孝·不忠을 엄 하게 다스렸고, 반면에 忠·孝·烈의 美德을 갖춘 이를 찾아 널리 그 행적을 표 창했던 것이다. 石北은 <제주걸자가>를 통해 직접적 민중교화라는 모범을 보 였다.

<潛女歌>[29]는 잠녀의 노동이 수탈당하는 현실을 비판한 작품이다. 제주도 는 땅이 박한데다 바다로 둘러 쌓인 곳이기 때문에 잠녀들의 바닷일이 섬사 람들의 의식을 해결하는 생계의 방편이었다. 잠녀들이 바다 속에 들어가서 해 산물을 캐는 장면은 생동감이 있다. 제주도의 전형적인 풍토성과 활기찬 노동 현장은 건강한 삶의 모습이다. 갈고리, 종다래키, 뒤웅박 등의 작업도구를 하 나씩 들고 벌거벗은 몸에 조그만 잠방이 하나만을 걸치고도 부끄러워하지 않 는 잠녀의 모습을 있는 그대로 그려냈다.

잠녀의 모습은 金鑢의 장편 서사시 <古詩爲張遠卿妻沈氏作>의 일부분[30]을 연상케 한다. <潛女歌>는 이 작품과 함께 잠녀의 작업 과정에 대한 광경을 그린 대표적 작품이다. 잠녀의 바닷일에 대한 감탄은 곧 연민의 정으로 표출 된다. 감탄이 연민의 정으로 바뀌는 순간, 육지와 대조적으로 생명까지 무릅 쓰고 일을 해야하는 잠녀의 신고한 삶이 드러나고 있다. 때로는 이무기의 밥 이 되는 것도 마다 하지 않고 바닷일을 해야 하는 것이 잠녀의 삶이다. 운명

28) 丁若鏞, 앞의 책, 禮典六條 第三條 <敎民>. "民牧之職敎民已而"
29) 申光洙, <潛女歌>, ≪文集≫ 권7 장24. "耽羅女兒能善泅 十歲已學前溪游 土俗婚姻中潛 女 父母誇無衣食憂 我是北人聞不信 奉使今來南海遊 城東二月風日暄 家家兒女出水頭 一鍬一笭一匏子 赤身小袴何曾羞 直下不疑深靑水 紛紛風葉空中投 北人駭然南人笑 擊水 相戲橫乘流 忽學鳧雛沒無處 但見匏子輕輕水上浮 斯須湧出碧波中 急引匏繩以腹流 一時 長嘯吐氣息 其聲悲動水宮幽 人生爲業何須此 爾獨貪利絶輕死 豈不聞 陸家農鼛山可採 世間極險無如水 能者深入近百尺 往往又遭飢蛟食 自從均役罷日供 官吏雖云與錢覓 八道 進奉走京師 一日幾駄生乾鰒 金玉達官庖 綺羅公子席 豈知辛苦所從來 纔經一嚼案已推 潛女潛女 爾雖樂吾自哀 奈何戲人性命累吾口腹 嗟吾書生 海州靑魚亦難喫 但得朝夕一菜 足"
30) 林熒澤 편역, <李朝時代 敍事詩>(하) (창작과 비평사, 1992), 246-249쪽.

적인 바닷일보다 더 사나운 인간들이 그들의 勞動力을 빼았고 있음을 놓치지 않았다. 이무기보다 더 무서운 것은 자신만을 생각하는 벌열층이다.

自從均役罷日供　　균역법 실시 이후 날로 바침 없어지고
官吏雖云與錢覓　　관리들이 돈을 주고 물건을 사지마는
八道進奉走京師　　팔도의 진상품이 서울로 달려가니
一日幾駄生乾鰒　　하루에도 생건복이 몇 바리나 될 것인고.
金玉達官庖　　　　금관자와 옥관자 벼슬아치 주방에서
綺羅公子席　　　　비단옷 공자들의 자리에 오르건만
豈知辛苦所從來　　고통이 서린 내력 어찌하여 알리오.
纔經一嚼案已推　　겨우 한번 입에 대고 벌써 상을 물린다네.

해녀의 목숨을 건 해산물의 내력을 모르는 높은 벼슬아치의 주방 장면을 통해 잠녀의 비극적 상황이 보다 부각되고 있다. 대조적 현실을 통해서 모순에 가득찬 현실을 폭로하고, 백성들의 고통을 생각하지 않는 고관대작의 파렴치한 삶을 비판했다. 균역법이 시행된 이후로는 어민들의 부담이 줄긴 하였으나, 여러 가지 명목으로 빼앗는 것은 마찬가지였다.

　　균역법을 시행한 이후로 魚·鹽·船의 稅가 모두 일정한 세율이 있으나, 법이 오래되면 폐단이 생기기 마련이다. 따라서 아전이 농간을 부린다.[31]

魚·鹽·船稅는 종래 宮房·監營 및 郡縣에서 받고 있던 漁箭·鹽盆 및 船舶稅를 영조 26년(1950) 이래 주로 均役廳에서 일괄하여 수납하였다. 균역법의 실시로 軍布 2필 중 1필을 감함에 따라 그 부족액을 보충코자 각 도의 어전·염분 및 선박세의 등급을 나누고 대장을 만들어 호조와 각 도 및 각 읍에 비치하여 징수하였다. 그런데 세율이 도마다 다르고 읍마다 달라서 일관성이 없었다. 허실이 서로 엇갈리고 농간과 속임수가 날로 심해졌는데, 특히 아전이 농

_____

31) 丁若鏞, 앞의 책, 戶典六條 第五條 <平賦>. "均役以來 魚鹽船說皆有定率 法久而弊 吏緣爲奸"

간을 부렸다. 부패한 관리가 득세를 하는 사회에서 가장 고통은 당하는 것은
백성들이다. 팔도 진상품이 서울로 달려간다는 것은 이를 두고 한 말이다.

　<潛女歌>에서 朱門의 부귀자들은 잠녀들이 생명의 대가로 채취한 해물의
내력을 전혀 생각하지 않는다. 잠녀의 고통과 벌열층의 호사를 대조시키면서
잠녀에 대한 강한 연민을 표현함과 동시에 지배층을 비판했다.

　심층구조에 나타난 인물과 인물의 대립상은 결국 지배층과 피지배층의 대
립구조를 그 핵심으로 한다. 지배층과 피지배층의 대립구조를 통하여 체제의
모순 속에서 굶주리고 신음하는 기층민의 처참한 삶을 드러내고자 함이다. 그
것은 부조리한 현실비판을 지향한다. 심층적 대립구조는 하나의 예술적 장치
다. 대부분의 사실적 서사시는 이러한 미적 장치를 지니고 있다. 그런 점에서
대립구조는 가장 두드러진 社會美學의 하나이다.

　<채신행>·<납월구일행>·<잠녀가>·<제주걸자가> 등은 서사적 사회악부로
서 사물을 객관적으로 묘사한 사실적 경향의 작품이다. 현실에 대한 비판적
안목을 드러냄으로써 以詩正世的 社會美學을 구현했다. 당시의 현실에 대한
강한 비판정신을 대립구조를 통해 표출했다. 그러나 사회의 모순을 구조로
파악하지 못하고, 연민과 동정을 보이면서 절망하거나 자기반성으로 끝맺는다
는 한계를 지니고 있다. 이러한 한계는 茶山에 이르러 극복된다.

　일반 백성들이 겪는 民生苦에는 여러 가지가 있을 수 있다. 災害로 인한
慘狀, 傳染病으로 겪는 苦痛, 또는 體制의 矛盾 때문에 발생하는 아픔 등이
있다. 특히 貪官汚吏의 횡포는 부조리한 사회상의 핵심적 반영이다. <自京
至鵝洲飢饉癘疫邑里蕭條悵然有作>에서 饑饉과 癘疫의 참상을 노래했다.
'蕭條南國百村空 野哭黃昏處處同'과 같은 참상인 바, '國事敢論貧賤後 春光
似見亂離中'[32]이라 했다. 국사는 어디까지나 빈천을 논한 뒤에 있다. 春景
과 民苦를 대조시킴으로써 그 참혹상을 보다 강조했다. <暴注>는 장마비
로 홍수가 나서 강물이 넘쳐 마을을 덮친 전원의 비극을 읊었다. '農家連野
哭'[33]은 그 참상이다. 石北은 國事란 어디까지나 빈천을 논한 뒤에 있다고

---

32) 申光洙, <自京至鵝洲飢饉癘疫邑里蕭條悵然有作>, ≪文集≫ 권3 장7.

했다. 실사구시의 실학적 안목이다. 공리공론으로는 현실의 문제를 해결할
수 없다.

客路回回盡	길손 길 돌고 돌아 다해 가나니
林開小見天	숲이 열려 빠끔히 하늘 보이네.
午鳩千疊嶂	낮 비둘기 울어예는 첩첩 봉우리
春雨數家田	봄비는 두어 집 밭에 내리네.
兒問靑魚價	아이는 청어값을 묻고 있건만
翁憂白骨錢	늙은이는 백골전을 근심한다네.
生涯與官令	생애가 관령과 더불어 있어
何地不堪憐	어딘들 서글프지 않은 곳 있나.

<珍山峽內>(권3 장8)

壬申年(1752)에 지은 <珍山峽內>이다. 제도상의 모순으로 인하여 겪는 백
성들의 고통을 그리고 있다. 평화스럽기 그지없는 산골이다. 그러나 그 속에
관령과 더불어 살아가는 백성들의 질곡과 비애가 있다. 백골전을 근심하는 있
는 늙은이의 모습에서 그것은 확연히 드러난다. 백골전은 백골징포이다. 죽은
사람에게도 매겨진 軍布가 백골징포이다. 軍布란 軍役의 부담을 지지 않는 자
가 내는 稅이다.

石北이 '兒問靑魚價/ 翁憂白骨錢'라고 한 것은 당대의 백성들이 겪는 고통
과 질곡, 그리고 모순에 가득한 현실에 대한 통렬한 비판이다. 세상의 물정을
모르는 순진한 아이는 청어가 먹고 싶어 아버지에게 청어값을 묻고 있으나,
아버지는 백골전을 근심하고 있다. 순진한 아이를 등장시켜 백골전이 몰고 온
참담한 심정을 극대화했다. 더욱이 전반부의 평화롭고 아름다운 전원과 이러
한 후반부를 선명히 대조시킴으로써 백골전의 비극을 고조시켰다. 백성들의
고통과 질곡은 관리들의 태도와 밀접한 상관관계에 있다. 그러므로 '生涯與官
令/ 何地不堪憐'이라고 노래한 것이다.

---

33) 申光洙, <暴注>, ≪文集≫ 권1 장14. "無端六月雨 萬壑動柴門 吹地全空石 犇江已滅村
農家連野哭 風雀滿籬喧 黃潦終朝盡 由來不見痕"

중세적 사회에서 백성들의 삶은 당대의 제도나 그 제도를 운영하는 인물에 따라 좌우될 수밖에 없었다. 조선조 三政의 문란은 가장 부조리한 제도였다. 삼정이란 軍政·田政·還穀을 말한다. 환상을 포함한 三政의 문란은 18세기 전국적인 현상이라 할 수 있다. 鄭敏僑(1677-1731)의 <軍丁歎>, 李匡呂 (1720-1783)의 <良丁母>와 <章臺柳>, 洪良浩의 <流民怨>, 丁若鏞의 <哀絶陽> 등은 삼정의 폐단을 현실주의 시각에서 형상했다. 삼정의 문란을 담은 조선조 사실적 서사시에서는 그것이 포괄적으로 나타나거나 복합적으로 나타나는 경우가 많다. 그런데 군정의 폐단을 단일제재로 노래한 것이 있음은 특이한 양상이다. 그만큼 군정의 폐단이 심했음을 뒷받침하는 것이다.

환상의 폐해도 심했다. 還上이란 흉년 또는 춘궁기에 곡식을 빈민들에게 대여했다가 풍년 든 해의 가을철 추수기에 받아들이는 賑恤制度로서 還穀 또는 還子라고도 한다. 그런데 이러한 진휼 목적과는 달리 임진왜란과 병자호란이라는 두 국난을 겪자 이 제도를 국비조달의 한 방법으로 조달시켰다. 각 관청이 보유하고 있던 양곡을 농민들에게 대여하여 그 利殖으로 모든 경비를 조달하기 위하여 백성들의 필요 여하를 묻지 않고 강제로 대부함으로써 高率의 이식을 강요하였기 때문에 백성들의 원성은 높아가고 탐관오리들은 틈만 나면 이를 이용하여 갖은 못된 짓을 다 했던 것이다. 특히 아전들은 '괴롭히면 얻는 것이 있다'는 일종의 '困而得之'의 못된 짓을 저질렀던 것이다.[34] 石北이 <영월폐막소>를 올렸던 것도 환상의 폐단이 극심했기 때문이다. 본래 목적과는 달리 그 운영 방법의 잘못으로 오히려 많은 폐단을 낳았으므로 正祖도 '나라를 이롭게 한다는 것이 나라를 병들게 만들었고, 백성을 길러 준다는 것이 백성을 해치게 했다.'고 비판했던 것이다.[35] 茶山은 19세기 초를 전후하여 그의 시를 통해서 당대 부패한 탐관오리의 실상을 통렬히 비판하고 풍자했을 뿐만 아니라 특히 환상의 폐단에 관련하여, '수령들이 치고 까불고 하여 남은 이익을 따먹고 앉았으니 아전들의 농간쯤이야 이루 말할 수 없는

---

34) 丁若鏞 著, 茶山研究會 譯註, 《牧民心書》 3(創作과 批評社, 1993) 37쪽.
35) 丁若鏞 著, 李乙浩 譯, 《牧民心書》(玄岩社, 1993) 210쪽.

것이다. 웃물이 흐리니 아랫물이 맑을 수가 없다.'36) 라고 했다. 실로 환상법
은 田政·軍政과 더불어 문란했던 삼정의 하나인데 그 중에서도 가장 폐단이
심했기 때문에 이로 인하여 후에 民亂이 일어나 사회적 혼란을 겪게도 되었다.
<話大灘秋稅>37)에서는 秋稅로 인한 대탄 백성들의 생활고를 그렸다. 흉년이
들어 소마저 모두 죽은데다 몇 섬되지 않은 곡식마저 징수당했다. 대탄 백성
의 아내는 乞米로 이웃을 사귄다. 당시 石北 자신뿐만 아니라 몰락한 양반들
이 조세로 인하여 곤욕을 당하고 있음은 石北詩에서 적지 않게 찾아 볼 수
있다.

민생고는 탐관오리의 횡포와 관련이 깊기도 하다. 탐관오리의 포악상과 군
정의 폐단은 <金馬別歌>에 비교적 잘 나타나 있다. 이 작품은 별리의 극적상
황 설정, 목민관의 이상적 모습, 민관의 이상적 모습, 탐관오리의 횡포와 포악
상을 통해 금마사군 남태보의 선정에 대한 칭송과, 금마민의 선정에 대한 갈
망이라는 주제를 드러내면서, 부조리한 사회상을 비판했다.38) 貪官과 善官의
대비를 통해 탐관의 포악상을 부각시키고, 금마사군 남태보의 선정을 극대화
했다. 의미의 대립구조를 통해 사회미학을 구현했다.

어리석은 관리는 아전들의 손아귀에 놀아나기 때문에 민정을 밝게 살필 수
없을 뿐만 아니라 관기가 똑바로 확립될 수도 없다. 아전들은 그 틈을 이용해
가렴주구를 일삼아 私腹을 채운다. 일찍이 星湖 李瀷(1681-1763)은 ≪星湖僿
說≫에서 염리의 중요성을 강조한 바 있다. 그는 지위가 낮은 관리를 廉吏로
선출하지 않고, 지위가 높거나 죽은 이만을 염리로 선출하는 문제점을 지적하

---

36) 丁若鏞, 앞의 책, 戶典六條 第三條 <穀簿>. "還上者社倉之一變 非糶非糴 爲生民切骨之
病 民劉 國亡呼吸之事也 還上之所以弊 其法本亂也 本之其亂 何以末治 上司貿遷大開商
販之門 守臣犯法不足言也 守臣麬弄竊其贏羨之利 胥吏作奸不足言也 上流旣濁 下流難淸
胥吏作奸無法不具 神姦鬼猾無以昭察 弊至如此 非牧之所 能救也 其出納之數分留之實
牧能認明 則吏橫未甚矣"
37) 申光洙, <話大灘秋稅>, ≪文集≫ 권5 장45. "楊子江田粟 看秋得幾包 凶年牛盡死 寒雨
鴈多咬 妻暫聞船喜 鄰猶乞米交 湖中偏赤地 今歲羨圻郊"
38) 李起炫, <石北 申光洙의 金馬別歌 硏究>, ≪韓國漢文學硏究≫(韓國漢文學會, 1994) 참
조.

고는, 이것이 이상적인 측면이 없는 것은 아니나 지위가 낮은 관리들 가운데서 염리를 선출하여 백성들이 실질적으로 혜택을 입을 수 있게 해야 한다[39]고 했다. 石北은 <金馬別歌>를 통해 당대의 문제점이 무엇인가를 읊었다. 이 작품이 비록 금마사군을 칭송하려는 데 보다 초점을 맞추고 있다고 할지라도 아전의 횡포상을 특히 강조한 것은, 이들을 바로 잡지 않고서는 백성들의 고통과 질곡을 없앨 수 없음을 보여주기 위함이다. 아전이 부정부패의 온상으로 사리사욕만을 채우기 때문이다. 다산도 '청렴은 수령의 본분으로 선의 원천이며 모든 덕의 근본이다.'[40]라고 했다.

<金馬別歌> 제32수에서는 새로 부임한 관리의 탐학과 포악상을 그림으로써 당대의 부조리한 사회상을 고발했다. 《春香傳》의 변사또를 연상케 한다.

蝗虫殺晩禾　　　　　　황충이 늦벼를 모두 죽이네.
新官問何人　　　　　　새로 온 사또는 어떠한 인물인고?
官人多愛錢　　　　　　관리들이 몹시도 돈을 탐하여
大杖善打民　　　　　　큰 곤장으로 백성들을 잘도 친다오.
　　　　　　　　　　　　　　　<金馬別歌> 其三十二(권4 장26)

황충이 늦벼를 모조리 죽이듯이 신관 사또가 백성들을 괴롭히고 있다. 황충을 잡아 없애야 할 관리가 오히려 황충과 같은 짓을 하고 있다. 백성들에겐 고통과 시련이 중첩되는 순간이다. '황충이 하늘 가득히 날아올 때 물러가도록 빌기도 하고 때려잡기도 하여 백성의 재앙을 덜어 준다면, 역시 인자하다는 명성을 듣게 될 것이다.'[41]에서 볼 수 있는 것과는 대조적이다. 선정에 대한 갈망은 금마백성들만의 소망이 아니라, 당시대의 백성들의 보편적 소망이었다. 이를 탐관오리의 횡포를 통해 형상했다.

---

39) 李瀷, 《星湖僿說》 권7 人事文 <廉吏> 참조.
40) 丁若鏞, 앞의 책, 律己六條 第二條 <淸心>. "廉者 牧之本務 萬善之源 諸德之根"
41) 丁若鏞, 앞의 책, 愛民六條 第六條 <救災>. "飛蝗蔽天 禳之捕之 以省民災 亦可謂仁聞矣"

　　그러므로 政治의 得失을 바로잡고, 天地를 움직이며, 鬼神을 감동시키는 것이시
보다 더한 것이 없다. 先王들이 이로써 夫婦의 道理를 떳떳하게 하고, 孝와 敬을
이루게 하며, 人倫을 두텁게 하고, 敎化를 아름답게 하며, 風俗을 개량시켰다.[42]

　　美刺로 대표되는 以詩正世的인 효용론이다. 시가 지닌 美刺의 기능을 통해
정치의 득실을 바로 잡고, 인륜을 두텁게 하는 등 세상을 바르게 함으로써 이
상적인 사회를 건설할 수 있다고 본 것이다. 治國平天下의 이상이 시를 통해
구현될 수 있음을 보였다. 사회상을 드러낸 石北詩는 이러한 有補世敎의 文學
觀을 잘 반영하고 있다.

　　신분사회의 해체과정에서 나타난 女奴, 거지, 潛女, 農民의 고통스러운 삶
등을 통해 사회가 안고 있는 문제점을 부각시켰다. 이를 통해 부조리에 가득
찬 사회제도때문에 발생한 하층민의 참상과 질곡을 드러냈다. 그리하여 지배
층과 피지배층의 대립구조를 통해 피지배층의 비애와 고통을 부각시킴으로써
모순된 현실을 비판하고자 했다. 민생의 참상과 질곡은 부조리한 사회제도나
그것을 운영하는 관리의 탐욕 때문에 나타나기도 한다. 이에 대한 비판적 시
각은 애민의식의 발로이며, 以詩正世的 有補世敎의 文學觀이 투영된 것에 다
름 아니다.

3) 理想的 牧民相과 社會相 提示

　　牧民官의 理想的 모습은 茶山의 ≪牧民心書≫만큼 자세히 적어 놓은 것은
없을 것이다. 이 책은 赴任·律己·奉公·愛民·吏典·戶典·禮典·兵典·刑典·工典·賑
荒·解官의 내용을 담고 있다. 다산은 赴任에서 解官할 때까지 목민관이 지켜
야 할 本分과 道理를 기술하여 목민관으로서 갖추어야 할 바람직한 자세와
덕목을 강조했다. 반면 石北은 <金馬別歌>와 <關西樂府>를 지어 목민관의

---

42) ≪詩經≫, <大序>. "故正得失 動天地 感鬼神 莫近於詩 先王以是 經夫婦 成孝敬 厚人
　　倫 美敎化 移風俗"

이상적 모습이 어떤 것인가를 그렸다. <金馬別歌>는 <關西樂府>의 先行作品
으로 敎化論的 詩敎를 표방했다는 점에서 창작의도와 상통한다. 곧 以詩正世
的 有補世敎의 文學觀의 반영이다. 또한 내용상 善官을 讚詠함으로써 善政과
淸廉을 강조하고 있어 <關西樂府>에 나타나는 報國이라는 主題意識에 접맥
되고 있다.

石北은 <金馬別歌> 서문에서 '以遺其民思 備一邦風謠之作'[43]이라고 했다.
民意를 반영하고 風謠의 振作에 대비하려는 것이다. 이것은 그의 문학관과도
일맥 상통하는 진술이다. 그러면 민의란 무엇인가. 바로 善政에 대한 갈망이
요, 豊年에 대한 희구이다.

금마백성들은 금마사군 南泰普(1694-1773) 이전의 苛斂誅求의 虐政에서 벗
어나 민으로서 행복한 나날을 보낼 수 있었다. 그러므로 목민관이 임기가 차
서 떠날 때 願留의 간절한 심정을 드러냈다. 임기 육년에다 한 해만이라도 더
다스려 주기를 간절히 빌었다. 이웃 원은 돈을 써서 떠나려 한다. 여기서 당
대의 賣官賣職이라는 부패한 사회상을 엿볼 수 있고, 민의 절실한 염원이 무
엇인가를 쉽게 짐작할 수 있다. 돈을 써서 보다 좋은 곳으로 가려고 하는 관
리는 틀림없이 貪官汚吏가 아닐 수 없다. 貪官汚吏의 橫暴를 경험했던 백성들
이었기에 선관인 금마사군의 離任은 더할 수 없는 절망감을 안겨주었다. 금마
백성들의 願留는 간절한 것이라서, 여섯 해에 한 해만이라도 더 다스려 달라
고 빌고 있는 것이고, 우리 사또만은 빼앗아 가서는 안된다고 절규했다.

금마백성들이 꾸지람도 두려워하지 않고 금마사군 이임을 만류했다. 임기
가 차서 떠나려는 금마사군의 歸路를 막고 붙잡는 것은 그럴 만한 까닭이 있
기 때문일 것이다. 그 이유는 '못내 떠나는 것이 아쉬워 길을 막고 만류하게
되면, 그의 영광됨이 역사에 빛나 후세에 비칠 것이나, 말과 태도만으로 그렇
게 되는 것은 아니다.'[44]에서 암시되고 있다. 선정을 베풀었기 때문이다. 이임

43) 申光洙, ≪文集≫ 권4 장24.
44) 丁若鏞, 앞의 책, 解官六條 第三條 <願留>. "惜去之切 遮道願留 流輝史冊 以照後世 非
   聲貌之所能爲也"

의 만류는 목민관 개인의 지극한 영광일 뿐만 아니라 국가의 다행이요, 만민의 복일 것이다. 머물러 주기를 바라는데 나타난 民心의 움직임처럼 예민한 것은 없다.

<金馬別歌>에서 금마사군의 善政은 金馬民의 衣食住와 관련된 것, 冠婚喪祭와 관련된 것, 農事와 관련된 것, 官穀管理와 官吏의 紀綱確立 등으로 나타난다. 이를 통해 목민관의 전형적인 愛民의 모습이 그려지고 있다. 여기에 그려진 선정의 핵심은 결국 가난의 해결이라고 할 수 있다. 그리고 그것은 곧 물질적 풍요에 대한 민의 소망과도 직결된다. 백성이 가난하면 추위와 굶주림을 쉽게 극복할 수 없다. 뿐만 아니라 자연의 섭리라고 할 수 있는 婚姻이나 유교에서 중시한 喪葬 같은 것을 치르는 일도 쉬운 것이 아니다. 특히 남녀의 결합은 자연의 섭리, 곧 음양의 도에 순응하는 인간의 통과의례로 인륜의 시초이다. ≪周易≫에서도 '天地가 있은 뒤에 萬物이 있고, 萬物이 있은 뒤에 男女가 있고, 男女가 있은 뒤에 夫婦가 있고, 夫婦가 있은 뒤에 父子가 있고, 父子가 있은 뒤에 君臣이 있고, 君臣이 있은 뒤에 上下가 있고, 上下가 있은 뒤에라야 禮義가 행해진다.'[45]고 하였다. 혼인과 상장엔 경제적 부담이 따른다. 그러므로 민이 가난에서 벗어나 풍요로운 삶을 살 수 있도록 하는 것이 목민관의 최대의 관심사였다.

목민관의 중책 가운데 하나가 勸農이다. '곳간이 차야 예절을 안다.'는 속담이 말해주듯 배가 불러야 人倫의 秩序가 잡힌다. 농사의 권장도 이런 맥락에서 이해할 필요가 있겠다. 관곡관리를 엄정히 하고, 종자벼를 미리 준비하여 나누어주며, 논밭을 갈 수 있게 도와주어 백성들이 제 때에 농사를 지을 수 있도록 세심한 배려를 했다. 이는 天下之樂의 實踐이다.

| 處處山有花 | 여기저기 산유화가 |
| 齊發翠木中 | 푸른 나무마다 흐드러지게 필 때 |

---

45) ≪周易≫, <序卦傳>. "有天地然後有萬物 有萬物然後有男女 有男女然後有夫婦 有夫婦然後有父子 有父子然後有君臣 有君臣然後有上下 有上下然後禮義有所錯"

欣然謂農夫   흔연히 농부더러 이르는 말
善哉勤用功   "좋도다! 부디 힘써 농사짓소."

<金馬別歌> 其十六(권4 장26)

옛부터 농사는 天下之大本이라 했다. 조선조 대부분의 백성들은 대부분 농사가 생업이었다. 농사에 대한 장려를 형상했다. 농사의 권장에 있어서 그 핵심은 결국 衣食의 해결이라고 할 수 있다. 그 중에서도 식량은 가장 기본이 된다. 금마사군의 농사에 대한 세심한 배려도 이러한 측면에서 이해해야 할 것이다. 이같은 농사에 대한 강조는 '不負勤農意 方看報國誠'46) 등에서도 나타나고 있다. 循吏의 가장 큰 소임이 勤農이 있음을 강조했다. 근농에 뜻을 저버리지 않음은 보국하는 지름길이고, 그것이 바로 忠이라는 사고가 반영되고 있다.

목민관에게 요구되는 德目 중의 하나가 屛客과 樂施이다. 한 사람이 수령이 되면 그의 주변에는 많은 사람들이 모여 들게 마련이다. 대개 지방의 土豪나 儒生들이 아니면 한 고을에 사는 親戚 등이 그렇다. 멀리서 찾아온 가난한 벗이나 궁한 친족의 딱한 사정을 들어 주어야 할 경우도 있다. 따라서 이들을 어떻게 대우해야 하는가는 수령의 직책을 수행함에 있어서 중요한 영향을 미친다. 이 문제를 처리함에 있어서는 적어도 공적인 접촉 이외의 사적 면접은 일체 사절하는 屛客을 원칙으로 삼아야 한다. '富貴도 그를 더럽히지 못하고, 貧賤도 그의 뜻을 변하게 하지 못하며, 威武도 그의 志操를 굽히게 하지 못한다.'47)와 같은 大丈夫의 자세를 지녀야 한다. 그러나 '人情이란 두고 가라'는 속담이 있듯이 廳舍 안에서는 비록 서릿발처럼 굴어야 하지만, 그 어느 누구와도 개인적인 情誼만은 유지하도록 노력해야 한다. 더욱이 가난할 때 사귄 벗이거나 궁한 친척들에게는 자신의 봉급을 털어서라도 따뜻한 人情味를 나타내 보여야 한다.

如海深營不禁閤   바다처럼 깊은 감영 영문 늘 열려 있어

---

46) 申光洙, <送稷山使君李仁仲赴仁>, 《文集》 권8 장12.
47) 《孟子》, <滕文公下>. "富貴不能淫 貧賤不能移 威武不能屈 此之爲大丈夫"

客來馳馬入重門　　　아객들은 말을 달려 겹문으로 들어가네.
故交貧族歸無怨　　　故交貧族 돌아가서 원망함이 없나니
今使延陵從外孫　　　지금의 사또님은 연릉의 종외손이라네.
　　　　　　　　　　<關西樂府> 其三十四(10 장21-22)

　영문이 항상 열려 있으므로 관아를 찾는 이들이 거리낌 없이 들어간다는
것은 곧 民官一體의 모습이다. 가로막혀서 통하지 못하면 民政이 그 때문에
답답하게 된다. 와서 호소하고 싶은 백성으로 하여금 父母의 집에 들어옴과
같이 해 주어야만 훌륭한 爲政者이다. 활짝 열려 있는 영문과 거리낌없이 들
어가는 백성들의 모습에서 민의가 수렴되고 있음을 볼 수 있다. 선정의 결과
관민일체의 표상으로 나타난, 활짝 열려 있는 영문은 뿌리 있는 집안의 후손
이므로 더욱 빛난다. 게다가 私的으로는 넉넉한 정도 듬뿍 담고 있다.

　文武奬勵도 목민관이 힘써야 할 덕목이다. <關西樂府>에서 主題樣相과 관
련된 보국의 내용은 文武奬勵, 軍紀確正, 國防意識의 鼓吹 등으로 나타난다.
이것은 課藝와 練卒에 힘쓰는 것을 의미한다. 課藝에 힘써서 과거급제가 잇달
아 마침내 문명의 고을이 되면, 또한 수령으로서는 지극한 영광이다.[48] 練卒
이란 무비의 중요한 일로 操演과 敎旗하는 것이다.[49] 문무장려는 <關西樂府>
제80곡[50]과 제81곡[51]에 그려졌다. 文武를 奬勵하여 상을 주는 것은 결국 報
國의 길이며 목민관이 반드시 행해야 할 일중의 하나다. 英才를 육성하여 그
들이 나라의 훌륭한 인물이 될 수 있도록 기름은 목민관이 해야 할 일이다.
石北은 寧越府使로 있을 적에 白日場을 개최한 것도 이에 다름 아니다.

---

48) 丁若鏞, 앞의 책, 禮典六條 第六條 <課藝>. "課藝旣勤 科甲相續 遂爲文明之鄕 亦民牧
　　之至榮也"
49) 丁若鏞, 앞의 책, 兵典六條 第二條 <練卒>. "練卒者武備之要務也 操演之法 敎旗之術
　　也"
50) 申光洙, <關西樂府> 其八十, ≪文集≫ 권10 장28. "雲幕江樓白日場 夕陽誰是壯元郞 紅
　　欄百隊淸喉妓 細調呼名故故長"
51) 申光洙, <關西樂府> 其八十一, ≪文集≫ 권10 장28-29. "關西武士好身材 細柳轅門射帳
　　開 雕弓白羽穿楊手 別庫銀錢賞格催"

軍紀確正은 <關西樂府> 제94수곡[52]과 제95곡[53] 및 제96곡[54]에 나타난다. 練卒 못지 않게 중요한 것은 軍裝備이다. 군장비는 군대의 생명이라고 할 것이다. 어떤 물건이든 오래 사용하지 않은면 좀먹거나 녹슬거나 썩거나 부스러지거나 하게 마련이다. 군장비 또한 오랜 세월 창고 속에 넣어 둠으로 인해 녹슬어서는 안된다. 연졸의 장면은 實戰을 방불케 한다. 紅巾賊과 倭寇를 포박하는 모습에서 과거 이들에게 시달렸던 역사의 편린을 볼 수 있다.

監司란 時政의 得失, 郡民의 苦樂, 財務의 狀況 등 守令七事[55]를 골고루 살피는 직책이다. <關西樂府> 제83곡[56]과 제84곡[57] 등에서 청천강, 비류강, 압록강 일대를 순시한다. 감사의 巡視行次와 그 행차를 환영하는 모습 등이 그려진 바, 조용하고 평화로운 순시의 정경은 당시가 태평성대임을 보여주고 있고, 安州兵使가 弓矢와 칼을 갖춘 공복인 탁건을 단정히 입고 군사를 정비하여 북과 뿔고동 울리며 감사를 맞아 들이는 모습에서 官邊風俗의 일면을 엿볼 수 있다. <關西樂府> 제90곡에서는 貢物과 관련하여 '蕭條七邑大江邊 蔘戶蓬頭哭馬前'[58]이라고 읊었다. 압록강 가에서 山蔘을 캐어 진상하는 民戶들이 진상수량을 채울 삼이 없어 봉두난발로 말 앞에 나와 읍소하는 광경이다. 조선조는 明淸에 대한 貢物 중 산삼이 큰 비중을 차지한 바, 이곳 산물을 보

---

52) 申光洙, <關西樂府> 其九十六, ≪文集≫ 其九十四, 권10 장30-31. "流星撥馬報還營 七日京師一日程 十月西城催組練 牙兵又點八千名"

53) 申光洙, <關西樂府> 其九十五, ≪文集≫ 권10 장31. "營下長身白面郎 鮮明賽過禁軍裝 猩裙夾袖鴛鴦隊 又導門旗入敎場"

54) 申光洙, <關西樂府> 其九十六, ≪文集≫ 권10 장31. "靑絨軍幕陣形圓 漠漠平沙萬竈烟 飛砲一聲傳號令 紅倭縛獻將臺前"

55) ≪經國大典≫에서 守令七事로 '① 農桑의 번성, ② 戶口의 증식, ③ 학교의 흥륭, ④ 軍政의 정비, ⑤ 賦役의 균형, ⑥ 소송의 감소, ⑦ 奸猾의 종식'을 들었다. 丁若鏞, 앞의 책, 赴任六條 第二條 <辭廟> 참조.

56) 申光洙, <關西樂府> 其八十三, ≪文集≫ 권10 장29. "淸南淸北發初巡 黃土官途不起塵 綠帳行車時蹔駐 深山扶仗白頭民"

57) 申光洙, <關西樂府> 其八十四, ≪文集≫ 권10 장29. "安州兵使整囊鞬 旗鼓迎開八八門 畫角聲中驅馬到 百祥樓下未黃昏"

58) 申光洙, <關西樂府> 其九十, ≪文集≫ 권10 장30.

124

냈다고 한다. 공물에는 민중의 고통과 비애가 배여 있다. 이러한 백성의 고통도 순시하며 살펴야 할 것들이다.

목민관은 사방으로 눈을 밝히고 사방으로 귀를 기울여야 한다. 그러므로 民情視察은 善政의 지름길이다.

雲漢宸憂六事中　　　깊은 밤 대궐 근심 여섯 일 속에 있어
至誠潛與帝心通　　　지성으로 몰래 살핌 황제 마음 통했네.
恩儲入路農民食　　　은혜 쌓여 길에 드니 농민의 음식 있고
寃審三江御史驄　　　삼강 어사 총마 타고 원통함을 살폈네.
<寄松都留守> 其三(권9 장8-9)

목민관으로서 좋은 행정을 실시하자면 무엇보다도 먼저 民心의 소재를 정확히 파악해야 할 것이다. 그러기 위하여 민정을 살펴야 하는데 그 방법으로서는 첫째 자기 자신이 직접 민중과 접촉하는 직접적인 방법, 남을 시켜 民情을 살피게 하는 간접적인 방법의 두 가지가 있다. 情報蒐集의 고전적 방법으로는 자기와 가까운 친척자제들이나 친척 중에서 마음가짐이 단정하고 행실이 깨끗한 사람을 골라 민정을 살펴 오게 하는 것이다.59) 그리하여 上命과 民意를 잇는 징검다리 구실을 할 수 있어야 한다.

官紀肅正은 善政의 디딤돌이다. 그렇게 하기 위해서는 맨 먼저 휘하의 관리를 적재적소에 쓸 줄 알아야 하고, 그 관리들의 마음을 잘 헤아려야 할 뿐만 아니라, 기강을 엄정히 하여 가렴주구를 하지 못하도록 하여야 한다. 官紀가 肅正되지 않으면 아전들이 '困以得之'의 방법으로 백성들을 못 살게 할 뿐만 아니라, 그것은 결국 不正腐敗의 시발이 될 수밖에 없기 때문이다. <金馬別歌> 제7수는 관기숙정의 일면을 보였다.

뛰어난 목민관은 閑適을 즐길 줄도 안다. 목민관의 이상형으로 흔히 汲長孺를 들고 있다. 선정으로 백성들을 잘 다스리는 것을 臥治淮陽이라고 한다.

---

59) 丁若鏞, 앞의 책, 吏典六條 第五條 <察物> 참조.

한 고을을 잘 다스려 한가하게 지내는 것은 목민관의 소망이다. 賞自然의 咏月吟風은 天下之樂을 위해 필요하다. 臥治淮陽은 선정의 구현과 한적의 향유를 포괄하고 있다. <新秋寄寧海府伯>60)과 <寄題萬頃東軒>61) 등에서 와치회양과 한적이 형상되고 있다.

鈴索聲稀吏晝眠　　　　　설렁줄 소리 드믓 이속이야 낮잠 자고
綠莎廳事臥神仙　　　　　녹사청에 일이 없어 와신선이 되었구나.
完平大監生祀後　　　　　완평대감 생사당을 예서 모신 뒤로부터
一路淸風二百年　　　　　한 길로 맑은 바람 이백 년을 불었나니.
　　　　　　　　　　　　　　<關西樂府> 其三十二(권10 장21)

  목민관의 이상적 모습이 '臥神仙'을 통해 표출되고 있으며, 맑고 깨끗한 정사가 끝없이 펼쳐지고 있음을 흐르는 淸水를 통해 구상화했다. 감영 안이 한가하여 臥神仙이 되었다는 것은 곧 그만큼 정사를 잘 돌보았다는 것이다. 善政을 펼쳤던 인물인 汲長孺의 臥治淮陽을 연상케 한다. 完平大監 梧里 李元翼을 언급한 것은 그와 같은 선정을 베풀어 훌륭한 업적을 남길 것을 은근히 강조함이다. 완평대감은 淸白吏에 錄選된 인물이다. 남인에 속했으나 성품이 원만하여 정적들에게도 호감을 받았을 뿐만 아니라, 서민적인 인품이어서 오리정승이라 불리웠다. 임란 무렵에 평안도에서 봉직할 때 선정을 베풀었으므로 백성들이 生祠堂을 지어 모셨다. 생사당의 시초가 된 것이다. 이같이 생사당을 지어 모실 정도로 백성들을 사랑하고 돌보았던 인물이다. 그러므로 선정의 청풍이 이백 년이나 불어왔다고 노래한 것이고, 번암이 또한 그러한 청풍을 잇고 있음을 보인 것이다.

---

60) 申光洙, <新秋寄寧海府伯>, ≪文集≫ 권1 장40. "淸淨淮陽汲使君 治聲半歲北人聞 山多藥草思從採 地遠魚鰕恨莫分 明月二更城打鼓 新秋萬里海無雲"

61) 申光洙, <寄題萬頃東軒> 其一, ≪文集≫ 권1 장6-7. "南來除紙到官稀 京洛高車多是非 二十四堤春水滿 白鷗常近使君飛"

布政門前浿水清　　　포정문 앞 대동강물 맑고도 깨끗하니
政如淸水使家聲　　　감사님의 정사도 저 물처럼 말갛고녀.
于今道內淸無事　　　지금처럼 도내는 맑디 맑아 일 없으니
銀貨盆紬莫近營　　　은화와 비단동이 감영에는 얼씬 않네.

<關西樂府〉 其三十三(권10 장21)

완평대감 이후 이백 년 동안 불었던 맑은 바람은 대동강에 흐르는 맑은 물과 함께 한다. 淸風이나 淸水나 모두 맑음을 강조하고 있다. 특히 맑음을 강조하여 起承轉句에 걸쳐 '淸'자가 거듭 나타나고 있다. '政如淸水'하므로 '道內淸無事'하고 '銀貨盆紬'가 감영에는 얼씬도 못한다. 청렴한 정사를 맑은 물에 비유한 것이다. 예로부터 물은 道의 상징이었다. 물의 속성 중의 맑음은 청렴을 상징한다. 물의 청정한 세척력은 세상의 온갖 더러움을 정화시킨다.

전형적인 淸白吏의 모습은 <金馬別歌> 제30수와 <關西樂府> 제108곡에 그려졌다. 여기에서 청백리로서의 전형적인 歸裝의 모습을 드러냈다.

青絲三十萬緡錢　　　푸른 실 꿰미 돈 삼십 만민전으로
不買江亭不買田　　　강정자 사지 않고 밭도 사지 않았다네.
歸日報君心一片　　　보국하는 일편단심 돌아오는 날에는
白驢東渡但垂鞭　　　흰 나귀로 동쪽 건너 채찍 하나 드리우리.

<關西樂府〉 其百八(권10 장33)

목민관이 임기 동안 그 본분과 도리를 다했는가는 歸裝의 모습에서 엿볼 수 있다. 보국하는 일편단심에 청사로 꿴 삼십 만민전도 선정하는 데 써 버린 것을 '不買江亭不買田'에서 읽을 수 있고, 돌아오는 날의 '白驢東渡但垂鞭'에서 청렴이 상징적으로 표출되고 있음을 포착할 수 있다. 《象山錄》의 '청렴에는 세 등급이 있는데, 최상의 것은 봉급외에는 아무 것도 먹지 않으며, 먹고 남은 것 역시 집에 가지고 가지 않으며, 벼슬을 그만 두고 집에 돌아가는 날에 한 필의 말로 시원스럽게 가는 것이니, 이것이 옛날에 말하는 廉吏.'62)라는 표현에서 제108곡의 의미를 읽을 수 있다.

지금도 마찬가지이지만 조선조에는 특히 목민관의 청렴성이 강조됐었다. 그러므로 茶山도 이같은 청렴한 선비의 歸裝에 대하여,

    청렴한 선비의 돌아가는 행장은 산뜻하고 깨끗하여 해어진 수레와 여윈 망아지일망정 맑은 바람이 회오리쳐 사람을 엄습한다. 고리짝 속에 새로 만든 기구가 들어있지 않고 귀중품과 지방 토산물이 섞여 있지 않아야 청렴한 선비의 행장일 것이다.63)

라고 하여 청백리의 전형적인 離任時의 行裝을 기술하고 있다. 맑은 바람을 수레 가득 싣고 가는 행장에서 목민관의 이상적 모습을 볼 수 있다. 금마사군 남태보의 모습 또한 이에 다름 아니다. '脫然瀟灑'한 그의 모습이 淸風을 회오리치게 한 것이다.

조선조는 중세적인 이상적 질서를 끊임없이 추구해 왔고, 그 실현을 위해 노력해 왔다. 이상적인 중세적 질서는 民官의 이상적 관계에서 찾아볼 수 있다. 民이 民으로서 그 직분을 다하고 官이 官으로서 그 직분을 다할 때, 民官의 이상적인 관계가 형성될 수 있다. 그러나 民보다는 官이 솔선수범을 보여야 한다. <金馬別歌>에 이러한 점이 잘 나타나 있다. 金馬使君이 백성들을 위하여 농사의 기반시설이라 할 수 있는 커다란 둑을 쌓아 보를 만들어 주었다. 이에 금마백성들이 그 고마움을 잊지 아니하고 해마다 봄에 물고기를 잡아서 원님과 더불어 먹었다. 牧民官의 善政이 民心을 움직여 나타난 與民同樂이다. 여기에 理想的인 中世的 秩序와 調和가 있다. 조선후기 고질적 병폐였던 환상곡도 넉근히 바칠 수 있게 되었다. 신명나게 객사청을 짓는 모습은 善政에 대한 民心의 동향이다.

국문학에 나타난 이상향 내지는 이상적 사회상은 다양하다.64) 太平聖代에

---

62) 丁若鏞, 앞의 책, 律己六條 第二條 <淸心>. "廉有三等 太上俸廩之外 悉皆不食 其食而餘者 亦不持歸 歸之日 匹馬蕭然 此古之所謂廉吏也"

63) 丁若鏞, 앞의 책, 解官六條 第二條 歸裝. "淸士歸裝 脫然瀟灑 敝車羸馬 其淸飇襲人笥籠無新造器珠帛 無土産之物 淸士之裝也"

대한 회구는 어느 시대에나 있었지만, 시대가 어지러울수록 堯舜과 같은 德治
에 대한 회구는 강렬했다. 그래서 孔孟 이래 道統意識에서도 이러한 점을 여
실히 볼 수 있다. 조선조의 栗谷이나 尤庵 系列의 畿湖學派에서 특히 도통의
식을 강조했던 것도 궁극적으로는 태평성대의 도래에 대한 회구이다. 조선조
수많은 유학자들이 요순의 덕치를 강조했으므로 시가에서도 요순을 통해 태
평성대를 갈망하기도 했고, 태평성대의 즐거움을 드러내기도 했다.

稚女摘桑葚	어린 소녀 뽕나무 열매 따는데
桑葚大如棗	오디 열매 크기가 대추만 하네.
五月齊成熟	음력 오월 여름에 나란히 익어
濃紫味最好	짙은 자색 그 맛이 가장 좋고녀.
少者分兄弟	젊은이는 형제와 나누어 먹고
大者獻尊老	어른은 존경하는 노인 드리네.

<桑葚歌>(권1 장38)

癸酉年(1753)에 지은 <桑葚歌>로 오디 열매를 매개로 하여 평화롭고 순박
한 삶의 모습을 통해 田園을 배경으로 한 이상적 사회상이 제시되고 있다. 대
추처럼 큰 오디 열매는 전원의 풍요를 상징한다. 물질적 부족함이 전혀 없는
넉넉하고 평화로운 전원 속에서 유교의 三綱五倫 중의 하나인 長幼有序가 구
현되고 있음을 볼 수 있다. '젊은이는 형제와 나누어 먹고/ 어른은 존경하는
노인 드리네.'라는 구절 속엔 헐벗음이나 굶주림, 是非曲直이나 利害得失, 또
는 자신만을 생각하는 이기적 태도 등은 전혀 찾아 볼 수 없다. 자연이 인간
에게 베푼 풍요로움이 대추만한 오디 열매를 통해 넉넉히 나타나고, 인간이
만들어낸 상하관계가 조화와 질서 속에서 이상적으로 펼쳐지고 있다.

동양에서는 존경과 사랑으로 人和를 이루어, 그것을 원만하게 유지하는 것
을 이상으로 삼는다. 의무와 권리로 계약된 西歐社會의 법적 질서와 크게 다

---

64) 李鍾殷外, <韓國文學에 나타난 유토피아 意識 研究>, ≪韓國學論集≫ 第28輯(漢陽大
學校 韓國學研究所, 1996).

르다. 五倫 중에서 '孝'와 가장 밀접한 관련을 지닌 것이 '兄友弟恭'의 '悌'이다. '悌'는 마음에서 우러난 행동이므로 '仁'에 가장 가깝다. 有若은 "孝悌라는 것은 仁의 본바탕이다."[65]라 하여 '悌'의 중요성을 강조 하였고, 孔子는 "제자는 집에 들어와선 효도하고, 나가서는 공경하며, 삼가고 믿게 하여 널리 사람들을 사랑할 것이로되, 仁을 까까이 할지니, 행하고 남은 힘이 있거든 글을 배울 것이니라."[66]고 하여 또한 '悌'의 중요성을 강조하였다. '悌'는 어버이에게 효도하는 것처럼 밖에서도 어른을 존중하는 것이며, 형제 사이에서도 강조되는 덕목이다. 孟子 또한 부모를 親愛하는 것이 仁이고, 兄長을 공경하는 것이 義라고 했다. 가정에서 부모에게 효도하고 형제간의 우의가 두터우면 자기보다 손위의 뜻을 거역하거나 불순한 행동을 할 수가 없다. 그러므로 이것이 사회적으로 확대되면 결국 인류의 평화에 기여하게 된다.

金馬使君이 고을을 다스린 결과 금마백성들은 태평성대의 평화로운 삶을 구가하고 있다. 이같은 모습은,

閭閻六年間   여섯 해 동안이나 여염에서는
夜犬無吠吏   밤개가 관리에게 짖음 없었네.
松明積麻火   솔꽹이불 환히 켜 길쌈을 하며
男女作笑戲   남녀들 모두 웃고 즐겼더라네.
                   <金馬別歌> 其二十二(권4 장26)

에서 노래되고 있다. 金馬使君의 善政에 따른 金馬民의 평화로운 삶의 모습이 그려지고 있는 것이다. 온갖 矛盾이 해결된 이상적인 鄕村社會의 모습이다. 굶주림과 헐벗음, 그에 따른 비참한 모습을 전혀 찾아볼 수 업다. 금마백성들은 물질적인 풍요로움을 누리면서도 근면함을 잃지 않고 있다. 中世的 理想鄕이다. 中世的 理想鄕을 구현함에 있어서 승구의 '밤개가 관리에게 짖음 없었네.'에 유념할 필요가 있다. 杜甫의 三吏詩와 대조적인 모습이기 때문이다.

---

65) ≪論語≫, <學而>. "孝悌也者 其爲仁之本與"
66) ≪論語≫, <學而>. "弟子入則孝 出則悌 謹而信 汎愛衆而親仁 行有餘力 則以學文"

石北은 <摘栗>에서 太古의 淳俗이 흐르는 세계를 理想的 社會로 보고 있다. 아득한 옛날 열매를 먹던 시절엔 너와 나의 물건이 따로 있는 것이 아니었다. 너와 나의 물건이 따로 정해져 있지 않기 때문에 굳이 다툴 필요가 없었다. 그러므로 산에서 나는 열매로도 충분했다. 너와 나의 구별이 없이 自然性 그대로 살았던 사회였다. 그러므로 그것은 老子의 敎化論인 不言之敎·無爲自化·好靜自正·無欲自樸이나 莊子의 敎化論인 遊心於淡·絶知棄巧·去却仁義·順物自然과 같은 道家의 敎化論67)이 넘쳐 흐르는 사회를 理想的 社會로 파악하고 있었다는 의미가 되겠다. 그런데 自然性 그대로 살던 사람들이 聲色으로 말미암아 서로 경계를 짓게 됐고 억세어졌다고 보고 있다. 마지막 구에서 '聲色向人强'라고 했다. 그러면 聲色이란 무엇인가. 五色은 사람의 눈을 멀게 하고, 五音은 사람의 귀를 먹게 하고, 五味는 사람의 입맛을 잃게 한다68)는 감각적 판단이 聲色이다. 이는 바로 是非曲直과 利害得失을 따지는 인간의 利己心이다. 눈으로 아름다운 것을 보고, 귀로는 좋은 소리를 듣고자 하는 인간의 分別智가 바로 聲色이다. 이러한 聲色때문에 태고의 淳俗이 없어져서 너와 나의 경계와 구별이 생기게 됐다. 그러므로 <關西樂府幷序>에서도 이를 경계했던 것이다.

石北은 理想的 牧民相과 社會相을 제시하여 儒家의 理念을 具顯하고자 했다. 理想的 牧民相은 與民同樂할 뿐만 아니라, 백성들의 衣食住와 冠婚喪祭 및 農事 등에 대한 관심을 통한 善政으로 나타난다. 또한 엄정한 官穀管理, 官吏의 紀綱確立, 文武獎勵, 軍紀確定, 國防意識의 鼓吹 등으로 나타나고도 있다. 理想的 牧民官은 忙中閑도 즐길 줄 알아야 하지만, 특히 淸廉性을 갖추어야 함을 강조했다. 理想的인 社會相은 민관의 바람직한 관계, 儒敎的 人倫이 실현되거나, 勤勉함과 和睦함이 넘치는 鄕村社會의 모습을 통해 드러냈다. 한편 是非曲直과 利害得失을 따지지 않은 채 太古의 淳俗 그대로 살아가는 道家的 理想鄕을 생각하기도 했다.

---

67) 徐慶田, <道家의 敎化論>, ≪藥南李鍾殷博士華甲紀念論叢:韓國道敎와 道家思想≫(藥南先生華甲紀念論叢刊行委員會, 亞細亞文化社, 1991).

68) 老子, ≪道德經≫ 12장. "五色令人目盲, 五音令人耳聾 五味令人口爽"

4) 知識人의 悲哀과 苦惱

(1) 沒落 事大夫의 悲哀

유형원·이익·정약용·유수원·박제가 등 궁극적으로 신분타파를 지향한 실학자 중심의 신분관에서 엿볼 수 있듯이 조선후기는 신분질서가 크게 동요했던 사회였다. 이러한 점은 연암의 <兩班傳>에서 단적으로 나타나고 있는 바, 신분질서의 동요는 경제와 불가분의 관계를 이루고 있다. 이러한 신분질서의 동요와 함께 상업의 발달, 농업기술의 발달, 수공업 및 광업의 발달 등은 삼정의 문란과 더불어 조선후기사회를 크게 변동시켰다.

조선후기는 節儉보다도 생산과 유통을 장려하는 것이 富國裕民의 길이요, 商業은 農工과 相濟相補의 관계에 있는 것이라고 주장했던 박제가의 이윤추구 정당화는 근대적 가치관의 맹아형태를 보여주고 있다. 18세기 서울의 상업이 육의전을 중심으로 한 정브어용상인의 특권상업으로부터 대중의 소비생활에 직결된 자유매매의 분산적 소상업으로 폭이 넓어지고, 이러한 소상인들의 자금공급자인 자본주는 상인·역관 등 중인계급으로 옮아가는 반면, 귀족관료 지주들의 궁핍이 가중되는 단계였다.69) 특히 몰락 양반들 중 일부는 상업을 하며 전국을 떠돌기도 했던 시대였다.

戊辰年(1748)에 지은 <送權國珍歌>는 몰락 양반이 상업을 하며 방방곡곡을 떠도는 삶의 비애를 형상했다. 이 작품의 제1수는 33구 7언고체시로 사실적 서사시이자 社會樂府이며, 나머지 4수는 절구시 형태를 취하고 있다.

歲暮北風天雨雪　　선달 그믐 찬 바람에 진눈깨비 내리고
山橋野店行人絶　　산골 다리 들주막엔 나그네도 끊겼누나.
長安子弟身重裘　　장안의 자제들은 비단바지 솜털 옷에
紅爐密室苦稱熱　　홍로에 불피우고 문 꽉 닫고 덥다 하네.
出入猨馬高於屋　　나들이 단달마는 집보다도 더 높은데
銀鞍照市電光掣　　은장식 말안장은 거리 비쳐 번쩍번쩍.

69) ≪한국중세사회 해체기의 제문제≫(상)(한울아카데미, 1992), 262쪽 참조.

此時權生破衣裳	이런 때 권생은 다 찢어진 옷을 입고
一馬一奴鞭百折	조랑말에 종 하나 갈기갈기 해진 채찍.
告我將見南諸侯	남방 관장 찾아간다 나에게 말을 하며
贖奴持錢償逋物	노비 풀어 그 돈으로 포물짐을 지웠다네.
權生舊日卿相孫	권생이야 옛날에는 재상집의 자제로
少年落落稱俊逸	젊었을 땐 우뚝하여 준일하다 하였었네.
嗚呼時命不謀身	아아, 때를 못 만나 일신 도모 못하고서
二十遂爲落魄人	스무살에 마침내는 떠돌이가 되었구나.
五年流離南海上	오 년 동안 남해상에 떠돌아 다니면서
賣魚販鹽勤養親	소금 팔고 생선 팔아 어버이를 봉양했지.
驅馬西關蹋黃塵	말을 달려 서관에서 누런 먼지 밟았고
掛席東萊窺赤日	돛을 걸고 동래에서 붉은 해를 살폈나니.
江湖估客有時逢	강호의 고객들과 때로 한데 어울려서
半是爾汝相促膝	절반일랑 서로 무릎 맞대고 살아왔네.
秖今年紀三十餘	자네 나이 올해로 서른 살도 넘었건만
男兒生理轉蕭瑟	남자의 살림살이 떠돌이로 쓸쓸해라.
父母不飽妻子啼	부모는 굶주리고 처자마저 울고 있어
生乎雖賢亦奚爲	현인으로 때어난들 그 또한 무엇하리.
窮途惘然東南行	궁도에서 동남으로 이리저리 떠도나니
出門寒日照征衣	문 나서면 찬 날빛 길손 옷에 비치누나.
鳥嶺蟾江路不盡	새재와 섬강 길은 멀어 다함 없건마는
虎豹强盜晝敢窺	대낮에도 호랑이와 강도들이 들끓어라.
權生咫尺視四海	권생이여, 바로 눈 앞 사해를 바라보면
馬上冥冥鴻鵠飛	말 위 멀리 가물가물 기러기 울어예리.
黃金得失那可論	황금을 잃고 얻음 무엇이라 말하리오
不知者笑知者悲	모르는 자 웃건마는 아는 자는 서럽나니
權生歲暮欲何之	권생이여, 설달 그믐 어디로 가려느뇨.

<送權國珍歌>(권1 장52-53)

북풍은 매섭게 휘몰아치고 진눈깨비가 흩날리는 세모가 시간적 배경이다. 서울 부귀자의 자제들은 따뜻한 옷을 껴입고 문을 꼭꼭 닫은 방 안에다 화로에 벌겋게 불을 피우고선 덥다고 한다. '出入犲馬高於屋'이나 '銀鞍照市電光掣'

는 부귀공명을 한껏 누리는 그들의 화려한 삶을 나타낸 시적 주인공 권생의 삶을 보다 극적으로 부각시키기 위한 시적 장치다. 대조법을 사용하여 권생의 비극적 상황을 강조하고자 함이다. 세모의 들주막이라는 시공을 통해 시적 주인공의 고달프고도 쓸쓸한 삶을 암시하고자 했다. 북풍과 진눈깨비는 시적 주인공의 현실적 시련과 역경을 함축하고 있으며, 길손 하나 찾아볼 수 없는 공간은 시적 주인공의 외롭고도 쓸쓸한 삶을 함축하고 있다.

시적 주인공 권생의 모습은 장안의 자제와 극적으로 대조되고 있다. 엄동설한에 한 사람의 종, 한 마리의 말로 길을 떠나려는 권생을 설정했다. 이는 당대의 현실적 상황을 사실적으로 반영함과 동시에 그의 처절한 비애를 드러내기 위한 것이다. '破衣裳'과 '鞭百折'은 권생의 파란만장한 삶과 그 비극을 상징한다. 노비를 풀어주고 받은 돈으로 장사 밑천을 마련했다. '贖奴持錢償逋物'은 조선후기 사회상의 변화와, 양반 사대부의 몰락상을 반영한 것이다.

모순되고 부조리한 사회 현실을 개혁하여 국가의 기반을 튼튼히 하고자 실학자들 사이에서 신분제의 폐지를 주장했다. 양반까지도 사고 팔던 시대였고, 중상주의가 강조됐던 시대였으며, 몰락 사대부도 새로운 삶의 길을 모색했던 시대였다. 경제적 이유로 노비를 풀어주고 장사 밑천을 만들어 가정을 꾸리려 함을 볼 수 있다. 이같은 양상은 조선후기 사실적 서사시에서도 가끔 노래되고 있다. 권생의 경우 그것이 더욱 비극적인 것은 '權生舊日卿相孫 少年落落稱俊逸'이라는 사실때문이다. 그러나 때를 만나지 못해 일신을 도모하지 못하고 스무 살에 落魄人이 되지 않을 수 없었다. 懷才不遇의 인물임을 강조하기 위한 것이다. 그러므로 '嗚呼時命不謀身'이라고 탄식했다. 그러나 이것은 조선전기에 벼슬하다가 때를 만나지 못해서 '退而自守'했던 그런 상황이 아니다. 아예 벼슬길에 나아가지도 못했을 뿐만 아니라, 조용히 전원에 은거할 형편도 못 되었기 때문에, 스무 살이라는 젊은 나이에 떠돌이가 되지 않을 수 없는 상황을 그렸다. 신분질서가 동요하던 조선후기 몰락 양반 사대부 비극적 삶의 모습을 드러낸 대표적인 양상의 하나라고 하겠다.

권생은 오 년 동안이나 남해 바닷가서 소금을 팔고 생선을 팔아 어버이를 봉양했다. 서관에서 동래까지 남북으로 떠돌았다. 십 년이 넘도록 전국 방방 곡곡을 떠돌며 장사를 했다. 그러나 아직도 부모는 굶주리고 처자가 울고 있다. 그러므로 '生乎雖賢亦奚爲'라고 했다. 신분질서가 동요되던 시대였지만, 그래도 그 근저에는 여전히 양반이라는 계층의식이 강렬히 작용했던 시대였다. '손에 돈을 만지지 말고, 쌀값을 묻지 말고, 더워도 버선을 벗지 말고, 밥을 먹을 때 맨상투로 밥상에 앉지 말고, 국을 먼저 훌쩍 떠 먹지 말고, 무엇을 후루루 마시지 말고'[70]해야 했던 시대였다. 뿐만 아니라, '궁한 양반이 시골에 묻혀 있어도 무단(武斷)을 하여 이웃의 소를 끌어다 먼저 자기 땅을 갈고 마을의 일꾼을 잡아다 자기 논의 김을 맨들 누가 감히 나를 괄시하랴. 너희들 코에 잿물을 디리붓고 머리 끄덩을 회회 돌리고 수염을 낚아채더라도 누구 감히 원망하지 못할 것이다.'[71]와 같은 횡포를 서슴지 않던 양반들이었다. 물론 이것은 양반을 풍자하기 위한 것이지만, 여기서 양반들의 계층의식의 일단을 엿볼 수 있다.

스무 살에 落魄人이 되어 서른 살이 넘도록 떠돌아 다니는 권생을 바라보는 石北의 마음이 더욱 슬펐던 것은 동류의식이 작용했다고 하겠다. 권생의 모습은 바로 자신의 모습과 크게 다르지 않았던 것이다. 그러므로 권생의 비극적 현실에 대한 슬픔을, '黃金得失那可論 不知者笑知者悲 權生歲暮欲何之'라고 탄식했던 것이다. 궁도에서 동남으로 가는 길은 새재와 섬강의 다함이 없는 길로 대표되고, 대낮인데도 호랑이와 강도가 호시탐탐 노리고 있는 현실로 나타난다. 권생이 떠돌게 된 근본적인 이유는 결국 황금득실로 나타나고 있다. 그러므로 '黃金得失'에 대하여 '那可論'이라고 한 것이요, 권생의 비극적 현실에는 그럴 만한 사연이 있기에 '不知者'는 '笑'하고 '知者'는 '悲'한다고 노래했다. 결국 이 작품은 몰락 양반의 황금득실을 추구하는 삶을 통해 신분체제의 붕괴를 드러내면서 경제가 우선하는 조선후기의 사회상을 반영한 것이라고 하겠다.

---

70) 朴趾源, <兩班傳>, 《李朝漢文短篇集》(下)(李佑成·林熒澤 譯編, 一潮閣, 1995), 280쪽.
71) 朴趾源, 앞의 글, 같은 책, 281쪽.

　18-19세기는 양반층의 수적인 증가현상 속에서 일부의 양반층을 제외한 몰락한 양반층의 경제적인 처지는 계속 열악해져 갔다. 경제적인 처지의 열악화는 양반층으로 하여금 農工商에 참여치 않을 수 없게 하였으며, 심지어는 남의 顧工이나 顧軍으로 전락하는 처지에까지 이르렀다.[72] 柳壽垣이나 朴齊家가 양반층의 상업참여를 적극 주장한 것은 이를 반증한다.

　북풍이 휘몰아치고 진눈깨비 날리는 섣달에 길을 떠나는 권생은 제2수[73]에서 '狂客'에 다름 아니다. 이 시어에 권생의 비극적 삶과 그에 대한 石北의 슬픔이 고도로 압축되어 있다. 狂客의 내적 지향은 '兩地一身貧父母 靑雲紫閣舊衣冠'에 나타난다. 부모에 대한 효성과 입신양명에 대한 청운의 꿈이 바로 그것이다. 失意 속에 떠도는 벗은 제3수[74]에서 '狂更狂'의 나그네로 나타난 미치지 않고서는 추운 세모에 길을 떠날 수는 없다. 黃金得失로 인한 是非의 마당을 벗어날 수 없는 것이 몰락 사대부의 현실이었다. 그러므로 '狂'이란 시어 속에는 '失意'와 '寥寥', '薄俗'과 '白髮' 등의 뜻이 함축되어 있고, 窮途에서 맛보는 '黃金盡'의 비애와 '是非場'의 고달픔이 응축되어 있다. '窮途之哭'이다.

　'窮途之哭'은 ≪晋書≫ <阮籍傳>에 나오는 고사다. 진나라 완적이 놀러 나갔다가 수레가 통과하지 못하는 곳에 이르러 통곡하고 돌아왔다는 고사에서 생긴 말로 흔히 빈곤의 슬픔을 뜻한다. 窮途라고 할 때는 흔히 궁핍하고 곤궁한 경우를 뜻하는데, 때로는 특히 仕宦 길의 어려움을 말하기도 한다. 당대 몰락 사대부의 모습은 이 궁도에 압축되어 있고, 궁도의 고달픔과 비애 등이 '狂客'이나 '狂更狂'으로 표출된 것이라고 하겠다. 제4수[75]에서는 자신을 晋代

---

72) 鄭奭鍾, ≪朝鮮後期社會變動硏究≫(一潮閣, 1995), 264-272쪽 참조.

73) 申光洙, <送權國珍歌> 其二, ≪文集≫ 권1 장53. "高陽狂客歲將闌 走馬南行行路難 兩地一身貧父母 靑雲紫閣舊衣冠 湖中共鴈明年至 嶺外聞鷄數郡寒 到處人情非昔日 經過且莫滯征鞍"

74) 申光洙, <送權國珍歌> 其三, ≪文集≫ 권1 장53. "憐君失意向他鄕 知己寥寥狂更狂 九郡前年携畵客 孤舟萬里夢漁商 窮途只爲黃金盡 薄俗還敎白髮忙 湖海歸來元一笑 此身那免是非場"

75) 申光洙, <送權國珍歌> 其四, ≪文集≫ 권1 장53. "一夜山陰雪作花 北風吹滿戴公家 嶺南來日君千里 何處寒梅別恨賒"

136

의 戴安道에 비유하여 작별의 슬픔을 서정적으로 드러냈고, 제5수에서도 별리의 슬픔을 드러냈다.

<送權國珍歌>와 비슷한 양상의 별리의 슬픔은 <送姜嗣源歸嶺南>76)에서도 형상되고 있다. 별리의 정한을 노래한 것이지만, 그 속에 몰락 사대부의 비애가 물씬 담겨 있다. 장안의 부귀자들과 대조적으로 떠돌지 않으면 안되는 벗의 모습이 애처롭기 짝이 없다. 두어 아들과 더불어 장사를 하기 위해 영남으로 떠나는 벗의 모습은 곧 조선후기 몰락 사대부의 한 단면을 드러낸 것이다. 流落하여 江湖를 떠돌며 參商할 수밖에 없는 몰락 사대부의 모습을 여기서도 엿볼 수 있다.

(2) 知識人의 苦惱와 葛藤

조선후기 지식인의 고뇌와 갈등은 몰락 사대부의 비애 바로 그것이었다. 입신양명에 대한 좌절로 인한 고뇌와 갈등이 무엇보다도 큰 것이겠으나, 어려운 경제적 여건때문에 겪는 고뇌와 갈등 또한 당대의 사회상을 드러내는 것 중의 하나이다. 특히 남인계의 몰락 양반은 경제적 어려움을 극복하고자 求錢과 求田의 처량한 심정을 보이기도 하고, 때로는 직접 농사를 짓거나, 장삿길에 나서는 등 다양한 삶의 양상을 드러내고 있다.

<謝睦太守萬中二十錢歌>는 乙酉年(1765) 작품이다. 사실적 서사시는 대부분 자신의 처지보다는 객관적 대상을 읊는 것이 많으나, 이 작품은 작자 자신의 어려움을 숨김 없이 솔직히 드러내고 있다. 이러한 경향은 다른 시인에게서는 좀체로 찾아볼 수 없다. 그러한 점에서 매우 특이한 작품이다. 石北의 빈한한 삶에 대해서는 앞에서도 살핀 바 있으나, 그것은 개인적·가족적 범주에서, 그리고 벼슬하기 이전의 작품을 중심으로 다루었다. 여기서는 당대 지

---

76) 申光洙, <送姜嗣源歸嶺南>, ≪文集≫ 권1 장18. "涉江采蘭草 將以遺遠途 遠途何所之 乃至嶺南隅 嶺南非故鄕 京洛是我居 京洛多貴遊 衣冠富且都 日出相經過 車馬溢通衢 夫何二三子 流落在江湖 參商雖一天 相去萬里餘 離鳥各顧號 浮雲爲躊躇 相會復幾日 相從亦須臾 徒旅苦遠涉 嶺路何崎嶇 因風托好辭 贈我以明珠 但應崇信義 吾道在詩書"

식인의 한 사람이라는 점에서 접근하고자 한다.

老子僑居北山下	늙은이가 북산 아래 살아갈 적에
窮餓不出經長夏	주렸어도 나오잖고 긴 여름을 보냈느니.
豈無太倉十斗米	어찌하여 태창에는 열 말의 쌀도 없어
八口能得幾時藉	여덟 식구 몇 끼나마 넉넉히 먹었으리.
秋雨三日絶人事	가을비 사흘만에 인사마저 끊어지고
土銼無烟朝至夜	흙 가마에 아침 저녁 연기마저 없다네.
典書乞米乞何得	전서로 쌀 구하나 구할 방도 전혀 없고
新來不敢惱隣舍	새로 와 이웃집을 번거롭게 할 수 없네.
裹飯何人問子桑	궁핍함을 어느 누가 자상에게 물었더뇨
飛書昨日告白帝	어제야 글을 날려 백제에게 고백했네.
雨中朝有叩門人	비 내리는 아침에 조아리는 문인 있어
劍州使君送官隷	검주 고을 사군이 관노를 보냈다네.
二十青錢帶小札	이십전 푸른 돈 소찰에다 사연 담아
云是細君莊中所	그대 장중 있는 곳을 자세히 일렀네.
攫出傍人大笑我	움켜쥐고 나가니 곁에 사람 크게 웃음.
知之使君何能多贈物	알리라, 사군이 어찌 증물 많으리오.
使君妻子寄人家	사군의 처자는 남의 집에 기숙하고
一月擧火無十日	한 달에 불 지핌은 열흘도 되지 않음.
新除急馬朝出城	새 벼슬에 급마로 아침 성을 나가나니
乞得子錢治遠行	그대의 돈을 얻어 다스리러 멀리 가네.
周急慇懃有此餉	두루두루 급하건만 보냄에 은근하니
見錢愈少逾見情	돈을 보고 잠시나마 깊은 정도 보고 있네.
卽遣女奴走南鄰	계집종을 보내어 남쪽 마을 달리게 하여
十錢買米五錢薪	십전으로 쌀을 사고 오전으로 나무 샀네.

<謝陸太守萬中二十錢歌>(권10 장12)

가난한 양반 사대부의 구차한 모습이 사실적으로 그려지고 있다. 문제는 石北이 자신의 빈한과 구차한 모습을 부끄럽게 생각하지 않고 과감하게 드러내고 있다는 점에서 이 작품에 접근해야 할 것이다. 石北이 왜 이처럼 자신의 구차한 모습을 숨김없이 표출하고 있는가. 그가 이 작품을 통해서 무엇을 의

도했는가. 이것은 당대 지식인의 한 사람인 그의 내적 지향을 탐구할 수 있다는 점에서 의의 있는 작업이 아닐 수 없다.

　이 작품에서 양반 사대부의 극도에 이른 궁핍과 국고마저 텅 비어 있는 시대상을 여실히 볼 수 있다. 태창에는 열 말의 쌀도 없는 바, 典書마저 잡히려고 했던 지식인의 상황이 하나도 숨김이 없이 그려지고 있다. 20전 돈을 빌리기 위해서 남이 보는데도 불구하고 글을 쓰지 않을 수 없는 처참한 심정은 石北 자신만의 것이 아니고 당대 몰락 사대부의 비애라고 할 것이다. 돈을 빌리고자 하는 대상인 상대방 역시 특별히 부유한 것이 아니고 보면 이점은 보다 분명해진다. 검주 고을의 사군으로 있는 목만중 또한 처자가 남의 집에 기숙할 정도로 궁핍을 벗어나지 못하고 있기 때문이다. '三旬九食'의 처지였다. 貧窮文學의 典型이라고 하겠다. 현실을 있는 그대로 드러낸 바, 이것은 조선조 사대부들의 일반적 미의식과는 확실히 다르다. 특히 조선전기 도학자들의 관념적 사고와는 거리가 멀다.

　　實際로 道學者라 하면 持敬存心하여 앉아서 窮理를 하고 禮가 아니면 動하지 아니하며 物質에는 마음을 쓰지 않아 平生 手毋執錢하고 不問米價하여 비록 飢寒이 있더라도 이것을 참아 口不說貧하는 것이 그들의 生活이었고, 淸貧을 즐겨 雖來日 먹을 쌀이 없더라도 그것을 關心하지 않고 太極과 無極을 論하고 理氣說을 외우며 四端七情을 明辨하는 것이 唯一한 그들의 일이었다. 그리하여 어떤 緊迫한 일이 있다 하더라도 堯舜의 道를 닦아 理氣論을 呪文같이 외우기만 하면 萬事가 亨通할 줄 만 알았으니, 道學이 如何히 높은 學問이라 할지라도 이러고서야 到底히 近代의 逼迫한 生活問題를 解決할 수는 없었던 것이다.[77]

　이것은 石北詩와 대조적인 생활태도에 대한 언급이다. 石北은 자신의 궁핍을 과시하려는 듯한 인상마저 있다. 飢寒에 口不說貧하는 것과 극명하게 대조적 삶의 모습이다. 石北이 궁핍을 최대한 부각시키고자 함은 역시 그의 실학적 안목때문이라고 하지 않을 수 없을 것 같다. 현실의 모습을 있는 그대로

────────────

77) 趙潤濟, 앞의 책, 같은 곳.

그려낼 때, 그것이 하나의 풍간의 구실을 한다고 생각했던 것 같다. 현실은 완전히 외면한 문학은 진정한 문학일 수 없다는 천명인지도 모른다. 어떠한 형태로든 당대의 현실이 안고 있는 모순과 부조리와 아픔을 문학적으로 형상함으로써, 같은 처지에 있는 사람들의 의식을 일깨우고, 자신의 뱃속만을 생각하는 벌열층을 비판하려 했다고 할 것이다. <送勸國珍歌>에서도 볼 수 있었던 것처럼 당대 지식인의 가장 커다란 과제는 궁핍으로부터 벗어나는 것이었다.

欲借黃金秦地來　　　황금을 빌리려고 진나라에 왔건마는
黃金難借借愁廻　　　황금 얻기 어려워 수심 빌려 돌아가네.
柴門恐有催租吏　　　사립문에 조세 재촉 관리 있음 두려워
君到忠州莫咏梅　　　그대는 충주에서 매화사를 읊지 않네.
　　　　　　<而憲謀得子錢輪官租敗歸吟贈>(권8 장22)

而憲 홍한보가 이자가 붙은 돈을 꾸어 官租를 회전하려 했으나 돈을 얻지 못하고 돌아감에 읊은 작품이다. 벗이 황금을 빌리려고 왔으나 황금을 빌리지 못하고 시름 속에 돌아감을 전반부에서 밝혔다. 그 까닭은 전구에서 밝혀지고 있다. 황금을 빌리려고 한 것은 사립문에 조세 재촉하는 관리가 있기 때문이다. 조세 재촉에 시달림은 일반 백성들만의 문제가 아니었음을 여기서 확인할 수 있다. 전구의 시상은 두보 이래 전통적으로 나타나고 있는 백성들의 현실상이다. 두보는 삼리시·삼별시를 통해 백성들의 고통을 노래한 바 있다. 황금의 득실, 이것은 특히 몰락 사대부에게는 지대한 관심사였다.

양반의 체통을 모두 벗어 던지고 권국진처럼 장사에 뛰어들기도 쉽지 않았던 현실이다. 양반이 농공상에 참여하는 것은 신분체제의 붕괴에 대한 가장 극명한 반영이다. 石北이 권국진을 애통하게 여김은 특히 그가 양반이었기 때문임은 말 할 나위가 없다. <양반전>에서 볼 수 있었던 것처럼 아직까지는 양반의 권위와 체통이 중시되는 사회였다. 그러므로 궁핍을 해결하기 위하여 양반의 권위와 체통을 쉽게 벗어 던질 수 없었던 것이다.

忠州官吏急催租   충주의 관리가 조세 급히 재촉하니
却使梅花詩興孤   도리어 매화시에 외로운 흥이 이네.
佳句西湖林處士   아름다운 시구 읊는 서호의 임처사
鶴田猶勝故人無   鶴田에서 아직도 황금 없음 이기네.

<得而憲書到家覓梅花詩果被催租人敗興一笑復寄>(8 장22)

而憲의 글이 집에 이르러서 梅花詩를 찾았더니 과연 催租人이 조세를 받지 못함에 興이 일어 一笑하고 다시 부친 시다. 충주의 관리가 조세를 급히 재촉하는 어려운 상황 속에서도 임포처럼 학과 매화를 벗삼아 살아간다고 노래하고 있다. 朴仁老의 <陋巷詞>에서 엿볼 수 있는 '貧而無怨'의 태도로 현실적 갈등을 극복하려는 조선조 몰락 사대부의 모습을 엿볼 수 있다. 궁핍이라는 현실적 고통과 비애를 은일적 삶의 지향 속에서 극복하려는 양상을 여실히 드러내고 있다. 궁핍이 심하면 심할수록 이러한 경향은 더욱 짙어지지 않을 수 없다. 불만족 스러운 현실적 결핍을 자연 속에서나마 위로받고 서정하려고 했다.

벼슬을 하다가 뜻을 이루지 못해 退而自守할 만큼 여유도 없는 몰락 사대부의 모습이다. 조세 재촉의 시달림을 받고 있는 지식인의 고뇌와 갈등은 자연 속에 있다고 할지라도 현실적 궁핍이 해결되지 않는 한 결코 없어지지 않는다. 그럼에도 불구하고 관념 속에서나마 현실적 궁핍을 잊고 지내야만 했다. 이것이 조선후기 지식인들이 겪는 가장 커다란 갈등상 중의 하나이다. 어떻게 해서든지 현실적 갈등과 고뇌를 스스로 위안하고 서정하지 않을 수 없었던 것이 궁핍에 시달리고 있었던 양반 사대부의 모습이라고 할 것이다.

양반의 신분으로 이문이 많이 떨어지는 상공업에 종사하기가 쉽지 않았다. 조선시대 양반층의 상업경영을 국가가 법률적으로 금지하지는 않지만, 상공업에 종사하게 되면 자신이나 자손들까지도 어느 한계까지는 벼슬길이 막히게 되었다. 그러므로 벼슬이 없어 생계의 위험을 받게 되더라도 상공업에 종사할 생각을 못하고 권력층에 붙어서 농민층을 수탈하거나 심한 빈곤에 빠지는 수밖에 없었다. 권국진처럼 參商을 쉽게 할 수 없는 까닭이 여기에 있다. 양반이라는 신분때문에 오히려 궁핍을 강요받은 셈이다. 그렇다고 도학자들처

럼 당장 굶주리는 상황에서도 口不說貧하는 시대는 아니었다. 신분사회 해체기에 나타날 수 있는 몰락사대부의 또 다른 갈등의 요인이라고 할 것이다.

　현실적 궁핍에서 오는 고뇌와 갈등을 문장을 통해 극복하려는 양상을 <又奉七律>[78]에서 보이고 있다. 벗이 당하고 있는 비애를 따뜻이 위로하는 시이지만, 그 속엔 비수가 숨어 있음을 볼 수 있다. 오릉에서 화려하게 유흥연락을 즐기는 부귀자들의 모습을 담아, 궁핍에 고통을 당하는 벗의 상황과 대조시키고 있기 때문이다. '催租吏到菊花前'의 상황은 가난에 시달리는 지식인의 고통스런 상황이다. 그것이 국화라는 아름다운 꽃과 어울림으로써 그 비극성은 더욱 커지고 있다. 부귀자들의 '五陵衣馬渾多氣'는 몰락 사대부의 현실을 더욱 부각시켰고, 그것은 모순에 찬 사회상을 풍자하고 비판하려는 의도를 여지없이 드러냈다. 비수가 숨어 있다고 함은 바로 이를 말한다. 그러나 현실적으로 어떻게 할 수 없다는 점이 지식인의 고뇌와 갈등상이다. 그러므로 '四海文章不直錢'을 통해 위안을 삼았고, 그것으로 갈등을 극복하려는 모습을 '得來佳句莫忘傳'을 통해 드러냈다. 문장이란 값으로 따질 수 없는 가치가 있는 것이니, 시로써나마 현실적 고통과 슬픔을 서정해 보자는 태도이다.

原州水上札	원주에서 물길로 편지 왔나니
使者雪中歸	사자는 눈을 맞고 돌아간다네.
白屋同梅住	흰 띠집서 매화와 함께 머물고
淸江與鷺饑	맑은 가람 백로와 더불어 굶네.
催租官吏急	조세 재촉 관리는 급하건만은
問疾故人稀	병을 묻는 친구는 드물 뿐이네.
歲暮東臺約	세모에 동대에서 만나잔 약속
蹉跎恐遂違	미루다가 끝내 어길것 같네.[79]

<得法正書>(권5 장4)

---

78) 申光洙, <又奉七律> 其三, ≪文集≫ 권8 장6. "峽中黍粟又荒年 生理君歸轉可憐 破草家臨江岸上 催租吏到菊花前 五陵衣馬渾多氣 四海文章不直錢 無可奈何相笑別 得來佳句莫忘傳"
79) 申光洙, <得法正書>, ≪文集≫ 권5 장4.

　현실적 궁핍에 대한 반응 양상이 함련에 나타나 있다. 가난한 집을 뜻하는 백옥과 매화가 어울리고, 청강의 백로와 더불어 굶는 현실적 태도에서 궁핍을 극복하는 양상의 하나를 단적으로 볼 수 있다. 궁핍 자체는 현실적 시련이며, 그러므로 그것은 고뇌와 갈등을 수반한다. 물론 이 시는 벗과 더불어 詩遊를 만끽하고픈 시인의 욕망을 담았지만, 법정의 편지 내용을 굳이 시화한 것은 동병상련의 아픔을 함께 하고자 함이다. 그 속에서 지식인의 반응은 자연과 벗삼음으로써 현실적 고뇌와 갈등을 잊어 보려는 태도로 나타나고 있음을 여실히 볼 수 있다. 관념적으로나마 마음의 평정을 찾으려는 태도이다.

　이러한 점은 <除夕前一日遣卒候法正>[80]에서도 잘 나타나고 있다. 자신의 처지를 꾸밈없이 솔직히 드러낸 것은 당대의 사실적 시풍의 독특한 면모를 보였다고 하겠다. 벼슬살이를 하여도 현실적 궁핍이 해결되지 않는 모습을 엿볼 수 있다. 그것은 미관말직에 있기 때문일 것이며, 石北 자신이 청렴했기 때문이라고 할 수 있다. 그러나 그렇게 단순치만은 않은 것 같다.

　극도로 궁핍한 현실적 상황을 자연과 벗함으로써 극복하려는 태도를 보이고 있다. 지식인의 고뇌와 갈등은 무엇보다 이상과 현실의 괴리에서 찾아 볼 수 있다. 그것은 해내에 가득할 정도로 이름이 자자하지만 현실은 빈궁에서 벗어나지 못하고 있기 때문이다. 미관말직이나마 벼슬을 함으로써 어느 정도 경제적 여건은 나아졌다고 하지만, 그것으로 빈궁의 문제가 해결될 수는 없었다.

　벼슬아치의 경제적 궁핍은 거문고가 절구공이를 대신한다는 표현에서 단적으로 엿볼 수 있다. 百結先生의 <碓樂>을 연상케 한다. 시루엔 끝내 먼지뿐인 현실에 고뇌와 갈등은 증폭되고 있고, 그것은 노친을 모시는 몸이기 때문

---

80) 申光洙, <除夕前一日遣卒候法正>, ≪文集≫ 권6 장4-5. "除夕知明日　生涯問故人　名何海內滿　家獨雪中貧　白米高前市　靑烟盛四郡　不無琴代杵　終奈甑生塵　縱任啼癡子　何緣慰老親　窮途同契濶　荒歲益酸辛　索稅如星急　徵錢似屋嗔　饑迎知底賴　凄冷料相均　寒夜思千里　微官繫一身　高堂衰已篤　薄祿養難伸　世事違初計　人情苦此辰　文章道俱厄　逼側歲將新　萬木孤燈暗　明朝兩鬢銀　烹羊樂幾處　裹飯阻由旬　金帳繁華外　牛衣寂寞濱　雪雲浮雉岳　舟楫凍蟾津　仙鶴癯同調　梅花索數巡　回燈笑貧鬼　無酒祭詩神　但戢垂雲翼　誰瀅涸轍鱗　待君靑翰舫　重泛上江春"

에 더욱 증가되고 있다. 흉년임에도 불구하고 조세 재촉을 닥달함은 마치 자기 집에서 성을 내는 듯한 상황이다. 궁핍으로 인한 시련과 역경은 중첩되나 끝내 그것이 해결될 기미는 전혀 없다. 그러므로 박봉의 벼슬마저 회의가 일지 않을 수 없는 현실이다. 벗과 더불어 자연 속에서 현실적 갈등과 고통을 모두 서정하고 싶지만, 벗은 가난때문에 열흘의 시간을 내기가 쉽지 않다. 그러므로 石北은 궁핍에서 발생한 현실적 갈등과 고뇌를 '仙鶴癯同調'나 '梅花索數巡'을 통해 극복하려 하고 있음을 볼 수 있다. 자연과 더불어 지냄으로써 잠시나마 현실적 고뇌와 갈등을 극복하고 서정하려는 태도이다.

자신의 궁핍함을 자랑이라도 하려는 듯이 드러낸 것은 무엇보다 집권세력과 벌열층에 대한 저항의식의 소산이 아닐까 생각한다. 사회의 모순을 딱 꼬집어서 말한 것은 아니지만 石北詩에 일관되게 나타나는 시적 경향의 하나가 빈궁의 부각화라고 할 때, 특히 그것이 출사한 뒤에도 지속적으로 나타난 현상이며, 그 시적 대상이 자신을 포함한 지식인들이라는 점을 고려할 때, 이것은 궁핍의 단순한 하소연은 아니라고 보겠다. 그 바탕에는 현실적 빈궁에서 온 비애가 관류하지만, 그것은 동시에 자신들과 대조적인 위치에 있는 벌열층과 집권세력에 대한 항변의 시적 변용이라 하겠다.

조선후기 지식인의 고뇌와 갈등의 핵심적 요인이 빈궁에 있음을 보았다. 이는 몰락사대부의 보편적 현상이라고 할 것이다. 石北은 궁핍을 사실적으로 그려 사회의 구조적 모순을 비판하고, 같은 처지에 있는 사람들의 의식을 일깨우려고 했다. 궁핍의 사실적 형상화는 도학자들의 시적 경향과 대조적이다. 지식인이 안고 있는 고뇌와 갈등은 그들이 양반이라는 신분의식과 사회적 제약때문에 보다 심화된다고 하겠다. 고뇌와 갈등의 극복방법으로 자연과 문장을 매개함을 보았다. 벼슬을 한 이후에도 자신의 궁핍을 있는 그대로 드러냄은 집권세력에 대한 일종의 항변의 성격을 띤다.

3. 風流意識

風流란 自然을 벗함, 멋있음, 韻致, 音樂을 앎, 藝術에 대한 造詣, 餘裕, 自由奔放함, 즐거움 등 다양한 뜻을 內包하고 있다. 風流에는 自然的인 要素, 音樂的인 要素, 舞踊的인 要素, 超現實的인 要素 등등 많은 의미가 포함되어 있다. 風流는 詩·酒·歌·花·女人을 聯想하게 한다.1) 風流에는 否定的 側面도 없지 않아 있으나,2) 그 本領은 깊은 學問과 思想을 背景으로 하여 표현된 高雅·優美·洒落·雅趣 등을 함축한다.3) 風流는 風月과 一脈相通하므로 風流人을 風月主人, 風月人이라고도 하는데, 風月이 詩歌를 일컫기도 한 바, 風流人이나 風月主人은 淸風明月을 벗하는 사람이란 뜻뿐만 아니라, 風流와 詩歌를 愛好하는 사람이라는 뜻도 있다.

우리 先人들이 남긴 詩文에는 생활 속에서 詩·書·琴·酒를 즐겼다는 내용이 많다. 또한 좋은 景致를 찾아다니며 自然을 즐기는 것을 매우 중시하고 있음도 볼 수 있다. 先人들은 아름다운 自然 속에서 詩·書·琴·酒로 노니는 것을 風流라 하여 생활의 주요한 영역으로 삼았다. 그런데 이같은 文人들의 風流生活은 단순히 즐기는 데에 머무르지는 않았다. 이 風流는 詩나 文章의 형태로 전달되면서 文學的인 축적으로 나타났고, 音樂과 舞踊은 나름대로 뚜렷한 文化를 형성하였다. 이밖에도 風流는 그림의 주요한 소재가 되기도 하였다. 文人들 스스로가 그림을 그리는 일을 風流로 여겨 文人畵라는 양식까지도 탄생시켰다. 즉 風流는 文人들의 生活文化로서 詩와 音樂과 舞踊과 그림 등을 하

---

1) 李鍾殷, <時調文學에 나타난 隱逸思想>, ≪時調文學硏究≫(국어국문학회·편, 正音文化社, 1986), 188쪽.
2) 否定的인 風流에는 誇張과 虛勢의 풍류, 妓坊情事, 오입장이의 풍류, 威脅과 阿諂의 풍류, 詐欺·기만·바람잡이의 풍류 등이 있다. 高麗는 翰林別曲·滿殿春·北殿놀이 등 貴族風流와 놀이風流로써 滅亡을 재촉했고, 朝鮮은 文人風流, 兩班勢道風流, 唱曲風流의 그늘에서 萎縮되어 갔다. 金錫夏, ≪韓國文學史≫(新雅社, 1975), 278-279쪽 참조.
3) 丁益燮, ≪韓國詩歌文學論攷≫(全南大學校出版部, 1989), 484쪽 참조.

나로 연결지을 수 있게 하는 바탕을 제공한 셈이다.

石北은 風流의 맛과 멋을 알고, 그 世界를 지극히 사랑한 詩人이었다. 멋은 風流美와 相通한다. 멋은 招規格性의 破格美로 韓國人들의 공통적인 美意識이다. 그것은 하나의 美意識에만 그치는 것이 아니라, 生活理念으로까지 昇華되어 內的인 아름다움을 추구한다. 그러면 石北의 風流가 어떤 양상으로 펼쳐지고 있으며, 또 그것이 지닌 意味는 무엇인가. 이를 밝히기 위해 크게 風流의 世界, 官邊風俗과 風情世態로 나누었다. 風流의 世界는 다시 賞自然의 風流, 竹社老人會, 演戲와 藝人으로 나누고, 官邊風俗과 風情世態는 南道風流와 耽羅風流, 關西遨遊와 白首風流, 風情과 그 戲化로 나누었다.

1) 風流의 世界

(1) 賞自然의 風流

自然에 대한 感興과 認識의 문제는 東西古今의 文學에서 보편적인 主題로 형상되어 왔다. ≪論語≫ <雍也篇>에서는 '知者樂水 仁者樂山'이라 했고, <先進篇>에서는 '欲乎沂 風乎舞雩 詠而歸'라 했다. 文學과 自然의 관계는 그 역사가 오래된 만큼, 우리 古典文學에서도 文學과 自然의 관계에 대한 연구는 主題·思想·文學樣式·作家別로 광범위하게 진행되었다. 儒家的 自然觀에 대한 일련의 연구는 刮目할 만한 성과를 쌓았고, 風月主人의 風流性에 대한 연구도 적지 않는 성과를 축적했다. 陶南에서 시작된 江湖歌道는 崔珍源 등에 의해 그 美意識과 世界認識이 집중적으로 논의되었고, 丁益燮 등에 의해 그 風流性이 폭넓게 考究되었다.

陶南을 잇는 崔珍源의 江湖詩歌에 대한 일련의 연구들은 自然美의 발견과 儒家的 世界認識 및 風流性을 규명한 중요한 업적이다. 崔珍源은 陶南의 이론을, '江湖歌道는 黨爭下의 明哲保身과 致仕客의 閑適에서 형성되었다. 江湖歌道에 나타난 自然의 樣相은 一般美이고, 그것은 調和·永遠·절로절로를 내용으

146

로 한다.'고 요약하고, 陶南이 남긴 과제를 보완하면서 江湖歌道의 諸般性格을
共時的으로 파악했으며,[4] 吟詠風月의 風流에 대해서도 考究했다.[5] 金興圭는
사대부들의 政治的 위상의 변모와 관련하여 江湖詩歌의 世界認識을 고찰했
다.[6] 李敏弘은 사대부들의 性理學的 文學觀에 근거하여 江湖詩歌의 性情美學
을 연구했고,[7] 孫五圭는 詩歌에 나타난 自然觀을 탐구했다.[8] 辛暎明은 江湖
詩歌의 哲學的·政治的 성격과 관련하여 性理學的 自然觀을 논의했고,[9] 金信中
은 四詩歌의 形成背景과 時相展開 및 江湖認識을 考究했다.[10] 金銀美는 기존
의 江湖詩歌 중심의 연구에서 벗어나 樓亭記에 나타난 性理學的 自然觀을 고
찰했다.[11] 自然은 學問研磨와 心性修鍊의 공간이자 人間의 性情을 醇化하는
공간이다. 朝鮮朝 儒家들의 自然觀의 바탕에는 기본적으로 天人合一思想이 깔
려 있다. 朝鮮後期 自然觀은 이러한 측면과 함께 다소 변모된 양상을 보인
다.[12]

　古典文學에 나타난 風流性은 丁益燮에 의해 본격적으로 연구된 바, 그 속
에는 賞自然과 관련된 것이 많다.[13] 한편 道家的 自然觀이나 佛家的 自然觀
에 대한 연구도 있는 바, 이 또한 風流性과 직간접적으로 관련된다고 하겠
다.[14] 石北의 思想的 趣向으로 볼 때, 儒家나 佛家 또는 道家의 自然觀은 그

---

4) 崔珍源, 《國文學과 自然》(成均館大學校出版部, 1986).
5) 崔珍源, 《韓國古典詩歌의 形象性》(成均館大學校, 大東文化研究院, 1988).
6) 金興圭, <江湖自然과 정치현실>, 《世界의 文學》(民音社, 1981. 봄).
7) 李敏弘, <士林派文學의 研究>(成均館大學校 博士學位論文, 1984).
　　──, 《朝鮮中期詩歌의 理念과 美意識》(成均館大學校 出版部, 1993).
8) 孫吾圭, 《山水文學研究》(釜山大學校 出版部, 1994).
9) 辛暎明, <16세기 江湖時調의 研究>(高麗大學校 博士學位論文, 1990).
10) 金信中, <韓國 四詩歌의 研究>(全南大學校 博士學位論文, 1992).
11) 金銀美, <朝鮮初期 樓亭記의 研究>(梨花女子大學校 博士學位論文, 1990).
12) 宋載邵의 《茶山詩 研究》(創作社, 1986) 등에서 自然觀의 變化相을 엿볼 수 있다.
13) 丁益燮, 앞의 책, 480-582쪽.
14) 李鍾殷, 《韓國詩歌上의 道教思想研究》(普成文化社, 1978).
　　李鍾燦, 《韓國佛家詩文學史論》(불광출판부, 1993).
　　──, 《韓國의 漢詩》(二友出版社, 1985).
　　印權煥, 《高麗時代 佛教詩의 研究》(高麗大學校 民族文化研究所, 1983).

궁극에 가서는 一脈相通한다고 생각했던 것으로 보인다.

　石北은 시란 性情之正에서 나와 聲音之和를 얻는다면 世敎에 보탬이 된다고 했다. 石北이 근본적으로 중시했던 것이 性情之正에서 나온 시다. 그는 性情의 올바름을 기르기 위한 방법의 하나로 自然을 벗삼아 노니는 것을 생각했다. 이러한 점은 그의 詩나 散文 등에서 확인할 수 있다. 法正에게 보낸 편지에서 古人之詩나 朱子가 張敬夫와 더불어 南嶽에서 놀았던 사실을 든 것은 이에 다름 아니다. 石北은 自然을 벗삼아 그 속에 沒入함으로써 性情之正을 회복하거나 기를 수 있는 것으로 생각했다. 다음 시에서도 그러한 의식을 엿볼 수 있다.

吾叔神仙骨	우리집 아저씨는 신선 골격에
文章似古人	문장은 옛사람과 비슷도 하이.
每逢山水好	아름다운 산수를 만날 때마다
能得性情眞	성정의 참다움을 정녕 얻었네.
照郡龍門雪	고을 비춘 용문의 눈빛 있건만
臨江甓寺春	가람에 이르면은 벽사 봄일레.
扁舟爲公繫	조각배 공을 위해 매어 놓으니
疏暢及花新	드문듬성 핀 꽃에 마음 새롭네.

<奉簡李行菴舅氏正遇> 其二(권5 장23)

　仙風道骨의 멋드러진 풍모를 지닌 아저씨의 文章에는 古人의 風度가 있다고 보았다. 여기서 특히 주목되는 것은 함련이다. '每逢山水好/ 能得性情眞'은 아름다운 山水 속에서 性情의 참다움을 얻을 수 있음을 노래한 것이다. 문장이 고인과 비슷하다고 한 것은 특히 이같은 사실때문일 것이다. 그러므로 작품 후반부에서 보인 賞自然이나 그것에 대한 갈망은 性情之正의 참다움을 얻기 위한 것에 다름이 아니다. 賞自然을 통해 性情之正을 기르면, 시에는 절로 性情의 참다움이 담겨질 수 있다고 생각했고, 그 나름의 道가 있다고 생각했다.

　'예로부터 시에는 도가 있나니(從來詩有道)/ 세상에는 그대가 없을 수 없네

(不可世無君)'15)라 한 것은 이에 다름 아니다. 여기서 道란 性情之正이나 賞自然의 風流와 크게 멀지 않다. 그러므로 石北은 '문장이란 본시부터 산천이 돕는 것(文章本得山川助)/ 조화가 마땅히 필묵 좇아 오는 것을(造化應隨筆墨來)'16)이라고 했다. 石北의 작품에서 賞自然의 形象은 여기서 크게 벗어나지 않는다.

咏月吟風은 賞自然의 風流이다. 自然을 매개로 하여 즐거움을 누리는 것이 賞自然이다. 退溪는 자연을 매개함으로써 '道義를 기뻐하고 心性을 기르는 즐거움'을 얻을 수 있다고 했다. 栗谷은 '善養之法은 참으로 操存省察에 있으니 居處의 淸曠은 또한 助養之具이다.'17)라고 했다. 그는 또한 彼와 此의 경계를 없앰으로써 物我一體의 眞樂을 얻을 수 있다고도 했다.18) 이처럼 物我一體와 天人合一을 통하여 天理를 체득코자 하는 것은 法聖賢의 태도이다. 이와 內面的 意味가 완전히 일치하지는 않지만, 石北도 賞自然을 통해 性情을 陶冶하고 그 즐거움을 누리려고 했다. 그리고 그 속에서 自然美를 발견하고 動的인 自然沒入을 통하여 賞自然의 悅樂을 누리려고 했다.

秋風一別降仙樓	갈바람에 강선루를 한번 떠나매
峽水如天倒碧流	산골 물은 하늘 박혀 흘러 푸르네.
片帆飛廻三百里	쪽돛배로 삼백 리를 날 듯 되도니
牧丹峰色到船頭	뱃머리에 이른 것은 모란봉 빛깔.

<舟下平壤>, 권2 장11.

가을바람에 降仙樓를 떠난 조각배가 沸流江을 날 듯 달린다. 푸른 강물에 푸른 하늘이 어려 더욱 푸르기만 하다. 삼백 리 뱃길은 動的이며, 대단히 省略되어 있다. 어느 사이 大洞江 뱃머리에 나타난 牧丹峰 빛깔이 눈에 어린다.

---

15) 申光洙, <與而憲更和得詩字>, ≪文集≫ 권6 장20.
16) 申光洙, <聞朴仲涵師海東遊回有寄>, ≪文集≫ 권9 장22-23.
17) 李珥, <平遠堂記>, ≪栗谷全書≫ 권13 記. "善養之法 固在操存省察 而居處淸曠 亦助養之具"
18) 李珥, <松崖記>, ≪栗谷全書≫ 권13 記. "古之聖賢尙有樂之者 其故何耶 蓋分內外而二之者 非知眞樂者也 必也一內外無彼此者 其知眞樂乎"

動的 自然沒入이다. 이같은 양상은 '不知舟自行 但見靑山轉'[19]에서도 드러난
다. 行雲流水처럼 흘러가는 배에서 연속적으로 변하는 自然의 모습에 짙은 賞
自然의 風流性을 담았다. 自然沒入이다. 그러나 道學的 思惟가 없다. 石北詩는
自然과의 靜的인 合一이 없는 것은 아니나, 상대적으로 動的 自然沒入이 많다.
그러한 점에서 孤山의 自然沒入과 相通한다. 그러나 孤山은 자연에의 몰입을
추구하면서도 그 속에서 '머도록'과 '먼빗치'의 갈등층위를 드러냈다.[20] 石北의
경우에도 양상을 달리한 그러한 갈등상이 없는 것은 아니나, 이 부분에서는
전혀 찾을 수 없다. 石北의 動的 自然沒入은 江을 배경으로 하는 경우가 많다.

舟近寧陵不可催	영릉이 가까웠다, 노젓던 손 멈추어라
淸樓更上晩須迴	청심루에 다시 올라 느지막히 돌아가리.
婆娑城北梨湖口	파사성 북쪽이라 이호의 어귀에서
臥見靑山無數來	누워서 청산 보니 무진무진 다가온다.

<再登淸樓>(권5 장32)

滔滔한 賞自然의 風流다. 賞自然에 대한 悅樂은 마지막 구에서 그 絶頂을
이루고 있다. 船遊를 통해 끝없이 상자연의 즐거움을 누렸다. 그런데 그것도
부족하여 다시 賞自然을 지속코자 하는 갈망을 드러냈다. 그리고 그 갈망의
충족 속에 자연과 합일하고 있다.

石北詩를 비롯한 조선조 대부분의 시는 自然形象化를 주조로 하고 있다.
이것은 조선조 시인의 보편적 경향이라 할 것이다. 그러나 石北詩는 士林派의
自然認識과 차이가 나기 때문에 특별한 의미를 지닌다. 自然에 道體나 天理가
깃들거나 혹은 流行하고 있다는 性理學的 認識을 완전히 배제한 것은 아니지
만, 자신의 江湖生活과 직결된 生活理念인 風流性과 관련하여 이해하려는 성
향이 짙다. 石北은 실현불가능한 관념이 유희로 전락하기 쉬운 性理學的 江湖
認識에 몰두하지는 않았다. 아름다운 강호에서 고상하게 風流를 즐기는 선에

150

서 만족했고, 이같은 江湖認識이 眞樂으로 나타났다. 道體나 天理를 응시한다고 거창하게 표방하면서 실제는 소득이 없는 강호에 대한 시각을 갖고 있지 않았다. 강호에서 道體나 天理를 보려하지 않았기 때문에 관념으로 着色되지 않은 江湖本然의 모습이 시 속에 형상되어 있는 것이 적지 않다. 자연 속에 존재하는 본연의 강호는 생활과 직결된 風流性과 접맥되기 마련이고, 따라서 道學的 思惟가 아닌 儒者의 생활 그 자체가 형상되기 마련이다.

　道學者들은 邪氣가 없고 純潔한 性情을 지닌 것은 오직 自然만이 간직한 屬性이라고 보았다. 조선조 시인들의 尋山訪水와 樂山樂水는 훼손된 道의 再認識과 그 회복의 일환이거나 또는 探道的인 노력에 닿아 있는 경우가 많았기 때문에 자연을 매개로 理致를 드러내고 自己淨化를 실현하는 가운데 眞意를 발견하는 경우가 많았다.21) 그러나 石北詩에는 이러한 道學的 思惟가 거의 없다. 16세기 士林派의 文藝意識22)이나 性情美學23)에서 볼 수 있는 것처럼 文學과 性理學을 理論的으로 結合하려고 하지 않았다. 이런 양상은 朝鮮後期에 나타난 시의 한 경향이라 하겠는데, 石北의 경우는 보다 두드러진다는 데에 그 특색이 있다. 士林派와 다른 경향을 띠게 된 까닭은 世界觀이 크게 변모했기 때문으로 보인다.

　《大學》에 보이는 格物·致知·誠意·正心·修身·齊家·治國·平天下라는 八條目은 儒家의 世界觀을 가장 잘 드러낸 것 중의 하나이다. 格物·致知는 自然의 論理, 誠意·正心·修身은 人間의 論理, 治國·平天下는 社會의 論理라고 할 수 있다. 이 자연의 논리와 인간의 논리 및 사회의 논리는 불가분의 관련성을 지닌 바, 여기에 自然法則과 道德規範 및 社會秩序가 연속적으로 통합되어 있다. 도덕규범과 사회질서는 자연의 원리를 바탕으로 하여 이루어지는데, 자연을 理氣論에 의하여 관념적으로 파악했던 것이 士林派의 기본적 세계관이었

---
21) 徐俊燮, <朝鮮朝 自然詩歌의 構造的 性格>, 《백영정병욱선생 환갑기념논총》(신구문화사, 1982), 306쪽 참조.
22) 林熒澤, <16世紀 士林派의 文藝意識>, 《漢文學硏究》(국어국문학회·편, 正音文化社, 1983).
23) 李敏弘, 《朝鮮中期詩歌의 理念과 美意識》(成均館大學校 出版部, 1993).

다. 그러던 것이 조선후기에 이르러 자연의 원리를 인간의 원리나 사회의 원리와 별개로 보게 되었다. 實學者들이 자연을 객관적 대상으로 파악한 것은 이에 다름 아니다. 이같은 세계관의 변모때문에 石北詩에 道學的 思惟가 거의 나타나지 않은 것으로 보인다.

石北詩에는 江湖의 美景과 여기에 따른 기쁨이 넘치는 風流性이 있을 따름이다. 도도한 風流는 石北의 生活理念과 관련된 風流다. 風流에 동참한 전대의 시인 또는 인물들은 아름다운 江湖를 즐기면서 詩酒의 風流를 즐겼다. 儒家로서 隱居한 詩人이 관념적으로 老莊的 思惟에 가탁하는 것은 흔한 일이었다. 隱居生活은 老莊的 趣向과 어울릴 소지가 많다. 이러한 양상도 그의 시에 적지 않게 나타남을 볼 수 있다. 그러나 이것은 별도의 고찰을 요한다. 石北의 眞率性과 風流性의 主題領域은 벼슬과 江湖生活에 수반된 人間的 情感을 바탕으로 한 風流性에 치중되어 있다. 石北은 詩歌의 본질을 정확히 파악하고 있었다. 詩歌는 인간의 정감을 가장 중요한 바탕으로 한다는 抒情性의 肯定이 바로 그것이다.

駐馬臨渡口	말 세우고 나루터 내려가노니
孤亭感閱波	외로운 저 정자가 閱波 아니냐!
水仍今古在	물은 이내 옛모습 그대로건만
人自往來多	사람들은 스스로 오감도 많네.
萬世更相送	만세에 서로서로 다시 보내니
浮生無奈何	뜬 인생을 참으로 어찌하리오.
扁舟赤壁下	조각배 적벽으로 내려 가노니
回首憶東坡	둘러 보며 동파를 그리워하네.

<閱波亭>(권2 장11)

수련은 나루터에 있는 閱波亭을 발견한 순간을 노래하고, 함련은 변함없는 自然과 人事의 무상함을 대조시켰다. 물은 옛모습 그대로 변함이 없는데, 사람들은 오감이 많다. 자연의 영원성과 인간의 순간성이 대비되고 있다. 그러나 그 자연은 朴仁老의 <立巖曲>, 李滉의 <陶山十二曲>, 尹善道의 <五友

歌> 등에서 나타나는 그런 規範的 自然은 아니다. 朴仁老는 立巖의 直立不倚, 높은 기상과 剛堅함, 묵묵한 기상 등을 읊었다.[24) 李滉은 自然禮讚과 勉學修德의 주제를 형상한 바,[25) '鳶飛魚躍 雲影天光' 등의 風物은 사람의 心性을 객관화하고 있는 도덕적 표상까지도 함축하고 있다.[26) 이 경우 자연은 中和의 극치를 이루고 있는 至善의 世界이다.[27) 尹善道는 水·石·松·竹·月을 관념적으로 파악하여 敎示性[28)과 倫理的 意味를 부여했다.[29) 그들은 자연을 修身의 通路[30)로 삼았고, 자연에서 規範性을 찾았다. 곧 자연을 자연 그대로 문학작품에 반영시킨 것이 아니라, 인간의 관조와 사색을 거쳐서 주관화된 자연의 세계를 읊었다.[31) 그러나 石北의 자연은 그저 자연 그대로일 뿐이다. 경련에서는 別離의 情恨을 생각하고, 결련에서는 조각배를 타고 가며 蘇東坡의 風流를 연상했다. 賞自然의 風流를 즐기고 싶은 욕망은 소동파의 風流와 동일시되기를 갈망했다. 흔히 혼자 즐기는 風流에서는 자신의 風流를 陶淵明이나 蘇東坡의 세계와 같이 놓게 되며, 거기에서 관념적인 즐거움도 함께 누리는 경향이 많다.[32) 이러한 의식이 확산되면 객관적 인물에 대해서도 비슷한 양상으로 노래하기 일쑤다.

紅幔樓船碧漢槎　　　붉은 휘장 다락배 푸른 하늘 작은 뗏목
滿江簫鼓滿江花　　　가람 가득 소고 소리 가람 가득 꽃일러라.
淡粧山水神仙吏　　　맑디맑은 산수 속에 신선같은 사또님은
除是蘇家是白家　　　이야말로 소동파나 백락천이 아닐러냐.

<關西樂府> 其白五(권10 장32)

24) 朴魯埻, <立巖十首의 意味>, 《韓國學論集》 제4집(漢陽大學校 韓國學硏究所, 1983).
25) 李廷卓, 《韓國山林文學硏究》(螢雪出版社, 1992), 46쪽 참조.
26) 鄭尙均, 《韓國中世詩文學史硏究》(翰信文化社, 1986), 305쪽 참조.
27) 孫五圭, 《山水文學硏究》(釜山大學校 出版部, 1994), 244쪽 참조.
28) 丁益燮, 앞의 책, 92-116쪽.
29) 元容文, <오우가의 윤리적 의미>, 《한국고전시가작품론》 2(集文堂, 1992).
30) 文永午, 《國文學硏究論考》(太學社, 1987), 25-29쪽.
31) 정병욱, 《한국고전시가론》(신구문화사, 1981), 255쪽 참조.
32) 석북의 경우 風流獨樂이든 風流同樂이든 陶淵明이나 蘇東坡를 통해 표출되는 경우가 많다. 이에 대해서는 本稿의 道家的 思惟 및 騈儷文을 참고할 것.

아름다운 春景 속에 펼쳐진 흥청거리는 風流의 모습이다. 大洞江에서 遊興
宴樂에 젖어 있는 神仙같은 사또의 모습에서 蘇東坡와 白樂天의 風流를 떠올
리고 있다. 아름다운 山水와 音樂과 女人이 風流의 분위기를 배가시킨다. 退
溪와 같은 道學者의 관점에서 보면 翰林別曲類와 一脈相通한 風流이므로, 多
淫哇하고 矜豪放蕩하며 藝慢戱狎하고 玩世不恭하므로 君子가 취할 것이 아니
라고 할 만하다.[33] 茶山과 같은 實學者의 관점에서 보면 '술을 끊고 女色을
멀리 하며, 聲樂을 물리쳐 공손하고 단엄하기를 큰 제사를 받들 듯할 것이요,
감히 놀고 즐김으로써 放蕩하게 되어서는 안될 것이다.'[34]와 같은 말이 나올
법도 하지만, '治績이 이미 이루어지고 뭇사람들의 마음도 이미 즐거워 하거
든 風流를 꾸며서 백성들과 함께 즐기는 것도 선배들의 성사였다.'[35]와 같은
긍정적 시각이 나올 법도 하다.

아름다운 山水와 더불은 風流世界에서는 흔히 '보라, 성시의 꽃다운 풀 다
지나감을(請看城市芳菲度)/ 흥을 따라 호산에서 난만히 돌아오리(隨興湖山爛
慢廻)'[36]와 같은 정서를 드러내게 마련이다. 아름다운 자연이 펼쳐지고, 거기
에 분위기를 돋구는 음악이 있으면 錦上添花가 아닐 수 없다. 江湖自然은 세
속적 시름이 없는 곳으로 그려지게 마련이다. 그러므로 '시름 없는 호수에 흥
은 이미 가득하리(不到愁湖興已長)'[37]로 노래되기 일쑤다. 이것은 尹善道의
<漁父四時詞>에 나타난 興과 상통한바, 江湖 저편의 세계에 대한 근원적 책
무라는 심리적 拘束보다 강호에서 누리는 미적 感興과 기쁨의 직접성이 바로
그것이다.[38] 物我一體의 넘쳐 흐르는 興趣의 世界가 펼쳐진다.

---

33) 李滉, <陶山十二曲跋>, ≪退溪集≫ 권43 跋. "吾東方歌曲 大抵多淫哇不足言 如翰林別
曲之類 出於文人之口 而矜豪放蕩 兼以藝慢戱狎 尤非君子所宜尙 惟近也 有書李鼈六歌
者 世所盛傳 猶爲彼善於此 亦惜乎其有玩世不恭之意而小溫柔敦厚之實也"
34) 丁若鏞, ≪牧民心書≫ 律紀六條 第一條 飭躬. "斷酒絶色 屛去聲樂 齊遬端嚴 如承大祭
罔敢游豫 以荒以逸"
35) 丁若鏞, 앞의 책. 같은 글. "治理旣成 衆心旣樂 風流賁飾 與民皆樂 亦前輩之盛事也"
36) 申光洙, <四月與仲範兄弟光之會而吉甫船遊瓻浦>, ≪文集≫ 권1 장54.
37) 申光洙, <發牛川>, ≪文集≫ 권6 장12.
38) 金興圭, <漁父四時詞에서의 興의 性格>, ≪한국고전시가작품론≫ 2(集文堂, 1992),

孔子는 '興於詩 立於禮 成於樂'이라 했고, '詩可以興'이라 했다. 情景相値에서
나타난 興은 天理流行 그대로 情緒的 흐름의 자연스러운 넘침이다. 李奎報는
'寓興觸物하면 읊지 않은 날이 없었다.'[39]라 했고, 丁克仁은 <賞春曲>에서 '物
我一體어니 興이인 다롤소냐'라 했으며, 徐敬德은 '나를 잊고 物이 物인 경지에
이를 수 있었다.'[40]고 했고, 奇大升은 '朱子의 九曲十章은 因物起興으로써 胸中
之趣를 그려낸 것이므로 그 뜻의 붙임과 그 말의 펼침이 진실로 모두 淸高和厚
하고 冲澹灑落하여 바로 浴沂氣象의 快活한 그것과 同一합니다.'[41]라고 했으며,
李珥는 '山水之趣만 알고 道體를 모르는 것은 貴重한 바가 아니다.'[42]라고 했고,
金麟厚는 '그대는 아홉 곡조 朱子의 武夷歌에 進學과 工夫가 없다고 보았는가.
차례가 분명하여 말없이도 만나나니 桑麻와 雨露는 모두 다 中和로다.'[43]라 했
다. 자연에 대한 관점이 다양함을 엿볼 수 있다.

山水詩는 景致, 興趣, 理致와 관련된다. 山水詩는 景致를 그리는데 충실하
고 興趣나 理致를 드러내지 않은 敍景詩, 景致에다 興趣를 보태기만 하고 理
致를 드러내지 않은 因物興起의 詩, 景致나 興趣에 만족하지 않고 理致를 드
러낸 入道次第의 詩로 구분할 수 있다.[44] 石北詩는 이 가운데 因物興起와 관
련이 깊다고 할 것이다. 그것은 情景이 相値하여 읊는 것은 天理流行 가운데
하나라고 본 그의 文學觀과 相通한다.

556쪽 참조.

39) 李奎報, <次韻和白樂天病中十五首幷序>, 《東國李相國集》 後集 권2. "每寓興觸物 無
日不吟"
40) 徐敬德, <無題>, 《花潭集》 권1. "到得忘吾能物物"
41) 奇大升, <別紙武夷櫂歌和韻>, 《高峯全集》 권1. "朱子於九曲十章 因物起興 以寫胸中
之趣 而其意之所寓 其言之所宜 固皆淸高和厚 冲澹灑落 直與浴沂氣象 同其快活矣"
42) 李珥, <洪恥齋仁祐遊楓嶽錄跋>, 《栗谷全書》 권13. "但知山水之趣 而不知道體 則亦
無貴乎"
43) 金麟厚, <吟示景范仲明> 其十八, 《河西全集》 권6. 君看九曲武夷歌 進學工夫不在也
次第分明須默會 桑麻雨露總中和'
44) 조동일, <산수시의 경치, 홍취, 이치>, 《한국시가의 역사의식》(文藝出版社, 1993).

峽江秋再渡   산골 강을 또다시 건너가나니
楓盡石蒼時   단풍은 모두 지고 돌이 푸를 때.
遠旭厓先受   먼 햇빛을 언덕이 먼저 받는데
微霞水自爲   옅은 놀은 물 위에 절로 비친다.
山川多異境   산천에는 기이한 절경도 많고
鷗鷺得新知   갈매기와 백로는 새로운 친구.
十月臨漳守   시월이라 임장의 고을 태수가
舟中始有詩   배 안에서 비로소 시를 읊는다.
                              <大灘>(권9 장5)

　自然親和의 태도와 詩癖을 드러내고 있다. 곱던 단풍도 다 떨어진데다가
돌마저 초겨울 기운에 푸른빛을 머금고 있다. 여기에 햇빛과 옅은 놀, 그리고
갈매기와 백로가 어울린다. 먼 햇빛을 받고 있는 언덕, 옅은 노을이 절로 비
치는 물, 그 위를 날아가는 백로와 갈매기는 詩興을 자아내기에 충분하다. 기
이한 절경이 많은 산천에서 갈매기와 백로는 새로운 벗이 되어 절로 가고 절
로 온다. 그러므로 시월에 臨漳의 태수가 시를 절로 읊조리지 않을 수 없다.
物外閒適의 遊賞之樂인 바, 홀로 즐기는 전형적인 賞自然의 風流이다.
　石北은 특히 海左 丁範祖와 가깝게 지냈다. 영릉참봉 시절에 그를 자주 만
나 詩酒로써 船遊를 즐겼고, 즐기고 싶어 했다. 이 시기에 海左와 주고받은
酬唱詩가 많으며 함께 쓴 聯句詩도 몇 편 눈에 띈다. 海左와 함께 한 詩遊는
대부분 賞自然의 風流이다. 石北의 風流意識은 특히 그의 산문에 잘 나타나
있다. 丁範祖는 <驪江錄序>[45]에서 驪州의 山水는 佳麗한데, 石北의 風流는
弘長한 바, 詩酒之會가 있어 謔浪雲月하고 題品魚鳥하매 天下之樂을 다했으
니, 驪江之遊는 더욱 得意한 때의 느낌이라고 했다. 石北의 文集을 보면 이러
한 사실이 쉽게 확인된다. 石北은 海左와 함께 하는 賞自然의 風流를 지극히
갈망하기도 했다. 知音知己의 詩友였으므로 石北은 神交라고까지 했다. 海左
와 石北이 누린 賞自然의 風流는 특히 ≪驪江錄≫에 많이 보인다.

---

45) 丁範祖, <驪江錄序>, ≪海左先生文集≫ 권21 장27-28.

寧越에 있을 적에도 '비로소 계획하거니와 水生花發에 夢瑞·法正·幼選·而憲·夢休 諸友와 더불어 四郡에서 노닐고, 皆骨山에 들어가 東海에서 노닐다가 돌아오면, 얻은 바 詩篇이 있을 것입니다.'46)라고 하여 賞自然에 대한 지극한 갈망을 드러냈고, 또한,

이에 곧 더불어 이끌고 거룻배에 오르면 玉笥三仙이 되고 於羅寺의 紫烟과 仙巖의 觀瀾은 山陰과 洞庭과 瀟湘의 노닒인 것입니다. 金鳳淵으로부터 永春 北壁까지 떠 내려가 丹陽에 이르고 彈琴臺에 이르러서 而憲과 君錫과 浮白을 부르고 돌아오면 一大快事가 아니겠습니까. 人生이 귀중하니 自適할 따름입니다. 제가 만약 寧月을 떠나간다면 江上主人이 없을 것입니다.47)

라고도 했다. 人生의 一大快事는 江上之游에 있고, 賞自然의 悠悠自適한 風流에 있다. 내가 바로 江上의 主人이라는 자부다. 이러한 점은 <與餘窩>에서도 확인할 수 있는데, 또 보낸 편지에서는,

桃花水 이미 철이 늦었으나 百越의 山水는 그림과 같으니, 日前에 而憲이 와서 열흘을 머물렀습니다. 나와 함께 東江에서 배를 띄우고 於羅寺를 보고 三仙巖에 올랐으며 玉簫峰에서 피리를 불다가 가랑비에 돌아왔습니다. 錦江亭에 정박하고 난간을 기대 크게 취했으나, 幼選 및 法正과 더불어 이 玩賞을 함께 하지 못함을 한했습니다. (中略) 金剛山은 아직 기약할 수 없으나 四郡은 모두 백리 안에 있어 우리들이 한번 놀기를 기다리니, 곧바로 彈琴臺에 이르러 돌아왔습니다. 이것은 人生의 지극한 快事입니다. 뜻이 있는지요.48)

---

46) 申光洙, <與伯規台>, ≪文集≫ 권13 장7. "始計 水生花發 與夢瑞法正幼選而憲夢休諸友 游四郡 入皆骨 徜徉東海而歸 有所得詩篇"

47) 申光洙, <與丁學士範祖>, ≪文集≫ 권13 장2. "仍與携登舴艋 爲玉笥三仙 於羅紫烟仙巖觀瀾 山陰洞庭瀟湘之游 自金鳳淵浮下永春北壁 放乎丹陽 至彈琴 招而憲君錫浮白而歸 不一大快事 人生貴自適耳 吾若去越 無江山主人"

48) 申光洙, <又>, ≪文集≫ 권13 장6-7. "他不欲多說 別時約 以四月初入越 同游楓岳 曬章至有桃花春水上漁舟之語 至今不踐約 豈牽諸累 未能擺脫耶 桃花水今已節晚 百越山水如畫 日前而憲來留十日 與我汎舟東江 觀於羅寺 登三仙巖 吹笛玉簫峰 微雨歸 泊錦江亭憑欄大醉 恨不與幼選法正同此賞 吾家履相方以新思歸 吾人携與丼至 仍作四館 金

라고 했다. 山水之遊를 지극한 人生의 快事라고 한 데서 賞自然의 風流에 대
한 갈망을 엿볼 수 있다. 風流同樂에는 淸風高趣의 獨善其身보다는 樂自然과
醉樂의 홍청거리는 詩遊가 있기 마련이다.

石北은 平民詩人 月溪樵客 丁峯과 閭巷詩人 朴壽喜와도 交遊한 바 있다.
濟州에서는 朴壽喜와 詩遊를 함께 했고, 영릉참봉으로 있을 때에는 月溪樵客
丁峯과 詩遊를 즐기기도 했다. 대체로 詩遊는 賞自然 속에서 펼쳐지게 마련이다.

石北의 賞自然은 道學者의 그것과는 성격이 다른 바, 그것은 生活理念에서
나온 風流라고 하겠다. 自然을 벗삼음으로써 性情之正을 기른다는 점은 儒者
의 普遍的 思惟이나, 石北은 자연을 道體로 파악하고 있지는 않다. 石北의 賞
自然에는 靜的인 自然合一보다는 動的인 自然沒入이 상대적으로 많다. 그는
江上主人이 되고 싶은 지극한 갈망을 드러냈으며, 風月主人이라는 자부마저
지니고 있었다.

(2) 竹社老人會

詩友와 함께 한 風流同樂은 高麗朝 <翰林別曲>을 비롯하여 朝鮮朝의 수많
은 時調 등에 나타나 있다. 高麗時代 崔讜(1135-1211)이 致仕 후에 逍遙自適
하며 詩酒를 목적으로 만든 耆老會가 있었고, 이어 耆老會의 趙通과 李仁老
등이 중심이 된 竹林高會가 있었다. 韓宗愈(1287-1354)를 중심으로 한 名士들
이 모여 詩酒를 일삼은 楊花徒가 있었고, 蔡洪哲은 耆英會를 조직한 바 있다.
朝鮮後期에는 三淵의 洛誦詩社를 비롯하여 四宜堂詩會, 紫閣詩社, 竹欄詩社,
그리고 委巷人들의 洛下詩社, 松石園詩社 등이 있었다.[49] 石北은 정기적모임
인 詩社를 만든 것은 아니지만, 여러 벗과 어울려 자주 詩遊를 즐겼고, 保寧
청라동에서 결성된 竹社老人會에 대한 시를 짓기도 했다. 조선후기 詩社는 대

剛未可期 而四郡皆在百里內 待吾人一遊 直到彈琴臺而歸 此人生極快事 能有意否 幸圖
之 不宣"
49) 鄭玉子, ≪朝鮮後期文化運動史≫(一潮閣, 1993).
　　千柄植, ≪朝鮮後期委巷詩社硏究≫(國學資料院, 1991).

부분 서울을 중심으로 고구되었다. 18세기 詩社는 대단히 유행했고, 이러한 위기 속에 지방에서도 詩社가 만들어졌다. 竹社老人會는 그 중 하나라고 할 것이다.

竹社老人會는 1760년에 결성되었다. 石北의 外叔 李齊嵒이 벼슬을 그만두고, 保寧 鄕里로 돌아와, '돌 위에서 물고기를 종일 보고서(石上游魚終日見)/ 수림에서 새 소리를 한낮에 듣네(樹林啼鳥午時聞)'[50]처럼 지냈다. 이처럼 山水 속에서 自娛하다가 70세 이상 高齡者를 대상으로 하여 九老耆英 고사를 써서 竹社老人會를 결성했다. 石北의 父公도 그 일원이었다. 그 구성 경위와 구성원의 성격을 보면 다음과 같다.

> 舅氏 完山 李公이 寧海符에서 해임되어 保寧 鄕里로 돌아와, 山水와 朋友로 自娛한 것이 수 년이었다. 庚辰年에 公의 나이가 일흔 한 살이 되었다. 이에 鄕里의 일흔 이상 高齡者와 더불어 九老耆英 故事를 써서 늦가을 보름에 公의 집에서 모여 醴酒로써 나이를 따지니, 堂上者가 16인이 이었고, 楹外者가 2인, 堂下者가 2인 무릇 上下 20인 총 나이 일천사백십삼세였다. 家大人과 成·黃 兩老가 境外로써 더불어 모였으니, 나머지는 모두 同鄕이었다. 金氏 4인, 李氏 3인 또 堂兄弟가 함께 하였으니 더욱 奇絶했다. 또한 약속은 하였으나 병때문에 참여하지 못한 자가 數人이었고, 또한 산중에 한 노인이 있어 나이가 백세에 가깝다고 들었다.[51]

石北은 이러한 죽사노인회의 성대함을 보고 감탄을 하였다. <竹社老人會詩序>[52]에서는 이제암이 있기 때문에 竹社老人會가 결성될 수 있다고 보았다.

---

50) 申光洙, <臨碉亭諸詠奉簡李舅齊嵒> 其二, ≪文集≫ 권4 장21.

51) 申光洙, <竹社老人會詩序>, ≪文集≫ 권15 장12-13. "舅氏完山李公解寧海符 歸保寧鄕里 以山水朋友自娛者數年歲 庚辰公年爲七十一歲 於是與鄕之高年七十以上 用九老耆英故事 季秋之望會于公第 以醴酒序齒 在堂上者十六人 楹外者二人 堂下者二人 凡上下二十人總年一千四百十歲 家大人及成黃兩老 以境外與會 餘皆同鄕 金氏四人李氏三人 又同堂兄弟尤奇矣 又有約而以病故不與者數人 又追聞有山中一老人年近百歲"

52) 申光洙, <竹社老人會詩序>, ≪文集≫ 권15 장13. "保寧一小邑何其多老人也 然環海之國雄都大邑七八十老人多於保寧者何限 嘗聞有鄕黨尙齒之風乎 而保寧獨有此會者有寧海

노인들이 많다고 하지만 이제암이 당송시대의 白·文 兩公처럼 중심이 되었기 때문에, 죽사노인회가 결성되었음을 말하면서 六難을 들었다. 구성원이 있어야 하고, 그 중에 주도자가 있어야 하며, 家力을 갖추어야 한다. 그리고 園林 池臺의 빼어남이 있어야 하고, 질병이 없어야 하며, 良辰美景이 있어야 한다. 그러나 이 여섯 가지는 갖추기 어렵다. 그럼에도 불구하고 여섯 가지를 다 갖춘 죽사노인회야말로 바로 列仙의 모임이 아니냐는 것이다.

竹社老人會와 같은 風流의 양상은 石北 이전부터 지방에서 어느 정도 활기를 띠고 나타난 것으로 보인다. '16세기에 土着的 士林層이 형성됨으로써 문화창조의 중심이 중앙의 官學으로부터 향촌의 士林으로 옮겨진 감이 있다.'53) 는 이를 뜻한다. 향촌사회에서 발달했던 향회, 그리고 여러 가지 계회는 그 자체가 사교적인 모임이면서 風流韻事의 성격을 다분히 띠고 있었다고 한다. 가령 안동지방에서 聾巖 李賢輔를 중심으로 모인 愛日堂九老會는 알려진 사례이거니와, 나주지방의 경우 16세기 초엽 錦江11人稧會 같은 것을 들 수 있다. 그러나 溪山風流로 대표적인 것은 息影亭을 중심으로 한 俛仰亭 宋純·石川 林億齡·河西 金仁厚·高峯 奇大升·霽峯 高敬命 등의 風流라고 할 것이다. 죽사노인회도 이같은 風流韻事의 성격을 띠고 있으나, 특히 70세 이상의 노인들로만 구성되었다는 점에서 그 의미를 부여할 수 있다.

죽사노인회는 매년 봄과 가을에 갖기로 했다. 보령은 오서산 아래 있기 때문에 자고로 壽鄕이라 일컬어진다. 그러나 금일에 이 모임이 있는 것은 단순히 산천때문이 아니라고 하면서 다음과 같이 말했다.

公爲之主也 唐宋之世洛陽雖多老人 向非白文兩公前後爲之主 則未知有履道資聖之會 否然則鄕之有老人固難 有老人而爲之主者 又難爲之主 而有家力難有家力 而園林池臺之勝難有園林池臺 而無疾病最難無疾病 而得良辰美景亦難 今所謂六難者無不具 而諸公蒼顔白髮以齒爲列 酌無辭勸 禮從眞率 口嘗旨滑 耳聽絲竹 一譚一笑 欽曲終夕 於是後生觀者 皆歎息嘉羨 以爲列仙之會焉"

53) 林熒澤, <16世紀 光羅地域의 士林層과 宋純의 詩世界>, ≪林下崔珍源博士停年紀念論叢; 古典詩歌의 理念과 表象≫(論叢刊行委員會, 1991), 421쪽.

　겨를이 있는 날에는 南山之南과 北山之北에서 지팡이를 짚고 자주 相從하여 鷄黍爲樂하여 熙熙然했다. 이에 康衢의 擊壤之風이 있는 것은 모두 兩朝의 聖人이 내린 것이다. 이것이 이른바 금일이 있는 까닭이다. 대저 어찌 山川에서 얻는 것이겠느냐. 그러한즉 금일의 모임은 諸公의 慶事가 아니라 곧 保寧 한 고을의 慶事이며, 보령 한 고을의 경사가 아니라 애오라지 一國의 경사라 할 만하다. 이에 寧海公이 鄕黨의 주인이 됨에는 국가를 위한 커다란 太平之功이 있었기 때문이다. 어찌 뒤에 鄕中의 故事를 이야기하는 사람들이 반드시 이 모임을 九老耆英과 나란히 일컫지 않겠느냐.54)

　山川때문이 아니라 太平聖代를 누리기 때문에 竹社老人會를 결성할 수 있었다는 것은 儒家的 관념이다. 그러므로 죽사노인회의 결성은 보령 한 고을의 경사가 아니라 한 나라의 경사인데, 이것은 이제암의 國泰民安의 공로가 있었기에 가능하다고 보았다. 중국의 九老耆英과 나란히 일컬어질 것이라는 인식 속에 이 모임에 대한 石北의 驚異와 感歎이 엿보인다.

　죽사노인회와 관련하여 石北은 詩와 序를 남겼다. 다음에서 인용한 것은 여섯 수로 된 율시 <敬呈竹社耆老宴詩> 중의 일부이다.

四晧山中無序齒	商山四晧 산중에서 나이 차례 없었고
七賢竹裡但忘形	칠현은 竹林에서 忘形 경지 누렸을 뿐.
可憐眞率諸公會	미쁘구나 제공의 진솔한 이 모임은
三代遺風見保寧	三代가 끼친 풍속 보령에서 다시 보네.

<敬呈竹社耆老宴詩> 其四(권4 장31-32)

　중국의 은자인 상산의 사호는 나이 차례가 없었지만, 보령의 죽사노인회는

---

54) 申光洙, <竹社老人會詩序>, ≪文集≫ 권15 장13. "暇日 南山之南 北山之北 杖屨相從 鷄黍爲樂熙熙然 有康衢擊壤之風焉者皆兩朝聖人之賜也 是所謂所以爲今日者也 夫豈得 於山川者哉 然則今日之會非諸公之慶也 乃保寧一邦之慶也 非保寧一邦之慶也 雖謂之一 國之慶可也 於是乎寧海公爲鄕黨主人 有爲國家責太平之功 焉後之譚鄕中故事者必以玆 會幷稱於九老耆英"

나이 차례가 있었다는 것이며, 죽림칠현은 다만 忘形을 경지만 누렸을 뿐인
데, 여기서는 멋들어진 風流마당을 즐길 줄도 안다는 것이다. 이 모임이 결성
되기 바로 전날에는 '오늘밤 드높은 흥 촉불을 잡으리니(高興今宵宜秉燭)/ 綺
羅筵 내일이면 강산도 기울리라(綺筵來日到傾河)55)고 하여, 秉燭夜遊의 즐거
움 속에 강산이 기울 만큼 멋들어진 風流가 도도하기를 기대했었다. 이것은
은자의 삶과는 거리가 있다. 그러므로 태평성대를 누리던 요순시대의 遺風을
보령에서 다시 본다고 한 것이다. 이것은 유가적 관념의 반영이다. 그러나 전
체적으로는 도가적 사유가 많이 나타나고 있다. 장수의 심상을 지닌 남극노인
성이 나타나고, 구성원들은 신선들로 인식된다. 그러므로 石北은 杜詩 <曲
江>의 '人生七十古來稀'를 수용하여 '七十人生未覺稀'56)라고 했다. 烏棲山이
있어 壽鄕으로 인식되고, 또한 이 모임에는 四金과 三李가 모두 兄弟로 참여
했으므로 香山의 洛社에도 없었던 일로 읊어지기도 했다. 그러므로 竹社老人
會의 社主인 이제암에게 詩社와 관련해 시를 남긴 바,

七十還鄉稱礀翁	칠십에 환향하여 간옹이라 일컬으니
晚來公有樂天風	늙어 와도 공에게 樂天風이 있구나.
身無疾病休官後	몸에 병이 없는데도 벼슬을 그만둔 뒤
樂在親朋結社中	친한 벗과 더불어 모임 맺어 즐기누나.
到坐山雲衣共白	앉으면 산 구름이 옷과 함께 희디희고
照人池樹頰俱紅	못과 나무 사람 비쳐 뺨도 함께 붉구나.
兩家兒子陪歡席	두 집의 아이들이 배석하여 즐기나니
長願年年此會同	길이길이 바라건대 해마다 함께 했으면.

<別呈社主礀翁>(권4 장32-33)

라고 읊었다. 일흔 살에 귀거래하여 樂天風을 즐기는 이제암의 모습에서 참다

---

55) 申光洙, <竹社耆老會前夕歌姬鼓琴客有朴生能歌席上有詩並此錄呈>, ≪文集≫) 권4
    장31.
56) 申光洙, 앞의 시, 其四.

운 삶의 의미를 발견하고, 해마다 죽사노인회가 지속되기를 간절히 빌었다. 죽사노인회의 결성이라는 생활현장과 관련된 風流性이다. 죽사노인회의 社主 가 이제암이라면, 社首는 金斂樞이다.

 上 三十六年 九月에 完山 李公과 고을의 耆老가 두레를 맺어, 나이 순서대로 臨磵亭이라는 곳에서 모이게 된 것이다. 家大人 또한 鵝湖로부터 달려와 이에 참여했으니, 자리에는 무릇 十六人이 있었다. 光山 金氏 同堂 四兄弟가 실제 살 고있었는데, 그 넷 가운데 첫째 斂知公이 곧 오래 살았으로, 또한 社中의 首席 이되었으니, 당시의 나이가 八十四歲였다. 金氏는 자고로 號를 壽門이라 하였는 데,어찌 그리도 씩씩한고.57)

 石北의 父公이 죽사노인회에 참여했음을 보였고, 김첨추가 죽사노인회의 수석이 된 까닭을 말했다. 光山 金氏 四兄弟가 죽사노인회에 참여했으므로, 위에서 이러한 모임은 香山에도 없었다고 했던 것이다.

八旬三弟也高年	여든 살 세째 아우 높디높은 나이거늘
公又茅家第一仙	공은 또한 茅家에서 제일가는 신선일레.
人道尋花十里外	지금도 꽃을 찾아 십리 밖을 간다 하고
自言看曆小燈前	스스로도 등잔불에 책력쯤은 본다 하네.
今朝莫是蟠桃會	오늘 아침 이 모임을 반도회라 하지 마오
上客居然醴酒筵	높은 손님 태평도 한 예주의 자릴러라.
願以先生難老法	바라건대 선생께선 늙지 않는 술법들을
別時勤爲我翁傳	작별할 때 我翁에게 부디부디 말해 주오.

<又呈社首西山金斂樞> 其三(권4 장33)

金斂樞는 社首이므로 第一仙으로 인식될 수밖에 없다. 여든 네 살의 나이

---

57) 申光洙, <獻社主西山金斂知序>, ≪文集≫ 권15 장14-16. "上之三十六年九月 完山李公 與鄕之耆老結社 序齒爲會于其所謂臨磵亭者 家大人亦自鵝湖赴會 於是在座凡十六人 光 山金氏同堂四兄弟實居 其四之一斂知公則居長 而 又爲社中首席 時年八十四 金氏自古 號爲壽門 然何其壯也"

에도 정정한 그 모습에서 神仙을 연상했지만, 비현실적 세계의 환상적 모임인 반도회가 아니라고 했다. 이것은 죽사노인회가 어디까지나 현실 속의 반도회임을 뜻한다고 하겠다. 곧 비현실적 세계의 신선들의 모임이 아니라, 현실 속의 신선들의 모임이라는 뜻이다. 그러므로 '일찍이 청라동 안개 속에 살았나니(曾住靑蘿洞裏霞)/ 약화로에 단사를 굽는 걸 배웠어라(藥爐應學鍊丹砂)'58)고 읊었던 것이고, 함련처럼 헤어질 때에 자신의 아버지에게 늙지 않는 법을 알려 달라고 간절히 바란 것이다. 생활과 직결된 風流이다.

　<獻社主西山金僉知序>59)에서 社首 金僉樞가 長壽한 것은 前世에서 德을 많이 쌓았기 때문인 바, 竹社老人會의 여러 노인들이 모두 四五十歲와 같다고 봄으로써 김첨추가 정정함을 강조했고, 烏棲山이란 名山에 복령과 지초도 있지만, 김첨추의 장수는 하늘이 그에게 부여한 것으로 보았으며, 康衢의 사람이나 華胥의 백성이 되어 유유자적함이 마치 신선을 보는 듯하다고 토로했다. 이는 죽사노인회가 길이 이어지기를 김첨추를 통해 말한 것이다.

　죽사노인회의 결성과 그에 따른 잔치마당을 형상함으로써 생활 속에 구현되고 있는 風流의 한 양상을 엿볼 수 있었다. 溪山風流의 성격을 띤 죽사노인회의 면모에서 18세기 지방을 중심으로 형성된 風流의 일면을 엿볼 수 있다. 그러한 점에서 이를 형상한 石北詩는 그 나름의 의미를 지닌다고 하겠다.

　(3) 演戱와 藝人

　17·18세기 서울의 閭巷과 市井은 매우 활기를 띠었다. 이것은 大同法의 실시 이후 상품화폐경제의 발달 및 상공업의 발전이 가져온 서울의 도시적인 성장때문에 가능했다. 당시 여항에는 여항시인과 여항화가, 歌客과 樂師, 그리고 이야기꾼 등 각양각색의 예능인들이 활동하고 있었다. 이들 예능인은 자기의 재능으로 官에 매이기도 하고, 혹은 자유롭게 그것을 팔아서 살아가기도 하고, 혹은 그냥 취미로 즐기는 등 양상이 구구했지만, 지향하는 큰 방향은

---

58) 申光洙, <又呈社首西山金僉樞>, ≪文集≫ 권4 장33.
59) 申光洙, <獻社主西山金僉知序>, ≪文集≫ 권15 장15-16.

'예속으로부터의 독립', '예술적 개성의 추구'였다. 말하자면 匠人으로부터 예술가로 발돋움하는 단계였던 것이다. 이러한 과정에서 미술사의 경우 國土山河의 景色을 여실하게 그려낸 眞景山水畵와 서민의 약동하는 생활상을 묘파한 風俗畵로 자기 개성을 창조하기도 하였다.60) 조선후기 예인 및 시정의 모습들은 洪愼猷의 <達文歌>·<秋月歌>, 丁若鏞의 <天傭子歌> 등에서 엿볼 수 있다. 여기에도 風流意識은 나타나게 마련이다.

石北詩에는 演戲와 藝人들을 노래한 작품이 적지 않다. <觀倡童走索>은 줄타기를 소재로 노래한 작품이며, <題峀雲畵竹障>은 화가 柳峀雲이 그린 대나무 그림을 보고 지은 작품이다. 柳峀雲은 姜豹菴, 許烟客 등과 더불어 시인·화가로 유명하였다. 특히 대를 잘 그렸다. <寄姜光之世晃>에서는 詩書畵 三絶로 유명한 光之 姜世晃의 가난과 그에 대한 그리움을 노래했다. <寄許汝正>과 <又寄許烟客佖> 등에서는 화가 許佖을 노래했다. <題遠昌扇>에서는 당시 名唱인 遠昌을 노래했고, <贈琴生>에서는 風流客 琴生을 읊었다. 歌客 李世春을 노래한 작품도 몇 편 보인다. <崔北雪江圖歌>에서는 화가 최북을 노래했다. 최북에 대해서는 石北의 아우 震澤도 <崔北歌>를 지은 바 있다.

≪朝鮮王朝實錄≫에 의하면 山臺戲는 規式之戲와 笑謔之戲 및 音樂으로 이루어져 있다.61) 規式之戲는 줄타기·땅재주·방울받기 등이며, 笑謔之戲는 간단한 골계희와 덧뵈기 등인데, 이미 15세기 중엽에 성행했다. 그러다가 결국 英正祖에 이르러 山臺儺禮가 폐지되었는데, 이때 倡優들은 더욱 직업화하여 지방에 정착하게 되었다. 그러므로 광대는 가객인 광대와 줄타기·땅재주 등을 하는 재인으로 나뉘어 조선시대 후반에 와서는 완전히 분업화 현상이 조성됐다.

당시 줄타는 이의 종류는 두 가지였다. 초청에 의해 관가나 양반집에 불려 다닌 광대줄과, 일정한 보수 없이 서민을 상대로 순연했던 남사당패의 어름놀이가 그것이다.

---

60) 林熒澤, ≪韓國文學史의 視角≫(創作과 批評社, 1984), 441-444쪽 참조.
61) ≪朝鮮王朝實錄≫ 文宗 1年 6月條.

蓮花劍舞小紅衣   연화검무 소동이 붉은 옷을 입고서
七步盤旋索上飛   칠보 묘기 빙 돌아서 줄 위를 나네.
忽看平地飜身落   몸을 날려 평지에 훌쩍 내림 보나니
疑自瑤池罷宴歸   요지에서 잔치하고 돌아온 것 같아라.

                                       <觀倡童走索>(권4 장5)

庚午年(1750)에 지은<觀倡童走索>이다. 연화검무를 추는 소동이 붉은 옷을
입고 줄타기를 하다가 평지에 훌쩍 내리는 광경이 마치 瑤池에서 잔치를 하
다가 돌아온 것 같다고 극찬하고 있다. 줄타기 중 七步의 묘기를 보인 장면이다.
    줄타기의 묘기는 여러 가지가 있다. 두 다리가 한꺼번에 뚝 떨어졌다가 쑥
올라가는 '쌍홍잽이'가 있는데, 이 재주는 줄을 비껴 가는 모습이 매우 빠르
다. 이밖에 '겹쌍홍잽이'라는 것은 옆대기로 타는 것, 기타 외칠보, 쌍칠보, 칠
보태기, 외난간, 접난간칠보, 다리치기 등이 있다.
    붉은 옷을 입은 소동을 줄타기 이전에 蓮花劍舞를 추었다고 볼 수 있다.
이 소동은 줄타기 뿐만 아니라, 연화검무 등 재인이 갖추어야 할 일반적인 기
예를 익힌 것으로 보인다. 그러므로 검무를 추어 놀이판의 흥이 한참 무르익
게 한 다음 줄타기를 시연하고 그것을 끝내는 장면까지 詩化한 것으로 볼 수
있다.

    줄을 한번 올라서면 댓 시간, 한 너덧 기산을 하고 내려옵니다. 그러니 그 장
장 시간을 무엇으로 채웁니까. 갖은 소리와 재담과 소리를 해 나가며, 이렇게 하
는데, 줄에서 잔 재미가 있어요. 재주를 부리는 거죠. 그것도 여러 가지입니다.
줄 위에 서서 외다리로 하는 것, 외다리를 외홍잽이라고 한다. 양다리로 하는
것을 '양다리 허공잽이', 두 다리를 한꺼번에 뚝 떨어져다 쑥 올라가 껑충 뛰어
올가는 것을 '쌍홍잽이'라 합니다. 그것도 쌍홍잽이, 또 겹쌍홍잽이, '칠보'라는 것
은 옆대기로 타는 것, 외칠보, 쌍칠보, 칠보태기, 외난간, 겹난간, 칠보, 또 '다리
치기'라는 것은 줄을 붙잡지도 않고 줄을 타는 융중의 양쪽 옆대기만 이렇게 슬
쩍쓸쩍 앉다가 공중에 휙 돌아서 앉을 때는 깜짝 놀란 적도 많습니다.[62]

줄타기의 기예가 매우 다양하고 오랜 시간 줄 위에서 재주를 부림을 말하

---

62) 沈雨晟, ≪韓國의 民俗劇≫(創作과 批評社, 1977), 136쪽.

166

고 있다. 승구의 '칠보'가 줄타기의 기예 중 하나임을 알 수 있고, 여기에도 여러 가지 재주가 있음을 확인할 수 있다. 또한 여기에 보이는 '盤旋'은 바로 공중에서 몸을 획 돌리는 묘기를 뜻한다. 그러므로 아슬아슬한 묘기로 관중들의 넋을 빼앗고 훌쩍 땅에 내리는 붉은 옷 입은 소동은 마치 瑤池에서 잔치를 끝내고 돌아온 것과 같다고 감탄한 것이다.

<練光亭贈劍舞妓秋江月>은 연광정에서 검무를 추던 秋江月에게 준 시다. 연광정은 부벽루와 강을 건너 마주 선 정자다. 검무를 추는 모습을 예리하게 포착하여 미적으로 형상했다.

靑鬆戰笠紫羅裳	파란 털 전립에다 자주빛 비단 치마
第一西關劍舞娘	서관에서 제일가는 칼춤 추는 아가씨.
落日魚龍來極浦	지는 해에 나루터 끝 어룡은 다가오고
晴天風雨集虛堂	갠 하늘 비바람이 빈 다락에 몰아쳐라.
蛾眉顧眄能生氣	고운 눈썹 돌아보면 생기가 돋아나고
珠袖翻回合斷腸	붉은 소매 너울너울 돌고 모여 애끓누나.
更下蘭舟歌一曲	그림배에 다시 내려 노랫가락 한 곡조
水光山色遠蒼蒼	물빛 산빛 모두 다 아득히 푸르러라.

<練光亭贈劍舞妓秋江月>(권2 장6)

수련에서 파란 털 전립을 쓰고 자주빛 비단 치마를 입고 있는 서관 제일 검무기 추강월을 등장시켰다. 함련과 경련은 시간적 배경과 검무를 추는 모습을 그렸다. 마치 저녁 나루터 끝의 물결이 일렁거리며 닥칠 듯, 금방이라도 하늘에서 비바람이 몰아치는 듯 찬바람이 쌩쌩 일어나는 칼춤의 섬뜩함과 예리함을 묘사한 것이다. 고개를 돌리면 생기가 넘쳐 흐르는 丹脣皓齒의 고운 자태, 붉은 소매 너울너울 빙 돌았다가 다시 합하는 신들린 춤은 사람의 넋을 앗을 만하다. 검무로 고조된 분위기는 춤이 끝났다고 해서 그치는 것이 아니다. 결련에 나타난 것처럼 그림배에 다시 내려가 노래를 한 곡조 뽑으면, 그 소리는 푸른 물빛과 산빛을 타고 아득히 울려퍼진다. 당대의 풍속을 포착하여 형상했다는 데에 그 의미가 있다고 하겠다.

　　劍舞妓 秋江月은 <關西樂府> 제46곡에서도 읊어진 것으로 볼 때 칼춤의
솜씨가 절묘했던 것으로 보인다. <寒碧堂十二曲> 가운데 제2곡에서도 검무가
형상되어 있다. 그런데 강을 낀 다락의 경우 한바탕 風流가 끝나면 배를 띄우
고 놀았던 것이 유형화했던 것 같다. 다락에서 춤을 추고 배를 띄워 風流를
즐기는 모습은 <汎舟>에도 보인다.

　　石北이 進士가 되어 광대를 거느리고 遊街를 하고 느낀 바, 당시 名唱이던
遠昌의 부채에 다음과 같은 시를 써 주었다.

桃紅扇打汗杉飛　　　　　　　도홍선을 툭 쳐서 한삼을 날리나니
羽調靈山當世稀　　　　　　　우조영산 한 가락은 당대에 드문지고.
臨別春眠更一曲　　　　　　　이별할 때 춘면곡을 다시 또 한 가락
落花時節渡江歸　　　　　　　꽃 지는 시절에 강을 건너 돌아가네.
　　　　　　　　　　　　　　　　　　　<題遠昌扇>(권4 장5-6)[63]

　　진사가 된 기쁨을 특히 노랫가락을 통해 표출했다. 광대들이 판소리 등의
노래를 본격적으로 부르기 바로 직전이나 직후의 모습을 起句는 드러내고 있
다. 부채로 손바닥을 치며 한삼을 날리고 노래하는 모습이 경쾌하기 그지 없
다. 承句에서 羽調靈山이 당대에 드물었다는 것과, 轉句의 春眠曲에 주목할
필요가 있다. 우조[64]는 특히 短歌에서 부담을 주기 때문에 대개 平羽調, 곧
중간 속도의 순탄한 선율로 이어지는 것이 보통이다. 그래서 '우조영산 한 가

---

63) 趙在三의 ≪松南雜織≫에서는 結句의 내용이 '杏花三月渡江歸'로 되어 다소 차이가
　　있고, ≪智水拈筆≫에서는 承句와 轉句가 '羽調名聲天下稀 四十九年申進士'로 되어
　　상당한 차이가 있다.
64) 우조의 악조명은 중국음악 오조의 하나로 보기보다는 향악의 한 악조명으로 사용되
　　었다고 보는 것이 합당하다. 우조는 우리말의 위를 나타내는 웃(상)조를 한문으로 표
　　기한 데서 비롯된 바, ≪악학궤범≫에 전하는 향악의 칠조 중에서 다섯번째로 높은
　　조가 우조이다. ≪악학궤범≫의 칠조 중에서 낮은 조들의 총칭으로 쓰인 樂時調라는
　　용어의 대칭어로 우조는 높은 조들의 총칭으로 쓰였다. 宋芳松, ≪韓國音樂通史≫(一
　　潮閣, 1988), 113쪽 참조.

락은 당대에 드문지고(羽調靈山當世稀)'라고 노래한 것이다.

靈山會相과 관련해서는 1843년에 지은 宋晩載의 <觀優戲> 제3수-제8수에 잘 나타나 있다. 원래 영산회상은 '靈山會相佛菩薩'이란 가사로 우조계면조이다.[65] 영산은 판소리를 부르기 전에 목을 풀기 위해 부르는 短歌를 뜻하기도 한다. 단가란 짧은 시간에 부를 수 있도록 엮어진 가사로 된 창을 말한다. 序唱으로 5~6분 정도의 짤막한 소리를 일률적으로 중모리나, 때로는 중중모리 장단에 얹어 목 풀이 겸해서 부르는데, 이것을 瀛山이라 한다. 瀛山紅綠의 준말이다. 申在孝의 <廣大歌>가에 의하면, '영산 초장 다스림이 은은한 청계수가 어름 밑을 흐르는 듯, 흘러 내리는 목이 순풍에 배 도는 듯, 차차로 돌리는 목 峰廻路轉 기이하고, 돋구어 올리는 목 萬丈峰이 솟구는 듯, 툭툭 굴러 내는 목 폭포수가 솟구치듯, 長短高低 변화 무궁 이리 농락 저리 농락'이라 하고 있다. 판소리가 口演되는 과정을 4대 법례면에서 설명한 것이다. 단가는 虛頭歌 또는 斷歌라고도 하는데, 그 사설에는 판소리 한 대목을 독립시킨 것과, 山川風月이나 故事를 내용으로 한 창작사설이 있다. 이는 판소리 창에서 요구되는 큰 성량, 넓은 음역에 걸친 음정, 박자의 급변, 미묘한 장식음 등을 제대로 구사하기 위한 예비적 성대조절의 구실을 한다. 송만재의 <관우회> 제3수 '목청을 가다듬어 뽑는 영산곡(調喉弄起靈山相)/ 진국명산 만장봉이 멋들어지다(鎭國名山萬丈峰)'에 나타난 '靈山'은 단가의 총칭이다.[66] 현행의 器樂인 <靈山會相>과는 다르다. 그러므로 '우조영산 한 가락은 당대에 드문지고(羽調靈山當世稀)'는 본격적으로 노래를 부르기 위해 목을 푸는 장면이라고 하겠다.

宋晩載의 <觀優戲> 제8수는 '영산회상 끝나자 장구채를 놓았거니(相收時息鼓槌)/ 다락의 위 다락 아래 고요하기 그지없다(樓頭樓底靜無譁)/ 추녀 꽃잎 방울진 물 봄구름도 맑으니(簷花細滴春雲漉)/ 얼씨구나 판소리를 기울여 듣자꾸나(側耳將聽本事歌)'인데, 여기서 영산회상은 短歌임이 분명히 드러나고 있

---

65) 李惠求, ≪韓國音樂序說≫(서울大學校出版部, 1989), 389-404 쪽.
66) 윤광봉, ≪한국연회시연구≫(이우출판사, 1987), 116-117쪽 참조.

다. 영산회상에서는 國泰民安의 내용을 포괄적으로 노래하는 것이 관례다. 본
사에 들어가기 전에, 태평성대와 임금의 만수를 부르는 것이 관례처럼 된 바,
<廣寒樓樂府>의 첫 수에서는 '湖南山水正嬋姸 聖代昇平萬萬年', ≪樂章歌詞≫
에서는 '南山松柏 漢江流水 主上殿下 聖壽無彊 康衢煙月', ≪靑丘永言≫에서는
'南山에 鳳이 울고 北岳에 기린이 논다. 堯天日月이 我東方에 붉아시니 唐虞
世界를 이어본 듯하여라.'라고 했다. 그러므로 영산회상은 불교의 그것이 아닌
聖壽를 기리는 打詠初例인 바, 石北이 '羽調靈山'이라고 한 그 속에는 이같은
내용을 함축하고 있다고 하겠다.

   전구에서는 '이별할 때 춘면곡을 다시 또 한 가락(臨別春眠更一曲'이라고
했다. <春眠曲>은 十二歌詞의 하나다. 봄밤에 아름다운 여인을 꿈길에서 만
나 반가워하다가 슬픈 눈물로 이별하는 장면에서 꿈을 깨는, 사나이의 多情多
感한 情懷를 읊은 노래다. 그렇다면 승구와 전구 사이에서 도도한 風流가 끝
없이 펼쳐졌음을 쉽게 연상할 수 있다. 극도의 생략과 압축을 보였다고 하겠
다. 그러므로 기승전구에서 모든 멋들어진 風流와 이별의 정을 다한 뒤라, 결
구의 '落花時節渡江歸'의 담담함이 나타난 것이다.

山水靑螺又碧蘿   산수 저 멀리 푸른 산 또 푸른 여라
使君携酒聽君歌   사군은 술잔 잡고 그대의 노랠 듣네.
慇懃獨送西歸路   은근하게 호올로 서귀로로 보내나니
別恨陽關唱要多   별리정한 양관곡을 요청함도 많구나.
                                      <贈琴生>(권9 장21)

   琴生에게 준 시다. 전반부는 산수 속에서 술잔을 잡고 금생의 노래를 듣는
장면이다. 눈 앞에 펼쳐진 아름다운 산수의 정경은 산 첩첩 물 겹겹 그대로
그야말로 도원경이 아닐 수 없다. 여기에 술이 있고 명창 금생의 구성진 노랫
가락이 흐르니, 조선후기 대표적인 風流의 한 모습이다. 아름다운 자연을 배
경으로 飮酒歌舞를 즐김은 조선후기 그림에서도 찾아 볼 수 있다. 후반부에서
는 별리의 정한을 읊었다. 별리의 정한을 드러냄에는 이별가 <陽關曲>이 제

격이 아닐 수 없다.

고려 때 宋나라에서 들어온 中國의 琴曲 <陽關三疊>은 한시로 불리워지기도 한 것으로 보이고,[67] '謂城 아츰 비에 柳色이 시로왜라/ 그대를 권ㅎ느니 一盃酒 나오노라/ 西흐로 陽關에 나가면 故人업셔 ㅎ노라.'[68]는 時調唱으로 불리워지기도 했다. 은근하게 홀로 西歸路로 보낸다는 정경과 '西出陽關無故人'이라고 하는 시상이 접맥되고 있고, 그래서 별리의 슬픈 노래 <陽關曲>을 거듭 요청하고 있는 것이다. 헤어짐을 아쉬워함이다.

時調唱하면 아무래도 李世春이다. 李世春은 琴客 金哲石, 妓女 秋月·桂蟾·梅月 등과 함께 琴歌之伴을 구성하였다.[69] 琴歌之伴의 藝能活動은 <風流>, <回想>, <宋蟋蟀> 등 漢文短篇에서 구체적으로 엿볼 수 있다.[70] 18세기 초엽의 歌客들이 이 시조의 唱法을 개발하고 이를 전수하며 시조집을 편찬하는 등의 활동을 통하여 가단을 형성하고 있었다면, 李世春·宋蟋蟀·朴世瞻 등의 18세기 중엽의 歌客들은 琴客·妓生들과 더불어 일종의 演戱集團을 구성하여 시조의 오락적 기능에 봉사하고 있었다.[71] 그들은 文人學士들의 모임에 참석하여 격의없이 어울려 연주하고 노래를 불렀다. 石北의 <關西樂府>에는 널리 알려진 다음과 같은 작품이 있다.

初唱聞皆說太眞　　　　처음 창은 거의가 양태진을 노래하니
至今如恨馬嵬塵　　　　지금도 마외파에 남은 슬픔 한하는 듯.
一般時調排長短　　　　일반 시조에다 장단을 붙인 이는

---

67) 李惠求, 앞의 책, 407-421쪽 참조. 거문고 가락에 맞춰 불리워진 것으로 보인다.
68) 李惠求, 앞의 책, 414쪽.
　　王維, <送元二使安西>. "渭城朝雨浥輕塵 客舍靑靑柳色新 勸君更盡一杯酒 西出陽關無故人"
69) 林熒澤, <18세기 藝術史의 視角>, 《李朝後期 漢文學의 再照明》(創作과 批評社, 1983), 179-180쪽 참조.
70) 李佑成·林熒澤 譯編, 《李朝後期漢文短篇集》(一潮閣, 1995).
71) 權斗煥, <18세기의 歌客과 時調文學>, 《震檀學報》 55호(震檀學會, 1983), 121쪽 참조.

來自長安李世春　　　　　장안에서 흘러 온 이세춘이 아닐러냐.
　　　　　　　　　　　　　<關西樂府> 其十五(권10 장19)

　起句와 承句는 白樂天의 <長恨歌>를 불렀음을 읊었다. 太眞은 楊貴妃를
말한다. 唐나라 玄宗은 安祿山의 난을 피하여 蜀으로 가던 도중 馬外坡에서
楊貴妃가 스스로 목을 매달아 죽게 했다. 향락에 젖어 國事를 돌보지 않은 결
과 楊貴妃를 죽이지 않을 수 없었던 것이다. 구슬픈 사연을 담은 노래를 黨勢
의 名唱 李世春이 불렀던 것이니, 座中을 휘어잡을 수밖에 없었을 것이다. 이
작품과 관련하여 그동안 적지 않은 論難이 있었으나,[72] 時調의 歌唱的 傳統
은 高麗末에 있었음을 확인할 수 있고,[73] 時調의 名稱은 이미 朝鮮前期에 나
타나고 있음을 볼 수 있는 바, 이세춘이 時調에다 長短을 붙여 노래했다는 정
도로 이해하는 것이 바람직하겠다. 一般時調에 長短을 붙여 불렀던 그의 노래
는 일찍이 들었던 바이다.

　石北이 驪江에 있을 때 公彦이 歌客 李應泰를 데리고 찾아와, 중양절에 唱
을 들려주어 지은 <寄公彦謝昨日携歌者見訪林中> 함련에서 '裊裊初聞哀動壑
依依已覺遠浮空'이라 했고, 결련에서 '明日携登神勒寺 羽聲飛起滿江鴻'[74]라고
했다. 처음은 간드러지게 골짝을 슬피 울리더니, 아련한 끝소리는 허공 멀리
떠 있다는 것이나, 우조 소리에 가람 가득 기러기를 날게 할 것이라는 데서,
그가 얼마나 노래를 잘 불렀는가를 짐작할 수 있다. 그러므로 石北은,

當世歌豪李世春　　　　　당세에서 이름이 난 노랫손 이세춘이
十年傾倒漢陽人　　　　　십 년이나 한양 사람 기울게 하였다네.
淸樓俠少能傳唱　　　　　청심루의 젊은이가 창을 잘도 전하고
白首江湖解動神　　　　　허연 머리 강호에서 신가락을 뽑는구려.

72) 李家源, <石北文學硏究>, 《東方學志》 第4輯(延世大學校, 1958), 183-184쪽.
　　李秉岐, <時調의 發生과 歌曲과의 區分>, 《震檀學報》 1號(震檀學會, 1934).
　　趙潤濟, 《韓國文學史》(探求堂, 1993), 103-105쪽.
73) 林熒澤, 《韓國文學史의 視角》(創作과 批評社, 1984), 54쪽 참조.
74) 申光洙, <寄公彦謝昨日携歌者見訪林中>, 《文集》 권5 장41.

九日黃花看薜寺　　구월 구일 황국화에 벽사를 바라보며
孤舟玉笛上蟾津　　외로운 배 옥피리로 섬진강에 오른다네.
東遊定得吾詩足　　東遊하여 나의 시를 많이도 얻어가니
此去聲名又滿秦　　이번 가면 장안에 또 이름 가득 퍼뜨리리.
<贈歌者李應泰>(권5 장41-42)

라고 읊었다. 이세춘을 '當世歌豪'라고 했고, '十年傾倒漢陽人'이라 했다. 그의
노랫소리는 천지를 움직이게 하고 귀신을 감동시킬 만큼 뛰어나다. '解動神'은
이를 말한다. 중양절에 여강에 배를 띄우고 蟾津으로 오르면서 피리에 노랫가
락을 곁들이고 강을 타고 흐르는 風流도 風流려니와, 특히 주목되는 것은 시
를 많이 얻어가 이름을 또 한번 장안에 가득 퍼뜨릴 것이라는 부분이다. 石北
의 시는 한시가 분명할 터이니, 이세춘이 한시창도 잘했음을 보인 것이다.

石北은 일찍이 <寄李君>에서 '昔我游京都 當世有李君 聲華藹妙齡'[75]라고 읊
은 바, 이세춘은 젊은 시절부터 노랫가락으로 그 명성이 장안에 자자했다. 그
러나 여강에서 만날 때는 벌써 흰 머리로서 노래를 불렀던 것이다. 예인과
관련된 風流詩人의 모습은 <戲簡鄭協律汝質> 등에서도 발견된다.

　조선후기에 이르면 圖畵院의 활동이 점차 약해지기 시작했다. 비록 화원이
라고 할지라도 조선조 말기에 이르러서는 치열한 생존경쟁과 상공업의 발달
로 다른 수공업 미술이 비교적 경제력을 가지게 되었기 때문에 관에서 그림
을 그리는 것보다 화원을 떠나 그림을 그리는 것이 보다 생활에 보탬을 주었
다. 따라서 화원에 남아 그림 활동을 하는 것보다는 개인적으로 그림 활동을
하는 것이 보다 자유롭고 경제적 면에서도 유리하였던 것이다. 崔北은 화원이
아니면서 그림으로 생업을 하였으며, 張承業도 그러한 사람 중의 하나였다.[76]

崔北賣畵長安中　　최북이 그림 팔아 장안에서 살아가니
生涯草屋四壁空　　초가집 살림이야 네 벽마다 쓸쓸해라.

---

75) 申光洙, <寄李君>, ≪文集≫ 권1 장3.
76) 金鍾太, ≪韓國畵論≫(일지사, 1992), 248-249쪽 참조.

閉門終日畵山水 　　하루 종일 문을 닫고 산수를 그리나니
琉璃眼鏡木筆筒 　　유리 안경 걸쳤는데 나무 필통 곁에 있네.
朝賣一輻得朝飯 　　아침에 한 폭 팔아 아침끼니 때우고
暮賣一輻得暮飯 　　저녁에 한 폭 팔아 저녁끼니 때우네.
天寒坐客破氈上 　　추운 겨울 해진 방석 손님이 앉았는데
門外小橋雪三寸 　　문 밖의 작은 다리 눈은 세 치 쌓였어라.
請君寫我來時雪江圖 　바라건대 내가 오는 설강도나 그려 주소.
斗尾月溪騎蹇驢 　　두미의 월계에서 저는 나귀 올라 타니
南北靑山望皎然 　　남남북북 청산마다 온통 은빛 빛나건만
漁家壓倒釣舩孤 　　눈에 눌린 漁戶에다 외로운 낚싯배를.
何必灞橋孤山風雪裏 　하필이면 맑은 다리 고산의 풍설 속에
但畵孟處士林處士 　　맹처사 임처사만 애로라지 그릴런가.
待爾同汎桃花水 　　자네를 기다려서 도화물에 함께 뜰 걸
更畵春山雪花紙 　　설화지에 다시 한번 봄산을 그려 보게.

<崔北雪江圖歌>(권6 장7)

崔北의 빈한한 삶은 '生涯草屋四壁空'에 압축되어 있다. 초가집 네 벽이 텅
비어 아무것 도 없다는 것이다. 세 발 막대가 거칠 것이 없는 공간에서 최북
은 유리 안경을 쓰고 하루 내내 山水圖를 그린다. 그 그림을 팔아 생계를 유
지하는 삶은 '아침에 한 폭 팔아 아침끼니 때우고(暮賣一輻得暮飯)/ 저녁에
한 폭 팔아 저녁끼니 때우네(暮賣一輻得暮飯)'로 구체화되고 있다. 때로는 겨
울에 떨어진 방석 위에 손님을 앉혀 놓고 그림을 그리기도 한다. 崔北의 초명
은 埴이며, 字는 聖器·有用, 號는 星齋·箕庵·居其齋·三奇齋·毫生館, 본관은 茂
朱이다. 肅英祖 때의 화가로 특히 山水畵에 뛰어나 崔山水로 불리었으며, 한
눈이 멀어서 항상 반안경을 쓰고 그림을 그렸다. 성질이 괴상하여 미친 사람
으로 여기는 이도 있었으며, 술을 즐겨 하루에 보통 5, 6되나 마셨다고 한다.
≪風謠續選≫에는 그의 시가 3수나 뽑혀 있을 정도로 문학적 교양도 소유하
고 있었다. 직업적 화가로서 스스로도 '畵師 毫生館'이라 하였다. 최북은 眞景
이 가미된 實景山水畵 내지는 實景이 가미된 眞景山水畵를 잘 그렸다.77)
石北은 그러한 崔北에게 雪江圖를 그려 달라고 했다. 그 설강도에는 은빛

남북 청산에 자리잡은, 눈에 눌린 漁家가 있고, 그 옆 강에는 낚싯배 하나가 떠 있다. 孤山의 風雪 속에 孟處士나 林處士가 은거해 있는 것 같은 그림이다. 워낙 그림 솜씨가 좋은 최북이다. 병풍의 산수도는 安堅 李澄을 무색케 할 정도로 뛰어나며, 그림을 그릴 때는 술을 찾아 미친 듯 부르짖다가 마시고야 비로소 그림을 그리는 奇人이었다.[78] 그러한 최북과 더불어 도화물에 함께 배를 타고 있는 모습을 다시 그려 달라는 것은 도도한 風流意識이 발동한 것이지만, 그 이면에는 石北의 따뜻한 시선이 담겨 있는 것이니, 복사꽃 핀 봄처럼 생활이 활짝 펴라는 깊은 뜻을 함축하고 있다고 할 것이다.

그러나 최북은 극도의 가난과 술때문에 마흔 아홉 살로 세상을 떴다. 石北의 아우 震澤은 <崔北歌>[79]에서 '그대는 보지 못했는가, 최북이 눈속에서 죽은 것을(君不見崔北雪中死)/ (中略) 열흘이나 굶다가 그림 한 폭 팔아서(賣畵一幅十日餓)/ 크게 취해 성 모퉁이에 쓰러졌다네(大醉夜歸城隅臥)'라고 한 바, 열흘 동안이나 굶주리다가 술이 취해 얼어 죽은 것이다. 진택은 이 작품에서 가난한 자를 도외시하는 貂裘白馬의 몰염치한 부귀자의 자제들을 질타하기도 했다. 진택은 다른 작품에서는 최북을 金弘道와 비교하기도 했다.[80] 최북은

---

77) 조선후기는 眞景山水畵, 風俗畵, 民畵 등의 미술이 발전하였다. 진경산수화란 眞景이 들어 있는 산수화를 말한다. 여기서 진경은 眞秀眞景을 말하는데, 실경이란 말도 다르고 금수강산이란 말과도 다르다. 진경이란 본래 도교적인 선경의 경지를 말한 것으로 일찍이 송나라 때 張君房이 쓴 ≪雲笈七籤≫이란 책에서 진경을 '幽冥生眞景'이라고 하였는데, 진경이야말로 도교에서 말하는 무위자연의 신비하고 오묘하며 비몽사몽간에 펼쳐지는 경치를 말한다. 그러므로 진경산수화란 말은 도교의 철학적인 이념이 들어 있는 자연의 풍경화를 말한 것이다. 한국의 진경산수화는 安堅의 <夢遊桃源圖>가 대표적이다. 조선후기에 오면 진경이 가미된 실경산수화는 鄭敾이 그 형식을 정형화했다. 정선이 이룩한 진경산수화를 이은 자로 沈師正·姜熙彦·金允謙·崔北·金應煥·金碩臣 등이 대표적이다. 金鍾太, 앞의 책, 178-190쪽 참조.

78) 申光河, <崔北歌>, ≪震澤文集≫ 권7 장32. "貴家屏幛山水圖 安堅李澄一掃無 索酒狂呼始放筆"

79) 申光河, <崔北歌>, ≪震澤文集≫ 권7 장32.

80) 申光河, ≪題丁大夫乞畵金弘道≫, ≪震澤文集≫ 권9 장42. 이 시는 丁範祖가 먼저 김홍도에게 그림을 그려 달라는 의도를 함축한 <寄金弘道求爲山水蟲鳥圖歌>를 지었는

그림을 팔면서 전국을 周遊했다. 南公轍의 <崔七七傳>에는 최북의 기인다운
모습이 잘 드러나 있는 바, 일찍이 금강산 구룡연에서 잔뜩 취해 울고 웃다
가, '天下名人崔北 當死於天下名山'이라고 하며 죽으려고도 했다.

當世蒼蒼出雲竹	당세에 푸릇푸릇 푸른 수운죽
塵埃掃出勢崢嶸	티끌먼지 쓸고 나와 불쑥 솟았네.
滿堂不盡瀟湘色	집 안 가득 감도는 소상강 빛깔
五月如聞風雪聲	오월에도 풍설 소리 듣는 것 같네.
少阮江山衝雨送	소완 강산 비 맞고서 여기를 왔나
故人滄海待秋生	고인은 창해에서 가을 나기만.
無勞長報平安使	굳이 안부 전하려고 애쓰지 않고
病裏相看日日淸	병 속에서 바라보니 날로 더 맑네.

<題出雲畫竹障>(권1 장7)

　　화가 柳出雲이 그린 대나무 그림을 보고 지은 작품이다. 畫中有詩요, 詩中
有畫이다. 시와 그림은 둘이 아니고 하나이다. 出雲竹은 유수운이 그린 대나
무를 말한다. 그는 당시 강표암, 허연객 등과 더불어 詩人畵家로 유명하였다.
특히 대를 잘 그렸다. 수운이 그린 대나무는 띠끌 먼지 쓸고 나온 듯 쟁영한
모습으로 나타난다. 세속적 욕망을 없앤 天眞 그대로 飄逸의 심상이다. 집 안
가득히 소상강 빛깔이 감도는 것 같고, 오월에도 풍설 소리를 듣는 것 같다고
했다. 그 맑고 깨끗함은 마치 少阮이 그 곳 강산의 비를 보낸 것 같은 느낌이
든다. 少阮은 晉나라 때 竹林七賢의 한 사람인 阮籍의 조카 阮咸이다. '自然而
然 不僞飾 不妄作'의 자연관을 지니고 回歸自然했던[81] 완적을 老阮, 완함을
少阮이라 한다. 그림을 그린 주인공은 시인의 곁에 없다. 그러나 창해에서 가
을 기다리는 고인에게 굳이 안부를 전하려고 애쓰지 않은 것은 그림이 있
기 때문이다. 그림 속의 대나무를 통해 벗을 연상하고, 더 나아가 죽림칠현의

　　데 다시 거기에 덧붙여 쓴 것이다. 정범조는 다시 신광하의 시에 화답하여 <戲題申
　　水部和乞畫歌>를 지었다.
81) 戴璉璋, <阮籍的 自然觀>, ≪韓國道敎文化의 位相≫(亞細亞文化社, 1993).

맑고 깨끗한 삶은 연상했다. 날마다 절로 맑아지는 까닭이 여기에 있다. 그림
을 통한 風流의 모습이다.

18세기 실학사상의 영향을 받아 新進思想을 그림으로 표현한 화가가 豹菴
姜世晃이다. 그는 詩·書·畵를 잘하였고, 초야에서 글을 읽으며 그림을 그린 문
인이었다. 60세가 넘어서야 겨우 벼슬길에 나가 병조참판과 호조참판 등을 지
냈으며, 다른 화가들보다 적극적으로 그림을 그렸다. 그의 대표작은 개성 일
대의 명승고적을 담은 <松都紀行帖>인데, 당시로서는 이질적인 화풍이었
다.82) <寄姜光之世晃>에서 강세황을 '長安藉藉說光之 三絶風流倒一時'83)라
읊었고, 이밖에도 <寄光之>, <景三約話瓢菴先至庵僧失報不得會詩以謝之> 등
에서 강세황을 노래하고 있음을 볼 수 있다. 이밖에 <又寄兩絶>, <寄許汝
正>, <又寄許烟客佽> 등에서 畵家 許佽을 형상했다.

연희 및 예인과 관련된 시를 통해 風流의 일면을 보았다. 줄타기, 칼춤, 노
래, 그림과 관련된 작품은 조선후기 風流樣相을 드러내고 있을 뿐만 아니라,
생활상이나 풍속을 그렸다는 점에서도 그 나름의 의미를 지닌다고 하겠다.

2) 官邊風俗과 風情世態

風流에는 吟風弄月의 賞自然이 있는가 하면, 詩·酒·歌·舞가 등장하는 官邊
風俗도 있고, 異性을 향한 설레임과 은근함 등을 드러낸 風情世態도 있다. 敎
坊은 高麗 때 妓生들이 樂을 배우던 곳인데, 朝鮮朝에 들어와 掌樂院으로 改
稱되었다. 左坊과 右坊이 있어 이를 兩坊이라 한다. 左坊은 雅樂을, 右坊은 俗
樂을 맡고 있었다. 敎坊世態나 風情은 石北詩 到處에 보인다. 石北은 가는 곳
마다 風流男兒의 면모를 보였다. 關西遨遊에는 못다한 아쉬움이 있었고, 寧越
府使로 있을 적에는 白首風流의 眞味를 만끽했다. 이러한 경험적 風流가 그의
<關西樂府>에 오롯하게 아롱져 있다.

---

82) 金鍾太, 앞의 책, 192-193쪽 참조.
83) 申光洙, <寄姜光之世晃>, ≪文集≫ 권1 장49-50.

(1) 南道風情과 耽羅風流

寒碧堂은 饗宴과 女樂의 장소이다. <寒碧堂十二曲>은 己巳年(1749)에 지었는데, 全州 한벽당을 중심으로 한 享樂的 遊興宴樂의 風流를 노래했고, 官邊 및 敎坊의 짙은 風情을 읊었다. 이 시편에서 당시의 風俗과 그들의 질탕한 향락상을 엿볼 수 있다.

今日不留來日至　　　　　　오늘이 머물리야 내일이 다시 오고
來日又去花滿地　　　　　　내일이 다시 가면 꽃은 땅에 가득하리.
人生幾何非百年　　　　　　사람이 그 언제 몇 백 년을 살았던고
寒碧堂中每日醉　　　　　　한벽당 정자에서 날마다 취하리라.

<寒碧堂十二曲> 一曲(권1 장9-11)

享樂的이고 醉樂的인 질탕한 風流를 노래했다. 花無十日紅이요, 달도 차면 기운다는 人生에 대한 無常感이 原初的 苦惱로 작용했다. 그러므로 '노세노세 젊어서 노세, 늙어지면 못노나니'와 같은 질탕한 風流를 즐기자는 것이다. 이것은 '오날이' 노래 '사ᄅ미 인싱이 의위(意外)옛 ᄶᅥ시로쇠 쳔녀놀 살가 빅녀 늘 살가 살오나 ᄯᅩ 살 인싱인가 노니다가 죽새'나, '인싱은 절로 가ᄂᆡ 셰스는 날로 가ᄂᆡ 고금 멧 사롬도 이 ᄠᅳᆮ 알리 업도다 이 ᄠᅳᆮ 곳 아ᄅᆞ시거든 댱취블셩(長醉不醒)ᄒ새'[84]와 똑같은 詩想이다. 人生無常을 醉樂的 風流를 통해 해소하려고 한 享樂思想의 極致가 아닐 수 없다. 松江의 <將進酒辭> '흐盞 먹세 그려 ᄯᅩ흔盞 먹세그려 곳것거 算노코 無盡無盡 먹세그려'를 연상케 한다.[85] 몇 백 년을 살 수 없는 짧은 인생이므로 한벽당에서 날마다 취하지 않을 수 없다는 것은 豪氣醉興이 발동된 風流이기도 하다. 대부분의 樂府詩가 그러한 것처럼 객관적 시점을 취했다.

---

84) 林熒澤, <17세기 전후 六歌形式의 발전과 시조문학>, ≪민족문학사연구≫ 제6호(민족문학사연구소, 1994), 27쪽.

85) 李白과 李賀의 <將進酒>, 杜甫의 <遣興> 5수의 영향을 받고 이루어진 작품이 <將進酒辭>라고 일반적으로 본다. 洪萬宗은 ≪旬五志≫에서 李白과 李賀의 勸酒之意를 모방하고 杜詩를 취했다고 했다. 그러나 모방의 흔적은 보이지 않는다고 보기도 한다. 李壬壽, <松江 將進酒辭의 構造美學>, ≪松江文學硏究≫(國學資料院, 1993), 315쪽 참조.

寒碧堂은 질탕한 風流마당이었다. 사또가 새로 도임하면 으레 風流마당이 벌어지고, 敎坊에서 第一가는 미인은 사또의 守廳을 든다. 당대의 慣例的 風俗은 ≪春香傳≫의 妓生點考를 연상시킨다. 劒舞妓가 男裝을 하고 찬 바람이 이는 劍舞를 추기도 하고, 음악을 익히기도 하며, 곱게 차려 입은 기녀가 얼이춤을 추기도 한다. 官行의 차례에 따라 새로 부임한 사또에게 現身하기도 하고, 배꽃처럼 하얀 韓山 세모시를 입은 가인의 나약하면서도 아리따운 자태가 등장하기도 한다. 젊은 衙客의 풍정은 黃眞伊의 '明月이 滿空山ᄒᆞ니 쉬여 간들 엇더리'와 같은 은근함으로 표출되기도 한다. 한벽당을 중심으로 한 질탕한 風情 속에 妓女의 哀歡을 담기도 했다. 雙陸으로 내기하는 장면을 그리기도 했고, 使君을 향한 여인의 은근한 풍정을 드러내기도 했다. 한벽당 앞으로 굽이굽이 흐르는 물에 난간이 비치고, 꽃처럼 고운 사람들의 모습도 어려서, 마치 한 폭의 그림을 보는 듯 하다. 시조에서는 '寒碧堂 蕭洒ᄒᆞᆫ 景을 비긴 후에 올나보니 百尺元龍과 一川花月이라 佳人은 滿座ᄒᆞ고 衆樂이 喧空ᄒᆞᆫᄃᆡ 浩湯ᄒᆞᆫ 風烟이오 狼藉ᄒᆞᆫ 盃盤이로다 아희야 盞 가득 부어라 遠客愁懷를 씨셔 볼가 ᄒᆞ노라'[86]고 했다. 그러므로 寒碧堂 속에서 잔치의 끝남을 알리는 罷宴曲은 이별의 아쉬움과 슬픔을 동반한다. 한벽당 저쪽 黃花亭 북쪽의 봄풀이 늘 푸른 것은 마치 鄭知常의 <送人>과 詩想이 같다. 해마다 이별도 잦은 곳이기에 임을 보내고 임을 맞이함에 날이 부족할 지경이다. 風流의 고장으로 유명한 전주 한벽당의 광경이다.

<寒碧堂十二曲>은 字字·句句·絶絶이 모두 精金이자 美玉이다. 당시 全羅道 妓生과 廣大의 産地로 유명한 全州의 寒碧堂과 黃花亭을 무대로 한 新舊使道의 更迭에 따른 悲喜雙奏曲은 실로 당시 社會相을 그대로 暴露시켰다. 그 줄거리나 인물은 ≪春香傳≫과 같지는 않으나, 金樽과 美酒로 꾸며진 화려한 잔치의 歌聲은 怨聲이요, 燭淚는 民淚인 바, 그 錯雜하고도 多端한 實態를 纖細

---

86) 沈載完 編著, ≪校本歷代時調全書≫(世宗文化社, 1972), 1163쪽. 金箕性은 '寒碧堂 됴 탄말 듯고 芒鞋竹杖으로 추ᄌᆞ 가니 十里楓林에 들니ᄂᆞ니 물소리로다 아마도 南中風 景은 예ᄲᆞᆫ인가 ᄒᆞ노라'라고 읊었다. 같은 책, 1164쪽.

하게 그렸으니, 이는 실로 哀艶·動蕩한 警世의 作品[87]이라 할 것이다. <寒碧堂>에서 布衣의 孤獨感을 노래한 시인은 貧寒한 선비에게 어울리지 않은 <寒碧堂十二曲>의 질탕한 잔치마당을 은근히 諷刺했다.

石北은 <寒碧堂十二曲>을 전후한 시기에 <寄題萬頃東軒>과 <觀察使北樓宴>, 그리고 <橫塘少女歌>가 등을 지은 바, 여기에서도 질탕한 風流의 면모를 엿볼 수 있다. <觀察使北樓宴>은 戊辰年(1748) 公州 北樓와 그 주변에서 벌어진 官邊의 風流와 風情을 노래한 작품이다.

西湖節度北樓雄	서호 절도 북루가 웅장도 한데
樓上長吹六月風	다락 위엔 마냥 부는 유월풍 있네.
粉堞波濤搖畫舫	하얀 성첩 치는 물결 그림배 출렁
靑山鼓角繞行宮	푸른 산에 고각 소리 행궁 둘렸네.
綺筵留客沈菰綠	꽃자리에 머문 손의 푸른 과일술
軍燭回船照水紅	군영 촛불 돌리는 배 물 비쳐 붉네.
欲識風流江漢意	강마을의 風流를 알고자 하니
諸公元自太平中	제공이 원래 절로 태평 중이네.

<觀察使北樓宴>(권1 장11)

관찰사가 북루에서 잔치를 벌이는 장면을 통해 태평성대의 風流를 노래했다. 서호절도사는 충청도의 관찰사가 겸임했다. 公州 錦江에 있는 北樓와 그 주변의 風流가 유월 바람, 물결에 흔들리는 그림배, 그리고 음악과 술 등을 통해 그려졌다. 태평성대이다. 시인 또한 지난날 春江에 배를 띄우고 놀았던 곳이니, 그만큼 감회가 깊다. 북루의 푸른 장막, 남쪽 거리의 곱고 아름다운 여인들, 저녁 나절 군중의 즐거움, 山河의 軍鎭 등이 태평성대의 모습 그대로다. 遊興이 절로 날 수밖에 없다.[88] 북루는 忠淸道의 觀察使가 自古로 이 高樓에서 風流를 즐겼던 곳이다. 질탕한 風流를 즐길 수 있었던 것은 가난한 집

---

87) 李歌源, 앞의 글, 178쪽 참조.
88) 申光洙, <觀察使北樓宴> 其二, 《文集》 권1 장11. "北樓回翠幕 南陌遠靑蛾 落日軍中樂 輕風馬上歌 聖朝無盜賊 戎鎭有山河 伊昔春江泛 書生興亦多"

180

에 대한 진휼이 끝났기 때문이다. 그러므로 저물도록 遊興宴樂을 즐길 수 있었다. 錦江에 배를 띄우고 흥청거리는 風流를 즐김도 이에 다름 아니다.[89] 官邊의 질탕한 風流에 태평성대를 강조했다. 먼저 天下之樂을 행한 다음에 自得之樂의 遊興宴樂을 즐김이다.

耽羅와 관련된 石北의 風流는 <初度日値春分川妓綠壁問病餉橘以詩謝贈>, <獻贈少妓碧桃月>, <楸子前洋夕望漢挐山>, <別時船上贈一絶>, <贈綠壁弟子月蟾> 등에서 엿볼 수 있다.

蘇小家中學舞娘　　　　소소의 집 안에서 춤을 배운 아가씨
隨孃送客到橫塘　　　　그 여인이 임 보내려 횡당에 이르렀네.
津亭落日相思曲　　　　진정에서 해가 질 때 상사별곡 부르나니
不待明朝已斷腸　　　　밝는 아침 아니어도 벌써 애가 끊어지네.

-贈綠壁弟子月蟾>(권7 장22)

별리의 정한을 노래하고 있다. 蘇小의 집에서 춤을 배웠다는 것은 그만큼 춤을 잘 추는 여인임을 의미한다. 소소는 흔히 名妓의 의미로 사용되기 때문이다. 그 여인이 임을 보내려고 횡당까지 따라 왔다는 것이다. 이것은 곧 송별연의 자리에 참석했다는 뜻에 다름 아니다. 송별연에서 기녀들이 춤과 노래를 하고 있는 바다. 기녀 月蟾의 상사별곡[90]이 너무나도 애절하여 별리의 시간인 내일 아침까지 기다리지 않고도 벌써 애가 끊어진다고 읊었다. 도도한 風流 속에서 별리의 정한을 드러내고 있다고 하겠다.

(2) 關西遨遊와 白首風流

石北의 風流는 關西遨遊와 寧越의 白首風流에서 그 절정을 이루고 있다.

---

89) 申光洙, <觀察使北樓宴> 其三, 《文集》 권1 장11-12. "忠淸觀察使 自古有高樓 白屋 寬春眅 紅裙愛晩遊 由來細柳幕 多在錦江舟 前度風流也 褰帷牛黑頭"
90) "蟾妓時唱相思別曲" 앞의 시 自注

石北은 자신과 사귀었던 사람에 대해서는 신분을 불문하고 시로써 그 만남을 기뻐했고, 그 헤어짐을 슬퍼했으며, 헤어진 뒤에는 그리움을 절절히 표출하기도 했다. 비록 微賤한 身分의 사람이라 할지라도 시를 贈呈했다. 여기서 石北의 따뜻한 人間味를 발견할 수 있다.

關西의 중심지 平壤은 예로부터 유명한 風流地다. 石北은 평양을 가는 도중 金川 주막에서 묵을 때에 비파 소리를 듣고 西關 그 佳麗한 곳의 風流를 벌써부터 기대했었다.[91] 石北의 關西遨遊와 직간접적으로 관련된 작품에는 <贈義州妓梨花春>, <寄浿妓松娘>, <成都妓一枝紅>, <練光亭留贈浿江妓次鄭知常韻二首>, <又追贈三絶>, <聞浿妓牧丹肄樂梨園戲寄三首> 등이 있다. 이보다 후대에 지은 石北의 <關西樂府>도 결국은 關西遨遊의 산물이라고 하겠다.

關外年年春自回　　　관외에 해마다 봄은 절로 오건마는
梨花雪白爲誰開　　　눈처럼 하얀 배꽃 눌 위해 피었는고.
驛亭時有江南客　　　역정에는 때때로 강남객이 있어서
怊悵紅欄月色來　　　애젓한 붉은 난간 달빛이 흐른다네.

<贈義州妓梨花春>(권2 장11)

梨花春을 만나 함께 風流를 즐기는 모습을 그렸다. 서울에서 멀리 떨어진 의주에도 해마다 봄은 절로 돌아온다. 해마다 봄이면 눈처럼 하얗게 배꽃은 피는데, 올해도 누구를 위해서 그렇게 활짝 피었느냐고 시인은 묻고 있다. 배꽃은 바로 이화춘을 말한다. 그 대답은 후반부에 있다. 역정에 때때로 강남객이 있어 애젓한 붉은 난간에서 달빛을 보고 있다고 했다. 강남객은 바로 石北 자신을 말함이니, 배꽃은 자신을 위해 피었다는 논리다. 安州 晴川江 서쪽에 龍灣, 곧 의주가 있는 바, 물을 타면 하룻밤만에 평양까지 올 수 있다. 石北은 평양의 보통문 밖에서 이화춘과 相別했다. 浮碧樓에서는 함께 노래하고 춤을 추기도 했고, 의주의 統軍亭에서는 戍樓歌를 부르며 누워서 별을 보기도 했

<hr/>

91) 申光洙, <金川店夜聞琵琶>, ≪文集≫ 권2 장3. "金川店裏月輪斜 憶度松京天一涯 漸近西關佳麗地 琵琶聲在隔墻家"

다. 그러므로 이화춘이 못내 그립다는 것이다.

石北의 關西遨遊地로 成川이 있다. 成都妓 一枝紅과의 아름다운 추억이 있고, 못다한 風流가 있는 곳이다.

環珮何年別楚宮	패물 차고 어느 해에 초궁에서 헤어졌나
後身名是一枝紅	훗날 다시 태어나니 일지홍 이름 있네.
書生不作襄王夢	서생이 양왕몽을 만들지 못했나니
只有行雲入望中	날아 가는 구름만 한갓 눈에 들어오네.

<寄成都妓一枝紅>(권10 장3)

成都妓 一枝紅은 아득히 먼 옛날 楚宮에서 인연이 있었던 여인으로 나타나고 있다. 그런데 현세에서 襄王夢을 만들지 못했다. 더욱 그리워지는 까닭이 여기에 있고, 더욱 아쉬운 까닭이 여기에 있다. <汎舟>에 나타난 것처럼 一枝紅은 凌波舞를 잘 춘다. 成川에는 巫山 十二峰이 있고, 神仙傳說이 어린 降仙樓가 있다. 石北은 巫峽에 전하는 절묘한 시는 나의 것이 아니냐는 자부를 노래하면서, 陽臺夢의 神女를 연상하기도 했다. 凌波舞를 잘 추는 일지홍과 함께 綾羅島와 錦繡山 사이에서 운우의 정을 나누기도 했다. 그러나 성천의 風流는 못다 한 아쉬움이 있었다. 그러므로 날아가는 구름만 한갓 눈에 들어온다는 쓸쓸함을 드러낸 것이다.

烟雨樓臺水岸多	안개비 그림다락 물 언덕도 많은데
行人落日聽勞歌	길손은 지는 해에 이별곡을 듣누나.
何時更作關西客	그 언제나 또다시 서관의 손이 되어
浮碧蘭舟逆上波	부벽루 그림배로 물결 좇아 오를꼬.

<練光亭留贈浿江妓次鄭知常韻二首>(권2 장7)

<關西樂府>에서 '千年絶唱鄭知常'(其六十)이라고 극찬했던 鄭知常의 작품 <送人>의 韻을 밟고 있다.[92] <送人>과 마찬가지로 이별의 정한을 읊었다.

---

92) <送人>의 韻을 밟은 시인으로 權漢功, 崔慶昌, 李達, 金宗瑞, 李克堪, 徐益, 高敬命, 李

鄭知常의 南浦曲은 우리나라의 渭城三疊으로 대표적인 送別詩다. 盛唐 王維의 絶唱인 <陽關三疊>과 함께 널리 愛誦된 작품으로 神韻이 감도는[93] 結句는 바로 杜甫의 '別淚遙添錦水波'(奉寄高常詩)에서 받은 점화이다.[94] 石北은 <關西樂府幷序>에서 우리나라의 참다운 악부는 이 작품 하나밖에 없다고 했다. 정지상은 俊才[95]또는 '尤工絶句'·'詞語淸華'[96]란 평을 받았던 시인이었다.

부벽루와 연광정은 관서의 대표적 風流마당이다. 그러므로 石北의 風流 또한 주로 이곳을 중심으로 노래되고 있다. 浿江妓 松娘이나 劒舞妓 秋江月, 牧丹과의 추억이 서린 곳이다. 그러므로 평양기 牧丹이 한양에 왔을 때, 지난날 연광정에서 불렀던 <關山戎馬>를 듣고 싶은 심정을 형상하기도 했다. 모란은 <關山戎馬>를 잘 불렀다. 石北은 '내가 서관에 갔을 때에 호수와 누대 및 다락배 사이, 그리고 등불 앞과 달빛 아래서 매양 기녀 모란의 손을 잡고 노닐었다. 모란이 문득 <關山戎馬> 옛시를 부르면 그 소리가 지나가는 구름 속에 머물렀다.'[97]고 自注하기도 했으며, 대동강에 목란주를 띄우고 마름를 뜯는 노래를 들었던 옛날을 그리워 하기도 했다.

<又追贈三絶>은 계미년에 지은 <送奏請副使洪侍郎聖源赴燕>[98]에 三絶을

匡呂, 李家煥, 申緯, 金澤榮 등이 있다. 보다 구체적인 내용은 李圭虎의 ≪韓國古典詩學論≫(새문社, 1985), 23-40쪽, 尹敬洙의 ≪韓國文學思想의 現代性硏究≫(太學社, 1994), 397-426쪽, 정용수의 <鄭知常의 送人詩와 海東渭城三疊 考>(≪泮橋語文硏究≫ 제5집, 泮橋語文學會, 1994)를 참고할 것.

93) 金澤榮, ≪韶濩堂詩集定本≫ 권1 장7 乙亥稿 91쪽(≪金澤榮全集≫1, 亞細亞文化社影印, 1978). "古今平壤詩至多 而尙無一篇 能盡其景槪者 (中略) 今俗 或以此 爲平壤第一傳神句 (中略) 惟鄭司諫知常別淚年年添綠波一絶"

94) 崔滋, ≪補閑集≫ 권上 장16(亞細亞文化史 影印, 1972), 78쪽. "鄭舍人知常 送人云 大洞江水何時盡 別淚年年添綠波 當時以爲警策 然少陵韻 別淚遙添錦水波"

95) 李仁老, ≪破閑集≫ 권下(亞細亞文化社 影印, 1972), 49쪽. 鄭知常에 대한 평은 ≪破閑集≫이나 ≪補閑集≫ 이외에도 ≪白雲小說≫과 ≪霽湖詩話≫ 및 ≪玄湖瑣談≫ 등 곳곳에서 보인다. ≪韓國歷代詩話類編≫(李鍾殷·鄭珉 共編, 亞細亞文化社, 1988).

96) ≪高麗史≫ 권127 장36 列傳 제40 叛逆一妙淸傳(高麗史下卷). "知常爲詩得晚唐本 尤工絶句 詞語淸華 韻格豪逸 自成一家法"

97) "余之西游 每携丹妓於湖樓畵舫間 燈前月下 丹妓輒唱入關山戎馬舊詩 響遏行雲"

98) 申光洙, <送奏請副使洪侍郎聖源赴燕>, ≪文集≫ 권6 장7-9.

追贈한 작품이다. 石北은 이 시에 대하여 '軒盖가 이미 서쪽으로 떠남에 浿江
의 春物正麗와 關外舊游를 생각하니 黯然히 그립다. 다시 三絶을 지어 行軒에
추가로 부친다.'[99]라고 적었다. 洪聖源이 奏請副使로 燕京을 가는 길에 반드시
대동강에서 노닐 것이다. 美人들이 노래하고 춤추던 浿江頭 등에는 石北의 추
억이 서리어 있다. 홍성원은 꽃 시절에 이곳에서 배를 띄우리라. 부벽루와 연
광정이 있고, 그 주변에 아름다운 풍광이 펼쳐진 곳, 일찍이 놀지 않음이 없었
음을 회상하기도 했다. 제2수는 <答樊巖箕伯>에도 들어 있다. 모란은 <關山
戎馬>를 잘 불렀다. 그러므로 제3수에서 홍성원도 그 곡조를 한번 들어봄이
어떠하냐고 노래했다. 평양을 중심으로 한 四十三州에서 의관을 갖춘 사람들
이 유흥연락을 즐기는 곳이 바로 대동강이다. 모란은 옥이 구르는 듯한 맑으
면서도 구슬픈 목소리를 지닌 바, 綺羅筵마다 <關山戎馬>를 불러 관중을 사
로잡았다. 그러므로 밝은 달이 두둥실 떠 있는 대동강에서 홍성원도 모란의
<關山戎馬> 한 곡조를 들어야 할 것이라고 읊었다. 石北의 그지없는 風流가
關西遨遊를 통해서 펼쳐졌다. 그러므로 별리의 정한이 각별했던 것이며, 아련
한 그리움에 젖어 지난날 風流를 못잊어 하기도 했던 것이다. 風流와 풍정를
다 펼치지 못한 아쉬움도 많았던 關西遨遊였다. 石北은 <關西樂府>에서 大同
江邊과 錦繡山 일대인 浮碧樓·練光亭·淸流壁·綾羅島·牧丹峰·長林 등을 중심으
로 하여 西都形勝을 읊었다. 특히 官邊風俗인 到任儀禮와 節次, 官邊과 敎坊의
風情世態, 遊興宴樂 등을 民族的 情調와 情趣를 담아 노래했다. 妓生點考와 守
廳, 감사의 忙中閑과 도도한 遊興, 그리고 은근한 風情등을 그리기도 했다.

西都佳麗似杭州	서경은 고운지고 항주인 양 화려하다
聖代昇平四百秋	성대의 태평세상 사백 년을 이엇도다.
第一江山兼富貴	천하 제일 강산에 부귀마저 갖췄으니
風流巡使古今游	風流남아 순사들이 예 이제 노닐러라.

<關西樂府>(권10 장16-17)

---

99) "軒盖旣西 想浿江春物正麗 關外舊游 黯然可思 更賦三絶 追寄行軒"

平壤은 西京·西都·鎬京·柳京·箕城·樂浪·長安이라고도 불리웠다.[100] 중국인들
도 '天下第一江山'이니 金陵·錢塘과 같다느니 했다. 평양의 佳麗함은 나라 안
에 으뜸이며, 우리나라 宦海의 風流가 집중하고 있는 곳이다. 白光弘의 <關西
別曲>이나 時調에도 風流地로서 평양의 면모가 잘 나타나 있다.

> 平壤은 箕子와 東明王이 도읍했던 곳이다. 예로부터 아름답고 화려하기도 나
> 라 안에 이름나 있다. 중국의 사신들 가운데 張芳洲와 許海嶽과 朱蘭嵎 같은 이
> 들이 天下第一江山이라 일컫기도 했고, 金陵·錢塘과 같다고 이르기도 했다. 우리
> 나라 조정의 태평한 수백 년 동안에 사대부와 관리로서 이곳에 와 노는 사람이
> 많아 그림배와 강다락, 미색과 음악으로 오랫동안 머물며 沉酣하니, 참으로 秦淮
> 의 안개달과 西湖의 연꽃달에 노니는 즐거움이 있었다.[101]

서경은 花柳地로 유명하다. 일찍이 梨園에서 제일 이름을 떨친 牧丹이 아
직도 있으며, 칼춤을 추는 秋江月이 아직도 그려지고 있다. 雲母窓間의 깊은
曲宴에 염불하는 젊은 낭자들이 桃花扇을 펼쳐들고 간드러지게 춤을 추며 시
주금을 요구하기도 한다. 달밤이면 연광정에 벌어진 화려한 잔치마당이 있고,
잔치마당의 노랫가락과 정재춤이 있다. 부벽루 잔치에 설레이는 女心, 대동강
뱃놀이와 여인들의 고운 자태, 十洲三島로 인식되는 神仙之樂, 능라도에 펼쳐
진 風流마당, 달밤의 船遊 등이 있고, 成川의 능파무와 船遊가 아직도 있으며,
美妓를 끼고 유흥에 젖는 질탕한 風流도 있다. 그러나 高尚한 品位를 잃지 않
고 있다는 데서 李鈺의 ≪俚諺≫과 姜彛天의 <漢京詞> 중에 형상된 妓房世
態와 그 성격을 달리한다. 그러나 조선후기 安玫英의 時調에 보이는 雲遊·豪
放의 風流와[102]는 一脈相通한다고 하겠다.
영월부사로 부임한 이후 石北의 風流는 그 절정을 맞이했다. 이 시기에 寧
越諸妓뿐만 아니라, 江陵諸妓와도 멋들어진 風流의 세계를 만끽하고 있음을

---

100) ≪新增東國輿地勝覽≫ 권51 장5, 郡名 참조.
101) 申光洙, <關西樂府幷序>, ≪文集≫ 권10 장14.
102) 朴魯埻, <安玫英 時調의 기본틀과 志向世界>, ≪古典文學研究≫ 제5집(韓國古典文學
　　研究會, 1990).

작품에서 확인할 수 있다. 그런데 石北詩를 보면 風流가 한창 무르익은 순간을 노래한 것보다는 별리의 정한을 드러낸 것이 많다.

黃衫長袂舞垂垂   노란 적삼 긴 소매 하늘하늘 춤추나니
嫋嫋東風弱柳枝   산들산들 봄바람에 여린 가지 버드나무.
誰使一身兼百態   누가 한 몸 온갖 자태 지니게 하였던고
畵堂看到日斜時   하루 해가 기울도록 그림집서 바라보네.
                      <觀舞>(권9 장16-17)

춤추는 여인의 고운 자태에 도취되어 있다. 노란 적삼에 긴 소매를 하고 하늘하늘 춤을 추는 모습은 마치 산들산들 부는 봄바람에 여린 버들가지가 흔들리는 모습과 다르지 않다. 온갖 자태를 지으며 하늘하늘 춤을 추는 여인의 모습은 '誰使一身兼百態'라는 감탄을 절로 나오게 했다. 이 하나만으로도 石北의 그지없는 風流志向과 멋을 엿볼 수 있다.

　　이제 여름철의 蒸鬱이 특히 심하여 바다와 산의 淸凉함을 알지 못하겠으니, 인간세상에 三伏을 명하지 아니함이 없습니다. 栗娘이 맑은 목소리로 노래를 부를 때에 鏡浦臺에 올랐고, 東海에서는 옷깃을 풀었으니 좋은 시를 많이 얻었습니다. 그것을 들으면 까닭도 없이 한할 만합니다. 한밤중의 교태로운 노랫가락, 황삼의 교묘한 춤이 간들간들하여 잊을 수가 없습니다. 성의 남쪽에 이르러 눈 속에서 가는 허리를 한 손으로 잡고 백복령을 바라보며 석양 천리곡을 창하며 행렬을 보냄에 부득불 가인에게 그것을 허락하지 않을 수 없었습니다. 흰 머리가 殘年의 風情을 어찌 논하겠습니까. 그러나 아직도 어여쁜 재주를 생각함이 있어 이 말을 하는 것이니, 어찌 고인을 위해 웃는 바가 없지 않겠습니까. 아우가 그날에 羽溪에서 묵으며 비로소 달빛을 타고 바다의 파도 소리를 들었습니다. 撼人이 郵館에서 방황하다가 滄海力士의 舊居를 묻고는 다음날 竹西樓에 올랐고, 五十川에서는 배를 띄웠으며, 歸路에는 횃불을 버리고 凌波島를 조망했고, 中臺에서 묵으며 靑溪瀑布를 바라봤습니다. 벽 위에는 시다운 것 한 수 없었으나, 오직 李一源의 兩詩는 볼만 하여 黃鶴樓의 崔顥가 되었습니다.[103]

---

103) 申光洙, <與江陵伯李仲羽>, 《文集》 권13 장8. "今夏蒸鬱特甚 不知海山淸凉 能無人

石北은 五十川 橋頭에서 竹西樓의 風流를 더욱 아쉬워하기도 했고, 江陵 諸妓와 별리의 정한을 노래하기도 했으며, 栗娥의 고운 자태와 노래를 통한 은근한 風流를 읊기도 한 바, 특히 그녀에게는 관동 팔경의 하나인 경포대의 추억을 생각하며 별리시를 주기도 했다. <中臺法堂聽解玉佩歌>에서는,

臨別佳人月下歌	이별할 때 가인이 달 아래서 노래하니
秋眉漠漠帶烟波	가을 눈썹 아련하게 안개 물결 띠었네.
餘音轉入兩關調	여음이 바뀌어 양관조로 들어가니
不待明朝恨已多	내일 아침 아니어도 한스러움 이미 많네.

<中臺法堂聽解玉佩歌>(권9 장17)

라고 하여 별리의 정한을 실감나게 드러냈다. 달빛 아래 노래하는 佳人의 모습에서 서럽디 서러운 인생의 비애를 엿볼 수 있다. 정들자 이별이다. 그것이 그녀들의 숙명적 삶인 것이다. 달빛을 타고 흐르는 여인의 노랫가락과 그것을 말없이 듣는 화자의 모습은 한 폭의 그림과 같다. 오늘밤이 지나면 이별이라는 생각에 벌써 눈가엔 슬픔의 눈물이 촉촉히 어리고 있다. 양관조에 서러운 이별의 정한을 담았다. 그러므로 내일 아침 헤어질 때를 기다리지 않아도 벌써 별리의 한이 많다고 한 것이다. 가슴이 저미는 風流의 세계라고 하겠다.

<中臺洞口駐馬別竹西諸妓>에서도 鄭知常의 <送人>을 연상케 하는 별리의 정한을 담은 바, '聞唱送君千里曲'이 그것이다. <憶江妓栗丹>에서도 '前路夕陽千里曲'를 통해 당시 별리의 정한을 생각하고, '至今腸斷有誰知'를 통해 못내 그리워했다.

寧越妓인 楚月, 杏丹, 月艶에게 준 작품에서도 별리의 정한은 비슷한 양상

間三伏不命 栗娘淸喉時 登鏡浦臺 散襟東海 多得好詩 無由聞之 可恨 子夜嬌歌 黃衫妙舞嬋娜 難忘 至城南 雪中一手支腰 望白伏嶺 唱夕陽千里曲 送行 不得不以佳人許之 皓首殘年風情何論 而尙有憐才之念 爲發此語 得無爲故人所笑否 弟其日宿羽溪 始得月色 海濤聲 撼人彷徨郵館 問滄海力士舊居 明日登竹西樓 汎五十川 投火歸路 眺凌波島 宿中臺 觀望靑溪瀑 壁上無一詩 可觀獨李一源兩詩 爲黃鶴樓崔顥矣"

을 드러내고 있다. 越江濱에서 白頭와 楚月의 別恨은 陽臺曲을 통해 새롭게
일고, 그것은 '留作誰家夢裏人'를 통해 더욱 증폭되었다.104) '越絶坊中第一歌'
인식된105) 楚月이었다.

　　이 시를 높이 읊조리니 어제 저녁은 상쾌했습니다. 베개를 밀치고 일어나 崔
　生으로 하여금 步虛詞를 연주케 하고, 楚月로 하여금 淸商曲을 唱하게 하니, 僊
　僊하여 羽化登仙의 뜻이 있었습니다. 平昌太守는 우리의 退物 韓生을 얻을 것에
　불과하니, 때때로 적료한 一曲을 들었던 것입니다. 敎坊의 殘妓는 越女를 대적
　할 수 없습니다.106)

　　詩와 音樂과 女人이 있는 風流의 세계다. 특히 楚月은 美色과 才藝를 兼全
한 여인임에랴. 초월과 더불어 그림배를 함께 타기도 했다. 그러므로 아름다
운 살구꽃이 산에 피는 봄이면 서로를 잊지 못해 그리워할 것이라고 하며,
'錦江亭上恨如何'라고 읊었던 것이다.
　　杏丹의 고운 자태는 간들간들 흔들리는 버들처럼 가는 허리로 대표된다.
헤어져 돌아갈 때에 杏丹에게 想思 씨앗만을 주었다고 노래하기도 했다. 잊지
말자는 것이다. 杏丹이라는 妓名을 최대한 활용한 작품이며, 그만큼 한 기녀
에 대해서도 따뜻한 人間味를 자상히 드러내고 있음을 엿볼 수 있다. 행단은
특히 마음씀이 곱다. 삼 년 동안이나 능숙한 바느질 솜씨로 흰 버선을 만들어
주었던 여인이다. 별리시에는 정성어린 푸른 빛깔 잠방이를 주었다고도 했다.
맑디맑은 마음을 지닌 越艶은 언제나 어버이의 꿈을 꾸는 효성이 지극한 여

---

104) 申光洙, <贈妓> 其一, ≪文集≫ 권9 장20. "三疊勞歌兩恨新 白頭停馬越江濱 可憐別後
　　陽臺曲 留作誰家夢裏人"
105) 申光洙, <贈妓> 其二, ≪文集≫ 권9 장20 "越絶坊中第一歌 畵船同載使君多 山杏花
　　時更相憶 錦江亭上恨如何"
106) 申光洙, <與平昌倅洪大受鼎獻>, ≪文集≫ 권13 장2. "昨夕一雨 令人有生意 先輩姜咸
　　從夏日 驟雨有一凉 思到骨之語 每三伏急雨時 高詠此詩 昨夕爽然 推枕而起 令崔生彈
　　步虛詞 楚月唱淸商曲 僊僊覺有羽化意矣 平昌太守不過得吾退物韓生 時聞寂寥一曲 敎
　　坊殘妓無敵越女者 吾雖見困於上官 今日則姑灑然矣"

인이지만, 이제는 조각조각 떨어진 꽃처럼 젊음이 가버린 여인으로 노래 되기
도 했다. 기녀들의 그늘진 곳까지 꿰뚫어 보는 石北의 따뜻한 인간미를 엿볼
수 있다. 더불어 즐기고 더불어 슬퍼하는 同苦同樂의 白首風流였다.

<答平昌倅洪大受>107)에 石北의 風流意識이 잘 나타나 있다. 여기서 石北
은 旣望之事가 낭패하여 興은 깨졌으나 恨은 심하지 않다고 했다. 그것은 子
弟들과 세 妓女와 더불어 風流를 즐길 수 있었기 때문이다. 금빛 물결이 넘실
넘실 흐르고 달빛 가득한 강산이 그림과 같아서 소동파의 赤壁之游를 연상했
음이다. 北壁의 恨을 흔쾌히 씻은 奇事라고 自讚했다. 게다가 嚴瓚이 부는 피
리소리가 있고, 아리따운 여인들이 있으니, 父子兄弟의 風流는 坡翁이 赤壁에
서 얻지 못한 것이라고 自負했다. 石北의 風流는 조물주가 시기할 정도라고
스스로 말했다. 지극한 風流志向은 그의 글 도처에 보인다. 그러므로 震澤은,

　　매양 公이 물러난 겨를에는 妓女를 이끌고 子弟賓客과 더불어 즐기었다. 동
　서 두 강에 배를 띄우기도 하고 錦江亭에 올라 강산을 둘러보니, 風流는 逸宕하
　였다. 백성들이 그가 太守라는 것을 잊었다. 집에 돌아오는 날에는 묵은 양식이
　없었다. 사람들이 때때로 그 踈闊함을 남몰래 웃었으나 공 또한 사양하지 않았
　다.108)

---

107) 申光洙, <答平昌倅洪大受>, ≪文集≫ 권13 장4-5. "不聞日來消息 政爾鬱慮 昏後伺奴
　　傳書 審已不日霍然 嚴生有華扁之術耶 兄之世緣尙遠耶 貢念之餘 不覺一笑 此亦小魔所
　　爲 忽以一場客症敗兄旣望之事 弟之北壁亦出憤 計又被天公掩月 以雨戲之 披蓑而還 不
　　堪憮然 馬上頓覺大關鏡浦於羅再游 輒遭狼狽 此豈造物者以我爲强敵 恐其凌暴 平生有
　　此揶揄 雖非好意 見待則不薄 爾良可絶倒 然北壁眞釣龍臺 視粤中山水 則興僾如何 而
　　得名也 雖敗興不甚恨 去夜二鼓後 月出會稽山 率意携子弟輩三妓 一笛登小艇 自錦江亭
　　放船金鳳淵兩岸 江山如畵 金波蕩漾 月不必旣望 地不必赤壁 坡翁之游 亦不必勝 此快
　　雪北壁之恨 而又有一奇事 答平昌倅洪大受 至杏亭嚴瓚聞笛聲 使楚月携酒 與魚相送 舟
　　中父子兄弟 一觴一笑 顧眄江山 至四更 盡興而返 此坡翁所不得於赤壁者 不可不使吾兄
　　聞之 以博病中一笑"
108) 申光洙, <行狀>, ≪文集≫ 권16 장22-23. "每公退之暇 携妓樂與子弟賓客 浮東西二江
　　登錦江亭 顧眄江山 風流逸宕 民忘其爲太守也 還家之日無宿糧 人往往竊笑其疎闊 公亦
　　不辭也"

라고 했다. 石北의 風流는 생활 그 자체였던 것이다. 그러므로 <錦江亭夜別>에서는 지난날의 風流를 회억했고,[109] 영월을 떠나면서 諸妓에게 준 작품에서는,

西江落日半荒荒 　　　　　서강에 지는 해는 반쯤이나 어슬한데

去路長安千里長 　　　　　가는 길 장안 천 리 길기도 하고녀.

別後紅粧誰不憶 　　　　　떠나간 뒤 홍장을 누가 아니 생각하리

錦亭羅寺更難忘 　　　　　금강정과 어라사 더욱 잊기 어렵나니.

<臨別贈諸妓>(권9 장21)

라고 읊었던 것이다. 서강으로 지는 해가 반쯤 어슴푸레한 해울녘이 이별의 시간적 배경이다. 지는 해를 바라보며 떠나는 길은 멀기만 하다. 장안 천 리 길이 긴 것처럼 한번 떠나면 다시 만나기가 쉽지 않다. 그러므로 아름다운 추억 속의 미인들을 생각지 않을 수 없다고 했고, 그녀들과 추억이 어린 금강정과 어라사는 더욱 잊을 수 없다고 했다.

石北의 白首風流는 식을 줄 몰랐으니, <贈永春妓桂花>는 계화의 고운 자태를 노래한 바, 자칫 범하기 쉬운 선정성을 고아한 시상으로 처리했다. <又用前韻贈尙書歌姬梅月>에서는 <李尙書益炡賞花韻>의 韻을 밟아 그지없는 風流의 즐거움을 노래했고, <贈南原歌姬春蟾>에서는 南原의 歌姬 春蟾의 고운 자태를 노래하기도 했다.

<製進賜題二十四橋明月夜玉人何處敎吹簫以排律十韻魁>는 乙未年(1775)에 지은 작품이다. 이것은 영조가 '二十四橋明月夜玉人何處敎吹簫'라는 제목을 내림에 排律十韻魁으로 제진한 작품이다. 시상이 화려하고 웅장하며 청아하다.

紅欄三百閒 　　　　　붉은 난간 삼백 갑 닫히었는데

明月二分新 　　　　　밝은 달은 살짝이 조금 새롭네.

地有家家玉 　　　　　지상엔 집집마다 구슬이 있고

---

109) 申光洙, <錦江亭夜別>, ≪文集≫ 권9 장21. "行人更上錦亭 月色紅欄似有情 北斗七星橫已半 不歸何事到鷄鳴"

橋多夜夜人	다리에는 밤마다 사람도 많네.
曉山遙隔楚	새벽 산은 아득히 초나라 멀고
秋竹咽如秦	가을 대는 진나라 흐느낌인 듯.
佳麗楊州陌	곱고도 아름다운 양주 거리에
風流繡幕賓	수막 속의 손들이 風流 즐기네.
管絃無絶夜	노랫가락 밤마다 그침 없으니
烟樹不勝春	안개 이는 나무는 봄 못 이기네.
何處人千里	임이여, 천 리 밖 어디 계시나
今宵月一輪	오늘밤 둥근 달이 두둥실 떴네.
正携吹鳳客	피리 부는 봉객의 손을 잡고서
爭渡偃虹津	무지개 나루터를 다퉈 건너네.
曲徹眠龍水	가락 끝나 용수에서 잠을 자건만
聲飛去馬塵	떠나가는 말 먼지에 소리 날리네.
山河疑暎玉	산하는 옥빛처럼 곱기도 한데
霓羽想昇銀	예상우의곡은 은하에 울려 퍼지네.
空外如聞響	허공 밖서 음향이 들려 오는 듯
迢迢不可親	초초하여 가까이 할 수가 없네.

<製進賜題二十四橋明月夜玉人何處敎吹簫以排律十韻魁>(권10 장13)

제1구 '紅欄三百聞'은 '二十四橋'와 어울리는 건축물이다. 제2구의 밝은 달은 겨우 새로움을 띠기 시작한 밤이니 '明月夜'를 담았다. 제1구와 제2구에서 賜題의 전반부인 '二十四橋明月夜'를 직간접으로 드러낸 것이다. 이 작품의 홀수구와 짝수구는 모두 대우법으로 나타나 있으나, 특히 제3구와 제4구는 절묘한 짝을 이루고 있다. '地有家家玉'과 '橋多夜夜人'이 바로 그것이다. '地'와 '橋'가 짝을 이루고, '有'과 '多'가 서술어로서 대응하고 있으며, '家家'과 '夜夜'는 첩어로서 호응하며, '玉'과 '人'은 명사로서 보어의 역할을 하면서 짝을 이룸과 동시에 '玉人'이라는 단어를 만들고 있다. 제4구와 제5구는 웅장한 시상을 보이고 있다.

제6구에서 구체적 지명 양주가 나타나고 이 곱고 아름다운 곳에서 수를 놓은 장막 속의 손들이 끝없이 風流를 즐기고 있다. 노랫가락은 밤마다 그침이 없고, 안개 자욱한 나무는 봄을 못내 겨워하고 있다. 임이 그리운 밤이다.

기녀들은 때로는 남자 못지 않은 활달한 기상을 보이기도 한다. 妓女의 氣象을,

男裝走馬濟州娘	남장하고 말을 모는 제주의 아가씨들
燕趙風流滿敎坊	연과 조의 風流가 교방에 가득해라.
一擧金鞭滄海上	바닷가서 금빛 채찍 한번 휘두르고
三周春草石城傍	봄풀 푸른 석성 곁을 세 번이나 도누나.

<城上觀妓走馬>(권7 장10-11)

라고 읊었고, <關西樂府> 제27곡에서는 桂月香의 見危授命의 애국심을 노래했으며, <關西樂府> 제93곡에서는 義州妓의 활달한 모습을 그렸다. <關西樂府> 제93곡은 요가를 부르며 화살을 멘 기생들이 달단마를 타고 고을성으로 돌아오는 모습이다.

기녀를 解語花라고 한다. 그녀들의 화려한 삶의 뒤안에는 기구한 삶의 비애가 서려 있기 마련이다. <寒碧堂十二曲> 중 제7곡에서는 교방의 풍정과 기녀의 삶의 애환을 엿볼 수 있다. 한벽당 속의 밤 잔치가 끝나 집에 돌아오면, 오랜 시간을 기다린 송도 고객이 있지만, 회포를 다 풀기도 전에 입직하라는 사또의 재촉을 받는다. 수청들 준비를 하지 않을 수 없는 관기의 애환이 서리어 있다. <贈妓>에서는 한 사내에게 몸을 그르쳐 신랑 곁을 떠나 기방에 들어온 열여섯 살 양가집의 아리따운 여인의 기구한 삶을 노래하기도 했다. 기녀는 유교적 전통하의 여념집 부녀자와는 달리 外人을 접하여 마음대로 웃기도 하고, 정열적인 사랑도 마음대로 할 수 있다. 成都의 少妓 一枝紅은 '錦繡心肝解語工'의 인물이다. 말을 달려 삼백 리를 달려 왔건만, 校書郎은 綺羅中에 있음을 발견한다. 일지홍의 사랑은 기녀들의 서글픈 사랑을 대표한다. <關西樂府> 제59곡에서는 꽃다운 용모와 뛰어난 재주로 '浮碧練光歌舞席'에서 風流客들의 사랑을 받아 '爲雨更爲雲'하기도 했지만, 지금은 치마자락같은 풀숲에 묻혀 '多恨多情'을 간직한 채 한 줌의 흙이 된, 무상하기만 한 기녀의 삶을

노래하기도 했다.

石北은 남존여비라는 당대의 남성중심 사회에서 고통을 받지 않을 수 없는 여인의 슬픔을, 질탕한 유흥연락을 배경으로 하여 그리기도 했다. 그러나 그러한 삶의 질곡을 직접 비판하지 않고 있는 그대로 드러냄으로써 독자로 하여금 다양한 시각에서 상상하도록 유도하고 있다는 점에서 石北다운 멋이 있다. 질탕한 풍정 그 자체로 보아도 좋을 것이다. 또는 남성들의 향락적인 삶의 그늘에서 어쩔 수 없이 감내하고 살아가야만 했던 官妓의 서러운 현실로 해석해도 무방할 것이다. 뭇 남성들 앞에서 온갖 교태를 짓고 유혹하는 여인들이지만, 그 내면을 들여다 보면 얼룩진 한이 있게 마련이다.

(3) 風情과 그 戱化

石北 36세 때인 丁卯年(1747)에 <美人圖>를 지었다. 친구 집 軟障에 쓴 시로 여인의 고운 자태와 미묘한 여심을 노래했다. 이성을 향한 부끄러움과 설레임, 간드러진 춤과 노래, 미인의 쓸쓸한 마음 등이 그려졌다.

墻外杏花斜一枝	담장 밖에 살구꽃 비낀 한 가지
春心約莫畏人知	봄 마음 그 약속을 남 알까 저어
無端步立春風下	까닭 없이 봄바람에 나와 섰으니
却似西廂待月時	서상에서 달마중을 할 때와 같네.

<美人圖> 其四(권10 장10)

담장 밖 살구나무 한 가지에 꽃이 활짝 핀 봄이다. 만물이 소생하는 봄철을 맞아 젊은 여인의 마음도 살구꽃이 피듯 자연스럽게 이성을 향한 사랑의 꽃을 피우려 하고 있다. 이성을 향한 울렁이는 여인의 마음은 붉은 살구꽃과 같은 부끄러움을 머금은 채 그리움에 물들어 있다. 어느 곳에선가 임이 기다리고 있을 것 같은 봄날인 것이다. 집 안에서만 곱게 자란 규중처녀이기에 담장 밖의 일지춘심과 같은 자기의 마음을 남들이 알까 더욱 부끄럽다. 그렇지

만 이성을 향한 설레임과 그리움을 억제치 못하고 까닭도 없이 서성거리며 봄바람을 맞고 있다. 그러한 젊은 여인의 모습은 王實甫의 ≪西廂記≫의 한 장면을 연상케 한다. 마치 崔鶯鶯이 서상에서 張君瑞를 기다릴 때와 같다고 본 것이다. 중국 元代의 戲曲 ≪西廂記≫는 <鶯鶯傳>에서 고사의 줄거리를 취한 ≪西廂記諸宮調≫의 영향을 받은 작품이다.110) 崔鶯鶯과 張君瑞의 사랑을 다루었다. 이성을 향한 설레임과 그리움은,

靑裙女出木花田	푸른 치마 아가씨가 목화밭 나와
見客回身立路邊	손을 보고 길가에서 몸을 돌리네.
白犬遠隨黃犬去	흰둥이가 누렁이를 따라 가다가
雙還更走主人前	짝을 지어 주인 앞에 되돌아 오네.

<峽口所見>(권5 장49-50)

에서도 노래된 바, 이성간의 연정을 다른 사물에 의탁하여 드러낸 수법이 뛰어나다. 흰둥이와 누렁이를 통해 言外之味의 風情을 은근히 드러내고 있다. 陶南은 '은근은 한국의 美요, 끈기는 한국의 힘이다.'라고 했다. 은근과 끈기는 국문학의 특질이기도 하다. 시인은 흰둥이와 누렁이를 끌어 와 자신이 하고 싶은 말을 대신하게 하고 있다. 宋의 嚴羽는 시에서 '無迹可求'를 주장한 바 있다. 시인이 하고자 하는 말은 소금이 물 속에 녹아 있는 것과 같다. 소금의 성질은 있으나 그 형태는 숨어 보이지 않는다. 시가 친절하게 설명하거나 남김없이 다 말한다면, 그것은 더 이상 예술작품이 아니다.111) 남겨진 여백에 풍부한 함의를 담은 은근함은 한국인의 멋이다. 그러한 멋을 이 시를 드러내고 있다.

<芳樹篇>에서는 가는 봄을 아쉬워하는 미묘한 여심을, <鴛鴦詞>에서는 이성을 향한 미묘한 여심을 읊었다. <丹浦主人索美人障子詩>에서는 단포주인의 白首風情을 은근히 노래했고, <戲題軟障>에서도 은근한 풍정을 노래했으며,

---

110) 김학주, ≪중국문학의 이해≫(신아사, 1993), 410-411쪽 참조.
111) 김도련·정민 공저, ≪꽃피자 어데선가 바람불어와≫(교학사, 1993), 33쪽 참조.

<磨豆石>에서는 콩을 가는 맷돌을 통해 남녀의 풍정을 희롱해 읊었다.

　벗 缶广이 막에 이르러서 國哀가 다하지 않았는데, <屛妓獨寢>이라는 우
통으로 부친 시에 '頭陀薄緣' 등의 달이 있으므로 희롱하여 三絶을 지어 화
답112)하기도 한 바, 黃眞伊와 知足禪師의 고사 등을 통해, 國哀가 아직 끝나
지 않았는데도 '頭陀薄緣' 등을 사용한 벗을 희롱하며 감회에 젖기도 했다.

　楚나라 懷王과 巫山仙女의 高唐 陽臺夢 이야기는 '朝雲暮雨'의 숙어가 되기
도 하거니와, 그 전설 자체보다도 무산의 승경과 후세의 문사들의 詩賦로 더
욱 유명해졌다. 宋玉의 <高唐賦序>, 그리고 <入蜀記>에 이와 관련된 기록이
있다. 많은 중국문인들이 이를 노래했으며, 우리나라에도 적지 않은 영향을
주었다.113) 石北詩에서 成川의 降仙樓를 읊은 작품인 <又贈陽臺春主人所眄>114) 등에서 양대몽 고사가 수용돼어 있다.

　<題朝雨卷贈人>은 ≪朝雨卷≫이란 題名에 '朝雨'라는 단어가 있어 이에 陽
臺夢의 고사를 연상하고 지은 것이다.

```
朝雨爲君來          아침 비는 그대를 위해 오나니
暮雲知何處          저녁 구름 어디에 있는 지 아네.
春風吹我夢          봄바람이 내 꿈에 불어왔으니
一向巫山去          무산을 향하여 한번 떠나네.
```
<題朝雨卷贈人>(권6 장11)

　'朝雨爲君來'는 중의적인 뜻을 지니고 있다. '朝雨'는 낱말의 뜻 그대로 아침
비임를 말함과 동시에 책의 題名을 말하며, 巫山雲雨와 관련된 비를 뜻하는
것이기도 하다. 그러므로 기구의 '朝雨'은 승구의 '暮雲'으로 이어지고, 이것이
전결구 '春風吹我夢/ 一向巫山去'의 '夢'과 '巫山'으로 이어진다. 楚나라의 懷王

---

112) 申光洙, ≪文集≫ 권4 장11. "缶广到幕 以國哀未盡 屛妓獨寢 郵筒寄詩 有頭陀薄緣等
　　語 戲成三絶以答"
113) 李鍾殷, ≪韓國詩歌上의 道敎思想≫(普成文化社, 1978), 120-121쪽 참조.
114) 申光洙, <又贈陽臺春主人所眄>, ≪文集≫ 권2 장7. "陽臺雲雨浿江春 夢裏襄王是別人
　　只爲西關經歲住 別時臨水欲傷神"

의 고사에서는 '朝雲暮雨'로 나타나나, 여기서는 이것을 바꿔 '朝雨暮雲'으로 처리하고 있다. 巫山之夢의 고사는 다음과 같다.

楚나라의 懷王이 일찍이 高唐에서 놀다가 낮잠을 자는데, 꿈에 한 부인이 와서 "저는 巫山之女로 高唐之客이 되었는 바, 임금님이 여기 계시다는 소문을 듣고 왔사오니, 원컨대 枕席을 같이 해 주십시오"라고 하므로 임금은 하룻밤을 같이 잤다. 그 이튿날 아침에 부인이 떠나면서 하는 말이 "저는 巫山의 양지쪽 높은 언덕에 사는데, 아침이면 구름이 되고 저녁이면 비가 되어, 아침저녁으로 당신을 그리워할 것입니다."라고 하였다.115) 이것이 전하여 男女의 雲雨之情을 뜻하게 되었다. 이것을 巫山雲雨 또는 陽臺夢이라고 한다.

君作誰家雨	그대는 누구네 집 비가 되어서
朝朝解浥塵	아침마다 먼지 적셔 달래 보나요.
郎如渭城柳	임께서는 위성의 버들 같아서
不許濕他人	타인을 적시는 것 허락치 않네.

<復贈>(권6 장11)

≪朝雨卷≫의 저자에게 준 <復贈>이란 작품이다. ≪朝雨卷≫이란 책은 아침마다 먼지를 적시면서 스스로를 달래고 있는 비와 같다고 인식하고 있다. 티끌 세상의 온갖 더러움을 정화시키는 아침 비와 같은 역할을 한다고 본 것이다. 그러나 남에게는 통 보여주지 않는 책이다. 그러한 뜻을 전결구에 담았다. 한편 이 작품은 두 연인의 풍정을 농염하게 드러낸 것으로 해석할 수도 있다. 이 시를 짓게 된 동기를 고려하지 않는다면 남녀의 운우지정을 뜨겁게 노래했다고 할 것이다. 石北의 뛰어난 시적 재능을 유감없이 발휘한 작품 중의 하나이다.

제2수와 제3수도 같은 맥락에서 해석된다. 이 시의 탁월함은 남녀간의 은

---

115) 宋玉, <高唐賦序>. "玉曰 昔者先王嘗游高唐 怠而畫寢 夢見一婦人曰 妾巫山之女也 爲高唐之客 聞君游高唐 願薦枕席 王因幸之 去而辭曰 妾在巫山之陽 高丘之岨 旦爲朝雲 暮爲行雨 朝朝暮暮 陽臺之下"

근한 애정 속에다 우정을 담아 놓았다는 데서 찾을 수 있다. 두 사람의 은근한 우정이 ≪朝雨卷≫을 매개로 하여 이루어지고 있다. <又贈>에서도 陽臺夢의 고사를 사용하여 남녀가 서로 그리워하고 생각하는 것처럼 우정을 나누자는 내용을 형상했다. 양대몽의 고사를 수용하여 우정을 시화했다는 점에서 특이한 양상을 띤 작품이라고 하겠다.

지금까지 石北詩에 나타난 風流의 양상을 살펴 보았다. 風流의 樣相이 多樣한 것처럼 風流의 意味도 多樣하다. 우리 民族은 아득한 옛날부터 飮酒歌舞의 風俗이 있었다. 夫餘의 迎鼓, 高句麗의 東盟, 濊의 舞天, 三韓의 五月祭·十月祭가 바로 그것이다. 이것은 生活을 바탕으로 한 우리 겨레의 原初的 風流의 모습이라고도 할 수 있다.

新羅時代에는 風流道라 하여 儒·佛·道 三敎를 포함한 韓國固有의 精神을 나타내는 말로 쓰이기도 했다.[116] 花郞徒의 修養方式인 '相磨以道義 相悅以歌樂 遊娛山川 無遠不至'에 나타난 것처럼 自然을 벗하고 歌樂을 즐긴 것은 風流生活의 一面이라고 하겠다.

高麗時代에 이르면 <翰林別曲>에서 볼 수 있는 것처럼 風流는 享樂的 抒情으로서 멋의 성격을 띠기도 했다. 이는 詩·酒·歌·舞 등을 매개로 한 官能的 風流였다. 无涯는 '當時 詩人墨客들은 그 武臣階級의 文客으로서 그 豪華로운 宴樂에 參與하야 風流·德望을 頌揚하는 文士이거나 그렇지 않고 不遇하면 山水·詩酒에 放浪自娛하는 現實逃避의 風流閒人이었으니, <翰林別曲>이 이러한 時代의 儒官의 作으로서 內容·形式 共히 享樂的·風流的 悠然한 生活感情을 表現하였음은 偶然이 아니다.'[117]라고 했다. 이러한 風流의 다양성은 朝鮮朝에도 그 양상을 달리 하면서 끊임없이 이어졌다.

風流에는 시인의 인품에서 나타난 멋이 담겨진다. 상자연의 風流는 사림과

---

116) ≪三國史記≫ 卷第4, 新羅本記第4, 眞興王條. "國有玄妙之道曰 風流 設敎之源 備詳仙 史 實乃包含三敎 接化群生 且如入則孝於家 出則忠於國 魯司寇之旨也 處無爲之事 行 不言之敎 周柱史之宗也 諸惡莫作 諸善奉行 竺乾太子之化也"
117) 梁柱東, ≪麗謠箋注≫(乙酉文化社, 1946), 229쪽.

의 정적 자연관조가 아닌 동적인 자연에의 몰입이라는 특징을 보인다. 그러므로 그것은 관념적이고 도학적인 성격이 아니라 생활이념에서 나온 風流라고 할 것이다. 상자연의 風流에 대한 지향은 지극하다. 아름다움과 영원성의 표상인 자연은 인간의 정서를 순화시킨다. 石北의 상자연은 風流獨樂으로 나타나기도 하고, 시유를 통한 風流同樂으로 나타나기도 한다. 죽사노인회를 통해 나타난 風流性은 그 성격상 신선사상이 반영되고 있음을 볼 수 있다. 지방에서 시회가 결성되었다는 구체적 양상을 볼 수 있다는 점에서 여기에 나타난 風流性은 의미를 지닌다고 하겠다. 이는 조선후기에 시회가 지방에서도 적지 않게 결성되었을 것이라는 추측을 가능케 한다. 예인이나 연희를 통한 風流는 줄타기, 검무, 노래, 그림을 통해 확인할 수 있었다.

관변을 중심으로 나타난 風流는 기생이 등장하고, 여기에 노래와 춤이 따르게 마련이다. 한벽당의 질탕한 유흥연락과 기방세태를 통해 비판적 시각을 드러내기도 했고, 충청도 관찰사의 망중한의 風流를 그리기도 했다. 관리가 정사를 끝낸 뒤 한가한 틈을 타서 즐기는 風流는 천하지락을 실천한 후 누리는 風流이다. 그러한 점에서 질탕하기조차 한 風流를 긍정하고 있다. 관변중심의 風流는 기생의 등장에 따른 다양한 모습의 風流를 보인 바, 특히 기녀에 대한 별리의 정한과 그리움을 표출하는 가운데 風流의 모습을 형상했다는 특징이 있다. 영월부사로 있을 적의 白首風流는 조선조 官邊風流를 보인 대표적인 것이라 하겠다.

이성간의 그리움과 설레임을 서정적 필치로 드러내기도 했고, 비유적으로 드러내기도 했다. 특히 양대몽고사를 사용하여 풍정을 절묘하게 드러내기도 했다. 여기에는 은근미가 풍부히 나타난다.

4. 歷史認識

石北이 살았던 18세기는 民族主體性을 확고히 하려고 했던 시대였고, 朱子學的 秩序가 지배하던 시대였다. 丙子胡亂의 恥辱을 씻으려는 復讐雪恥와 그 遺恨이 저변에 흐르로 있었고, 이것이 尊明排淸意識으로 나타났다. 尊明排淸은 민족의 自尊意識과 自主思想의 발로였다. 朱子學的 질서는 規範性을 노래하게 한 바, 그것이 忠孝烈의 形象化로 나타났다. 이 점은 石北이 기본적으로 三綱五倫을 강조하는 儒子라는 점과 무관치 않다. 그러한 점에서 有補世敎의 文學觀이 두드러지게 반영되었다고 할 것이다.

문학은 歷史的 산물이자 社會的 산물이 아님이 없다. 石北詩 또한 예외일 수 없다. 石北詩에서 歷史變革의 주요한 사건과 관련된 시를 분석함으로써 그의 歷史認識의 일단을 考究하고, 나아가 人倫의 강조는 보편적 歷史性을 지닌다는 점에서 자신을 비롯한 당대의 인물을 통해 忠孝烈이 어떤 양상으로 드러나고 있는가를 고찰할 것이다. 이를 위해 孝宗과 尊明排淸意識, 端宗과 情恨의 心象, 忠孝烈의 形象化로 나누어 살피려고 한다.

1) 孝宗과 尊明排淸意識

孝宗(1619-1659)은 朝鮮 제17대 王으로 1649년-1659년 사이에 在位했다. 仁祖 4년(1626)에 鳳林大君에 봉해진 바, 丙子胡亂 이듬해 昭顯世子와 함께 淸나라에 볼모로 잡혀가 8년 동안 있었다. 인조 23년(1646)에 昭顯世子가 變死한 뒤에 世子로 책봉되었다. 8년 가까운 幽閉生活을 경험했던 봉림대군은 排淸意識과 國恥雪辱의 불길을 누를 수 없었다. 國恥를 씻는 것은 民族의 自尊과 國權回復이라는 民族的·國家的 당위였다. 元老大臣들과 北伐大計를 은밀히 의논해 보았으나 실망이 큰 孝宗은 '日暮途遠'[1]의 초조감마저 갖게 되

---

1) 李肯翊, ≪燃藜室記述≫ 권30 孝宗朝故事本末 孝宗睿德.

었다. 그리하여 金尙憲·金集·宋時烈·宋浚吉을 중용하여 은밀히 北伐計劃을 수립했다. 北伐을 위한 軍備의 확충을 도모하여 軍制의 개편, 軍士訓練의 강화 등에 힘썼다. 특히 宋時烈은 春秋大義的 名分論에 입각한 華夷意識으로 사상적·정신적으로 무장했을 뿐만 아니라, 北伐의 당위성을 강조함으로써 孝宗의 北伐意識을 고무했다. 君臣 사이에 이른바 '勿密之契·魚水之契'의 관계를 맺게 되었다.

孝宗은 尤庵과 단독으로 北伐을 논의했고, 그 결과로 나타난 것이 <幄臺說話>이다. 10년을 기한으로 北伐에 대한 구체안을 논의했다. 胡를 夷狄이요 禽獸로 보아 北伐이 곧 春秋大義라는 인식이었다.[2] 金自點의 밀고로 한때 곤란을 겪기도 했지만, 民間의 呼應을 얻어 孝宗의 北伐決意는 더욱 굳어졌다. 1654년과 1658년 두 차례에 걸친 羅禪征伐은 國威의 선양, 淸軍의 內幕探知, 軍備의 補强, 그리고 國力培養의 계기가 되었다. 南明政權과도 긴밀한 연락을 취했다. 그러나 孝宗의 승하로 北伐의 꿈은 무산되고 말았다. 그렇지만 胡亂에 대한 復讐雪恥와 北伐意志는 그 이후에도 끊이지 않은 바, 이것은 孝宗의 뜻을 잇고자 하는 尤庵의 의지가 큰 구실을 했다. 尊明排淸意識은 이러한 역사의 흐름과 무관하지 않다.

먼저 石北의 孝宗王陵을 매개로 하여 그의 歷史認識이 어떻게 형상되고 있는가를 살피기로 하자. 石北은 寧陵參奉으로 비로소 出仕했다. 그가 孝宗을 追慕하고, 孝宗의 恨을 형상한 것은 특히 이러한 배경이 크게 작용했다. 丙子胡亂의 傷痕은 尊明排淸意識으로 표출됐고, 그것은 華夷論的 世界觀과 맞물려 있다.

玄武驪江勢	현무에는 흐르는 여강의 형세
鉤陳象石斑	구진에는 얼룩진 상석이 있네.
衣冠如舊殿	의관은 옛 전각의 모습 같은데
星斗滿空山	별무리는 빈 산에 가득도 하네.

2) 李鍾殷, ≪斯文大義錄을 통해 본 尤庵의 大義精神>, ≪尤庵思想硏究論叢≫(斯文學會, 1992), 245-250쪽.

赤縣胡猶在	중국엔 오랑캐가 아직 있거늘
蒼梧駕不還	창오에 납신 수레 돌아오잖네.
至今哀痛詔	지금도 애통한 조서가 있어
流落涕人間	인간세상 떠돌아 눈물 흘리네.

<謁陵>(권5 장3)

象石이 얼룩진 寧陵 북쪽에는 驪江이 도도히 흐른다. 수련의 鉤陳은 紫微宮 안에 있는 별이름인데, 여기서는 寧陵을 말한다. 그러나 단순히 별이름만 나타낸 것은 아니다. 鉤陳壘가 연상되기 때문이다. 中國 河南에 구진루가 있는데, 이곳은 武王이 暴君 紂를 벌하고 八百의 諸侯가 모인 장소이다. 石北은 영릉의 형세를 통해 孝宗이 武王과 같은 역할을 했어야 했던 인물로 노래했다. 무왕이 폭군 紂를 벌한 것처럼 孝宗이 北伐의 뜻을 이루었기를 바랐다. 그러나 孝宗은 평생의 숙원이었던 北伐을 감행하지 못하고 한을 안은 채 세상을 떴다. 그러므로 赤縣, 곧 中國에는 오랑캐가 아직도 남아 있는데, 蒼梧로 납신 수레가 돌아오지 않음을 탄식했다. ‘蒼梧駕不還’은 孝宗의 죽음과 관련된다. 蒼梧는 순임금이 南巡하다가 죽은 곳이기 때문이다. 堯舜같은 內聖外王의 임금으로 인식함은 孝宗의 뜻이 크고 아름답다고 여긴 까닭이다. 지금도 세상에 떠돌고 있는 哀痛詔는 北伐을 위한 孝宗의 詔書다. 여기서 北伐에 대한 민족적 염원이 孝宗의 죽음으로 끝난 것이 아님을 알 수 있다. 孝宗의 遺恨이자 민족 전체의 恨을 상징는 哀痛詔는 北伐에 대한 민족의 염원을 상징하기도 한다. 胡는 禽獸요 夷狄으로 보아 北伐이 春秋大義라는 인식을 서정적으로 드러냈다.

松檜陰陰夜自垂	松檜가 울창하여 밤엔 절로 늘어지고
殿中雙燭晃虛帷	침전 속의 쌍촛불은 빈 장막서 빛나누나.
長廻玉輅南巡日	옥수레 길이 돌려 南巡하던 날에도
不見金戈北伐時	쇠창으로 北伐하는 그 날 보지 못하셨네.
石馬如嘶春草立	석마는 울 듯이 봄풀 위에 서 있는데
祠官空望白雲悲	사관 눈에 쓸쓸한 흰 구름은 서글퍼라.

202

請看淸曉霏霏雨	보아라, 맑은 새벽 흩뿌리는 가랑비를
悽愴皇靈降九疑	구슬프게 황령이 하늘에서 내리시네.

<寧陵忌辰感吟>(권5 장34)

壬午年(1762) 寧陵忌辰 때 읊은 작품이다. 孝宗의 遺恨을 형상했다. 소나무와 노송나무가 울창한 영릉의 밤은 깊다. '長廻玉輅南巡日'은 바로 영릉기신일을 말한다. 그러므로 '玉輅'가 '長廻'한 날로 표현했다. 九疑山이라고도 하는 蒼梧에서 순임금이 南巡하다가 죽은 것과 관련시켰다. 孝宗이 비밀리에 내렸던 조서는 哀痛詔가 되어 아직도 세상에 떠돌아 다닌다. 그러므로 石北은 '不見金戈北伐時'라고 읊었다. 孝宗의 遺恨은 바로 民族의 遺恨이었다. 追慕의 情과 슬픔이 극대화되는 까닭이 여기에 있다. 석마는 울부짖을 듯이 푸른 봄풀 위에 서 있고, 슬픔을 머금은 듯한 흰 구름은 아직도 孝宗의 죽음을 悲痛해하고 있다. 感情移入이다. 새벽에 흩뿌리는 가랑비는 孝宗의 哀痛한 눈물인 바, 한과 슬픔으로 얼룩진 '孝宗雨'[3]가 바로 그것이다. 寧陵을 지키는 신하가 常時에도 孝宗 생각에 우는 까닭이 여기에 있다. 情景相値를 통한 悲哀의 詩的 形象化가 뛰어나다. 天理流行 그대로 情景融合에서 나타난 비애의 감정을 자연스럽게 드러냈다. 비는 孝宗의 눈물이자 바로 시인 자신의 눈물이다. 그것이 北伐의 좌절이라는 역사적 내용을 환기함으로써 민족 전체의 슬픔으로까지 확산되고 있다고 하겠다.

北伐意識에 나타난 民族意識은 異民族의 武力侵奪의 결과 감수해야만 했던 國恥를 씻고, 민족의 自尊을 회복해야 한다는 운동이었다. 그러면 이러한 北伐意識의 사상적 배경은 구체적으로 무엇인가. 孝宗은 尤庵과 더불어 북벌계획을 은밀히 세운 바, 여기에 尤庵의 春秋大義精神이 사상적 뒷받침을 하고 있었다. 우암은 朱子로부터 栗谷을 준봉했고, 栗谷의 학문은 朱子를 이어 전개되었다는 가르침을 받아 庭訓으로 삼았으므로, 栗谷에서 沙溪로 내려오는 道統을 계승했다는 자부가 대단했다. 栗谷을 배운다는 것은 곧 朱子를 배운다

---

3) "獻寧二陵忌辰必有兩國人謂太宗雨孝宗雨是日亦小雨"(앞의 시의 自注)

는 것이며, 朱子를 배운다는 것은 곧 孔子를 배우는 것이기 때문에, 栗谷에게
서 朱子를 보았고, 朱子에게서 孔子를 보았던 것이다. 道統意識이다. 그러므로
제주도로 유배갈 때,

上爲閩翁下栗翁　　　위로는 주자를 아래로는 율곡 위해
要除弊事罄愚衷　　　폐단을 없애고자 마음을 다했는데
如今却向耽羅去　　　이제 문득 탐라 향해 길을 떠나며
回望寧陵泣孝宗　　　영릉이라 孝宗을 생각하고 눈물짓네.[4]

라고 읊었던 것이다. 孝宗을 그리워하면서 朱子와 栗谷에 대한 尊崇을 드러내
고 있다. 당쟁의 소용돌이 속에서도 北伐의 春秋大義와 道統을 아울렀다. 內
聖外王의 孝宗이었다. 이러한 태도는 그의 <次感春賦>에서도 드러나고 있다.
그의 道統意識은 무엇보다 <次康節首尾吟韻>에 잘 나타나 있다. 栗谷과 尤庵
의 道統意識, 그리고 畿湖學派의 道統意識과 그 文學的 變容은 율곡의 <高山
九曲歌> 漢譯樂府에 잘 나타나고 있으며,[5] 그의 위대한 哲學思想과 그 실천
은 후대에 많은 영향을 주었다.

山以雙龍起　　　좌청룡 우백호로 산이 솟은 곳
天須二聖藏　　　하늘은 두 성군이 숨길 바랐네.
風雲通一氣　　　풍운에는 한 기운이 통하건마는
松柏入連岡　　　송백은 언덕마다 늘어서 있네.
堯舜傳家遠　　　요순임금 전가는 멀기도 하나
神靈護國長　　　신령의 나라 보호 길기도 하네.
小臣瞻望近　　　소신이 가까운 곳 바라보나니
如復見先王　　　선왕들을 다시 또 뵙는 듯하네.
　　　　　　　　　　　　　<二陵>(권5 장3-4)

---

4) 宋時烈, ≪宋子大典≫ 권2 詩.
5) 李起炫, ≪高山九曲歌>의 漢譯樂府에 대한 一考察>, ≪漢陽大學校 韓國學研究所, 1994).

驪州에는 世宗大王과 孝宗大王의 무덤이 있다. 英陵과 寧陵의 二陵이 바로
그것이다. 二陵의 산세와 주변 풍경을 드러내는 가운데, 나라를 보호하려는
두 임금을 추모했다. 나라가 길이 보존되기를 바라는 世宗과 孝宗을 堯舜의
聖統과 王統을 계승한 임금으로 여기고 있다. 곧 요순임금의 王統과 聖統을
계승한 內聖外王의 임금으로 尊崇했다. 이는 우리나라가 요순의 정통성을 잇
고 있음을 보인 것에 다름 아니다.

원래 先秦時代인 唐虞時代와 夏·殷·周 三代에는 聖統이 곧 王統이었다. 聖人
의 道統이 堯·舜·禹·湯·文·武·周公 등 聖人에게 傳承되었는데, 이 聖人들의 王統
傳承은 禪讓과 革命이라는 방법으로 傳承되었다. 이같이 聖統과 王統이 하나이
던 것이 春秋戰國時代에 와서 聖統과 王統으로 分離되고 말았다. 聖人의 道를
중심으로 하는 聖統은 孔孟으로 이어졌고 王統은 그대로 당시의 帝王에게 이어
져 갔다. 본래 唐虞 三代와 같이 王統이 聖統과 일치됨이 理想이기 때문에 道統
이라 함은 聖統이 根本이요, 王統은 이에 부수되는 것으로 보는 것이 儒學의 精
神이다. 그래서 修己正心하여 스스로 닦는 爲己之學을 第一義로 하고 治國平天
下하는 爲人之學은 그 다음으로 삼는 것이다. 곧 聖統을 안으로 하고 王統을 밖
으로 한 것이다. 곧 內聖外王이다.[6]

聖統과 王統을 두루 갖춘 이가 內聖外王이다. 여기서 尤庵이 강조했던 春
秋大義도 명백하게 드러난다. 유학전래의 道統傳授와 王統傳承에서 오는 春秋
大統一統思想이다. 春秋戰國時代에 聖統은 孔孟에게로 전승되었고, 현실적인
정치를 중심으로 하는 王統은 帝王에게 전승되었다. 聖統의 전승자이면서도
王統을 계승하지 못했던 孔子는 ≪春秋≫를 저작함으로써 聖人의 道統 안에
서 天下後世를 위하여 당시의 亂臣賊子를 붓으로 심판하여 天地의 大義를 확
립하는 동시에 聖統과 王統을 결합시키려 했다. 곧 宗主國인 周를 중심으로
한 天下의 秩序定立을 위한 大義名分을 찾으려고 하였다.

孔子의 春秋大義思想은 맹자에게 계승되어 王道政治의 원리로 主唱되었고,

---

6) 李鍾殷, 앞의 책, 같은 글, 250쪽.

漢代에 와서는 董仲舒와 같은 학자들에 의해 國家統一을 위한 政治理念으로 수용, 실용화되면서 司馬薦의 ≪史記≫가 나왔고, 이후 宋代에 와서는 司馬光 의 ≪資治通鑑≫의 記述과 朱子의 史觀 등에 의해 歷史記述의 원칙으로 채택 되어, 漢族中心의 歷史的 原則·主體·正統性을 주장하는 이른바 春秋大義論으 로 정립되었다. 그 결과 華夷를 분별하려는 의식이 싹텄다. 朱子에게 계승된 春秋大義思想은 다시 尤庵에게 계승되었다.[7] 그리하여 斯文亂賊을 排斥하고, 北胡를 배척하며, 明나라를 존중하는 형태로 구체화되었다. 道統意識은 春秋 大義思想과 맞물려 있으며, 여기서 朝鮮中華主義와 尊明排淸意識이 나타난 바, 이는 北伐意志로 표출되었다.

石北은 尤庵처럼 春秋大義思想으로 무장하여 尊明排淸意識을 천명한 것은 아니지만, 그의 문학작품에서 그러한 의식을 형상했다. 孝宗을 內聖外王으로 인식함도 결국은 春秋大義思想의 시적 형상이라고 할 것이다. 그러나 그것이 문학적 형상을 거침으로써 보다 함축적으로 표출되고 있다. 尊明排淸意識의 시적 형상의 하나가 不書僞號의 정신이다.

寧陵冬至後	영릉의 동지달이 지나간 뒤에
新曆又乾隆	새로운 책력에는 또다시 건륭.
風雨堯莫死	풍우에 요임금의 명협이 죽고
滄桑漢臘空	창상에 한나라는 쓸쓸한 섣달
不看知歲盡	보잖아도 한 해가 다함 아니니
無用在山中	무용지물 산중에 있기도 하네.
元日年年祝	설날에는 해마다 송축을 하니
皇靈得不恫	황령은 상심하지 않을 것이리.

<見頒新曆感吟>(권6 장1)

새 책력이 반포된 것을 보고 느껴 읊은 작품이다. 동지도 지나가고 섣달이

---

7) 尤庵의 北伐大義와 義理精神에 대한 보다 구체적인 것은 ≪尤庵思想硏究論叢≫(斯文學 會, 1992)에 있는 여러 글을 참고할 것.

되어 새 책력이 나왔다. 청나라 고종의 연호인 건륭이 보인다. 명나라는 청나라에 망했다. '風雨堯葂死'는 책력에 명나라 임금의 연호가 없어지고 청나라 임금의 연호를 사용되고 있음을 노래한 것이다. '葂荄'은 요임금 때 뜰에 난 瑞草의 이름이다. 초하룻날부터 매일 한 잎씩 나서 자라다가 열엿새째부터 매일 한 잎씩 져서 그믐에 이른다. 그러므로 여기서 달력을 만들었다고 한다. '滄桑漢臘空'의 滄桑은 '滄桑變'이다. 桑田碧海의 격심한 변화를 말한 것이니, 중국이 청나라에 망해 버린 사실을 뜻한다. 청나라 임금의 연호를 사용하는 漢나라, 중국의 섣달은 그래서 쓸쓸한 것이다. 청나라에 대한 부정적 의식이 排淸意識이다. 책력을 보지 않아도 한 해가 어떻게 흘러 가는지 모두 알 수 있다. 그러므로 청나라 고종의 연호가 쓰인 책력을 아무 쓸데가 없다는 것이다. 우리 고유의 풍속 설날은 누구나 알아 해마다 서로 축하하며 기뻐하니, 황령은 상심하지 않을 것이라고 마무리했다. 이것은 우리의 固有性을 잃지 않고 있다는 것이니, 이는 곧 우리나라의 自尊과 自主를 천명한 것이다. 不書僞號의 문학적 형상화이다.

不書僞號는 孝宗이 宋時烈에게 내린 敎旨에 보이는 것으로 淸의 年號를 사용하지 않는다는 뜻이다. 이 不書僞號의 태도가 바로 人獸大別的인 華夷意識의 발로이다. 이 정신은 孝宗朝 이후에도 계승되어 일반 碑文에도 淸의 年號를 쓰지 아니했다. 孝宗은 일찍이 '朝天路 보뙤닷 말가 玉河館이 뷔닷 말가/ 大明崇禎이 어드러로 가시건고/ 三百年 事大誠信이 꿈이런가 ᄒ노라'라고 노래했다. 崇明排淸意識인 바, 이것은 不書僞號의 정신과 상통한다. 곧 北伐精神의 변용에 다름 아니다. <華夷之辨>를 통해 중국중심의 세계관을 부정한 星湖는 明의 末帝 毅宗의 연호인 崇禎紀元의 사용에 대해 '崇禎紀元後의 다섯 자가 전국에 널리 사용되고 있는데, 이것이 비단 가문의 우환으로 될 뿐만 아니라, 반드시 나라의 근심으로 될 것이다.'[8]라고 비판한 바, 여기에서 오히려 不書僞號의 정신이 전국적으로 널리 퍼져 있음을 충분히 알 수 있다. 孝宗의

---

8) 李瀷, ≪星湖先生全集≫ 권28 <答李汝久>. "崇禎紀元後五字 遍於郊原 此不但爲家憂 必將迤及國患"

北伐意志가 숭고했으므로 尤庵이 內聖外王의 임금으로 추모한 것이고, 石北 또한 그러했다고 하겠다. 復讐雪恥는 민족적 염원이었기 때문이다.

尊明排淸意識은 단순한 事大主義가 아님을 유의해야 한다. 이것은 어디까지나 春秋大義思想에 입각한 민족의 自主와 自尊을 찾고자 하는 의식이 그 근저에 깔려 있기 때문이다. 학문과 덕을 겸전한 임금 孝宗이 北伐의 숭고한 뜻을 펼쳤으므로 石北은 지극한 추모의 정을 드러냈고, 임기가 차서 떠날 때, <望陵>를 통해 別離의 情恨을 노래하며, 떠남을 아쉬워하기도 했다. 또한 <廣嶺望寧陵有感>에서는 영릉참봉시절 香火를 받을 던 때를 생각하고 발걸음이 차마 떨어지지 않음을 노래하기도 했다. 이는 무엇보다도 孝宗의 北伐意志에 공감했기 때문이다.

尊明排淸意識은 <陪祭大報壇>[9]에서도 잘 나타난다. 神宗의 제사를 지내면서 중국이 망했음과 孝宗의 지극한 뜻을 생각하고 슬픔을 가누지 못했다. 大報壇은 명나라가 망한 뒤 60년되던 해인 1704년에 창덕궁 금원에 설치한 제단이다. 壬辰倭亂 때 구원병을 파견하여 再造之功을 세운 神宗과 마지막 皇帝인 毅宗의 제사를 지내기 위해 설치했는데, 일명 '皇壇'이라고도 한다.[10] 18세기에 이르러 과거의 국론이었던 復讐雪恥의 北伐論이 퇴색하자, 국민적 각성을 촉발시켜 국력의 재정비를 도모하기 위해 不忘之道의 명분을 내세웠다. 復讐雪恥의 정신을 계승하여 국민을 결집시키는 합일점을 찾음으로써 自强之道의 원동력으로 삼으려고 했던 것이다. 宋時烈系의 李畬·閔鎭厚·權尙夏 등이 내건 명분은 春秋大義라는 尊周攘夷와 復讐雪恥였으나, 그 속에 내재된 근본 목적은 內修外攘하여 自强之道를 국건히 하려는 데 있었다.[11] 당시는 朝鮮中

---

9) 申光洙, <陪祭大報壇>, ≪文集≫ 권8 장11. "忠孝東藩百歲君 北壇三月禮初殷 入陵中
   國無寒食 今夜神宗降白雲 花裏香烟周晃襲 月中臚唱漢官聞 天崩舊甲叼陪祭 淚入先王
   志事勤"

10) 鄭玉子, ≪朝鮮後期文化運動史≫(一潮閣, 1993), 37쪽 참조.

11) 春秋大義思想에 대한 비판적 시각이 없었던 것도 아닌 바,이러한 점은 ≪熱河日記≫
   에서 妓生의 노래가사에 가탁하여 漁樵의 얘기가 春秋大義보다 낫다는 인식에서 엿
   볼 수 있다. 姜東燁, ≪熱河日記研究≫(一志社, 1988), 102쪽 참조.

華主義가 최고조에 이르러 우리의 문화가 최고라는 국수의가 팽배했다. 그리하여 문화의 전분야에 固有色이 나타났던 시기였다. 石北의 <陪祭大報壇>은 이러한 배경 아래서 노래된 것인 바, 이 바탕에는 復讐雪恥의 의지가 깔려 있다고 할 것이다. 다만 그것이 문학적으로 표출되었기 때문에 직접적으로 드러나지 않았을 뿐이다.

胡亂이 남긴 상처는 英祖朝에도 지속되었으니, 그것은 무엇보다도 恥辱의 현장이 엄연히 존재했기 때문이다. 호란의 가장 커다란 치욕은 三田渡에 있었다. 호란의 치욕과 그 痛恨 속에 北伐意志를 담았다. 北伐이야말로 復讐雪恥의 핵심 중의 핵심이다.

南漢山城高漠漠　　　남한산성 아슬하여 아득히 멀건마는
痲田浦水碧離離　　　마전포 푸른 물은 길게 뻗어 흐르네.
如生學士三韓國　　　삼한국의 학사로 만약 태어난다면
不倒單于百歲碑　　　누가 선우 백세비를 쓰러뜨리지 않으리.
酒店獨看西日落　　　주막 서쪽 지는 해를 홀로 서서 보나니
戰場猶入北風悲　　　전장터는 아직도 북풍 속에 슬프고녀.
書生恨在燕然石　　　서생 통한 저기 저 연연석에 있으니
萬古吳公昔有詩　　　만고에도 오공의 옛날 시는 남아 있네.

<三田渡感吟>(권9 장10)

南韓山城과 痲田浦는 丙子胡亂의 悲憤과 痛恨이 얽힌 곳이다. 그러므로 朝鮮에서 태어난 인물이라면 누구를 막론하고 單于碑를 쓰러뜨리지 않고는 못 견딜 심정이라 했다. 선우비란 병자호란 때 淸太宗에게 降伏하는 뜻으로 三田渡에 세웠던 비로 당시의 민족적 치욕를 대표한다. 전장터엔 아직도 오랑캐의 바람이 몰아치고, 지난날의 傷痕은 선우비에 그대로 남아 있다. 그러므로 '書生恨在燕然石'이라고 한 것이며, '萬古吳公昔有詩'라고 노래한 것이다. 燕然石은 한나라 임금이 북쪽 선우를 치고 연연산에 올라가 세운 비다. 石北이 연연석에 서생의 통한이 있다고 노래한 것은 한나라 임금처럼 오랑캐를 통쾌하게 물리치고 싶었기 때문이다. 삼전도비를 선우비와 연연석으로 나타냄으로써 그

러한 심정을 절묘하게 드러내고 있다. 결련의 吳公은 燕超子를 가리킨다.[12] 연초자는 吳尙濂으로 竹南 吳竣의 종손이다. 그의 시에 '將帥無籌策/ 文章有是非'라는 구절이 있다. 吳竣이 삼전도 비문의 글씨를 썼기 때문에 언급한 것이다.

仁祖는 李景奭을 시켜 비문을 짓게 하고, 참의 吳竣으로 하여금 그것을 쓰게 했다. 그리고 참판 呂爾徵으로 하여금 篆字를 쓰게 하여 청나라 및 몽고의 번역문을 함께 싣도록 했다. 오랑캐 사신이 비문을 요구하므로 처음에는 張維·李景奭·趙希逸에게 명하여 짓게 하여 청나라에 보냈으나, 諸侯가 서로 침략한 고사를 인용했다거나 소략하다는 이유로 다시 쓰게 하였다. 그 때 張維는 죽었으므로 인조는 이경석을 불러 타이르기를,

　　저들이 이 글로서 우리가 服從하느냐 背反하느냐를 시험하려고 하는 것이니, 바로 國家의 存亡이 판결이 나는 것이오. 越나라 임금 勾踐이 會稽에서 吳나라의 臣妾 노릇을 하였으나, 마침내 吳나라를 멸망시킨 업적을 이루었으니, 後日에 나라가 강대하게 되는 것은 오직 나에게 달려 있소. 오늘날의 일은 다만 文字에 있어서 되도록 그 뜻에 맞게 하여 事機를 격동시키지 마시오.[13]

라고 하여, 李景奭이 억지로 명을 받들었던 것이다. 仁祖는 말할 것도 없거니와, 碑文을 지은 사람이나 글씨를 쓴 사람이나 모두 後日을 기약하며 마음에도 없는 삼전도비를 만들었다. 石北이 <三田渡感吟>에서 결련처럼 읊은 것은 이런 역사적 배경때문이다. 삼전도비의 통한은 '三田石碣何時到/ 西將臺前痛飮留'[14]로 표출되기도 한 바, 痛飮이라도 하여 달래지 않고는 견딜 수가 없는 慷慨意識를 드러냈다. 삼전도의 치욕을 설욕하지 못하고, 짓밟힌 자존을 바로 세우지 못한 데서 온 痛恨과 悲憤이다. 삼전도비는 치욕적인 민족의 역사적 현장을 대표한다. 그러므로 '如生學士三韓國/ 不倒單于百歲碑'라고 했다. 삼한

---

12) "指燕超子"(앞의 시 自注)
13) 李肯翊, 앞의 책, 권26 仁祖朝故事本末 <亂後時事>.
14) 申光洙, <歸自驪江聖文携酒東樓醉後呼韻>, ≪文集≫ 권9 장26. "二十年前此地遊 與君頭白上東樓 三田石碣何時到 西將臺前痛飮留"

국의 학사로 만약 태어난다면 백 년 동안이나 내려온 삼전도비를 쓰러뜨리지 않을 수 없다는 것이다. 三學士의 꿋꿋함에는 文化民族의 自負와 矜持가 함축되어 있기 때문이다. 그러므로 <同府尹趙士章載俊登西將臺次板上韻>에서는 '朝鮮三學士/ 千古望徘徊'[15]라고 추모했고, <關西樂府> 제78곡에서는 '萬古三韓洪學士'라고 노래하기도 했다.

忠節과 義理를 마지막 순간까지 지켰던 尹集·吳達濟·洪翼漢이었다. 尹集은 끌려가면서도 절개와 의리를 밝히는 것이 즐거운 일이라 했다. 吳達濟는 '외로운 신하 충의가 중하니 마음에 부끄러움 없사오며/ 성주의 은혜 깊어 죽음 또한 가벼워라'(孤臣義重無重作/ 聖主恩深祀亦輕)고 노래했다. 洪翼漢은 문초를 받으면서도 오히려 의연히 청나라의 잘못을 조목조목 따지면서 꾸짖었다.[16] 忠節과 義理로 죽음마저도 초연한 삼학사였다. 그러므로 삼학사와 같은 인물이라면 삼전도비를 넘어뜨리지 않을 수 없다는 강개의식을 표출한 것이다. 삼전도비를 무너뜨린다는 것은 北伐意志의 표출에 다름 아니다.

호란의 유한은 삼전도뿐만 아니라, 국토산하 곳곳에 있었다. <瀦灘>에서는 '百年流水戰場寒/ 關河志士他時憤'[17]이는 慷慨意識을 표출했다. 저탄은 평산의 한 나루터이다. 인조 정묘에 청병이 평산에 주둔하여 우리 군사를 포위했다가 강화하고 돌아갔었던 곳이다.[18] 丁卯年과 丙子年에 이 근처가 싸움터였다. 石北은 호란의 상흔이 남아 있는 역사적 현장을 통해 慷慨意識을 드러냈다. 先人들이 시에서 外勢의 침략에 따른 민족의 수난상, 특히 壬辰倭亂과 관련된 愛國의 시적 형상화가 적지 않은 바,[19] 대체로 이러한 시에서 흔히 慷慨意識

---

15) 申光洙, <同府尹趙士章載俊登西將臺次板上韻>, 《文集》 권9 장26. "落日書生到 何年虜騎來 孤城唯有涕 一代末聞才 北事金猶在 東流漢不廻 朝鮮三學士 千古望徘徊"

16) 李肯翊, 앞의 책, 권26 仁祖朝故事本末 <三學士> 참조.

17) 申光洙, <瀦灘>, 《文集》 권2 장4. "平山西盡是瀦灘 臘月行人夜渡難 萬馬彊藩胡氣黑百年流水戰場寒 關河志士他時憤 雨雪邊州此歲闌 垂老遠遊曾不意 山川到處駐驢看"

18) 李肯翊, 앞의 책, 권25 仁祖朝故事本末 <丁卯虜亂>.

19) 林熒澤, 《李朝時代敍事詩》(創作과 批評社, 1992).
조동일, 《한국시가의 역사의식》(문예출판사,1993), 138-187쪽.

을 만나게 된다. 丙子胡亂의 傷痕과 관련된 시에 나타난 慷慨意識 속에는 존명배청의식이 두드러진다는 특징이 있는데, 모두 다 憂國衷情이 담겨 있다. 그러면 우리 민족은 왜 壬辰倭亂과 丙子胡亂의 치욕을 당해야만 했는가. 이에 대한 石北의 역사인식를 보기로 하자.

金川三十里	금천고을 삼십 리 외로운 길에
靑石一門開	청석골 문 하나가 열리어 있네.
落日行人恐	해 저물면 나그네들 무서워하고
往時胡騎來	지난날에 오랑캐가 말타고 왔네.
關防眞有險	적병 막기 참으로 험준한 관문
將帥未聞才	뛰어난 장수 있다 듣지 못했네.
鳥嶺誰曾守	조령 새재 일찍이 누가 지켰나
朝鮮自古哀	조선이야 옛적부터 서글픈 나라.

<青石洞>(권2 장3)

라고 읊었다. 靑石洞에서 胡亂을 생각하며 悲感에 젖어 있는 바, 그것은 胡亂의 遺恨은 壬亂의 슬픔으로까지 확대되고 있다. 金川은 개성의 북쪽에 있는 고을이다. 처음에는 송악군의 속현이었으나 1413년에 따로 현감을 두고 황해도에 속하게 했다. 청석동은 개성 바로 북쪽에 있는 협곡이며, 조령은 문경 새재로 天然의 要塞이다. 그럼에도 불구하고 국토산하는 유린되고 말았다. 뛰어난 장수가 없기 때문이라는 역사인식을 드러냈다. 그러면 이러한 역사인식은 石北만의 것이었을까. 이러한 점은 다음과 같은 사실을 상기 할 때, 18세기 지식인들의 보편적 생각이 아닐까 한다. 丙子胡亂의 민족적 치욕을 씻기 위해 孝宗은 復讐雪恥를 다짐했다. 그러나 뛰어난 장수가 없었다. 孝宗은,

李廣은 軍中에서는 刁斗(시간을 알리는 꽹과리)를 치지 않고 斥候兵을 멀리 보내어 적의 정세를 정탐하였다 하는데, 丙子年의 亂離에 將帥된 자가 이것을 전연 알지 못하여 申景瑗은 싸우지도 못하고, 또한 달아나지도 못하였으니, 우리나라의 將帥로서 이웃나라 사람에게 대단히 뿌끄러운 일이다.[20]

라고 했다. 훌륭한 장수가 없기 때문에 병자호란의 치욕을 당했다는 지적이다. 이러한 역사인식은 石北의 그것과 다르지 않다. 훌륭한 장수가 없기 때문에 민족적 수치를 당했다는 역사인식 속에는 어떤 의미가 함축되어 있는가. 石北의 경우 그것은 인재를 제대로 등용하지 않았기 때문으로 파악하고 있는 것으로 보인다. 이것은 그가 지은 <劍僧傳>이나 <書馬騎士事>에서 엿볼 수 있다. 石北은 이 작품에서 뛰어난 인재가 등용되지 못한 채 草野에 묻혀 지내는 현실을 비판했다. 물론 영웅의 출현을 바라는 의식이 전혀 없다고는 할 수 없다. 그러나 훌륭한 장수가 없어 민족적 치욕을 당했다는 인식 속에는 당대 현실에 대한 비판적 의식도 깔려 있다고 할 것이다. 그 핵심은 인재등용의 문제점이다. <洞仙嶺>에서 호란을 회고하는 가운데 '今日腐儒空駐馬/ 廟堂籌策問誰裁'[21]라고 한 데서 암시받을 수도 있다. 강개의식을 드러내는 가운데서도 조정에 들어가 富國强兵策의 뜻을 펼쳐보고 싶은 강한 충동을 표출했다.

훌륭한 장수가 없다는 역사인식은 현재와 대조적인 과거의 활달했던 민족사를 떠올리게 한다. <送監市御史具伯殷赴會寧>에서는 六鎭을 개척한 尹瓘을 생각했다. 小國의 운명에서 벗어나 民族의 雄志를 떨쳐야 하지 않겠느냐는 내면심리가 표출됐음이다. 그러므로 제6수에서 '安能守妻子/ 臨別贈吳鉤'라는 國防意識을 드러내고,

鳥絕先春嶺	새조차 끊어진 선춘령 고개
沙沉萬古碑	모래 속에 만고의 비석 묻혔네.
採蔘烏剌部	우랄부서 인삼을 캐고 있으며
追鹿忽溫兒	홀온아서 사슴을 쫓고 있더라.
猶自土人憤	오히려 토인들이 분히 여김은
至今麗史疑	지금도 고려사를 의심하는 것.

---

20) 李肯翊, 앞의 책, 권30 孝宗朝故事本末 <孝廟睿德>. "嘗聞李廣軍中 不擊刁斗 遠斥候以探敵情 丙子之亂 爲將者專眛於此 申景瑗則旣不能戰 又不能去 我國將帥輩 良可愧於鄰國矣"

21) 申光洙, <洞仙嶺>, 《文集》 권2 장5. "女墻高下逐山廻 仙嶺峨峨望粉灰 頗幸中原百年靜 獨當西極一門開 金城塞自年年起 鐵騎胡能處處來 今日腐儒空駐馬 廟堂籌策問誰裁"

燕然勒銘筆　　　　　　　연연석에 칙명으로 새긴 글자를
君欲待何時　　　　　　　그대는 언제까지 기다리려오.
　　　　　　　　　　　　　<送監市御史具伯殷赴會寧>(권8 장18-20)

라고 노래했다. 윤관이 세운 비석을 찾아야 하지 않겠느냐는 憂國心을 통해 北伐意志를 형상했다. 고려 예종 때 윤관이 13만 大兵을 거느리고 가서 여진족을 정벌하고, 그곳에 '高麗之境'이라고 쓴 비석을 세웠었다. 이것이 모래 속에 묻혀 있다는 것은 우리 민족의 기상이 위축되고, 국가의 존엄성이 크게 훼손되었음을 상징한다. 그러므로 윤관이 여진족을 정벌하고 세운 비석을 찾아 역사적 현장을 복원하라는 것은 훼손된 국가의 존엄성을 되찾고, 상처받은 민족의 기상을 회복하자는 외침이며, 이를 바탕으로 청나라를 정벌하자는 北伐意志의 시적 형상화라고 하겠다.

　燕行使節에게 전별시로 준 石北의 작품도 대부분 호란의 遺恨을 담고 있다. 마찬가지로 연행사절로 간 많은 시인들의 작품에서도 호란의 통한과, 朝鮮中華主義를 바탕으로 한 尊明排淸意識이 나타난다. 1637-1644년까지 청나라 수도 瀋陽에 체류했던 사실을 기록해 놓은 《瀋陽日記》 이래, 청나라에 사신으로 갔던 지식인들은 대체로 청나라에 대한 관찰기록을 紀行文으로 남겨 놓는 일을 중요하게 생각했다. 이는 청을 夷狄으로 규정하고 오랑캐의 침략에 굴복할 수밖에 없었던 屈辱을 씻기 위한 復讐를 실현시키려는 자료의 하나로서 기록한다는 목적을 담았다. 당시 燕行錄의 모범은 1712년에 쓴 金昌業의 日記形式의 기록이었다. 宋時烈 이후 체계화된 것이 朝鮮中華主義였다. 三代 이래 내려온 중국문화의 전통을 지킬 수 있는 역사공동체는 조선밖에 없다는 사고방식이다. 그러나 1765년 洪大容의 《湛軒燕記》, 1780년 朴趾源의 《熱河日記》 등과 같은 北學派의 주장을 담고 있는 것도 있다. 樊巖이 지은 《含忍錄》은 宋時烈 이래 尊明義理·北伐論을 의미하는 문구를 따라 명명한 시집으로 조선중화주의를 표방한 작품집이다.22) 여기서 엿볼 수 있는 것

22) 蔡濟恭著, 李鍾燦 譯註, 《含忍錄》(一志社, 1995), 48-49쪽 참조.

처럼 대부분의 연행사절의 작품에는 존명배청의식이 나타난다. 존명배청의식
과 조선중화주의는 맞물려 있기 때문이다.

奏請副使로 淸나라에 감은 오랑캐로 인식된 淸나라가 건재함을 뜻하며, 北
伐에 대한 孝宗의 꿈이 아직도 이루어지지 않았음을 뜻한다. 그러므로 尊明排
淸意識과 더불어 孝宗의 遺恨을 담게 마련이다.

高麗使者氣如虹　　　　　고려사자 기상은 무지개와 같건마는
此去燕南酒肆空　　　　　이번에 연남 가면 술집은 쓸쓸하리.
風雨悲歌靑石嶺　　　　　비바람 슬픈 노래 청석령을 부르나니
孝宗遺恨滿遼東　　　　　孝宗의 남은 한은 요동에 가득하리.

<又答副使留贈韻> 其二(권6 장10)

무지개처럼 아름다운 기상을 띤 高麗使者가 燕南에 가면 쓸쓸할 것이라고
했다. 그것은 靑石嶺의 슬픈 노래 孝宗의 遺恨이 요동에 가득할 것이기 때문
이다. 孝宗은 鳳林大君 시절 볼모로 잡혀갈 때에 청석령에서, '靑石嶺 지나거
냐 草河口ㅣ 어듸미오/ 胡風도 춤도출샤 구즌비논 무스 일고/ 아므나 行色 그
려내여 님계신듸 드리고쟈'라고 노래했다. 나라가 힘이 없어 胡亂의 恥辱을
당했고, 그래서 볼모로 끌려갈 수밖에 없는 처절한 심정을 노래했다.

胡亂으로 짓밟힌 國土山河, 신음하는 백성들, 三田渡의 恥辱, 그리고 8년
동안의 볼모생활은 孝宗의 가슴에 통한의 응어리를 남겼다. 그러한 치욕과 통
분을 씻고자 北伐을 계획했다. 일찍이 나라가 짓밟히고 계속적인 굴욕을 강요
받았기 때문에 빗소리마저 조선을 비웃는 것처럼 인식했다. 그러므로 '淸江에
비듯는 소릐 긔 무어시 우읍관듸/ 滿山紅綠이 휘드르며 웃는고야/ 두어라 春
風이 몃 날이리 우을때로 우어라'라고 노래했고, '日月도 녜과 ᄀᆞ고 산천도 의
구ᄒᆞ되/ 文名 文物은 쇼졀업시 간듸 업다/ 두어라 天運이 循環ᄒᆞ니 다시 볼가
ᄒᆞ노라다.'라고 읊었다. 淸江을 마음대로 때리는 비처럼 朝鮮을 깔보고 업신여
기는 淸나라이지만, 언젠가는 春風이 사라지듯 청나라도 없어질 것이라고 믿
었다. 天運의 循環을 확신했던 孝宗이었다. 그러나 아직도 孝宗의 哀痛한 詔

書가 떠돌아다니고, 孝宗雨가 내리며. 靑石嶺의 悲歌에 孝宗의 남은 恨이 요동에 있다는 현실인식은 慷慨意識을 동반하게 된다. 그러므로 石北은 <送冬至正使咸溪君溪赴燕>에서 一劍悲歌의 歲莫遊에 小國에서 태어난 비애를 드러냈고, 靑石嶺의 悲歌를 연상하기도 했다. 孝宗의 한과 비애를 부각시킴은 결국 민족적 치욕을 잊지 말고 복수하자는 의도에 다름 아니다.

尊明排淸意識은 <燕行代人別>과 <燕行別曲> 등에서도 나타나고 있다. 石北이 작품 중 존명배청의식이 특히 잘 나타난 작품은 <燕行別曲> 19수인데, ≪文集≫에 있는 <送冬至下价李聖輔世奭赴燕>이 바로 그것이다. 石北이 甲午年(1774)에 지은 작품으로 冬至使로 연경에 가는 李聖輔 世奭에게 준 別章이다. 孝宗을 생각하고 슬퍼하는 부분도 있지만, 燕京·遼河·滿洲 등에서 주로 중국의 역사와 인물을 회고 하는 가운데 명나라의 멸망을 슬퍼했다.

年年使者自三韓	해마다 해마다 삼한에서 사자 가면
胡女胡兒挾路看	호녀호아 길을 메워 구경을 한다네.
垂白漢人含淚道	백발 한인 눈물을 머금고 말하기를
我家曾着此衣冠	우리 집도 일찍이 이 의관 있었다오.

<送冬至下价李聖輔世奭赴燕> 其十二(권10 장6)

명나라의 멸망에 대한 슬픔을 백발 한인의 언행을 통해 표출했다. 이처럼 명나라의 멸망에서 온 한인의 슬픔을 형상한 것은 존명배청의식때문이다. 다만 그러한 의식이 직접적으로 표출되지 않은 것은 문학적 형상화의 과정을 충분히 거쳤기 때문이라고 본다. 여기서 배청의식은 국제적 성격을 띠게 됨을 볼 수 있다. 이같은 성격은 청나라를 반드시 정벌해야 한다는 뜻을 함축한다고 하겠다.

대체로 연행가류에는 不平之音이 나타나게 마련이다. 이것은 당대의 역사적 현실에 대한 慷慨意識을 담았기 때문이다. 이러한 점은,

사람마다 悲憤하여 不平之音이 있으니 詩가 世上의 運命과 관련됨이 이와 같

216

습니다. 무릇 洪侍郎 君平이 使燕으로 돌아와 보였던 것입니다. 그것은 先侍郎
蒼崖公의 《燕槎錄》에 이어 和答한 것으로 수백 수의 시였으니, 마치 그 사람
의 溫雅하고 簡潔함은 端甫小相之容이 있는 것 같았습니다. 이에 곧 그 音은 또
한 사람이 悲憤하여 不平한 것과 같으니, 이것은 그 勢가 不得한 것입니다.[23]

라고 한 데서 알 수 있다. 시가 세상의 운명과 관련된다는 것은 역사적 현실
을 반영한다는 뜻이다. 慷慨意識이 不平之音으로 나타난 것인데, 이것을 어쩔
수 없다고 본 것은 그의 天理流行의 文學觀과 관련된다. 石北은 그의 시에서
小國의 비애를 적지 않게 드러냈다. 소국이란 작은 나라, 곧 힘이 없는 나라
를 의미한다. 그러나 소국에 대한 적지 않은 강조는 청나라를 정벌해야 한다
는 의지의 역설적 표현이라고 할 수 있다.

　　아아, 燕의 옛 昭王의 故都, 그리고 樂毅·鄒衍·荆軻·高漸離가 노닐 던 곳이여.
그 풍속은 옛날에 慷慨節俠이라 말했으니, 내가 생각건대 金臺와 易水의 사이에
서 반드시 循髮하고 悲歌를 부르는 자가 있을 것입니다. 그대가 몰래 그들과 더불
어 노닐면서 조용히 '나는 箕子國 사람이다. 張子房은 일찍이 우리 땅을 건너지
않고도 滄海君客을 얻어 秦皇帝를 博浪沙에서 쳤다.'라고 말한다면 燕趙의 志
士가 그것을 듣고 반드시 그대를 天下의 奇男子로 여겨 隱然히 東國에서 선비
를 구하려고 할 것이니, 다른 날에 眞人이 中國에서 일어나면 그대가 다시 玉帛
을 쥐고 天子의 庭中에 들어감이 있을 것입니다.[24]

　　이 글의 핵심적 의도는 '명나라 인사와 연합하여 청나라를 정벌하자'로 정
리된다. 당시 조선의 힘만으로는 청나라를 정벌할 수 없었기 때문에 나타난
역사인식이다. 이러한 역사인식을 지니고 있었기에 그의 시에도 北伐意志가

---

23) 申光洙, 〈洪君平名漢燕槎續詠序〉, 《文集》 권15 장1. "人人而有悲憤不平之音 詩之關
　　世運如是 夫洪侍郎君平使燕回示 其所續和先侍郎蒼崖公燕槎錄者 數百首詩 如其人溫雅
　　簡潔 有端甫小相之容 迺其音 則亦猶人之悲憤不平 此其勢不得不爾"
24) 申光洙, 〈送奏請副使洪侍郎聖源赴燕序〉, 《文集》 권15 장5. "噫燕故昭王之故都 而樂
　　毅鄒衍荆軻高漸離之所游也 其俗古稱慷慨節俠 吾意金臺易水之間 必有循髮而悲歌者 子
　　盍陰求而與之游 從容語我箕子國人也 張子房不曾涉吾地 借滄海君客擊秦皇帝博浪沙中
　　耶 燕趙士聞之 必以子爲天下奇男子 隱然欲求士於東國 異日有眞人起中國 子再執玉帛
　　而入天子之庭"

적지 않게 드러나고 있는 것으로 보인다. 이는 단순한 尊明이나 崇明이 아니라, 復讐雪恥의 실현을 통해 훼손된 국가의 존엄성과 상처받은 민족적 기상을 회복하자는 것이므로, 그 바탕에 自尊意識과 自主思想이 깔려 있다고 하겠다.

孝宗朝의 北伐計劃과 그 運動은 失地回復이라는 단순한 영토적 의욕때문이 아니었다. 非文化 民族인 오랑캐 淸에게 무력으로 굴복하게 된 文化民族의 自尊과 强奪당한 國權의 회복에 그 목적이 있었다. 전통적인 北方政策과는 질적으로 차원이 달랐다. 그것은 민족의 自尊意識과 自主思想의 발동이기 때문이다. 孝宗朝의 北伐運動은 民間이 공명함으로써 民族運動의 성격을 지니게 되었다. 따라서 尊明排淸意識은 民族의 自尊意識으로 고양될 수밖에 없었다. 尊明思想은 排淸을 위한 名分論에 지나지 않았다. 그러나 신흥세력 淸은 中國을 통일으로써 旭日昇天하였고, 孝宗의 승하로 北伐의 웅지는 꺾이고 말았다. 孝宗의 北伐은 肅宗初에 北伐論의 재대두로 나타났고, 排淸意識으로 굳어져 이어졌다. 이러한 民族自尊의 排淸意識은 韓末 衛正斥邪論的 民族主義로 그 맥락이 이어졌다. 그러한 점에서 石北을 비롯한 조선후기 존명배청의식을 드러낸 시는 한말 저항시에 그 맥락이 닿는다고 할 것이다. 물론 外勢의 침략에 대한 저항시는 石北 이전에도 줄곧 지어졌음은 널리 알려져 있는 사실이다.

石北詩에서 호란의 유한은 寧陵이나 三田渡와 같은 空間이나, 三學士와 같은 人物을 매개로 하여 흔히 나타나고 있다. 孝宗에 대한 石北의 인식, 호란의 유한과 치욕, 치욕의 원인, 北伐意志 등을 살펴 보았다. 그런데 그 바탕에는 거의가 존명배청의식이 깔려 있다. 연행사절에게 준 전별시 또한 마친가지 양상을 지녔다. 石北 당시에 호란의 유한이 잠재해 있었기 때문에, 그것이 때로는 國防意識으로 표출되기도 하며, 文化民族의 自負와 矜持로 표출되기도 한다. 활달했던 민족사를 생각하기도 하고, 나라와 겨레를 위해 헌신했던 인물을 연상하기도 한다. 이밖에도 <關西樂府>에서 東明王·淵蓋蘇文·乙支文德 등을 통해 활달한 民族史를 읊은 것이나, 檀君·孔子·箕子 등을 통해 文化民族의 자부심을 표출한 것은 모두 石北 당시의 역사인식의 소산이라 할 것이다.

2) 端宗과 情恨의 心象

(1) 端宗과 死六臣

石北은 61세 때인 임진년(1772) 9월에 영월부사로 부임했다. 영월은 칼같은 산들이 얽히고 설켰으며, 비단결같은 냇물이 맑고 잔잔한 곳[25]으로 인식되고 있다는 고을이다. 숙종 25년에 도호부로 승격되었다. 深山絶谷의 奧地로 端宗哀史와 슬픈 사연이 어린 곳이다. 다정다감한 石北은 端宗의 비극적 삶에 무심할 수 없었다. 먼저 그의 <淸泠浦>라는 작품을 보기로 한다.

峰如劍束水如環   산봉우리는 검을 묶은 듯 물은 고리인 듯
鳥不能過猿不攀   새도 지나가지 못하고 원숭이도 오를 수 없네.
當日謀臣用心苦   당일에 도모했던 신하 마음 씀 괴로운데
世間知有此深山   세간에선 이 깊은 산 있음을 알고 있다네.

<淸泠浦>(권9 장14)

청령포는 영월의 서남쪽에 있다. 端宗이 노산군으로 강봉되어 쫓겨 온 곳이 바로 이 청령포다. 읍내 관풍헌으로 옮기기까지 한동안 이곳에 있었다. 산봉우리는 마치 검을 묶어 놓은 듯 삐쭉삐쭉 솟고, 물은 둥근 고리처럼 빙빙 돌며 흐르는 심산절곡에 자리잡은 곳이 청령포다. 端宗의 哀史가 어린 고장이다. 端宗復位를 위해 일을 도모했던 신하들의 마음 씀이 괴롭다고 했다. 산세의 험준함은 그들의 고난을 함축하며, 端宗의 시련과 역경을 상징한다. 당시 六臣의 上王復位에 대한 謀議는 李肯翊의 ≪燃藜室記述≫에서 상세히 밝혀 놓고 있다. 세간에서도 端宗哀史를 익히 알아 이곳의 슬픈 사연을 모르는 이가 없었다. 당시 청령포의 일을,

　　7월에 금부도사(그 이름은 잃었다)가 魯山君을 영월 西江 淸泠浦에 모셔다 두고 밤에 曲灘 언덕 위에 앉아 슬퍼서 노래를 지었는데, '머나먼 길의 고은 님 여

―――――――――――――
25) ≪新增東國輿地勝覽≫ 제46권 장22.

희오고/ 내 무음 둘 듸 업셔 닛가의 안쟈시니/ 뎌 물도 내 안 ♂도다 울어 밤길
데노고야라 하였다.26)

라고 적고 있다. 이 시조의 작가는 王邦衍으로 널리 알려져 있다. 端宗과 별
리의 정한을 노래한 것이다. 王邦衍은 그 뒤에 금부도사로 賜藥을 받들고 영
월에 들어갔던 인물이기도 하다. 위의 인용된 것과 비슷한 내용은 ≪莊陵誌≫
에도 실려 있음을 볼 수 있는 바, 金龍溪 止南이 錦江에 이르러 女娘의 哀歌
를 듣고 쓴 漢譯詩가 있다.27) 石北은 제2수에서,

烟雨藤蘿鳥亦稀   안개 비 등라에 새도 또한 드물건만
越山千疊又斜暉   영월 심산 즈믄 겹에 저문 날빛 비졌네.
行人一過堤川後   나그네가 제천을 한번 지난 뒤에는
未到淸泠淚滿衣   청령포에 닿지 않아 눈물 옷깃 적시네.
                                    <淸泠浦> 其二(권9 장14)

라고 노래했다. 端宗哀史와 겹치는 왕방연의 노래를 연상했음 직하다. 안개
비가 자욱하고 새도 드문 해울녘, 영월의 첩첩 산중에서 눈물로 옷깃을 적시
지 않을 수 없는 것은 端宗의 비극적 삶이 연상 되었기 때문이다. 그러므로
石北은 <六臣祠>에서,

倉卒君臣際   창졸간에 임금과 신하 사이서
諸公一死爲   그대들은 한번 죽음 당하였구려.
越中猶有望   영월에선 바라봄이 아직 있나니
天下不勝悲   천하 모두 슬픔을 이길 수 없네.
日月垂東國   해와 달은 동국에 드리웠건만
精靈聚一祠   정령은 한 사당에 모두 모였네.
門前大江水   문 앞에 큰 강물은 흐르고 흘러

---

26) 李肯翊, 앞의 책, 권4 端宗朝故事本末 <六臣謀復上王>.
27) 정병욱 편저, ≪시조문학사전≫(신구문화사, 1982), 465쪽.

日莫欲何之	해 저물어 어디로 가려고 하나.

<六臣祠>(권9 장7)

라고 노래했던 것이다. 死六臣의 忠節을 생각하고 슬픔에 겨워 지극한 追慕의
情을 표출했다. 死六臣과 端宗의 만남은 지극히 짧았다. 그럼에도 불구하고
육신은 끝까지 충절을 지키면서 죽음을 택했던 것이다. 六臣祠는 바로 端宗을
연상케 하는 매개체다. 端宗은 영월에서 사육신의 꽃다운 충절을 아직도 잊지
못한 채 육신사를 바라보고 있다. 노량진 육신사에 사육신의 정령이 있기 때
문이다. 端宗哀史의 비극과 사육신의 충절은 한강물처럼 끝없이 흐르고, 그
속에 石北의 슬픔과 追慕의 情도 녹아 흐른다고 하겠다.

西湖水綠不勝悲	서호 물 푸르러 슬픔 이길 수 없어서
晚泊六臣湖上祠	저물도록 호수가 육신사에 정박했네.
欲問先生一死意	한번 죽음 그 뜻을 선생에게 묻고 싶어
自將江水祭遲遲	절로 강물 거느리니 제사마저 더디네.

<六臣祠>(권10 장9)

죽음을 불사한 사육신의 일편단심이 西湖의 짙푸른 물에 어려 있고, 石北
의 슬픔도 그 속에 어려 있다고 하겠다. 사육신 무덤 앞에서 방황하며 추모에
잠기는 것은28) 그들의 지극한 충절때문이다. 사육신이 죽음을 택한 까닭을
뻔히 알지만, 다시 한번 그들의 아름다운 충절을 새기며 기리고 싶었던 것이
다. '欲問先生一死意'라 한것은 이에 다름 아니다. 사육신의 죽음과 그 충절을
생각하면, 임금을 모시고 있는 신하로서 숙연하지 않을 수 없다는 것이 결구
의 심상이다. 그러므로 사육신의 무덤 아래에서 방황하면서 君臣有義의 충의
를 곰곰이 새겼던 것이요, 사육신의 꽃다운 넋을 생각하면서 端宗의 비극적
삶을 되새겼던 것이다. 忠心의 발로이다.

---

28) 申光洙, <將渡鷺梁過拜六臣墓約邊晦住船暫待馬上吟贈>, ≪文集≫ 권9 장7. "沙橋歸客
蹇驢忙 日暮同君向漢陽 君到鷺梁船少住 六臣墳下一彷徨"

端宗의 시와 그의 비극적 죽음때문에 흔히 자규는 端宗哀史와 연관되어 읊어지곤 한다. 端宗은 청령포에 조금 머문 뒤에 곧 客舍 東軒으로 옮겨 지냈다. 지방에서 전하기를 청령포는 水災에 침몰할 염려가 있으므로 객사로 옮겼는데, 매양 觀風梅竹樓에 올라 앉아 밤에 사람을 시켜 피리를 불매, 그 소리가 먼 마을까지 들렸다고 한다. 또 매죽루 아래에서 근심스럽고 적적하여 읊기를,

月白夜蜀魂啾	밝은 달밤 자규새가 슬피 울면은
含愁情依樓頭	시름을 잊지 못해 다락에 기대었네.
爾啼悲我聞苦	네 울음 슬퍼서 내 듣기 괴롭나니
無爾聲無我愁	네 소리 없으면 내 시름 없을 것을.
寄語世上苦勞人	이 세상 괴로운 이에게 말을 보내 권하노니
愼莫登春三月子規樓	춘삼월 자규루엘랑 삼가 부디 오르지 마소[29]

라 하였는데, 國人들이 듣고 울지 않는 이가 없었다. 端宗의 신세는 두견고사와 다를 바 없는 悽絶·哀怨 바로 그것이었다. 또 시를 지어 이르되,

一自冤禽出帝宮	원통한 새 한 마리가 궁중에서 나와서
孤臣隻影碧山中	외로운 쪽 그림자 푸른 산을 헤매었네.
假眠夜夜眠無假	밤마다 잠 청하나 잠들 길 바이 없고
窮恨年年恨不窮	해마다 애를 써도 끝도 없는 한이로세.
聲斷曉岑殘月白	새벽산에 울음 끊겨 지는 달이 비추고
血流春谷落花紅	봄골짝에 피는 흘러 떨어진 꽃 붉고녀.
天聾尙未聞哀訴	하늘은 귀먹어서 저 하소연 못 듣는데
胡乃愁人耳獨聰	어쩌다 서른 이 몸 귀만 홀로 밝았는고[30]

라고 하였다. 자규는 端宗과 관련된 객관적 상관물이자, 端宗의 분신이다. 귀촉도전설과 결부된 자규의 처절·애원의 심상과 端宗哀史의 비극성을 겹치게

---

29) 李肯翊, 앞의 책, 권4 端宗朝故事本末 <六臣謀復上王>.
30) 李肯翊, 앞의 책, 권4 端宗朝故事本末 <六臣謀復上王>.

하여 서정적 자아의 정한을 최대한 부각시켰다. 10월 24일은 端宗이 세상을 뜬 날이다. 石北은 <莊陵忌辰十月二十四日>에서,

天下傷心處	천하가 모두 다 상심하는 곳
天下傷心日	천하가 모두 다 상심하는 날.
吾聞子規啼	들었나니 자규의 울음 소리를
乃在春三月	춘삼월에 이곳에 자주 있었네.
不如年年今夜哭	해마다 해마다 우는 소리는
	오늘밤 곡소리만 못했었나니
陵前枝枝	무덤 앞 가지마다 울어예면서
寒木灑清血	찬 나무에 맑은 피를 흩뿌리고녀.

<莊陵忌辰十月二十四日> (권9 장19)

라고 읊어, 端宗哀史의 비극을 생가하고는 슬픔을 이기지 못했다. 자규의 청각적 심상은 端宗哀史의 비극을 더욱 고조시키고 있는 바, 17살 꽃다운 나이에 죽지 않을 수 없었던 端宗의 피맺힌 한을 함축하고 있다. 端宗이 지은 <子規啼>를 연상했던 것이다. 天下의 傷心處에서 天下의 傷心日을 맞았으니, '不如年年今夜哭'이라고 절규하지 않을 수 없었고, '陵前枝枝/ 寒木灑清血'이라고 읊지 않을 수 없었다. 피를 토하는 자규의 울음은 바로 端宗의 한맺힌 울음이다.

石北은 寧越이나 六臣祠에서 端宗의 비극과 死六臣의 忠節을 생각하고 지극한 追慕의 情을 표출했다. 영월에서는 端宗을 추모하고 그 정한을 노래한 작품이 적지 않다. 端宗을 추모하는 가운데 사육신을 연상하기도 했다. 육신사에서는 사육신의 충절을 기리는 가운데 그들을 절절히 추모하기도 했다. 사육신의 충절은 端宗과 관련된 것이므로 여기서 端宗과 연결시켜 노래하기도 했다. 端宗의 비극은 처절한 슬픔과 한을 동반하므로 작품 중에 그같은 양상이 드러난 바, 특히 자규의 처절·애원의 심상을 통해 비극을 고조시키고 있음을 볼 수 있었다.

(2) 狂奴子歌

狂奴子는 鄭苯의 아들이다. 정분은 判中樞府事 郊隱 以吾의 아들로 1416년 親試文科에 급제 여러 淸宦職을 역임하고, 1421년 兵曹正郎이 되었으며, 1428년 舍人으로 咸吉道 敬差官이 되어 수재민을 구했다. 1430년 執義로서 成揆의 노비 사건을 啓問하지 않은 죄로 유배되었다. 1432년 풀려나와 右副代言에 이어 右承旨·충청도 관찰사·평안도 관찰사를 역임 이듬해 工曹參判으로 奏聞使가 되어 명나라에 다녀오고, 1444년 예조참판·호조판서를 지낸 후 1447년 左參贊으로 숭례문 건축공사를 감독했다. 1449년 判吏曹事를 거쳐, 이듬해 右贊成으로 충청·전라·경상도 도체찰사를 겸직하고, 1451년 左贊成·判戶曹事를 겸임, 이듬해 文宗이 죽을 때 김종서·황보인과 어린 세자의 보호를 부탁받았고, 병조판서를 거쳐 우의정에 올랐다. 1453년 전라·충청·경상도 都體察使가 되었는데, 계유정난으로 樂安에 안치되었다가 賜死당했다.

石北은 <書狂奴墓誌事>를 쓰고 <狂奴子歌>[31]를 지었는데, 원래 이 시는 <余旣爲鄭氏書狂奴子事又爲長歌以歸之>란 題名으로 <書狂奴墓誌事> 바로 다음에 실린 것이다. 石北이 <狂奴子歌>를 지은 동기와 배경은 병술년 사월에 지은 <書狂奴墓誌事>에 상세히 기록되어 있다. 정분의 후손이 石北을 찾아와 묘지를 판독해 달라고 요청했고, 그래서 그 뒤에 이 작품을 지었던 것이다.

石北은 <書狂奴墓誌事>에다 鄭氏가 墓誌를 발굴하여 石北을 찾아온 과정을 상세히 적었다. 英祖가 端宗 때 죽은 사람들을 모두 復職시키고 시호를 내렸는데, 鄭苯에게는 시호를 忠莊이라 내렸었다. 계유정난 때에 죽은 김종서·황보인·조극관은 모두 자손이 있었으나, 정분만은 자손이 없는 것으로 알려졌다. 병술년(1766) 어느 날 長興 鄭氏가 광노자의 誌石을 가지고 와서 石北에게 判讀해 달라고 의뢰했다. 鄭氏가 같은 고을의 馬氏와 무덤으로 분쟁이 생기는 바람에 무덤을 발굴해 墓誌가 출현되었다. 그러나 조상의 내력을 정확히 알 수가 없어 石北에게 판독을 부탁했다. 그리하여 결국 狂奴子가 정분의 아

31) 申光洙, <余旣爲鄭氏書狂奴子事又爲長歌以歸之>, ≪文集≫ 권16 장17.

224

들이고, 長興 鄭氏가 그 후손임이 비로소 밝혀졌다. 馬氏가 원수 같은 사이이기는 하였으나, 그들로 인해 鄭氏들이 비로소 정분의 후손임이 증명되었다.

狂奴子狂奴子	광노자야, 광노자여!
上王之臣忠莊子	상왕의 신하 충장의 아들이여!
天翻地覆揖遜時	하늘땅이 뒤집혀서 읍양을 할 적에
父爲上王樂安死	아버지가 상왕 위해 낙안에서 죽었네.
詳狂之兒自何來	거짓으로 미친 아이 어디에서 왔느뇨
抱父大哭哭奈爾	아버지 안고 큰 곡하니 곡소리 어떠턴고.

제1구-제6구는 광노자가 상왕의 신하 충장의 아들임을 확인한 감격과, 계유정난으로 낙안에서 사사당한 광노자의 아버지 정분의 충절과, 그리고 이때 거짓으로 미친 척하며 지내던 아들 광노자가 나타나 슬프게 곡을 한 사실을 노래했다. 端宗哀史의 비극적 사건을 회상하고, 그것이 밝혀진 감격과 당시의 충효의 아름다움을 읊은 것이다. 石北은 <書狂奴墓誌事>에서 誌石을 판독한 결과 狂奴가 光露이며, 忠莊公의 아들임을 밝혔다. 광노의 初名은 遠이고, 字는 器之이며, 충장공의 아들이었다. 계유정난의 화를 피하기 위해 이름을 晦跡으로 바꾸고는 자칭 광노자라고 했고, 거짓 미친 척하고 남으로 도망갔다. 아버지가 賜死되는 순간에 나타나 아버지를 붙들고 통곡했으며, 그 뒤에는 장흥에서 살게 되었다. 광노의 할아버지 교은공이 말한 대로 광노로 인하여 후손이 지속될 수 있었던 것이다. 그러므로 石北은,

死寄枯骨白家山	죽어서 마른 뼈를 백가산에 부쳤나니
鬱鬱三百餘年只	울울히 삼백여 년 훌쩍 지나 버렸네.
子孫凋弊落南荒	시든 자손 피폐하여 남황에 떨어져서
家門故事都微茫	가문의 고사는 모두 아득 흐려졌네.
豈知光露是狂奴	어찌 알았으랴, 광로가 광노인 것을
天恐狂奴事不彰	하늘도 광노의 일이 드러나길 바랐네.
乃借邑中馬氏口	이에 곧 고을 안의 마씨 입을 빌려서
訟激神明黃太守	신명을 격동시켜 황태수에게 송사했네.

子孫開壙得誌石	자손이 광을 열고 지석을 얻었으니
石上斑斑何所有	돌 위가 얼룩달룩 그 누구 소유더냐.
公本名遠字器之	공의 본명 원이었고 자는 기지였으니
相苓其父郊隱祖	재상 분은 아버지며 교은은 할아버지.
九世幽光始大露	구세조의 그윽한 빛 처음 크게 드러나니
有如古鏡新出土	옛 거울이 흙에서 마치 새로 나오는 듯.
又如劒出豐城獄	또는 검이 풍성옥서 나오는 듯했으니
此事奇絶無今古	이런 일은 기절하여 고금에 없었다네.

라고 노래하였던 것이다. 제7구-제10구는 그 이후 삼백 년이 지나는 동안 남쪽 장흥에서 지내면서 가문의 고사를 알지 못하게 되었음을 읊었고, 제11구-제22구는 무덤에 얽힌 정씨와 마씨의 다툼으로 광노자의 신분이 밝혀짐으로써 정씨 조상의 내력이 세상에 드러났음과, 그러한 일은 奇事가 아닐 수 없음을 노래했다. 삼백 년만에 밝혀진 정씨가의 일은 동서고금을 통해서도 찾아볼 수 없는 기이하고 절묘한 일이 아닐 수 없다는 것이다. 그러므로 당시의 감격을, '有如古鏡新出土/ 又如劒出豐城獄'라고 읊었다. 정씨 조상의 내력이 밝혀짐은 오랫동안 땅에 파묻힌 古鏡이 새로 발견된 것과 같고, 豫章의 豐城獄에 파묻힌 龍泉과 太阿라는 두 名劍이 光芒을 발하여 天象에 나타났다는 豐城劍氣의 故事와 같다는 홍분을 감추지 못하고 있음을 볼 수 있다. 하늘 아스라이 斗牛 사이에서 또렷이 빛나던 자주빛 異氣는 풍성옥에 파묻힌 돌 상자에서 보검을 얻음으로써 비로소 사라졌다고 한다. 石北은 《晋書》〈張華傳〉에 실린 고사를 인용했다. 이렇듯 신비스러운 일이기에 '此事奇絶無今古'이라는 감격과 홍분을 표출한 것이다.

   하늘이 忠臣과 孝子의 사적을 끝내 묻혀 두지는 않는다. 그 드러남은 다만 빠르고 늦는 차이가 있을 뿐이지, 사람을 기다려 언젠가는 반드시 드러나게 한다고 강조하고 있다. 그러므로 〈書狂奴墓誌事〉에서 '其識如此高·其志如此悲·其跡如此奇'라고 평했다. 그러기에,

鄭氏爲哭馬氏羞　　　　정씨는 곡을 하고 마씨는 부끄럽고
明白忠臣故門戶　　　　명백하다, 忠臣의 그 옛날의 문호여!

라고 제23구~제24구에서 노래했다. 밝혀진 조상의 내력에 곡을 하지 않을 수 없는 정씨인 것이며, 남의 무덤을 자기 조상의 무덤이라고 우긴 것이 부끄러울 수밖에 없는 마씨였던 것이다. 石北은 鄭氏家가 그 옛날의 忠臣의 문호임이 명백하다는 것을 다시 한번 강조했다. 이 모든 것이 하늘의 뜻이라고 여겼다. 이와 비슷한 심정을 <嚴參判興道碑陰記>에서도 드러냈다. 石北은 나아가 충장공의 근면한 마음과 정씨가의 면면한 계승, 그리고 변소씨의 어진 행위를 들어 충효가 감추어질 수 없음을 강조했다. 죽음의 순간에도 의연함을 잃지 않았던 충장공이었다. ≪燃藜室記述≫에서도 정분의 의연한 태도와 일편단심의 충절을 기렸다.32) 사육신보다 먼저 서릿발에도 굽힘이 없는 푸른 솔의 절의를 보였던 것이다. 이같이 아름다운 죽음이 있었기에 제25구~제33구에서,

我聞雙虹穴中起　　　　듣자니 쌍 무지개 무덤 속서 일어나니
白日上燭九萬里　　　　대낮에 불빛이 구만 리 위로 솟구쳤네.
知是忠莊父子氣　　　　알리라, 이것이 충장 부자 기운임을.
感激洩亘靑空裏　　　　감격하여 푸른 하늘 끌며 뻗어 나갔나니
東走朝君越中陵　　　　동쪽 월중 능으로 가 임금께 조회했네.
上王携與六臣　　　　　상왕은 육신과 더불어 손을 잡고
登淸泠浦錦江亭　　　　청령포의 금강정 그 위에 올랐다네.
時時怒作風雨騰　　　　때때로 노하여 비바람 일으켜 오르니
公神不復歸長興　　　　공의 신은 장흥으로 다시 돌아가잖네.

라고 했다. 무덤을 열 때 솟구친 쌍 무지개는 충장 부자의 아름다운 영혼이다. 端宗을 만날 수 있음에 비로소 감격하여 영월로 달려간 것이며, 端宗을 만나 오랜 숙원을 풀 수 있었기에 다시는 장흥으로 돌아가지 않은 것이다. 죽어서도 君臣有義의 넉 자가 지닌 아름다운 뜻만은 잊지 않겠다는 충절이다.

---

32) 李肯翊, 앞의 책, 권4 端宗朝故事本末 端宗朝相臣 <鄭苯>.

결국 이 노래는 忠臣과 孝子의 꽃다운 삶에 대한 銘頌이다. 충절과 효도가 세상에 밝혀짐으로써 충장공의 맺힌 한이 풀린 것이며, 광노자의 한 또한 풀렸다고 할 것이다. '奇絶無古今'한 것이 바로 광노자의 일이다.

石北은 <書狂奴墓誌事>에서 대대로 忠臣과 孝子가 끊어지지 않았던 장흥 정씨가이므로 家乘이 蕩然하다고 했다. 수백 년 동안 울결된 충장공 부자의 기가 感觸激發하여 쌍 무지개가 되어 하늘에 빛났다는 것은 그들의 아름다운 삶을 상징함에 다름 아니다. 石北은 운문과 산문을 통하여 장흥 정씨의 조상의 내력이 밝혀진 과정을 상세히 기록하고 있으며, 忠臣과 孝子가 드러나지 않을 수 없는 것은 하늘의 뜻이라 했다. 충효의 노래를 읊어 그들을 새기고 기린 것이다. 계유정난이 1445년에 일어나 당시에 정분이 賜死되었고, 이 시를 지은 것이 병술년(1766)이니 삼백여 년만에 감추어졌던 사실이 밝혀진 셈이다.

宇宙狂奴子	동서고금 우주 속 광노자의 일
長興有此孫	장흥에 그의 자손 살고 있었네.
皇天曾不老	황천이 일찍이 늙지 않아서
遺墓始徵言	남겨진 무덤이 증언을 했네.
奇事三韓國	삼한국에 기이한 일이 있음은
忠臣十世門	충신으로 십대의 가문이로다.
君歸謝馬氏	그대 가서 마씨에게 사례를 하게
相怨適爲恩	원망함이 도리어 은혜된 것을.

<贈鄭生國彦士則歸長興>, (권8 장33.)

鄭國彦이 長興으로 돌아갈 때 지어 준 작품이다. 삼백 년 동안이나 밝혀지지 않았던 일이 무덤의 지석을 통해 밝혀졌기에 寄事라 노래하고 있다. 숨겨진 것이 드러남은 하늘의 뜻이다. 그것은 더욱이 君臣有義의 人倫과, 父子有親의 孝心과 관련된 일이다. 이 일은 馬氏가 발단이 되어 밝혀진 것이니, 마씨가 도리어 은인이나 다름이 없다는 인식이다. 그러므로 돌아가거든 마씨에게 고마움을 표하라고 노래하고 있다. 충효를 새기고 기리면서도 부끄러움에

228

젖어 있는 한 인간에 대한 石北의 따뜻한 시선도 엿볼 수 있는 대목이다.

石北이 <狂奴子歌>를 지은 동기와 배경은 병술년 사월에 지은 <書狂奴墓 誌事>에 상세히 기록되어 있다. 정분의 후손이 石北을 찾아와 묘지를 판독해 달라고 요청했고, 그리하여 결국 狂奴子가 정분의 아들이고, 長興 鄭氏가 그 후손임이 비로소 밝혀졌다. 정분은 사육신보다 먼저 서릿발에도 굽힘이 없는 푸른 솔의 절의를 보였다. 결국 이 노래는 忠臣과 孝子의 꽃다운 삶에 대한 銘頌이라고 하겠다.

3) 忠孝烈에 대한 形象

조선은 중앙집권적 군주제다. 三綱五倫이 사회를 지탱케 하는 근본 윤리로 작용한 나라이다. 군주된 사람은 신하와 백성들을 인솔하고 지도하며 통솔해 야 한다. 이것이 君爲臣綱이다. '綱'이란 그물의 눈에 달린 밧줄을 말하는 것 이다. 그물눈은 수백 수천 개나 되지만 밧줄 하나만 당기면 끌려 오게 되어 있다. 군주는 수많은 백성과 신하를 거느린다. 오륜 중에서 군주와 신하 관계 를 나타내는 것이 君臣有義다. 여기서 '義'란 公私를 구별하여 공적인 것에 충 실하고, 그 일을 공정히 처리함을 의미하기도 한다. 君臣有義란 흔히 '君使臣 以禮 臣事君以忠'으로 규정된다.33) 이것은 임금과 신하가 지켜야할 도덕적 의 무를 뜻한다.

상하의 수직적 질서에서 보다 강조되는 것은 임금에 대한 신하의 태도이 다. 그러므로 조선조에는 '臣事君以忠'이 무엇보다도 강조되었다. 不忠은 곧 滅族의 결과를 초래하기도 했다. 임금에 대한 충성이 나라를 지탱케 한 근본 적인 원동력이 되었기 때문에 강조되었고, 이것이 하나의 이념으로 굳어져 벼 슬의 여부를 떠나서 모든 일을 君恩으로 돌리는 현상이 나타났다.

앞에서 다룬 '孝宗과 尊明排淸意識'이나 '端宗과 情恨의 心象'도 결국은 우

---

33) 李相殷, ≪儒學과 東洋文化≫(汎學圖書, 1975), 248쪽 참조.

국지정과 충심의 표현이다. 여기서는 먼저 당대 임금에 대한 石北의 忠心이
어떻게 나타나고 있는가를 보기로 한다.

山出三州拱天文	세 고을에 산이 솟아 하늘에 꽂혔으니
帝座常時呼吸聞	옥황상제 숨 소리는 常時에도 들리누나.
穆王八駿應渡海	목왕의 팔준마는 응당 바다 건넜고
麻姑一鹿今留雲	마고의 사슴 하나 구름 속에 머물렀네.
銀臺咫尺不可到	은대는 지척이나 올라갈 수 없으니
藥草慳秘何由分	약초는 깊이 숨어 캐낼 길이 전혀 없네.
南極老人若堪摘	남극노인성을 따낼 수만 있다면
北歸吾將持贈君	돌아갈 때 가지고 가 임금님께 바치리라.

<望漢拏山吳體>(권7 장8)

고 했다. 三神山의 하나인 한라산이므로 도교적 상상력이 풍부히 발휘되고 있
으며, 그 속에 임금에 대한 지극한 충심을 담았다. 옥황상제의 숨소리가 언제
나 들릴 것 같은 한라산이다. 주나라 목왕의 팔준마가 바다를 건넜다는 것은
곧 石北 자신이 남해 바다를 건너 제주에 머물고 있음을 말한다. 자신을 목왕
에 비유함으로써 신화적 세계 속에 들어가고자 했다. 그러므로 새 발톱같은
손톱을 한 미모의 여인 마고의 사슴이 한라산에 머물고 있다고 했다. 한라산
을 仙鄕으로 인식했음이다. 신선들이 살고 있는 은대에 올라가 그들과 仙遊를
즐기고 싶은데, 올라갈 수가 없는 그 순간에도 임금의 萬壽無疆을 생각했다.
그러므로 장수의 심상을 지닌 남극노인성을 따다가 임금님께 바치고 싶다고
토로했다. 충심의 직접적 표출이다.

   임금에 대한 忠心을 직접적으로 표출했음에도 浪漫的 抒情性을 그대로 유
지하고 있다. 그것은 풍부한 문학적 상상력이 작용했기 때문이다. 곧 도교적
상상력이 작품의 미적 예술성을 유지케 했다. 이러한 경향은 <漢拏山歌>에서
특히 잘 나타나 있다. 여기서 '君王不使我求仙/ 我欲爲君而採藥'[34]이라고 했

---

34) 申光洙, <漢拏山歌> 권7 장22-23.

230

다. 임금을 위해서 불로불사약을 캐어 바치고 싶은 간절한 심정의 표출이다.
임금에 대한 신하의 직접적 충심의 표출임에도 불구하고 낭만적 서정성을 유
지할 수 있었던 것은 현실적 욕망이 비현실적 세계 속에 구현됨으로써 문학
성을 높였기 때문이다.

堯墻舜慕有餘情	순임금의 요 생각에 넉넉한 정이 있어
耆耉西樓設醴迎	기로들을 서루에서 예주 차려 맞으셨네.
皇極聖人元五福	황극의 성인이 원래 오복 갖추셨고
洛園私會但群英	낙원의 사삿모임 한갓 무리 영재들.
八仙陪仗鬚眉白	여덟 신선 배장하니 수미는 허옇고
萬歲如山日月明	만세가 산과 같아 일월이 밝았도다.
願合社中諸壽筭	바라건대 두레 속의 모든 수를 합하여
靑宮又獻祝年觥	청궁에 또 축수하는 술잔을 바치고저.

<次靈壽閣韻>(권8 장20)

임금의 장수를 송축했다. 순임금의 고사를 썼다. 임금을 항상 잊지 아니하
고 그리워하는 신하의 충심을 함축한 고사다. 임금은 신하의 일편단심을 잊지
아니하고 예주를 차려 맞이했다. 君臣有義의 和樂한 모습이다. '堯墻舜慕'는
《後漢書》<李固傳>에 나타나는 고사이다. 옛날 요임금이 죽은 뒤에 순임금
이 삼 년 동안이나 잊지 못하고 그리워했는데, 앉으면 담장에서 요임금을 보
았고, 밥을 먹을 때도 국 속에서 요임금을 보았다고 한다.[35] 지극한 戀君之情
의 표출이라고 하겠다.

임금의 壽宴에는 八人의 臣下가 참석했다. 한 쪽에 치우치지 않는 中正의
道, 곧 大中至正의 道를 지닌 임금을 '皇極聖人'으로 극찬함과 동시에 五福까
지 겸전했다고 송축했고, 산처럼 의연한 밝은 政事가 백성에게 골고루 미친다
고 칭송했다. 壽宴에 참석한 八人을 八仙이라 했다. 그러므로 임금은 不老不
死의 玉體인 玉皇上帝에 다름 아니다. 풍부한 도교적 상상력을 가미함으로써

---

35) 《後漢書》<李固傳> 昔堯殂之後 堯仰慕三年 坐則見堯於牆 食則見堯於羹

수연의 분위기를 더욱 고조시켰다. 神仙의 세계를 통해 임금의 장수가 무궁하기를 송축했다. 또 당시 참석했던 신하들을 '洛園私會'의 '群英'이라고 했다. 洛陽에 白居易 등의 九老會가 있었는데, 이를 香山洛社라고 한다. 따라서 八仙은 곧 詩仙이다. 그러므로 壽宴의 자리는 仙界의 詩遊라는 황홀한 분위기를 창출한다. 그러나 그것도 부족해서 결련에서는 八仙의 모든 나이를 합해 太子의 장수까지도 간절히 바란다그 했다. 아마도 이보다 더 지극한 임금에 대한 송축은 없을 것 같다. 임금의 팔순을 축하하는 수연의 자리라서 축배의 분위기를 더욱 고조시켰다. 石北은 이 작품을 짓게 된 동기에 대해,

> 이 해 가을에 聖壽가 望八[36])이셨으므로 왕세손이 백관을 거느리고 진연을 하였다. 두어 날 앞서서 상께서 영수각에 납시어 耆老宰臣 여덟 사람을 부르시어 家人禮로 잔치를 베풀어 밤이 늦도록 즐겼다. 이에 영의정 洪公이 먼저 시 한 수를 지어 慶事를 표했는데, 또 光洙에게 명하여 이어 和答케 하므로 외람되이삼가 읊었다.[37])

라고 밝히고 있다. 耆老所 안에 있는 御帖을 보관하던 누각명인 靈壽閣에서 영조가 君臣의 예를 따르지 않고 兄弟처럼 불러 잔치를 베풀 때 지은 것임을 알 수 있다. 여기에 도교적 상상력이 가미되어 송축의 분위기를 최고조로 이끌었다.

예술은 想像力의 산물이 아닌 것이 없다. 예술은 사물을 상상력에 의해 구체화한다. 상상은 詩意識은 혼장이다. 현재화된 시간과 공간 속에서 한없는 자유를 누리면서, 情緒가 思惟를 판단하고 思惟가 情緒를 판단하는 것이 想像이다. 이처럼 마음의 작용이 妙하므로 옛부터 상상을 강조하여 神思라 했다. 寂然凝慮하면 천 년의 시간을 뛰어넘고, 천천히 얼굴을 움직이면 만 리 밖도

---

36) 望八은 여든 살을 바라보는 나이, 곧 일흔 한 살을 의미하므로 望九라 해야 옳다. 영조는 숙종 갑술년(1694)에 태어났으므로 영조 갑오년(1774)은 영조의 나이 81세다.
37) 申光洙, ≪文集≫ 권8 장20. "是年秋以聖壽望八王世孫將率百官進宴先數日上幸靈壽閣召耆老宰臣八人如家人禮驩諧終夕而罷於是領議政洪公首賦一詩以識慶喜又命光洙續和不揆僭率敬次以復"

볼 수 있다. 글을 읽는 사이에 주옥같은 소리를 내고, 눈앞에서 바람과 구름의 빛깔이 어우러지는 것은 상상력의 이치때문에 가능하다. 곧 마음이 시간을 만들고 공간을 만들면서 마음의 뜻대로 사물을 새롭게 창조한다. 새로운 생각으로서 상상력이 神思인 것이다. 劉勰의 神思란 思理爲妙에 다름이 아니다. 그러므로 도교적 상상력이 발휘될 때 그 속에는 무궁무진한 神仙之樂이 펼쳐진다. 그 속에 임금을 송축하고 있으니, 지극한 충심의 발로라 하겠다. 溫柔敦厚한 性情之正을 바탕으로 한 有補世敎의 시정신을 유감없이 발휘했다.

薰殿更聞來日宴   향기로운 정전에서 내일 잔치 다시 듣고
百官天上望雲舡   천상에서 백관들이 구름뿔술잔 바라보네.
                      <次靈壽閣韻> 其二(권8 장20-21)

황발의 임금이 영수각 壽宴의 자리에 행차했다. 君臣이 도도한 취락 속에서 잠겨 있다. 당시에 백관이 찬치 자리에 참여 하는 것을 허락치 않고 八人만을 불렀던 자리다.[38] 끝없는 축배의 분위기 속에서 잔치자리 영수각은 급기야 天上으로 치환됨을 볼 수 있다. 여기에서 壽宴의 至樂은 그 극을 달리고 있고, 임금에 대한 송축도 최고조에 이르고 있다. 神仙들이 玉皇上帝를 모시고 벌이는 悅樂인 바, 그 속에다 지극한 충심을 담았다.

<差祭南壇雨中漫吟>[39]에서는 백성을 근심하는 임금의 마음과 그것을 염려하는 신하의 마음을 담았다. 임금은 지난 해도 백성들의 농심을 헤아려서 백관을 거느리고 기우제를 올렸다. 당시에 비가 오지 않아 참담한 얼굴로 하늘을 바라보았다. 한 해 내내 백성들의 고통을 생각하고 풍년이 들기를 소망했던 임금이다. 오늘은 기우제를 지내며 속옷까지 몽땅 젖는 것을 마다 하지 않

---

38) "時不許百官與宴" (앞의 시의 自注).
39) 申光洙, <差祭南壇雨中漫吟>, 《文集》 권8 장2. "垂白龍鍾祝史官 齋心終日傍南壇 空山獨與衆禽近 遠樹皆含微雨寒 擬向雲邊移枕席 不辭松下濕衣冠 鼉頭暝色戎戎起 無月經過一夜難 <其一>, 祈雨親臨憶去年 百官陪祭此壇前 夫顔慘慘看雲漢 玉輦跚蹰過草田 遂使蒼生憂一歲 却於今日濕重綿 春霖本作農家忌 復恐愁聞丙枕邊 <其二>"

았다. 그러므로 시인도 자신의 옷이 몽땅 젖는 것을 마다 하지 않았던 것이
다. 임금과 同苦同樂하고 싶은 신하의 지극한 忠誠心의 발로라고 할 것이다.
그것이 신하의 바른 도리가 아니겠느냐는 태도이다. 모처럼 풍년을 예고하는
비가 내렸다. 임금은 이 비가 봄장마로 이어지지나 않을까 한밤중에도 걱정할
것이다. 그러한 임금이 염려된다. 지난해는 가물어서 한 해 내내 백성들을 걱
정했던 임금의 모습이 떠올랐기 때문이다. 堯風舜雨를 바라는 임금과 신하의
마음이다. 石北의 임금에 대한 염려와 걱정 속엔 백성들에 대한 愛民意識이
깔려 있음은 말할 것도 없다.

　石北은 백성들의 질곡을 덜기 위해 <寧越弊瘼疏>를 올리면서 임금에게 보
답할 것을 도모했고, 일념으로 죽을 것을 각오했다.[40] 조선조는 어디까지나
농업이 중심이었다. 농사는 천하의 대본이라 했다. 백성들의 가장 큰 소망은
한 해 풍년에 있다. 백성을 다스리는 임금으로서 백성들의 소망이 이루어지기
를 비는 것은 당연한 일이다. 백성들의 즐거움과 고통을 함께 하고 싶은 것이
임금의 마음이다. 그래서 與民同樂이라고 했다. 그것이 치자의 바른 자세일
것이다.

　<恭覩上元回鸞>, <元日聞勤政殿受賀>, <十月以肇慶廟神輦陪行差員行到素
沙路中恭述>, <通信使二月初六日浮海>, <復以四首呈延塢使君>, <贈張陽德>,
<別洪承旨光國赴豐川任>, <贈豐川洪使君光國> 등에서 자신이나 타인의 忠心
을 형상했다. 이밖에 역사적 사건과 인물을 회고하거나 추모한 작품인 <拱北
樓次板上韻>, <上黨山城>, <往年>, <善竹橋> 등도 우국충정의 표현이다. 石
北의 우국충정을 드러낸 대표적인 작품이 <登岳陽樓歎關山戎馬>이다. 두보가
악양루에 올라 고국 난리를 생각하며 탄식하던 광경을 읊은 작품이다.

　<關西樂府>에 나타나는 역사적 사건과 인물의 형상화도 우국충정의 표출
에 다름 아니다. 여기서 孔子, 檀君, 箕子, 東明王, 乙支文德, 淵蓋蘇文, 平岡公
主와 溫達, 金慶瑞와 桂月香 등을 회고하거나 추모했고, 妙淸을 비판했다.

---

40) 申光洙, <寧越弊瘼疏>, ≪文集≫ 권13 장18. "臣母子相對涕淚 交進圖報 一念隔結"

檀君의 詩的 形象은 民族史의 自主性과 文化의 悠遠함을 드러낸 主體精神의 소산이다. 箕子를 읊은 시는 3首로 遺蹟地인 箕子墓, 井田 등을 통해 箕子의 東來說과 井田에 관한 기록[41]을 詩化했고, 箕子遺風과 感懷를 드러냈다. 箕子는 禮義와 농사짓기·누에치기·베짜기를 가르치고 백성들을 위하여 禁法八條를 만들었다고 한다.[42] 이러한 箕子遺風과 연맥되는 桑林, 觀農, 夜閉門의 風俗 등이 보인다. 근래에 箕子朝鮮에 대한 史的 認識은 主體的으로 전개되어 箕子東來說을 否認하기도 하지만,[43] 先人들은 中國文化의 源流와 우리의 그것이 같다는 文化的 矜持로 수용한 것으로 보인다. 물론 이것은 17·8세기 古代史認識과도 관련된 것으로,[44] 우리 선인들이 기자의 유적을 줄곧 讚詠해 왔고,[45] 箕子祠를 세워 계속 봉사했다[46]는 사실 등은 이에 다름 아니다.

<關西樂府>에서 麒麟窟과 朝天石에 얽힌 東明王傳說의 詩的 形象은 東明王의 再臨에 대한 希求이자 활달한 高句麗史에 대한 民族的 矜持의 표출이다. 對唐戰役의 人物로 淵蓋蘇文과 陽萬春을 읊은 바, 安市城 싸움과 그에 대한 高麗 牧隱의 시를 소재로 하였다. 安市城 싸움에서 陽萬春이 쏜 화살에 唐太宗이 맞아 애꾸가 되었다는 사실을 牧隱의 <貞觀吟> '那知玄花落白羽'[47]를

---

41) 李重煥, 《擇里地》 平安道. "平壤爲監司所治 在浿水上 實爲箕子所都 (中略) 地尙有箕子井田遺址及箕子墓"
   《新增東國輿地勝覽》 권51 장34 平壤府 古蹟. "井田在外城中 箕子舊畵井田 遺蹟宛然"

42) 《新增東國輿地勝覽》 권51 장6 平壤府 風俗. "箕子教其民 以禮義田蠶織作 爲民設禁八條"

43) 李丙燾, <三韓問題의 新考察>(二), 《震檀學報》 3卷(震檀學會編, 景仁文化社 影印, 1972).

44) 李萬烈, <17·8세기 史書와 古代史認識>, 《韓國의 歷史認識》(下)(李佑成·姜萬吉 編, 創作과 批評社, 1985).

45) 《新增東國輿地勝覽》 권51 平壤府 참조.

46) 《高麗史節要》 권6 肅宗七年條. "自箕子始而廟貌猶闕 不在祀典 乞使其墳塋 立祠以祭從之"
   李重煥, 앞의 책, 같은 곳. "國家以鮮于氏 爲箕子子孫 建崇仁殿於墓傍 以鮮于氏世襲殿官奉祀"
   《增補文獻備考》 권64 禮考十一 崇仁殿. "嘗命擇鮮于氏中俊秀者 使奉崇仁殿祀"

써서 '玄花白羽笑唐君'[48]이라 한 바, 이는 唐太宗에 대한 諷刺이며, 國家保衛
와 國力에 대한 自負와 民族的 긍지의 표출이다. 고려의 인물로 妙淸을 비판
한 것은 一片丹心으로 憂國衷情하라는 의미를 담았다고 하겠다. 壬亂과 관련
된 인물로 李如松, 金慶瑞, 桂月香을 읊었고, 胡亂과 관련된 인물로 洪灝漢을
노래한 바, 이 또한 憂國衷情의 표출이다. 歷史와 人物을 읊은 시들은 祖國과
民族에 대한 矜持와 憂國衷情이 그 바탕에 깔려 있다. 이는 民族的 自尊意識
의 표출로 詠史樂府의 전통을 부분적으로 계승하고 있는 바, 歷史·地理·故事·
遺蹟 등을 소재로 하여 民族自我의 成長過程과 民族的 矜持의 표출이란 점에
서 접맥된다고 하겠다.

  충심을 객관적으로 읊은 작품은 관리를 노래한 작품에서 흔히 나타나며,
통신사나 연행사를 읊은 경우에도 대부분 나타나고 있다. 객관적 인물의 충심
을 노래한 작품을 보면, 인물의 충심을 직접 드러낸 경우도 있지만, 인물의
善政을 강조한 것도 있다. 인물이 선정을 베푸는 것은 그 바탕에 임금에 대한
충심과 우국충정이 있기 때문이고, 이것은 결국 石北 자신의 충심이 잠재해
있기 때문이다.

  三綱五倫 중의 하나가 父子有親이다. 父子有親의 天倫을 노래한 대표적 작
품에 <李孝子歌>가 있다. 이는 癸酉年(1753)에 지은 작품이다. 胡亂의 傷痕이
반영된 작품으로 孝子 李天燮의 지극한 효성을 노래했다. 이 작품의 창작배경
은 <李孝子詩序>[49]에 잘 나타나 있다. 李子直이 조카 천섭의 遺稿詩集 한 권
을 가지고 와서 조카의 사람됨과 효심을 낱낱이 말했다.

  이천섭은 아버지가 일찍 죽었기 때문에 아버지의 용모도 모르고 자라면서
지극한 효성으로 어머니를 섬겼다. 그의 오세조가 오랑캐에게 살해되었기 때
문에 그들을 철천지 원수로 여겼다. 그러므로 청나라 사신이 왔을 때 마포갈
을 보러 가자고 또래들이 말했으나 가지 않았다. 마포갈은 곧 마전포갈로 삼

---

47) 李穡, <貞觀吟楡林關作>, 《牧隱集》 권2 장10.
48) 申光洙, <關西樂府> 其二十二, 《文集》 권10 장20.
49) 申光洙, <李孝子詩序>, 《文集》 권15 장6.

전도비를 말한다. 石北이 지은 <李孝子歌>50)는 이러한 천섭을 노래함으로써 規範意識을 확립하려 했다.

제1구-제6구는 延陵 李氏의 忠孝를 새기고 기렸다. 제7구-제26구에서는 태어나서도 아버지의 얼굴을 모르고 자란 孝子 섭의 인물됨을 노래했다. 사오세에 글을 읽고 지었으며 칠세에 오랑캐 사신이 왔을 때 마포갈을 구경하자는 제의를 물리친, 그의 조상에 대한 효심을 노래했다. 이러한 효심은 곧 나라에 대한 충으로 이어진다고 할 수 있겠다. 제27구-제38구는 숙부를 아버지처럼 섬긴 효심, 아버지에 대한 그리움이 꿈으로 실현됨, 유실에 대한 근심 등을 노래했다. 제39구-제50구에서는 뛰어난 문장을 쓰고 빼어난 시구를 짓는 孝子 섭이 탁월한 기예를 지녔음을 읊었다. 제51구-제68구에서는 孝子 천섭의 죽음을 슬퍼하고, 그의 어머니마저 죽은 것을 탄식했다. 제69구-제74구에서는 장례를 하며 천섭을 끝으로 대가 끝어짐을 슬퍼했고, 제75구-제84구에서 孝子 천섭의 죽음에 따른 감회와 추모의 정을 읊었다.

<李孝子歌>는 孝子 이천섭의 요절을 통해 삶의 비극성을 고조시키면서 호란의 아픈 상처가 石北 당대에도 완전히 치유되고 있지 않음을 단적으로 보여준 작품이라고 하겠다. 어려서부터 탁월한 모습과 남다른 효심을 지닌 한

---

50) 申光洙, <李孝子歌>, 《文集》 권1 장44-45. "爛爛紫烟巖 門標八棹楔 是臨白門道 三歲 煥御筆 延陵忠孝歌 一源流遠發 篤生孝子燮 天然遊夏質 生不識父面 未語悲外達 四歲能 讀書 文理頗應節 五歲能屬文 句語多雅潔 七勢胡使來 東見麻浦碣 童隊呼共觀 孝子辭不 出 吾家五世祖 江都死于羯 羯是五世讐 見讐心所折 或及歷生變 忼慨議論切 薄俗當孤警 名門信挺拔 淹貫天人際 傍窺諸子術 痛已無施孝 事叔如非姪 積誠以爲夢 其父見髣髴 忽 覺在母旁 風日耿幽室 鷟山非永宅 高藻當卜吉 童觀驚老大 至孝無存沒 文章乃餘事 穎發 不隔物 英燥脫幼口 邈然流輩絶 秀句散琳瑯 暎徹光相奪 鴈帝詩蒼老 赤松詞飄逸 自號獨 醒子 少技非所屑 男子十五歲 樹立已卓越 鴈隼有奇毛 驊騮必汗血 嶷然蓮竹後 復見蘭芽 苗 萬里方試駕 回看雲衢潤 終非衰世物 識者憂歎絶 天實賦汝厚 鬼神固所媒 時物變霜露 松楸感幽咽 高風下九秋 碧蕙中夜歇 魂衣猶母線 翰墨如昨日 尙追泉臺孝 胡寧慈氏割 伯 父舉丹旐 淒淒風色冽 白日豫章催 碧霄鷟鳳瞥 一鳴關代代 況爾生名閥 挺英若有意 始謂 天可必 暫視還永閟 元化信芒忽 上蒼元氣熄 報施故乖刺 壽有終身愚 殤猶大年結 槐靈與 朝菌 千古有伸詘"

인물의 죽음을 기리고 새기고자 하는 石北의 詩心이 장편 오언고시로 펼쳐졌다. 이천섭의 죽음이 몰고온 슬픔은 그가 지극한 효심을 지닌 인물임에도 불구하고 요절했다는 점에서 비극적이다. 그러한 비극적 삶이 호란의 상처와 접맥되면서 민족 전체의 아픔으로 확대되고 있다고 할 것이다.

<送蔡伯規學士乞郡赴安岳歌>[51)는 樊巖의 지극한 孝心을 기리고 새긴 작품으로 乙酉年(1765)에 지었다. 樊巖 蔡濟恭이 집이 가난하여 부모님을 모시기 위해 安岳의 赴任을 乞郡했다. 乞郡이란 朝鮮朝에 文科에 及第한 자가 어버이는 늙고 집안이 가난한 경우어 守令 자리를 奏請하는 일이다. 번암은 부모를 모시기 위해 안악에서 벼슬할 것을 주청했고, 임금 또한 그 지극한 효성에 감동하여 허락함으로써 안악으로 갈 수 있었다. 君臣有義의 美德 속에 번암의 지극한 孝誠心을 감동적으로 그린 작품이다. 石北 또한 늙은 부모가 계시기에 번암의 효심을 새기고 기리고 싶었을 것이다. 그러므로 한편으로는 부러움의 대상으로 그를 선망하고 있기도 하다.

石北은 임오년(1762)에 <驪江節婦歌>[52)를 지었다. 이것은 石北 당시에 실제 있었던 사건을 배경으로 하여 지은 작품이다. 여주에 한 열녀가 있었다. 남편이 죽으매 장새지내고 졸곡까지 치른 뒤에 목숨을 끊어 남편의 뒤를 따랐다. <鄭烈婦傳>은 이러한 사실을 상세히 기록한 작품이다. 이러한 내용을 바탕으로 歌體로 읊은 것이 <驪江節婦歌> 五解이다. 文集에 실린 石北의 작품 중에서 夫婦有別의 烈을 노래한 시는 이것 하나밖에 없다.

---

51) 申光洙, <送蔡伯規學士乞郡赴安岳歌>, 《文集》 권10 장12-13. "學士二十登上弟 獨步文章傾一世 玉堂視草畿營節 飛騰三十四十際 今年又主文苑筆 顧眄長承文石砌 朝退頓首崇政殿 袖有上書書有涕 書言臣父八十年 所須醫藥貧不繼 願借君恩得一郡 月俸餘費供甘毳 至尊賢書惻然感 優詔惜去殊眷係 安岳除書得日降 海西邑中名鉅麗 一年七十二萬錢 與卿日用人蔘劑 泣謝天恩辭玉陛 都門五月朝雨霽 軟輿乘凉日一程 彩服隋後委蛇逝 朱門露綱鬱光輝 金川衂水西迢遞 路傍觀者誰不嗟 凡有父母皆凝睇 人生立揚貴榮親 早歲功名豈身計 我有兩親俱遠離 翁少尊翁纔一歲"

52) 申光洙, <驪江節婦歌五解>, 《文集》 권5 장44. 五解 가운데 第1·2·3解는 다음과 같다. "驪州獨柳家 昨聞哭夫聲 今朝哭聲絶 㐲婦易損生 <一解>, 無兒可祭君 妾生何所望 君死有妻葬 妾死有兄葬 <二解>, 今日旣卒哭 魂魄下從夫 地中千載人 秪得三月孤 <三解>"

第1解에서는 烈婦의 죽음을, 第5解에서는 烈婦에 대한 銘頌을 노래했다. 第1解와 第5解의 詩的 話者는 작가이다. 第2解-第4解에서는 烈婦 鄭氏가 화자이다. 시적 화자의 변화를 통해 죽음의 비극성을 최대한 부각시켰다. 그리하여 주제를 극대화함으로써 극적 감동을 주려는 치밀한 구성이 돋보인다.

妾在一身輕　　　　첩이야 이 한 몸은 가볍지마는
妾去三綱重　　　　첩 죽은 뒤 삼강은 중하답니다.
三綱一身持　　　　삼강을 이 한 몸이 지킨다면은
泰山小於塚　　　　태산도 무덤보다 크지 않으리.
　　　　　　　　　　　　　　<驪江節婦歌五解> 四解(권5 장44)

鄭烈婦의 입을 통해 三綱五倫을 강조했다. 남편이 죽었다고 해서 따라 죽는다는 것은 흔한 일도 아닐 뿐 아니라, 쉬운 일도 아니다. 정열부가 남편을 따라 죽을 수 있었던 것은 조선조의 女必從夫와 烈이라는 이념이 바탕에 깔려 있다. 특히 그녀의 죽음은 자식이 없었으므로 가능했던 것이다. 삼강오륜의 강조는 중세적 질서를 유지코자 하는 規範意識의 반영이다. 그러므로 정열부를 새기고 기려,

驪之水不絶　　　　여주의 물만은 끊기지 않고
驪之山不磨　　　　여주의 산마저 닳지 않았네.
此是鄭氏葬　　　　이곳에 정씨의 죽음 있으니
行者聽我歌　　　　나그네여, 나의 노래 들어 주소서!
　　　　　　　　　　　　　　<驪江節婦歌五解> 五解(권5 장44)

라고 노래했다. 銘頌意識이다. 정열부의 烈이 영원히 기억되기를 갈망했다. 명송의식을 통해 규범의식을 확립코자 함이다. 石北은 <鄭烈婦傳>에서 外史氏의 말을 빌려 정열부가 남편의 뒤를 따라 죽으려 함에 초지일관했음을 높이 평가했다. 남편의 졸곡까지 기다려 자손이 없었기에 거연히 죽음을 감행할 수 있었다고 말하면서 그 정열을 추모했다. 여기서도 여강산수와 더불어 영원히

기억되어야 할 것이라고 했다. 規範的인 三綱五倫의 강조이다.

지금까지 忠孝烈을 형상한 작품을 살펴 보았다. 三綱五倫 중 君臣有義에 해당하는 忠의 형상화를, 石北 자신의 충심을 드러낸 것을 중심으로 살펴 보았다. 당대 임금에 대한 石北의 忠心을 노래한 작품 중에 문학성이 뛰어난 것은 신선사상을 통해 그것을 표출한 작품이라 하겠다. 임금에 대한 忠心을 직접적으로 표출함에도 불구하고, 문학성을 유지할 수 있었던 것은 도교적 상상력이 작용하고 있기 때문임을 보았다. 도교적 상상력은 작품의 미적 예술성을 유지케 하는 핵심적 구실을 했다.

역사적 사건과 인물을 회고하거나 추모한 작품은 우국충정의 표현이다. 충심을 객관적으로 읊은 작품은 관리를 노래한 작품에서 흔히 나타나며, 통신사나 연행사를 읊은 경우에도 대부분 나타나고 있다. 객관적 인물의 충심을 노래한 작품을 보면, 인물의 충심을 직접 드러낸 경우도 있지만, 인물의 善政을 강조한 것도 있다. 인물이 선정을 베푸는 것은 그 바탕에 임금에 대한 충심과 우국충정이 있기 때문이고, 이것은 결국 石北 자신의 충심이 잠재해 있기 때문이라 하겠다.

三綱五倫 중의 하나가 父子有親이다. 효를 노래한 대표적 작품으로 <李孝子歌>와 <送蔡伯規學士乞郡赴安岳歌>를 살펴 보았다. <李孝子歌>는 孝子 이천섭의 요절을 통해 삶의 비극성을 고조시키면서 호란의 아픈 상처가 石北 당대에도 완전히 치유되고 있지 않음을 단적으로 보여준 작품이다. <送蔡伯規學士乞郡赴安岳歌>는 樊巖 蔡濟恭이 집이 가난하여 부모님을 모시기 위해 安岳의 赴任을 乞郡한 바, 임금이 이를 허락했음을 노래한 작품으로 君臣有義의 美德 속에 번암의 지극한 孝誠心을 감동적으로 그렸다.

夫婦有別 또한 三綱五倫 중의 하나인 바, 이를 형상한 작품으로 <驪江節婦歌>가 있음을 보았다. 이 작품은 石北 당시에 실제 있었던 사건을 배경으로 하여 지은 작품이다. 여주의 한 烈女가 죽은 남편의 뒤를 따라 목숨을 끊은 내용을 형상하여 그 貞烈을 새기고 기렸다. 銘頌意識을 통해 規範意識을 확립코자 했다.

忠孝烈의 形象化에 나타난 歷史認識은 三綱五倫이라는 중세의 朱子的 秩序의 확립과 관련이 깊다. 三綱五倫은 중세적 질서 속에 있는 어느 시대나 강조되었던 보편적 德目이다. 忠孝烈의 강조는 아름다운 道德的 社會의 건설과 관련된다. 石北은 性情之正에서 聲音之和를 얻은 시는 세상을 敎化하는 데 보탬이 된다고 한 바, 有補世敎의 문학관이 비교적 잘 반영된 작품들이 忠孝烈을 형상한 시라고 하겠다. 以詩正世的 美刺의 기능 중에서도 특히 美를 강조했다. 道德的 社會가 건설되기를 바란 데서 나타난 美的 내용이 忠孝烈이다. 忠孝烈의 형상화가 주자학적인 중세적 질서를 유지하고, 그것이 지속되기를 바라는 詩人意識의 표출이라는 점에서, 그것은 당대의 현실에 대한 歷史認識을 담고 있다고 하겠다. 곧 人倫의 근간이 되는 三綱五倫의 德目을 강조함으로써 아름다운 規範意識이 확립되고, 이를 통해 바람직한 사회가 永續되기를 바라는 歷史認識의 표출이다.

5. 思想的 趣向

石北은 기본적으로 儒者였지만 思想의 폐쇄성은 없었다. 그러므로 그의 思惟體系 속에는 儒佛道가 자리잡고 있음을 볼 수 있다. 현세 지향적 儒敎社會에서 발생한 좌절은 갈등을 동반하는 바, 佛敎나 道敎에 대한 思想的 趣向을 통해 그러한 갈등을 서정하고 극복하려는 古典詩歌의 전통은 끊임없이 이어졌다. 특히 이러한 점은 道家思想이나 神仙思想, 또는 이를 포함한 道敎思想을 통해 두드러지게 나타나고 있다. 여기서는 크게 佛家的 思惟, 道家的 思惟, 神仙思想과 仙界憧憬으로 나누어 石北詩의 思想的 趣向을 살피고자 한다. 이를 통해 한 시인이 지향했던 의식세계의 다양성이 밝혀지고, 그 속에 내재된 심층적 의미의 일단을 엿볼 수 있을 것으로 기대한다.

1) 佛家的 思惟

조선조 抑佛崇儒 정책으로 말미암아 佛敎가 위축되기도 했지만, 삼국시대 이래 儒佛道는 상호보완적 구실을 하면서 先人들의 思惟體系를 형성했다. 한국문학에 나타난 儒佛道思想은 이를 단적으로 대변한다. 佛敎 또는 佛家의 思惟를 담은 시에 대한 연구는 그동안 적지 않게 진행되어 왔다.[1] 특히 최근에는 漢詩에서 큰 성과를 거두고 있다.

佛敎文學 중 漢詩는 禪的인 雅趣를 띠고 있는 것이 많다. 이른바 禪旨를 반영하고 있다. 禪宗의 宗旨는 '不立文字 敎外別傳', '直指人心 見性成佛', '一切衆生 悉有佛性', '衆生心性 本來淸淨'이라는 불타의 근본적 가르침을 바탕으로 깨달음을 이루는 것이다. 깨달음을 위해서는 廻光反照, 頓悟漸修, 定慧雙修, 無心無思 등의 수행이 뒤따라야 한다. 禪詩는 불교의 禪思想을 바탕으로 하여 悟道的 세계나 그 과정, 또는 체험을 시화한 시를 의미한다. 선시는 禪家의 引詩寓禪的 작품분류에 따르면, 示法詩, 悟道詩, 拈頌詩, 禪機詩로 나누어지며, 禪家 아닌 詩人의 처지에서 禪의 援用을 할 경우에는 禪理詩, 禪事詩, 禪趣詩로 나누어진다.[2] 禪이란 온갖 잡된 생각을 떨쳐버리고 분별적 사유를 떠나 고요한 가운데 진리의 본체에 이르러 나와 우주 등 존재 일체의 본질을 직관한다는 것으로, 불교의 목적인 깨달음을 위한 정신적 수행방법의 하나라

1) 宋赫, ≪韓國佛敎詩文學論≫(東國大學校 出版部, 1986).
   尹在根, ≪萬海詩와 主題的 詩論≫(文學世界社, 1983).
   이원섭·최순열 엮음, ≪현대문학과 선시≫(불지사, 1992).
   李鍾燦, ≪韓國佛家詩文學史論≫(불광출판부,1993).
   ──────, ≪韓國의 禪詩≫(二友出版社, 1985).
   印權煥, ≪高麗時代 佛敎詩의 硏究≫(高大 民族文化硏究所, 1983).
   韓國文學硏究所編, <韓國佛敎文學硏究>(上)·(下)(東國大學校 出版部, 1988).
   鄕歌에 대하여는 金思燁·金烈圭·金雲學·金鍾雨·金俊榮·朴魯埻·徐在克·梁柱東·尹榮玉·張珍昊·崔喆 등의 著書가 있으며, 歌辭에 대한 것으로는 이상보의 ≪조선 시대시가의 연구≫(이회문화사, 1993)에 있는 불교가사에 대한 연구가 있다.
2) 李鍾燦, ≪韓國의 禪詩≫(二友出版社, 1985), 82-112쪽 참조.

242

고 할 수 있다. 이런 점에서 禪은 敎와 함께 불교의 목적을 이루기 위한 두 가지 방법 중의 하나이다. '禪是佛心 敎是佛語'3)가 이러한 점을 잘 대변한다.

石北은 儒者이면서도 佛家나 道家를 배척하지는 않았다. 그의 문집에 보이는 최초의 작품은 弱冠 때 지은 <贈明上人>이다. 이것은 불교적 색채를 띠고 있다. 스님과의 교유 또는 불교적 색채를 띤 작품은 그의 문집에서 적지 않게 발견된다. 그 중에서도 海南 大芚寺와 관련된 작품이 가장 많다. 石北은 약관에 대둔사에 여러 차례 머물러 있었고, 나이가 들어서도 몇 차례 방문했다. 그것은 그의 妻家가 海南에 있었기 때문이었다. 그는 恭齋 尹斗緖의 사위로 孤山 尹善道의 玄孫婿이다. 海南 蓮洞 尹氏家와의 이같은 관계는 그곳의 거찰 大芚寺와 인연을 깊게 했다. 대둔사는 大興寺, 또는 頭輪寺라고도 한다. 그는 26세 때인 丁巳年(1737)에는 <海南頭輪山大芚寺八相殿鐵鏡樓重修上樑文>4)를 지었는데, 이것이 人口에 膾炙되기도 했다. 이 작품을 보면 불교적 조예가 상당함을 알 수 있다. 이밖에도 불교적 사유는 <與舅氏李正遇>, <與洪而憲> 등 산문에 단편적으로 보인다.

石北은 甲寅年(1734)·乙卯年(1735)·辛未年(1751)·癸酉年(1753)·乙亥年(1755)·丁丑年(1757)·己卯年(1759)에 大芚寺를 찾았고, 癸酉年 같은 해에는 한여름을 이곳에서 지내기도 하였다. 작품들 가운데 나오는 沈溪樓·上元庵·中南臺·上南臺 등은 대둔사의 寺樓·庵子·地名이다. 이곳에서 明上人·察公·一公 등의 스님과 사귀었다. 石北은 대둔사의 스님 이외에도 雲門高山平師·天寶山僧·棄翁·福師·淨上人 등과 교유하기도 했다. 그리하여 別離詩로 <初秋>, <寺夜贈棄翁>, <送僧齋夜> 등을 남겼고, 스님에 대한 그리움을 형상한 <伏枕普光寄南臺察公>, <贈福師> 등을 남겼다. 여기서는 이같은 성격의 작품들은 가급적 제외하고, 禪趣가 강하게 풍기는 것을 대상으로 하여 佛家的 思惟를 밝혀 보려고 한다. 이를 위해 山寺의 抒情과 豁然開悟의 禪遊로 나누어 살피되, 그 속에 내포된 의미를 시인과 관련지어 고찰할 것이며, 부분적으로 그의 문학관의 반

3) 休靜著, 法頂譯, 《禪家龜鑑》(新華社, 1983), 40쪽.
4) 申光洙, <海南頭輪山大芚寺八相殿鐵鏡樓重修上樑文>, 《文集》 권13 장20-28.

영도 考慮할 것이다.

(1) 山寺의 抒情

山寺는 脫俗의 세계로 禪的 분위기가 넘실거리는 空間이다. 그러므로 山寺를 배경으로 한 시는 脫俗의 詩境이나 禪的 분위기를 드러내는 경우가 많다. 詩人이 禪家의 思惟를 빌어서 시의 깊이를 다진다는 것은, 곧 시가 시로서 존재하면서 그 깊이를 더하게 하는 것이다. 그러나 禪을 빌리면서도 禪의 표상이 없이 禪味만 나타내는 것이 시의 높은 경지다.[5] 石北詩에서 이러한 양상을 적지 않게 찾아 볼 수 있다.

山寺는 깨달음의 禪的 공간이다. 깨달음은 나와 宇宙의 存在에 대한 본질적 파악이며, 나와 宇宙自然이 一體가 되는 길이다. 그것은 生死를 초월하고 時空을 뛰어 넘는 최고의 진리를 터득하는 일이다. 悟道詩는 깨달음의 경지를 나타낸 시이다. 明心見性한 바를 범상한 말로 설명할 수가 없어 이를 상징적이거나 압축된 언어로 나타낸다. 開悟詩, 悟道詩, 禪詩가 바로 그것이다. 頓悟의 身心忽空의 순간, 人法二空에서 眞如實相과 眞空妙有가 이루어진다. 이러한 悟道詩는 禪僧의 시에 주로 나타나지만, 禪僧이 아니라 할지라도 山寺에 머물게 될 경우 그러한 시적 경향을 드러내는 것은 지극히 자연스러운 현상이라고 할 것이다. 특히 石北처럼 빈천과 실의 속에서 不合於世했던 인물의 경우 그것은 보다 현저히 나타날 수밖에 없다. 이것은 세속에서 찌들고 억눌린 자아를 해방시키려는 의식작용의 곁과라고 할 수 있다.

禪詩에 있어서 自然觀은 세 가지로 나타나는 바, 그것은 佛法의 顯現으로서 자연에 대한 본질적 파악, 일체의 자연현상을 나의 전개로 보는 物我一體의 관념, 그리고 그러한 자연에서 무장무애의 超脫과 自在의 생활관이다. 일체의 자연물은 나와 함께 동일시되어 절대평등의 화합 속에 同體大悲로 한 몸이 되어 나타난다. 自然은 인연의 화합체로 스스로 생성된 것이며, 스스로

---

5) 李鍾燦, 앞의 책, 92쪽 참조.

244

그렇게 존재한다. 實體도 없고 恒常됨도 없기 때문에, 禪詩의 자연관은 결국
唯心的인 空思想에 歸一된다. 모든 것은 一心으로 귀일되며, 모든 것은 一心
의 나타남으로 존재한다. 이러한 眞如一心의 妙用으로서 다양한 자연현상을
비유와 상징을 통하여 미화시킨다. 事事無碍의 如如한 본래의 현상 그대로,
곧 깨끗하고 맑은 本地風光 그대로 그림으로써 禪味와 自然美를 높은 차원으
로 통일하여 詩禪一如의 경지를 이룩하고 있는 점에 그 妙悟의 특색이 있다.6)

禪詩는 自然과의 교감을 통한 詩禪一如의 경지에서 나오기 마련이므로, 자
연은 완상의 경물이거나 樂山樂水의 단순한 대상은 아니다. 자연은 佛法의 顯
現이므로 山水에 대한 관념은 단순한 自然賞讚이 아닌 禪的인 觀照로 이루어
진다. 달의 밝음에서 眞如의 光明을 보고, 그것이 森羅萬象을 고루 비추고 있
다는 점에서 차별없는 佛法을 깨달으며, 물의 淸淨함과 洗滌力에서 無垢의 眞
如心을 닦는다. 凡夫의 눈에 비친 自然은 객관적 존재로서 차별상 그대로가
자연이지만, 覺者의 눈에 비친 자연은 삼라만상이 모든 차별을 떠난 本地風光
그대로이다. 般若를 완성한 眞如의 경지다. 石北은 그러한 경지를 그리려고
했고, 누리려고 했다.

枕溪樓下水　　　　침계루 아래로는 물이 흐르고
枕溪樓上僧　　　　침계루의 위에는 스님이 있네.
秋來一片月　　　　가을에 들어와서 조각달 하나
夜照溪水澄　　　　밤이면 시내 비쳐 물이 맑고녀.

<贈明上人>(권10 장10)

23세 때인 甲寅年(1734) 七月 七夕에 지은 작품이다. 文集 속의 작품 중 가
장 이른 弱冠 때의 것이다. 淸淨無垢의 세계가 그림처럼 펼쳐지고 있다. 침계
루 아래 흐르는 물, 침계루 위에 있는 스님, 하늘에 떠 있는 조각달 하나가
절묘하게 조화를 이루며 脫俗의 情景을 그렸다. 淸淨無垢의 세계다. 無明의

---

6) 印權煥, 앞의 책, 228-229쪽 참조.

밤을 밝히는 조각달은 佛法을 상징한다고 하겠으며, 침계루 아래 흐르는 맑은
시내는 淸淨한 마음의 세계를 상징한다고 하겠다. 이렇게 해석할 때 이 작품
은 詩禪一如의 眞境을 드러내고자 했다고 할 것이다. 明鏡止水의 心的 세계가
따로 있는 것이 아니다. 上中下의 垂直線上에 나타나는 하늘의 조각달, 침계
루 위의 스님, 그리고 그 아래 흐르는 시내는 개별적인 사물이라기보다는 하
나의 통일체로서 眞如의 世界다. 스님의 높깊은 無念無想과 無心無思의 思惟
가 시인의 가슴에 와 닿음이다. 시인 또한 정화된 그 眞如의 세계를 투시하고
있으니, 스님과 더불어, 그리고 자연과 더불어 하나가 된 상태라고 하겠다. 곧
主客一如, 主客未分의 本地風光이다. 一切衆生과 山河大地가 모두 시인의 마
음 속에 있다. 情景相値의 物我一體에서 天理流行 그대로 형상된 詩有神境의
禪味를 담았다. 결국은 내가 곧 스님이고, 맑은 시내이며, 조각달이라는 禪趣
를 보였다. 石北은 이같은 禪味를 아름다운 山寺의 抒情을 통해 추구하려고
했다.

　禪에서 모든 이치를 논증하는 궁극적 목적은 自性本體를 깨우쳐 成佛하는
證理成佛에 있다. 증리성불이 修禪의 과정이라면 문학의 과정은 論理成文인
바, 작가는 모든 이치를 탐구하여 하나의 작품을 창작하고자 한다. 證理의 과
정을 통하여 眞如의 세계에 들어가고, 이 진여의 세계에 들어갔다는 생각이나
해득까지도 떠나는 것이 증리성불이다. 이 과정이 바로 離言絶慮이다. 말도
떠나고 생각마저도 끊을 때에 不立文字라는 최상의 경지에 이를 수 있다. 시
인도 마찬가지다. 시인은 언어문자를 통하여 한 편의 작품을 창작해야 하기
때문에 그만큼 커다란 고통을 감수하지 않을 수 없다. 그러나 그 과정에서 문
득 언어와 생각을 떠나 眞境의 세계에 도달할 수 있다. 이것이 바로 普照國師
知訥를 통해 엿볼 수 있는 證理成佛의 문학론이다.[7] 이는 결국 詩有神境의
경지에 다름 아니다.

　入神의 경지를 터득하나 그것은 문자로써 전할 수 없다. 詩禪一如는 이러

---

7) 李鍾燦, ≪韓國佛家詩文學史論≫(불광출판부, 1993), 91-98쪽.

246

한 이치를 설명한다. 뗏목을 버리고 강언덕에 올라가는 것을 禪家에서는 悟境이라 하고 詩家에서는 化境이라고 하는데, 詩와 禪이 일치하여 거의 차별이 없다.[8] 禪家에게 있어서 妙悟에 도달하면, 거기에 이르기까지의 모든 방편은 불필요해진다. 시의 경우 뗏목은 결국 錬琢의 과정을 통해 획득한 言語文字를 구사하는 각종의 기교를 의미한다. 언어문자의 테두리에 집착하고 생각에 집착하고 있는 동안은 시의 眞境에 도달하지 못한다. 언어문자뿐만 아니라 생각마저도 벗어난 경지에 도달할 때 비로소 참다운 시의 세계를 맛볼 수 있다.

千山萬水身   첩첩 산 골골 물 이내 한 몸도
本自無來去   본디는 무에서 와 무로 간다네.
還向白雲去   돌아가다 흰 구름 향해 가노니
雲亦是何處   구름 또한 어디메 향하여 가나.
                              <題扇送雲門高山平師>(권1 장46)

癸酉年(1753)에 지은 작품으로 禪趣가 물씬 풍기고 있다. 森羅萬象 그 모든 것이 無에서 와 無로 간다. 나 또한 마찬가지다. 彼此의 경계가 없어지는 身心忽空의 순간에 나타난 一切衆生 諸行無常, 空手來 空手去의 깨달음을 담고자 했다. 쉬임없이 나타났다가 사라지는 흰 구름처럼 인생 또한 찰라지간의 瞬間存在에 불과하다.[9] 이 세상 어느 것 하나 萬有無常이 아닌 것이 없다. 自然에 대한 본질적 파악이다.

一切의 萬有諸法은 오로지 因緣生起에 의하여 이루어진 것으로 실체가 없고, 恒常됨도 없다. 이것이 '本自無來去'다. 그러기에 일체는 無이며, 無常이며,

---

8)王士禎, 《香祖筆記》(8). "捨筏登岸 禪家以爲悟境 詩家以爲化境 詩禪一致 等無差別"(車柱環, 앞의 책, 290쪽 재인용).

9) 白雲의 禪詩的 心象은 세 가지로 나타나는 바, 원래 본체가 없다는 점에서 인간을 포함한 一切萬有의 본체가 空한 假有임을 나타내고, 정처없이 유랑한다는 점에서 無爲無事한 가운데 소요자재하는 禪僧의 행적을 나타내며, 희고 깨끗한 본성을 지녔다는 점에서 無心無思의 淸淨한 禪人의 心體를 나타내는 표상이 될 수 있다. 印權煥, 앞의 책, 218쪽 참조.

無一이며, 無主宰다. 이것을 空이라 한다. 空은 緣起를 전제로 한다. 곧 諸行은 因緣生起이기에 空이다. 諸行은 부단히 生滅을 계속하는 것이므로 實體가 없다. 空卽是色 色卽是空이다. '萬有가 流轉하는 가운데서도 恒存性이 있고, 變化하는 중에서도 오히려 不變性이 있는'10) 것이 諸行無常이다. 그러므로 佛道는 非顯非昧하다고 했다. 忽然而來하였다가 忽然而逝하는 구름과 내가 하나가 된 신비로운 경지의 시적 형상화, 이것이 바로 詩有神境이 아닐까 한다. '無聲·無色하여 무한한 경지에 들어가게 된다면 구름이 나인지 내가 구름인지 알 수 없다'고 李奎報가 지적한 것처럼 이러한 신비로운 경지에서 심미대상의 오묘한 경지를 확연히 깨달을 수 있기 때문이다.11) 佛家的 思惟를 드러낸 石北詩는 대체로 詩有神境의 문학관을 반영하고 있다고 볼 수 있다.

天寶峰頭雲 　　　천보산 봉우리의 꼭대기 구름
自生還自滅 　　　절로 났다 저절로 사라져 가네.
欲問西來意 　　　서역에서 온 뜻을 묻고자 하니
吾師無可說 　　　우리 스님 아무런 말씀도 없네.
　　　　　　　　　　　　<別天寶山僧 癸酉>(권1 장46)

癸酉年(1753) 天寶山의 스님과 헤어질 때 지은 시다. 自生自滅하는 구름을 통해 대자연의 섭리를 깨달은 순간, 西域 佛國土에서 온 뜻, 곧 祖師心의 眞境을 맛보려 했다. 達磨가 西域에서 온 뜻을 스님에게 물으니, 스님은 이내 不立文字 敎外別傳의 祖師禪으로 대답했다. 眞如佛性은 森羅萬象 어디에나 있는 것이거늘, 굳이 말할 필요가 있겠느냐는 깨우침이다. 우주 대자연의 섭리나 불법이 다르지 않음을 은연중에 내비쳤다. 言外言의 以心傳心이다.

釋迦로부터 迦葉에게 전승된 禪과 유사한 사유방식으로 印度의 고대사상인 瑜伽行이 있었다. 이것이 하나의 철학적 체계를 가지고 정립된 것은 菩提達磨부터라고 하나 최근에는 이를 부정하기도 한다.12) 禪旨는 '不立文字 敎外別傳'

---

10) 金東華, ≪佛敎學槪論≫(寶蓮閣, 1984), 96쪽.
11) 채미화, ≪고려문학의 미의식연구≫(박이정출판사, 1995), 132쪽 참조.

과 '直指人心 見性成佛'이 그 핵심이다. 결국 '一切衆生 悉有佛性'과 '衆生心性 本來淸淨'이라는 불타의 근본적인 가르침을 바탕으로 불교의 목적인 깨달음을 이루고자 한다. 禪이란 중생 모두가 스스로 佛임을 자각하기 위하여 스스로 마음을 닦는 것이다. 그러므로 마음을 중시한다. 스스로 內省照顧하여 體得悟 入해야 한다. 여기서 廻光反照가 강조된다.

達磨가 서쪽에서 온 뜻은 말로써 나타낼 수 없다. 法이 나의 마음이기 때문이다. 문자를 쓰지 않고 마음과 마음으로 전할 뿐이다. 그러므로 禪門에서는 執着을 깨고, 근본을 보이는 것을 중시하며, 번거로운 말이나 뜻의 나열을 배격한다. 迷妄에서 벗어나기 위해서는 말을 여의고 생각을 끊어야 한다. 離言絶慮[13]가 요구된다. 만약 言語에 의하여 해득하려고 하면, 밖으로 드러난 모든 현상에 얽매이게 되어, 그것으로부터 벗어나는 길을 알지 못하게 된다. 해득하려는 지식에 얽매이기 때문이다. 言語와 分別智를 벗어나야 하는 이유가 여기에 있다.

栢樹庭前翠　　　　　　　잣나무는 뜰 앞에 푸른 빛인데
胡爲世事擔　　　　　　　어이해 세상 일을 멘다 했을꼬.

<又贈明師>(권10 장10)[14]

脫俗의 山僧을 만나 世俗的 慾望에서 벗어나고자 하는 詩心을 드러냈다. 苦海의 迷妄에서 벗어나고자 했다. 禪心은 悟道의 세계를 지향한다. 佛法이란

---

12) 宗派로서 禪佛敎는 그 기원이 분명치 않다. 印度僧 달마가 중국에 전했다고는 하나, 선불교란 그 원형을 찾을 수 없는, 순수한 중국 불교라는 것이 최근 학자들의 공통된 학설이라고 한다. 沈在龍, <전통적 韓國 禪의 脈絡과 특질>, ≪韓國思想의 深層硏究≫ (도서출판 宇石, 1986), 102쪽 참조.

13) 禪詩에서는 常道에서 벗어난 反常性, 곧 反常合道가 離言絶慮다. 德山의 棒이나 臨濟의 喝도 絶慮의 방편이다. 이에 대한 보다 자세한 것은 李鍾燦, 앞의 책, 76-79쪽 참고할 것.

14) "山僧也非俗 初在上浣菴 佛法燈三昧 生涯月一龕 有緣今苦海 無暇舊情談 栢樹庭前翠 胡爲世事擔"

無明의 어둠을 밝히는 등불과 같은 바, 그것은 三昧境을 통해 구현되며, 그러한 佛法은 궁극적으로 衆生濟度를 지향한다. 佛法이 苦海의 衆生과 因緣을 맺는 까닭이 여기에 있다. 諸行無常은 緣起 아님이 없다. 格外禪의 가름침이다.

西山大師의 ≪禪家龜鑑≫에 '僧問趙州 如何是祖師西來意 州答云 庭前栢樹子 此所謂格外禪旨也'라 하였다. '庭前柏樹子'는 格外禪을 이른다. 參禪의 道理는 예사 사람들의 상식에서 벗어난 것이므로, 있는 마음으로나 없는 마음으로나 다 알지 못한다는 것이 格外禪의 뜻이다. 祖師가 서쪽에서 온 뜻이 있는데, 어찌하여 解脫하지 못하고 세상 일을 멘다고 했을까라는 시인의 깨달음이 여기에 있다. '어이해 세상 일을 멘다 했을까'에서 그동안 世俗的 慾望으로 무한히 葛藤하고 苦惱했음을 엿볼 수 있다. 그것은 修身齊家治國平天下의 儒家的 志向때문에 나타난 번뇌일 것이다. 이를 실천하기 위해 애쓰다가 마음은 찌들리고 억눌리어 心的 平和를 잃을 수밖에 없었다. 부조리한 현실이 그것을 가로막고 있었기 때문이다. 그러므로 禪的 분위기에 젖어 世俗에서 상처받고 억눌린 자아를 치료함으로써 心的 平和를 얻고자 했다고 하겠다.

雲木蒼蒼嶺月明	구름 나무 짙푸르고 고갯달이 밝을 때
幾回高座聽無生	몇 번이나 높은 자리 무생설법 들었나.
別時桂樹秋花發	헤어질 때 계수나무 가을꽃이 피었었고
深殿香爐夜雨鳴	깊은 절 향로 옆에 밤비 소리 울렸어라.
桑下早知三宿戒	뽕나무 그 아래의 삼숙계를 일찍 알아
山中慢結半年情	산중에서 반 년 동안 정을 문득 맺었었네.
相期錫杖風塵外	바라건대 석장 짚고 풍진세상 나와서
衣鉢禪宗暢大名	의발제자 선종으로 큰 이름을 펼쳐 주오.

<中南臺別察公>(권1 장41-42)

雲木이 蒼蒼한 고개에 달이 두둥실 떠오른, 고요하기 짝이 없는 山寺다. 스님의 높깊은 無生說法을 듣고 禪的 분위기에 여러 번 젖었다. 無生은 佛家의 說法으로 法의 實相은 生滅이 없음을 了得한 삶을 말한다. 헤어질 때에 계수나무에 가을꽃이 피었다는 것은 僧俗一如의 交遊를 통한 불법의 세계를 깨달

250

왔음을 말한다. 그러나 娑婆世界의 이별은 슬픈 것, 그래서 그 슬픔을 빗소리
를 통해 드러냈다. 일찍이 三宿戒를 알아 반 년 동안 이 산사와 정을 맺었다.
三宿戒란 沙門의 도를 닦는 것은 精進에 있는 것이지, 安逸에 있는 것이 아니
라는 가르침이다. 僧俗의 交遊를 통한 가르침에 깨달음의 기쁨이 컸다. 그러
므로 詩人은 그것이 世俗의 모든 사람들에게까지 베풀어지기를 갈망했다. 홀
로만을 위하여 解脫을 구하고 反照만 하여 善行을 닦지 않는 자가 闇燈禪客
이기 때문이다. 그러므로 似而非 禪僧에 대하여 '談栢樹下乾屎 誰識西來之
意'15)라고 비판도 했던 것이다. 깨달은 법의 실천이 중시된다. 普賢行은 彼我
의 경계를 초월한 同體大悲의 정신에 터를 둔 것으로서 여기에서 菩薩의 無
我에 바탕을 둔 自利利他行이 나타나며, 더 나아가 바람직한 社會建設의 이념
으로까지 확대되므로 때로는 비판적 현실인식을 드러내기도 한다.16) 利他行
의 불법을 펼쳐 普賢行을 하는 것이 참다운 깨달음이다. 결련의 詩想은 이에
다름 아니다.

　그런데 참다운 깨달음이란 중생과 함께 함에 있다는 佛心을 드러낸 것은
그만큼 세속적 갈등과 고뇌가 컸음을 반증한 것이 아닐까. 石北은 貧賤과 臥
病과 失意, 그리고 世我矛盾에서 발생한 悲哀를 적지 않게 드러냈다는 점을
상기할 필요가 있겠다. 그리고 이러한 점은 그 구체적 양상은 다를지라도 조
선후기 몰락한 사대부의 일반적인 하나의 현상이기도 했다. 그러한 점에서 탈
속의 세계에 대한 동경의식을 드러낸 <送茂州雲臺靈瑞山人歸山>17)이 주목된
다. 丁丑年(1757)에 茂州의 雲臺 靈瑞山人이 赤城山으로 돌아갈 때 준 시다.

15) 申光洙, <海南頭輪山大芚寺八相殿鐵鏡樓重修上樑文>, ≪文集≫ 권13 장27.
16) 이에 대한 보다 구체적인 것은 李鍾燦, 앞의 책, 172-179쪽과, 印權煥, 앞의 책
　　230-249쪽을 참고할 것. 승려는 탈속한 생활을 하기 때문에 자칫 사회를 부정하고 독
　　선적 고답에 빠져 사회와 유리되기 쉬우나, 그렇지 않은 면을 불가시문학은 지니고 있
　　다. 眞俗不二의 선적 자세때문이다. 평화시에는 산림으로 숨지만, 위기시에는 현실을
　　비판하고 고발하기도 한다. 사명대사의 임진란을 소재로 한 시, 청허대사의 <戰場行>,
　　백곡의 <宿田家> 같은 것이 대표적인 작품이다. 李鍾燦, <佛家의 漢詩>, ≪韓國文學
　　研究入門≫(知識産業社, 1982), 234쪽 참조.
17) 申光洙, <送茂州雲臺靈瑞山人歸山>, ≪石北文集≫ 권3 장18.

伽倻僧自武陵還　　　가야산 절 스님이 무릉에서 돌아오니
雲衲新磨水石間　　　신마의 수석 사이 구름 장삼 있고녀.
深夜白頭燈下坐　　　깊은 밤에 흰 머리가 등불 밑에 앉아서
雨中閒說赤城山　　　빗소리에 적성산을 한가로이 말하네.

袈裟明日茂州歸　　　스님이야 내일이면 무주로 돌아가리
萬水千山一鳥飛　　　일만 물 즈믄 산에 날아가는 새 한 마리.
莫問高僧入定處　　　고승의 입정처를 묻지를 말아 다오
白雲何寺掩松扉　　　흰 구름 어느 절에 솔문 닫고 있으리니 〈其二〉

十年回首赤城霞　　　십 년 동안 적성산의 노을을 바라보며
欲買白雲深處家　　　흰 구름 깊은 곳에 집을 사고 싶어 했네.
爲報山僧秋到寺　　　산승에게 알리노니 가을날 절에 이르러
石橋南畔採蔘花　　　석교 남쪽 언덕에서 삼꽃을 캘까 하오 〈其三〉

　山僧의 悠悠自適함과, 隱遁하고 싶어하는 詩人의 心情이 나타나 있다. 첫째 수에 보이는 적성산은 무주에 있는 古城이다. 무릉으로부터 돌아온 스님과 함께 新磨의 水石 사이에서 구름과 더불다가, 밤비 소리를 들으며 등불 아래서 이야기를 나누고 있는 장면이 정겹다. 속세의 때가 묻지 않은 스님은 내일이면 무주로 돌아간다. 萬水千山의 새 한 마리는 바로 스님의 分身이다. 허공을 훨훨 나는 새처럼 세속에 얽매이지 않는 스님의 超脫한 모습이 눈에 선하다. 탈속의 공간 山寺에서 스님은 머물 것이다. 흰 구름이 절로 이는 어느 절에서 禪을 닦을 것이 분명하리니, 구태여 入定處를 물을 필요가 없다. 그렇지만 시인은 세속의 번뇌를 다 떨쳐 버리지 못한 중생이기에 늘 탈속의 세계를 동경한다. 그러므로 십 년 동안 적성산의 노을을 바라보며 흰 구름 깊은 곳에 집을 사고 싶어 했다고 고백했다. 석교 남쪽 언덕에서 삼꽃을 캐고 싶다는 약속, 또한 이러한 심정의 반영이다. 이것은 세속을 벗어나고 싶은 욕망의 표출에 다름 아니다. 貧寒과 臥病에 시달렸던 石北이었다. 그러므로 이러한 심정은 그 누구보다도 더욱 절실했을 것으로 보인다. 게다가 그는 이 무렵 청운의 꿈마저도 상실한 채 失意 속에 잠겨 있을 때였던 것이다. 빈한과 실의 및 와

병 속에서 많은 나날을 보내면서 나그네로 반평생을 떠돌아 다녔기 때문에, 이러한 현실로부터 벗어나고 싶은 소망이 때때로 禪的인 悟道의 세계에 대한 지향으로 나타난 것으로 보인다. 山寺의 禪的 분위기 속에는 현실적 갈등이 존재하지 않기 때문이다.

白日眠回山寂寂	낮잠 깨어 다니니 산 속은 적적하고
堦花自墜客心孤	섬돌 꽃 절로 져서 길손 마음 외롭네.
風枝雀坐隨高下	바람 가지 참새는 높고 낮고 따르고
雲壁僧來見有無	구름 벽에 스님은 有無를 드러내네.
萬事早知非實境	만사에는 實境 없음 일찍이 알았나니
十年虛愧落名途	십 년이나 名途에 떨어졌음 부끄럽네.
維摩丈室誰相問	유마의 장실에서 누가 서로 물었던고
一部楞嚴養病軀	능엄경의 일부로 병든 몸을 요양하네.

<禪房晝吟>(권3 장11)

적적한 大芚寺의 禪房이다. 떨어지는 꽃은 마치 병든 자신의 모습만 같다. 외롭다. 바람이는 가지에 참새는 오르내리고, 구름 자욱한 곳에서 스님은 有無를 드러낸다. 實境이란 하나도 없다는 불법의 진리를 일찍이 깨달은 바도 있다. 萬有無常이다. 그러므로 십 년 동안이나 이름에 연연했던 것이 부끄럽다고 했다. 維摩의 丈室에서 楞嚴經으로 병든 몸을 잊어 보려 했다.[18] 그러므로 禪房은 깨달음의 공간이자 生命之氣를 확충하는 공간으로서 의미를 지닌다.

山寺에는 詩僧이 있게 마련이다. 고매한 인품을 지닌 詩僧이자 禪僧이다. 밤이면 불법을 듣기 일쑤이다. 그 깨달음의 경지는 아슬한 하늘처럼 높디높고, 깊숙한 골짜기의 나무에서 천뢰가 이는 것처럼 막힘이 없이 시원하며, 그 悅樂은 텅 빈 강의 밤물결처럼 그지없이 일렁거린다. 그러므로 '一言如有覺 諸境已成過'[19]라 했다. 詩禪一如의 眞境에 몰입할 수밖에 없다. 스님의 불법이

---

18) 維摩는 석가여래의 在家弟子이다. 인도의 毘舍離國의 사람으로서 佛道를 닦아 보살이 되었다. 維摩詰 또는 毘摩羅詰이라고도 한다.

19) 申光洙, <夜贈察師>, ≪文集≫ 권1 장47. "詩僧翠微寺 高不去天多 深樹凉生籟 空江夜

깨달음의 眞境을 연 것이다. 그러므로 새벽 山寺의 범패 소리는 깨달음의 禪悅이 되어 멀리멀리 퍼지기도 한다. 세속의 띠끌먼지가 여기에 있을 수가 없다. 그야말로 정화된 세계의 화폭이다. 高天과 深樹와 空江이 上中下로 나타나고, 여기에 眞如의 세계가 無窮無盡 펼쳐진다. 禪僧의 말 한 마디마다 깨달음의 眞境 아님이 없다. 그러므로 서쪽으로 지는 달은 깨달음의 完熟境이나 西方淨土를 향한 지극한 갈망을 상징하게 마련이다.[20]

山寺에서 새벽은 고요하기 그지없다. 象外의 높은 정신적 경지를 깨달을 수 있는 시간이다. '寂歷人間方未動'의 시간이므로 '嵓嶢象外獨先醒'으로 나타나기도 한다. '象外'란 마음이 형상 밖에 초연함을 이른다. 그러나 이것도 순간일 뿐이다. 해가 뜨면 心境이 다시 어지러워지기 때문이다. '從知日出紛心境 自惜繩床聽妙經'은 이를 말한다.[21] 해가 뜸은 日常의 시작을 의미한다. 일상의 시간은 새벽과 같은 寂然不動의 시간이 아니다. 한번 깨달았다고 해서 초연한 마음의 상태가 지속되는 것은 아니다. 지속적인 禪的 깨달음이 요구되는 까닭이 여기에 있다. 그러므로 불교에서는 頓悟漸修를 강조한다.

頓悟는 한꺼번에 그리고 순간적으로 깨달음을 이루는 것을 말한다. 漸修는 순간적인 깨달음을 좀더 확고히 하고, 이를 완전히 실현하기 위한 수행이다. 깨달았다고 하더라도 迷妄이 쉽게 없어지는 것이 아니다. 꾸준한 수행을 통하여 迷妄을 완전히 없애고, 眞如本性인 眞心을 부동의 것으로 해야 한다는 것이 漸修의 논리이다. 頓悟漸修를 위하여 수행상 필요한 것이 바로 定慧雙修이다. 定이란 일체의 대상에 대하여 변하거나 흔들리지 않는 寂然不動한 마음의 상태를 말하며, 慧는 분별하고 사유하는 앎을 떠난 초월적인 觀照의 지혜를 말한다. 그러나 石北은 知訥·慧諶·冲止·景閑과 같은 禪僧이 아니다. 그러므로

息波 一言如有覺 諸境已成過 月落西峰在 依依發梵歌"`

20) 달의 心象은 ≪新羅歌謠의 硏究≫(朴魯埻, 열화당, 1989), 71~74쪽, ≪韓國佛敎詩文學論≫ (宋赫, 東國大學校 出版部, 1986),118~123쪽 등에서 佛家의 思惟와 관련하여 언급하고 있다.

21) 申光洙, <上元庵曉思> ≪文集≫ 권3 장4. "嶽寺龕燈欲曉靑 雲窓宿客悄開扃 西南不盡無天水 三五猶殘倒海星 寂歷人間方未動 嵓嶢象外獨先醒 從知日出紛心境 自惜繩床聽妙經"

높깊은 悟道의 세계에 直入하여 그것을 禪詩로 표출한 것이 아니라, 그러한 세계를 지향하고 추구하는 가운데, 山寺의 서정을 통해 禪味를 드러냈다고 하겠다.

洞壑朝來風乍喧　　　　　산골짝 아침이라 바람 잠깐 요란터니
樵僧驚報虎過門　　　　　초승 놀라 호랑이가 지나갔다 알리네.
孤雲逗壁寒將曙　　　　　외로운 구름 벽에 머문 새벽 춥건마는
輕霰縈窓淡不痕　　　　　영창 맑은 싸락눈에 흔적 하나 없어라.
雙屨欲於京國遠　　　　　나막신 한 쌍이야 경국에서 멀고프니
一詩爭似道峯尊　　　　　시 하나는 도봉산의 높음과 다투는 듯.
能忘物我俱眞境　　　　　물아 정녕 잊었나니 모두 다 진경이라
從此參禪晩計存　　　　　이로부터 참선일랑 저물도록 계획하네.

<山寺卽事>(권10 장14)

　物我마저 잊은 眞境의 세계를 추구했다. 能忘物我의 眞境은 禪的 분위기가 감도는 山寺에서 펼쳐지고 있다. 산사의 시는 道峯의 높음과 맞먹는다. 탈속에서 온 詩禪一如다. 도봉은 京國과 대조적인 세계다. 物我를 잊으니 眞境의 세계가 열린다. 詩禪一如의 眞境이다. 그러므로 그 진경의 세계에서 悅樂을 느끼고자 參禪도 계획했다.

　京國과 道峯은 대립적 공간이다. 京國이 세속으로 대표되는 공간이라면, 道峯은 탈속으로 대표되는 공간이다. 도봉은 禪的 깨달음의 세계다. 그러므로 도봉에서는 能忘物我의 眞境을 맛볼 수 있었다. 그러면 시인은 왜 能忘物我의 眞境追求, 곧 參禪을 계획하고 있는가? 物我의 區別에서는 갈등과 대립이 생기기 때문이다. 서울은 세속의 공간으로 是是非非와 利害得失을 가리며, 好惡의 分別智가 있는 곳이다. 따라서 物我의 대립이 있을 수밖에 없다. 이러한 物我의 대립에서 받은 상처를 치유할 수 있는 공간이 도봉이다. 여기에는 能忘物我의 眞境에서 맛볼 수 있는 禪悅이 있다. 是非를 떠나고 利害를 떠나 好惡까지 없애면 能忘物我의 경지에 이를 수 있다. 이것이 바로 物我忘形, 곧 相忘의 경지이며, 眞如一心의 경지다. 이러한 경지에 이르는데 시가 한 몫을

하고 있다. 여기에서 詩禪一如의 眞境이 구축될 수 있는 것이며, 이러한 眞境 속에서 豁然開悟의 禪遊도 나타난다.

山寺는 깨달음의 禪悅이 넘실거리는 곳으로 세속적 현실과 대립적 공간이다. 石北은 이러한 山寺를 배경으로 僧俗의 交遊를 형상하기도 했고, 詩禪一如의 경지를 그리려고도 했으며, 그러한 경지를 누리려고도 하였다. 情景相値의 物我一體를 거쳐 天理가 流行하여 나온 詩有神境의 禪味를 드러내기도 했다. 이 세상 어느 것 하나 萬有無常이 아닌 것이 없다는 자연관을 드러내기도 했고, 祖師心의 眞境을 맛보려고도 했으며, 脫俗의 山僧을 만나 世俗的 慾望에서 벗어나고자 하는 詩心을 드러내기도 했다. 또한 利他行의 불법을 펼쳐 중생을 제도하는 普賢行을 갈망하기도 했고, 能忘物我의 眞境을 추구하기도 했다. 이것은 결국 세속에서 찌들고 억눌린 自我를 해방시키려는 의식작용의 결과라고 할 수 있다. 山寺와 세속은 대립적 공간으로 나타나기 때문이다. 그러므로 山寺는 깨달음의 공간, 티끌세상의 갈등이 존재하지 않는 공간, 生命之氣를 확충하는 공간, 더 나아가 세속에서 받은 상처를 치료하는 공간으로서 의미를 지닌다. 그러므로 禪的 분위기에 젖어 心的 平和를 얻고자 했다. 石北은 貧賤과 臥病과 失意, 그리고 世我矛盾에서 발생한 갈등을 벗어나고 싶은 소망이 때때로 禪的인 悟道의 세계에 대한 지향으로 나타난 것으로 보인다. 결국 山寺의 抒情을 통해 현실적 갈등을 해소하고 극복하려고 했다고 하겠다.

(2) 豁然開悟의 禪遊

山寺는 빼어난 自然景觀을 배경으로 하고 있다. 山寺나 그 주변을 배경으로 한 僧俗의 交遊나 賞自然에 대해 豁然開悟의 禪遊라고 할 수 있다. 山寺와 그 주변은 禪悅이 넘실거리는 공간이기 때문이다. 石北이 禪僧과 같은 頓悟로부터 오는 높깊은 豁然開悟의 경지에 완전히 침잠한 것은 아니지만, 이상적인 정신적 경지는 누구나 지향하고 추구한다는 점에서 闊然開悟의 禪遊라 했다.[22] 禪僧이 바라보는 자연은 단순한 玩賞의 대상이거나 樂山樂水의 대상이 아니다. 이들의 山居는 철저한 心的 修行의 일환이므로 산수에 대한 관념 역시 단순한 自然賞讚이 아닌 禪的인 觀照로 이루어지고 있기 때문이다.23) 그러나 石北의 경우는 禪僧이 아니라는 점에서 그 양상이 다르다. 石北은 佛敎에 대한 상당한 조예가 있으므로 앞에서 보았던 것처럼 이러한 점이 전혀 없는 것은 아니나, 여기서는 대체적으로 詩歌에 일반적으로 나타나는 賞自然의 개념으로 보되, 보다 禪趣가 加味된 개념으로 보아야 할 것이다.

蒼厓微雨滑	푸른 벼랑 가랑비에 미끄러워서
高下信歸僧	높낮은 곳 돌아가는 스님만 믿네.
南北聞鍾近	남북으로 종소리를 가까이 듣고
晨昏着屐登	아침저녁 나막신을 신고 오르네.
石鳴稀引杖	돌울림은 듬성듬성 지팡이 끌고
松暗側隨燈	어두운 솔 옆에서는 등을 따르네.
幽事時時足	그윽한 일 때때로 넉넉도 하니
頗憐病脚能	아픈 다리 능함이 문득 미쁘네.

<上南臺夜歸>(권1 장47)

가랑비가 흩날리는 푸른 벼랑길이 있고, 깨달음을 재촉하는 山寺의 종소리가 있다. 아침저녁으로 오가는 미끄러운 벼랑길은 깨달음의 세계로 가기 위한 과정을 상징한다고도 할 수 있다. 일체의 妄念을 제거하고 虛靈湛寂한 마음의 본체를 찾아 禪的 깨달음의 세계를 획득한 스님의 도움을 받는다. 無明의 어둠에 지혜의 등불을 밝히고 인도하는 스님이다. 禪的 분위기에 젖으면서 누릴 수 있는 賞自然에 대한 기쁨을 드러냈다.

豁然開悟의 禪遊는 賞自然을 통해 구현되기도 한다. 山寺나 그 주변에서의 賞自然은 物我一體의 無障無碍의 경지를 만끽하는 禪遊라고 할 수 있다. 그러

---

22) 豁然開悟는 佛家의 頓悟를 의미하며, 開悟의 禪悅은 禪詩의 反常合道的 경지로 나타난다. ≪韓國의 禪詩≫(李鍾燦) 221-224쪽, ≪韓國佛家詩文學史論≫(李鍾燦) 217-220쪽 참조. 本稿에서는 豁然開悟의 의미를 보다 포괄적 개념으로 사용한다.

23) 印權煥, 앞의 책, 214쪽 참조.

므로 시인은 禪的 깨달음 속에서 主客未分의 悅樂을 누리고자 했다. 物我一體 無念無想의 眞如 속에서 만끽하고자 하는 賞自然의 詩興이 바로 그것이다. 아침저녁으로 산을 오르는 까닭이 여기에 있다.

中臺咫尺上臺阿	중대의 지척에는 상남대의 언덕 있어
詩興諸君日日過	그대들과 시흥으로 나날이 지냈었네.
山逕夜歸聞屐遠	밤 산길 돌아가는 나막신은 멀어지고
寺樓朝入與雲多	절다락에 아침 들면 구름과 더불었네.
長天極浦浮波浪	긴 하늘은 먼 나루 물결 위에 떠 있고
白雨蒼山洗薜蘿	흰 비는 푸른 산의 벽라를 씻고 있네.
萬古湖西瀟灑地	옛날부터 호서는 맑디맑고 깨끗한 땅
共銷三伏豁如何	함께 삼복 지내니 활연함이 어떠한고.

<贈上庵諸客>(권1 장48)

僧俗의 禪遊 속에서 豁然開悟의 詩心을 누리고 싶은 갈망을 표출했다. 禪僧과 더불어 詩禪一如의 詩興과 그 禪悅을 만끽하고자 함이다. 날마다 저물도록 상남대에서 즐긴 상자연의 禪遊는 지극하기 그지없다. 밤에야 헤어져서 산길을 돌아가는 나막신 소리를 듣기도 했으며, 아침이면 절다락에서 구름과 더불어 노닐기도 했다. 山寺치고 風光이 빼어나지 않은 곳이 없다. 아득히 먼 하늘은 나루터 물결 위에 비치고, 소나기는 푸른 산의 벽라를 말끔히 씻고 있다. 淨化된 공간이다. 이 속에서 자연과 일체가 된 眞境의 즐거움을 만끽하고자 했다. '나는 구름이며, 하늘이고, 소나기며, 푸른 산이요, 그 푸른 산의 벽라이다'와 같은 物我一體의 眞境에 대한 갈망이다. 大地를 적시는 여름철 소나기는 가슴 속의 묵은 찌꺼기를 말끔히 씻는다. 절로 淸淨心을 갖지 않을 수 없다. '萬古湖西瀟灑地'이므로 '共銷三伏豁如何'라고 했다. 막히거나 걸림이 전혀 없는 豁然開悟의 禪遊를 즐길 따름이다.

瀟灑地인 山寺는 탈속의 세계다. 世俗의 묵은 때가 없는 곳이자 禪悅이 넘실거리는 곳이기도 하다. 하루 내내 거미는 내리고, 호랑나비는 실바람에 너울너울 춤을 추며, 늙은 스님은 앉자마자 졸음 속으로 빠져 드는 고요함도 있다. 그러므로 병 속에서도 문득 청산과 하나가 되어 能忘物我의 眞境을 맛보기도 한다. '却爲靑山遠市朝'[24)가 바로 그것이다.

山寺는 홍진의 티끌세상과 대조적인 淸淨의 세계다. 티끌세상은 흔히 長安으로 대표된다. 티끌세상은 '長安此日多車馬 夾路紅塵滿面吹'[25)와 같은 세계다. 장안에는 사람을 들볶는 무더위와 같은 煩惱와 雜念이 있다. 是非曲直과 利害得失이 얽혀 있는 공간이다. 生死苦海에서 헤어나오지 못하는 迷妄의 세계요, 諸行無常의 眞理를 알지 못하는 無明의 세계다. 산사는 이와 대조적이다. 迷妄과 煩惱에서 해탈할 수 있는 공간이다. 깨달음을 재촉하는 우레의 우르릉 하는 소리가 있고, 세속의 찌꺼기를 말끔히 씻는 法雨가 있다. 그러므로 때로는 身心忽空의 깨달음의 세계에서 眞如의 기쁨을 누리기도 하고, 無障無碍의 해방감을 맛보기도 한다. 浮世에 超然한 스님이 있고, 시가 있으며, 때로는 술도 있다. 여기에 세속의 是非曲直이나 利害得失이 있을 리가 없다. 그러므로 스님과 더불어 豁然開悟의 禪遊를 즐길 수가 있는 것이다.

中南臺上上南臺	중남대라 그 위에는 상남대 언덕 있어
獨往尋僧晩獨廻	홀로 스님 찾았건만 저물도록 홀로 있네.
步步涼蟬吟翠壁	걸음걸음 서늘 매미 푸른 벽서 노래하고
時時幽鳥下靑苔	때때로 그윽한 새 파란 이끼에 내리네.
地高山木先秋落	높은 땅 산나무는 가을 떨림 먼저하고
天濶江雲欲雨來	넓은 하늘 강 구름은 비를 싣고 오려 하네.
更上東樓無暑氣	다시 동루 올라가니 더운 기운 가셨는데
半空鍾磬寺門開	반공중의 종경 소리 절문은 열려 있네.

<中南臺卽事>(권4 장6)

---

24) 申光洙, <禪房晝吟> 其二, ≪石北文集≫ 권3 장11. "深殿香烟碧自銷 不知三夏病中消 空樑盡日蜘蛛下 獨樹微風蛺蝶搖 病客此時心寂寂 老僧來坐睡蕭蕭 衰年欲迷東林社 却爲靑山遠市朝"

25) 申光洙, <寺中苦熱謾吟>, ≪文集≫ 권1 장42. "長夏科頭臥翠微 困人秋暑亦支離 輕雷遠水時搖過 白雨蒼藤盡倒垂 慰渴僧携山下酒 寬愁弟誦嶺南詩 長安此日多車馬 夾路紅塵滿面吹"

自然과 하나가 된 상태, 그 깨달음의 경지는 열려 있는 마음의 세계다. 그
것은 煩惱에 시달리는 衆生을 받아 들이려는 大乘佛敎의 가름침과 상통한다.
열린 절문은 普賢行의 일깨움이다. 자연과 혼융일체가 된 상태에서 자연의 무
한한 변화상을 받아들인다. 높은 곳의 산나무가 가을을 먼저 안다는 것은 자
연의 이치다. 불법 또한 자연의 섭리를 벗어나지 않는다. 身心忽空의 순간적
깨달음에서 온 툭트인 경지는 광활한 하늘을 통해 드러나고, 비를 머금은 강
구름은 法雨라도 한바탕 뿌릴 것 같다. 강구름에 동루의 시원함도 있다. 깨달
음을 재촉하는 종경 소리는, 아직도 깨닫지 못한 모든 중생을 구제하려는 듯
반공중 울려 퍼지고, 훤히 열려 있는 절문은 衆生濟度의 普賢行을 갈망한다.

東林幽絶處	동림사 그윽하고 빼어났는데
夜叩遠公扉	밤에는 원공 찾아 문 두드리네.
流水空山靜	흐르는 물 빈 산은 고요하나니
懸燈落磬稀	걸린 등 풍경소리 마냥 드무네.
不辭穿暗逕	어두운 산길 뚫음 사양치 않고
貪聽講禪機	선어를 온전하게 듣고자 했네.
相送虎溪上	서로서로 보내는 호계 위에서
眞成一笑歸	참으로 한번 웃고 돌아왔다네.

<翌日寄一公>(권1 장47)

스님과의 깊은 사귐을 노래하고 있다. 시인의 禪趣도 잘 드러나고 있는 작
품이다. 無明의 어둠을 떨쳐버리고 禪機를 얻음으로써 一笑의 眞境을 획득하
고는 유유히 山寺를 떠난 것이다. 豁然開悟의 禪遊를 즐겼다는 자부이다. 禪
語를 듣고자 어두운 산길도 마다하지 않고 밤늦도록 이야기하다가 돌아가는
詩人의 모습은 그 옛날 遠公과 더불어 지냈던 陶潛이나 陸修靜과 다를 바 없
다는 인식이다.
　遠公은 晋나라 때 盧山 東林寺에 있던 高僧 慧遠을 일컫는다. 虎溪는 동림
사 앞에 있는 시내이다. 원공선사가 손을 보낼 때 이 시내를 넘어서지 않았
다. 넘어가면 호랑이가 울기 때문이었다. 하루는 도잠과 육수정을 배웅하며

이야기하다가 잊고서 시내를 지났더니 호랑이가 울어 세 사람이 껄껄 웃으며 작별하였다고 한다. 뒤에 그곳에 三笑亭을 세웠다. 虎溪三笑의 고사를 시적으로 형상했다. 古人이 지녔던 고결한 友情과, 그들이 깨달았던 悠悠自適한 심적 경지를 時空을 초월하여 누리고 싶었던 소망이 투영되었다.

東臺元積氣	동대의 쌓인 기운 으뜸이건만
白塔自前朝	백탑은 저절로 전조에 있네.
檜問何僧植	노송나무 어느 스님 심었었던고
碑經外國燒	비석길 밖에서는 나라 불탔네.
難歸樓下棹	다락 아래 돛배에서 차마 못 갈레
獨下柳邊橋	버들숲 다리에서 홀로 내리네.
萬樹孤烟起	만 그루 나무에는 외로운 안개
西陵隔水遙	서릉은 물 저 멀리 아득하고녀.

<遊甓寺> 其二(권5 장5)

驪州에 신륵사가 있다. 주변의 경치가 빼어날 뿐만 아니라, 더욱이 神僧이 자 詩僧인 懶翁和尙이 있었던 곳이다. 나옹은 亡國의 그늘 속에서 방황하는 민중의 정신적 구제에 종교적 사명을 두었고,[26] 豁然開悟의 求偈頌[27]을 남겼다. 그러므로 萬古에 변함이 없는 달빛에 豁然開悟의 禪遊를 즐기고 싶은 곳이다.[28] 동대에 쌓인 맑디 맑은 기운, 고려조를 연상케 하는 백탑, 나옹화상이 심었다는 노송나무 등 오랜 세월 동안 역사의 숨결을 고스란히 간직한 절이다. 함련은 禪問答이다. 신륵사의 노송나무를 어느 스님이 심었는가를 물었더니 비석길 밖에서 나라가 불탔다는 엉뚱한 대답이다. 여기에 '불교의 敎義的 표현은 가장 상징적일 수 있고, 또 그 상징의 앞 뒤에 놓이는 체험이나 이해는 至高의 상상력의 발현'[29]이라는 禪的 想像力이 있다. 노송나무를 매개로

---

26) 印權煥, 앞의 책, 85-86쪽 참조.

27) 李鍾燦, ≪韓國의 禪詩≫(二友出版社, 1985), 221-224쪽.

28) 申光洙, <遊甓寺> 其一, ≪文集≫ 권5 장5. "晚作驪興客 先爲勒寺遊 地開神馬窟 江動 懶翁樓 萬古憐多月 終年欲在舟 陵官幸無事 垂釣弄滄洲"

29) 李鍾燦, 앞의 책, 21쪽.

하여 아득한 시간을 뛰어 넘어 나옹과 만나고 있는 것이다. 비석 밖에서는 나라가 불탔지만, 불법은 노송나무처럼 우뚝 솟아 변함없다. 이러한 禪的 깨달음이 있는 사찰이기에 道場의 고요한 분위기 속에서 禪悅을 느끼고, 그러한 절을 배경으로 한 驪江의 禪遊와 그 悅樂을 고이 간직하고 싶은 것이다. 그러므로 배에서 차마 발걸음이 떨어지지 않는다고 했다.

石北은 懶翁和尙이 머물며 지냈던 江月軒에서 주변의 정경을 노래하는 가운데 空卽是色 色卽是空이라는 불법의 세계에 침잠하여 禪官임을 드러내기도 했다.[30] 忙中閑 속에서 불법의 현묘한 경지를 생각했음이다. 세속에 있는 몸이지만 處染常淨의 淸淨心을 지니고 싶은 소망의 표출이다.

山寺나 그 주변을 배경으로 한 僧俗의 交遊나 賞自然에 대해 豁然開悟의 禪遊를 드러낸 작품을 살펴 보았다. 石北은 物我一體의 賞自然의 詩興을 스님과 함께 하면서 豁然開悟의 詩心을 누리고 싶은 지극한 갈망을 표출했다. 자연과 혼융일체가 된 상태에서 자연의 무한한 변화상을 받아들이기도 했으며, 僧俗의 교유 속에서 眞如의 세계를 맛보고, 그리하여 산사를 떠나는 심정을 드러내기도 했다. 懶翁和尙이 있었던 신륵사 주변의 驪江에서도 豁然開悟의 禪遊와 그 悅樂을 누리고자 했다. 이것은 결국 處染常淨의 淸淨心과 禪遊를 통해 情緖를 醇化함으로써 한층 더 맑고 깨끗한 삶을 누리고 싶은 소망의 작용이라고 할 것이다.

2) 道家的 思惟

道家思想은 우리 문학에 깊은 영향을 미친 바, 文藝一般에 나타나는 天眞의 중시, 技巧의 부정을 통한 樸拙의 강조, 隱逸과 隱遁, 無爲自然, 高踏美와 自然美의 愛好 등이 그것이다. 石北은 修己治人을 강조하는 儒者였지만, 道家나 佛家를 異端視하지는 않았다. 작품에 반영된 佛家思想이나 道家思想은 오히려 그의 문학세계를 더욱 풍요롭게 했다. 儒家的 理念이 도가적 사유와 충

---

30) 申光洙, <江月軒夜坐>, ≪文集≫ 권5 장28.

262

돌하면서 갈등이 증폭되기도 하나, 도가적 사유를 통해 현실적 삶의 갈등과 고뇌를 抒情코자 하는 일면이 있다.

(1) 隱逸과 隱遁

隱逸과 隱遁은 一脈相通하고 비슷한 측면이 있으나 본질적으로 같은 것은 아니다. 은둔은 완전한 現實逃避요, 은일은 德行高士의 超世를 뜻한다.[31] 초세는 단순히 山林으로 逃避하는 것이나 世間과의 斷絶을 뜻하지 않는다. 俗世에 살거나 仙境을 찾거나가 문제가 아니라, 현실에 대한 관심이나 名利에 대한 戀戀한 慾望을 벗어나 스스로 高踏을 추구하기 때문이다. 은일과 은둔은 모두 현실을 부정하고 자연을 벗한다는 점에서는 유사하다. 儒家는 세상을 규범화하여 다스리려고 하는 반면에 도가는 유가의 인위적 文化를 볼 수 없어 超世하여 獨善을 지키려고 한다. 유가에서는 爲人之學을 중심한 修己治人을 이상으로 하지만, 도가는 爲己之學으로 虛靜自守하고 卑弱自恃하는 無爲自然을 이상으로 하여 無公無私·乘化樂天하는 超世의 태도를 취한다. 여기에 세속적 욕망이 자리잡을 수가 없다. 그러므로 高踏的 생활은 절로 고답적 風味를 낳았고, 고답적 풍미는 은일을 절로 낳았다. 은둔은 세속적 욕망을 완전히 초월하지 못하며, 逃避思想을 낳는다는 점에서 은일과 다르다. 도피사상은 사회현실이 자기의 이상과 부합하지 않아 도저히 수용하지 못할 경우 체념하여 생기는 사상이다. 자기의 이상을 좇아서 사회에 참여하려다가 사회현실과 맞지 않아 스스로 은둔하는 경우와, 出仕하려 하나 사회가 자기를 받아 주지 않아 은둔하는 경우가 있다. 은둔은 心的 平和를 찾아 자연에 묻히는 것이니, 超世的 隱逸이라고 할 수 없다.[32] 그러나 은둔적 삶 속에서도 隱逸文學을 낳을 수

---

31) 李鍾殷, <時調文學에 나타난 隱逸思想>, 《時調文學硏究》(正音文化社, 1986), 172쪽 참조. 隱遁과 隱求를 대립적 개념으로 파악하여, 隱遁을 老莊의 現實否定으로, 隱求를 儒學的 現實肯定으로 보기도 한다. 崔珍源, 《國文學과 自然》(成均館大學校出版部, 1986), 33쪽.
32) 李鍾殷, 《韓國詩歌上의 道敎思想硏究》(普成文化社, 1978), 71-75쪽 참조.

있었으니, 그것은 관념 속에서나마 초세적 은일을 추구할 수 있었기 때문이다.

현실에서 빚어진 拘束과 抑壓, 挫折과 葛藤, 그리고 無常感 등을 은둔이나 은일을 통해 극복하려는 문학적 전통은 끊임없이 이어져 왔다.[33] 自然은 明哲保身과 存心養性, 賞自然의 風流 및 葛藤克服의 공간이었다. 조선조 黨爭이 胚胎된 燕山朝 이후에 江湖自然에 묻혀 悠悠自適하려는 山林學派가 형성된 바, 이는 黨爭下의 明哲保身과 致仕客의 閑適을 위함이고, 이것이 江湖歌道를

33) 金應煥, <李仁老 文學에 나타난 道敎思想>, ≪한양어문연구≫ 제4집(한양대학교 한양어문연구회, 1986).

金昌植, <林悌詩 硏究>(漢陽大學校 博士學位論文, 1991).

金興圭, <江湖自然과 정치현실>, ≪世界의 文學≫(民音社, 1981. 봄).

朴永浩, <許筠 文學 硏究>(漢陽大學校 博士學位論文, 1991).

李健淸, ≪韓國田園詩 연구≫(文學世界社, 1986).

李演載, ≪高麗詩와 神仙思想의 理解≫(亞細亞文化社, 1989).

李鍾殷, <高麗後期 漢詩의 道敎的 樣相>, ≪韓國學論集≫ 제25집(漢陽大學校 韓國學硏究所, 1994).

──, <時調文學에 나타난 隱逸思想>, ≪時調文學硏究≫(正音文化社, 1986).

──, <竹林七賢과 竹高七賢의 對比的 考察>, ≪韓國學論集≫ 第17輯(漢陽大學校 韓國學硏究所, 1990).

──, ≪韓國詩歌上의 道敎思想硏究≫(普成文化社, 1978).

李鍾殷外, <高麗中期 道敎의 綜合的 硏究>, ≪韓國學論集≫ 第15輯(漢陽大學校 韓國學硏究所, 1989).

李昌炅, <秋江 南孝溫의 文學硏究>(漢陽大學校 博士學位論文, 1991).

李昌龍, <高麗詩人과 陶淵明>, ≪韓國漢文學≫(正音文化社, 1983).

林熒澤, <李朝前期의 士大夫文學>, ≪韓國文學史의 視角≫(創作과 批評史, 1984).

鄭珉, <石州詩의 두 모습>, ≪韓國學論集≫ 第8集(漢陽大學校 韓國學硏究所, 1985).

趙潤濟, ≪朝鮮詩歌史綱≫(東光堂書店, 1937).

崔珍源, ≪國文學과 自然≫(成均館大學校出版部, 1986).

──, ≪韓國古典詩歌의 形象性≫(成均館大學校 大東文化硏究院, 1988).

264

낳았다.34) 黨爭下의 歸去來意識은 賢者逃避인 바, 그것은 泉石膏肓에 대한 강렬한 동경의식을 낳았지만, 立身揚名만 할 수 있으면 江湖는 언제든지 저버릴 수 있는 것이었다. 經國濟民을 이념으로 하는 朝鮮朝 유자에게 현실인식은 이같은 이유에서 항상 긍정적이었다.35) 그러나 개인에 따라서 江湖自然과 政治現實은 連續·造化·合一로 나타나기도 하고, 심리적·도덕적으로 철저히 대립되어 단절되어 나타나기도 한다. 士林의 세계인식으로 볼 때, 현실정치는 至高한 도덕적 이상에 의해 철저히 재창조되어야 하는데, 그렇지 못할 경우에는 타락한 세속을 부인하고 이와 단절된 강호로 歸去來할 수밖에 없는 바, 밖에서 펼치지 못한 숭고한 표준을 지키고 이에 침잠하려고 한다.36)그러나 이같은 점은 經濟的 기반이 튼튼하지 못한 조선후기 沒落士大夫와는 거리가 먼 삶의 모습이다. 石北은 政治的 現實을 肯定하기도 하고 否定하기도 하는 모순성을 지니고 있음을 이미 앞에서 살핀 바 있다. 이는 그만큼 갈등층위가 다양함을 의미한다.

石北은 出仕하려고 부단히 노력했으나 사회가 받아들이지 않았기 때문에 隱遁하지 않을 수 없었다. 隱遁·隱逸·隱求의 隱을 '현실에 적극적으로 대처하려는 자세의 역설적 표현'37)이라고 할 때, 石北의 은둔은 부조리와 모순에 가득찬 현실인식에서 온 갈등을 극복하려는 적극적 삶의 행위라고 하겠다. 그러므로 石北을 비롯한 儒者들의 老莊的 趣向은 현실에 대한 적극적 삶의 자세나 애정의 역설적 표현이 아닐 수 없다. 그러한 점에서 石北 스스로 隱者임을 자처했을 것이다. 은둔생활 속에서도 은일적 삶을 부단히 추구함으로써 관념 속에서나마 현실적 갈등을 서정하여 心的 平和를 유지하려고 했다. 그러나 현실을 완전히 부정할 수 없는 것이 그의 처지이기도 했으니, 儒家의 이상은 어디까지나 兼濟天下에 있었기 때문이다. 따라서 韓山의 삶은 出仕志向의 儒家

---

34) 趙潤濟, 앞의 책.
35) 崔珍源, 앞의 책, 24-29쪽 참조.
36) 金興圭, <江湖自然과 정치현실>, 《世界의 文學》(民音社, 1981. 봄).
37) 林熒澤, 앞의 책, 389쪽.

的 삶과 隱逸志向의 道家的 삶이라는 이중성을 지닌다. 출사와 은일은 은둔생
활에서 추구했던 두 가지 이상이라 할 것이다.

崇文北洞一茅廬　　　숭문동 북쪽이라 띠풀집 하나
春日渾如隱者居　　　따사로운 봄날에 隱者가 사네.
山雀見人登古木　　　산새는 사람 보고 고목 오르고
隣鷄將子踏新蔬　　　이웃닭과 병아린 푸성귀 밟네.
何知醉後淵明客　　　취하니 淵明客을 어이 알리오
獨喜年來老氏書　　　여러 해 老氏 글에 오직 기쁘네.
貧賤未應妨學道　　　貧賤이 도 배움을 방해 않으니
腐儒當世計全踈　　　腐儒의 삶이라도 두루 통하네.

＜春日＞(권1 장36)

공간적 배경인 韓山[38] 崇文同은 石北의 은거지이다. 이 작품은 遠景에서
近景으로 視線이 이동되고, 외부세계에서 내부세계로 초점이 모아지고 있다.
전반부의 정경은 그지없이 평화로운 바, 森羅萬象의 생명이 넘쳐 흐르는 봄이
시간적 배경으로 나타나고, 새와 이웃집 닭과 병아리가 隱者의 한가하고 그윽
한 삶을 부각시키고 있다. 후반부는 시인의 내면세계가 형상되고 있는 바, 은
자의 총체적 삶의 양상을 엿볼 수 있다. 시인이 지향한 은일적 삶은 淵明客과
老氏書에 압축되어 있고, 그 속에서 道를 體得한 삶의 모습이 '全踈'란 단어에
함축되어 있다. 全踈는 막히거나 걸림이 없이 두루 통하는 경지를 드러낸다.
그것은 陶淵明이나 老子가 궁극적으로 추구한 삶의 경지와 다를 바 없다.

陶淵明은 五斗米에 얽매인 삶이 싫어서 ＜歸去來辭＞를 읊고는, 그 길로 벼
슬을 박차고 田園으로 돌아갔다. 옛부터 중국인들은 樂山樂水의 상자연을 즐

---

38) 본래 백제의 馬山縣이었는데, 신라에서는 그대로 이름하여 嘉林郡의 속현으로 하였고,
고려에서 지금의 이름으로 고쳐 그대로 예속시켰다. 明宗 때에 監務를 두어 鴻山을 겸
임하게 하였다가, 뒤에 이를 知韓州事로 승격시켰다. 조선조 太宗 13년에 例에 따라
韓山으로 하였다. 馬邑·韓州·鵝州라고도 한다. ≪新增東國輿地勝覽≫ 권17 韓山郡條 참
조.

266

겼지만, 문학의 조류로서 자연에 의탁하게 된 것은 위진시대부터인 바, 자연 속에서 감정과 이상을 문학으로 승화시킨 위대한 작가가 도연명이다. 그리하여 새롭고 순순한 중국시의 아름다운 경계가 문학사상에 펼쳐지게 된 것은 이로부터였다.39) 도연명의 작품은 삼국시대를 거쳐 고려시대로 전래되어 온 바, 특히 <歸去來辭>가 사랑을 받았고, 조선조에는 黨爭이나 士禍로 인하여 더욱 절실하게 도연명의 세계에 친숙하게 되었다.40) 이러한 점은 和陶辭를 통해 보다 구체적으로 확인되고 있다.41) 작품의 배경이 더없이 그윽하고 한가로우니, '以心爲形役'의 질곡에서 벗어난 도연명의 삶 바로 그것이라고 하겠다. 忘形의 醉樂이다. 淵明客을 통해 은일적 삶을 맛보고, 술을 통해 是非利害에서 벗어난 悅樂의 경지를 누렸다. 여기에서 儒家的 規範意識을 엿볼 수 없다. 숭문동 주인인 연명도 술에 취했고, 연명을 찾아온 손도 술에 취했으니, 유가적 禮樂에 구속될 필요도 없거니와, 그것마저 의식할 필요도 없다. 그러므로 손은 절로 가고 싶을 때 가는 것이요, 주인 또한 언제 떠났는지 알 바 아닌 것이다.

老氏書는 老子의 ≪道德經≫을 뜻하는 바, 여러 해 동안 노자의 글에 심취해 살아가고 있음을 단적으로 나타낸 것이다. 道家들이 추구하는 초세적 삶을 통해 세속의 온갖 是非曲直을 벗어나 삶의 참된 모습이 무엇인가를 깨닫고, 자연을 벗삼아 隨物而化함으로써 무한한 정신적 해방감을 누리고자 함을 알 수 있다. 貧賤한 腐儒지만 道法自然이니, 막히거나 걸림이 없는 無障無碍의 眞樂을 누리고자 함인 것이다.

道家에서는 虛無大道에 따른 無公無私, 乘化樂天하는 超世의 태도를 취한다. 여기에 憤懣·怨恨·愛着·慾求 등이 있을 까닭이 없다. 高踏的 風味는 은일은 낳게 한다. 그래서 중국에서는 許由·巢父와 같은 은일의 高士를 숭앙하였다. 도가적 사상에 입각한 고답적 은일의 문학적 연원을 屈原에서 찾을 수 있

39) 金學主, ≪中國文學序說≫(新雅社, 1996), 165-169쪽 참조.
40) 李昌龍, <高麗詩人과 陶淵明>, ≪漢文學硏究≫(정음문화사, 1983).
41) 南潤秀, <韓國의 和陶辭 硏究>(高麗大學校 博士學位論文, 1989).

다. 굴원은 <離騷>·<漁父辭>·<卜居> 등에서 世俗味과 高踏風 사이의 갈등
을 드러냈고, 그 가운데서 현세를 초탈하려는 심경을 표출했다. 굴원을 추모
한 漢의 賈誼도 같은 類이고, 五斗米에 몸을 팔기 싫어 <歸去來辭>를 노래한
陶潛의 문학도 고답적 은일문학의 정화로 보아야 할 것이다. 高踏과 獨善의
사상이 風靡했던 魏晉南北朝時代에는 이른바 淸談派를 중심으로 한 竹林七賢
이 등장했다. 이들 칠현들은 老莊思想에 입각한 도가적 인물로서 儒家的 禮法
을 싫어했고, 남을 非難하는 일이 없었으며, 超世俗하고 飮酒自適했고, 神仙思
想에도 心醉했다. 高麗朝에 이들과 유사한 海左七賢이 있었다. 朝鮮朝에는 도
가를 표방한 사람은 그리 흔치 않으나 虛靜自守하고 卑弱自恃하며 無爲自然
을 노래한 작품이 적지 않다. 이런 시가에서는 市井의 世俗보다는 山林·田園·
江湖를 즐기고 자연을 玩賞·謳歌한 작품이 많다. 은일적 自然美의 愛好는 물
론 도가만의 전유물은 아니다. 儒家에서도 逍遙自適하는 것을 즐겨왔다. 유가
에서는 자기의 道가 행하여지지 않을 때에는 은둔하여 자연을 즐기는 생활을
하는 수밖에 없었다. 聖上이 버리면 山水間에 들어가는, 곧 舍之則藏하는 내
용의 작품이 많다.[42]

　작가가 道家的 思惟에 젖는 까닭 중 하나가 이상과 현실의 괴리에서 오는
갈등을 해소하여 심적 평화를 찾으려는 데에 있다. 이상의 추구와 좌절에 따
른 갈등에서 벗어나려는 심리는 초세적 은일을 추구하게 마련이다. 法自然의
무장무애, 以天合天의 삶은 石北이 평생을 통해 가장 바랐던 것 중의 하나였
다. 그러나 '貧賤'과 '腐儒'라는 단어가 변수로 작용했다. 빈천과 부유는 이같
은 삶을 마냥 지속할 수 없게 만들었다. 초세적 은일은 이상이었지 결코 현실
은 아니었다. 石北은 어디까지나 儒家였다. 유가의 생활이념은 '修身齊家治國
平天下'이다. 修身은 문제될 것이 없었지만, 齊家는 절실한 현실적 문제였으
니, 貧賤에서 벗어나는 것이 무엇보다 시급했다. 貧賤과 腐儒는 끝없는 갈등
과 고뇌의 원인이었다.

　그러면 왜 石北은 은둔할 수밖에 없었는가. 英祖朝 老論天下의 모순과 부

42) 李鍾殷, 앞의 책, 72-75 참조.

조리에서 발생한 좌절때문이다. 이상과 현실의 괴리가 크면 클수록 고뇌와 갈등이 크지 않을 수 없다. 立身揚名의 좌절에 따른 石北의 내적 갈등은 그의 작품 곳곳에서 발견된다. 특히 <寄蔡補闕伯規濟恭>에서 그러한 양상이 잘 나타나 있다. 대상인물을 美化하는 가운데, 자신의 갈등을 은연 중에 표출하고 있어 흥미롭다. 蔡伯規는 樊巖 蔡濟恭(1720-1799)을 말한다. 補闕은 司諫院 獻納으로 正五品 벼슬이다. 다음에서 <寄蔡補闕伯規濟恭>[43] 제2·3·4수의 일부만 보기로 한다.

> 白髮新從今歲得 　　　백발은 올해부터 새로 나는데
> 靑雲已絶故人多 　　　靑雲이 이미 끊긴 故人도 많네.
>
> 漢庭詞賦馬卿少 　　　한정 사부 馬卿은 젊기도 하고
> 魯國諸生原憲貧 　　　노국 제생 原憲은 가난도 하네.
>
> 今日腐儒滯南國 　　　오늘이야 南國에서 腐儒 머무나
> 十年詞賦動西京 　　　십 년 동안 사부는 西京 울렸네.

이것은 石北의 40세 때인 1751년에 지은 작품이다. 번암은 24세 때에 庭試 文科에 及第하여 承文院 權知副正字에 임명되어 관직에 발을 들여 놓았다. 1748년 28세에 翼陵別檢이 되었고, 승정원에 들어가 假注書로 經筵에 참여할 기회를 얻어 英祖에게 <風夜箴>을 進講할 수 있었다.[44] 1750년에 禮曹佐郎, 兵曹佐郎 詞廳府持平, 吏曹佐郎, 司諫院正言, 弘文閣 校理 등을 거쳐[45] 政界에서 南人을 대표하는 인물이 되었다. 石北이 이 시를 지은 당시를 전후하여 자신보다 여덟 살 아래인 번암은 宦路에서 활동하였으니, 벼슬의 문턱에도 발을 들여 놓지 못한 자신의 착잡한 심회가 절로 표출되었던 것이다. 십 년 동안 자신의 시는 西京에 울렸건만, 백발에 靑雲의 꿈은 아득하고, 아직도 原憲으

---

43) 申光洙, <寄蔡補闕伯規濟恭>, ≪文集≫ 권1 장22-23.
44) 丁範祖, <領議政文肅公神道碑銘>, ≪海左先生文集≫ 권24 장18.
45) 蔡濟恭, ≪樊巖集≫(大洋書籍, 南晩星譯, 1982), 383쪽.

로 대표되는 가난을 벗어나지 못하고 있다. 腐儒란 시어가 절로 나오지 않을
수 없는 것은 이런 까닭때문이다.

不遇於時는 世我矛盾의 갈등을 동반한다. 世我矛盾의 갈등은 不合於世한
그의 성격때문에 더욱 깊어만 갔던 것이니, 그것이 절로 글을 통해 표출될 수
밖에 없었다. 때를 만나지 못했기 때문에 은둔을 하게 된 것이지만, 올곧은
石北의 성격은 세상에 영합할 수 없었던 것이다. 게다가 당쟁의 심화와 과거
의 폐단이 그의 宦路를 막았던 것이다. 兼濟天下의 유가적 이상을 펼치지 못
한 사람들은 결국 獨善其身의 차선책을 선택할 수밖에 없다. 兼濟天下와 獨善
其身은 治國과 修身이라는 점에서 유가의 두 가지 이상적 삶의 모습이라고
할 것이다. 그러나 獨善其身은 그 성격에 따라 儒家的 성향과 道家的 성향으
로 나눌 수 있다. 이것은 사상의 개방성을 보인 조선조 양반들에게 일반적으
로 나타나는 현상으로 보인다. 石北의 경우도 마찬가지다.

春江生早漲	봄가람에 물 불어 일찍 넘치니
舟子報行時	뱃사공이 배 떠남 알리고 있네.
四顧天平闊	사방을 둘러봐도 하늘 넓은데
中流岸轉移	중류의 강언덕서 배에 올랐네.
圓沙鷗不去	모래판에 갈매기는 가지를 않고
孤棹燕無疑	외로운 배 제비는 의심도 없네.
吾道元浮海	나의 길은 원래가 뜬 바다이니
年來意所之	여러 해나 마음이 가는 곳일레.

<渡江>(권1 장15)

아름다운 자연을 바라보며 그 속에 묻히고 싶은 마음을 노래했다. 아름다
운 자연에 묻혀 지내고자 하는 것은 현실적 갈등을 해소하려는 측면이 강하
다. 시인의 갈등이 무엇인지 여기서는 나타나지 않고 있다. 배를 타고 가는
것으로 보아 나그네길에 들어선 것만은 분명하고, 나그네길은 현실적 삶의 질
곡과 무관치 않을 것이다. 자연 속에 묻히고 싶어 함이 여러 해나 되었다고
노래한 데서 현실적 속박으로부터 벗어나고자 하는 몸부림을 엿볼 수 있다.

　무한히 펼쳐진 하늘은 구속이나 억업이 전혀 없는 무장무애의 경지를 상징한다면, 흘러가는 강물은 절로절로의 무위자연을 상징한다. 上善若水라고 했다. 물은 흘러흘러 바다로 간다. 그의 자연에 대한 접근은 다분히 도가적 사유가 투영되어 있다. 경련의 갈매기와 제비는 자연을 대표한다. 갈매기는 사람을 보고도 왜 날아가지 않고, 제비는 사람을 왜 의심하지 않는가. 相忘의 경지에 들어섰기 때문이다. 是非를 떠나고 物我의 사이를 없앨 수 있을 때 相忘의 경지에 이른다. 物我相忘이 그것이다. 莊子는 <大宗師>에서 孔子의 입을 빌어 이를 설명한 바 있다. 물고기는 江湖에서 서로를 잊고, 사람은 道術에서 서로를 잊는다(魚相忘乎江湖 人相忘乎道術)고 했다. 사람이 도에 입각해 있으면 상대적이고 가변적인 분별심에 흔들리지 않는다는 것이다. 열자의 표현대로라면 忘機心이다.46) 是非曲直과 利害得失에서 벗어난 경지가 바로 '機心吾已息'의 상태다. 桃源境의 太古然함 속에 세상의 시비곡직과 이해득실이 있을 수 없다.

　세속적 욕망이 깃든 機心을 버렸다는 것은 곧 天眞을 회복했음을 의미한다. 천진 그대로의 자연성을 회복했으니, 갈매기와 내가 하나가 되고, 제비와 내가 절로 하나가 될 수 있었다. 광막한 우주천지 속의 비소한 인간존재로부터 벗어나 참된 삶의 의미를 깨닫고, 그러한 삶의 경지를 누리고 싶었다. 서정적 자아는 세계를 인식하는 것이 아니라, 세계 속에 묻혀 있을 뿐이다. 자아가 자기의 위치를 고정시키고 세계를 인식하기 시작할 때, 비로소 물아 사이에 거리가 존재한다. 그렇게 되면 列子의 말처럼 갈매기는 사람의 機心을 알게 된다. 물아상망에 대한 갈망은 다음에서 직접 드러난다.

那能共著羊裘去	언제나 양피옷을 함께 입고 가
魚鳥相忘錦水春	금강 봄에 어조마저 잊어볼꺼나.

<寄李彛甫> 其二(권1 장27)

---

46) 李鍾殷, <高麗後期 漢詩의 道敎的 樣相>, ≪道敎의 韓國的 受容과 轉移≫(亞細亞文化社, 1994), 84쪽.

嚴子陵47)은 오월에 양피옷을 입고 桐江에 낚시질을 했던 後漢의 隱逸高士로 유명하다. 相忘은 坐忘이다. 坐忘은 곧 완전 초세의 무위자연의 세계다. 초세적 은일이나 물아일체의 강호시가에서 노래된 경지다. 물아일체도 도가의 전유물은 아니다. 그러나 유가적 은자들은 물아일체를 즐기고 자연을 벗삼아 淸風明月을 즐겨 노래하기도 하지만, 임금의 부름만 있으면 서슴없이 자연을 버린다. 바로 假隱者의 자연이다. 도가적 은일과는 다르다. 도가적 은일은 物外閒適의 즐거움을 말할 뿐이다.

고려조나 조선조 선비들의 강호자연에 대한 관념 속엔 屈原의 <漁父辭>나 陶淵明의 <歸去來辭>가 典範으로 작용하고 있다. 특히 도잠처럼 以心爲形役의 속박에서 벗어난 경지를 누림으로써 상처받은 마음을 서정하고 위로받으려고 했던 것이다. 따라서 그들이 귀거래한 자연은 <歸去來辭>나 <桃花源記>에 보이는 것과 같은 田園이나 理想鄕이 펼쳐지기 마련이다. 정치적 현실과 차단된 공간으로서 전원은 무릉도원이나 별유천지 같은 無何有之鄕이 된다.

石北의 작품에서 도연명의 <歸去來辭>와 <桃花源記>에 대한 경도는 도처에서 찾아볼 수 있다. 객관적 인물의 삶에 대해서는 은둔적 삶이 아닌 은일적 삶으로 노래되기 일쑤다.

秋色依然五柳村	오류촌에 가을빛 옛날과 다름 없어
使君歸興入田園	전원으로 돌아가는 사군의 흥일러라.
君應一棹迎江上	돛배 하나 강상에서 그대를 맞이하고
陶令家兒只侯門	도령집의 아이들은 문에서 기다리네.

<簡南憲老>(권4 장29-30)

---

47) 後漢의 嚴光은 隱逸高士로 ≪後漢書≫와 ≪高士傳≫에 그의 傳記가 전한다. 엄광은 후한의 餘姚도 사람으로 本姓은 莊이었는데, 明帝의 諱를 피히 嚴으로 改姓하였다. 子陵은 그의 字다. 어려서 光武帝와 同學하였는데, 광무제 卽位後에 諫議大夫로 불리웠으나, 이를 마다하고 富春山에 들어가 밭갈이와 낚시질로 지냈다. 그의 낚시터를 後人이 嚴陵瀨라고 불렀다. 宋代 范仲淹이 지은 <嚴先生祠堂記>는 대대로 많이 읽혔던 ≪文章軌範≫과 ≪古文眞寶後集≫에 수록되어 있다.

致仕客의 귀거래엔 으레 <歸去來辭>에서 도연명이 보인 意趣나 도연명, 또는 그가 살았던 五柳村이 등장하기 마련이다. 티끌세상의 얽매임으로부터 벗어나는 것이니, 전원으로 돌아가는 마음은 절로 흥겹다. 지난날의 잘못된 삶을 팽개쳐 버리고 전원으로 귀의하는 것이 참된 삶이란 것을 깨달았으니, 그것 또한 흥겹지 않을 수 없는 것이다. 돌아가는 江上의 흥취는 <歸去來辭>의 '배는 흔들흔들 가벼이 떠오르고, 바람은 한들한들 옷자락에 분다(舟搖搖以輕颺 風飄飄而吹衣)'를 연상케 하고, 집에 이른 기쁨은 '심부름꾼 사내아이 반갑게 맞이하고, 어린 것들은 문에서 기다린다(僮僕歡迎 稚者候門)'를 연상케 한다.

전원은 母胎의 심상을 지녔다. 이 세상에서 가장 아늑하고 가장 때묻지 않은 세계가 모태다. 귀거래는 일종의 본향회귀의식이다. 본향은 인공이 가해지지 않은 절로 그대로의 세계, 곧 天眞이 넘쳐 흐르는 공간이다. 그러므로 도연명은 '어찌 마음대로 가고 머무는 대로 맡기지 않겠는가(曷不委心任去留)'라고 하여 자연 그대로 절로절로의 삶을 표방했다. 이러한 의취는 귀거래를 노래한 작품에 흔히 나타난다.

<別南益山養五泰普歸楊根別業>이나 <臨磎亭諸詠奉簡李舅齊嵒> 등은 陶淵明의 <歸去來辭>의 의취를 모방한 바, 특히 나중 작품은 <桃花源記>의 영향도 입고 있다. 여기서 致仕客의 귀거래와 전원 속에 묻혀 지내는 삶을 노래했다. 귀거래한 전원은 도연명이 있는 곳이고, 고기잡이꾼과 땔나무꾼들이 살고 있는 공간이다. 梅妻鶴子로 유명한 林逋가 있는 공간이기도 하다. 그러므로 그곳은 때묻지 않은 太古의 拙樸이 흘러 넘치는 공간이 되어야 한다. 人爲가 없다는 점에서 無爲自然의 시간이 흐르는 공간이다. 여기에서 武陵桃源의 이상향이 절로 펼쳐지고, 그 속에 살고 있는 사람들은 神仙이 절로 된다. 致仕客이 귀거래한 전원은 속인들이 쉽게 접근할 수 없는 신선들이 살고 있는 공간으로 인식되고 있다. 무릉의 劉太守가 찾으려고 했지만, 결국 찾지 못한 桃源境으로 인식되고 있다. 그러므로 부러움의 공간이요, 그곳에 살고 있는 인물은 부러움의 대상이 된 것이다. 여기에서 仙境과 神仙에 대한 동경이 절로

싹튼다.

　도연명의 <歸去來辭>에 나타난 전원은 그의 <桃花源記>로 인하여 이상향
으로 그려지게 마련이다. 따라서 귀거래에 나타난 자연 속에서 세속을 초탈한
삶이 펼쳐지고, 더 나아가서는 신선들이 사는 환상적 세계나 신선을 지향하는
삶의 모습을 보이기 일쑤다.

桃花春水雙垂釣　　　　　　　도화 뜬 봄물에다 낚시 짝을 드리우고
桂樹秋山對讀書　　　　　　　계수나무 가을산서 책을 펼쳐 읽누나.
　　　　　　　　　　　　　　<寄崔吉甫仁祐夏彦昮叔姪> 其二(권1 장28)

父子耦耕知有樂　　　　　　　부자가 밭을 갊에 즐거움이 있음 알고
神仙秘訣喜無官　　　　　　　神仙되는 비결에 벼슬 없음 기뻐하네.
　　　　　　　　　　　　　　<別南益山養五泰普歸楊根別業> 其七(권4 장28)

人傳勾漏丹砂出　　　　　　　사람들은 구루산에서 丹砂가 나온다 하고
世有楊州白鶴騎　　　　　　　세상에선 양주에 白鶴 타는 이 있다 하네.
　　　　　　　　　　　　　　<別南益山養五泰普歸楊根別業> 其八(권4 장28)

　그림처럼 아름다운 공간을 배경으로 한 치사객의 은일적 삶은 선취가 물씬
풍기지 않을 수 없다. 漁樵와 은일고사들이 자리를 할 뿐만 아니라, 복사꽃이
펄펄 날리는 봄에는 낚시질을 하기도 하고, 가을바람이 부는 산에서는 책을
읽기도 한다. 때로는 전원의 풍요로움을 만끽하며, 불로장생의 신선이 되고자
연단을 만들기도 한다. 신선비결은 무엇보다 벼슬을 하지 않는데 있으니, '神
仙秘訣喜無官'는 이를 말함이다. 벼슬을 버리는 그 순간부터 신선과 삶을 누
린다는 데서 이들이 은거한 공간이 세속과 단절된 공간임을 알 수 있다.

　致仕客의 은일적 삶이 이처럼 그려진 것은 그들의 삶이 세속을 초탈한 모
습으로 비쳐졌기도 하겠지만, 근본적으로는 石北의 은일적 삶에 대한 지향의
식이 크게 작용한 것이라고 하겠다. '何時着屐辭家去 松下年年採茯苓'[48]의 은

---

48) 申光洙, <自杜陵入邊山>, ≪文集≫ 권3 장1. "三十六峰開畫屛 籃輿到處宿雲扃 星溪瀑

일지향을 보인 바, 이러한 경향은 도처에서 발견된다. 石北이 세속을 벗어나 은둔한 주된 이유는 立身揚名에 대한 좌절이다. 이것이 공간의식에 투영되어 사회적 현실과 은일적 자연을 대립적인 세계로 만들었다. 그러므로 현실적 좌절에서 오는 갈등을 해소하고자 한 전원동경은 '獨悲城市跡猶滯 晚覺漁樵名可藏'[49]처럼 노래되기 일쑤이다. 城市 속에 아직 머물러 있다는 것은 입신양명에 대한 뜻을 아직 버리지 못하고 있다는 뜻이다. 뜻을 이루지 못하고 풍진세상을 오가니 서글플 수밖에 없다. 이제는 세상에 초연하여 전원에 묻히겠다는 의지를 드러냈다. 대립적 공간양상은 '성에는 해가 뜨면 띠끌이 날리건만(日出車馬城塵間)/ 그대 초당 낮에도 언제나 한가하네(愛爾草堂晝常閑)'[50] 등에서도 나타난다. 공간의 대립적 양상이 크면 클수록 그 갈등의 층위도 크다고 하겠다. '저절로 강가에선 농어회 먹고(自因江上鱸魚膾)/ 도리어 산중의 벽려의 생각(還憶山中薜荔衣)'[51]에서 石北의 은일에 대한 충동이 얼마나 강렬한 것인지를 충분히 짐작할 수 있다.

은일과 은둔은 모두 현실을 부정하고 자연을 벗한다는 점에서는 유사하나, 은둔은 완전한 現實逃避요, 은일은 德行高士의 超世를 뜻한다. 은둔은 心的 平和를 찾아 자연에 묻히는 것이니, 超世的 隱逸이라고 할 수 없다. 그러나 은둔적 삶 속에서도 隱逸文學을 낳을 수 있음을 보았다. 그것은 관념 속에서나마 초세적 은일을 추구할 수 있기 때문이다. 현실에서 빚어진 拘束과 抑壓, 挫折과 葛藤 등을 도가적 사유를 통해 극복하려고 했다. 石北의 도가적 사유의 침잠은 경제적 기반이 튼튼한 사대부들과 그 양상을 달리 하고 있다. 石北은 특히 陶淵明에 심취해 있음을 보았다. 道家들이 추구하는 초세적 삶을 통해 세속의 온갖 是非曲直을 벗어나 삶의 참된 모습이 무엇인가를 깨닫고, 자연을 벗삼아 隨物而化함으로써 무한한 정신적 해방감을 누리고자 했다. 때를

倒楓林白 禹穴秋深石氣青 鹿柴初成山寂寂 仙槎不倒海冥冥 何時着屐辭家去 松下年年採茯苓"
49) 申光洙, <寄李彝甫> 其四, 《文集》 권1 장27.
50) 申光洙, <寄李彝甫> 其三, 《文集》 권1 장27.
51) 申光洙, <寄崔吉甫仁祐夏彦昃叔姪> 其三, 《文集》 권1 장28.

만나지 못했기 때문에 은둔을 하게 된 것이지만, 올곧은 石北의 성격은 세상
에 영합할 수 없었다.

객관적 인물의 삶에 대해서는 은둔적 삶이 아닌 은일적 삶으로 노래된 바,
신선의 삶과 같은 선망의 대상으로 그려지고 있음을 보았다. 致仕客의 은일적
삶이 세속을 초탈한 모습으로 그려진 것은 石北의 은일적 삶에 대한 지향의
식이 크게 작용한 것이다. 그리하여 이것이 공간의식에 투영되어 사회적 현실
과 은일적 자연을 대립적인 세계로 만들었다. 石北이 한때 자연 속에 묻혀 지
냈다고 하여, 그것을 초세적 은일이라고는 할 수 없다. 그것은 초세적 은일이
라기보다 그러한 삶을 부단히 지향하고 추구했다고 할 것이다. 그러나 관념
속에서는 얼마든지 은일이 가능하다. 그러므로 낱낱의 작품에서는 은일적 정
취를 풍기는 것이 적지 않다. 결국 石北의 은둔은 현실에 적극적으로 대처하
려는 역설적 표현, 또는 현실에 대한 애정의 역설적 표현이라고 할 것이다.
출사과 은일은 은둔생활에서 동경했던 두 가지 이상으로 나타나기 때문이다.

(2) 出仕志向과 隱逸追求

유자의 귀거래의식 속엔 유가적 삶과 도가적 삶이 뒤섞이게 마련이다. 현
실적 좌절은 갈등과 고뇌를 낳는다. 유가의 궁극적 꿈은 治國平天下에 있다.
그들의 꿈은 나라를 다스려 이상적 사회를 건설하는 것이다. 그것이 그들의
궁극적 이념이었다. 그러므로 그것을 구현하기 위해 벼슬길을 끊임없이 추구
했던 것이다. 石北과 같은 몰락양반은 그것이 더욱 절실했던 것이다. 벼슬길
에 나아감은 무엇보다 가난이라는 현실적 문제를 해결할 수가 있었기 때문
이다. 齊家가 절실했던 것이다. 治國은 이차적 문제였다. 그러므로 歸去來
意識의 구체적 양상을 차이가 날 수밖에 없다. 유가의 궁극적 이념인 經國濟
民을 포기하고 모순된 현실를 어찌할 수 없는 것으로 체념하여 귀거래할 경
우, 현실적 생활고의 해결은 더욱 어렵게 된다. 따라서 여기에는 필연적으로
갈등이 수반될 뿐만 아니라, 오히려 그것을 더욱 증폭시키는 결과를 초래한

276

다. 조선조 선비들이 초세적 은일을 부단히 추구하는 까닭 중의 하나가 바로 여기에 있다.

道家的 思惟와 儒家的 思惟가 조화를 이루기도 하고, 때로는 맞부딪히게 되기도 한다. 충돌은 갈등을 수반한다. 조선조 양반들은 근본적으로 유가이지 도가는 아니었다. 隱逸高士의 삶을 끝임없이 동경하다가도, 그들의 삶을 부정하는 모순된 심리를 드러냄은 이를 뜻한다. 유가적 사유는 社會的 自我의 작용이고, 도가적 사유는 本然的 自我의 작용이라고 할 수 있다. 사회적 자아엔 遠心力이 보다 앞서고, 본연의 자아에는 求心力이 보다 앞선다고 하겠다. 사회적 자아는 유가적 이상을 실현하려고 한다. 반면에 본연적 자아는 인간본연의 모습인 天眞을 추구한다. 유가적 사유가 法聖賢의 태도로 나타난다면, 도가적 사유는 法自然의 모습으로 나타난다. 유가나 도가나 天人合一이란 궁극의 경지는 같으나 그 사유방법에는 차이가 있다.

도가적 삶에 대한 지향과 유가적 삶에 대한 지향은 두 자아의 충돌은 빚는다. 본연적 자아에 충실하려고 할 경우엔 규범적이고 도덕적인 사회적 자아가 그것을 용납하려고 하지 아니 할 것이고, 사회적 자아에 충실하려고 할 경우엔 본연적 자아가 위축되고 왜곡될 수 있기 때문이다. 따라서 두 자아가 합일될 때 갈등은 완전 해소되겠지만, 현실적으로 그것이 쉽지 않다. 하나의 자아가 다른 자아를 완벽하게 억누르거나 아예 초탈하거나 하는 방법밖에 없다. 현실적으로는 불가능한 것이지만, 관념 속에서는 가능하다. 따라서 도가이든 유가이든 자연과 하나가 됨으로써 갈등을 벗어나는 방법이 일반적이다. 자연을 통해 상처받은 마음을 서정하고 위안을 얻는 것이 갈등을 해소하는 가장 빠른 지름길이라고 할 것이다.

桃花約共移家後　　　　도화 약속 함께 해 집일랑 옮겼으니
莫遣漁郎滿世傳　　　　어부여, 세상 가득 전하지 말아 다오.
　　　　　　　　　　　　　　　　　　　<贈某人>(권1 장38)

當世功名早自知　　　　당세의 功名이야 일찍부터 절로 아니

成都就卜亦何爲	成都에 나아가서 점을 쳐 무얼 하리.
	<贈某人> 其二(권1 장38)

詩名一代頭盈雪	詩名은 一代건만 머리 가득 눈빛인걸
主理窮年飯晠蔬	가난한 해 다스리니 소반엔 채소라오.
	<又寄山響齋>(권3 장33)

입신양명의 좌절로 인한 은둔은 부귀공명을 잊고 자연을 매개로 하여 안빈낙도하려고 한다. 丁克仁의 ≪賞春曲≫의 '功名도 날 끠우고 富貴도 날 끠우니 淸風明月外에 엇던 벗이 잇소올고/ 簞瓢陋巷에 훗튼 혜음 아니 ᄒᆞ니/ 아모타 百年行樂이 이만흔들 엇더ᄒ리'와 비슷한 의취다. 공명과 부귀란 뜻대로 되는 것이 아니니, 자연을 벗삼아 안빈낙도하겠다는 것이다.

도가적 사유는 유가적 규범에서 벗어나 천부의 자연성을 회복하게 함으로써, 지쳐 버린 心身에 활기를 불어 넣는다. 그러한 점에서 도가적 자연은 생명력을 확충하는 공간이라는 긍정적 의미를 지니기도 한다. 그러나 빈천은 늘 갈등을 수반하게 된다. 安分知足을 통해 갈등에서 벗어나고자 하지만, 현실은 그것을 용납하지 않는다. 출사의 기회를 끝임없이 엿보는 까닭이 여기에 있다. 벼슬길에 나아가도 가난이 해결되지 않는 한 갈등은 지속적으로 나타날 수밖에 없다. 그러므로 이상과 현실의 괴리에서 느끼는 世我矛盾의 갈등은 지속되기 마련이다. 그리하여 다시 귀거래를 통해 상처받은 마음을 서정하려고 한다. 그러나 귀거래가 여의치 않을 경우에는 宦路에 그대로 머물면서 자연을 벗삼아 찌든 마음을 서정하려 하기도 한다.

幽事春來足	봄이 와 그윽한 일 많기도 한데
無人此意知	사람들은 이러한 뜻 알지 못하네.
花開逢小酌	꽃이 피면 만나서 조금 취하고
客去散餘碁	손이 가면 바둑알 흩어져 있네.
山水移家計	山水에다 집안살림 옮겨 놓고는

文章課子時	문장은 한밤중에 살펴본다네.
不妨原憲宅	원헌댁을 방해하는 일이 없나니
藜藿暫充饑	惡食으로 잠시나마 주림 채우네.

<幽事>(권1 장36)

原憲은 춘추시대의 宋나라 사람이다. 字는 子思로 공자의 제자였다. 赤貧하였으나 의지가 견고하여 이를 감내하며 깊이 도를 닦았다. 시인은 원헌이 되어 安分知足을 표방하고 있다. 꽃이 핀 봄날에 손과 만나 조금 취하기도 하고, 바둑을 두기도 하며, 한밤중에 문장을 닦기도 하니, 그야말로 山水에 묻혀 지내는 생활은 더할 나위 없이 그윽하다. 그러나 사람들은 이러한 뜻을 모른다. 이것은 尹善道의 <山中新曲> '山水間 바회 아래 뛰집을 짓노라 ᄒ니/ 그 모른 눔들은 웃는다 ᄒ다마ᄂᆞᆫ/ 어리고 햐암의 뜻의ᄂᆞᆫ 내 分인가 ᄒ노라'에서 표방한 의취와 같다. 石北은 자연과 술과 바둑과 문장을 매개로 하여 安分知足한 것이다. 그리하여 티끌세상의 機心을 모두 없애고자 했다.

晝日茅茨靜	한낮에 띠집은 고요도 하고
飛花滿四鄰	날리는 꽃 사방에 가득도 하네.
雨中鷄抱子	빗속에 어미 닭은 병아리 품고
籬下犬嘷人	사람 보고 울밑에서 개는 짖고녀.
山邑俗還古	산골 고을 풍속은 태고연한데
田家道不貧	농가에선 가난하지 않다 말하네.
機心吾已息	거짓된 내 마음을 그치었나니
生事鹿門春	사는 일은 녹문의 봄에 있다네.

<晝日>(권1 장36)

幾心은 機械之心의 준말로 巧詐한 마음이나 나쁜 책략, 또는 거짓된 마음을 뜻한다. 녹문은 중국의 은자 중의 하나인 사람을 뜻하기도 하고, 중국에 녹문이라는 산을 말하기도 한다. 여기서는 山名으로 은거를 뜻한다. 도화가 만발하고 닭이 울고 개가 짖는 도원경의 모습이 연상된다. 옛날과 다름 없이

淳俗을 지닌 마을에 사노라니, 여기에 세속의 이해득실이 끼어들 틈이 없다. 그러므로 이곳에서 안분지족하며 살겠다는 것이다. ≪論語≫에 보이는 '거친 밥을 먹고 물을 마시고 팔을 굽혀 베개 삼아도 즐거움은 그 가운데 있다. 의롭지 못하게 부하고 귀한 것은 내게는 뜬 구름과 같다.'52)는 인식이다.

丁克仁의 <賞春曲>, 權好文의 <閒居十八曲>과 <獨樂八曲>, 朴仁老의 <陋巷詞>, 鄭澈과 金天澤과 金壽長 등의 시조, 宋翼弼의 漢詩 <足不足> 등 수많은 작품에서 드러낸 貧而無怨이나 安貧樂道의 安分은 자연을 매개로 했다. 松巖의 ≪閒居錄≫에 '身世인즉 丘壑의 浮雲·江湖의 虛舟와 같고, 地上인즉 安分함에 辱됨이 없고, 知幾함에 마음이 스스로 한가롭다'도 이와 마찬가지다. 안분과 자연의 관계가 그만큼 밀접함을 보였다. 안분은 貧賤에 밀착되어 있다. 안분이 자연을 매개로 한 것은 무엇보다도 자연이 빈천에 순응하고 있기 때문이다. 그런데 이 빈천은 사실로도 볼 수 있겠지만, 대부분은 그렇지 않다. 이것은 致仕客의 閒適이거나, 物外人의 閒適을 빈천에 托한 것이다. 때로는 矜豪를 빈천에 韜晦한 것도 있다. 이처럼 江湖人은 빈천의 안분 속에 安心立命하고 있다. 그런데 安分의 사상적 肯竟은 老子의 知足에 있다.53) 老子는 ≪道德經≫ 44章에서 "知足不辱 知止不殆 可以長久"라 했다.

石北의 빈천은 현실 그 자체였다. 그러나 치사객의 한적이거나 물외인의 한적을 빈천에 의탁한 것은 아니다. <樂貧歌>의 '이몸이 쓸듸업셔 聖上이 바리시니/ 富貴를 下直하고 貧賤을 樂을 삼아/ 數間 茅屋을 山水間에 지어두고/ 三旬 九食을 먹으나 못 먹으나/ 十年 一冠을 쓰거나 못 쓰거나/ 分別이 업셔시니 是非를 뉘알소냐'에 보이는 것처럼 빈천을 낙으로 삼기에는 생활이 너무나 절박했다. 그러나 그 속에서도 안분지족하며 때를 기다렸던 것이니,

寂寞門前客   나그네는 적막한 문 앞에 있고

---

52) ≪論語≫ 述而篇. "子曰 飯疏食飮水 曲肱而枕之 樂亦在其中矣 不義而富且貴 於我如浮雲"
53) 崔珍源, 앞의 책, 66-71쪽 참조.

幽幽谷口春	산골 마을 봄이 와 그윽하기만.
自來鷄啄粟	닭들은 절로 와 조알 쪼건만
何意燕窺人	무슨 일로 제비는 사람 엿보나.
學道偏宜靜	도 배움엔 편벽되이 고요가 좋고
治家不病貧	집안살림 가난을 탓하지 않네.
長安車馬地	장안 거리 거마가 오가는 곳에
日出事應新	해가 뜨면 새로운 일도 생기리.

<春盡>(권1 장35-36)

는 이를 보이고 있다. 안분자족하며 희망찬 미래가 열리기를 소망했다. 지극히 평화롭고 그윽한 곡구에서 自得之樂을 즐기며 天下之樂을 꿈꾸고 있다. 두둥실 떠오르는 찬란한 아침 해에 그러한 소망을 담았다.

어떤 이가 말하기를 '古人의 즐거움은 마음에서 얻어진 것이지 外物에 假托하여 얻어진 것이 아니다. 저 顔淵의 陋巷과 原憲의 甕牖가 山水와 무슨 관계가 있는가. 그러므로 그대가 외물에 依待하는 바는 전부가 참다운 즐거움이 아니다.'라로 하매 나는 답하기를 '그렇지 않다. 안연과 원헌의 처한 바는 특히 適然히 安心함이 貴한 것이오, 만약 이분들로 하여금 陶山의 境地를 대하게 한다면, 그 즐거움이 어찌 우리보다 깊지 않다고 할 수 있으리오. 그러므로 孔子와 孟子는 산수를 대하여서는 언제나 極稱하고 깊이 비유하였다. 만약 그대의 말을 믿는다면, 與點之嘆은 어찌 특히 沂水 위에서 나오게 되었으며, 卒歲之願은 어찌 홀로 蘆峯의 산마루에서 읊어졌겠는가. 이것은 꼭 그 까닭이 있는 때문이다.'라고 하매, 어떤 이는 고개를 끄덕이며 물러갔다.[54]

귀거래에 따른 儒家的 思惟에 安分知足과 賞自然이 중요하게 작용하고 있음을 볼 수 있다. 이 둘은 그 양상에 따라 도가적인 것이 될 수도 있다. 石北의 경우 안분은 유가적 성향이 보다 짙다. 그러나 도가적 성향이 전혀 없다고

---

54) 李滉, <陶散雜詠記>, ≪退溪集≫ 권3 시. "曰古人之樂 得之心而不假於外物 夫顔淵之陋巷 原憲之甕牖 何有於山水 故兄有待於外物者 皆非眞樂也 曰不然 彼顔原之所處者 特其適然而能安之爲貴爾 使斯人而遇斯境則其爲樂 豈不有深於吾徒者乎 故孔孟之於山水 未嘗不亟稱而深喩之 若信如吾子之言 則與點之嘆 何以特發於沂水之上 卒歲之願 何以獨詠於蘆峯之巓乎 是必有故矣 或人唯而退"

도 할 수 없다. 石北詩에는 유가적 지향과 도가적 지향이 서로 충돌하면서 갈
등상을 드러내기도 한다. 도가를 부정하면서도 도가적 지향을 드러내는 이중
성이 있다. 이것은 윤리적 규범으로부터 벗어남으로써 자연스러운 감정을 발
산하고, 그리하여 잃어버린 심리적 균형을 회복하려는 의식작용이다. 인간이
지닌 본연의 정서에 대한 긍정이라고 하겠다.

　유자로서 입신양명의 포부와 유교의 윤리가 표백된 내용이 형상화되기도
하나 현실적 갈등과 인간적 한계를 도가적 사유를 통해 극복하고자 한 측면
도 없지 않아 있다. 그는 자연 속에 귀거래하여 은일지향의 일면을 추구하면
서도 유자로서의 본분을 망각하지 않으려고 한다. 전원 속에 묻혀 지내면서도
‘일찍이 도화를 심지 않음은(桃花曾不種)/ 인간세상 멀리 하려 함이 아니네(非
是絶人群)’55)라고 노래했다. 유가적 사유의 일면이 엿보이는 대목이다.

溪邊不學栽桃樹　　　　시냇가에 도화 심음 배우지 않았으니
寄語漁郎莫問津　　　　어랑에게 말을 부쳐 나루터 묻지 마라.
　　　　　　　　　　　　　　　　　<寄崔吉甫仁祐夏彦炅叔姪>(권1 장28)

九重猶自知名姓　　　　구중에서 오히려 명성 절로 알리나니
遂向商山莫採芝　　　　마침내 상산 가서 지초를 캐지 말게.
　　　　　　　　　　　　　　　　　<贈高員外順之歸商山>(권1 장43-44)

莫歎魚鰕長作伴　　　　어하가 길이 짝함 탄식하지 말아라
向來尼父欲居夷　　　　공자는 오랑캐 땅에 머물려고 했나니.
　　　　　　　　　　　　　　　　　<松江道中>(권1 장45)

와 같은 것은 유가적 태도가 분명히 드러난 부분들이다. 시인이 자신을 노래
한 것이든 타인을 읊은 것이든 불문하고, 이것은 결코 유가의 본분을 잊지 않
겠다는 다짐이 아닐 수 없다. 이러한 태도때문에 은둔과 은일이 모호해지는
일면이 있다. 또한 이것은 도가적 사유와 충돌하는 요소가 된다. 유가적 태도

---

55) 申光洙, <幽居>, ≪文集≫ 권1 장4.

282

는 현실을 지향하고 규범화하려는 사회적 자아의 모습이라면, 도가적 태도는 있는 그대로의 욕망을 드러내려는 본연적 자아의 모습이다. 그러므로 유가적 사유는 사회를 향한 원심력이 작용하며, 도가적 사유는 자신을 향한 구심력이 작용한다.

때를 만나지 못하면 自然으로 돌아갔던 것이 조선조 선비들의 일반적 현상이었다. 이상을 좇아서 사회에 참여하려다가 현실과 맞지 않아 스스로 歸去來하기도 했고, 出仕하려 하나 사회가 받아 주지 않아 체념하고 歸去來하기도 했다. 이렇듯 歸去來意識 속엔 때의 만남과 못 만남이 늘 따랐던 것이다. 귀거래 했다가도 때를 만나면 언제든지 다시 벼슬길에 올랐으니, 이것이 조선조 儒者의 보편적 삶의 양상이라고 할 것이다. 일찍이 공자는 '세상이 나를 알아 쓰이면 뜻을 실천하고, 버리면 숨는 태도는 나와 그대만이 할 수 있을 것이다.'56)라고 한 바, 이것이 전범으로 작용했다. 조선조 선비들은 귀거래하여 자연 속에 묻혀 心性을 陶冶하기도 하고, 詩·酒·琴을 통해 風流를 즐기기도 하고, 때로는 逍遙遊의 세계에서 무한함 해방감을 맛보기도 하고, 자연과 하나가 됨으로써 物我一體의 眞樂을 누리기도 했으니, 때의 만남과 못만남에 따른 그들의 삶은 거의 유형화했다고 해도 과언이 아니다. 그러나 그들의 삶은 현실적 경제적 기반에 따라 그 양상을 달리 하고 있다.

경제적 기반이 튼튼한 사대부들은 커다란 갈등이 없이도 자연 속에서 悠悠自適한 생활을 즐길 수 있었다.57) 특히 道學的 思惟에 심취한 인물들 중에는 벼슬을 하다가도 그것을 훌쩍 버리거나, 벼슬에 별로 뜻을 두지 않고 전원에 묻혀 性理學의 세계에 몰두하기도 했다. 栗谷이나 退溪가 그 대표적인 사람이라고 할 것이다. 율곡은 高山九曲에 묻혀 '學朱子'를 천명하고는, '이 중에 講

56) 《論語》 述而篇. "子謂顔淵曰 用之則行 舍之則藏 唯我與爾有是夫"
57) 16세기는 지방의 사림이 역사상 부각된 시대로 문화창조의 중심이 중앙의 관학으로부터 지방의 사림으로 전환되었다. 서원은 도학의 전당이 되었고, 樓亭은 문학예술의 산실이 되었다. 이것은 지방사회가 토착지주층을 중심으로 성장하여 성숙한 사상과 문학을 갖게 되었고, 사화 등에 환멸을 느끼어 은거생활을 더욱 의미있는 것으로 생각했기 때문이다. 林熒澤, 《韓國文學史의 視角》(創作과 批評社, 1984), 386-392쪽 참조.

學도 ᄒ려니와 咏月吟風 ᄒ리라'의 뜻을 밝혔고, 퇴계 또한 致仕後에 陶山에
묻혀 靑山의 불변성과 流水의 부단성을 통해 '우리도 그치디 마라 萬古常靑
호리라'와 같은 의지를 표명했다. 河西는 人物起興說과 入道次第說이 팽팽히
대립된 朱子의 <武夷櫂歌>58)와 관련하여 '君看九曲武夷歌 進學工夫不在他 次
第分明須默會 桑痲雨路總中和'59)라고 했다. 그들은 대체로 자연을 매개한 도
학적 삶에 기쁨을 누렸던 것이며, 그 배경엔 田莊의 소유라는 경제적 기반이
있었던 것이다. 그러나 조선후기 몰락한 양반들은 그럴 만한 경제적 기반이
없었다. 그들은 생활의 방편으로서 벼슬을 추구하지 않을 수 없었고, 그것은
현실문제를 해결하기 위한 절실한 것이었다. 그러므로 벼슬길에 대한 좌절은
항상 갈등을 수반하기 마련이었다. 이는 곧 사회적 자아가 전면에 크게 부각
될 때 갈등도 그만큼 커짐을 듯한다.

빈천은 관념이 아닌 현실이었다. 그러므로 조선후기 몰락 사대부는 은둔해
서도 마음의 평화를 이루기가 힘들었다. 복거지를 찾아 이곳저곳 다님에는 求
田의 착잡함이 있다. '學道悲年暮 求田恐歲龥'60)에서 이런 점을 엿볼 수 있다.
안빈낙도는 관념 속에서나 가능한 것이지, 현실로서는 불가능함을 드러내고
있다. 그러므로 일찍이 '東峽經營卜地新 只緣生理老年貧'61)이라 했다. 복거는
어디까지나 빈천을 해결하기 위한 것에 불과하다. 빈천은 그림자처럼 따라 다
녔던 것이니, 이로 인한 고뇌와 갈등은 그만큼 컸던 것이다. 그의 작품을 보
면 곳곳에서 빈천과 와병과 백발을 탄식하고 있다. 뜻대로 되지 않는 세상이
몹씨 답답하여 점괘를 풀어보기까지 했다. 그러므로 '腐儒無一事 耕鑿十年
來'62)라는 탄식이 절로 나왔던 것이다. 현실적 고뇌와 갈등을 서정하기 위한
방법으로 자연과 술과 바둑과 시를 매개로 하여 안분지족하며, 도가적 사유에

---

58) 李滉은 人物起興說을, 金麟厚는 入道次第說을 주장했다. 이에 대한 것은 <士林派文學
   의 硏究>(李敏弘, 成均館大學校 博士學位論文, 1984)에서 상세히 설명하고 있다.
59) 金麟厚, ≪河西全集≫ 권6 詩 <吟示景范仲明> 其十五.
60) 申光洙, <無愁洞夜話共文孺壽伯季通兄弟賦詩 ≪文集≫ 권3 장16-17.
61) 申光洙, <珍山道中>, ≪文集≫ 권3 장4-5.
62) 申光洙, <野老>, ≪文集≫ 권1 장4.

침잠하여 관념 속에서나마 은일적 삶을 즐겼다. 사회적 자아로 말미암아 지쳐
버린 본연적 자아를 되찾고자 함이다.

石北은 벼슬길에 나간 이후에도 갈등상을 보인 바, 그것은 빈천이 해결되
지 않았기 때문이다. 낮은 벼슬자리지만 스스로 훌쩍 버릴 수가 없었다. 조선
조에 聾巖·俛仰亭·孤山의 강호생활은 토지에 기반한 생활근거가 확고하게 마
련되었으므로 가능했고, 또한 일반적으로 歸去來가 풍미했었다.63)그러나 石北
은 그들과 경제적 기반이 달랐기 때문에 쉽게 귀거래할 수 없었다. 그 핵심
이유는 빈천이었고, 그것이 出仕한 뒤에도 해결되지 않았기 때문이다. 그러한
점이 도가적 사유에 깊게 침잠하게 만든 것으로 보인다.

石北의 자연에 대한 동경은 천성적이라고 할 수 있다. 물론 이러함은 石北
만의 특징은 아닐 것이다. 아름다운 자연 속에서 유유자적하고 싶은 것은 인
간의 보편적 소망이다. 그러나 石北의 경우는 그것이 유난히 두드러진다는 데
에 그 특징이 있다. 그러므로 출사하여서도 그지없이 산수를 동경했다.

青綺門前水驛賖　　　　청기문 앞 수역은 멀기도 한데
一官頭白厭京華　　　　일관은 머리 희어 서울 싫어라.
東歸舴艋秋風後　　　　거룻배 동귀하니 가을 바람 뒤
何處烟波不是家　　　　어디멘들 안개물결 집 아닐러냐.
<東歸二首>(권5 장50)

平丘峽路背京師　　　　평구골짝 굽은 길 서울 등지니
紅蓼花明水國時　　　　물나라에 홍삼화가 밝게 비치네.
轉入龍門山下去　　　　용문으로 들어가 산 아랠 가니
此身行住白雲知　　　　가다가 머물 곳을 흰 구름 알리.
<東歸二首> 其二(권5 장50)

제1수와 제2수는 모두 서울을 떠나 자연 속에 묻히고 싶은 심정을 형상했
다. 가을 바람이 분 뒤에 동쪽으로 돌아가는 것이니, 문득 중국 張翰의 고

---

63) 崔珍源, 앞의 책, 18쪽 참조.

사64)를 연상했음직하다. 인위적 공간과 자연적 공간을 대비하여 은일의 심정
을 부각시키고 있다. 그러면 왜 서울을 부정하고 자연을 긍정하는가? 서울은
세속에 찌든 인간군상이 살고 있는 공간, 삶의 참된 의미가 무엇인지도 모른
채 살아가는 공간, 온갖 욕망의 충족을 위한 공간, 순수함을 잃은 채 살아가
는 공간으로 인식했기 때문일 것이다. 石北은, '장안길 몇 사람 늙도록 벼슬했
나(幾人鍾淚長安道)/ 駟馬와 高車엔 是非가 있다네(駟馬高車有是非).65)라고 노
래한 바, 이것은 현실정치에 대한 그의 인식을 단적으로 드러낸 것이다. 장안
은 是非曲直과 利害得失이 교차하는 마당이다. 특히 당시 石北은 영릉참봉이
라는 말단 벼슬을 하고 있었다. 하급관리로서 서울에 들어와 높은 벼슬아치들
의 아니꼬운 모습을 보았음직도 하다. 그러므로 서울을 빨리 벗어나 억눌리고
찌들고 때묻은 마음을 서정하고 싶었을 것이다. 동대문 앞 나루터가 멀게만
느껴지는 까닭이 여기에 있다. 머리가 희어 서울이 싫다는 것은 핑계에 불과
한 것이다. 이는 '배 앞의 용문산 봉우리에 해 뜨니(舟前日出龍門頂)/ 아득한
붉은 놀에 벼슬을 버리고파(遠挹丹霞欲棄官)'66)나, '이 사이로 집을 옮겨 머물
고프니(便欲移家此間住)/ 어초의 삶이란 유유한 것을(漁樵生理付悠悠)'67)에서
엿볼 수 있다. 자연 속에 묻히고 싶은 간절한 갈망이 아닐 수 없다. 본연적
자아의 天眞을 회복코자 함이다.

아름다운 烟派가 일렁이는 자연은 바로 풍월주인이 머물러 있는 곳이다.
홍삼화가 활짝 피어 물에 어리니, 찌들고 때묻은 마음이 청정해지지 않을 수
없다. 그러므로 여기에 나타난 자연은 세속의 온갖 더러움과 때를 말끔히 씻
어 주는 공간으로 나타난다. 生命之氣를 길러 주는 공간이요, 自得之樂의 공
간이다. 시인은 서울을 등지자마자 벌써 자연에 동화된 것이다. 억눌리고 오

---

64) 張翰은 당시 문란한 정치현실에 환멸을 느껴 늘 고향 江東의 羹과 膾를 그리워하다가,
　　秋風이 불자 결국 고향으로 돌아갔다.(≪晉書≫ 권92, <張翰傳>). 이후 '江東의 鱸魚'
　　는 歸去來와 隱逸의 표상이 되었다.
65) 申光洙, <別南益山養五泰普歸楊根別業>, ≪文集≫ 권4 장28.
66) 申光洙, <溯江>, ≪文集≫ 권5 장50-51.
67) 申光洙, <舟中>, ≪文集≫ 권6 장28.

그라진 마음이 홍삼화처럼 활짝 피고, 마침내 잠시나마 잃었던 天眞을 회복하였으니, 흰구름과 절로 마음이 통하지 않을 수 없다. '가다가 머물 곳을 흰 구름 알리'는 이와 같은 심정을 드러낸 것이다. 石北은 일찍이 '백 년 인생 절반을 모두 보내고(百年俱過半)/ 사람 일은 天眞에 부쳐 버렸네(人事付天眞)'[68]라고 노래한 바, 順自然하는 삶을 살고자 했던 것이다. 유가적 지향에서 생긴 갈등상을 도가적 지향을 통해 서정하고 있음을 볼 수 있다.

石北은 부단히 출사지향과 은일추구를 보이는 바, 여기서 생긴 갈등상은 유가적 사유와 도가적 사유의 충돌을 의미한다. 이는 곧 사회적 자아와 본연적 자아의 충돌이라고 하겠다. 출사지향, 곧 사회적 자아를 실현하려고 함에 따른 갈등상을 자연을 매개한 도가적 사유를 통해 극복하고 있음을 볼 수 있었다. 물론 갈등의 근원은 빈천이고, 이것이 田莊을 소유한 사대부들과 다른 양상을 띠게 했다. 도가적 사유는 유가적 규범에서 벗어나 천부의 자연성을 회복하게 함으로써, 지쳐 버린 心身에 활기를 불어 넣는다. 그러한 점에서 도가적 자연은 생명력을 확충하는 공간이라는 긍정적 의미를 지니기도 한다. 石北은 자연과 술과 바둑과 문장을 매개로 하여 安分知足함으로써 빈천에서 오는 갈등상을 해소하고자 했다. 안분자족하며 희망찬 미래가 열리기를 소망한 바, 이것은 自得之樂을 통한 天下之樂의 추구라고 할 수 있다. 그러나 안빈낙도는 관념 속에서나 가능한 것이지, 현실로서는 불가능함을 드러내고 있다. 현실적 고뇌와 갈등을 서정하기 위한 방법으로 자연과 술과 바둑과 시를 매개로 하여 안분지족하며, 도가적 사유에 침잠하여 관념 속에서나마 은일적 삶을 즐겼다. 石北은 벼슬길에 나간 이후에도 갈등상을 보인 바, 그것은 빈천이 해결되지 않았기 때문이다. 결국 출사지향에서 생긴 갈등을 자연을 매개한 도가적 사유를 통해 극복하려고 했다.

68) 申光洙, <同宿碧龍> 其二, 《文集》 권1 장54.

(3) 物外閒適과 절로절로

현실과 이상의 괴리에서 온 갈등의 해소방법은 다양하다. 초세적 삶의 추구나 물아일체의 유유자적이나, 취락과 한적, 신선동경, 빈이무원의 안분지족, 도학적 사유에 대한 심취 등이 갈등의 해소방법이다. 여기서는 물외한적과 절로절로의 심상을 담은 것을 통해 도가적 사유의 일단을 엿보기로 한다. 아울러 문학관의 반영도 부분적으로 고찰키로 한다. 도가적 사유 속에 완전히 침잠할 때 갈등은 존재하지 않는다.

南山日秋色	남산은 나날이 가을빛일레
偶然近東籬	우연히 동쪽 울에 가까이 있네.
淵明無事人	연명처럼 일이 없는 사람인지라
嚮夕遠望之	저녁 무렵 아득히 먼 곳을 보네.
彼此何所言	피차간에 그 무엇을 말을 하리오
靜者心自知	고요한 자 마음으로 절로 아는걸.

<題兒畵>(권1 장39)

詩的 정황에 대한 정확한 파악이 요구되는 시다. 이 작품의 題名은 <題兒畵>이다. 서정적 자아는 동쪽 울타리 곁에서 남산을 바라보고 있는데, 아이는 가을빛으로 물든 風光을 그리고 있다. 시 속에서는 아이에 대한 직접적 언급이 전혀 없다. 이 시는 陶潛의 <飮酒>[69]를 연상케 한다. 詩想과 意趣가 도연명의 작품과 동일하다. 날이 갈수록 가을빛으로 물들어 가는 남산을 바라보며 동쪽 울타리 곁에 있노라니, 도잠의 '採菊東籬下/ 悠然見南山' 구절이 절로 떠오른다. 중국의 王國維(1877-1927)는 도잠의 이 구절을 物我一體의 無我之境이 구현된 시로 파악한 바, 그것은 시인이 자연의 조화와 변화를 함께 하는 眞人의 경계에 이르렀기 때문이다.[70] 청나라 洪亮吉은 '忘世之侶 其天機活潑

---

69) 陶潛, <飮酒>, 《漢詩大觀》 권1(《古詩源》 권9, 晉詩), 121쪽. "結廬在人境 而無車馬喧 問君何能爾 心遠地自偏 採菊東籬下 悠然見南山 山氣日夕佳 飛鳥相與還 此中有眞意 欲辯已忘言"

70) 金學主, 《中國文學序說》(新雅社, 1996), 170-171쪽 참조. 173-174쪽에서는 無我之境

如此'라고 평하고는 《詩經》의 國風의 遺意를 이어받은 것으로 파악71)하기도 했다. 그러므로 天機가 流動한 가운데 天理가 流行하고 있는 시라고도 하겠다.

<題兒畵>는 以心傳心의 物我一體가 전편을 관류하고 있다. 時空을 초월해서 도잠과도 以心傳心으로 만나고 있다. 그림을 그리는 아이의 심경도 작가의 심경과 다를 바 없으니, 여기에 더 이상 할 말이 있을 수 없다. 도잠 또한 그의 은일생활을 묻는 질문에 말마저 잊고자 했던 것이다. 인위적으로 꾸민 흔적이 없는 천의무봉의 솜씨다. 기교를 중시하지 않는 도가적 색채가 농후하다. 내용과 표현이 절묘하게 조화를 이루고 있는 바, 詩有神境에서 나온 文質이 彬彬한 시다. 入神의 경지에 들지 않으면 도달할 수 없는 詩境이다. 庖丁解牛와 匠石運斤의 경지에 이르기까지 그들이 끝없이 연마한 것처럼 무수한 습작을 거쳐 탄생한 작품이라고 하겠다. 그래서 人工의 냄새를 찾아볼 수 없는 것이다. 乘化樂天의 경지에 이르면 모든 것을 버리듯이 絶聖棄智의 詩想이 드러난다고 할 것이다. 이러한 시에는 拙樸美와 天然美가 흘러 넘치게 마련이다. 세속적 감정의 激情이 이곳에 없다. 脫俗의 淸淨이 담담하게 흐르고 있을 뿐이다.

石北은 그의 문학관에서 郢人의 도끼와 庖丁의 解牛 등의 이야기를 들어 그들의 技藝가 詩有神境과 궁극적으로는 같다고 보았다. 최상처에 이르면 절로 통하기 때문이다. 郢人과 庖丁 등은 모두 技藝가 뛰어나 入神의 경지에 든 인물들이다. 《莊子》 雜篇 徐無鬼條에는 다음과 같은 이야기가 실려 있다.

어떤 미장이가 회반죽을 파리 날개만큼 자기의 콧등에 바르더니, 친구인 목수 石에게 깎아 내게 했다. 石은 손도끼를 힘차게 휘둘러 바람을 일으켜더니, 미장이의 콧등에 있는 회반죽을 깎아냈다. 회반죽만 말끔히 날려 버리고, 미장이의

을 시의 가장 고상하고 참된 경지로 인정하게 된 것은 반드시 道敎나 佛敎의 영향만 이라고는 할 수 없다고 하면서, 사람이면 누구나 수긍할 수 있는 보편적이고 본질적인 감정을 추구함이 궁극적으로 無我之境에 이르게 한다고 했다.
71) 李炳漢, 《漢詩批評의 體例硏究》(通文閣, 1985), 21쪽 참조.

코엔 털끝만한 상처 하나 내지 않았다. 미장이는 눈앞에 도끼가 날아오는데도 눈· 한 번 깜짝이지 않고, 쫑긋 코를 내민 채 자세를 허물어뜨리지 않았다.[72]

　莊子가 어떤 사람의 장례식에 참석하고 돌아오는 길에 惠子가 묻혀 있는 무덤 앞을 지나면서 따르던 사람에게 한 말이다. 친구의 콧등에 묻은 회반죽을 상처 하나 내지 않고 손도끼로 쪼았으니, 이는 神境이 아니면 해낼 수 없는 절묘한 솜씨인 것이다. 여기서 匠石運斤이란 漢字成語가 만들어진 바, 이것은 기예가 미묘한 경지, 곧 入神의 경지에 이르렀음을 뜻한다. 庖丁이 소를 가르는 솜씨 또한 마찬가지가 아닐 수 없다. 시를 쓰는 것도 그렇거니와 풍수를 보는 것 등도 또한 그러한 입신의 경지에 들어섰을 때 天衣無縫의 절묘한 솜씨가 발휘될 수 있다는 의미를 담고 있다. 그러므로 천하에 수없이 많은 술법이 있지만, 결국 그 妙處는 같다고 본 것이다.

　그러나 그 묘처는 아무나 얻을 수 있는 것은 아니다. 또한 얻었다고 할지라도 전하기도 어려운 것이다. 시세계의 오묘함을 깨쳐 그것을 얻는 것은 바람을 붙들거나 그림자를 잡는 것과 같은 것이라고 할 수 있다. 그러므로 그것을 얻는 것은 천만인 가운데 한 사람도 쉽지 않다. 하물며 그것을 입과 손으로 여실하게 표현하는 시에 있어서는 더욱 그러할 것이다.

　庖丁解牛論은 이미 널리 알려진 이야기다. 戰國時代의 철인 莊周는 이 백정이 소잡는 이야기로써 도를 닦고 도를 터득하는 진리를 설파했다. 이 도는 농부나 상인이나 학자나 예술가 등 어느 것에나 적용되는 도이다. 포정은 3년 동안 수많은 소를 잡아 본 뒤에야 비로소 소에 대한 모든 것을 통달하게 되었다. 그리하여 한 자루의 칼로 19년 동안 수천 마리의 소를 잡았지만, 그의 칼은 무디어지기는 커녕 오히려 더욱 날카로워졌다. 포정은 소를 잡는 도를 깨친 것이다. 虛心의 상태라야만 포정처럼 順物自然의 경지에 들 수 있다. 허심은 主觀이 일체 소멸하여 自我의 존재마저 의식되지 않은 상태다. 隨物而化

---

72) ≪莊子≫ 雜篇 徐無鬼條. "郢人堊漫其鼻端若蠅翼 使匠石斲之 匠石運斤成風 聽而斲之 盡堊而鼻不傷 郢人立不失容"

의 최상승의 경지는 이러한 허심의 상태에서 나올 수 있다. 이러한 경지가 神境이다.

石北이 말한 시에 있어서 神境은 匠石運斤이나 庖丁解牛와 같은 入神의 경지이다. 入身의 경지를 얻기까지는 ≪詩經≫이나 古詩 19수뿐만 아니라, 李白이나 杜甫 등 古人之詩를 탐독하고, 끝없는 수련의 과정을 거쳐야 한다고 파악했다. 시인도 시인다운 시인이 되려면 庖丁이 소를 잡는 것과 같은 체험을 쌓아야 한다는 의미가 여기에 함축되어 있다. 누적된 체험을 통해 포정이 소의 모든 것을 통달하듯이 시인 또한 끝없는 시적 체험을 겪음으로써 시의 妙處까지 볼 수 있다는 의미이다. 그러므로 石北은 시를 배움에 있어서 專一해야 한다고 강조했다.

> 지금 세속에서 西北人을 헐뜯어 문득 "먼 지방이다."라고 말하곤 한다. 서북은 지극히 멀다고 하나 王京에서 수십 일 내지는 일개월 정도의 거리에 지나지 않는다. 어찌 멀다고 하겠는가. 司馬相如·王褒·楊雄·李白·蘇洵 三父子는 蜀에서 태어났고, 張九齡은 韶州에서 태어났고, 丘濬은 瓊州에서 태어났으며, 海瑞는 厓州에서 태어났으니, 閩中과 같은 곳까지 이름이 있다. 宋나라가 남쪽으로 건너간 뒤에 儒賢 반은 이러한 곳에서 태어났다. (中略) 五嶺 以南은 三代 荒服의 땅이나, 하루 아침에 변하여 文明의 지역이 되었다. 어찌 땅의 외지고 멂에 있겠는가. 그 사람에 달려 있을 따름이다. 그러나 부모와 처자를 떠나 천 리에서 스승을 따르니, 또한 사람마다 어려운 바가 있다. 뜻이 있는 선비라도 그것에 능할 수 없다. 西關은 나라의 西門인데 成川은 또한 西關의 첫읍이다. 東明王이 일어 난 곳이며, 箕子의 遺風이 이곳에 있다. 王京과 거리기 오백 리이니 먼 지방이라 할 수는 없다. 朴生은 고을의 아름다운 선비. 발을 싸매고 京師에서 나를 찾고 湖中을 좇아 뜻을 새겨 시를 배우면서 疏櫨辛苦함을 싫어하지 않고 두 해 동안 학업을 드리워 이루고 돌아갔다. 어찌 이른바 사람으로서 하기 어려운 것인데, 뜻있는 선비가 아니리오. 시가 비록 小道라고 할지라도 專一하지 않는다면 나아갈 수 없다. 내가 生의 재주가 영민함을 보건대 학업이 증진될 것이니, 비록 도달한 바에 말미암아 넉넉히 과거에서 이름을 얻을 수 있겠지만, 그 뜻에는 오히려 부족하다. 來年에 다시 나를 좇아 노닐 것을 기대하나, 크게 나아가지 않는다고 그칠 수 없는 것이다. 어찌 그 뜻이 돈독하지 않겠는가.[73)]

먼저 학문을 이루는 것은 그 땅의 멀고 가까움에 있는 것이 아니라, 그 사람에게 달려 있음을 구체적 예를 통해 강조했다. 그리고 시를 小道라고 하나 專一하지 않는다면 나아갈 수 없다고 못박고 있다. 이는 곧 시를 이루거나 이루지 못함은 그 사람이 자질과 노력이 중요함을 말한 것이다. 專一은 專心一志이니, 心을 온전히 하고, 志를 하나의 대상에만 집중하는 것이다. 마음에 잡념이 끼어들지 않게 하여 오로지 시에 몰두해야 入神의 경지에 도달할 수 있다. 시에 전일할 때 피차의 거리가 소멸된 신묘한 경지에 이를 수 있는 것이다. 匠石運斤이나 庖丁解牛에서 볼 수 있는 성취는 꾸준한 노력이 뒤따르지 않는 한 이루어질 수 없음을 뜻한다고 하겠다. 끊임없는 詩道에 대한 수련과 정진을 거쳐야 入神의 경지를 이룰 수 있음을, 시에 專一해야 한다는 말로써 드러낸 것이다. 허균도 일찍이 '문장은 비록 小技라고 일컬어지고 있으나, 學力이 없고 識見이 없고 功程이 없으면, 그 지극한 경지에 도달하기는 어렵다. 도달하는 바는 비록 크고 작고 높고 낮음이 있지마는 그 오묘함에 이르는 것은 하나다.'[74]라고 했다. 學力과 識見과 功程이 두루 구비될 때에 비로소 庖丁이 소의 뼈와 힘줄 사이, 힘줄과 근육 사이로 칼을 휘젓듯이, 시의 道를 터득할 수 있는 것이다. 鍊琢의 과정을 거쳐 神境을 터득하면, 시인은 字字句句의 혈맥을 잇고 경락을 엮게 될 수 있다. 그리하여 莊周가 말한 나비가 詩人인지 시인이 나비인지 알지 못하는 이른바 物化의 경지에 도달할 수 있다.

---

73) 申光洙, <贈成川朴生序>, 《文集》 권15 장8. "今俗訾西北人輒曰 遐方西北極遠 不過距王京數十日或一月程 何遠之有哉 司馬相如王褒楊雄李白蘇洵三父子生於蜀 張九齡生於韶州 丘濬生於瓊州 海瑞生於厓州 至如閩中則有 宋南渡後 儒賢牛作於是 是皆(缺) 五嶺以南 三代荒服之地 而一朝變爲文明之區焉 惡在地之僻遠也 在其人耳 然去父母妻子 千里從師 亦人人之所難也 非有志之士能之乎 西關國之西門 而成川又西關之初邑也 東明王之所起 而有箕子之遺風焉 距王京五百里 不可謂遐方 而朴生邑之佳士也 裹足訪我於京師 又從之湖中 刻意學詩 不厭疏糲辛苦 兩閱歲業垂成 而歸 豈非所謂人之所難 而有志之士耶 詩雖小道 不專 則不就 吾觀生之才敏 而業長 雖由所詣 足以決科取名 而其意猶不足也 期以明年 復從我游 不大進 則不止 何其志之篤也"

74) 許均, <答李生書>, 《惺所覆瓿藁》 권10 文部7. "文章雖曰 小技 無學力 無識見 無功程 不可臻其極 所臻雖有大小高下 其妙一也"

　대체로 道家的 思惟를 반영한 작품, 그 중에서도 物外閑適과 절로절로를 드러낸 작품에 詩有神境이나 情景相值에서 나온 天理流行의 문학관이 잘 반영되어 있는 것으로 보인다. 특히 이 경우 詩有神境과 情景相置 및 天理流行이 융합된 無我之境을 창출하고 있다고 하겠다.

　<何事>75)도 詩有神境에서 나온 작품이다. 隱居한 腐儒의 悠然한 심경을 도연명의 귀거래의 뜻에 비유하여 읊고 있다. 그러나 유가적 사유와 도가적 사유가 혼융되어 나타난 점이 다소 다르다. 나무를 심어 家計를 전하고 밭을 갈아 국은에 보답하겠다는 사유가 있기 때문이다. 그러한 점에서 性情之正과 聲音之和가 조화되어 天理가 流行하는 가운데, 有補世敎의 시정신이 진술하게 반영되어 있는 詩有神境을 구축했다고 할 수 있겠다. 결련 '此意陶潛解 悠然已不言'에서 도연명이 <飮酒>에서 누렸던 無我之境을 맛보고자 했다.

結廬人境外	한적한 곳에다가 집을 얽고서
春日獨徘徊	봄날에 호올로 배회하노라.
坐石孤雲起	앉은 돌엔 외로운 구름 흐르고
移花細雨來	옮긴 꽃엔 가랑비 흩날리구나.
道心隨地得	도심이란 땅을 따라 얻는 법이고
生事逐時開	삶이란 때를 좇아 열리는 것을.
鷗鷺西溪上	서녘 냇가 갈매기와 해오라기는
終年兩不猜	사철 내내 서로들 시샘함 없네.

<新居春日>(권1 장6)

　是非曲直이 없는 人境外의 전원에서 道心을 따라 살아가고 있다. 도심은 자연에서 오는 것이요, 그것은 無爲自然의 경지에 이른 마음이다. 봄날에 홀로 배회하는 것은 자연을 벗삼아 즐기는 逍遙遊를 말한다. 여기에 悠悠自適함이 있다. 외로운 구름은 절로 일어나고, 꽃을 옮겨 심으니 때마침 가랑비가 내린다. 자연의 섭리에 따라 살아가는 시인의 모습을 엿볼 수 있다. 天理의

---

75) 申光洙, <何事>, ≪文集≫ 권3 장10. "腐儒更何事 淸世老山村 種樹傳家計 耕田報國恩 孤烟始茅舍 落日半柴門 此意陶潛解 悠然已不言"

流行에 어긋나지 않는 삶인지라, 道心 또한 땅을 따라 절로 얻고 있다. 이것은 '사람은 땅을 본받고, 땅은 하늘을 본받고, 하늘은 도를 본받고, 도는 자연을 본받는다.'76)는 깨달음을 읊은 것이다. 자연은 인간과 땅과 하늘이 본받아야 할 스승이요, 도마저도 본받아야 할 스승이다. 그러나 上位에 實在하는 어떤 實體를 뜻하는 것은 아니다. 四時의 變化에 따라 절로 살아가므로, 살아가는 일도 때를 좇아 열리고 있다. 무위자연의 절로절로에 따른 자연 그대로 삶이다. 그러므로 이곳에 세속의 是非利害가 끼어들 틈이 없다. 깨끗하고 맑은 삶만이 자리잡고 있다. 결련은 이를 말함이다. 淸淨心이 흐를 뿐이다.

절로절로의 사상은 無爲自然의 사상이다. 무위자연은 法自然의 삶에서 나타난다. 이것은 天下之樂이 아닌 自得之樂이요, 浩然之氣를 기르는 것이 아닌 生命之氣를 기르는 방법이다. 호연지기는 修己治人을 지향하지만, 生命之氣는 타고난 生命力을 절로 보존하는 것이기 때문이다. 老子는 버리고 또 버릴 때에 無爲에 이를 수 있다고 하였다. 道는 無爲이나 無不爲이다. 無爲란 아무것도 하지 않는 것이 아니라, 자연의 절로절로에 따르는 것이다. 無爲自然이란 사회적인 모든 구속으로부터의 완전한 해방, 곧 인간의 절대적인 자유의 추구라고 할 수 있는 바, 이것이 바로 順自然이요, 道法自然인 것이다.77) 莊子는 무위로써 하는 것을 자연이라고 하였다. 무위는 自本自根하는 道의 기능에 의해 운행하는 大自然처럼 無心·虛心의 본성에서 나온 절로절로이다. 자연은 '절로'·'스스로'·'절로 그러한 것'·'절로 그러하다' 등의 뜻을 지녔다. 인간의 智識이나 思慮나 慾望 등이 착색되지 않은 天然 그대로다. 여기엔 人工의 냄새가 전혀 없다. 무위자연은 어떤 意圖나 意識이 없는 행위이다.

장자는 自然에 順應하는 것을 삶의 원칙으로 하였다. 順自然에는 順物自然과 順己之性이 있다.78) 사물들의 자연스런 본성에 따르는 것이 順物自然이며, 自己의 자연스런 본성에 따르는 것이 順己之性이다. 物性의 자연에 따르려면

---

76) ≪老子≫ 25장. "人法地 地法天 天法道 道法自然"
77) 金學主, ≪老子와 道家思想≫(明文堂, 1988), 13쪽 및 112쪽 참조.
78) 李康洙, ≪道家思想의 硏究≫(高麗大學校 民族文化硏究所, 1989), 144-152쪽.

자신의 의도와 목적, 그리고 선입견 등 일체의 사사로운 뜻을 버려야 한다. 順物自然은 외물의 변화에 절로 따르는 것이니, 마음을 淡泊·恬靜케 한다. 私心에서 벗어나 자연스러운 변화에 따르기 위해서는 마음을 텅 비우고 대자연의 관점에서 사물을 보고 대응해야 한다. 庖丁解牛는 順物自然의 妙用을 말한 것이다. 허심의 상태라야만 隨物而化할 수 있다.

自己本性의 자연스러운 흐름에 절로 따르는 것이 順己之性이다. 허심의 상태에서 인간은 자기자신의 본성인 德을 회복할 수 있으며, 그 덕의 자연스러운 흐름에 따라 살아 갈 수 있다. 順己之性은 자기자신의 본성인 자연에 따르는 것이니, 사실상 順德을 의미한다. 자연의 본성에는 더 보탤 것이 없다. 장자는 自得과 性命의 자연스러운 眞情에 맡기는 것을 가장 바람직하게 생각했다. 여기에서 天理流行의 文學觀이 설 자리를 잡는다. 꾸밈이 없는 인간의 自然性에 따를 때 그 시는 生命之氣가 넘쳐 흐르는 생동감이 있다.

秋山伐木處	가을 산 나무를 찍는 곳에서
落日見僧烟	해울녘에 스님과 연기 보이네.
遊客欲投宿	나그네가 들어가 묵고자 하나
洞門深可憐	골짝 문이 깊어서 어여쁜지고.
獨歌流水畔	흐르는 물가에서 노랠 부르다
故往怪禽前	괴상한 새 앞을 짐짓 가 보네.
爲是無人境	이야말로 사람이 없는 곳이라
行行興自然	걸음걸음 즐거움 저절로 이네.

<暮投山寺>(권3 장4)

나무를 찍는 山寺가 있는 해울녘의 가을 산이 시간적·공간적 배경으로 나타나다가 점점 시선은 서정적 自我에 모아지고 있다. 멀리 산사의 스님이 보이고, 밥짓는 연기가 솟아오른다. 지극히 평화스러운 정경을 배경으로 하여 서정적 자아가 등장함으로써 자연에 저절로 沒入할 수 있도록 했다. 人境外의 깊은 골짝이라 절로 즐겁지 않을 수 없는 것이니, 흐르는 물가에서 노래를 부르기도 하고, 이름을 알 수 없는 새를 만나 호기심에 짐짓 다가서기도 한다.

세속의 티끌먼지가 전혀 없는 탈속의 無人境이다. 이처럼 그윽하고 아름다운 자연 속을 걷노라니, 그윽한 興趣가 저절로 흘러 넘친다. 노래도 절로절로 흥도 절로절로 나오지 않을 수 없는 것이다. 隨物而化이다. 무위자연 그대로인 것이다. 물아일체의 眞境 속에서 느끼는 지극한 열락이다. 아무런 막힘이나 아무런 걸림이 없는 자유로운 정신의 충만함이 여기에 흐르고 있다.

절대적인 정신의 자유는 物我 사이의 구별이 소멸될 때에 비로소 드러난다. 莊子의 齊物論에 나오는 '天地는 나와 함께 生하며(天地與我並生), 萬物은 나와 더불어 하나된다(萬物與我爲一)'는 명제가 말하듯 대자연과 내가 한 몸이 될 때 절대자유는 나타나는 것이다. 이러한 경지를 이룩함으로써 '홀로 천지정신과 더불어 왕래하되, 만물에 대하여 교만하거나 긍지를 느끼지 않는다'[79]와 같은 달관의 삶을 누릴 수 있다. 그러므로 무위자연의 삶을 통해 인간은 물아일체의 무한한 眞樂을 얻을 수 있고, 그런 가운데 세속에서 찌들고 억눌린 마음을 抒情하게 된다. 그리하여 새로운 生命之氣를 온 몸에 가득 넘실거리게 할 수 있다. 자연애호사상이 나오지 않을 수 없는 까닭이 바로 여기에 있다.

老莊의 인생관에서는 인생을 하나의 逍遙로 본다.[80] 삶이 수단이 아니라 목적 자체이다. 삶 그 자체가 즐거운 하나의 逍遙이다. 노장은 산보 길에서 조용히 흐르는 물소리, 시원한 바람, 변화 많은 자연의 경치를 맛본다. 이러한 인생이 노장이 말하는 소요의 본질이다. 自我라는 작은 관점에서 벗어나 우주라는 큰 관점에설 때, 흐르는 물처럼 막힘이 없다. '가장 으뜸가는 선은 물과 같으며, 물은 모든 것을 이롭게 하면서도 다투지 않는다'[81]고 말했다. 물과 같이 살아간다는 것은 無爲의 원칙대로 살아감을 뜻한다. 소요하는 기분으로 살면서 참다운 삶을 맛보며, 至樂에 이른다. 이러한 원리를 老子는 '행위하지 않음을 행하고, 아무 것도 아닌 것을 무엇인가로 하고, 아무 맛도 없는 것을 맛

---

79) ≪莊子≫, <天下篇>. "獨與天地精神往來而不敖倪於萬物"
80) 朴異文, ≪老莊思想≫(文學과 知性社, 1987), 122쪽.
81) ≪老子≫ 제8장. "上善若水 水善利萬物不爭"

으로 하며, 小를 大로 하고, 少를 多로 하며, 원한을 덕으로 갚는다.'82)고 설명
했다. 관점의 전환에서 온 깨달음을 통해 아무런 막힘이 없이 절로절로 살자
는 것이 무위자연이다.

舊出珠華洞
仙臺袞袞登
春風花滿樹
夜雨地藏朋
暮笛聽何忍
殘杯擧不能
新知更李白
永日醉山層

그 옛날에 주화동 마을 나와서
선대를 그지없이 올라 갈레라.
봄바람에 핀 꽃은 나무에 그득
밤비에 벗 모습은 보이질 않네.
저녁 피리 소리를 어이 들을꼬
남은 술잔 차마 다 들지 못할레.
다시 곧 이백된 것 문득 아노니
긴 날에 산도 취해 겹쳐 있구나.

<登企臺與李夢瑞獻慶同賦>(권1 장6)

선대에 올라가 주변 풍광에 동화되면서 도도한 醉樂을 드러내고 있다. 詩仙
李白이 누렸던 취락의 경지를 마음껏 맛보고 있다. 벗이 생각나지 않는 바도
아니나, 서러울 정도로 아름다운 春景에 이내 동화되지 않을 수 없는 상황이
다. 여기에 술까지 있으니 금상첨화이다. 시인이 취하니, 산도 취해 보이는 것
이 정상이다. 그리하여 마침내는 내가 취한 것인지 산이 취한 것이지 구분이
안되는 데까지 이른다. 더할 나위 없는 즐거움이 그 속에 있으니, 내가 이백인
지 이백이 나인지, 내가 산인지 산이 나인지 알 수가 없다. 주객이 혼연일체가
된 상태에서 누리는 지극한 기쁨이다. 情景相値를 거쳐 天理가 流行된 시다.

이 작품에는 감정의 자연스러운 발로, 곧 서정의 無爲自然까지 나타나 있
다. 그러나 그것은 潔身亂倫의 질탕한 放逸에까지는 나아가지 않고 있다. 물
론 이것은 道學者의 시각에서는 그렇게 볼 소지가 없지 않아 있기도 하다. 일
찍이 退溪는 <陶山雜詠記>에서 '산림을 즐긴 자를 보건대 둘이 있다. 玄虛를
그리워하고 高尙을 섬겨 즐기는 자가 있고, 道義를 기뻐하고 心性을 길러서

---

82) ≪老子≫ 제63장. "爲無爲 事無事 味無味 大小多少 報怨以德"

즐기는 자가 있다. 전자를 따른다면 潔身亂倫에 흘러 심하면 鳥獸와 무리하면
서도 그릇되다고 여기지 않을까 두렵고, 후자를 따른다면 좋아하는 바는 糟粕
뿐이오, 그 전할 수 없는 妙에 이르러서는 구하면 구할수록 얻을 수 없으니,
어찌 즐거움이 있으리오. 그러나 차라리 후자를 위하여 스스로 힘쓸지언정 전
자를 위하여 스스로 속이지는 않겠다.'[83])고 했다. 퇴계는 자연을 매개로 하여
도의를 기뻐하고 심성을 기르는 즐거움을 얻을 수 있다는 유가적 자연관의
관점에서 서서 도가적 자연관을 배척했다. 그 까닭은 玄虛高尙은 결국 社會秩
序와 人倫道德을 파괴하는 潔身亂倫에 흐른다고 판단했기 때문이다. 그러나
도가에서는 무위자연을 강조한다. 그러므로 정서의 자연스러운 발로를 긍정한다.
道家的 隱逸者에게는 醉樂的 일면이 있다. 醉樂思想이 반드시 道家와 직결되
는 것은 아니다. 醉樂的 歌舞飮酒는 우리 古代生活을 기록한 史書에 보인 바,
우리 민족의 醉樂的이고 樂天的인 思想은 民族性의 일단이다. 이러한 점은
우리 민족의 멋들어진 절로절로의 風流로 이어졌다. 이 절로절로는 가장 우
리다운 美意識을 지닌 것이다.

谷口草堂亭午時　　　　　곡구의 초당 정자 한낮 오시에
入門丁丁聞着碁　　　　　문에 들면 따앙땅 바둑알 소리.
白鷺六七東西岸　　　　　해오라기 예닐곱은 동서 언덕에
黃鳥一雙高下枝　　　　　높낮은 가지에는 꾀꼬리 한 쌍.
客子眞知濠上意　　　　　나그네는 濠上意를 참으로 알고
主人能賦輞川詩　　　　　주인옹은 輞川詩를 잘도 지을레.
更使樽中常有酒　　　　　술동이엔 언제나 술이 넘치니
踈狂乘興日追隨　　　　　미친 흥에 날마다 절로 마시네.
　　　　　　　　　　　　　　　　　　　<谷口觀碁>(권1 장37)

수련에는 谷口에 있는 초당 정자에서 바둑을 두는 한가로운 상황이 설정되

---

83) 李滉, <陶山雜詠記>, ≪退溪集≫ 권3 誌. "觀古之有樂於山林者 亦有二焉 有慕玄虛事高
尙而樂者 有悅道義頤心性而樂者 由前之說 則恐或流潔身亂倫 而其甚則與鳥獸同群 不以
爲非矣 由後之說 則所嗜者糟粕耳 至其不可傳之妙 則愈求而愈不得 於樂何有 雖然寧爲
此而自勉 不爲彼而自誣矣"

298

어 있는 바, 바둑알 소리가 한낮의 정적을 오히려 부각시키는 구실을 하고 있다. 靜中動의 수법을 통한 고요함의 강조라고 하겠다. 초당 정자의 한가하고 평화스러운 분위기는 함련에서 곡구 전체로 확대되고 있는 바, 이것은 정자 주변의 해오라기와 꾀꼬리가 머문 공간까지 시선이 옮겨졌기 때문에 나타난 것이다. 평화스럽고 한가로운 곡구는 세속적인 是非曲直이나 名利나 시끌벅쩍함 등을 전혀 찾아 볼 수 없는 그윽한 공간으로 설정되고 있다. 경련에서는 주객이 혼연일체가 되어 어울리고, 결련에서는 더할 나위 없는 취락에 젖어 있다. 은일자의 이상적인 삶의 모습을 압축적으로 담아 놓은 작품이다. 특히 경련에서는 莊子나 王維가 누렸던 삶의 경지를 지향하고 있음을 볼 수 있다.

莊子와 惠子의 논쟁 가운데 濠梁寓話로 널리 알려진 이 이야기는 물고기를 매개로 한 논쟁으로 天眞의 즐거움, 浮世를 초월한 취미, 萬物一體나 物我相忘의 심경, 속세를 떠나 자연을 즐기는 마음 등을 함축하고 있다. 濠梁之上·濠濮閒愁·濠濮之閑想·濠上之居 등의 成語는 모두 여기서 비롯되었다. 이 우화는 논쟁 그 자체가 흥미로운 바, 특히 辯舌로 유명한 혜자를 장자가 변설로써 제압했다는 내용이다. 그러므로 石北이 '나그네는 濠上意를 참으로 알고(客子眞知濠上意)'라고 노래한 것은 호량우화가 담고 있는 삶의 경지를 누리고자 함에 다름 아니다.

輞川은 唐代의 시인 王維의 別莊이 있던 陝西城 藍田縣에 있는 지명이다. 風光이 佳絶한 곳으로 輞川十二景이 유명한데, 왕유가 이곳에서 지내면서 시를 지었던 것이니, 망천시는 곧 왕유의 시를 뜻한다. 石北이 망천시를 든 것은 자신을 왕유에 견준 것에 다름 아니다. 따라서 이 시는 아름다운 자연에서 古人들이 즐겼던 物外閑寂과 醉樂을 노래한 작품이라고 하겠다.

절로절로의 風流는 가장 우리다운 미의식을 지녔다. 陶南은 국문학의 특질로 은근과 끈기를 들었다. 이것을 논의한 내용의 일부분의 요지는 '은근과 끈기는 調和와 永遠에서 유래하고, 調和와 永遠은 절로절로에서 유래하고, 절로절로의 淵源은 민족생활에 있다'는 것인데, '은근·끈기·조화·영원·절로절로'는 美學에서 말하는 미적 내용을 의미하는 것으로 보인다.84) 여기서 절로절로의 연원이 민족생활에 있다는 점이 주목된다. 그것은 절로절로가 우리 민족의 原初的 美意識임을 뜻하기 때문이다. 河西는 '청산도 절로절로 록수도 절로 절로 산도 절로 물도 절로 하니 산수간에 나도 절로 아마도 절로 삼긴 인생 이라 절로절로 늙사오리'라 했다. 河西의 5세손 時瑞는 崔瑞琳에게 한역까지 시킨 바, 그것은 '靑山自然自然 綠水自然自然 山自然水自然 山水間我亦自然 已矣哉 自然生來人生 將自然自然老'이다.[85] 法自然 또는 順自然하겠다는 것 이 이 노래의 핵심이다. 여기서 볼 수 있듯이 절로절로는 自然이다. 이 自然 은 곧 無爲自然이다. 무위자연은 도가사상의 중심사상이다. 그렇다면 도가사 상의 중심을 이루는 무위자연은 중국의 그것이라기보다 오히려 우리의 그것 에 보다 더 밀착된 것이 아닐까. 다시말하면, 절로절로는 우리 겨레의 몸에 베어 있는 原初的 美意識인데, 그것을 하나의 사유체계로 인식하기 위한 방 편으로 도가사상을 필요로 했다고 할 것이다. 무위자연을 하나의 사상으로서 인식하여 체계를 세운 이가 老莊이기 때문이다. 그러므로 무위자연으로 대표 되는 도가적 사유는 가장 우리다운 것이라고 하겠다.

醉臥古松下	술에 취해 古松의 아래 누워서
仰看天上雲	하늘 위의 구름을 우러러 보네.
山風松子落	산바람에 솔방울은 떨어지나니
一一秋聲聞	하나하나 가을소리 절로 들리네.

<孫庄歸路醉吟>(권1 장43)

술에 취해 고송 아래 벌렁 누우니, 짙푸른 하늘과 두둥실 흘러가는 구름이 절로 눈에 가득히 들어오고, 산바람이 솔솔 불어 솔방울 떨어지는 소리가 절

---

84) 崔珍源, ≪韓國古典詩歌의 形象性≫(成均館大學校 大東文化硏究院, 1988), 162-163쪽 참 조.

85) ≪河西金麟厚의 思想과 文學≫(河西紀念會, 1994)의 <하서 김인후의 국문학을 다시 말 함>(이상보)과 <湖南歌壇을 背景으로 한 河西 金麟厚 硏究>(丁益燮) 참조. 위의 時調 <自然歌>는 歌集에 尤庵이나 退溪의 작품으로 기재되어 있으나 河西의 작품이 분명 하다. 보다 구체적인 것은 위의 논문을 참고 할 것.

300

로 귀에 들린다. 취한 것도 절로요, 누운 것도 절로요, 보는 것도 절로요, 들리는 것도 절로이다. 그러므로 수직선상의 하늘의 변화와 수평선상의 가을산의 변화를 통해 天理流行의 신비로움을 절로절로 체득하지 않을 수 없다. 詩有神境이다. 여기에서 인위의 흔적은 전혀 찾아볼 수 없다. 字字句句 그 어디에서 억지로 꾸민 인공의 냄새를 맡을 수 있겠는가. 무위자연의 지극한 절로만 있을 뿐이다.

隱士들의 高踏的 現實超脫과 醉樂은 중국의 竹林七賢들의 행적에서 잘 드러난다. 이들은 山林江湖에서 閒外自適하는 것과 취락을 생활로 하였다. 이것은 퇴폐적 취락과는 구별된다. 世上榮辱에 무관한 은일에 기저하였거나 浮生若夢한 莊子의 蝴蝶夢에서 볼 수 있는 現實과 幻想을 술 속에서 즐기려는 것이다. 老子의 後學인 楊朱는 그의 사상에서 爲己와 快樂을 주장하였다. 마음에 하고 싶은 대로 행동하여도 자연에 어긋나지 않고, 娛樂을 즐겨 그것을 버리는 일도 없다고 하였다. 그리고 그는 더 나아가 자기가 하고 싶은 대로 할 뿐이니, 意識作用과 感覺技能을 막아버리지 않는다고 하였다. 이런 快樂主義 또는 醉樂은 樂自然의 방편으로 長醉하여, 人爲的 社會規範을 벗어나 人間本性대로의 자연을 찾을 수 있다. 이런 취락사상은 어디까지나 無爲의 사상에서 연유한 자연애호와 결합된 취락이요, 또 風流와도 一脈相通한다. 風流는 詩·酒·歌·花를 연상하게 한다. 그래서 風流사상과 함께 우리 시가에는 꽃을 보면 술을 찾고, 시를 읊으며, 술과 함께 노래한다. 취락 속에서도 是非를 모르고 살자는 것이 은일적 취락이다. 列子는 9년 걸려서 老子에게 배운 바는 마음에 是非利害를 뿌리칠 수 있음이라 했다.[86]

石北의 도가적 사유는 입신양명에 대한 좌절과 그에 따른 갈등을 극복하고자 하는 측면도 없지 않아 있다. 그는 청운의 꿈을 실현시키고자 노력하였으나, 당대의 정치적 상황이 이것을 쉽게 허락치 않았다. 그러므로 그가 위안을 찾을 수 있는 것은 자연이었고, 시와 벗이었으며, 술이었다. 그는 이를 통해 현실적

---

86) 李鍾殷, 앞의 책, 79-80쪽 참조.

갈등을 해소했다. 도가적 사유는 갈등을 해소하는 중심적 구실을 수행했다.

3) 神仙思想과 仙界憧憬

先人들 가운데는 仙界에 神仙이 살고 있다고 信實히 믿었다. 인간의 욕망
이 가장 잘 반영된 것이 神仙思想이다. 長生不死를 회구하는 욕망은 神仙思想
을 절로 낳은 바, 그리하여 神仙을 그지없이 羨望했고, 그들이 살고 있는 仙
界를 끊임없이 憧憬했다. 이같은 思惟가 先人들의 작품에 고스란히 담겨 있음
은 先學들에 의해 밝혀진 그대로다.[87] 도가사상과 도교사상이 기본적으로 다

---

87) 이와 관련된 論文을 포함한 대표적인 硏究書에 다음과 같은 것들이 있다.

金錫夏, ≪韓國文學의 樂園思想硏究≫(日新社, 1973).

김용범, ≪道敎思想과 英雄小說≫(문학아카데미, 1991).

김현룡, ≪신선과 국문학≫(평민사, 1979).

文永午, ≪燕岩小說의 道敎哲學的 照明≫(太學社, 1993).

朴三緒, ≪韓國의 道敎思想과 文學敎育 硏究≫(國學資料院, 1995).

孫燦植, ≪朝鮮朝 道家의 詩文學 硏究≫(國學資料院, 1995).

李演載, ≪高麗詩와 神仙思想의 理解≫(亞細亞文化社, 1989).

李鍾殷外, <韓國文學에 나타난 유토피아 意識 硏究> ≪韓國學論輯≫ 第28
集 (漢陽大學校 韓國學硏究所, 1996).

李鍾殷編, ≪韓國文學의 道敎的 照明≫(普成文化社, 1986).

李鍾殷, ≪韓國詩歌上의 道敎思想≫(普成文化社, 1978).

崔三龍, ≪韓國初期小說의 道仙思想≫(螢雪出版社≫(1982).

───, ≪韓國文學과 道敎思想≫(새문社, 1990).

崔昌錄, ≪韓國神仙小說研究≫(螢雪出版社, 1984).

韓國道敎思想硏究會編, ≪道敎思想의 韓國的 展開≫(亞細亞文化社, 1989).

──────, ≪道敎와 韓國文化≫(亞細亞文化社, 1988).

──────, ≪道敎와 韓國思想≫((株)汎洋社出版部, 1987).

──────, ≪韓國道敎의 現代的 照明≫(亞細亞文化社, 1992).

──────, ≪道敎의 韓國的 受容과 轉移≫(亞細亞文化社, 1994).

──────, ≪韓國道敎와 道家思想≫(亞細亞文化社, 1991).

──────, ≪韓國 道敎文化의 位相≫(亞細亞文化社, 1993).

──────, ≪韓國 道敎思想의 理解≫(亞細亞文化社, 1990).

르듯이[88])신선사상도 엄밀한 의미에서 道家思想이나 道敎思想과 다르다. 도가
는 老莊으로부터 연원된 철학사상이고, 신선사상은 민간신앙으로부터 기원된
민간사상이며, 도교사상은 도가사상과 신선사상 등을 혼용하여 만들어진 종교
사상이기 때문이다.

동양의 三大思想인 儒佛道의 '道'가 道家·神仙·道敎를 포괄하는 의미를 담
고 있음은 그만큼 서로 밀접한 연관이 있음을 뜻하지만,[89]) 신선사상의 기원
에 대해서는 상반된 견해를 드러내고 있다. 이것은 두 가지로 집약된 바, 固
有思想說과 外來思想說이 바로 그것이다. 하나는 주체사관 정립의 관점에서,
다른 하나는 신진문화 수용의 관점에서 그 주장을 달리 하고 있다. 고유사상
설은 우리 고유의 신선사상이 중국으로 흘러들어갔던 것이 다시 역수입되었
다는 견해이며,[90]) 외래사상설은 중국의 민간신앙적인 신선사상이 우리나라에
유입되었다는 견해이다.[91]) 이에 대해 동양사상의 한국화라는 수용적 시각에
서 신선사상은 논의되어야 한다는 주장[92])은 다음과 같은 점을 고려할 때 설
득력이 있다.

道家思想과 道敎는 외래사상이나 외래종교로서 수용된 것이 아니라 고대로
부터 생활습속이나 민간신앙 속에 自然習合으로 이루어져 왔기 때문에, 이질
적이 사상이나 종교로 인식하지 않은 채 生活로서 수용된 것이며, 그것은 道
家思想이나 道敎가 지니고 있는 自然思想과 우리 민족이 본래부터 지니고 있
는 自然思想이 일맥상통하고, 도교의 天神思想과 우리 민간신앙의 天神思想이
일맥상통하기 때문이기도 하다.[93]) 우리나라 道敎思想의 源流는 古代 韓國人

――――――――――, ≪老莊思想과 東洋文化≫(亞細亞文化社, 1995).
88) 宋恒龍, <한국 道敎·道家사상의 特質>, ≪韓國思想의 深層硏究≫(도서출판 宇石,
    1988), 411-412쪽,
89) 李鍾殷, ≪韓國詩歌上의 道敎思想≫(普成文化社, 1978), 165쪽 참조.
90) 趙芝薰, <累石壇神樹堂집 信仰硏究>, ≪文理論集≫ 7집(高大, 1966).
91) 김현룡, 앞의 책, 13쪽.
    李鍾殷, 앞의 책, 168쪽.
92) 李演載, 앞의 책, 11쪽.
93) 宋恒龍, 앞의 글, 414-416쪽 참조.

의 天思想인 바, '道敎的인 現世異鄕이 仙境 三神山이라면 阿斯達과 神市가
그에 해당하는 仙境이요 天上界와의 疏通人은 神仙으로 檀君이다.'[94] 라고 함
은 우리나라에 도가적 요소나 도교적 요소가 이미 있었음을 의미하기도 한다.
이는 神仙思想에도 그대로 적용된다고 하겠다. 우리나라는 예로부터 '仙譚과
仙派의 仙跡이 많이 전해지고 있고, 이를 음영한 詩가 많다.'[95]는 지적도 이같
은 점이 있기 때문일 것이다.

　도가사상과 신선사상은 중국문학에 많은 영향을 미친 바, 유가의 공용성이
나 실용성, 복고주의나 형식주의를 극복케 하여 순수한 예술적 경지를 추구하
게 했고, 자연시의 대두와 발전을 가능케 했으며, 가공성이나 허구성을 반영
하여 문학성을 풍부하게 했다.[96] 중국문학의 영향을 많이 받은 우리의 경우
도 이점은 마찬가지라고 하겠다.

　그러면 石北文學의 경우 신선사상은 어떤 양상을 보이고 있는가. 결론적으
로 말한다면 중국의 그것과 한국의 그것이 결합되어 있되, 전체적으로 한국문
학 일반이 그러한 것처럼 중국문학의 영향을 많이 받은 것으로 보인다. 이러
한 점은 楚辭 <招魂>의 영향을 받은 <反招魂>에 가장 극명하게 나타난다.
石北詩에서 신선사상은 생활 그 자체로 나타나는 경우가 많다. 곧 현실적 인
물을 신선으로 그린 경우가 대단히 많다. 그러나 時空을 초월하여 비현실적
세계의 신선과도 문학적으로 만나고 있다. 여기서는 크게 神仙思想과 仙界憧
憬으로 나누어 살피되, 선계동경은 다시 삼신산동경과 본향회귀의식으로 나누
어 살피도록 하겠다. 본향회귀의식은 애도시를 중심으로 살피기로 한다.

(1) 神仙思想

　石北은 仙道之宗이란 말을 들을 정도로 神仙思想에 심취했다. 神仙思想을

---

94) 宋恒龍, <韓國 古代의 道敎思想>, 《道敎와 韓國思想》(韓國道敎思想硏究會 編, 1987),
　　33쪽.
95) 李鍾殷, <韓國漢詩上의 神仙思想>, 《韓國의 漢文學》 제1권(民音社, 1992), 123쪽.
96) 金學主, 《中國文學序說》(新雅社, 1996), 16-20쪽 참조.

다루면서 仙語의 心象과 그 詩的 機能도 가능한 탐구하고자 한다. 仙語란 神
仙과 관련된 단어를 뜻한다. 石北詩에 나타난 仙語의 心象과 詩的 機能에 대
한 탐구는 神仙思想이 반영된 국문학의 이해에 일조를 하리라고 생각한다. 우
리나라 시가에 나타난 仙語가 지나치게 상투적으로 쓰이고 있다고 할지 모르
나, 그것이 지닌 심상은 그 나름대로 중요한 詩的 機能을 담당하고 있다. 仙
語가 쓰인 시가에서 그것 대신에 다른 단어를 사용할 경우에 나타날 수 있는
상황을 상정한다면 이점이 쉽게 수긍이 갈 것이다. 仙語는 그만큼 詩想과 意
趣에 커다란 영향을 미치고 있다고 하겠다.

神仙傳說과 관련된 仙跡으로 평양의 朝天石, 麒麟窟, 乙密臺와 成川의 降仙
樓 등이 나타난다. 金剛山과 漢拏山은 三神山傳說과 관련해서 나타나는 바,
특히 금강산은 四仙이 傲遊하는 곳으로 인식되고 있다. 금강산과 한라산과 관
련된 작품들은 선계동경에서 다루기도 한다. 이 또한 神仙思想의 연장선상에
있다.

東明王神話는 동북아시아에서 가장 널리 알려져 있다. 東明王에 대한 시적
형상은 李奎報의 <東明王篇>, 李承休의 <帝王韻紀>, 柳得恭의 <二十一都懷
古詩> 등에서 읊어지고 있는 바,[97] 이것은 그만큼 우리 민족의 가슴 속에 살
아 숨쉬고 있는 不死의 존재임을 뜻한다.

<blockquote>

麟馬長嘶向玉京 　　　　　　기린말 길게 울며 옥경으로 향했나니
至今應踏白雲行 　　　　　　흰 구름을 밟으며 지금도 날아예리라.
靑山古窟三千歲 　　　　　　푸른 산 옛굴이 삼천 년이 되었건만

</blockquote>

---

97) 이에 대한 보다 구체적인 論文 및 資料 등은 다음과 같은 것을 참고할 것.
　　金慶洙, ≪李奎報의 詩文學硏究≫(亞細亞文化社, 1986).
　　宋寯鎬, ≪柳得恭의 詩文學 硏究≫(太學社, 1985).
　　李東喆, ≪李奎報詩의 主題硏究≫(國學資料院, 1990).
　　崔斗植, ≪韓國詠史文學硏究≫(太學社, 1987).
　　黃淳九, ≪敍事詩東明王篇硏究≫(白山出版社, 1992).
　　黃淳九 編著, ≪韓國漢文敍事詩選≫(太學社, 1984).

何日天孫返浿城 　　　　어느 날에 천손은 패성으로 돌아올꼬.
　　　　　　　　　　　　　　　<關西樂府> 其五十七(권10 장25)

　　東明王이 기린말을 타고 하늘로 올라갔다는 전설을 소재로 했다. 時空을
초월하여 東明王이 再臨하기를 간절히 희구하고 있다. 동명왕의 昇天과 관련
된 仙跡으로 평양에 麒麟窟과 朝天石이 있다. 天上의 玉京으로 향한 동명왕이
지금도 흰구름를 밟으며 창공을 날 것이란 데서 그 옛날 씩씩했던 고구려의
기상을 엿볼 수 있다. 昇天한 지 삼천 년이 흘렀다는 것은 이제는 돌아올 시
기가 되었음을 말한 것이요, 반드시 돌아와야 한다는 강렬한 소망을 담은 것
이다. 그러므로 결구는 반드시 돌아와서 그 옛날 웅장한 고구려의 기상을 떨
쳐야 한다는 간절한 소망의 형상화이다. 그 바탕엔 民族的 自尊意識이 깔려
있다. 동명왕의 再臨에 대한 희구는 조선의 현실을 생각했기 때문이기도 하
다. 그것은 고구려와 같은 힘 있는 나라가 이 땅에 再現되어야 한다는 갈망이
다. <關西樂府>에서 淵蓋蘇文·溫達·乙支文德 등을 읊은 것도 이에 다름 아니
다. 그 바탕에는 조국과 민족에 대한 긍지와 그지없는 우국충정이 깔려 있다.
　　麒麟窟은 九梯宮 안 부벽루 아래에 있다. 동명왕이 여기서 기린말을 길렀
으므로 뒷사람이 비석을 세우기도 했다. 동명왕은 이 굴로 들어가 남쪽 조천
석으로 나와 하늘로 올라갔는데, 그 말발굽 자국이 지금도 돌 위에 있다고 한
다. 金克己·李承休·李穡·李詹·權近·唐皇 등의 시가 있다.[98] 특히 權近은 도가
를 부정적으로 보고 있음에도 불구하고, 동명왕전설을 신실히 믿으려는 태도
를 보여 흥미롭다. '산 앞의 굴이 가장 깊고도 그윽한데, 말 들으니 眞人이 옛
날 여기 있었다고. 기린 절로 길들어 하늘 위에 올라갔고, 귀신이 이끌어서
땅속에서 놀았다네. 가물가물 길이 있어 仙府에 통하였고, 아득히 자취 없이
세속을 초월했네. 괴상한 일 말함이 聖道가 아니지만, 시를 써 애오라지 전설
을 적어두네.'[99]라고 노래했으며, '허공에서 雲烟 타기 쉽지가 않으련만, 神人

---

98) ≪新增東國輿地勝覽≫ 권51 平讓府 참조.
99) 權近, <麒麟窟>, ≪陽村集≫ 권5 장9. "山前窟穴最深幽 聞道眞人昔此留 麒麟自馴天上
　　至 鬼神爲導地中遊 冥冥有路通仙府 渺渺無蹟絶俗流 語怪縱然尋聖道 題詩聊紀所傳由"

이야 저절로 凡人과 달랐겠지'100)라고 읊었다. 牧隱 李穡도 先人들의 好評을 받은101) 그의 시에서 '어제야 永明寺를 지나가다가 부벽루에 잠시 동안 올라 있었네. 빈 성에는 한 조각 달이 비치고, 옛 돌에는 千秋의 구름 흘러라. 기린 말이 가서는 오지 않으니, 天孫은 어디메서 노닐고 있나, 휘파람 길게 부는 바람 언덕에, 산 푸른데 강물은 절로 흘러라'102)고 읊었다. 기린굴과 조천석에 얽힌 동명왕의 이야기는 神聖傳說로 죽음과 復活이라는 상징적 의미를 지니고 있으며,103) 그 馬鞭은 呪具로 인식되기도 한다.104) <關西樂府> 제65곡에서도 '朝天하던 옛일을 돌아 네가 알리라(朝天舊事石應知)/ 옛나라 변했어도 그대로 돌은 있네(故國滄桑物不移)'라고 노래한 바, 이것 또한 동명왕의 재림에 대한 강렬한 회구에 다름 아니다. 神仙傳說과 결부된 동명왕은 時空을 초월하여 우리 민족의 핏줄에 면면히 맥박치고 있음을 볼 수 있다. <關西樂府> 제57곡과 제65곡은 이러한 전통의 바탕 위에서 동명왕을 노래한 것이다. 가슴 속에 생동하는 동명왕의 전설을 통해 장대하고 웅장한 고구려의 기상이 다시 한번 이 땅에 재현되기를 바랐다.

古記에 동명왕은 仙人으로 이야기되고 있다.105) 東明王을 비롯한 高句麗

---

100) 勸近, <朝天石>, ≪陽村集≫ 권5 장9. "江中盤石號朝天 此語荒唐自古傳 窟穴寧知通道路 虛空未易駕雲烟 神人自與凡民異 往事皆水逝水遷 千載白銀灘下渡 只今唯有往來舡"

101) 申光洙, <關西樂府> 其五十二, ≪文集≫ 권10 장24. "寺下靑潭初繫舟 爲看江景急登樓 長城大野何人句 李穡詩邊許强留"

　　申緯, <東人論詩三十五首> 其三, ≪中紫霞詩集≫ 권5 장4. "余嘗謂西京今題詠 只有二絶唱 牧隱 長嘯倚風磴 山靑江自流 鄭知常 (中略) 此二詩而已 我朝逶繼響者"

　　許筠, <惺叟詩話>, ≪惺所覆瓿藁≫ 권25 說部4(≪韓國文集叢刊≫ 제74집, 358쪽). "李文靖昨過永明寺之作 不雕餙 不探索 偶然而合於宮商 詠之神逸 許穎陽見之曰 你國亦有此作也 其浮碧樓大篇 其曰 門端尙懸高麗詩 當時已解中華字者 雖貌視東人 亦服文靖之詩也"

102) 李穡, <浮碧樓>, ≪牧隱藁≫ 권2 장14. "昨過永明寺 暫登浮碧樓 城空月一片 石老雲千秋 麟馬去不返 天孫何處遊 長嘯倚風磴 山靑江水流"

103) 김열규, ≪한국의 神話·傳說·民譚≫(正音社, 1983), 65~66쪽 참조.

104) 金梓洙, <呪具로서의 東明王의 馬鞭>, ≪韓國言語文學≫ 제16집(韓國言語文學會, 1978).

仙人인 丹玉·碧玉·大蘭·小蘭의 四仙女와 乙密仙人 등을 고유신앙인 仙敎와 神
敎의 관점에서 파악하기도 한다.106) 또한 東明王 朱蒙은 父祖의 고장인 하늘
로 올라 간 바, 始祖를 天帝의 자손으로 여겼던 고구려인의 생각은, 하늘을
통합하는 天帝 내지는 上帝를 신봉하는 道敎的인 그것과 방불하다107) 고 인
식되기도 한다. 아무튼 동명왕은 우리나라의 신선이라는 점에서 민족의식과
관련이 깊고, 그것이 도교적 상상력을 통해 구축되고 있음을 볼 수 있다.

長城東北最高臺   장성의 동북쪽 가장 높은 대 위에
乙密仙人不復廻   을밀선인 다시는 돌아오지 않는구나.
三國江山風月夜   삼국의 강산에서 풍월을 읊는 밤에
使家時捻玉簫來   사또만 때때로 옥퉁수를 들고 오네.
                    <關西樂府> 其六十六(권10 장26)

乙密臺는 錦繡山 꼭대기에 있는데 평탄하고 헌칠하다고 한다. 四虛亭이 산
의 허리에 있고, 그 건너편에 우뚝 솟은 모란봉이 있다. 산 밑에 부벽루가 있
는데, 그 아래 기린굴과 조천석이 있고, 그 앞에 능라도가 있으며, 섬 아래 백
은탄이 있다. 金克己는 '하루 아침 학을 타고 三洞에 돌아간 뒤, 모래 위에 물
새들만 오락가락하누나'라고 읊었다.108) 을밀대는 을밀선인이 놀아 이름했다
고 한다. 石北은 신선전설이 어려 있는 이곳에서 평양감사 樊巖 蔡濟恭이 風
月을 읊고 옥퉁수를 분다고 노래했다. 선적과 관련된 곳이라 그의 風流가 한
층 脫俗的이고 淸新한 느낌을 주고 있다.

선적 표현의 連繫的 特性으로 勝景을 읊는다는 敍景的 特性, 승경에서 仙
境을 연상하여 읊는다는 聯想的 特性, 서경을 대하고 즉흥적으로 읊는다는 卽

105) 李能和 輯述, 李鍾殷 譯注, ≪普成文化社, 1990), 24쪽 참조.
106) 崔三龍, <仙人 說話로 본 韓國 固有의 仙家에 대한 硏究>, ≪韓國言語文學≫ 제17·18
　　　집 합병호(韓國言語文學會, 1979), 34-41쪽 참조. 이 논문은 ≪韓國文學과 道敎思想≫
　　　(새문社, 1990), ≪道敎와 韓國思想≫(韓國道敎思想硏究會 編, 汎洋社出版部, 1987)에
　　　도 실려 있다.
107) 車柱環, ≪韓國의 道敎思想≫(同和出版公社, 1986), 179쪽 참조.
108) ≪新增東國輿地勝覽≫ 권51 장22, 樓亭條 乙密臺 참조.

興的 特性, 그리고 비현실적 공상의 세계를 읊는다는 浪漫的 특성을 말하기도 한다.109) 石北은 仙跡의 시적 형상화를 통해 비현실적 상상력의 세계를 창조했다. 역사적 인물이 신선전설과 결부될 때, 그 인물은 永遠存在로서 민족이나 개인의 가슴 속에 살게 된다. 仙語는 비현실적인 상상력의 세계를 창조할 뿐만 아니라, 탈속의 仙的 분위기를 창조하기도 한다. 또는 인간존재가 지닌 本然의 情緖를 표출하는 데에 효과적으로 활용되기도 한다.

> 雲雨人間是楚鄕　　　　　운우의 인간계라 이곳이 초향이니
> 降仙樓上降仙郎　　　　　강선루 위에는 강선랑이 있을러라.
> 浮生莫道成川樂　　　　　뜬 세상 성천의 즐거움을 말 마오
> 十二巫山每斷腸　　　　　열 두 무산이 매양 애를 끊을러라.
> <關西樂府> 其八十六(권10 장29)

강선루를 소재로 하여 巫山神女의 전설을 담아 聲色에 탐닉하는 것을 경계하고 있다. 宋玉의 <高唐賦> 서문의 '旦爲行雲暮爲行雨'로 인해 후세에서 男女相悅을 雲雨라 일컫게 되었다. 石北이 '뜬 세상 성천의 즐거움을 말 마오(浮生莫道成川樂)'라고 한 것은 질탕한 聲色에 탐닉하는 것을 경계함이다. 이는 <關西樂府> 창작의도와 관련시켜 보면 더욱 분명해진다. 石北은 번암이 阿難처럼 淫室苦海에 빠진다면 <關西樂府> 108曲이 世尊의 淸淨大法과 같은 구실을 할 수 있다고 자부했다.

강선루는 成川의 沸流江 언덕에 있는 유명한 누각이며, 강선루 앞에 있는 紇骨山을 巫山이라 하는데, 열 두 봉우리가 있다. 石北은 이 山名에서 무산신녀를 연상하고 관련시켜 노래했던 것이다. 일찍이 申叔舟는 '노래와 춤 빗긴 강에 지는 해는 붉으니, 風流와 기개는 제공들의 것이로다. 뉘 능히 高唐賦를 화답하여 이루리오, 雲雨가 의연한 무산 열 두 봉우리니.'110)라고 노래했다.

---

109) 李演載, 앞의 책, 173-184쪽 참조.
110) 申叔舟, <題成川江亭子船>, ≪保閑齋集≫ 권4 장13. "歌舞橫江落日紅 風流氣槩屬諸公 誰能和就高唐賦 雲雨依然十二峯"

강선루를 노래한 石北의 다른 작품에는 농염한 風情이 짙게 나타나고 있다. 또한 성천은 동명왕이 고구려를 세운 곳이기도 하다. 주몽신화가 살아 숨쉬는 고장이므로 동명왕의 옥피리 소리가 절로 시에서 형상되고 있다. '피리 소리 쓸쓸한 영웅 옛나라(英雄故國空聞笛)/ 신녀 놀던 높은 다락 구름 두둥실(神女高樓只有雲)111)'이라 노래하기도 했고, '학을 타고 날던 신선 어디메에 내릴거며(乘鶴飛仙下處降)/ 구름으로 변한 신녀 누굴 위해 오려 할꼬(化雲神女爲誰來)'112)라고 노래하기도 했다. 이밖에도 <別降仙樓>, <贈成川客>, <又贈陽臺春主人所眄>, <萬柳堤値雨> 등에서 무산신녀 또는 동명왕을 노래했다. 이러한 작품을 통하여 雲雨之情이나 客愁感, 또는 이별의 정한 등을 드러냈다. 특히 남녀간의 뜨거운 정을 표출한 작품이 卑俗한 느낌이 들지 않은 것은, 신선전설이 작품 속에 용해되었기 때문이라고 하겠다. 인간이 지닌 본연의 진솔한 정감을 용이하게 발산함에 仙語가 중요한 구실을 하고 있다.

현실적 인물을 신선으로 인식하는 데에는 은일적 삶, 이상적 관리의 삶, 風流마당, 그리고 壽宴이나 得意 및 致仕 등을 축하하는 노래에서 자주 발견된다.

신선은 不老不死, 超能力, 絶對自由, 眞善美 등의 心象을 지니고 있다. ≪道德經≫에 聖人이 자주 등장하나 이는 거의가 신선과 먼 개념으로 쓰이고 있고, ≪莊子≫에 나타나는 聖人·神人·至人·眞人이 신선의 개념과 같다. 神仙에는 擧形昇虛하는 天仙, 遊於名山하는 地仙, 先死後蛻하는 屍解仙 등이 있고113), 得仙의 방법으로는 金丹法, 行氣法, 積善法 등 여러 가지가 있다.

石北 33세에 지은 <贈聾啞丐者>114)는 은일적 신선사상이 잘 나타나있다. 귀머거리에다 벙어리인 丐者에 대한 石北의 따뜻한 시선도 그려졌다. 농아개자는 세상을 超然한 인물로 나타나고 있다. 게다가 산수가 아름다운 太白山에 거주하며, 아무런 구속을 받지 않고 가고 싶은 곳을 마음대로 다닌다. 여기서

---

111) 申光洙, <降仙樓>, ≪文集≫ 권2 장10.
112) 申光洙, ≪病中降仙樓失火≫, ≪文集≫ 권8 장25.
113) 葛洪, ≪抱朴子≫, <論仙>. "安仙經云 上士擧形昇虛 謂之天仙 中士遊於名山 謂之地仙 下士先死後蛻 謂之屍解仙"
114) 申光洙, <贈聾啞丐者>, ≪文集≫ 권1 장8.

태백산은 인간세상과 대립되는 탈속의 공간이다. 그러므로 귀머거리에다 벙어리인 농아개자를 신선과 같은 인물로 인식했다. 농아개자는 세속에 얽매여 찌들리고 억눌리면서 살아가는 작자에게 신선한 충격을 주었다. 그러므로 뜬 세상의 무상함을 신선동경을 통해 극복코자 했다. 지상적 삶이 농아개자와 대비됨으로써 그것이 더욱 부각되었다. 20년 동안이나 한 마디 말도 없이 살아온 농아개자의 모습에서 신선의 달관을 보았던 것이다.

농아개자의 월출산 봄놀이는 神仙遊에 다름 아니다. 浮生若夢의 무상한 세상에 얽매여 살아가는 시인의 눈에 행운유수처럼 살아가는 농아개자의 삶은 그대로 신선의 삶이다. 그러므로 신선의 말동무가 되어 金丹이나 한 알 얻고 싶다고 토로했다. 금단은 得仙의 약이다. 仙化欲求는 지상적 얽매임에서 벗어나고 싶은 욕망인 바, 自由自在의 무한한 행방감을 누리고 싶은 소망의 표출이다. 그러므로 <白門旅舍贈太白山人>에서는,

我欲從君太白山	자네따라 태백산에 들어나 가볼꺼나
長餐松葉臥雲間	솔잎 먹고 구름 속에 눕고만 싶은지고.
百年未了紅塵事	홍진세상 백 년 일은 아직도 끝나잖고
馬上南征復北還	말 위에서 남북으로 이러저리 떠돌아라.

<白門旅舍贈太白山人>(권1 장19)

千古飄飄呂洞賓	천 년 전에 바람처럼 떠돌던 여동빈도
一朝騎鶴去紅塵	하루 아침 학을 타고 풍진세상 떠났다네.
君看石北申居士	자네는 보고 있나, 石北 신거사를
猶是京華旅食人	아직도 한양성에 묵는 있는 나그넨 걸.

<白門旅舍贈太白山人>(권1 장19)

라고 노래했다. 속세의 복잡다단에 일에 얽매어 말을 타고 南征北還해야 하는 티끌세상의 인생이 싫었던 것이다. 태백산에 들어가 솔잎을 먹으며 구름 속에 눕고 싶은 것이 시인의 마음이다. 呂洞賓은 학을 타고 풍진세상을 문득 떠났다. 그러나 시인은 지상적 삶에 매여 한양성 나그네로 있다. 그러므로 '도 배

움을 위해선 말이 없을 것(學道希無語)/ 온전한 삶을 위해 이름 멀리함(全生欲遠名)'115)이라고 노래하면서, 별리의 정한을 절절이 표출하기도 했다.

여동빈은 당나라 때 사람으로 이름은 嵒 또는 巖이며, 洞賓은 그의 字이다. 號는 純陽子이다. 會昌[武宗의 연호, 841-846] 연간에 두 차례나 과거를 보았지만, 급제하지 못하였다. 나이가 예순넷이 되어 산천을 떠돌아다니며 노닐다가, 도사 鍾離權을 만나 延命術을 배웠다. 처음엔 종남산에 머물렀는데, 나중에 종리권이 또 그를 데리고 학령으로 가서 上眞의 비결을 가르쳐 주어 배웠다. 그가 도를 깨우친 뒤에 여러 산천을 돌아다녔지만, 아무도 그를 알아보지 못하였다고 한다. 스스로 回道人이라 일컬었는데, 세상 사람들은 그를 八仙의 하나로 꼽고, 呂祖라고 불렀다. 이같은 내용이 ≪宋史≫ 제457권에 실려 있다.

石北이 呂洞賓을 시적 소재를 삼은 것은 신선에 대한 동경도 있지만, 여동빈의 삶의 일단이 자신과 비슷했기 때문이다. 石北은 당시 과거시험을 위해 한양에 묵었던 것으로 보인다. 뜻을 얻지 못한 것이라고 볼 수 있으니, 자신과 비슷한 경험을 지닌 여동빈이 절로 생각났던 것이고, 그래서 세속을 벗어나고자 하는 갈망이 더욱 간절했다고 하겠다. 따라서 이 시에서 여동빈이 없다면, 石北이 드러내고자 하는 뜻을 충분히 담지 못했을 것이다. 농아개자와 여동빈이 절묘하게 어울리면서 시인의 복합적인 정서를 더욱 함축적으로 드러냈다.

理想的 官吏의 모습 중의 하나가 仙吏다. 石北은 조선조 관리의 이상적인 모습을 이 神仙官吏에서 찾고 있다. <關西樂府> 제33곡에서 녹사청에 일이 없어 臥神仙이 된 樊巖을 형상했다. 녹사청은 감영의 관리가 사무 보는 곳이다. 여기서 臥神仙의 심상을 생각하기로 하자. 첫째, 臥神仙은 느긋함과 한가로움을 함축한다. 둘째, 뛰어난 능력의 소유자임을 암시한다. 와신선에서 느끼는 한가함은 여유에서 생겼다. 여유는 인물이 그만큼 政事를 잘 처리했음을 함축하고 있다. 곧 인물의 능력이 출중하다는 의미이다. 石北이 번암을 이처

---

115) 申光洙, <復贈二律>, ≪文集≫ 권1 장19.

312

럼 탁월한 인물로 그린 것은 銘頌意識과 관련이 깊고, 그 속에 善政을 베풀라는 깊은데 뜻을 함축했다고 하겠다. 그러한 뜻의 실현이 臥神仙의 모습으로 나타났다. 臥神仙의 느긋함은 현실에 속박되거나 구속되지 않는 삶을 상징한다. 그러므로 無障無碍의 정신적 자유를 만끽하는 바, 무장무애가 셋째 심상이다. 여기서 물이 흐르듯 막힘이 없는 정신적 자유를 누리고 있음을 엿볼 수 있다. 經國濟民이라는 유가적 이상을 형상함에 도가적 사유가 핵심적 구실을 하고 있음을 엿볼 수 있다. 作家의 측면에서 보면, 유가의 規範意識에서 온 정서의 硬化에서 일탈케 하는 구실도 하고 있다.

흔히 대상을 美化하거나 시적 분위기를 고조시키기 위해 仙語가 사용된다. 어떠한 일에도 구애받지 않고, 무한한 자유를 누리고 있는 것이 神仙이다. 그러므로 神仙은 늘 부러움의 대상이 된다. 神仙이 있는 곳은 곧 완벽한 세계라고 할 수 있다. 그러한 점에서 神仙의 내적 의미는 儒敎의 聖人이나 佛敎의 부처와 같은 全知全能한 심상을 지니고 있다. 그러나 종교적 색채가 거의 없다는 점에서 큰 차이가 난다. 그만큼 神仙이란 단어는 자연스럽게 우리 민족의 정서에 닿아 있다고 하겠다. 石北詩에서 현실적 인물을 神仙으로 빗대어 노래한 것을 보면 세속의 초월이나 장수, 또는 부러움의 대상으로 나타나고 있기도 하며, 무장무애의 정신적 경지를 누리는 인물로 그려지고 있기도 하다. 임금에 대한 忠心이나 인물에 대한 銘頌을 직접적으로 드러내는 경우에도 문학성을 유지할 수 있는 것은 신선사상이 지닌 도교적 상상력때문이다.

官吏들의 風流나 일반인의 風流에서도 神仙은 으레 나오기 마련이다. '다락 끝의 태수가 쌍각을 부나니(樓頭太守雙吹角)/ 다락 아래 사람들은 그림 속 신선 보네(樓下人看畵裏仙)'116)라고 노래한 것은 지극한 風流를 드러내기 위한 것이다. 仙吏의 도도한 風流와 그 분위기를 고조시키는 구실을 '畵裏仙'은 톡톡히 해내고 있다. '흰 머리 늙은이의 신선 벼슬에(白髮神仙尉)/ 남극성은 조그맣게 빛나고 있네(南星有少微)'117)에서는 신선을 사용함으로써 인물을 칭송

116) 申光洙, <過淸心樓望太守登樓>, 《文集》 권6 장26.
117) 申光洙, <信至奉贈寧海>, 《文集》 권1 장35.

하고, 남극노인성을 통해 장수를 빌었다. 고도의 압축미를 요하는 한시에서
仙語는 시의 분위기를 지배하는 구실을 하는 경우가 많다. 뿐만 아니라, 함축
이 요구되는 시에는 할 말을 직접하지 않고 仙語를 통한 암시의 수법을 택함
으로써 시적 생명을 유지케 하는 구실도 하고 있다.

　부임하는 관리에 대해서도 '단사가 절로 있는 명산은 가까운데(丹砂自有名
山近)'118)처럼 신선과 관련되어 노래되기 일쑤다. 致仕客의 閑寂을 누리는 생
활에는 으레 신선이 등장한다. 그만큼 신선이란 단어는 선인들의 삶과 밀접한
관계를 유지하고 있다. 그들의 삶에는 한가로움을 나타내는 모든 자연적 배경
이 수반된다. 신선과 더불어 흰구름, 산, 강, 단풍나무, 꽃, 갈대, 백구 등이 나
타나고, 어부나 초부가 등장하며, 녹사의나 청약립이 나타난다. 그 가운데서도
신선이 핵심적 구실을 하는 경우가 많다.

　　高臥東岡亦主恩　　　　　　동강에 높이 누음 또한 임금 은혜러니
　　參同歸學養丹元　　　　　　참등으로 歸學하여 단원을 기를러라.

　　<洪尙書致政而歸上賜祭于其考廟光洙以祝史將事禮訖尙書出致仕詩軸要遍次
　　凡五篇退而搆呈>(권8 장23)

　致仕하여 한가하게 지내는 것도 君主의 은혜라는 인식이다. '亦君恩이샷다'
와 같이 조선조 강호가도를 노래한 작품에서 흔히 나타나는 의식을 여기서도
볼 수 있다. 유교사상과 신선사상이 혼합되어 있다. 致仕客의 지향점은 仙化
이다. 仙藥을 먹는다든가 신선비결을 공부한다든가 하는 것은 모두 이를 뜻한
다. 그러면 귀거래에서 나타난 그들의 삶의 모습은 어떠한가.

　　曾泊楊根峽內船　　　　　　일찍이 양근의 산골짝에 정박한 배
　　風波少處見神仙　　　　　　풍파가 적은 곳서 신선을 보았노라.
　　　　　　　　　　　　　　　　　　　<簡南益山泰普>(권5 장48)

118) 申光洙, <贈豊川洪使君光國>, ≪文集≫ 권8 장31-32.

314

三朝一老太平年　　　　　세 조정 한 늙은이 태평시절에
白下新歸地上仙　　　　　백하로 새로 돌아오니 지상선이네.
　　　　　　　　　　　　　<奉賀洪奉朝請致政重徵>(권3 장36)

從此江湖閒日月　　　　　이로부터 강호의 일월에 한가히 지내니
舊尙書是地仙曺　　　　　옛 상서는 바로 지상선의 무리였다네.
　　　　　　　　　　　　　<代人次洪致政韻>(권8 장32-33)

와 같이 地上仙으로 예찬되고 있다. 이것은 인물에 대한 銘頌이지만, 그 배경
에는 浮生若夢의 현실인식과 신선에 대한 동경의식이 깔려 있다고 할 것이다.
'인간 세상 바다에는 천 겹 험함 있으니(人間世有千重險)'라는 현실인식속에
'새로이 지선 되어 야복을 찾으니(新作地仙尋野服)'119)라고 표출되는 것을 이
에 다름 아니다. 그렇다면 신선은 티끌세상의 풍파가 없는 곳에 사는 인물로
서 탈속의 심상을 지닌다고 하겠다. 현실적 인물을 신선으로 표현함에는 '산
골 속 적송자를 응당 따르리니(應從洞裏赤松子)'에서 볼 수 있는 것처럼 신선
전설과 관련된 인물이 등장하고, 그것은 곧 '영웅은 늙어서 혹은 신선으로 돌
아간다네(英雄晚境或歸仙)'120)라는 인식을 보인다. 또는 '허연을 기다렸나 신
선에게 묻고픈데(欲問神仙須許掾)/ 닭과 개를 좋아하여 유안을 배운다네 (好
將鷄犬學劉安)121)와 같은 인식을 보이기도 한다. 닭과 개는 도연명의<桃花源
記>를 연상시키고 있다. 유안을 배운다는 것은 곧 신선술을 배운다는 의미가
된다. 신선에 대한 동경은 신선비결에 관심을 갖게 한다. '명승의 장실에서 참
선을 끝내고(名僧丈室參禪罷)/ 도사의 약화로에서 비결을 물어 돌아오리(道士
丹鑪問訣還'122)는 이를 말한다. 득선의 비결은 모두 長壽의 심상과 관련되기
마련이다. 불로장생하고 싶은 소망이 선어를 통해 표출되고 있다.
　그러므로 仙語는 객관적 대상에 대한 銘頌은 물론 작가의 개인적 소망을

119) 申光洙, <又代人>, ≪文集≫ 권8 장33.
120) 申光洙, <贈張陽德>, ≪文集≫ 권8 장3-4.
121) 申光洙, <次丁法正範祖韻贈忠州許聖容襨>, ≪文集≫ 권1 장51.
122) 申光洙, <朝向月精寺>, ≪文集≫ 권9 장16.

형상함에도 중요한 구실을 한다고 하겠다. 仙語는 인간의 현세적 욕망이 가장 잘 반영된 시어다. 현세는 불완전하고 그 속에 사는 인간존재 역시 불완전하기 때문이다. 그러므로 영원존재이자 완전한 존재인 신선을 동경함은 자연스러운 현상이다. 특히 石北처럼 懷才不遇의 인물일수록 현실적 갈등을 잊고자 신선을 자주 동경한 것 같다.

神仙의 가장 두드러진 심상 중의 하나가 長壽의 심상인 바, 그것은 특히 인물의 장수를 송축하거나, 잔치의 분위기를 고조시키거나, 시인 자신의 도도한 風流의 홍취를 만끽하고자 할 때 자주 사용된다. 때로는 그 속에서 忠孝의 人倫을 부각시키기도 한다

　　八仙陪仗鬚眉白　　　　　팔선이 배장해 모시니 수미는 허옇고
　　萬歲如山日月明　　　　　만세가 산과 같아 일월이 밝았도다.
　　　　　　　　　　　　　　　　　<次靈壽閣韻>(권8 장20)

　　仙洞衣冠雲盡繞　　　　　신선 마을 의관들이 구름처럼 에두르고
　　梨園絲竹晝仍移　　　　　이원의 사죽 소리 낮이 이내 옮겨옌다.123)
　　神仙鶴髮含飴笑　　　　　신선은 학발에 경단을 머금고 웃으며
　　父子斑衣弄雀遊　　　　　부자는 색동옷에 참새와 농하며 노네.
　　<洪光國晟將新恩子歸覲忠州臨行值病不送別追作詩贈之>(권1 장49)

　　百年花燭堂中見　　　　　백 년 꽃등불을 당중에서 보니
　　再世蟠桃會上來　　　　　재세에 반도회가 상계에서 왔네.
　　　　　<簽洪校理君擇秀輔兄弟賀尊大人重牢>(권5 장21-22)

이처럼 신선 또는 그와 관련된 단어가 쓰이면, 시적 분위기는 보다 고조되고, 그 의미가 강조된다. 일상적인 생활 속에서 선어가 자연스럽게 쓰이고 있는 바, 이것은 그만큼 신선사상이 민족의 생활과 밀착되었음을 의미한다. 시인 자신의 도도한 취락에 대한 갈망을 표출할 때도 선어가 중요한 구실을 한다.

───────────
123) 申光洙, <謹次左揆金公壽親宴上韻>, ≪文集≫ 권8 장24-25.

洛陽東村梨花亭　　　낙양이라 동쪽 마을 이화정에서
麻姑家賣梨花酒　　　마고선녀 이화주를 팔고 있어라.
門前沽酒李仙來　　　술을 사러 문 앞에 이적선 오니
錯吠靑毛千歲狗　　　천 년 묵은 청삽사리 짖어대누나.

<戲題曇寺壁畫>(권5 장49)

題名과 관련해서 보면 戲化詩지만, 기지가 돋보이는 작품이다. 술 한 잔 걸친 뒤에 벽사에 이르러 벽화를 보노라니, 문득 지난날 벗들과 어울렸던 梨花亭이라는 술집이 연상됨음직도 하다. 도도한 취락 속에 잠기고 싶은 마음을 엿볼 수 있다. 술집 여주인은 麻姑仙女가 되고, 시인은 酒仙인 李白이 되었다. 거기에 천 년 묵은 청삽사리가 등장했다. 청삽사리가 謫仙인 자신을 凡人으로 잘못 알고 짖어댄다는 데에 이르러서는 벌써 신선이 된 것과 같은 도취감은 그 절정에 이르고 있다.

聞道遼陽丁令威　　　요양의 정령위에 얽힌 말을 들었나니
三千歲後一番歸　　　삼천 년 뒤에야 한번 돌아온다 하네.
如今更若歸華表　　　이런 때에 다시금 화표주로 돌아오면
城郭人民恐益非　　　성곽인민 더더욱 그릇될까 두려워라.

<送冬至下价李聖輔世奭赴燕> 其八(권10 장6)

丁令威는 ≪搜神後記≫에 나온다. 정령위가 靈虛山에서 도를 닦아 鶴이 되어 요에 돌아와 공중에 날며 '去家千年今始歸 城郭如故人民非'하고 높이 떠 하늘로 올라갔다 한다.[124] 華表柱는 요동에 있다. 작품 속의 요양, 곧 요동은 곧 청나라를 의미한다. 그러므로 排靑意識을 드러낸 것으로 볼 수 있다. 작자의 의도를 간접적으로 드러냄으로써 현실적으로 닥칠지도 모를 화를 모면코자 했

---

124) ≪搜神後記≫. "丁令威 本遼東人 學道于靈虛山 後化鶴歸遼 集城門華表柱 時有少年 擧弓欲射之 鶴乃飛 徘徊空中而言曰 有鳥有鳥丁令威 去家千年今始歸 城郭如故人民非 何不學仙塚壘壘 遂高上冲天". 이와 비슷한 내용은 趙道一의 ≪歷代眞仙體道通鑑≫ 권 11 제4 <丁令威>에도 보인다. 趙石來, ≪柳夢寅詩文硏究≫(叡智閣, 1989), 198-199 참조.

다. 곧 신선전설을 사용함으로써 지식인의 歷史意識을 용이하게 표출했다.

그러나 다음의 '요동의 일천 년 학보다 빼어날레(猶勝遼東千歲鶴)/돌아오니 성곽은 시비 속인 것을 (歸來城郭. 是非中)'125)이라고 노래하여 仙間과 俗世를 대립적 공간으로 대비시켰다. 여기에는 신선 정령위가 개입되어 있기 때문에 그 고사에 대한 이해가 요구된다. 신선에 대한 지극한 동경의식은 <鶴歌>126) 에도 잘 나타나 있다. 이것 또한 정령위의 신선전설을 수용한 작품으로 法正을 鶴으로 그려서 이별의 정한을 노래한 특이한 작품이다. 신선이 된 법정과 그렇지 못한 자신를 대비시켜 단절감을 강조함으로써 별리의 정한을 배가시 켰다.

神仙思想을 다루면서 仙語의 心象과 그 詩的 機能도 함께 탐구했다. 仙語는 詩想과 意趣에 커다란 영향을 미치고 있다고 하겠다. 神仙傳說과 관련된 仙跡으로 평양의 朝天石, 麒麟窟, 乙密臺와 成川의 降仙樓 등이 나타난다. 역사적 인물이 신선전설과 결부될 때, 그 인물은 永遠存在로서 민족이나 개인의 가슴 속에 살아 남게 된다. 仙語는 비현실적인 상상력의 세계를 창조할 뿐만 아니라, 탈속의 仙的 분위기를 창조하기도 한다. 인간존재가 지닌 本然의 情緒를 표출하는 데에 효과적으로 활용되기도 한다.

현실적 인물을 신선으로 인식하는 데에는 은일적 삶, 이상적 관리의 삶, 風流마당, 그리고 壽宴이나 得意 및 致仕 등을 축하하는 노래에서 자주 발견된다. 무상감의 극복, 지상적 구속으로부터 해방, 복합적인 정서의 함축적 표출, 經國濟民이라는 유가적 이상구현, 정서의 硬化로부터 일탈 등에 선어가 중요한 기능을 하고 있다. 또한 대상의 美化, 시적 분위기의 고조, 문학성 유지와 시적 생명의 유지, 인물의 장수에 대한 송축, 잔치의 분위기 고조, 시인 자신의 도도한 風流意識의 표출, 人倫의 부각, 비판정신의 용이한 표출 등의 구실을 하고 있다.

石北의 神仙에 대한 憧憬이나 仙趣는 그의 작품 곳곳에서 발견할 수 있다.

125) 申光洙, <畿伯李侍郎景祜南漢天柱寺感舊韻代人>, 《文集》 권8 장35-36.
126) 申光洙, <鶴歌>, 《文集》 권8 장16-17.

318

이것은 기본적으로 인간이 지닌 본연의 욕망과 관련이 깊다. 그러나 石北이 신선사상에 관심을 가지고 시적 형상을 하게 된 까닭은 몇 가지로 정리할 수 있겠다. 조선후기 도교사상의 내면적 확산,127) 신선사상을 형상한 중국문학의 영향과 우리의 문학적 전통, 유교적 禮樂의 구속으로부터 벗어나고자 한 내적 심리와 진솔한 감정표현, 빈천과 병약 및 실의 등에서 온 현실적 갈등의 해소와 장수에 대한 욕구, 낭만적 상상력의 세계에 대한 동경, 風流意識 등을 들수 있겠다. 특히 심리적 측면에서는 한 마디로 억압된 자아를 해방시켜 무한한 정신적 자유를 맛보고자 함이라고 하겠다.

(2) 仙界憧憬

이상향을 꿈꾸고 희구하는 의식은 선사시대 이래 유구한 세월 동안 인간의 삶과 함께 한 가장 기층적인 정신사의 한 면모를 보인다. 동서고금을 막론하고 이상향의 공간은 설정되어 있다. 보다 나은 삶과 세계를 추구하는 인간의 의지가 강렬할수록 이상향에 대한 동경은 쉽게 확인될 수 있다. 石北의 경우 선계에 대한 동경은 불완전하고 모순에 가득찬 현실적 질곡으로부터 벗어나서 현실에서 받은 상처를 위로받고 서정하려는 일면이 강하다. 현실적 모순과 부조리가 심하면 심할수록, 현실적 고뇌와 갈등도 그만큼 심화되지 않을 수 없다. 그러므로 현실적 고뇌와 갈등의 폭과 깊이가 확대되면 될수록 이상향에대한 갈구는 증폭된다고 할 것이다. 石北詩에 나타난 선경은 어떤 양상으로 나타나며, 그것은 어떤 의미를 지니고 있는가, 그리고 선경동경의 기저에 깔린 인간의 내면의식은 무엇인가를 밝히고자 한다.

---

127) 조선후기에 주로 지식인들 사이에서 修練道敎가 유행하여 관련저술이 많이 나왔고, 儒佛道思想이 혼용된 善書와 功過格이 유행하였으며, 民間道敎의 확산으로 인해 이후 新興 宗敎의 敎說에서 도교적인 내용이 풍부하게 담긴 것 등을 볼 때, 18세기에 도교 사상은 이미 내면적으로 크게 확산된 것으로 보인다.

가. 三神山의 憧憬

우리나라의 대표적인 名山인 金剛山·智異山·漢拏山은 삼신산으로 인식되어 先人들의 사랑을 받아 왔다. 중국이나 우리나라의 삼신산에 대한 기록을 보면, 여러 가지 설이 있으나, 대체로 蓬萊·方丈·瀛州로 인식되고 있다.[128] 桓因·桓雄·王儉의 神風聖俗이 있는 太白山을 삼신산이라 하기도 하고, 蓬萊·方丈·瀛州를 삼신산이라 하기도 하는데, 이것이 岱輿·員嶠·方壺·瀛州·蓬萊의 五山說로 나타나기도 한다. 환인과 환웅 및 왕검의 신성풍속이 중국에까지 전파되어 三神의 덕화를 사모하고 숭상하더니, 끝내 황탄으로 흘러 바다 가운데 있는 봉래·방장·영주를 삼신산이라 했고, 海上六鰲라는 말까지 생겼으며, 이것을 우리나라 선비들이 다시 받아들여 금강산을 봉래, 지리산을 방장, 한라산을 영주라고 했다고 한다.[129]

금강산에 대한 동경의식은 石北의 작품에 적지 않게 나타나지만, <黃鶴歌>와 <楓嶽歌>에서 절정을 이루고 있다.

白也一狂客	李白이야 미친 한 나그네일레
公然椎黃鶴	공연히 黃鶴을 후리쳤다네.
黃鶴驚飛海外擧	황학 놀라 海外로 날아갔나니
西飛更作東飛去	서쪽 날다 동쪽으로 다시 날았네.
又逢千載姓李人	천 년만에 또 만난 이씨 성 사람
疑是靑蓮之復身	이는 아마 靑蓮의 後身일러라.
李生紫鬚飄過腹	이생 수염 자주빛 배 아래 치렁
倒騎黃鶴出風塵	엎드려 황학 타고 風塵 나섰네.
東入仙山彩雲裏	동쪽 仙山 彩雲 속 들어갔나니
玉洞三花正及春	玉洞의 세 꽃 정녕 봄을 맞았네.

---

128) 李能和 輯述, 李鍾殷 譯注, ≪朝鮮道敎史≫(普成文化史, 1990), 33-44쪽.
   李鍾殷, ≪韓國詩歌上의 道敎思想≫(普成文化社, 1978), 27-30쪽.
   酒井忠夫 外, 崔俊植 옮김, ≪道敎란 무엇인가≫(民族社, 1990), 286-288쪽.
   車柱環, ≪韓國의 道敎思想≫(同和出版公社, 1986), 35-40쪽.
129) 李能和 輯述, 李鍾殷 譯注, 앞의 책, 39-40쪽 참조.

手折一萬二千玉芙蓉　　　　손으로 일만이천 玉芙蓉 깎아
堯爾招我毗盧峰　　　　　　빙긋 웃고 비로봉에 나를 불렀네.
約共採藥山中罷　　　　　　더불어 산중에서 약을 캔 뒤에
汗漫東海遙相從　　　　　　늦도록 東海에서 노닐자 했네.
得君書雙涕流　　　　　　　그대 편지 받고서 두 줄기 눈물
我落塵埃四十秋　　　　　　티끌세상 떨어진 뒤 사십 년 동안
不見名山已白頭　　　　　　名山을 못 보고서 白髮 되었네.
今年臥病西湖上　　　　　　올해는 西湖上에 앓아 누우니
欲往從之我何由　　　　　　그대 따라 가고파도 어이하리오.
蓬萊楓岳阿那邊　　　　　　봉래풍악 아름답고 고운 곳에서
縹緲吹笙向紫烟　　　　　　표묘히 생황 불며 紫烟 속 가리.
吾知無竭老師　　　　　　　늙은 선생 다하잖음 내가 아노니
金同居士笑迎君　　　　　　금동거사 웃으며 그대를 맞네.
靑鳥啣書報四仙　　　　　　靑鳥가 글 머금어 四仙이 알아
十洲三島之人兮　　　　　　십주삼도 사람들 사람들마다
驂鸞跨鳳紛紛而來下　　　　난새와 봉새 타고 내려들 오네.
與君金闕銀臺同　　　　　　그대와 금궐은대 함께 노닐다
蹁躚此時申生在　　　　　　빙 돌아 날아갈 때 申生 있었네.
地上擧頭望君　　　　　　　지상에서 머릴 들어 그대를 보니
心茫然心茫然　　　　　　　마음은 아득해라, 아득도 해라.
昨日把鏡東窓前　　　　　　어제야 동창에서 거울을 드니
鏡中雙鬢颯秋霜　　　　　　거울 속 귀밑털은 갈바람 서리.
日月有如飛梭忙　　　　　　날고 있는 북처럼 日月 빠른데
問君東遊何日還　　　　　　東遊하다 어느 날에 돌아오려나.
應得芝草袖中藏　　　　　　芝草 캐서 소매에 감출 것이니
願君分我一芝草　　　　　　나에게도 지초 뿌리 하나를 주오.
使我嘗之而不老　　　　　　내가 그걸 맛보고 늙지 않도록
且莫獨君顔色好　　　　　　그대의 안색만이 좋도록 마오.

<黃鶴歌>(권4 장17-18)[130]

---

[130] 原題는 <黃鶴歌送李星叟入楓嶽>으로 되어 있다. <黃鶴歌>는 편의상 필자가 任意로
命名한 題名이다.

먼저 李白과 황학을 등장시켜 흥미와 관심을 불러일으켰다. 첫구부터 심상치 않다. 이백을 일광객이라고 했다. 왜인가. 그는 詩仙으로 우리에게 잘 알려진 인물이다. 일광객이라고 한 것은 신선사상에 심취한 인물이라는 의미이고, 그러기 때문에 학을 등장시켜 자연스럽게 李星叟와 연결시켰다. 성수의 호는 鶴西이다. 그러므로 굳이 제4구처럼 표현한 것이다. 이백의 後身으로서 성수는 신선과 선경에 미친 나그네라는 것이다. 시공을 초월한 도교적 상상력은 황학을 매개로 이백과 벗을 연결했다. 황학을 타고 선계로 가는 벗은 詩仙 이백의 후신으로 인식된 바, 그 속에는 詩遊와 仙遊에 대한 동경의식이 담겨 있다. 일만이천 봉우리 아름다운 선경을 만들어 놓고 비로봉 정상에서 石北을 불렀는데도 갈 수 없는 현실은 갈등을 수반한다. 이것은 곧 '가고 싶다'는 욕망과 '갈 수 없다'는 갈등상이다. 진애에 떨어진 사십 년 동안 그리워했던 명산이라는 데서 엿볼 수 있는 적선의식은 본향회귀에 대한 욕망을 자극한다. 천상에서 유배되어 지상에 내려온 신선인 것이다. 그러므로 백발과 臥病이라는 지상적 한계는 동경의식을 증폭시키고, 여기에 도교적 상상력이 가미되어 금강산 선유는 환상적으로 펼쳐진다.

靑鳥가 글을 머금고 가 四仙에게 알리니, 십주삼도의 列仙들이 난새와 봉새를 타고 내려오고, 그리하여 열선들과 더불어 금궐은대에서 仙遊하고 있다. 공상의 대표적 사상이 신선사상인 바, 신선은 하늘을 날고, 물속을 마음대로 다니고, 천 리 밖을 내다보는 등 인간의 모든 욕망이 투영되어 있어, 이런 욕망은 현실적으로 채울 수 없는 것이지만, 절실히 바라기 때문에 사실 이상의 신실의 세계로 나타나게 되며, 四仙의 형상화에 鸞·鶴과 仙樂 등 환상적 세계가 흔히 펼쳐짐을 볼 수 있다.[131] 이러한 환상적인 선유는 石北의 <反招魂>에서는 더욱 구체적으로 펼쳐진다. 郭璞이나 蘭雪軒의 遊仙詩 등에서도 환상적인 仙遊가 펼쳐지고 있음을 볼 수 있다. 이 작품에서는 몇 개의 단어를 중심으로 하여 압축적으로 펼쳐지고 있지만, 그 속에 지상의 모든 구속에서 벗어난 선계의 悅樂이 넘실거리고 있음을 엿볼 수 있다. 그러므로 금강산 선유

---

131) 李鍾殷, <韓國漢詩上의 神仙思想>, ≪한국의 漢文學≫(民音社, 1992), 122-125쪽 참조.

가 황홀할수록 지상적 한계는 부각되고, 그만큼 동경의식은 강렬하게 표출된다. 여기서 '가고 싶다'는 갈망과 '갈 수 없다'는 현실인식에서 오는 갈등은 비애를 동반한다. 그리하여 병듦과 늙음이라는 지상적 비애로 표출된다. 두 인물의 대조적 상황은 곧 두 세계의 차이를 부각시킨다. 열선과 더불어 하늘을 비상하며 선유하는 벗과, 병고에 시달리고 있는 서정적 자아의 대비에서 오는 절망감은 급기야 '心茫然心茫然'이라는 구절을 통해 표출된다. 여기에 병듦과 늙음이라는 지상적 한계를 벗어나고 싶은 원초적 갈망이 잠재해 있다. 仙藥을 기대하는 것은 이에 다름 아니다. 불로장생에 대한 욕망은 신선사상을 절로 낳는다.

선경은 완전한 세계다. 이러한 선경에 대한 동경의식이 본향회귀의식이다. 자신을 적선으로 인식하고 있음이 이를 뒷받침한다. 凡人은 갈 수 없는 곳이 삼신산이다. 그러므로 '다만당 이 봉래도만은 (只是蓬萊島)/ 신선이 아니면 이르지 못하나니 (非仙不可能).'132)라고 인식했고, '영랑이 그대를 오늘 놓아 보냈구료 (永郎今日放君廻)'133)라는 데서 엿볼 수 있는 것처럼 四仙이 살아 숨쉬고 있는 선경으로 신실하게 믿었다. 또한, '한 백 년 뜬 인생 오랫동안 오뇌타가 (百歲浮生長懊惱)/ 사선과 더불어 어느 곳서 배회했나 (四仙何處共徘徊)/ 홍진세상 열 장 길이 나의 머리 허연데 (紅塵十丈吾頭白)/ 작고 천한 세상살이 지상이 애닲네(腐鼠拖腸地上哀).'134)에서 금강산을 선계로 그린바, 동경의식이 지극함을 엿볼 수 있다.

<楓嶽歌>도 <黃鶴歌>와 마찬가지로 금강산에 대한 동경의식이 절실하게 표출되고 있다. <楓嶽歌>는 李星叟에게 보낸 시다.

故人曾作金剛客	고인이 일찍이 金剛客 되어
慣識金剛眞面目	금강산의 진면목 익히 잘 아네.
伊昔南山仲範宅	지난날에 남산의 중범 집에서

---

132) <毛老嶺>(권9 장15)
133) 申光洙, <又贈>, ≪文集≫ 권9 장18.
134) 申光洙, <聞朴仲涵師海東遊回有寄>, ≪文集≫ 권9 장22-23.

見畫金剛滿素壁	흰 벽에 가득 그린 금강산 봤네.
我今年紀近五十	너 나이 올해로 쉰에 가깝고
不見金剛頭雪白	금강산을 못 보고 머리털 세네.
塵埃墮落膏火煎	띠끌세상 떨어져서 기름불 지짐
兒啼女哭滿眼前	兒女 울고 곡함은 눈 앞에 가득.
驪江狂生騎黃鶴	여강의 狂生이 황학 타고서
東將入山訪神仙	동쪽 산에 들어가 신선 찾으리.
招我蓬萊頂上遊	봉래산 頂上遊에 초대했건만
欲往從之病苦纏	따라 가려 했는데 病苦 얽혔네.
側身東望彩雲處	누어서 동쪽으로 彩雲處 보니
有如劉安拖腸鼠	유안처럼 拖腸鼠가 되어 버렸네.
此時風流老玄度	이 때의 風流야 老玄 경지나
走送謫仙靑門路	靑門路서 謫仙을 총총 보내네.
靑門畫廚開暮春	청문의 그림방에 늦봄 열리니
應畫金剛持贈去	金剛圖를 가져와 주고 떠나리.
許夫子我且爲君	내가 또 그댈 위해 허부자에게
寄一語萬二千峰	일만이천 봉우리를 부탁했나니
泉石裏乞眞石北	泉石 속에 石北을 놓길 바랐네.
申居士是身天地	신거사 이내 몸이 천지일러니
一微物不妨落墨	한 미물이 마음껏 글을 쓰노라.
小如虱萬瀑之洞	이처럼 조그마한 만폭동 골짝
九龍淵隱身臺與	구룡연과 은신대 더불어 있고
普德窟不然毗盧	보덕굴도 그러나 비로봉만은
三萬六千丈兀然	삼만육천 장 우뚝 솟았네.
坐我以觀東海之	앉아서 바라보며 동해로 가니
涵湧日月之出沒	물결치는 곳에서 日月이 출몰.
從君著處無不可	그댈 따라 가잖은 곳이 없으니
生乎山中如見我	산중에서 태어난 것만 같구려.
人生早晩謝拘攣	인생이 일찍 늙어 구속 싫어해
願與名山預作緣	名山과 미리 인연 만들고팠네.

<楓嶽歌>(권4 장16-17)[135]

---

135) <楓岳歌>란 題名은 편의상 필자가 임시로 命名한 이름이다. 原題는 <星叟將遊楓嶽招我偕作値病莫從有懷怊悵作歌寄許子正乞畫楓嶽見眞泉石中與楓嶽作緣>이다.

324

금강산에 대한 憧憬意識을 표출하는 가운데, 謫仙意識과 下土認識을 드러
내고 있다. 病苦때문에 금강산을 직접 유람할 수 없는 지상적 슬픔과 한은 下
土認識과 맞물리면서 동경의식을 더욱 부각시켰다. '가고 싶다'는 소망과 '갈
수 없다'는 지상적 현실은 하토인식과 적선의식으로 표출되었는데, 그것을 통
해 '갈 수 없다'는 현실인식에서 온 지상적 한과 슬픔을 드러냈다. 그것을 해
소하기 위해 허연객이 그린 금강도를 보면서 스스로를 달래고 있으나, 오히려
그것은 '가고 싶다'는 갈망을 더욱 부추기는 구실을 하고 있다. 적선의식은 본
향회귀의식을 낳고, 그것은 상대적으로 지상적 한과 슬픔을 증폭시키고 있으
며, 부정적 하토인식을 더욱 부각시켰다.

石北은, '성수가 장차 풍악을 유람하려고 나를 불러 함께 가고자 하였으나,
병이 들어 따를 수가 없었다. 회포가 추창하여 노래를 지어 許子正에게 부치
고, 풍악도를 얻어 천석 가운데 놓고 보면서, 풍악과 인연을 맺었다.'[136]라고
했다. 병이 들어 벗과 함께 금강산 유람을 할 수 없었으므로 허자정의 금강산
그림을 통해서나마 못다한 욕망을 풀어 보려 했던 것이다.

선경에 대한 동경의식의 배후에는 내적 갈등이 잠재해 있다. '가고 싶다'와
'갈 수 없다'의 괴리에서 온 증폭된 갈등을 해소할 장치로 금강산을 그린 그
림이 필요했던 것이다. 그러므로 허여정에게 그림을 부탁하여 그림을 통해서
나마 금강산 유람을 마음껏 즐기고 싶었던 것이고, 그렇게 함으로써 증폭된
현실적 갈등을 서정하려고 하고 있음을 볼 수 있다. 금강산 그림은 당시에 유
명한 허연객 필이 그린 것이니, 필경 진경산수도가 아닐 수 없을 것이다. 石
北은 문인화로 유명한 강세황을 비롯하여 진경산수화를 잘 그렸던 기인 최북
과도 가깝게 지내고 있었다. 허연객이 그린 금강도를 보면서 상상의 나래를
마음껏 펼치는 가운데 지상적 슬픔과 선경에 대한 동경의식을 드러냈다. 그림
을 통한 상상 속에서 선유를 즐긴 것이다. 규범화된 유가적 이념은 정서의 경
화를 가져 왔고, 그래서 경화된 정서를 서정하는 방법으로 도교적 상상력이

136) 申光洙, ≪文集≫ 권4 장16. 앞의 시의 題名.

작용하기도 했다. 그림을 통해서나마 명산과 인연을 만들고 싶은, 선경에 대한 동경의식은 바로 현실적 구속을 벗어나고 싶은 욕망의 표출이다.

삼신산의 하나인 한라산에 대한 동경은 특히 <漢拏山歌>에 두드러지게 형상되었다. 영조 40년(1764) 金吾郞으로 제주에 들어가 45일 동안 머물면서 적지 않은 시를 지은 바, 여정을 형상한 것까지 합쳐 ≪耽羅錄≫에 실린 것이 약 100수이다. ≪탐라록≫에는 제주의 풍속과 풍토성을 그린 것이 많으나 충효의식과 애민의식을 형상한 작품과 함께 仙趣를 드러낸 작품도 적지 않다. 濟州의 옛 이름은 涉羅·耽羅·乇羅·儋羅 등이고, 別稱으로 瀛洲·東瀛洲라고도 했는데, 高麗 忠烈王 때 濟州라 하였다.[137]

제주로 들어가는 길목에서 지은 <每月樓>, <向蘇安島>, <發蘇安>, <大洋舟中>에서 자신을 신선으로 비유하기도 했고, 徐市傳說을 회고하기도 했으며, 南極老人과 漢拏의 신선을 상상하기도 했으며, 삼신산이 이 땅에 있음을 신실히 믿기도 했다. 특히 <大洋舟中>에서는 '하늘 아래 신선이 있다는 것을 비로소 알 만하네(始知天下有神仙)'라고 하여 신선과 선경에 대한 동경의식을 드러냈다. 제주에 머물면서 지은 <下浦>, <望漢拏山吳體>, <又得哉字>, <獻贈少妓碧桃月>, <滯舘無聊約逐韻第次拈得一字日賦五七各一律排悶遣懷>, <上弦>, <漢拏山歌> 등을 통해 仙趣에 물씬 젖고 있음도 볼 수 있다. 歸路에서 지은 <楸子舟中>, <楸子夕發>에서도 仙趣를 드러내고 있다. 특히 <楸子石發>에서는 '구주에 떠 실린 것이 모두 바닷물인데 (浮載九州皆積水)/ 오유 만리에 홀연 신선이 나네 (遨遊萬里忽飛仙).'라고 하여 신선이 된 듯한 壯遊를 노래했다.

幼選 睦萬中은 '耽羅가 비록 古稱은 영주로서 仙人의 굴택이지만, 烟雲·草木·城郭·謠俗은 일찍이 한 번이라도 문장과 더불지 못하여 土産의 홀륭함에는 相當하지 못했다. 함께 上國에 올라, 이제 石北 申兄이 奉使로 이르러서야 ≪瀛州錄≫이 비로소 나왔다.'[138]라고 했다. 신선전설의 고장으로 인식된

137) 尹庚洙, <申石北의 耽羅錄考>, ≪成大文學≫제23집(成均館大 國語國文學科, 1784), 12쪽 참조.

제주의 풍토가 石北으로 말미암아 시로써 그케 드러날 수 있었다고 본 것이다. 石北은 《瀛州錄》·《浮海錄》으로도 일컬어지는 《耽羅錄》을 통해, 그곳의 풍속과 풍토를 형상했던 것이다. 石北의 文名이 워낙 높았기 때문에 훗날에도 제주 사람들이 그의 이름을 잊지 않고 있을 정도였다.139)

千里滄溟一島孤　　　　천 리 푸른 바다 외로운 한 섬
耽羅亦是列仙都　　　　탐라 또한 열선의 고장이라네.
　　　　　　　　　　　　　　　<一律排悶遺懷> 其七(권7 장12)

탐라를 열선의 고장으로 인식했다. 그러나 결국 한라산 頂上遊의 꿈을 이루지 못했다. 그러므로 지척에 있는 한라산을 두고 꿈을 실현하지 못한 서글픔과 한을 드러내기도 했다. 다음의,

王事異方迷去住　　　　왕사에 이방에서 헤매며 가다 머무르니
靑春恨不漢拏登　　　　청춘의 한은 한라산에 올라보지 못함이네.
　　　　　　　　　　　　　　　<上弦> 其四(권7 장17-18)

는 바로 이러한 사실을 나타낸다. 선경에 대한 동경의식과 그 시적 형상화는 <漢拏山歌>에서 가장 잘 나타나 있다. 여기서 한라산은 다음처럼 인식된다.

君不見漢拏之山　　　　그대 보지 못했는가, 한라산을
靈氣磅礴撑南紀　　　　영기가 넘실넘실 남해에서 버티는 것을.
古稱瀛州無乃是　　　　옛적에 영주라고 일컫던 땅이 아닐러뇨.
微茫九州外　　　　　　아득히 먼 구주 밖에
環以大海水　　　　　　커다란 바닷물로 에둘렀으니

---

138) 申光洙, <耽羅錄並書>, 《文集》 권7 장. "耽羅雖古稱瀛洲仙人之所窟宅 而煙雲草木城郭謠俗曾不能一與文章 相當與土産之良 幷登上國 今石北申兄奉使至 而瀛洲錄始出"

139) 許薰, <聞海蓮翁以金吾郎奉命入毛羅海中五遇颶風閔大朔始還驚喜之極吟成八絶> 其二, 《舫山全集》 권2 장12. "石北申公昔借行 蠻部蠻女尙知名 一帆今又重溟入 到處詩歌可抗衡"(尹庚洙, 앞의 글, 13쪽 注)

其高一萬五千丈	그 높이 일만오천 장이로다.
上有玉堂金闕空中峙	위에는 옥당금궐 공중에 솟아 있고
金光奇草日月精	금광기초는 일월의 정일러니
一服千年而不死	한번만 먹어도 천 년이나 죽잖으니
秦漢之君嘗不得	진한의 임금도 일찍이 얻지 못한 채
徒爾年年遣方士	헛되이 해마다 해마다 방사만 보냈더니.
方士何曾到山下	방사가 언제 산 아래 이르렀으리
風引舟回三萬里	바람이 배를 끌어 삼만 리나 되돌려 버린 것을.
我是三韓一布衣	삼한에 내 한낱 베옷 입은 선비로서
夢想焉能身到此	꿈엔들 어찌 여기 올 줄 생각이나 했으리.
昨者奉使耽羅國	엊그제 왕명받고 탐라국에 봉사하여
直渡南溟日未昃	남해를 건너니 날은 아직 기울잖았네.
君王不使我求仙	군왕이 나를 보내 신선 구하심은 아니지만
我欲爲君而採藥	내 임금 위하여 불사약을 캐고자
淸晨齋沐向山拜	맑은 새벽 목욕재계하여 산을 향해 절하고
將見麻姑登白鹿	마고선녀 찾아서 백록담에 올랐것다.
麻姑主人顏綽約	마고주인 얼굴빛은 얌전하고 나긋나긋한데
羨門安期皆是麻姑之客	선문과 안기는 모두 다 마고의 손이로다.
今日見我白髮應大笑	오늘 나의 백발 보고 한번 크게 웃으며
各贈芝草一本含五色	제가끔 다섯 빛깔 지초 한 뿌리씩 주렷다.
携我絶頂見明星	나를 끌고 절정에서 밝은 별을 보리니
南極老人攀手摘	남극노인이 팔을 뻗어 그 별을 따렷다.
袖中納之大如杯	내 소매 속에 넣으니 크기가 잔만하지
大如杯煌煌白	크기가 잔만하여 반짝반짝 빛나렷다.
然後借騎白鹿還州城	그런 뒤에 흰 사슴 빌려 타고 고을 성 돌아오면
皮服島人當大驚	가죽옷 섬사람들 한번 크게 놀라렷다.
胡爲苦遭神物猜	어쩌다가 괴롭게도 신명의 시기 받아
風雨一月無一晴	비바람 한 달 내내 한 때도 개지 않고
雲霧冥冥掩山面	구름 안개 자욱이 산 얼굴 덮었으니
擧頭日望天崢嶸	날마다 머리 들어 쳐다보니 하늘은 높고녀.
自嗟凡骨非仙徒	허허 내가 속인이라 신선 무리 아니나니
庶幾遇之終失圖	그들을 만나려던 꿈은 끝내 헛될지로다.
咫尺仙山尙不登	선산이 지척인데 아직도 오르지 못했거늘

328

何況方丈蓬萊隔虛無	하물며 봉래 방장 아득하여 허무할지로다.
風濤㳶洞巨魚噴	풍파는 잇달아 솟구치고 거어는 뒤척이니
不如鼓枻歸江湖	상앗대 두드리며 강호로 돌아감이 더 나으리.

<漢拏山歌>(권7 장22-23)

  옛적부터 三神山의 하나인 영주라고 일컬어졌던 한라산은 신령스러운 기운을 가득 안은 채 남해에 버티고 있다. 신령스러운 기운이 충만하여 넘실거린다고 한것은 한라산을 삼신산의 하나로 신실히 여기고 있음을 뜻한다. 둥그렇게 감싼 큰 바다를 배경으로 일만오천 장이나 높이 하늘에 치솟은 한라산이 환상의 선계로 그려지고 있다. 그 곳은 옥당금궐과 금광기초가 있는 공간이다. 해와 달의 精을 받고 자란 금광기초는 한번만 먹어도 천 년을 죽지 않고 살 수 있는 약이다. 이러한 長生不死藥이 있는 곳으로 인식됐으므로 진나라와 한나라에서 방사들을 보내어 장생불사약을 채취하려고 했던 전설을 연상했다.

  그러나 仙界는 쉽게 접근할 수가 없다. 凡人의 접근을 가로막는 차폐물때문이다. 그것이 바로 바람과 파도다. 바람과 파도라는 차폐물때문에 선계는 보다 신비스러운 곳으로 인식되게 마련이다. 여기서도 바람이 배를 끌어 삼만 리나 되돌려 버렸기 때문에, 진나라와 한나라의 방사들이 한라산에 한 번도 이르지 못했다고 인식했다. 특히 石北은 歸路에 바람을 만나 죽을 고비를 넘긴 끝에 다시 제주로 回航하였고, 그리하여 45일 동안 머물렀기 때문에, 바람과 파도라는 차폐물에 대해 더욱 신실하게 믿었는지도 모르겠다. 石北은 금오랑으로 죄인을 잡아들이기 위해 제주도에 갔는데, 바람과 파도로 인하여 그 여정은 험난했던 것이다. 무릇 네 번에 걸쳐 육지로 나오려고 시도했으나 그 때마다 바람이 불어 제주도로 回泊하지 않을 수 없었다. 이러한 顚末은 <耽羅錄並序>140)에 잘 나타나 있다. 그러한 체험을 했기 때문에 삼신산의 하나

---

140) 申光洙, <耽羅錄並序>, ≪文集≫ 권7 장4. "古人奉使四方 必有詩 述其山川謠俗禽魚草
  木之狀 以識其行 然皆宦遊所至留連景物 鋪張 篇什有足以愉快其心目者矣 若吾二人者
  之所謂耽羅錄 則異是 夫耽羅在國南大海中一千里 舟不得一日 風直入 往往爲風濤漂沒
  至是邦者非宦則謫客也 吾二人者以金吾郞奉命拿罪人 晝夜馳馹騎三日半到海南 留四日

로 일컬어지는 한라산이 더욱 신비스러웠고, 신선이 살고 있는 선계로 여겨졌을 것이다. 진나라와 한나라에서 불사약을 구하려고 방사들을 보냈지만, 한번도 이르지 못했다고 하는 인식 속에는 石北 자신의 체험도 한 몫을 했다.

仙緣의 기회는 王命으로 탐라에 봉사하게 되었던 것이므로, 여기에서 군왕에 대한 충성심도 표출한 바, 풍부한 도교적 상상력을 통해 임금을 위하여 불사약을 캐어 바치고 싶은 충정을 담기도 했다. 일찍이 진나라와 한나라에서 불사약을 얻고자 방사를 보낸 것을 연상하고 그들이 얻지 못했던 것을 도교적 상상력 속에서 성취하고 싶었던 것이다. 한라산 선계엔 옥당금궐이 솟아 있고, 금광기초가 일월의 정을 받아 자라고 있으며, 마고선녀가 살고 있다. 또한 신선의 무리인 선문과 안기가 마고선녀의 손님으로 와 있다. 不老不死의 신선들이 백발을 보고 크게 한번 웃고는 오색이 영롱한 지초 한 뿌리를 나누어 준다. 그 속엔 속세와 대비된 선계의 무궁한 신선지락이 감추어져 있다. 영원존재로서 신선들은 환상의 선계에서 그지없는 즐거움을 누리며 불로불사의 신체를 획득하여 영생을 산다. 온통 늙어 버린 속세의 삶의 모습에 큰 웃음이 나옴은 당연한 일이다. 한라 절정에 올라 장수의 심상을 지닌 남극노인성을 따서 소매 속에 넣는 등 선유를 즐기다가 흰 사슴을 빌려 타고 고을 성으로 돌아오면, 가죽옷 입은 섬사람들이 크게 놀랄 것이라고 상상하기도 했다.

그러나 지척에 선산을 두고 올라갈 수 없다. 그리하여 결국 자신은 仙骨이 아닌 凡骨이라고 인식하는 데까지 이른다. 한 달 내내 비바람이 몰아치고 안개가 자욱이 산을 덮고 있어 오르지 못한 것이요, 이것은 신명이 시기를 했기 때문이라고 노래하고 있다. 바로 눈 앞의 선산을 오르지 못했으니 봉래산과 방장산은 더욱 아득하지 않을 수 없다는 인식 속에 선경에 대한 강렬한 동경

候風 自古達島登舟 牛日入濟州 其明日同巡撫御史放船 相先後到牛洋 忽船漏水大入 急還棹修補 後聞御史兵水使俱以漂風狀 聞是日黃昏又發 夜牛浮七百里中洋遇颶 果漂而西幸回泊濟州 同發二商舶渰沒 自是二月十九日 三月初一日 凡四發船 輒遇風回泊 前後留館盖四十五日 至三月十三日夜祭海神 始出海 宿楸子島 十四日無風 下碇宿洋中 十五日夜冒雨 登陸 此吾渡海顚末也"

의식을 형상하고 있는 것이며, 현실계와 선계를 가로막는 차폐물인 풍파가 도사리고 있기 때문에 선계에 대한 동경은 허무하지 않을 수 없다고 토로한 것이다. 무한히 동경하고 갈망하는 곳이지만 현실적으로 갈 수 없는 선계이기 때문에 차라리 상앗대를 두드리며 강호로 돌아감만 못하다고 읊었다. 屈原의 <漁父>를 연상한 것이다.

海左 丁範祖는 石北의 ≪耽羅錄≫에 대해 다음과 같이 극찬하고 있다.

> 그러므로 그의 시를 읽으면 氣力은 巨魚와 大鵬이 더불어 서로 꾸짖는 것과 같고, 엷은 빛이 빛남은 珊瑚와 日月이 더불어 서로 비치는 것과 같으며, 跌宕하고 恢曠함은 한라산에 올라가 南極老人과 더불어 서로 즐거워하면서, 白鹿을 타고 오가며 백록담 위에서 노니는 것과 같다. 바야흐로 장차 바다를 盤盂처럼 바라본다고 할지라도 물과 악어와 회오리바람과 물고기때문에 어찌 靈臺에 끼일 수 있겠는가. 세상에서는 삼신산에 仙人이 많다고 한다. 이때문에 탐라를 奇異하게 여긴다. 내가 이르노니 仙道란 모름지기 배우고 수련하면 飛昇하게 된다. 또한 委化順命하면 外患이 들어오지 못하는 것이다. 성연같은 이는 참으로 仙道之宗일 뿐이다. 곧 羨門과 安期가 반드시 탐라를 기이하게 한 것만은 아니다. 탐라가 성연을 만나서 참으로 더욱 기이하게 된 것이다.[141]

石北의 ≪탐라록≫에 실린 시를 극찬한 바, 제주도를 신선전설이 살아 숨쉬는 고장으로 인식하고 있음을 볼 수 있다. 이러한 삼신산의 하나인 한라산을 더욱 기이하게 한 것은 石北의 문장을 만났기 때문이다. 石北을 仙道之宗이라고 극찬한 까닭이 여기에 있다.

목만중도 石北의 ≪탐라록≫에 대해,

> 심하도다, 造物主가 奇異함을 좋아함이로다. 무릇 만물은 각기 마땅한 바가 있나니, 큰 것은 큰 것과 더불어 相當하고, 작은 것은 작은 것과 더불어 상당하

---

141) 申光洙, <耽羅錄並書>, ≪文集≫ 권7 장3-4. "以故讀其詩 氣力 則與巨魚大鵬相噴 薄光焰 則與珊瑚日月相照暎 跌宕恢曠 則如登漢挐山 與南極老人相嬉戲 而騎白鹿翩然潭上遊也 方且視海如盤盂水 鱷風颶魚 豈足介其靈臺哉 世言三神山多仙人 以此奇耽羅 而余謂仙道寧須學修鍊飛昇爲哉 要亦委化順命外患不入 如聖淵者固仙道之宗耳 卽羨門安期未必奇耽羅 而耽羅之遇聖淵固益奇也哉"

느니라. 石北이 아니면 참으로 영주에 상당할 자가 족히 없다. 그러나 石北은
탐라에 들어가 王事가 급하였다. 그러므로 바람과 파도가 아니었더라면, 그것을
닮았을 것이니, 오래 머물 수 없었을 것이고, 오랫동안 시를 짓지 못했을 것이
므로, 반드시 이처럼 지극히 많지는 않았을 것이다. (중략) 아아, 文章의 기이함
을 다하여 이처럼 造化之心을 감당할 수 있었던 것이다. 무릇 壽喜가 令吏로 나
왔으니, 일찍이 삼인과 탐라 云云했다.[142]

라고 극찬했다. 그만큼 《탐라록》은 신선전설의 고장인 한라산을 배경으로
했기 때문에 石北의 신선사상이 잘 반영되어 있다. 목만중이 극찬하고 정범조
가 仙道之宗이라고 극찬할 만큼 石北은 여기서 그의 신선사상을 마음껏 노래
했다. 선도지종이라고 일컬어질 정도로 신선사상을 많이 알고 있었으니, 《탐
라록》뿐만 아니라 다른 곳에서도 그의 신선사상을 어렵지 않게 만날 수 있
고, 선계에 대한 그의 그지없는 동경의식을 적지 않게 엿볼 수 있다.

　石北은 신선전설이 얽혀 있는 금강산과 한라산를 통해서도 상상의 나래를
끝없이 펼쳤다. 무한한 상상력 속에서 신비로운 세계를 체험하면서, 억압된
자아를 해방하여 정신적 자유를 맛보려 했으며, 仙的 분위기 속에 잠김으로써
사회윤리와 도덕질서라는 규범에 갇힌 자아를 해방하려 했다.

　　나. 本鄕回歸意識

　道敎에서 바라본 인간의 존재는 時空의 제약을 받는 지상적 瞬間存在와 시
공을 초월한 천상적 永遠存在로 나눌 수 있다. 인간은 시간성과 공간성에 따
라 현실계에서 일정 기간만 지속되는 瞬間存在와 비현실적 선계에서 살아가
는 永遠存在로 양분된다. 원래 인간의 육체는 공간성에 의한 시간성의 제약으
로 일정 기간만 지속되다가 끝난다. 태어나는 순간부터 시공은 지속되지만,

---

142) 申光洙, <耽羅錄並書>, 《文集》 권7 장. "甚矣 造物者之好奇也 夫物各有所當 大與大
　　相當 小與小相當 非石北固無足以當瀛洲者 然石北之入耽羅 王事急 無風濤 以閱之 其
　　勢不久留 留不久詩 必不能致多若是 (中略) 噫 極文章之奇 能當造化之心如是 夫壽喜
　　出令史 甞三入耽羅云"

죽는 그 순간에 시공은 끝날 수밖에 없는 것이 인간존재의 숙명이다. 그러나 도교적 인간존재는 원래 천상의 영원존재인 神仙이었는데, 천상에서 저지른 조그만 잘못때문에 인간세상에 떨어진 謫仙으로 이해된다. 그러므로 謫仙意識 속에는 원래의 고향인 天上仙界에 대한 끝없는 동경이 나타날 수밖에 없다. 이에 따라 '聖(仙界) →俗(人間界) →聖(仙界)'이라는 原形構造가 만들어지고, 聖과 俗의 세계는 대립적인 공간으로 나타날 수밖에 없다. 도교적 색채나 도가적 사유가 반영된 우리나라 시가에서 이러한 양상은 쉽게 발견된다. 그러므로 仙界에 대한 동경의식이 반영된 시, 列仙과 더불어 仙遊를 형상한 시, 죽음을 애도한 시 등에서 이런 양상이 두드러진다.

영원이란 시공을 초월한 것이므로, 영원존재인 신선은 인간의 육체라는 공간성과 그 육체가 지속된다는 시간성을 벗어난 존재가 아닐 수 없다. 인간존재의 영구지속을 갈망하는 욕구는 지상적 시공을 초월한 仙界를 중시한다. 현실계는 시간과 공간의 제약 속에 生老病死의 고통이 따르는 불완전한 곳이다. 그러므로 완전한 공간인 이상향으로서 선계를 끝없이 동경하게 되는 것이다. 그리하여 적선의식 속에는 부정적 下土認識이 나타나고, 존재근원에 대한 회귀의식이 깔리게 된다. 지상적 인간존재의 한계를 벗어난 순간 영원존재로서 천상선계에 복귀한다. 그리하여 '聖 →俗 →聖'의 原形構造 속에 聖에서 俗으로 俗에서 聖으로 환원되는 존재의 순환체계가 형성되고, 존재의 영구지속을 믿는 입체적 사고 속에 순환의 原本이 만들진다. 이러한 원본체계는 그 구체적 양상이 다를 뿐 모든 종교에 공통하는 현상으로 보인다. 聖俗의 대립에서 俗의 현실계는 불완전한 공간으로 인식되고, 그래서 벗어나야 할 부정적 공간으로 인식된다.

原本과 原形의 개념은 다르다. 원형은 무의식의 구조나 신의 행위, 특히 천지창조의 행위라는 개념으로 흔히 사용된다. 그러나 원본은 존재근원에 대한 原質思考의 本이라는 개념이다. 원본은 만물의 근원이 神이라는 사고를 더 분석해 들어간 개념이다. 곧 신의 근원과 함께 무엇이 신의 전능한 힘으로 나타나게 되는가라는 원질사고이다. 원본은 원형 이전의 존재에 대한 근원문제이

다. 原形의 形은 일정한 규격을 갖춘 형상이란 뜻으로 파악되며, 原本의 本은
근본근원의 의미로 해석된다. 원본은 일정한 틀을 갖추게 한 바탕, 곧 형상의
바탕이 되는 근원이란 의미가 된다.

천지만물을 있게 한 우주대자연의 섭리, 곧 道가 하나의 原本이다. 여기에
인격이 부여될 때, 그것이 바로 神이 된다. 老子가 말한 '道生一 一生二 二生
三 三生萬物'에서 道는 원본이 된다. 이 도에 의해서 천지만물이 절로 만들어
진다. 이 도에 인격이 부여되어 옥황상제라는 전지전능한 신이 만들어졌고,
신선이란 영원존재가 옥황상제의 주재하에 있게 되었다. 그리하여 '聖(仙界)
→ 俗(人間界) → 聖(仙界)'의 반복이라는 인간존재의 원형적 순환체계가 만들
어졌다.

莊子는 현상계의 만물은 공간적·시간적으로 相依하는 것으로 생각한 결과,
만물은 시시각각 변하고 있으나 연속되는 것이므로 과거와 미래를 갈라서 생
각할 것이 아니라고 하였다. 인간의 생사도 이같이 연속된 것이며, 사람은 죽
음으로서 끝나는 것이 아니라고 하였다.143) 곧 이곳에서 '죽었다' 함은 저곳에
서 '낳았다'고 할 것이다. 이는 원형적 순환체계가 형성될 수 있는 사상적 배
경 중의 하나다.

부단히 선계를 동경함은 존재근원을 지향함으로써 결핍된 존재의 불완전성
을 다시 충족시키려는 욕망의 소산이다. 생노병사라는 지상적 족쇄에서 벗어
나 영원존재로서 남고 싶은 것이 인간본연의 모습이다. 현실로부터 받은 상처
와 결핍을 위로받고 서정하려는 욕망이 바탕에 깔려 있다. 동시에 존재의 영
원한 지속을 갈망하는 욕망이 그 속에 깔려 있기도 하다. 앞에서 살핀 귀거래
의식 속에 나타난 선경에 대한 동경도 이에 다름 아니다. 특히 그의 哀悼詩에
서 이러한 점이 잘 나타나 있다.

香橋燈火十年前　　　향교에서 등불 밝힌 십 년 전에는
詞賦同遊是謫仙　　　시를 짓고 함께 노닌 적선이었네.

---

143) 李鍾殷, ≪韓國詩歌上의 道敎思想≫(普成文化社, 1978), 25-26쪽 참조.

今日可憐君祭過   오늘이야 슬프고녀, 그대 제사날
綠槐明月更依然   푸른 나무 밝은 달은 옛날과 같네.
<李聖會東運小祥夜步月香橋有感一絶>(권1 장48)

애도와 추모의 정을 드러낸 이 작품에서 벗을 謫仙이라고 한 것은 죽은 뒤
에 본향인 천상으로 돌아갔음을 의미한다. 또한 적선이라는 단어 속에는 지상
적 즐거움을 최대한 누리고 갔다는 의미도 함축되어 있다. 지상적 노닒은 평
범한 인간의 그것이 아니라, 神仙遊와 같은 것으로 인식 되었기 때문이다. 그
렇게 인식함으로써 지상적 슬픔을 최대한 부각시키고, 애도와 추모의 정을 유
감없이 드러냈다. '詞賦同遊'의 즐거움은 적선이란 단어로 말미암아 살아난다.
그러므로 적선은 인간존재의 죽음에서 오는 상실감을 크게 부각시키면서, 애
도와 추모의 정을 최대한 드러내는 구실을 하게 된다. 그러면서도 이 시가 지
나친 감상적 정서에 빠지지 않는 것은 그 배경에 본향회귀의식이 깔려 있기
때문이다. 지상적 존재는 슬픔을 느끼지만, 대상인물은 영원존재가 되어 천상
선계에 있을 것이기 때문이다.

人間聞有小蓬萊   인간에 소봉래가 있다고 들었나니
此老前身上界來   이 노인의 전신은 상계에 있었네.
時到翛然乘化去   때가 되어 유유히 승화하여 갔느니
人生九十死何哀   인생 구십 죽으매 무엇이 슬프리오.
<輓淸州金僉知>(권8 장39)

이처럼 상계의 영원존재가 죄를 지어 지상으로 내려 온 것으로 이해된다.
그러므로 죽음은 그것으로 끝나는 것이 아니라, 순간존재가 영원존재로 승화
하는 계기로 작용하고 있다.

世間文字看應倦   세간 문자 보는 것이 참으로 역겨워서
朱筆携登白玉樓   붉은 붓을 더위잡고 백옥루에 올랐다네.
<代人輓李保寧命啓>(권8 장7)

猶有一言寬父母　　　　관대한 부모에게 한 마디 말 아직 있음
燕超同作玉樓仙　　　　燕超와 더불어서 옥루신선이 됐다는 것.
<哭吳錫一>(권8 장17)

含香不上金鑾殿　　　　향 머금고 금란전에 오르지 아니하고
騎鶴還登白玉樓　　　　학을 타고 도리어 백옥루에 올랐고녀.
<又代挽>(권10 장4)

　죽음은 순간존재가 영원존재로 바뀌는 과정에 불과하다. 순간존재가 살고
있는 현실은 지상적 슬픔이 있는 곳으로 불완전한 공간이다. 그러므로 늘 부
정적으로 나타나게 마련이다. 죽음이란 곧 천상으로 회귀함을 뜻한다. 영원존
재인 신선이 되어 俗의 세계를 벗어나 聖의 세계로 들어간다. 천상의 옥경이
그들의 본향이다. 그러면 천상적 존재는 그곳에서 영원한 삶을 유지하는가.
천상은 옥황상제가 머문 공간인 바, 일체는 그의 주관 아래 있다. 따라서 죄
를 짓게 되면 지상으로 유배되고, 그 기간이 끝나야 다시 천상으로 복귀하게
된다.
　죽어서 가는 곳은 천상의 옥경이 아닌 삼신산으로 나타나기도 한다. ‘삼도
로 돌아갔단 말을 들으니 (聞說歸三島)/ 동방이야 참으로 머물 만하네(東方信
可留).’[144)]는 이를 보인다. 그러나 이곳도 천상선계와 다름 없는 공간으로 인
식된다. 그러한 점에서 차이가 없다고 할 것이다. 다만 이것은 삼신산전설이
작품에 크게 반영된 결과 나타난 현상이다. 천상적 존재는 다시 인간계로 돌
아오는 데는 죄를 짓거나 일정한 기간이 지날 때 가능하다. 삼천 년의 세월이
흘러 다시 인간계로 돌아올 수 있다는 인식을 보이기도 한 바,

三十七年何草草　　　　서른 일곱 나이에 왜 이리 초초한고
騎龍去上太淸道　　　　용을 타고 떠나서 태청 길에 오르네.
碧桃一發三千年　　　　푸른 도화 한번 피면 삼천 년 흘러

---

144) 申光洙, <用月波樓前韻逑哀崔襄陽報使君>, 《文集》 권5 장10-11.

君欲歸時天地老　　　　　　　그대가 돌아오려 할 땐 천지 바뀌리.
<哭士吉>(권1 장52)

에서 그것을 확인할 수 있다. 승구와 결구를 통해 천상계에서 지상계로 돌아
올 수 있음을 보이고 있다. 이처럼 인간존재는 영원성이라는 시간성 속에서는
'聖 →俗 →聖'의 순환을 보이면서 살아가는 영원존재로 인식되고 있다. 다만
聖과 俗만을 대비해 볼 때는 俗은 부정적 공간으로 聖은 긍정적 공간으로 나
타난다. 본향회귀의식의 기저에는 생명의 영속을 바라는 인간욕망과 죽음의
공포를 극복하려는 심리가 깔려 있다고 하겠다.

　石北의 선계동경을 크게 삼신산 동경과 본향회귀의식으로 나누어 살펴 보
았다. 石北詩에서 등장하는 삼신산은 금강산과 한라산인 바, 삼신산전설을 신
실하게 믿고 있음을 볼 수 있는데, 선계는 신선들이 사는 환상적 세계로 나타
나며, 현실적으로 갈 수 없는 데서 지상적 비애가 부각되고 있음을 보았다.
이러한 선계동경의식은 결국 본향회귀의식과 관련된 바, 그것은 애도시에서
극명하게 드러남을 보았다. 인간은 '聖(仙界) → 俗(人間界) → 聖(仙界)'의 세
계를 순환하는 영원존재로 인식되고 있으나, 성에 속하는 선계가 현실계보다
긍정적으로 나타나고 있다.

6. 科詩와 樂府詩의 世界

　石北詩를 대표하는 두 작품이 <關山戎馬>와 <關西樂府>이다. <關山戎馬>
는 科詩改革의 先頭作이자 漢詩唱으로 불리워져 우리 민족의 사랑을 가장 많
이 받았던 작품이다. <關西樂府>는 民族的 情調와 律調가 담긴 작품으로 朝
鮮後期 紀俗樂府를 대표하는 작품 가운데 하나이다. 이 두 작품은 最近까지도
불리워졌을 뿐만 아니라, 中國에까지 전해져 그곳에서도 불리워졌다. 우리나라

漢詩史上 詩와 音樂의 본격적 만남은 石北에 이르러 이루어졌다. <關山戎馬>를 중심으로 科詩의 改革性과 文藝性 및 音樂性 등을 살피고, <關西樂府>를 중심으로 樂府詩의 多樣性과 敎化論的 主題의 展開, 그리고 民族的 情調와 律調를 고찰키로 한다. 이는 石北詩의 位相을 檢證하는 작업이기도 하다.

1) 科詩改革과 文藝性

(1) 科詩의 形式과 그 改革

高麗에서 朝鮮까지 흔히 '科文六體'라고 부르는 詩·賦·表·策·疑·義가 科試의 중심을 이루었다. 朝鮮初 卞季良으로부터 비롯한 科詩는 英祖朝에 최고조에 이르렀다. 科詩를 行詩, 功令詩, 東詩라고도 하는데, 대표적 작가로 姜栢, 申光洙, 朴趾源, 盧兢, 蔡得淳, 李家煥, 金炳淵, 魯積, 裵克紹 등을 들 수 있다.[1] 天台山人은 行詩의 대표적 작품으로 申光洙의 <關山戎馬>와 成晚鎭의 <承露盤>을 들었다.[2] 科詩體로 이름난 작품은 姜栢의 <行詩格>과 申光洙의 <關山戎馬>이다. 石北 이전에는 姜栢이 유명했고, 그 이후에는 盧兢(1738-1790)이 유명했다.

科詩는 七言古詩와 비슷하다. 그러나 13가지 形式에 맞추어 지어야 한다. 題目에서 한 자를 골라 通韻하고 일정한 형식에 따라 詩想을 전개해야 한다. 그러므로 자연스러운 感情의 發露가 곤란한 형식이다. 太宗·世祖·成宗實錄 등에서 볼 수 있는 것처럼 鮮初부터 그 弊端이 많았다. 科詩의 作法과 形態에 대해 언급한 姜栢의 <行詩格>[3]과 呂圭亨(1849-1922)의 <論詩十首>[4]는 科詩

---

1) 이밖의 名家로 李三煥·申光河·柳詢·權偁·李德懋·李書九·丁若鏞·金邁淳·禹錫·柳遠鳴·朴南壽·許瑱·金鑢·李玉·洪義浩·南公轍·李玄緖·柳壽·申佐模·韓致應·成海應 등이 있다. 李家源, ≪韓國漢文學史≫(普成文化社, 1984), 341-350쪽 참조.
2) 金台俊, ≪校註朝鮮漢文學史≫(太學社, 1994), 162-163쪽 참조.
3) "飛者走者皆天機 或以奇兵或正師 依微影子月下假 隱映精神鉛墨施 尖峯秋隼忽搏兎 飛下平林雙翮垂 洪流發源蓋自此 木固其根方茂枝 千尋勢若立極地 萬夫聲如扛鼎時 低回兩龍欲轉身 變化其端誰復知 銅仙赤脚捧金盤 屹立雲霄承露滋 庖丁利刀道體解 扁鵲神方隨疾

338

를 이해할 수 있는 좋은 參考資料가 된다.

科詩는 대체로 7언 36구나 7언 38구로 지었다. 38구의 경우 그 체계는 '첫구·첫구받침, 入題, 舖頭·舖頭받침·舖頭느림, 첫목·첫목받침·첫목느림, 두목·두목받침, 回題, 세목·세목받침·세목느림, 네목·네목받침·네목느림, 結聯'으로 구성된다. 平仄律은 각각 出句는 '○○●●●○'와 같이 2平 3仄이고, 後句는 '●●○○○●○'처럼 2仄 3平이나, 入題·느림·回題의 경우는 出句가 3平 2仄이고, 後句는 그대로 2仄 3平이다. 詩文 중에서 一句를 따서 제목을 삼고, 제목 중의 한 글자로써 韻을 삼되, 換韻하지 않는다. 예를 들면 <行詩格>의 詩字를 압운하여 餘韻을 모두 支韻 중에서 달게 마련되었으며, 그 平仄律을 李白의 <襄陽歌> '千金駿馬換小妾, 笑坐雕鞍歌落梅'의 음절을 적용하였던 것이다. 이것의 平仄은 '○○●●●●, ●●○○○●○'이다. 이는 2平 3仄과 2仄 3平의 體式이기 때문에 入題·느림·回題는 이를 적용해도 무방하다.5) 이처럼 科詩는 일정한 형식이 있어서 그 틀에 맞추어 지어야 했다. <論詩十首> 중의 '二平三仄起 二仄三平因 句句皆如是 篇篇惟式遵'은 이를 말한다.

石北은 18韻 36句와 19韻 38句의 정식을 깨고, 자신의 詩想展開에 알맞은 형식을 創出하여 科詩改革의 중요한 계기를 만들었다. 科詩體는 石北에 이르러 40구~44구로 늘어났다. <關山戎馬>는 44구이며, <題陶淵明秋菊詩歎役物者

醫 玄冬樞柄漸向東 脩竹春陰層節奇 將鉗猛虎暗伏弩 欲釣游魚潛引絲 身登實地涑水翁 手廻狂瀾韓退之 雙龍千里等堪輿 到頭明堂祇在玆 春江一棹遇順風 無限煙波隨處宜 千層塔上力更加 九仞山頭功莫虧 回頭三步五步坐 皆皆名區身不移 悠然逝魚更掉尾 或詠于淵或躍地 含情冶女復回眸 倚醉蘇仙重洗觶 飄然一篗忽遠擧 淡水佳山皆可期 詩於到此可謂工 指示迷程維此詩"(≪東詩≫).

4) "東國有行詩 自昔相因循 七言一條路 耐煩試細畛 其題襲四庫 擬作當身親 限句十八韻 位置劃界畛 其韻題中得 無散一例純 其聲更可異 永明還古醇 二平三仄起 二仄三平因 句句皆如是 篇篇惟式遵 起承二句上 說主或說賓 三四爲對聯 五六則本身七八爲舖頭 根柢述先民 對聯又下二 佐使列君臣 初項十三四 折旋如廻輪 二項十九卅 階級覺漸臻 其下並對聯 龍蠖隨屈伸 廿三四以結 返乎面目眞 其餘十二語 架疊重申申"(≪荷亭集≫ 卷1 張15, <論詩十首>).

5) 尹敬洙, ≪石北詩研究≫(成均館大學校 博士學位論文, 1983), 90쪽 참조.

失此生>은 40구이다. 石北의 <關山戎馬>는 科詩改革을 이룬 대표적 작품이다.6) 震澤은 '일시에 公車家의 體裁가 一變하여 陋襲에서 벗어났다.'7)고 한 것은 科詩改革이 이루어졌음을 뜻한다. 그러므로 茶山은,

> 陞補詩卷을 펼쳐 읽으니, 참으로 차이가 많이 났다. 科詩는 近來 六股의 別格이 이루어져, 매번 3句를 사용하여 일단으로 삼는데, 오직 중간의 一句만은 對語를 썼다. 이 體는 옛날에도 있었지만, 五六十年 이래 듣지 못했다. 비로소 申石北의 岳陽樓에서 나왔으니, 시 또한 그런 뒤에야 마침내 法制가 되었다. 지금의 晩生과 少年들이 그것을 알아 天成地定으로 삼아 감히 털끝만큼도 어기지 않는다.8)

고 했으며, 柳得恭은 '제목 가운데 한 자로 20구를 압운한다.'9)고 했다. 朝鮮 後期 初試와 覆試에서 改革된 詩形으로 지었고, 歲時風俗으로 매년 3월 3일, 7월 7일, 9월 9일, 그리고 봄과 가을에 행하는 節日製와 柑製에서도 20韻으로 지은 바, 이는 石北詩의 영향이 작용한 결과이다. 科詩改革이 이루어졌음은 ≪近藝僑選≫이나 ≪科詩二選≫, ≪科詩≫ 등에서도 나타나 있다. 權省이 辛未年(1751) 이후의 것으로 31인 155수를 모아 만든 ≪近藝僑選≫은 과시개혁의 영향으로 이루어졌다. ≪科詩≫에서도 40구가 적지 않게 보이며, ≪科詩詩抄≫에는 40구-56구까지의 시가 많은 부분을 차지하고 있다.

---

6) 尹敬洙, <科詩改革과 西道唱 關山戎馬論>(上), ≪現代文學≫ 第25卷 第3號 通卷 292(1979. 3).
　　────, <關山戎馬硏究>(建國大學校 碩士學位論文, 1976).
　　────, <石北詩硏究>(成均館大學校 博士學位論文, 1983).
　　────, <石北詩硏究>(正法文化社, 1984), 112-121쪽.
　　李家源, <石北文學硏究>, ≪東方學志≫ 제4집(延世大學校, 1958), 169-175쪽.
7) 申光洙, <行狀>, ≪文集≫ 권16 장19. "一時公車家體裁 一變陳陋襲"
8) 丁若鏞, ≪與猶堂全書≫ 第1集 권18 장17, 詩文集, 書, 上海左書. "寄示陞補詩卷 讀之 誠差強然 科詩 近成六股別格 每句三句 爲一段 唯中間一句用對語 此體在古 無聞自五六十年來 始出申石北岳陽樓 詩亦然後來 遂成法制 今晩生少年認之 爲天成地定 不敢毫髮違越"
9) 柳得恭, ≪京都雜志≫, 권1 詩文條, 353쪽(朝鮮古書刊行會, 1910). "詩押題中一字二十韻"

340

石北의 과시에 대한 견해는 <近藝僑選序>에 잘 나타난 바, 간추리면 다음과 같다. 卞季良 이후 各體의 시에도 入題·鋪頭·回題 등의 법이 있어, 이것이 선비를 뽑는 程式이 된 바, 才士까지도 塗襲하여 千篇一套로 淺陋해 버렸다. 과시는 목적을 달성하기 위한 방편에 불과한데, 科體가 累習이 되어 風氣가 국한되고, 淫聲美色에 中毒되며, 痼瘁을 익히게 되어 결국 彫蟲小技로 전락해 버렸다. 詩人이 性情을 배움에 있음을 알지 못하게 된 것이다. 그리하여 古人之詩와 멀어지고, 마침내 風雅之道를 잃게 되어 大雅를 떨칠 수 없었다. 그러나 그 體에는 妙함이 있으니, 音節은 鏗鏘하고, 意味는 新巧하며, 模寫는 精工할 뿐만 아니라, 그 裁製는 能爛하다. 石北은 淫聲美色에 중독되어 風雅之道를 잃은 科詩에 대해서는 철저히 비판하고 있으나, 科詩 나름의 긍정적인 측면이 있음을 부인하지 않고 있다. 石北은 그 나름의 文學觀을 고집스럽게 지키려고 했는데, 이것이 科詩改革으로 나타난 것이다. 그러므로 震澤은 다음과 같이 말하였다.

今上 26년 경오년에 비로소 진사에 들었으니 이 때의 나이가 39세였다. 사람들이 그에게 일러 말하기를, '그대의 문장이 매우 높으니 조금 낮추는 것이 어떠하오.' 했더니, 공이 웃으면서 말하길, '내가 문장을 다스림에 아직은 이르지 못했소.'라고 하면서 끝내 고치지 않았다. 더욱 곤궁하여 마침내 뜻을 끊어 버리고 다시는 과거에 응시하지 않았다.10)

石北의 科詩體가 뭇 선비들과 달랐으므로 39세에야 겨우 進士에 합격하였다. 그는 時流에 영합하지 않고, 그 나름의 文學觀을 끝까지 고집했다. 科詩改革은 個性을 중시한 그의 文學觀 때문에 가능했던 것으로 보인다. 石北은 科詩의 부정적 측면을 비판도 했지만, 긍정적 측면이 있음을 否認하지 않았다. 出仕를 한 뒤에는 科詩에 힘을 기울여 白日場을 열기도 했다. <與丁學士範

---

10) 申光洙, <行狀>, ≪文集≫ 권16 장19 附錄. "今上二十六年庚午 始擧進士 時年三十九 人謂之曰 子之文甚高 盍少降而取之 公笑曰 我治之未至也 卒不改已而益困 遂絶意不復應擧"

祖>11)나 <與平昌倅洪大受鼎猷>12)에 이러한 면모가 나타나 있다.

　呂圭亨은 '春亭으로부터 作法은 시작되었으니, 그 文采는 매우 彬彬하다. 姜과 申이 아직도 典刑이 되매 그 나머지는 차츰 사라졌다.'13)라고 하여 科詩의 대표적 작가로 姜栢과 申光洙를 들었다. 그러나 '古文派는 石北을 功令詩의 魁요, 竹枝의 雄으로 低劣한 俗態·爛調로만 看做, 또는 批評하였던 것이다.'14)에서 알 수 있듯이 부정적 시각도 없지 않아 있었다. 그러므로 '비록 南玉의 賦, 柳東賓의 表, 姜栢·蔡得淳·桂德海·申光洙의 詩, 盧兢의 策은 모두 文章家가 취할 바가 아니라고 할지라도 科文生은 그것을 보니 또한 슬프지 아니한가. 그러나 申石北과 盧漢源은 실로 雋才가 있으니, 그리 쉽게 말할 수는 없는 것이다.'15)라고 했다. 姜栢의 詩風은 호기가 넘치고, 盧兢의 詩想은 교묘하다16)고 지적하여, 石北을 전후한 대표적 인물로 盧兢과 姜栢을 들기도 한다. 李學逵는 우리나라 科詩가 중국의 八股文의 영향을 받아 지엽적인 것은 같고 대체는 다르다17)고 했다. 科詩는 八股文과 마찬가지로 宇宙生成의 原理가 상징적으로 내포되어 있다18)고 보기도 한다.

---

11) 申光洙, <與丁學士範祖>, 《文集》 권13 장1-2.
12) 申光洙, <與平昌倅洪大受鼎猷>, 《文集》 권13 장2.
13) 呂圭亨, <論詩十首>, 《荷亭集》 卷1 張15. "春亭作法始 文采殊彬彬 姜申尙典刑 餘者漸湮淪"
14) 李家源, 앞의 글, 150쪽.
15) 作者未詳, 《智水拈筆》, 권3 科文. "是以雖南玉之賦 柳東賓之表 姜栢蔡得淳桂德海申光洙之詩 盧兢之策 皆不足爲文章家所取例 以科文生視之 不亦悲也 然申石北盧漢源 實有雋才 亦不可易言矣".
16) 丁若鏞, 앞의 책, 第1集 권5 장2, 詩文集 78쪽.'姜柏放豪嘴 盧兢抽巧腸'
17) 李學逵, 《因樹屋集》 冊8 張14. 尺牘 答或人書 "本朝時文體格始於國初卞春亭 與中國之八股文 小同而大異"
18) 八股文은 '八股文字, 與天地造化相伴, 首二比春, 次二比夏也, 次二比秋也, 末二比冬也(金益達, 古事成語辭典 八股 1108쪽, 學園社)'라고 했다. 팔고문에서 팔고는 중심을 이루는 부분으로 특수한 대우의 문장을 사용한다. '每四股中, 一正一反, 一虛一實, 一淺一深, 其兩對扁位格(顧炎武:日知錄, 下卷 6, 試文格式, 51쪽)'이라고 한 상대적 수법은 陰陽思想의 模法이라고 볼 수 있다. 행시도 出句와 後句를 二律對待의 配合法으로 보면 된다. 尹敬洙, 앞의 책, 92~95쪽 참조.

(2) 科詩의 文藝性과 두 모습

<關山戎馬>의 原題는 <登岳陽樓歎關山戎馬>이다. 題目 가운데 樓字인 尤 韻을 취해 44구로 지었다. <題陶淵明秋菊詩歎役物者失此生>이나 <淸水源夜 夢神人與兩學士問答>은 20운 40구로 된 작품이다. 이밖의 科詩로 <縱馬 臥>·<易水待遠客>·<烏江水中掛天下地圖> 등이 있는 바, 그의 科詩는 弟子들 에게 많은 영향을 주었을 뿐만 아니라, 家庭의 學으로써 震澤의 <獻桃花三千 年結子蟠桃五枚>나 石北의 第五子 甫相의 <命取扇來據案作書畵>와 <斷竹聽 鳳鳴> 등을 낳게 했다. 여기서는 <關山戎馬>와 <題陶淵明秋菊詩歎役物者失 此生> 두 작품만을 대상으로 石北科詩의 두 世界를 살피고자 한다. 이 과정 에서 文藝性은 자연스럽게 드러날 것이다.

가. 憂國憐民의 形象性

<登岳陽樓歎關山戎馬>[19]는 丙寅年(1746) 9월에 지은 科詩의 하나다. 방이 나자 곧 널리 퍼져 管絃歌詞에 올라 樂院·妓房에서 200餘年 동안 겨레의 사 랑을 듬뿍 받았던 시다. 行詩이자 樂府로서 가장 많은 사랑을 받았던 작품 가 운데 하나라고 하겠다. 이 작품은 杜甫(711-770)가 岳陽樓에 올라 關山의 戎 馬를 탄식한다는 내용을 담았다. 關山은 關塞, 戎馬는 兵亂을 뜻하니, 곧 故國 의 戰亂을 탄식함이다. 杜甫가 末年에 지은 <登岳陽樓>는 다음과 같다.

昔聞洞庭水	지난날에 동정 물을 들었더니
今上岳陽樓	오늘에야 악양루에 올랐어라.
吳楚東南坼	오와 초는 동남녘으로 갈라졌고
乾坤日夜浮	건곤은 밤낮으로 떠 있도다.
親朋無一字	친한 벗이 한 자 글월도 없으니
老病有孤舟	늙고 병든 몸은 외로운 배에 있네.
戎馬關山北	융마는 관산 북녘에 있나니
憑軒涕泗流	난간에 기대 눈물을 흘리노라.[20]

---

19) 申光洙, <登岳陽樓歎關山戎馬>, 《文集》 권10 장33.
20) 杜甫, <登岳陽樓>, 《杜少陵詩集》 권22(《漢詩大觀》三, 1447쪽).

전반부는 岳陽樓에 올라 洞庭湖의 웅장함을 바라보는 서정적 자아의 모습
을 드러냈다. 후반부는 늙고 병든 서정적 자아의 외로움과 憂國之情을 읊었
다. <關山戎馬>의 주제를 이루었던 이 작품은 雄大하고 悲愴한 걸작이다. 杜
甫가 岳陽樓에 올라 故國의 亂離를 생각하며 탄식하던 광경이다. 唐 玄宗 때
安祿山의 亂에 이어 변방의 군사들이 침입해 오고, 그 위에 장안 근처는 大饑
饉이 들어 혼란에 빠져 있었다. 末年에 洞庭湖 岳陽樓에 올라 <登岳陽樓>를
남겼다. 그런데 <關山戎馬>는 杜甫의 愛國憐民과 悲哀를 담은 시가 총망라된
작품이라고 해도 지나친 말이 아니다. 두보의 <秋興>·<曲江>·<春望>·<哀江
頭>·<登高>·<寓目> 등이 작품 속에 용해되어 있고, 三吏·三別 등의 내용을
담아 놓기도 했다.

杜甫의 字는 子美이고, 호는 少陵이다. 詩聖이라 불리는 바, 詩仙 李白과
함께 가장 뛰어난 唐代의 시인이다. 그는 냉철한 寫實主義者이고, 위대한 人
道主義者이며, 忠君愛民하는 愛國者였다. 儒家의 殺身成仁하겠다는 仁愛精神
과 修己治人의 君子道를 성실히 지켰으며, 시의 표현이나 기교에 있어서도 진
지하고 기발했을 뿐만 아니라 참신했다. 두보의 후반기는 安祿山의 亂 등으로
사회적 혼란기였다. 이에 백성들과 더불어 두보는 고향을 버리고 객지로 유랑
하며 전란에 시달리는 한편 굶주림과 추위에 떨어야 했다. 그러나 그는 모든
고난을 불후의 걸작으로 승화시켰다. 硏鑽苦心하고 刻苦努力했다. 임금을 보
좌하여 堯舜이상으로 높이고, 나라의 기풍을 순박하게 바로잡자[21]는 忠君愛
民思想을 보였다. 두보가 우리나라 시가에 미친 영향은 지대하여,[22] 우리나라

---

21) 杜甫, <贈韋左丞>, "致君堯舜舞上 再使風俗淳"
22) ≪韓國歷代詩話類編≫(李鍾殷·鄭民 共編, 亞細亞文化社, 1988)의 總人名索引을 보면,
    杜甫·蘇軾··李白이 詩話에 등장하는 頻度數가 가장 많음을 볼 수 있는데, 그 중에서도
    杜甫가 가장 두드러짐을 알 수 있는 바, 기는 그의 영향이 그만큼 지대했음을 뜻한다.
    이밖에도 ≪朝鮮 三大 詩歌人 作品과 中國 詩歌文學과의 相關性 硏究≫(董達, 探求堂,
    1995), ≪韓中詩硏究≫(孫八洲, 빛남, 1992), ≪韓國文學上의 杜詩硏究≫(李丙疇, 二友出
    版社, 1976), ≪漢文學硏究≫(국어국문학회·편, 正音文化史, 1983)의 <韓國漢文學上의
    杜詩硏究>(李丙疇), <韓國詩文學에 대한 杜詩影響의 硏究>(李昌龍, 成均館大學校 博

에서 공자와 같은 존재로 인식될[23] 정도였다. 石北 또한 두보의 시를 가장 좋아하였다.

杜詩는 憂國衷情을 담은 내용이 많기 때문에 科詩로 출제되는 경향이 많아 그 工夫는 필수적이었다. 杜甫集과 杜詩諺解를 국가사업으로 발간한 것은 儒敎의 이념을 잘 구현한 시인이었기 때문이다. <關山戎馬>의 44구는 거의 杜詩에서 영향을 받아 이루어졌는데, <登岳陽樓>의 尤韻으로 이루어졌다. <關山戎馬>는 <登岳陽樓>를 母體로 하여 4련으로 구성하였다. 제1련(1-12구)은 <登岳陽樓>의 기련, 제2련(13-24구)은 함련, 제3련(25-36구)은 경련, 제4련 (37-44구)은 결련을 시상에 담았다.

1. 秋江寂寞魚龍冷[24]	가을 가람 적막하고 어룡은 찬디찬데
2. 人在西風仲宣樓[25]	쓸쓸한 서녘 바람 중선루에 사람 있네.
3. 梅花萬國聽暮笛[26]	매화곡 일만 나라 해울녘 피리 소리
4. 桃竹殘年隨白鷗[27]	도죽장 늙은 몸이 백구 따라 흐르노라.
5. 烏蠻落照倚檻恨[28]	오만으로 지는 노을 난간 기대 한하노니
6. 直北兵塵何日休[29]	북녘 군사 티끌은 어느 날에 그칠런고.

첫구(1-2)·첫구받침(3-4)·入題(5-6) 부분이다. 시인은 時空을 초월하여 문득 杜甫가 되었다. 그리하여 靜中動의 시상전개 속에 두보의 한스러운 사람살이 와 憂國衷情을 담았다. 소멸의 계절 가을, 그것도 해울녘을 시간적 배경으로

士學位論文, 1981), ≪韓中詩의 比較文學的硏究≫(李昌龍, 一志社, 1984) 등을 통해서 杜甫가 우리나라에 미친 영향을 구체적으로 알 수 있다.
23) 丁若鏞, 앞의 책, 第1集 권21 書 장9 答二兒, 438쪽. "後世詩律 當以杜工部, 爲孔子"
24) "魚龍寂寞秋江冷/ 故國平居有所思"(秋興).
25) "戎馬相逢更何日/ 春風回首仲宣樓"(將赴荊南寄別李劍州).
26) "萬國城頭吹畵角/ 此曲哀怨何時終"(歲晏行).
27) "江心蟠石生桃竹/ 蒼波噴浸偶度足"(桃竹杖引). "短衣匹馬隨李廣/ 看射猛虎終殘年"(曲江). "飄飄何所似/ 天地一沙鷗"(旅夜書懷).
28) "時日霜風凍七澤/ 烏蠻落照銜赤壁"(醉歌行贈公安顏少府請顧入題壁).
29) "直北關山金鼓振/ 征西車羽書馳"(秋興).

잡음으로써, 戰亂으로 인한 悲秋의 쓸쓸함과 情恨을 두드러지게 했다.

제1-2구는 자연스럽게 제3-4구로 이어지면서 시상을 발전시켰다. 적막하고 쓸쓸한 분위기가 고조되면서 '桃竹殘年'의 삶은 白鷗로 표상되는 한가하고 평화로운 삶을 지향했음을 드러내고 있다. 한가롭게 나는 白鷗는 자연의 그윽함을 나타낸다. 여기에 世俗의 雜多한 일들이 있을 수 없다. 그러나 현실은 서정적 자아가 바라는 것과는 대조적이다. 분위기가 더욱 凄然해질 수밖에 없는 까닭이 여기에 있다. 도죽장을 짚고 떠돌아 다녀야만 했던 지난날의 삶은 방랑 그 자체였다. 지금도 戰亂으로 인하여 떠돌아 다니고 있지 않은가.

이러한 시상은 제5-6구로 이어지면서 戰亂의 부각을 통해 憂國衷情의 一片丹心을 자연스럽게 드러냈다. 烏蠻으로 지는 노을은 바로 나라를 근심하고 걱정하는 憂國之情이자 苦恨 그 자체를 함축한다. 恨스러운 것은 長安의 전란이 아직도 그치지 않고 있다는 점이다. 安史의 난을 지칭한 것이지만, 西邊의 胡族 吐蕃의 侵寇 등의 역사적 사실과 곁들여서 喪亂未息을 걱정한 것이다. 북녘 전란의 티끌먼지가 언제나 가라앉을 지 알 수가 없다. 절로 關山의 戎馬를 탄식하지 않을 수 없다. 제5-6구는 入題이다. 그러므로 글제 <登岳陽樓歎關山戎馬>라는 詩想을 여기서 펼쳤다. 呂圭亨이 '五六句本身'이라고 함을 이를 의미한다. 詩想이 제목으로 入文된 바, 제목의 면모가 개념적으로 나타나게 짓는다. 入題는 7·8구와 연결되어야 하고 제목의 뜻을 나타내기 때문에 작법상 어렵다.

여기서 <關山戎馬>가 대부분 杜詩에서 集句되었음을 잠시 살펴 보기로 한다. 제1구는 '魚龍은 寂寞하고 가을 가람은 차디찬데/ 언제나 故國 생각 그리움은 그지없네.'30)에서 왔다. 寂寞함의 바탕에 故國에 대한 鄕愁가 깔려 있다. 제2구는 '戎馬가 서로 만남 다시 그 언제리오/ 봄바람에 仲宣樓서 고개 돌려 바라보네'에서 온 바, 戰亂의 悲哀가 바탕에 깔려 있다. 또한 '仲宣樓 머리맡에 봄은 이미 깊었으니/ 靑眼의 높은 노래 나는 그대 바란다오/ 그대 눈에 드

---

30) 注24) 참조. 이하 이 작품과 관련된 杜甫의 시는 <關山戎馬>의 詩行에 있는 注를 참고 할 것.

는 사람 나는 이미 늙었노라.'31)에서 오기도 했으니, 여기엔 한가롭게 지내고
자 하는 杜甫의 태도가 반영되어 있다. 王郎이 杜甫를 쓰려고 할 적에, '늙음'
을 핑계로 그의 요청을 거절했던 것을 시로 읊었던 것이다. 이처럼 <關山戎
馬>는 거의가 杜詩에 淵源을 두고 있다. 그런데 여기서 주목할 것은 서정적
자아의 현재 위치는 仲宣樓가 아니고 岳陽樓라는 사실이다. 岳陽樓에서 과거
仲宣樓의 시절을 연상했다고 봐야 한다.32)

7. 春花故國濺淚後33)	봄꽃 핀 고국에서 눈물을 뿌린 뒤라
8. 何處江山非我愁	어드메 강산인들 나의 시름 아닐러냐.
9. 新蒲細柳曲江苑34)	햇부들과 가는 버들 곡강원은 새롭고
10. 玉露靑楓夔子州35)	옥이슬과 푸른 단풍 기자 고을 고와라.
11. 靑袍一上萬里船36)	청포가 만 리 배에 한번 올라 타나니
12. 洞庭如天波始秋37)	동정호는 하늘 같아 가을 물결 이누나.

舖頭(7-8)·舖頭받침(9-10)·舖頭느림(11-12)이다. 제7-10구에서는 과거와 현
재가 겹쳐지면서 戰亂의 슬픔과 시름이 두드러진 바, 제5-6구의 詩想을 이어

---

31) "仲宣樓頭春已深/ 靑眼高歌望吾子/ 眼中之人吾老矣"(短歌行贈王郎司直).

32) 仲宣樓는 湖北省 當陽縣에 있는 바, 이것은 魏나라 王燦의 <登樓賦>에서 왔다고 한
   다. 왕찬의 字가 仲宣이었다. 그러나 이 작품에 나타난 仲宣樓는 湖南省 岳州府에 있
   는 岳陽樓를 뜻한다. 악양루는 악주부의 府城 西門에 있는 누각으로 洞庭湖가 한눈에
   내려다 보이는 곳에 있다. 악양루는 창건한 사람은 자세히 알려지지 않았으나, 唐나라
   開元 4년 中書令의 장열(張說)이 태수로 이곳에서 놀아 널리 알려졌는데, 宋나라 滕子
   京이 좌천되어 고을 태수로 와 이 누각을 다시 수리할 때, 范仲淹이 <岳陽樓記>를 지
   었다고 한다.

33) "國破山河在/ 城春草木深/ 感時花濺淚/ 恨別鳥驚心"(春望).

34) "少陵野老呑聲哭/ 春日潛行曲江曲/ 江頭宮殿鎖千門/ 細柳新蒲爲誰綠"(哀江頭).

35) "玉露凋傷楓樹林/ 巫山巫峽氣蕭森"(秋興). "瘴餘夔子國/ 霜薄楚王宮"(大曆二年九月三十
   日).

36) "靑袍白馬更何有/ 後漢今周喜再昌"(洗兵馬). "北斗三更席/ 西江萬里船"(春夜峽州田侍御
   長史津亭留宴). "洞庭秋盡水如天"(柳宗元, 別舍弟宗).

37) "嫋嫋兮秋風/ 洞庭波兮木落下"(楚辭, 湘君). "落霞與孤鶩齊飛/ 秋水共長天一色"(王勃,
   滕王閣詩序).

至德 2년(757)에 지은 杜甫의 <春望>을 담았다. 나라가 망했어도 山河는 그대로 있다. 都城엔 봄꽃이 활짝 피었건만, 그것을 즐기는 사람은 하나도 없다. 吉再의 시조 '山川은 依舊ᄒ되 人傑은 간듸업닉'와 같은 詩想이다. 험난한 時局에 感傷的이 된 杜甫는 봄꽃을 보고도 눈물으 쏟으며, 가족과 이별한 슬픈 가슴은 새소리만 들어도 깜짝 놀라는 無人無物의 喪亂之狀을 보였다. 杜詩의 특징 그대로 沈鬱·慷慨의 모습을 보인 부분이다.

安祿山의 亂離에 황폐화된 長安 봄이 연상된다. 杜甫는 敵軍에게 사로잡힌 焦土의 國都에서 懷舊·憂時·思家의 回想으로 슬픔이 솟구쳤다. 國土山河 곳곳마다 눈물과 시름뿐이었다. '小陵의 野老가 소리죽여 울면서/ 봄날 曲江 물가로 남몰래 갔노라.'로 시작되는 <哀江頭>는 杜甫가 至德 2년(757) 봄에 포로가 되었을 때, 曲江에서 옛일을 回想하고 슬픔을 드러낸 작품이다. 장안 동남쪽에 있는 曲江의 동산에 玄宗의 별장이 있었다. 지난날 봄의 曲江에는 玄宗과 楊貴妃가 호사스러운 찬치를 벌였을 것이고, 이에 따라 天地萬物도 봄바람에 躍動하였을 것이다. 그러나 아름다운 春景의 이면에 悲劇이 흐르고 있으며, 朝廷의 放蕩과 腐敗, 安逸과 無能에 대한 諷刺가 도사리고 있다. 楊貴妃와의 窮奢極侈한 생활을 <麗人行>은 잘 담았다. 玄宗은 蜀으로 피난하는 途中에 楊貴妃가 馬嵬坡에서 스스로 목매에 죽게 했던 것이다. 杜甫는 悲劇의 두 主人公을 통해 戰亂과 人生의 無常感을 드러냈다. 白樂天의 <長恨歌> 또한 이들을 읊은 것이다. 과거와 현재가 대비됨으로써 曲江 동산의 悲哀를 고조시켰다. <秋興>은 大曆 元年(766)에 夔州에 있을 때 지은 것인데, 이것은 고향을 떠난 나그네의 슬픔과 鄕愁를 노래한 작품이다. 극도의 가난과 病魔에 시달리면서 戰亂으로 인하여 떠돌아다니는 悲哀를, 아름답고 고운 夔子州의 風光과 대비시킴으로써 보다 부각시켰다.

제11-12구에서 詩想이 急轉되고 있다. 激烈하게 고조되었던 戰亂의 悲哀가 여기서 가라앉는다. 만 리를 두둥실 흘러가는 배에 올라 天下의 絶景 洞庭湖를 眺望하고 있다. 洞庭湖는 그대로 하늘빛과 맞닿았다. 맑고 깨끗한 洞庭湖의 가을 물결은 그대로 杜甫의 마음이다. 이 순간만은 戰亂의 傷痕이나 서글픈 나그네의 처지를 잊고 광활한 大自然의 품에 안길 수 있었으리라. 石北은 이 구로 '波始秋'先生이라 일컫게 되었다. <關山戎馬>를 일명 <波始秋曲>이라 함은 이 구로 말미암는다. 近來 作曲한 樂譜에도 이 名稱이 있는데,[38] 일찍이 石北은 練光亭에서 妓女가 이 구를 부를 때 感情을 이기지 못하여 춤을 추었다[39]고 한다. 700리 광활한 洞庭湖는 戰亂의 傷處와 나그네의 悲哀를 깨끗이 씻어 버릴 것 같았기 때문이기도 할 것이다.

내가 저 巴陵의 아름다운 경치를 보건대 동정호 안에 있어 멀리 산을 물고긴 揚子江을 머금은 듯, 浩浩湯湯하여 아득히 끝이 없도다. 아침 햇빛과 저녁의 어슴프레한 때에 氣象이 천만 가지 모양이로다. 이것이 곧 악양루의 장대한 경관이니, 지난날의 사람들이 술회하기를 다했던 것이다. 그런데 북으로는 巫峽에 통하고 남쪽으로 瀟水와 湘水를 다하였다. 遷客騷人이 이 곳에 많이 모이니 경물을 보는 정감이 어찌 다르지 않으리오.[40]

浩浩湯湯한 洞庭湖, 氣象千萬의 壯觀을 보이는 이런 곳에서, 靑袍가 한번 萬里船에 올랐으니, '洞庭如天波始秋'에 춤이 덩실덩실 나올 만도 하다.

舖頭느림은 제11·12구이므로 舖頭를 마무리 짓는 단계로 舖頭받침의 詩想을 이어서 짓지만, 姜栢이 <行詩格>에서 '低回兩龍欲轉身 變化其端誰復知'라고 한 데서 알 수 있는 것처럼 변화의 실마리가 내재되어 있는 부분인데, 그 다음 구인 첫목은 이 항목을 根幹으로 짓는다. 이 장면은 재능을 보여주는 시재가 담겨지게 짓는다. 다음 제13-24구는 <登岳陽樓>의 경련 '吳楚東南坼/乾坤日夜浮'의 시상을 담았다.

---

38) 李良敎의 《十二歌詞傳》 別歌詞에 <波始秋曲>이라 했다. 尹敬洙, <科詩改革과 西道唱 關山戎馬論>(下), 《現代文學》 第26卷 第4號 通卷293(1979,4), 130쪽 참조.
39) 李家源, 《玉溜山莊詩話》(其二) Ⅲ 本論(其二) 12쪽.
40) 范希文, <岳陽樓記>. "予觀夫巴陵勝狀 在洞庭一湖 銜遠山 吞長江 浩浩湯湯 橫無際涯 朝暉夕陰 氣象萬千 此則岳陽樓之大觀也 前人之述備矣 然則北通巫峽 南極瀟湘 遷客騷人 多會于此 覽物之情 得無異乎"

13. 無邊楚色七百里41)　　　그지없는 초나라 빛 칠백 리나 뻗치고
14. 自古高樓湖上浮　　　　예로부터 높은 다락 호수 위에 떠 있네.
15. 秋聲徙倚落木天42)　　　가을 하늘 나뭇잎은 떨어져 뒹구는데
16. 眼力初窮靑草洲43)　　　청초호 물가 기슭 바라보니 아득하네.
17. 風烟非不滿目來　　　　바람 안개 눈에 가득 비치어 오건마는
18. 不幸東南飄泊遊44)　　　애닯도다, 동남으로 떠돌아 다니는 삶.

첫목(13-14)·첫목받침(15-16)·첫목느림(17-18)이다. 아름다운 自然을 바라보다가 문득 東南으로 떠돌아 다니는 자신의 신세를 탄식하고 있다. 波始秋의 壯觀이 이어지면서 700리 광활한 湖水에서 一葉片舟를 타고 바라보는 주변의 모습은 그야말로 水中影 바로 그것이다. 名不虛傳의 壯觀, 높은 다락은 호수 위에 떠 있고, 가을소리를 내며 우수수 떨어지는 나뭇잎, 아득히 먼 곳에 靑草湖45)가 보인다. 그러나 詩想은 첫목느림에서 急轉한다. 부평초 같은 자신의 모습을 돌아본 것이다. 눈에 들어오는 風烟마다 壯觀이 아님이 없는데, 전란으로 떠돌아다니는 신세가 문득 서글퍼진다. 옛날부터 이름을 날리던 사람은 곤궁함을 벗어나지 못하고 떠돈다고 했던가. 情景相値를 통한 悲哀의 天理流行이다. 漂浪의 悲哀는 戰亂과 무관하지 않다. 그러므로 그 삶은 다음에서 憂國憐民으로 표출된다.

19. 中原幾處戰鼓多　　　　중원 몇 곳에서 전고 소리 요란턴고
20. 臣甫先爲天下憂　　　　신 두보가 남 먼저 천하를 시름하네.
21. 靑山白水寡婦哭46)　　　푸른 산 하얀 물가 과부는 곡을 하고
22. 苜蓿葡萄胡騎啾47)　　　거여목과 포도나무 호마는 울부짖네.

---

41) "無邊落下蕭蕭下/ 不盡長江袞袞來"(登高). "洞庭九州間/ (中略) 瀦爲七白里/ 吞吐各殊狀"(韓愈, 岳陽樓別竇司直).
42) "無邊落下蕭蕭下/ 不盡長江袞袞來"(登高).
43) "洞庭猶在目/ 靑草續爲名"(宿靑草湖).
44) "卽今漂泊干戈際/ 屢貌尋常行路人"(丹靑人贈趙將軍霸).
45) "洞庭之南有靑草湖 湖在巴陵縣南七十九里"(讀史方輿紀要, 洞庭湖).
46) "白水暮東流/ 靑山獨哭聲"(新安吏).
47) "一縣葡萄熟/秋山苜蓿多"(寓目). "胡騎中宵堪北走/ 武陵一曲想南征"(吹笛). "隴石河源下

두목(19-20)과 두목받침(20-21)이다. 戰爭의 북소리가 한참 요란할 때 杜甫
는 天下를 시름했다. 그는 적지 않은 작품에서 憂國의 歎淚가 형상되고 있으
며, 百姓들의 苦痛을 그려 놓았다. 儒家의 仁愛精神과 憂國衷情에 잠못 이루
며 天下를 시름했던 것이다.

> 아아! 내 일찍이 옛날 仁人之心을 찾았더니, 두 가지 행위가 다른 것은 무슨
> 까닭인가. 物外로써 기뻐하지도 아니하고 自己로써도 슬퍼하지도 아니하여, 朝
> 廷의 높은 데 있으면 곧 백성을 근심하고, 江湖의 먼 곳에 있으면 곧 그 임금을
> 근심하나니, 이는 나아가도 또한 근심이요, 물러나도 또한 근심이로다. 그렇다면
> 어느 때나 즐길 것인가. 반드시 말하기를, '먼저 천하의 근심을 근심하고, 나중
> 에 천하의 즐거움을 즐거워할 것이다.'라고 하리라.48)

天下의 근심을 먼저 하고 天下의 즐거움은 나중에 한다는 마음이 바로 杜
甫의 마음이다. 杜甫는 '흰 물은 저녁에 동으로 흐르나니/ 푸른 산은 마치 통
곡하고 있는 듯'하다고 <新安吏>에서 읊었다. 희게 빛나는 강물은 싸움터로
나가는 병사를 비유하고, 푸른 산은 보내는 가족을 비유한 바, 색채의 대조를
통해 悲劇的 場面을 極大化했다. 杜甫의 三別·三吏인 <新安吏>·<潼關吏>·
<石壕吏>와 <新婚別>·<垂老別>·<無家別>은 現實主義의 극치를 보인 작품
으로 그의 憐民思想이 潑剌하게 뛰놀고 있다.

<新安吏>는 乾元 元年(758)에 지었다. 당의 관군들은 長安과 洛陽을 탈환
하고 安慶緒의 본거지인 相州 鄴城을 공격하게 되었다. 郭子儀를 위시한 九節
度使들이 20만 大軍을 이끌고 업성을 포위하였다. 그런데 官軍에게 투항한 史
思明이 돌변하여 안경서를 돕게 되자 관군은 크게 패하여 낙양으로 후퇴했다.
이러한 戰亂의 渦中에서 杜甫는 華州로 좌천되어 갔던 것이다. 그 도중에 지
은 것이 <新安吏>이고, 이를 전후하여 三吏·三別의 다른 작품을 지었다. 三

種前/ 胡騎羌兵入巴蜀"(天邊行).
48) 范希文, <岳陽樓記>. "嗟夫 予嘗求古仁人之心 或異二者之爲 何哉 不以物喜　不以己悲
居廟堂之高 則憂其民 處江湖之遠 則憂其君 是進亦憂 退亦憂 然則何時而樂耶 其必曰先
天下之憂而憂 後天下樂而樂歟"

吏·三別을 통해 관군의 勝利를 바라고 逆賊의 討伐을 希求함으로써 憂國衷情을 드러냈다. 곽자의는 낙양을 지키기 위해서 河陽의 다리도 끊었다. 낙양을 지키기 위하여 신안현 곳곳에서는 補充兵을 徵發하게 되었는데, 이 모습을 보고 지은 것이 <新安吏>이다. 낙양과 장안의 요지인 동관의 성을 수축하여 만일을 대비했는데, 이 모습을 읊은 것이 <潼關吏>다. 河陽의 役事를 위해 인력동원을 나온 한 관리가 밤에 사람들을 강제로 잡아간 모습을 읊은 것이 <石壕吏>이다. 결혼 이튿날 신랑의 出征을 신부의 입을 빌어 읊은 것이 <新婚別>이다. 여기서 杜甫는 '出征하는 兵士에게 시집을 보내는 것은 길에 버림만 못하다.'49)고 痛哭했다. 싸움터에서 자식을 모두 잃은 늙은이가 징발되어 떠나는 설움을 노래한 것이 <垂老別>이다. 戰亂으로 가족을 다 잃고 敗戰으로 落伍하여 고향으로 돌아왔으나, 다시 관리가 와서 징발한 내용을 읊은 것이 <無家別>이다. 그러므로 石北은 杜詩를 바탕으로 하여 '푸른 산 하얀 물가 과부는 곡을 하고/ 거여목과 포도나무 호마는 울부짖네.'라는 悽絶한 悲怨을 드러냈다. 關山의 戎馬에 대한 慘狀에 대한 탄식이 절로 나오지 않을 수 없었던 것이다. 杜甫의 憂國憐民은 곧 石北의 憂國憐民에 다름 아니다.

23. 開元花鳥鎖繡嶺50)　　　개원의 꽃과 새는 수령궁에 갇혀 있고
24. 泣聽江南紅荳謳51)　　　강남에서 홍두 노래 흐느끼며 듣고 있네.

　回題는 詩想이 제목으로 돌아오게 짓는 부분이다. 제5-6구 入題에서 詩想이 제목으로 들어갔다면, 回題는 詩想이 다시 제목으로 돌아갔다고 하겠다. 開元은 당나라 玄宗의 年號인데, 뒤에 天寶로 고쳤다. '花鳥'는 비단처럼 아름다운 宮中物色과 宮女들을 상징한다. 수령궁은 玄宗이 楊貴妃와 더불어 질탕히 놀았던 華淸宮이다. 이러한 수령궁이 전란으로 폐허가 되었으니, 사람들은

49) "嫁女與征夫 不如棄路傍"(新安吏).
50) "繡嶺宮前鶴髮翁/ 猶唱開元太平曲"(李洞, 繡嶺宮詞).
51) "荊姬採菱曲/ 越女江南謳"(王融, 采菱曲).

강남에서 홍두구에 눈물을 흘리지 않을 수 없다. 악양루에서 關山의 戎馬를 탄식하는 까닭이 여기에 있는 것이다. 回題는 呂圭亨이 <論詩十首>에서 말한 '返乎面目眞'에 해당한 바, 姜栢은 <行詩格>에서 '雙龍千里等堪輿 到頭明堂秖 在玆'라고 하여, 이를 明堂에 비유하였다. 科詩는 回題까지 짓는 것이 어렵다 고 한다.

25. 西垣梧竹舊拾遺[52]   대나무와 오동 西垣 옛날 습유 있었건만
26. 楚戶霜砧餘白頭[53]   초나라 서리 찬 다듬이에 백발만 남았구나.
27. 蕭蕭孤棹犯百蠻[54]   쓸쓸한 돛대 하나 백만으로 떠 가노니
28. 百年生涯三峽舟[55]   백 년 인생 삼협 속의 한 잎 배만 같도다.
29. 風塵弟妹淚欲枯[56]   풍진 속에 오누이들 눈물은 마르려 하고
30. 湖海親朋書不投[57]   호해의 친한 벗들 편지 하나 할 수 없네.

세목(25-26)·세목받침(27-28)·세목느림(29-30)이다. 杜甫는 安祿山의 亂으로 悲劇的 삶을 살았지만, 左拾遺 벼슬을 하던 때는 그래도 행복했던 시절이었 다. 杜甫는 肅宗 때 좌습유 벼슬을 했다. 그러나 喪亂之狀의 비극에다 몸마저 늙고 병든 것이 현실이었다. 여기서 白髮은 憂國과 憐民과 望鄕과 悲哀를 함 축한다. 여인들의 다듬잇소리는 杜甫가 죽기 2년 전에 지은 <秋興>의 '겨울 옷 마름질을 곳곳마다 채촉하니/ 백제성 저물어 높고 급한 다듬잇소리'를 연 상시킨다.

철은 晩秋, 고장은 高城, 때는 薄暮, 苦寒의 刀尺, 促別의 砧聲 이렇게 五種의 事端이 도사려 있음을 본다. 무론 寒衣는 집집마다 遠戍卒에게 보낼 禦寒衣요

---

52) "靑袍朝士最困者/ 白頭拾遺徒步歸"(徒步歸行).
53) "寒夜處處催刀尺/ 白帝城高急暮砧"(秋興). "亦知戍不返/ 秋至拭淸砧/ 已近苦寒月/ 況終 長別心"(擣衣).
54) "瘴癘浮三蜀/ 風雲暗百蠻"(悶).
55) "五更鼓角聲悲壯/ 三峽星河影動搖"(閣夜).
56) "弟妹蕭條各何在/ 干戈衰謝兩相催"(九日).
57) "路逢相識人/ 附書與六親/ 哀哉兩決絶/ 不復同苦辛"(前出塞).

或聚歛에 허덕이는 民生이나마 來日의 삶의 옷인지도 모를진대, 客子無衣의 신세 타령과 何以卒歲의 꺼지는 하소연이 안 나올 수가 없었다. 杜詩가 五官의 精華란 말이 이에 맞는다.[58)]

겨울이 닥쳐오는 소리, 二重三重의 苦難, 別離와 그리움의 정 등을 담고 있는 다듬잇소리는 李白의 <子夜吳歌>[59)]에 보이는 '玉關情'의 측면이 있음을부인할 수 없다. 關山의 戎馬로 인하여 三峽 속의 한 잎 조각배처럼 정처없이 떠도는 백 년 人生이 無常할 수밖에 없다. 가족들이 뿔뿔이 흩어져 생사조차 알 수 없는데, 벗의 소식은 그립기만 하다. '동생누이 쓸쓸히도 어디메 있나/ 전란과 시든 몸이 서로 조이네.'가 연상되고, 그밖에도 <前出塞>·<述懷>·<月夜憶舍弟> 등을 떠올리게 한다. 제30구는 <登岳陽樓>의 '親朋無一字'의 詩想을 담았다.

31. 如萍天地此樓高	천지에 마름처럼 이 다락은 높았으니
32. 亂代登臨悲楚囚[60)]	어지러운 때에 올라 초수를 슬퍼하네.
33. 西京萬事奕碁場[61)]	서경의 온갖 일은 장기판과 같건만은
34. 北望黃屋平安否[62)]	멀리 북녘 바라보니 임 행차 편하신고.
35. 巴陵春酒不成醉[63)]	파릉의 봄날에도 술취할 수 없나니
36. 錦囊無心風物收[64)]	금랑에다 풍물 담을 마음은 전혀 없네.

네목(31-32)·네목받침(33-34)·네목느림(35-36)이다. 戰爭으로 고생하는 楚囚

58) 李丙疇, <杜甫秋興詩蕘解>(東國大學校 論文集, 1964. 3), 131쪽.
59) "長安一片月 萬戶擣衣聲 秋風吹不盡 總是玉關情 何日平胡虜 良人罷遠征"
60) "晋侯觀于軍府見鍾儀問之曰, 南冠而縶者誰, 有司對曰, 鄭人所獻楚囚也"(左傳, 成王 9年).
61) "聞道長安似奕棋 百年世事不勝悲 王侯第宅皆新生 文武衣冠異昔時 直北關山金鼓振 征西車馬羽書馳 魚龍寂寞秋江冷 故國平居有所思"(秋興).
62) "中原消息斷/ 黃屋今安否"(將適吳楚).
63) "巴陵一望洞庭秋/ 一見孤峰水上浮"(張說, 送梁六). "艱難苦恨繁霜鬢/ 潦倒新停濁酒杯"(登高).
64) "每旦日出騎弱 焉從小奚奴 背古錦囊遇所得書 投囊中 及暮歸足成之"(唐書, 李夏傳). "瓢棄樽無綠/ 爐存火似紅/ 數州消息斷/ 愁坐正書空"(對雪).

354

를 슬퍼하고, 戀君之情을 드러내는 가운데 시름에 잠겨 있다. 楚囚란 '자유를 빼앗기고 異國에 갇힌 사람'을 뜻한다. <登高>에서는 '타향 만 리 슬픈 가을 나그네 되어(萬里悲秋常作客)/ 한백 년 많은 병에 홀로 대에 오르노라(百年多病獨登臺)'라고 했다. <秋興> 제4수에서 '듣자니 장안 마치 바둑판과 같다거니/ 백 년 세상일이 슬픔에 겨웁구나/ 황후의 저택에는 모두 새 주인이요/ 문무의 의관들은 옛사람 아니라네/ 바로 북쪽 관산에는 금고 소리 요란하고/ 서쪽으로 가는 車馬 羽書 갖고 달려간다/ 어룡은 적막하고 가을 가람 차디찬데/ 언제나 고국 생각 그리움은 그지없네'라고 노래했다.

　　바둑판이나 장기판처럼 戰爭의 勝負가 變化無雙하다. 長安은 至德 2년 정월에 안록산에게 함락되었는데, 同年 10월에 다시 되찾았다. 또 廣德 2년(763) 10월에 吐蕃에게 점령되었다가 12월에 다시 奪還하였다. 나라의 형세는 變化無雙하니 병사들이 걱정스럽고 임금의 안부가 염려된다. 어찌 술에 취하고 아름다운 경치에 취해 글을 쓸 것인가. 戰亂이 아니라면 유명한 파릉 술에 취하고 동정호의 경치에 취해 錦囊佳句를 줄줄 엮을 것만 같다. 일찍이 范希文은, '이 누각에 오르면 마음은 툭 트이고 정신은 화락하여, 寵愛도 恥辱도 다 잊고서 술잔을 잡고 풍경을 대하면, 그 기쁨이야 그지없이 클 것이다.'65)라고 했다. 그러나 杜甫는 浩浩湯湯한 洞庭湖가 바라보이는 岳陽樓의 壯觀에도 시름의 연속이었으니, 그의 憂國衷情은 詩聖 바로 그것이었다.

　　杜甫의 憂國衷情은 바로 石北의 憂國衷情인 바, 그것은 과거의 歷史에 대한 함축적 표현일 수도 있고, 당대의 朋黨의 派爭을 비유적으로 함축한 것일 수도 있다. 대개 唱으로는 제3련까지만 부르는데, 1시간 이상이 소요된다. 다음의 제4련은 창으로 商調나 太簇로 부르면 10여분 소요된다. 이 연은 漢學者들이 부르고 있는 정도이고 民間에서는 부르지 않았다고 한다. 제43-44구만 제35-36구를 바로 이어서 불렀다.66)

---

65) 范希文, <岳陽樓記>, "登斯樓也 則有心曠神怡 寵辱俱忘 把酒臨風 其喜洋洋者矣"
66) 尹敬洙, 《石北詩硏究》(成均館大學校 博士學位論文, 1983), 138쪽 참조.

37. 朝宗江漢此何地[67]	바다로 흘러가는 강한은 어디메뇨
38. 等閑瀟湘樓下流[68]	다락 아래 소상강만 무심히 흘러간다.
39. 蛟龍在水虎在山	교룡은 물에 있고 범은 산에 있나니
40. 靑瑣朝班年幾周[69]	대궐 옥뜰 조회는 몇 해나 지났는가.
41. 君山元氣莽蒼邊[70]	군산에 어린 기운 푸릇푸릇 아득한데
42. 一簾斜陽不滿鉤	발 하나에 비낀 해는 누엿누엿 지누나.

다섯목(37-38)·다섯목받침(39-40)·다섯목느림(41-42)이다. 물이 바다로 흘러
들어가는 것은 諸侯가 天子를 謁見함과 같다는 것이 朝宗江漢이다. 諸侯가 임
금을 拜謁하는 것을 봄에는 朝, 여름에는 宗이라고 한다. 江漢은 揚子江과 漢
水를 이름한다. 모든 물이 바다로 흘러가듯이 臣下가 임금을 그리워하는 것은
당연한 이치다. 戰亂이 빨리 끝나 太平聖代가 도래하여 임금과 함께 하고 싶
은 戀君之情을 표출했다. 蛟龍은 물에서 살아야 하고 호랑이는 산에서 살아야
한다. 이것은 大自然의 이치인데, 關山의 戎馬는 비정상적 상태가 아닐 수 없
다. 비정상적 상태가 아닌 정상적 상태를 희구하면서 戀君之情을 표출했다.

| 43. 三聲楚猿喚愁生[71] | 초나라 잔나비의 세 마디 소리 구슬픈데 |
| 44. 眼穿京華倚斗牛[72] | 두우성에 서울 하늘 뚫어지게 바라보네. |

원숭이의 구슬픈 소리는 戰亂으로 발생한 모든 悲哀와 시름을 불러일으킨
다. 范希文의 '호랑이가 울부짖고 원숭이가 울어대는 때에 이 다락에 오른다
면, 나라를 떠나 고향을 생각하고 참소를 근심하고 헐뜯김을 두려워 하여, 눈

---

67) "江漢朝宗于海, 九江孔殷"(書傳, 禹貢).
68) "瀟湘何事等閑回/ 水碧沙明兩岸苔/ 二十五絃彈夜月/ 不勝淸怨却悲來"(錢起:歸雁).
69) "一臥滄江驚歲晩/ 幾回靑鎖點朝班"(秋興).
70) "湖中有群山 云云 湘君之所遊處 故曰 君山矣"(水經, 湘水注). "元氣淋漓障猶濕"(畫障歌).
71) "聽猿實下三聲淚/ 奉使虛隨八月槎"(秋興). "虛嘯猿啼 登斯樓也 則有去國懷鄕 則有去國懷鄕 憂讒畏譏 滿目蕭然 感極而悲者矣"(范希文, 岳陽樓記).
72) "夔府孤城落日斜/ 每依北斗望京華"(秋興). "步簷倚仗看牛斗/ 銀漢遙應接鳳城"(夜).

356

에 보이는 것마다 쓸쓸하매, 감개가 지극하여 슬퍼하는 이도 있을 것이다.'73) 라고 했다. 憂國之情과 戀君之情이 戰亂의 悲哀와 시름을 싣고 하늘을 타고 서울로 마냥 달리고 있는 때인 것이다. <秋興> 제2수 '기주의 외로운 성 저 녁 해가 지나니/ 南斗를 늘 의지해 京華를 바라보네/ 원숭이 우는 소리에 눈 물 줄줄 흘리고/ 봉사로 헛되이 팔월 뗏배 따랐느니.'의 詩想을 그대로 드러 냈다. 憂國之情과 戀君之情을 듬뿍 담은 '望京華'의 심정이다.

<關山戎馬>는 거의 杜詩의 集句로 이루어졌다. 石北은 이 작품에다 杜甫 의 개인적 悲哀뿐만 아니라, 그의 憂國衷情과 愛國憐民思想을 고스란히 담은 바, 그것은 바로 石北 자신의 憂國衷情과 愛國憐民思想의 發露에 다름 아니 다. 儒敎的 理念을 시적으로 구현시킨데다가, 外侵에 자주 시달린 우리 민족 이 체험했던 처지를 연상케 함으로써 心琴을 울릴 수 있었으므로, 先人들의 사랑을 가장 많이 받은 작품이 된 것이다. 儒家的 理念을 두드러지게 반영했 으면서도 抒情性이 풍부하다는 점에서 有補世敎의 文學觀이 詩的 昇華를 거 친 작품이라고 하겠다. 性情之正에서 나와 聲音之和를 얻었고, 情景相値를 통한 情緖의 표출도 뛰어나며, 대단히 세련되었으면서도 天理流行 그대로 꾸 민 흔적이 없는 天衣無縫, 文質彬彬을 具顯한 작품이다.

나. 飄逸志向의 形象性

石北은 丙寅年(1746) 가을로부터 그 해 겨울까지 數次에 應試하였다. 제1차 의 詩題는 <登岳陽樓歎關山戎馬>였고, 제2차의 詩題는 <題陶淵明秋菊詩歎役物 者失此生>였다. 제2차는 壺谷 李鼎輔의 榜下에서 二上의 높은 성적을 얻었다.

白雲宿簷山鳥飛　　　흰 구름이 묵던 처마 산새들은 나는데
處士籬花笑浮生　　　처사는 울꽃 보며 뜬 인생을 웃는구나.
人多苦海芥舟身　　　苦海의 많은 사람 芥舟 몸이 아닐러냐

---

73) 范希文, <岳陽樓記>. "虎嘯猿啼 登斯樓也 則有去國懷鄉 憂讒畏譏 滿目蕭然 感極而悲
者矣"

道在斜川田水聲	비긴 냇가 논물대는 소리에 道가 있네.
桃林疎雨讀君詩	광림의 성긴 비에 그대 시를 읽으면서
愧殺紅塵膏火情	부끄러워 티끌세상 膏火情을 없애노라.

첫구·첫구받침·입제이다. 흰 구름과 산새는 세속과 거리가 먼 脫俗의 세계임을 드러낸다. 인생은 무상한 것, 그래서 陶淵明은 울타리에 핀 菊花를 보고 浮生若夢의 인생을 웃었던가. 生死苦海의 수많은 사람들은 한낱 드넓은 바다에 뜬 티끌같은 존재에 불과하다. 참된 삶은 무엇인가. 田園에 묻혀 自然을 벗삼는 데 있는 것이 아닐까. 그러나 사람들은 세속적 욕망을 채우려고 是非曲直과 利害得失에 연연하다가 삶의 참된 의미를 잃고 만다. 假明人들은 林泉에 隱逸하여 '詩酒歌 琴與碁'의 風流的 醉樂生活에서도 겉으로는 不求聞達하는 것을 잊지 않으나, 안으로는 '聖上이 부르시면'을 고대함이 常套였다.74) 그러나 서정적 자아는 광림 성긴 비에 시를 읽는 가운데, 비로소 자신을 돌아보고, 가슴 속에 불타는 세속적인 욕망을 없애고자 했다. 글이름 <題陶淵明秋菊詩歎役物者失此生>을 詩想으로 드러내고 있다.

天眞自得百年內	天眞이야 백 년 안서 저절로 얻지마는
此老生涯惟落英	이 늙은이 생애는야 지는 꽃만 같구나.
人間榮悴影自答	인간세상 榮悴를 그림자 절로 알리나니
月下形神盃細傾	달 아래 形神이라 술잔 살짝 기울여라.
衡門日夕望山氣	가난한 집 해울녘에 산빛깔을 바라보니
北窓先生無事淸	북창선생 일이 없어 깨끗하고 맑으니라.

포두·포두받침·포두느림이다. 백 년밖에 못 사는 인생은 지는 꽃과 같아 무상하니, 그 깨달음 속에서 天眞 그대르 살아간다. 세속적 富貴榮華는 모두 뜬 구름임을 절로 깨달았다. 밝은 달과 그림자를 벗삼아 술을 마시는 이 즐거움을 세속에선 모르리라. 李白의 <月下獨酌>75)을 연상케 한다. 古人들도 술을

---

74) 李鍾殷, ≪韓國詩歌上의 道教思想研究≫(普成文化社, 1978), 81쪽 참조.
75) "花下一壺酒 獨酌無相親 擧盃邀明月 對影成三人 月旣不解飮 影徒隨我身 暫伴月將影

마시며 자연과 하나가 되는 物我相忘의 경지를 즐겼다. 이처럼 큰 즐거움과 깊은 뜻을 사람들은 알지 못한다. 해울녘 고운 산빛을 바라보는 즐거움 속에 맑고 깨끗함이 있는 것을 또한 모른다.

霜天何處不此菊	서리 하늘 어디메도 이런 국화 없나니
世人心事非淵明	世人들의 心事야 도연명이 아닌 것을.
秋泥綺陌聽鷄多	가을 진흙 고운 둔덕 닭소리 들림 많고
幻花春空浮蚋輕	幻花는 봄 하늘의 무지개에 하늘하늘.
迷塗孰非失家客	헤매던 길 그 누가 집 떠난 손 아닐러냐
弊弊其人徒坐名	애를 쓰며 사람들은 功名에 앉았구나.

첫목·첫목받침·첫목느림이다. 첫목과 첫목받침에서 陶淵明의 초세적 삶을 연상했다. 陶潛의 시 <飮酒>에 보이는 '採菊東籬下/ 悠然見南山'의 菊花는 그의 초세적 은일을 상징한다. 첫목받침은 <桃花源記>에 보이는 太古然한 武陵桃源의 정경을 드러냈다. 그런데 사람들은 이러한 陶潛의 참된 삶의 뜻을 알지 못하고, 富貴功名을 차지하려고 아웅다웅 다투고 있다. 科場에 앉아 頂上을 차지하려고 기를 쓰는 자신과 주변의 사람 또한 그렇지 않은가. 대조를 통한 省察이다. 이러한 성찰은 다음에 자연스럽게 이어진다.

東籬秋色等閑看	동쪽 울 가을빛을 없신여겨 보나니
爾輩生前何所成	너희들이 생전에 이룬 것이 무엇이뇨.
名場吾亦未歸人	이름난 마당에서 나 또한 歸人 아녀
苦遲田間春眠驚	田間에 매우 더딤 봄졸음에 놀라누나.
羞顔千古栗里花	千古의 栗里花에 부끄러운 이내 얼굴
誤身三朝蓮燭盈	三朝 가득 蓮燭에 그릇된 몸일러라.

두목·두목받침·두목느림이다. 世人의 心事는 東籬의 秋色을 가볍게 여긴다. 은일 속에서 누리는 乘化樂天의 참된 즐거움을 알지 못하고, 是非曲直과 利害

行樂須及春 我歌月徘徊 我舞影凌亂 醒時同交歡 醉後各分散 永結無情遊 相期邈雲漢"

得失에 연연해 있다. 그지없이 富貴功名을 쫓지만, 과연 그러한 삶 속에서 이루어 놓은 것이 무엇인가. 浮生若夢의 인생이 아니더냐. 그런데 자신 또한 그러한 사람 중의 하나라는 省察을 두목받침과 두목느림에서 하고 있다. 아직도 富貴功名에 연연해서 陶淵明처럼 훌쩍 歸去來를 하지 못하고 있다. 그러므로 千古의 栗里花에 부끄럽다고 토로한 것이며, 富貴榮華를 좇은 몸이 그릇되었다고 말했다. 栗里는 당시의 彭澤縣에 있었던 陶潛의 故居를 말한다.76) 栗里原·栗里鋪라고도 하는데, 지금은 江西省 星子縣에 있다.

<blockquote>

眞襟喪盡世路中　　세상길서 참된 마음 몽땅 다 잃었나니
祝融天南頭雪盈　　남쪽 하늘 햇빛에 머리칼은 눈빛 가득.
眉山秋色幾叢開　　미산에는 가을빛이 거의 다 펼쳐져서
主人今非懷葛氓　　주인은 이제서야 葛氓 생각 하질 않네.
醯雞春甕滅沒歎　　봄술동이 초파리가 사라짐을 탄식하며
役物營營人我幷　　役物 위해 끙끙댐 남과 내가 나란했네.

</blockquote>

세목·세목받침·回題이다. 富貴榮華를 추구하려다가 天賦의 본성인 天眞을 모두 다 잃었다. 인생이란 본디부터 浮生若夢인 것을 왜 몰랐던가. 그 사이에 세속에 찌들고 억눌리어 白雪의 허연 머리 늙은이가 되어 버렸다. 가을 빛이 숲속에 곱게 펼쳐질 때쯤에야, 비로소 자연과 벗하며 세속에 초연했으니, 이제는 굳이 隱者들을 그리워할 필요가 없어졌다. 동쪽 울타리 아래서 국화를 따며 유연히 산을 볼 수 있게 된 지금, 티끌세상의 부귀영화에 淸淨心이 흔들릴 수 없다. 淵明처럼 田園에 귀거래 했다. 이제는 더 이상 役物者가 아니다.

여기서 자연스럽게 글이름 <題陶淵明秋菊詩歎役物者失此生>으로 돌아갔다. 以心爲形役이 뜻하는 것처럼, 그 동안은 마음이 육체의 노예가 됐었다. 삶의 참된 뜻을 망각한 채, 外物의 노예가 되어 乘化樂天의 생활을 잃었던 것이다.

---

76) "江州刺史王弘 欲識之不能致也 淵明嘗往廬山 弘命淵明故人龐通之 齎酒具於半道栗里門 邀之"(梁昭明太子:陶靖節傳). "過醉石觀 卽陶靖節故居栗里也 地屬星子縣 而星子在晉爲 彭澤縣 觀已廢 唯有大石亘澗中 石上隱然有人臥形 相傳靖節醉卽臥此石上也"(王褘, 自建 昌州還經行廬山下記).

그러므로 外物을 위해 낑낑대며 營利를 추구하다가, 자연과 하나가 되는 즐거움도 잃고, 그 속에서 술에 취하는 즐거움마저 상실한 인생을 탄식했다. 이러한 詩想은 계속 이어진다.

東軒共失白衣酒	동헌의 白衣送酒 그마저도 잃었으나
素心無負無絃鳴	본마음은 거문고에 있잖음 없었느니.
重陽孤興問龍戶	중양이라 외로운 흥 용호를 묻고서야
海棠春愁羞菊兄	海棠花 봄 시름은 菊兄에게 부끄러워.
桃源鷄犬隔柴桑	도원의 닭과 개 柴桑에서 멀어지고
九十靈泉神馬征	구십에도 영천산에 神馬는 달려 갔네.

네목·네목받침·네목느림이다. 現實과 理想이라는 두 삶의 모습이 반복적으로 펼쳐지면서 役物者의 인생을 성찰하고 있다. 白衣送酒를 잃었다는 것은 세속에 연연했다는 뜻이다. 白衣送酒란 도연명이 구월 구일에 술이 떨어져 술생각이 간절하였는데, 마침 그때 江州의 刺史 王弘이 흰 옷을 입은 使喚을 시켜서 술을 보낸 고사에서 왔다. 그러나 언제나 본마음은 거문고의 울림에 있었다. 봄날 海棠花를 보고 시름했던 것이 菊兄에게 부끄럽다고 한 것도 이에 다름 아니다. 여기서 해당화는 국화와 대조적 심상을 지녔다.

마음의 자유를 잃고 싶지 않았는데, 浮生若夢의 현실에 너무나 집착했던 것이 부끄럽다. 役物로부터 벗어나지 못하고 오히려 桃源과 五柳村에서 멀어졌다. 역물자의 인생을 탄식하지 않을 수 없었던 까닭이 여기에 있다. 세상의 부귀영화가 한낱 꿈에 불과함을 깨달은 순간의 성찰인 것이다.

邯鄲一枕醉石外	한단이라 돌베개 그 밖에서 취했나니
無分東坡荷葉觥	동파의 연잎술잔 연분일랑 없었노라.
潯陽人去菊潭遠	심양인이 菊潭에서 떠나간 지 아득하니
欲制頹齡鳴不平	나이 들어 불평 울림 누르려고 하노라.

다섯목과 결련이다. 다섯목은 세속의 富貴功名에 취하여 참된 삶이 무엇인

聲如哀玉牧丹歌　　　구슬이 구르는 듯 모란의 슬픈 노래
四十三州冠綺羅　　　사십삼주 고을의 기라연에 으뜸이라.
明月大洞江上夜　　　대동강상 두둥실 달도 밝은 밤이거든
關山一曲聽如何　　　관산융마 한 곡조 들어본들 어떠하리.
　　　　　　　　　　　　　　　<又秋贈三絶> 其三(권6 장9)

라고 노래했다. 牧丹은 구슬픈 曲調 <關山戎馬>를 石北이 평양에 노닐 적에
잘 불렀다고 한다.80) 그 뒤에 모란이 서울에 올라와 梨園에서 음악을 연습한
다는 이야기를 듣고 三絶의 시를 戲贈한 바,

頭白名姬入漢京　　　허연 머리 명기가 한양성에 들어오니
淸歌能使萬人驚　　　맑은 노래 능란하여 만인이 놀라누나.
練光亭上關山曲　　　연광정 그 위에서 들었나니 관산곡을
今夜何因聽舊聲　　　오늘밤에 옛소리를 어이하면 들을꺼나.
　　　　　　　　　　　　　　<聞浿妓牧丹肄樂梨園戲寄>(권8 장35)

라고 읊고, '내가 西遊할 적에 호수와 누대, 다락배 사이에서 늘 丹妓의 손을
잡았었다. 등불 앞과 달빛 아래서 丹妓가 문득 <關山戎馬> 옛시를 부르면,
그 소리가 지나가는 구름 속에 머물렀다.'81)고 自注까지 하였다. 모란은 西道
第一名妓로서 대들보의 먼지까지도 다 쓸어버릴 것 같은 맑은 목소리의 소유
자였다.82) 關西遨遊의 멋들어진 風流가 새삼 그리울 수밖에 없는 밤이다.
　　<關山戎馬>가 당시 紅樓界에 널리 愛唱되었고, 그 뒤에도 수백년 동안 萬
人의 사랑을 받았다. 牧丹이 최초로 <關山戎馬>를 불렀는데, 그 聲調가 凄雅
하였으며, 諸妓가 이를 본받아 지금까지도 끊어지지 않고 있다83)고 언급했다.

---

80) "丹妓善歌余關山戎馬詩故云"(같은 곳).
81) 申光洙, <聞浿妓牧丹肄樂梨園戲寄三首>, ≪文集≫ 권8 장35. "余之西游 每携丹妓 於湖
　　樓畫舫間燈前月下 丹妓輒唱 入關山戎馬舊詩 響遏行雲"
82) 申光洙, <關西樂府> 其四十四, ≪文集≫ 권10 장23. "銀燭金樽子夜淸 樑塵飛盡牧丹聲
　　如今白首琵琶女 曾是梨園第一名"
83) 李能和, ≪朝鮮解語花史≫ 198쪽. "申石北述此詩 膾炙人口 平壤妓牧丹爲名者 最初唱此

<關山戎馬>의 내용이 君臣有義精神에 입각했으므로 貴族階層에 맞아 떨어질 수 있는 官妓用의 雅樂的 典型性에서 呼應度가 높을 수 있었다[84]고 평가 되기도 했다. 震澤은 일찍이 練光亭에서 浿妓 一枝春이 <關山戎馬>를 부르는 소리를 듣고,

練光亭上欲霑巾　　　　연광정 위에서 손수건을 적시고파
三十年來物色新　　　　삼십 년 동안이나 물색은 새로워라.
解唱關山戎馬曲　　　　관산융마 노랫가락 풀어서 부르나니
座中惟有一枝春　　　　자리에는 오로지 일지춘만 있을러라.
<練光亭聽一枝春唱關山戎馬曲感述>(≪震澤文集≫권8 장21)

라고 하였으니, 先兄 石北을 생각하고 감개에 젖었던 것이다.

　그러면 石北이 세상을 뜬 直後에는 어떠했는가. 石北을 哀悼한 輓詞와 祭文[85])에서 <關山戎馬>와 관련된 내용의 일부를 들기로 하자. 輓詞에서 丁範祖는 '下州妓拍飜戎馬 委巷童哇誦聖淵'이라 했고, 尹東美는 '浿館新詞傳樂府 關山舊曲泣羅巾'이라 노래하고는, 그 自注에 '申令關山戎馬詩入妓樂 平壤樂府詩 至今傳唱'이라 했다. 祭文에서 韓必壽는 '公以文章名於世 勿論貴賤長少而東西南北之人聞公名則曰 文章之士也 非但東國然也 中國之人亦有聞其名而誦其文者'라고 했고, 尹在義는 '爲文者無不家誦而戶讀 以爲法例 至於俳優娼妓 亦皆被管絃而詠歌之'이라 했다. 여기서 <關山戎馬>가 妓樂으로 入樂되고, <關西樂府>가 傳唱되어 俳優와 娼妓를 비롯한 藝人들의 사랑을 받았음을 알 수 있다. 그리하여 全國 坊坊曲曲은 물론이거니와 中國에까지 有名하였다. 石北이 세상을 뜬 뒤 얼마 있지 않아 <關山戎馬>와 <關西樂府>가 中國에 알려져, 그곳에서 불리워졌을 것으로 짐작된다. 특히 <關山戎馬>는 石北 당시에 중국에 알려졌을 가능성도 배제할 수 없다. <關山戎馬>는 石北 당시뿐만 아니라, 그 이후

　　詩 聲朝凄雅 諸妓效之因以流行 至今不絶"
84) 李炳基, <關山戎馬에 대하여>, ≪韓國言語文學≫ 17·18호(韓國言語文學會, 1979).
85) ≪文集≫ 附錄 補遺에 석북과 관련된 輓詞와 祭文 등이 있다.

에도 先人들이 愛好했던 漢詩唱이었다.

李家源 박사는 石北逝去 200주년기념회(출판문화회관강당, 1975.7.15) 강연에서 <關山戎馬>는 우리나라 전국 각처에서 불리어 중국에까지 파급되었다고 했고, 春園 李寶鏡이 石北 申光洙의 <關山戎馬>가 자기 고향에서 인기가 높아, 자기 이름을 光洙라고 改名했다고 했다. <關山戎馬>는 唱으로 들으면 杜甫의 행적을 우리 民族의 은명으로 비유시켜 놓아 눈물이 솟구치게 되는 바, 音樂性을 잘 살려 감상하면 祖國과 民族이라는 意味聯關으로 나타난다. 그래서 爲政者는 憐民思想으로, 臣下는 爲國忠節을, 그리고 百姓은 祖國愛를 생각케 하는 唱이다. 그런 데서 우리 先人들은 이 노래를 즐겨 부르고 좋아하게 되었다. <關山戎馬>가 全國 坊坊曲曲에서 愛唱되었고, 中國에까지 알려져 그곳 關善亭에서도 불리워졌다. 洞庭湖 근처에 있다는 關善亭은 중국의 유명한 政治家와 文人들이 모이는 곳이다.86) 이처럼 중국에까지 널리 알려진 것은 中國과 往來가 빈번한 平壤에서 <關山戎馬>를 특히 많이 불렀고, <關西樂府> 또한 일찍부터 그곳에서 唱으로 노래되었기 때문으로 보인다.

<關山戎馬>의 영향은 時調에도 보인바,

平生詩思 掛竿頭허니 世事商諒 不知秋를 秋江이 寂寞魚龍冷ᄒ니 人在西風仲
宣樓라. 아마도 人生斯世 老少儻傑之樂은 座中이신가.87)

라고 한 것이 바로 그것이다. 이는 <關山戎馬>가 그만큼 널리 사랑을 받았음을 보인 단적인 例다.

陶南은 ≪韓國文學史≫에서 唱曲을 문학적 관점에서 時調, 歌辭, 雜歌의 셋으로 大別한 뒤에 가사의 영역에서 <關山戎馬>를 들기도 했다.88) <關山戎

---

86) 尹敬洙, <科詩改革과 西道唱 關山戎馬論>(下), ≪現代文學≫제26권 제4호 통권 293
   (1979.4), 332-333쪽 참조.
   ――, ≪韓國文學思想의 現代性研究≫(太學社, 1994), 461-463쪽 참조.
87) 沈載完篇, ≪校本歷代時調全書≫(世宗文化社, 1972), 1138쪽.
88) 趙潤濟, ≪韓國文學史≫(探求堂, 1993), 353쪽.

馬>를 가사처럼 본 것은 初期歌辭 3·4조와 韻律이 상통할 뿐만 아니라, 그 分量도 歌辭와 상통하는 일면이 있다고 판단했기 때문으로 보인다.

<關山戎馬>는 雜歌의 하나로도 인식되고 있음을 볼 수 있다. 京畿의 긴 雜歌처럼 西道에도 긴 雜歌가 있는데, 西道雜歌 가운데 <關山戎馬>·<孔明歌>·<辭說孔明歌> 등을 많이 불렀다.[89] 여기서 <關山戎馬>를 雜歌의 하나로 보기도 했음을 알 수 있는 바, 그것은 이 작품이 雜歌와 함께 노래되었기 때문으로 보인다. 소리꾼들이 소리를 할 때는 먼저 긴 雜歌를 부르고, 그 다음에 선소리인 立唱을 불렀으며, 마지막으로 휘모리 雜歌를 부르는 것이 일반적인 순서였다. 긴 雜歌는 12歌詞를 본떠 묶은 12雜歌로 서울을 중심으로 한 遊山歌, 赤壁歌, 제비가, 執杖歌, 小春香歌, 船遊歌, 刑杖歌, 平壤歌, 달거리, 十杖歌, 出引歌, 房物歌를 말한다. <關山戎馬>가 唱曲의 歌辭나 雜歌의 하나로 인식된 것은 그만큼 널리 愛唱되었음을 뜻한다.

杜詩에 대하여 質量으로 보아 독보적 연구를 한 石田은 이 <觀山戎馬>에 대한 고찰도 가장 많이 한 바, 申光洙의 功令詩 <登岳陽樓歎關山戎馬>는 全 44句가 모두 杜詩句 중에서 두세자 내지 너덧자를 摘取한 天衣無縫의 科作으로 文士는 말할 것도 없이 伶妓에게까지 膾炙되었고, 다시금 唱曲 <關山戎馬>로 발전되어 1970년대에도 널리 노래되었다[90]고 하였다.

<關山戎馬>는 그 情調가 구슬프다. 그러므로 五音의 商調나 十二律의 太簇調로 부른다.[91] 곧 詩想으로 인한 情調가 구슬프기 때문에 그 音樂도 구슬픈 曲調로 나타날 수밖에 없다. 旅庵 申景濬은 일찍이 辭·歌·行·曲·吟·歎·怨·引·謠라는 양식의 詩歌를 宮·商·角·徵·羽라는 五聲과, 黃鍾·大呂·太簇·夾鍾·姑洗·中呂·蕤賓·林鍾·夷則·南呂·無射·應鍾이라는 十二律과 밀접한 관계가 있음을 드러내고, 詩意와 五聲이 풍기는 情趣의 관계를 언급한 바, 이는 '宮-土-無季

---

89) 徐漢範, ≪國樂通論≫(태림출판사, 1996), 176쪽 참조.

90) 李丙疇, ≪韓國文學上의 杜詩硏究≫(二友出版社, 1976), 171쪽 참조.

91) 대개 十二律은 黃鍾이 宮이 되고, 太簇가 商이 되며, 姑洗이 角이 되고, 林鍾이 徵가 되며, 南呂가 羽가 된다고 한 바, 五音의 商調는 十二律의 太簇調에 該當함을 알 수 있다. 劉安 著, 李錫浩 譯, ≪淮南子≫(世界社, 1992), 84쪽.

節-和平, 商-金-秋-哀怨, 角-木-春-旺盛, 徵-火-夏-激烈, 羽-水-冬-寂寞'으로 정리된다.92) 意가 和平한 시는 그 聲도 和平하므로 宮調·徵調로 나타나며, 意가 哀怨한 시는 그 聲도 哀怨하므로 商調·羽調로 나타난다. 商調는 秋節에 해당하는 것으로 그 情趣는 哀怨하다. 그러므로 退溪는 <琴譜歌>에서 '第一은 象角ᄒ니 木音이 春聲이라/ 東風 百花節의 杜鵑의 소리로다/ 第二는 象徵ᄒ니 火音의 夏聲이라/ 南山 松栢枝에 孔雀의 소리로다/ 第三은 象商ᄒ니 金音이 秋聲이라/ 西風 白帝城의 외기럭의 소리로다/ 第四는 象羽ᄒ니 水音이 冬聲이라/ 北水 長江의 여흘 우난 소리로다/ 第五는 象宮ᄒ니 土音이 雄聲이라/ 春秋 戰國時의 地動ᄒ난 소리로다'라고 했다. <關山戎馬>의 唱이 구슬픈 情調를 띨 수밖에 없는 까닭이 여기에 있다. 商調는 곧 秋聲으로 외기러기 울음처럼 哀怨聲을 띤다. 또한 尤韻으로 詩想을 펼쳤기 때문에 그것이 商聲에 해당하기도 한다.93) 그러나 哀而不傷의 溫柔敦厚한 性情之正을 바탕으로 聲音之和를 얻은 시다. 그러므로 <關山戎馬>는 平仄이 고루게 섞인 詩形에다 靜動의 詩想을 中和로 담았기 때문에 律에 맞는다94)고 하겠다.

呂圭亨이 <論詩十首>에서 '二平三仄起 二仄三平因'이라 한 것처럼 行詩의 平仄律은 出句가 2平3仄으로 일어나고, 後句는 2仄3平으로 말미암지만, 入題·느림·回題의 경우는 出句만 3平2仄으로 일어나기도 한 바, 결국 出句는 平聲에서 仄聲으로, 出句의 짝 後句는 仄聲에서 平聲으로 진행된다. 이에 맞추어 <關山戎馬>의 唱도 平聲으로 내려 깔다가 仄聲으로 오르고, 다시 仄聲으로 내려 깔다가 平聲으로 오르며 전개된다.

<關山戎馬>는 일찍이 李用基의 ≪樂府≫에 採錄되었고,95) 6·25 이후에는

---

92) 崔信浩, <申景濬의 詩則에 대하여>, ≪韓國漢文學硏究≫ 第2輯(韓國漢文學硏究會, 1977), 6-7쪽 참조.
93) 尹敬洙, 앞의 글, 127-128쪽 참조.
94) 李家源, ≪玉溜山莊詩話≫ 其二 Ⅲ 本論 其二 12쪽, "一座擊節曰 合於律矣"
95) 1933년에 작고한 것으로 보이는 李用基의 ≪樂府≫에는 시조 1037수, 가사 174수, 창가가사 3수, 잡가 66수, 민요 137수, 소설 3편, 한시문 17수, 기타 18편 등이 실려 있다. 이것은 최근에 鄭在晧·金興圭·田耕旭에 의해 註解되어 나왔다. 李用基 編, ≪註解

鄭坰兌의 歌譜에 採錄되었다.

本來 이 唱은 누구의 作曲인지는 알 수 없으나 嶺湖南地方에서는 白鶴來進士
가 登科後에 平壤에 가서 듣고 와서 名稱을 扶風聲이라 하여 大槪 속청을 빼고
부르므로 古詩風을 숭상하던 선비들에게 널리 傳唱되었다. 이 唱法은 본래 鼓法
이 없으므로 愚見으로서 記譜上 長短을 配定한 것이다.96)

여기서 鄭坰兌의 歌譜에 採錄된 唱法은 本來 平壤妓들이 西道唱으로 널리
불렀던 것인데, 이것이 나중에 漢學者들에게 傳唱되어 퍼지게 된 雅樂風의 漢
詩唱法임을 알 수 있겠다. 鄭坰兌의 鼓法을 보면 唱法에 있어서는 '起(18)·承
(28)·轉(26)·結(26) = 律呂 98組'로 표기된 구성을 이루고 있는데, 詩一篇이 6·6
拍으로 이어진 것처럼 <關山戎馬>도 6·6拍으로 이어지고 있어 鼓法上으로는
詩唱에 넣을 수 있으나, 詩唱보다 배나 느리게 부르므로 時間上으로는 歌曲에
가까운 兩面性을 지녔다.97) 여기서 <關山戎馬>가 처음에는 西道唱으로 紅樓界

樂府≫(高麗大學校 民族文化硏究所, 1992). 여기에 실린 <關山戎馬>는 다음과 같다.
　　"秋江이 寂寞魚龍冷하니 人在西風仲宣樓를. 梅花萬國에 聽暮笛이요 桃竹
殘年에 隨白鷗을. 烏巒落照倚檻恨은 直北兵塵이 何日休오. 春花故國濺淚後
에 何處江山이 非我愁오. 新蒲細柳는 曲江岸이오 玉露靑楓은 夔子州를. 靑袍
로 一上萬里船하니 洞庭이 如天에 波始秋을. 無邊楚色七百里에 自古高樓가
湖上浮을(를). 秋聲은 徒倚落木天이요 眼力은 初窮靑草洲을. 風烟이 非不滿
眼來로대 不幸東南에 飄泊遊를. 中原幾處에 戰鼓多러야 臣甫가 先爲天下憂
를. 靑山白水에 寡婦哭이요 苜蓿葡萄胡騎啾을(를). 開元花鳥가 鎖繡嶺하니
泣聽江南에 紅荳蔲를. 西垣梧竹에 舊拾遺는 楚戶霜砧에 餘白頭을. 蕭蕭孤棹
을(를) 犯百蠻하니 百年生涯가 三峽舟을. 風塵弟妹는 淚欲枯하고 湖海親朋
은 書不投를. 如萍天地에 此樓高하니 亂代登臨이 悲楚囚을. 西京萬事突碁場
에 北望黃屋이 平安否아. 巴陵春酒가(를) 不成醉하니 錦囊에 無心風物收을.
朝宗江漢이 此何地러냐 等閑瀟湘이 樓下流을."
96) 鄭坰兌, ≪歌樂譜≫(大韓時友會, 1964), 53쪽.
97) 일반적으로 12拍으로 된 十二歌詞 가운데 <處士歌>는 29분 48초라는 가장 많은 시
　　간이 걸린다. 독특한 10拍으로 된 <想思別曲>과 같은 것은 6분 소요시간의 樂譜로
　　채록되어 있기도 하다. 그런데 이 <關山戎馬>는 다 부르자면 시간적으로는 十二歌詞
　　에 가까운 唱法이다. 詩唱은 律詩를 기준으로 하였기 때문에 12拍 7字를 여덟 번 되

에서 널리 불리워지는 가운데, 文人唱으로까지 발전하여 갔음을 알 수 있다.

　　<關山戎馬>의 唱은 地域과 階層에 따라 다소 차이가 있다. <關山戎馬>의 唱에는 南唱·北唱·文人唱이 있다.[98] 이는 地域的으로는 南唱과 北唱으로 나눌 수 있는 바, 南唱은 京畿以南에서 불리워진 것으로 京唱이 대표적이며, 北唱은 京畿以北의 黃海道와 平安道에서 불리워진 것으로 平壤을 중심으로한 西道唱이 대표적이다. 階層的으로는 藝人唱과 文人唱으로 나눌 수 있는데, 敎坊 등에서 주로 妓女들이 부른 女唱이 藝人唱이라면, 漢學者들이 부른 男唱은 文人唱이라 하겠다. 그러므로 <關山戎馬>는 그 기준에 따라 南唱과 北唱 또는 西道唱과 京唱, 藝人唱과 文人唱, 女唱과 男唱 등으로 나누어 생각해 볼 수도 있다.

　　1960년대와 1970년대 <關山戎馬>를 불렀던 대표적인 인물은 西道唱 <關山戎馬>로 人間文化財 29호로 지정된 평안남도 출신 金正淵과, 歌樂部門 人間文化財 30호인 서울출신 金月荷이다. 이들은 在來의 長短으로 부르던 것을 6拍子로 고쳐 西道唱을 살려 불렀는데, 金正淵은 同鄕인 西道唱의 機能保有者 張學山과 어울려 불렀고, 1·4후퇴시 부산에서 玄圃 金兌英으로부터 <關山戎馬>를 배운 金月荷는 손수 6拍子로 고쳐 불렀다.[99] 당시에 <關山戎馬>는 4구 정도 불렀던 것이 통례였는데, 빨리 부르면 5분, 西道唱을 살려 부르면 10

　　풀이하여 부름으로써 끝나지만, 이 <關山戎馬>는 12拍 7字 2구 한 짝으로 되어 있는 바, 생략하지 않고 44구를 다 부른다면 22번을 되풀이하여야 한다. 그래서 榮譜冊에서도 6구 세 짝을 부르는 데까지만 명시하고, 그 이하는 생략하고 있다. 12박 7자를 부른다고는 하지만 이 <關山戎馬>도 詩唱의 경우와 마찬가지로 吐를 달면 더 늘어난 만큼 불려지기 마련이다. 李炳基, <關山戎馬에 대하여>, ≪韓國言語文學≫ 第17·18輯(韓國言語文學會, 1979), 131-132쪽 참조.

98) 尹敬洙, <科詩改革과 西道唱 關山戎馬論>(上), ≪現代文學≫ 제25권3호 通卷292)(1979.3), 323쪽 참조.

99) 舞踊을 전공하기도 한 金正淵은 ≪舞踊圖鑑≫에서 춤추는 과정의 효과음악에 맞도록 <關山戎馬>를 현대음부로 도시해 놓기도 했다. <關山戎馬>의 판은 13구가 녹음된 金正淵의 1965년 판이 있고, 19구까지 녹음된 金月荷의 1975년 판이 있다. 歌詞歌曲部門 人間文化財 李良敎의 <十二歌詞傳>에는 <關山戎馬>도 들어 있는 바, 44구까지 30분 남짓 걸리며 6拍으로 부르기 쉽게 작곡해 놓았다. 尹敬洙, <科詩改革과 西道唱 關山戎馬論>(下), ≪현대문학≫(제26권 4호) 通卷294(1979.4)

분쯤 걸리나, 여기에 前奏曲과 사이사이에 短簫와 장고소리까지 곁들이면 더 많은 시간이 걸린다. 鄭坰兗의 樂譜나 金月荷의 唱이 拍에 있어서는 차이가 나지 않지만, 전자와 후자의 경우 '라 →를', '하고 →이요'의 吐에서 차이가 난다. 鄭坰兗의 榮譜에는 鼓法에 맞추는 伴奏에 玄琴, 洋琴, 奚琴, 피리, 大琴을 모두 활용할 수 있는데, 金月荷의 唱은 피리로 효과를 거두고 있다. 愁心歌調에는 女唱의 가는 목소리가 어울린다는 점에서 金月荷의 唱에서는 피리가 제격이다.

1970년대에는 關西唱의 <關山戎馬>라고 唱者 사이에 指稱된 바, 實存하는 歌客이나 名妓들의 이름을 들면서 부르는 家際描寫였고, <關山戎馬>를 부르기 전에 마치 판소리의 短歌를 부른 것처럼 <關西樂府>도 <關山戎馬>를 부르기 전에 부를 수 있었다.[100] 더군다나 <關西樂府>가 關西地方의 名所와 風俗 등을 소재로 하여 民衆의 深層的 情緖를 잘 승화시켰을 뿐만 아니라, 그 聲音口氣가 알지 못하는 사이에 친밀감을 주었기 때문에 더욱 널리 퍼지게 된 것으로 보인다. 그러므로 <關山戎馬>는 최근에 이르기까지 전국적으로 널리 愛好되었던 漢詩唱인 바, 漢詩에 소양이 있거나 時調를 부를 수 있는 정도면 대개 唱할 수 있었다.

<關山戎馬>는 愛國愛族과 憂國衷情으로 일관되어 있고, 形式과 內容이 잘 調和되어 文質이 彬彬한 이상적인 行詩이자 樂府이다. 愁心歌調의 구슬픈 曲調는 外侵에 시달린 民族의 心琴에 感動을 주었다. 특히 日帝下에서는 구슬픈 가락 西道唱으로 <關山戎馬>를 부르면 듣고 우는 사람이 많았다고 한다. <關山戎馬>는 우리 민족의 사랑을 듬뿍 받았을 뿐만 아니라, 中國에까지 알려져 關善亭에서도 愛唱되었다. 특히 春園은 <關山戎馬>를 듣고 감동하여 이름을 光洙로 고치기까지 했다. 이를 통해서 볼 때, <關山戎馬>는 科詩改革이라는 점뿐만 아니라, 노래로 불리워진 樂府로서 무엇보다 그 의미가 크다.

---

100) 李炳基, 앞의 글, 131쪽 참조.

3) 關西樂府의 民族性과 音樂性

(1) 樂府詩의 多樣性

漢武帝 때의 樂府라는 官署의 名稱에서 말미암은 樂府詩는 朝鮮後期에 量産되어 우리나라 漢詩의 主體的 變貌에 적지 않게 기여했다. 樂府詩로 모든 詩體를 갖추고 있는 만큼 그 형식이 개방적이다. 樂府詩의 名題로 歌·行·引·曲·吟·辭·篇·唱·調·怨·歎·詩·弄·度·思·愁 등101)뿐 아니라, 詠·暢·操·詞·謠 등도 사용되고 있다. 우리나라 詩歌에서 이러한 名稱을 붙인 시는 일단 樂府라고 할 수 있다. 물론 이것은 樂府의 槪念과 範圍를 어떻게 잡느냐에 따라 다소 달라질 蓋然性이 없지 않아 있다. 그러나 이러한 名題를 사용한 경우 樂府를 전제하고 지었거나, 최소한 樂府를 念頭에 두고 지었다고 할 것이다.

樂府詩의 範疇와 類型에 대한 견해는 學者에 따라 크게 다른 바, 이에 대한 견해는 아직도 적지 않은 論難의 所持를 지니고 있다. 그러므로 韓國樂府詩의 가장 커다란 課題 중의 하나는 樂府의 範疇設定과 類型分類라 하겠다. 범주설정에 따른 문제는 樂章과 詞를 樂府에 포함시킬 것인가의 여부가 그 핵심이다. 이에 대한 구체적 작업은 다음으로 미루고, 여기서는 하나의 문제 제기로서 먼저 樂府의 類型에 대해 간략히 언급코자 한다.

樂府詩의 類型에 대한 분류는 그 기준이 일정하지 않아 적지 않은 混亂을 야기시켰다. 따라서 악부시의 유형은 일정한 기준에 따라 분류될 필요가 있다. 분류기준에 따라서 악부시의 유형은 다양하게 나타날 수 있다. 韓國樂府詩의 유형은 일반적으로 擬古樂府, 詠史樂府, 紀俗樂府, 小樂府의 네 유형으로 파악되고 있다. 그러나 이것은 분류기준이 일정치 않다는 점에 문제가 있다. 한국악부시는 마땅히 入樂의 여부에 따라 入樂樂府와 非入樂樂府, 擬古의 여

---

101) 徐師曾, <樂府> 一, ≪文體明辨≫ 권6 장2-3. "按樂府命題 名稱不一 蓋自琴曲之外 其 放情長言 雜而無方者曰歌 步驟馳騁 疎而不滯者曰行 兼之曰歌行 述事本末 先後有序 以抽其臆者曰引 高下長短委曲盡情以道其微者曰曲 吁嗟噫謂悲憂深思以呻其鬱者曰吟 因其立辭之意曰辭 本其命篇之義曰篇 發歌曰唱 條理曰調 憤而不怒曰怨 感而發言曰歎 又有以詩名者 以弄名者 以章名者 以度名者 以樂名者 以思名者 以愁名者"

부에 따라 擬古樂府와 非擬古樂府, 漢譯의 여부에 따라 漢譯樂府와 非漢譯樂府, 題材의 性格이나 內容에 따라 詠史樂府·紀俗樂府·艶情樂府·社會樂府·遊仙樂府 등, 抒情性과 敍事性에 따라 抒情樂府와 敍事樂府 등등으로 나뉘어져야 한다. 이처럼 한국악부시는 분류기준의 양상에 따라 다양한 유형으로 나눌 수 있으며, 여기에서 제시된 유형들은 시각에 따라서 각각의 상위 또는 하위 갈래가 될 수 있다.

石北의 악부시는 내용상 그 유형이 다양하다. 妓女에게 준 別離詩 등에 艶情樂府로 볼 수 있는 것이 없지 않아 있으며, <漢拏山歌>, <黃鶴歌> 등과 같은 遊仙樂府에 포함될 수 있는 것도 있다. 그러나 石北의 樂府詩는 내용상 社會樂府와 紀俗樂府가 상대적으로 큰 비중을 차지한다.

<濟州乞者歌>·<臘月九日行>·<採薪行>·<潛女歌> 등은 社會樂府로 이미 살핀 바 있다. 사회악부는 대체로 대조의 방법을 통해 현실의 모순을 비판하고 있다는 점에서 공통된다. 작품에 따라 石北 자신의 주관적 감정이 표출되고 있거나 개인적 삶의 내용을 다루고 있는 점은 일반적인 사회악부와 그 양상을 달리 한다. 우리나라의 경우 現實主義 視角에서 읊어진 사실적 서사시[102]는 대부분 사회악부에 포함된다고 할 것이다. 제재의 다양성이나 완곡한 풍자성도 石北의 사회악부의 특징으로 들 수 있다. <金馬別歌>는 보는 시각에 따라 紀俗的 社會樂府 또는 社會的 紀俗樂府라고 할 수 있으나 주제적 측면에서 볼 때 사회악부로서 성격이 보다 강하다.

紀俗樂府로 <寒碧堂十二曲>, <燕行別曲>, <關西樂府> 등이 있는 바, 널리 알려지다시피 <關西樂府>가 대표작이다. <關西樂府>는 入樂樂府이자 非漢譯樂府이기도 하다.

(2) 敎化論的 主題의 展開

<關西樂府>는 '關西伯四時行樂詞' 또는 '西關志'라 이를 만한데, 흔히 竹枝

---

102) 林熒澤, 앞의 책.

詞體라고 불리우는 것처럼 關西地方의 風俗·地理·歷史 등을 소재로 활용하여
우리 민족 特有의 情調·律調를 전편에 걸쳐 반영하였다. <關西樂府幷序>에는
創作動機와 그 意圖가 상세히 서술되어 있는 바 무엇보다 유보세교의 교화론
적 문학관을 읽을 수 있다. <關西樂府>는 1774년에 樊巖이 平壤監司로 가게
되어 지었다. 떠날 때 바로 짓지 못하게 된 것은 영릉에서 제사를 받들고 있
었기 때문이다. 번암은 서도사자를 통해 여러 차례 편지로 독촉하였다.

平壤은 箕子와 東明王이 도읍했던 곳이다. 예로부터 아름답고 화려하기도 나라
안에 이름나 있다. 중국의 사신들 가운데 張芳洲와 許海嶽과 朱蘭嵎 같은 이들이
天下第一江山이라 일컫기도 했고, 金陵·錢塘과 같다고 이르기도 했다. 우리 나라
조정의 태평한 수백 년 동안에 사대부와 관리로서 이곳에 와 노는 사람이 많아
그림배와 강다락, 미색과 음악으로 오랫동안 머물며 沉酣하니, 참으로 秦淮의 안
개달과 西湖의 연꽃달에 노니는 즐거움이 있었다. 金陵과 錢塘에는 모두 唐宋才
子들의 歌詩가 있어서 湖山을 빛나게 하여 太平聖代를 장식했던 것이다. 우리나
라에는 樂府가 없다. 西京의 題詠이 아오라지 牧隱과 相國 李混 이외에 近世 三
淵 金翁의 作品들이 아름답기는 해도 모두 律體이다. 鄭知常의 官船一絶이 비로
서 樂府의 音調를 얻어 ‘千年絶唱’이라 이를 만하고 盛唐에 견줄 만하다. 穆陵朝의
李達·崔慶昌·白光勳이 三唐이라 일컫었고, 한 때 또 徐益이 있어 鄭氏의 韻을 밟
아 지은 시가 매우 名作이라 일컬어 오기는 하지만, 先輩들이 또한 그것을 採蓮
曲으로 삼음이 병이 된 것이다. 대개 그 진수는 아니다. 나도 또한 일찍이 평양에
놀아 그의 韻을 밟으려다가 마치 黃鶴樓에 崔顥의 시가 있었던 것 같아, 붓을 잡
고 강에 임하여 얼마나 金黃元의 울음을 터뜨리려 했던고. 참으로 시의 길은 어
려운 것이로다. 練光亭과 浮碧樓 사이에서 내가 慨然히 彷徨하지 않을 수 없었다.
지금 다시 <關西樂府>를 지어 이곳의 方伯에게 보내려 하니, 생각하매 오십 布衣
로 뜻을 잃고 棲遑하여 貴人들이 소중히 여길 바 못 되고, 또 젊지 않은 나이에
나그네가 되었다가 우울하게 돌아와, 어느덧 십여 년이 지나 머리털이 희어지려
하고 있어 한스러울 뿐이로다. 하지만 그곳의 湖山이 사랑스럽기 淡粧美人 같아
잊기 어렵고, 때때로 꿈이 浿江의 배 가운데에 이르게 된다. 樊巖尙書가 서주절도
로서 갈 때에 서울의 人士들이 시가를 많이 지어 그를 보냈다. 내가 마침 寧陵에
서 제사를 받들어 돌아오지 못하니, 그 뒤에 樂浪使者가 올 때마다 글월을 보내
어 시를 독촉했었다. 번암은 나의 벗이다. 風流文采가 넉넉히 평양의 山川과 서로
빛날 만하고, 나 또한 옛날 집념이 움직였다. 마치 白首廢將이 십 년 동안 전원에

374

문혔다가 갑자기 出塞의 북소리와 말 우는 소리를 듣고 걸어 두었던 활을 내려 저도 모르게 한번 뛰쳐나가듯이 공을 위해 기꺼이 붓을 들었다. 마침내 王建의 宮詞體를 본며, 약그릇을 옆에 놓고 붓을 놀려 <關西樂府>를 지으니, 또한 <關西 伯四時行樂詞>라고도 이름할 만하다. 먼저 여름철로 시작한 것은 樊巖이 부임한 때가 오월 端午였기 때문이다. 무릇 西都의 形勝·謠俗·歷代興替·忠孝·節俠·神仙·寺 刹·邊塞軍旅·樓臺·船舫으로부터 女樂游衍의 일에 이르기까지 기술하지 않음이 없 으니, 또한 일종의 <西關志>라고도 이를 만하다. 가끔 섬세한 말이 閭巷의 俚俗 에 섞여 거의 風雅가 없고, 輕薄한 가락을 면하지 못했을까 염려스러우나, 王建詩 의 百首에다 八首를 더한 것은 禪家의 念珠法을 쓰려 함이다. 禪家의 持戒者가 百八 염주로 禪을 닦고 循環無窮의 이치를 염하는 것을 내가 평생 기꺼이 여기는 바이다. 西土가 비록 분냄새 나고 사치스러운 땅으로 이름나 있기는 하되, 이곳에 노는 자가 항상 염주법을 생각한다면, 미녀의 추파와 관현의 가락이 어찌 사람을 넉넉히 眈溺케 할까 보냐. 그러나 豪傑之士로서 또한 富貴하여 뜻을 얻고 聲色의 마당에 이르게 되면, 迷惑하지 않을 사람이 몇몇 사람이나 되리오. 阿難은 世尊의 높은 제자다. 摩騰伽淫室에 떨어져 三旬을 돌아오지 못하다가 世尊이 淸淨大法을 나타내어 苦海에서 구해 냈으니, 樊巖의 定力이 아란과 어떠한지 내가 알 수 없 거니와, 내가 세존의 神通廣大한 法力을 가지지 못했고, 百八樂府가 또한 唐宋才 子들의 글처럼 넉넉히 湖山을 비쳐 빛나지는 못할망정, 또한 그것이 淸淨大法으 로 되지 않을 것을 어이 알리오. 바라건대 번암은 나의 시를 禪家數珠로 삼아 綺 筵酒席에서 한번 노래하고 한번 춤출 때마다 생각하고 생각하여 自省하라. 묻노 니 主人翁은 깨달음이 있을른지 어떨른지.103)

103) 申光洙, <關西樂府幷序>, 《文集》 권10 장14-16. "平壤箕子東明王之所都也 自古號佳 麗擅國中 皇朝勅使如張芳洲 許海嶽 朱蘭嵎 諸公 或稱天下第一江山 或稱如金陵錢塘 國朝昇平屢百年 士大夫宦游者 畵舫江樓 粉黛笙歌 留連沉酣 有秦淮烟月 西湖荷桂之娛 然金陵錢塘 皆有唐宋才子歌詩 輝暎湖山 以餙太平 東國無樂府 西京題詠 唯牧隱與李相 國混外 近世三淵金翁作亦佳 然皆律體也 鄭知常官船一絶 始得樂府音調 爲千年絶唱 足 與盛唐方駕 穆陵朝李達 崔慶昌 白光勳 號三唐 一時又有 徐益 竝次鄭氏韻 頗稱名作 先輩亦病其爲採蓮曲 盖非其至者也 僕亦嘗游平壤次其韻如黃鶴樓崔顥詩在上 擺筆臨江 幾欲爲金黃元之哭 甚矣此道之難也 練光浮碧之間 僕未嘗不慨然彷徨 欲更賦關西樂府 以遺是邦之爲方伯地主者 被之聲歌 自念五十布衣 失意棲遑不足爲貴人重 恨不少年爲客 悒悒而歸 至今十數年顚髮益種種矣 愛其湖山如淡粧美人 秀媚難忘 往往夢想在浿江舟中 樊巖尙書之之節西也 都人士多爲歌詩以送之 僕奉香寧陵未還 後樂浪使者至 飛書督詩 樊巖吾友也 風流文采足 與平壤山川相暎發 僕亦宿念所動 爲公欣然如白首廢將 十年田 間 忽聞出塞金鼓馬鳴蕭蕭 不覺彈弓一起 遂依王建宮詞體 蘸藥汁戲筆 作關西樂府 亦名

石北은 <關西樂府幷序>에서 平壤의 佳麗함은 天下第一인 바, 中國의 文人·
學士들의 嘉賞함은 물론, 우리나라 士大夫와 官吏의 風流가 이곳에 집중되었
다고 했다. 중국인들은 그들의 山川을 시가로 빛냈지만, 우리나라에서는 평양
의 가려함을 노래함에 鄭知常의 官船一絶이 비로서 樂府의 音調를 얻었을 뿐
이라고 하고는, 마침 樊巖이 평양감사가 되어 독촉하매, 王建의 宮詞體를 본
떠 지은 바, 평소의 뜻을 이루던 것이었다. 西都는 花柳之鄕이므로 번암이 美
妓의 秋波와 管絃의 가락으로 耽溺되지 않을까 몹시 염려하여 禪家數珠의 법
을 생각하라는 내용이다. 英雄豪傑이나 富貴者들이 聲色의 場에 이르게 되면
미혹하지 않은 이가 별로 없었음을 상기시키고, 阿難과 같은 道人도 美色에
빠지는 결과가 되어 世尊이 淸淨大法으로 苦海에서 구하게 되었다는 점을 들
어 <關西百八樂府>가 世尊의 淸淨大法의 구실을 할 수 있다고 말했다. 이것
은 결국 牧民官의 本分과 道理를 지켜 善政을 하라는 의미다.

   <關西樂府>는 7言絶句 108曲으로 구성되어 있다. 7언절구 형식을 취한 것
은 王建의 宮詞體의 형식을 본떴기 때문이다. 石北이 王建의 宮詞 100수[104]에
8수를 더해 百八曲을 지은 것은 번암이 감사로서 소임을 다하라는 뜻을 담고
있다. 空間的 背景은 평양을 중심으로 한 淸川江 一帶와 鴨綠江邊이며, 계절

   關西伯四時行樂詞 先之以夏者 以樊巖赴鎭在端午也 凡西都之形勝 謠俗 歷代興替 忠孝
   節俠 神仙寺刹 邊塞軍旅 樓臺船舫 以至女樂游衍之事 靡不備述 亦可謂一部西關志 而
   往往織靡之語 襍以閭巷俚俗 幾於風雅掃地 恐不免輕薄之誚 然較王建詩百有加八 盖用
   禪家數珠法也 禪家持戒者 以百八珠 念念脩善循環不窮 僕平生喜其法手之常念 西土雖
   號紛華 游是邦者常作此念如數珠法 蛾眉曖眜 管絃啁啾 不足以溺人情性 然豪傑之士 富
   貴得意而聲色當場 能不迷者亦幾人哉 阿難世尊高足也 墮摩騰伽淫室 三旬不返世尊現淸
   淨大法 救拔苦海 樊巖定力 吾未知與阿難何如 僕無世尊神通廣大法力 百八樂府又不足
   以輝暎湖山如唐宋才子 亦安知其不爲淸淨大法乎 請樊巖以吾詩爲禪家數珠 綺筵酒席一
   歌一舞 念念自省 問主人翁惺惺否也"
104) 《宮詞》(國立中央圖書館所藏)에 王建의 宮詞 100수 등이 보인다. 궁사란 宮庭의 秘
     事나 전해 내려오는 이야기를 7言 絶句 형식으로 읊은 것이다. 당나라 왕건이 玄宗
     황제의 궁정생활에 대해 古老들로부터 들은 것을 칠언 절구 형식으로 100수를 지은
     것이 그 처음이다. 王建·花蘂夫人·王珪는 三家宮詞로 일컬어진다.

의 순환을 時間的 背景으로 한 바, 夏·秋·冬·春의 순서를 밟고 있다. 夏節로 시작한 것은 樊巖이 端午節에 赴任하였기 때문이다. 전체적으로 멋들어진 風流의 모습, 그리고 歷史와 國土山河에 대한 긍지를 시적으로 표출했다.

108곡으로 구성한 것은 百八이 인간의 煩惱를 의미하므로 마음을 맑고 깨 끗이 하여 올바름을 유지하라는 의도이다. 百八은 1年 12個月 24氣 72候를 뜻 하기도 하므로 監司의 年中生活을 읊었다고 하겠다. 곧 平壤監司의 1년간의 生活을 형상했다. 그러므로 平壤監司를 중심으로 한 官邊風俗이 중심이 되고 있다. 그러나 個別作品은 다양한 모습을 보이고 있다. 西都禮讚을 시작으로 하여 監司가 도임하는 장면, 도임후의 의례와 절차가 묘사되고, 감사의 四時 行樂과 遊興이 묘사되었다. 風流와 風情은 우리 民族 特有의 情趣와 情調를 나타낸 것으로 당시의 官邊을 중심으로 한 行樂과 世態를 잘 반영하고 있다.

<關西樂府>는 石北詩의 精華라고 할 수 있다. 이 작품을 지을 수 있었던 것은 무엇보다도 일찍이 關西地方을 여행한 경험이 있었기 때문이다. 石北은 49·50세 때에 關西地方을 여행하고 ≪關西錄≫을 남겼다. 여기에서 孤獨과 悲哀, 鄕愁, 風俗과 世態, 遺蹟地에 대한 感懷 등을 읊은 바, 이러한 점들이 부 분적으로 <關西樂府>에 투영되고 있으며, 平壤·南浦·長林·成川이나 그 곳의 大洞江·浮碧樓·練光亭·降仙樓 등 공간적 배경도 긴밀히 연관되고 있다. 또한 文集 권7 ≪耽羅錄≫에서 濟州의 풍속과 설화를 읊은 바, 이러한 점도 一脈相 通하고 있으며, 기타 樂府詩인 <金馬別歌>나 <寒碧堂十二曲> 등에 나타난 양상들도 반영되고 있다. 그의 대부분의 시가 이 한편에 집약되었다고 할 수 있는 바, 작품의 思想的 內容도 儒佛仙思想이 綜合되어 나타나고 있는 가운데 儒敎思想이 중심을 이루고 있다.

<關西樂府>는 石北이 평소에 쓰고자 했던 것인데 때마침 樊巖 蔡濟恭이 平壤監司로 부임하게 되자 石北에게 詩篇을 청한 까닭에 지은 작품이다.105) 樊巖은 젊은 시절부터 晩年까지 石北과 가까이 지냈지만, 무엇보다도 石北의

---

105) 申光洙, <答樊巖箕伯>, ≪文集≫ 권13 장13. “神思耗落 纔得五七律十首 又以西關樂府 百八首附呈 其詳在小序中 此盖平日所欲作者 適逢機會 隨意見成 幷此錄呈”

詩名을 높이 사고 있음도 볼 수 있다.

當世知名士	당세에도 이름난 선비 많지만
無如申聖淵	申石北 따를 자가 정녕 없구나.
詩不今人似	시는 지금 사람과 같지를 않고
交能古全道	사귐에는 옛 법도 온전히 있네.

<憶申聖淵>(≪樊巖文集≫ 권4 장21)

樊巖이 石北을 어떻게 인식하고 있는가를 잘 알 수 있는 작품이다. 石北과 樊巖은 平生之友였으니, <關西樂府>를 더욱 빛내고자 당시 詩·書·畵 三絶로 유명한 豹巖 姜世晃(1713-1792)에게 代筆을 부탁했다.

　　이것은 關西伯 蔡伯規에게 부친 <百八樂府>입니다. 樂浪 江山이 진실로 金陵과 錢塘에 내리지 않으나, 제 詩는 唐宋才子에게 부끄럽습니다. 그러나 豹菴의 筆法은 一世에 神妙하니, 진실로 그대의 손끝을 한번 얻어 나의 시를 꾸민다면, 里婦가 西子手를 빌려 납에다 분을 바르는 것과 같아, 부끄러움을 가리기에 넉넉할 것입니다. 장차 樂浪의 江山이 暉暎生色하게 함은 百八序文 중의 말과 같을 것입니다. 豹菴은 어떻게 생각합니까.106)

　　一世에 神妙한 姜世晃의 筆法으로 <關西樂府>를 꾸며서 樊巖에게 보냈던 것이다. 石北이 만년에 姜世晃과 가까이 지냈음을 이미 언급한 바 있다. 石北은 또한 관서지방의 여행에서 못다한 風流를 이 작품을 통해서 풀려고 했던 측면이 없지 않아 있다. 石北은 관서오유를 회상하고, '옛날 西遊에는 술을 금했으니 練光亭과 浮碧樓에 매양 오를 때마다 잃어 버린 흥을 감당할 수 없었습니다.'107)라고 한 데에서 엿볼 수 있는 것처럼 風流를 못다 한 측면도 있었

---

106) 申光洙, <與姜豹菴世晃>, ≪文集≫ 권13 장15. "此不佞寄關西伯蔡伯規百八樂府也 樂浪江山固不下金陵錢塘 而不佞之詩有愧於唐宋才子 然豹菴筆法妙一世 誠得翁一腕力 以侈吾詩 如里婦借西子手 施鉛抹粉 足以掩醜 且令樂浪江山暉暎生色 如百八序中語 豹菴以爲如何"

107) 申光洙, <答樊巖箕伯>, ≪文集≫ 권13 장14. "昔年西游値酒禁 每登練光浮碧 不堪敗興"

던 것이다.

그러나 江山樓觀의 勝景과 絲管歌舞의 娛遊는 모두 일찍이 跌宕하여 뚜렷이 눈에 있는 바, 때때로 絶倒處가 있어 천 리의 一粲을 넓힐 만할 것입니다. 생각건대 이것은 늙은이의 風情이 시들지 않은 것으로 여길 뿐입니다. 西來人이 매양 '東山之游에 風流·文物이 照暎함은 樂浪이 지극하다'고 말합니다. '붉은 노을 석양에 금사무가 끝나고(夕陽者罷金獅舞)/ 웃으며 청아 안고 부벽루에 오르노라(笑擁靑娥上碧樓)'는 句를 들었습니다. 생각건대 가죽옷을 입고 한가한 날에 粉黛·絲竹·畵舫·江樓에서 한번 半平生 선비의 辛酸한 政事를 씻을 것이니, 文章과 富貴와 神仙이 居然히 거기에 더해진다면 得意했다고 이를 만합니다.108)

關西遨遊를 회상하고 자신의 風流가 시들지 않았음을 말한 다음, 때때로 絶倒處가 있을 것이라고 自評했다. 樊巖의 茶酒筆墨에 대한 사례로 <謝樊巖方伯茶酒筆墨之惠>를 쓰고, 또 지은 <又寄樊巖五首>109)에서 '須看白日無長駐 莫惜黃金負太平'(其三)이라 하여 國恩을 잊지 말라고 당 한 뒤에, '聞君每看金獅舞 携妓時登碧漢槎'(其四)와 같은 樊巖의 女樂에 대한 風流를 열거하고, 거기에 文章과 富貴와 神仙이 더해진다면 더할 나위 없는 風流의 뜻을 얻을 것이라고 말했다. 西都는 花柳之鄕이므로 美妓의 秋波와 管絃의 가락에 탐닉하지 않을까 염려된 바, 禪家의 念珠法을 생각하라는 것이었다.

西都禮讚으로 시작한 <關西樂府>는 청렴한 歸裝으로 그 끝을 맺고 있다. 樊巖은 1년 동안 부임 기간 중 銀貨之鄕으로 불리우던 平壤監司職에서 뛰어난 財政管理로 그 곳 士民들이 못치룬 稅金 127,000兩을 蕩減해 주고도 3,000兩이 남아서 道內 각인의 軍布代錢 중 30錢씩을 輕減해 준 점은 <關西樂府> 제108곡과 통하는 그의 치적 중의 하나라고 할 수 있다.110) 그러나 전체적으

---

108) 申光洙, <答樊巖箕伯>, 《文集》 권13 장13-14. "然其江山樓觀之勝 絲管歌舞之娛 皆曾所跌宕 歷歷在眼 往往有絶倒處 可博千里一粲 想以爲此老風情不衰爾 西來人每說東山之游 風流文物照暎 樂浪至聞夕陽者罷金獅舞 笑擁靑娥 上碧樓之句 可想裘帶暇日 粉黛絲竹畵舫江樓 一洗半生儒酸政事 文章富貴神仙 居然兼之 可謂得意矣"

109) 申光洙, <又寄樊巖五首>, 《文集》 권10 장2-3.

로 평양감영을 중심으로 벌어진 행락은 질탕하기까지 하여 眈美的·唯美的 世界相을 형성하는 데까지 이른다. 일체의 대립과 갈등을 거의 드러내지 않은 가운데, 조화로운 세계상을 보이고 있으나, 그 바탕에는 憂國衷情과 聲色에 대한 경계가 깔려 있다. 질탕한 遊興宴樂의 裏面에는 聲色에 대한 경계를 함축하고 있으며, 牧民官의 本分과 道理를 지키라는 勸懲的 뜻을 담았다.

<關西樂府>의 主題意識의 展開樣相은 다양하다. 國土山河의 形勝에 대한 긍지와 애정, 歷史와 人物을 통한 民族的 矜持와 自主精神, 風俗을 통한 民族的 情調와 情趣 등도 그 성격을 달리한 主題意識의 展開樣相이라고 하겠다. 역사와 인물의 시적 형상화는 憂國忠節과 盡忠報國하라는 뜻을 함축하고 있다. 妙淸의 叛逆行爲를 그린 것은 不忠하지 말라는 뜻이다. 黃固執의 逸話는 선비정신의 강조이며, 頓氏와 監司 盧稹의 逸話는 百姓敎化의 강조이다. '孝子·烈女와 忠臣·節士는 가리어진 빛을 밝게 드러내서 旌表할 것을 도모하는 것 또한 牧民官의 직책'[111]에서 엿볼 수 있는 것과 같은 敎民의 강조라고 하겠다. 이와 함께 完平大監 梧里 李元翼의 善政, 樊巖의 淸廉한 政事와 民意收斂 등도 결국 報國이라는 主題意識에 귀결된다.

<關西樂府>는 四時行樂의 風流와 風情을 주된 내용으로 하고 있다. 이것은 창작의도와 관련시켜서 살피지 않으면 <關西樂府>는 그저 '眈美的 抒情의 충만함에 머물고, 보다 현실적인 문맥을 획득하는 데에까지는 이를 수 없었던 것'[112]이란 평가가 나올 수밖에 없다. <關西樂府>는 <百八樂府>, 또는 <百八眞珠>라고도 한다. 이것은 <關西樂府>가 108곡의 형식을 취하고 있는 바, 이 시를 禪家數珠로 삼아 한번 노래하고 한번 춤출 때마다 念念自省하라는 뜻을 담았기 때문이다. 百八이란 인간의 煩惱數이다. 눈·코·귀·입·몸·뜻이란 六根에 苦·樂·不苦不樂의 셋을 곱하여 18가지로 하고, 이것을 貪·無貪의 둘로

---

110) 尹敬洙, <石北詩研究>(成均館大學校 博士學位論文, 1983), 143쪽.
111) 丁若鏞, 앞의 책, 禮典六條 第三條 敎民. "孝子烈女忠臣節士 闡發幽光 以圖旌表 亦民牧之職也"
112) 張孝鉉, <朝鮮後期 竹枝詞研究>, 《韓國學報》 第34輯(一志社, 1984), 142쪽.

나누어 36가지로 하고, 이것을 다시 過去·現在·未來에 배당하여 모두 108가지로 한 百八煩惱를 뜻한다. 백팔번뇌를 물리쳐 無念無想의 경지에 이를 수 있는 방법이 百八念珠法이다.

石北은 禪家의 持戒者가 百八念珠로 禪을 닦고 循環無窮의 이치를 念하는 것을 평생 기꺼이 여겨 <關西樂府> 108曲을 지었다. 英雄豪傑과 富貴者들이 聲色의 場에 이르면 迷惑되지 않은 자가 별로 없음을 상기시키고, 阿難과 世尊을 들었다. 만일 번암이 阿難과 같이 淫室苦海에 빠진다면 <關西樂府> 108곡이 곧 世尊의 淸淨大法의 소임을 할 수 있다는 자부마저 있다. 이는 敎化論的 태도로 有補世敎의 문학관의 반영이다. 빈번한 行樂은 곧 自省의 강조가된다.

主題意識과 관련된 보국의 내용은 文武獎勵, 軍紀確定, 國防意識의 고취 등으로 나타나기도 한다. 이것은 課藝와 練卒에 힘쓰는 것을 의미한다. '課藝에 힘써서 과거급제가 잇달아 마침내 文明의 고을이 되면, 또한 목민관의 지극한 영광이다.'113)라 했고, '練卒이란 武備의 중요한 일로서 操演과 敎旗하는 것이다.'114)라고 했다. 白日場과 射帳의 행사를 통하여 文武를 장려하고 牙兵點檢과 練卒을 통하여 군기확정과 국방의식을 고취시키고 있다.

西都禮讚으로 시작한 <關西樂府>는 四時行樂이 주류를 형성하고, 淸廉을 강조함으로써 報國으로 끝난다. 憂國衷情, 善政과 淸廉의 강조, 文武壯麗, 그리고 牙兵點檢과 操練을 통한 軍紀確定과 國防意識의 고취 등은 주제의식의 전개양상으로 보국의 내용들이다. 나머지 양상들도 보국이라는 주제에 직접 또는 간접적으로 접맥되어 이에 귀착된다. <關西樂府>는 유기적 연계성이 강한 작품이며, 이는 결국 보국으로 종결되기 때문이다.

<關西樂府>에는 관변풍속과 기방세태에 따른 질탕한 風流가 빈번히 등장한다. 茶山은 '治績이 이미 이루어지고 뭇사람들의 마음도 이미 즐거워 하거

---

113) 丁若鏞, ≪牧民心書≫, 禮典六條 第六條 課藝. "課藝旣勤 科甲相續 遂爲文明之鄕 亦民牧之至樂也"
114) 丁若鏞, 앞의 책, 兵典六條, 第二條 練卒. "練卒者武備之要務也 操演之法 敎旗之術也"

든 風流를 꾸며서 백성들과 함께 즐기는 것도 선배들의 성사였다.'115)라고 했다. <關西樂府>의 四時行樂의 遊興은 이같은 風流의 의미로 파악된다. 먼저 天下之樂을 실천한 뒤에 自得之樂을 추구했다고 할 것이다. 治理旣成하고 衆心旣樂하므로 風流皆樂은 지극히 자연스러운 현상이다. 그러므로 <關西樂府>의 귀착지라 할 수 있는 第108曲이 특히 중시된다. 여기에서 一片丹心으로 報國하는 善政과 歸路의 淸廉이 강조되고 있기 때문이다.

(3) 民族的 情調와 律調

西都의 形勝은 주로 大洞江邊과 錦繡山 일대를 통해 읊어지고 있다. 浮碧樓, 練光亭, 淸流壁, 凌羅島, 牧丹峰, 長林 등을 배경으로 하여 四時行樂을 읊었다. 평양 이외의 형승을 읊은 것도 行樂의 양상은 비슷하다. 西都의 形勝과 景觀을 노래함은 <關西樂府幷序>에서 밝힌 것처럼 중국의 金陵·錢塘에 못지 않다는 自負와 矜持의 시적 표현이다.

遺蹟과 관련된 歷史, 歷代興亡, 外侵에 대한 鬪爭, 說話 등을 읊기도 했다. 歷史에 대한 체계적인 인식을 바탕으로 한 뚜렷한 歷史意識의 표출은 아니지만, 事大的 慕華觀念에 물들지 않은 民族主體精神의 소산인 바, 그 밑바탕에는 나라를 염려하는 憂國衷情이 깔려 있다. 檀君祠, 箕子墓, 眞主墓, 麒麟窟, 朝天石 등과 관련된 人物을 읊기도 했고, 薩水에서 隋軍을 물리친 乙支文德, 靑陽館에서 倭將 小西飛의 목을 벤 金慶瑞와 義妓 桂月香, 對唐戰役의 주인공 淵蓋蘇文과 陽萬春 등 外侵과 鬪爭한 人物을 읊기도 했다. 九梯宮이나 長樂宮과 관련하여 歷代興亡에 대한 감회를 읊기도 했다.

<關西樂府>에서 가장 많은 분량을 차지하고 있는 것이 風俗에 대한 묘사이다. 平壤監司의 日常事를 중심으로 벌어지는 官邊風俗이 대부분을 차지한다. 到任儀禮와 節次, 官邊과 妓坊의 風情과 世態, 遊興宴樂, 巡視 등은 모두

---

115) 丁若鏞, 앞의 책. 律紀六條, 第一條 飭躬. "治理旣成 衆心旣樂 風流賁飾 與民皆樂 亦前輩之盛事也"

당시의 官邊風俗이다.

평양감사의 도임장면과 도임후의 관례적인 행사를 중심으로 한 풍습이 사실적으로 묘사되었다. 위엄을 갖춘 監司의 行次와 平壤父老들의 動靜, 福星의 마중과 각 고을 수령들의 축하, 前輩의 행열, 新舊官員의 引受引繼, 呵導, 기생들의 歡迎, 茶餤床 받기, 軍物點檢, 現身, 妓生點考, 赴任祝賀宴, 妓生의 守廳 등 시대의례적인 풍속이 그려졌다. 특히 도임의례와 절차에 따른 모습은 <春香歌>나 <漢陽歌>를 연상케 한다. 도임의례와 절차를 비롯한 대부분의 시가 감사의 1년간의 일상사를 중점적으로 서술하는 관점을 취하고 있는 바, 이것은 이 작품의 서사성과 직결된다.

감사의 忙中閑과 은근한 風情에 대한 묘사를 통해 민족 특유의 정조와 정취를 반영했다. 政務의 餘暇에 담배를 피우는 정경, 대동강을 배경으로 시를 쓰는 장면, 대동강물로 낮차를 달여 먹는 정경, 겨울밤에 강계면을 끓여 먹는 장면, 수청기생이 양피배자로 날씬하게 치장하고 달 밝은 겨울밤에 슬며시 책방으로 숨어드는 정경, 그리고 섣달에 美妓를 옆에 끼고 말을 달리는 정경 등이 그려졌다.

遊興宴樂은 주로 浮碧樓, 練光亭, 大洞江에서 벌어진다. 유흥연락은 더불어 즐기는 風流로 흥청거림이 있게 마련이다. 여기에는 술과 美妓가 있고, 美妓의 歌舞가 따르게 마련이다. 이것은 天下之樂을 실천한 뒤에 나타난 自得之樂의 모습이 멋들어진 風流가 없는 것은 아니나, 질탕한 유흥연락에 젖는 모습도 보인다. 石北이 의도적으로 유흥연락의 장면을 많이 넣은 것은 창작의도의 효과를 높이려고 한 것으로 여겨지며, 關西遨遊 때에 못다 푼 風流와 風情을 시로써 풀어보려는 것으로 보여진다. 기방세태도 적지 않게 형상했는데, 일견 화려해 보이지만 무상한 그녀들의 삶에 대한 憐憫의 정을 표출하기도 했다.

淸川江의 남쪽과 북쪽에 대한 巡視도 형상했다. 監司란 時政의 得失, 郡民의 苦樂, 財務의 狀況 등의 守令七事를 골고루 살피는 직책이다. 감사의 巡視行次와 그것을 歡迎하는 모습을 통해 당대가 太平聖代임을 드러냈다. 이밖에도 威化島에서 사냥하는 군인들의 모습과 사냥터로부터 義州城으로 들어오는

화살을 멘 기생들이 鐃歌를 브르며 말을 달리는 활달한 모습을 묘사하기도
했고, 民間風俗으로 端午風俗과 除夜風俗, 燃燈節 등을 그리기도 했다.

　事大的 慕華觀에 埋沒되지 않은 자유로운 詩精神[116]이 충만한 <關西樂府>
는 <關西竹枝詞>라고도 한다. 竹枝詞는 樂府의 하나로 조선후기에 거듭지어
져 하나의 양식을 이룬 바, 土俗瑣事, 風敎, 詠史樂府와 宮詞 등의 詠史詩의
傳統繼承, 敍事性 등의 특질을 일부 또는 고루 갖추고 있다. 郭武倩의 분류에
따르면 近代曲辭에 해당된다. 죽지사는 唐의 劉禹錫이 屈原의 楚辭 <九歌>를
본떠 竹枝九篇을 지은 것이 유래가 되었는데, 土俗瑣事와 男女想思之情을 읊
은 것을 흔히 말한다. 이후 詞牌의 명칭이 되기도 한 것으로 칠언절구의 형식
을 취하여 文辭는 通俗, 音調는 輕快, 內容은 때때로 哀怨함이 있다.

　<關西樂府>는 申佐模의 <倣關西樂府體寄按使韓柳下啓源十三絶>, 尹達善의
<廣寒樓樂府> 一百八疊 등에 직간접적으로 영향을 주었다. 특히 申佐模는 石
北의 <關西樂府>에는 스스로 미칠 수 없음을 토로하기도 했다.[117] 그만큼 문
학성이 뛰어남을 증명함에 다름 아니다. 竹枝詞로서 특질을 갖춘 <關西樂府>
는 우리의 풍속·지리·역사 등을 읊어 민족적 정조와 정취를 표출한 대표적 작
품이라 할 수 있다. 이러한 점때문에 최근까지 愛唱된 것으로 보인다.

　다른 시인의 樂府詩와 비교할 때, <關西樂府>의 가장 큰 특징은 <關山戎
馬>와 더불어 노래로 불리워졌다는 점에서 찾을 수 있다. ≪文集≫ 附錄에
실린 輓詞에서 李益運은 '正音皆自石翁傳'·'樂府爭飜西塞妓'이라 한 바, 正音은
모두 石北으로부터 나왔기 때문에 西塞의 妓女들이 그의 樂府를 대단히 愛唱
했다고 인식하고 있다. <關西樂府>를 代筆한 姜世晃은 '新飜樂府動關西 百幅
霞牋要倩題'라 했고, 族姪 史源은 '千年樂府聯'이라 極讚했다. 兪恒柱는 '公若
生於中國土 詩能敵以洞庭湖'라 하면서 '絶筆西關百疊詞'라 했고, 李獻慶은 '悲
唱西關百八拍'이라 했다. 이렇듯 <關西樂府>는 西道唱으로 불리워졌고, 대단

---

116) 李庚秀, <石北詩硏究>(서울大學校 碩士學位論文, 1978), 89쪽.
117) 申佐模, <與箕伯柳下書>, ≪澹人集≫ 권12 장16. "柳下之按樊翁舊苤 澹人縱不能如石
　　北之百八樂府 鋪張揄揚 鏗鏘皷舞 萬世傳誦 爲西京故事"

히 인기가 있었을 뿐만 아니라, 높이 평가되기도 했다.

그러면 <關西樂府>가 入樂된 時期는 언제쯤이며, 그 背景은 무엇일까. 먼저 西道唱으로 불리워진 것은 石北이 樊巖에게 작품을 준 바로 直後일 가능성이 크다. 平壤監司로 在職中이던 樊巖이 妓女들로 하여금 부르게 했을 蓋然性이 많을 뿐만 아니라, 일찍부터 <關山戎馬>가 妓樂으로 入樂되었기 때문에 그 영향도 작용했을 것으로 여겨진다. 中世的 身分構造上 妓女들이 스스로 먼저 불렀을 가능성도 배제할 수 없다. 더군다나 <關西樂府>는 당대의 風俗을 如實하게 그렸고, 西道의 形勝과 風流를 생생하게 담았을 뿐만 아니라, 理想的인 牧民官相을 그리기도 했기 때문에 더욱 西道人에게 밀착될 수 있었을 것으로 보인다. 곧 <關西樂府>는 兒女之情과 飮酒情趣를 통한 風流性, 抒情性과 敍事性의 調和, 敎化論的 性格, 風俗의 實寫를 통한 民族的 情調와 情趣 등을 풍부히 담고 있다는 점에서 친밀감을 준다. 그리고 여기에 우리의 聲音 口氣에 맞는 詩語들이 使用되었다는 점 등이 크게 작용하여 불리워졌을 것이다. 그리하여 中國에까지 알려져 洞庭湖 근처의 關善亭에서도 불리워진 것이다. 申佐模(1799-1877)는 <關西樂府>를 본뜬 작품에서 '箕城名妓解聲詩 慣唱 關西樂府詞 石北老仙今不在 愧吾無力以張之'[118]라고 노래했다. 여기에서 19세기에는 慣習的으로 <關西樂府>가 唱으로 불리워졌음을 알 수 있다. 판소리를 본격적으로 부르기 전에 短歌를 불렀던 것처럼 <關山戎馬>를 부르기 전에 <關西樂府>가 목푸는 소리로서 愛唱되었을 가능성이 크다.

石北이 세상을 뜨기 1년 전(1774)에 지은 <關西樂府>는 <西關百八曲>[119] 이라고도 하는데, 우리나라 樂府體의 集大成이라 할 만큼 空前絶後의 鉅作으로 豪健·雄渾·哀艶·動蕩 등의 諸體도 갖추어져 있고, 淸雅敦厚하여 愛民·愛國이 일관적인 정서도 나타나 있는 民族的 自主情神이 투영된 작품이다.[120] 극

---

118) 申佐模, <倣關西樂府體寄按使韓柳下啓源十三絶>, 《澹人集》 권7 장18-19.
   《漢文樂府·詞資料集》 권5(啓明文化社, 1988), 4쪽.
119) 申光洙, <與高山丞>, 《文集》 권13 장16. "西關百八曲 何欺老友 携去遠道耶"
120) 李家源, <石北文學研究>, 《東方學志》 第4輯(延世大學敎, 1958) 185-186쪽.

히 繁華駢宕한 狀[121)이 있을 뿐만 아니라, 平壤의 妓生들이 愛唱한 바[122), 國
內外 사람들이 듣고 함께 불러 전국 곳곳은 물론 中國에까지 알려져 中國人
들도 石北을 우리나라 詩禮의 宗匠[123)이라고 칭하게 할 만큼 유명하다. 그러
므로 ≪智水拈筆≫에서도 ‘申石北嘗客遊浿上 有關西竹枝詞一百首 皆絶調也’라
고 했다.

　竹枝詞로서 특질을 갖춘 <關西樂府>는 우리의 풍속·지리·역사 등을 읊어
민족적 정조와 정취를 표출했다. 대체적으로 현실적인 내용의 實寫이나 일부
는 詠史樂府의 전통을 계승하고 있다. 영사악부는 과거의 소재를 과거의 사실
로만 재현했을 뿐 작가가 호흡하는 시대에 同質化시키지 못했다는 한계를 지
녔으나,[124) <關西樂府>는 당대의 風俗을 實寫함으로써 작가가 호흡하는 시대
에 작품의 내용이 맞추어졌다는 점에서 詠史樂府의 한계를 극복했다고 하겠
다. 또한 각 작품의 有機的 連繫性이 비교적 강하여 抒情的 敍事詩 또는 敍事
的 抒情詩의 성격을 지녔다. 敎化論的 성격, 뛰어난 音樂性, 事大的 慕華觀에
물들지 않은 民族的 矜持와 自主精神의 시적 표현 등도 그 특색이다. 詠史樂
府의 한계극복, 竹枝詞로서 당대의 풍속을 實寫한 長篇 聯作詩歌, 노래로 불
리워진 入樂樂府, 後代의 樂府에 대한 영향 등은 <關西樂府>의 意義라고 할
수 있다.

---

121) 李德懋, <淸脾錄>, ≪靑莊館全書≫ 권34. “石北 少以詩歌 檀名場屋 當作關西竹枝詞一
　　百八首 極其繁華駢宕之狀”
122) 申左模, <倣關西樂府體寄按使韓柳下啓源十三絶>, ≪澹人集≫ 권7 장18-19. “箕城名妓
　　解聲詩 慣唱關西樂府詞 石北老仙今不在 愧吾無力以張之”
　　申左模, 앞의 시, ≪漢文樂府·詞資料集≫ 5(啓明文化社, 1988), 4-5쪽.
123) ≪高靈申氏世譜≫ 권1 石北公(大田回想社, 1976), 79쪽. “文章鳴震一世 關山戎馬關西
　　樂府之作 登於關絃歌曲 中國關善亭 亦以公詩懸楣 華人稱之 東國詩禮宗匠”
124) 李慧淳, 앞의 글, 23쪽 참조.

Ⅳ. 辭賦文學의 世界

우리나라의 楚辭受容은 대개 評論·評詩·註釋·批評 및 模倣作品으로 나타나고 있다. 屈原과 楚辭에 대한 論議는 忠君之辭, 慷慨之辭, 託意之辭로 크게 나누어 볼 수 있는데, 慷慨之辭가 주류를 이루고 있다. 楚辭를 수용한 작품은 流配漢詩에서 屈原과 楚辭의 분위기에 의탁하거나 때로는 語彙를 차용한 경우를 들 수 있으며, 擬騷體로서 楚辭를 본떴거나 次韻한 경우, <天文>을 본뜬 것, 그리고 <招魂>을 본뜬 것 등을 들 수 있다.

石北의 辭賦文學으로 <東招>와 <反招魂>이 있다. 이 두 작품은 楚辭受容의 資料로서 중요한 價値가 있을 뿐만 아니라, 특히 楚辭 中 宋玉의 <招魂>을 受容하여 獨特한 詩境을 構築하고 있는 바, 文學史的 측면에서도 중요한 價値를 지닌다고 하겠다.[1] 石北詩는 '國風·離騷·漢魏로부터 아래로는 盛唐의 諸名家에까지 미쳤다'[2]고 한다.

<東招>와 <反招魂>을 통해 죽음에 따른 恨과 巫俗的 思惟, 죽음의 仙的 昇華와 仙界遨遊를 살피고자 한다. 죽음과 관련한 本鄕回歸意識은 詩文學의 世界 가운데 思想的 趣向 속의 仙界憧憬에서 이미 부분적으로 살핀 바 있다. 本鄕回歸意識과 밀접한 連繫線上에서 이 부분의 作業은 진행될 것이다.

---

1) <東招>와 <反招魂>에 대한 보다 구체적 내용은 <石北의 東招硏究>(≪韓國學論集≫ 第28輯, 漢陽大學校 韓國學硏究所, 1996) 및 <石北의 反招魂硏究>(≪한양어문연구≫ 제13집, 한양대학교 한양어문연구회, 1995)를 참고할 것.
2) 丁範祖, <石北遺集序>, ≪文集≫. "聖淵結髮治詩 自國風離騷漢魏下逮盛唐諸名家"

388

1. 죽음의 恨과 巫俗的 思惟

1) 死生觀과 再生呪術

石北 36세 때인 丁卯年(1747)에 지은 <東招>는 宋玉의 <招魂>을 본뜬 바, 李光戺(1711-1747)의 죽음을 哀悼한 작품이다. 李光戺는 서울에서 客死했다. 創作動機는 작품의 序文에 나타나 있으나, 보다 상세한 내용은 <祭李兄汝厚光戺文>에 보인다. 亡者의 父母와 아내를 위로하려 했고, 魂魄이 離散하여 없어질 것을 염려하여 魂을 부르고자 했다. 屈原이 죄도 없어 쫓겨나서 寃痛히 죽은 것이 李光戺의 非命橫死와 相通한 점이 있다고 믿었기 때문에 <東招>를 지은 바, 이는 <招魂>을 受容하여 韓國的 變移를 보였다고 하겠다. '혼 부르기'는 喪禮 중에서 初終 때에 하는 것으로 이것을 皐復이라고 한다.

<東招>는 모두 50餘句로 되어 있다. 每句 끝마다 '阿'를 붙인 것이 특징이며, '7언+阿'의 형태가 23구, '8언 + 阿'의 형태가 20구, '9언 + 阿'의 형태가 5구, '10언 + 阿'의 형태가 3구로 나타난다. '阿'를 빼면 7언과 8언이 가장 많이 사용되고 있다.

魂升魄落의 死生觀, 再生欲求와 亡者의 恨, 寃魂의 浮遊와 反居之樂, 魂兮歸來의 呪術性이 그려진 바, 그 바탕에는 巫俗的 思惟가 깔려 있다. 東洋의 전통적인 死生觀은 魂은 하늘로 올라가고 魄은 땅으로 떨어진다는 관념이다. 그것이 바로 魂升魄落의 死生觀이다.

> 湽湽大化往復弗極阿　　망망히 크게 화하니 왕복함에 그 끝이 없도다.
> 一氣之窮魂升魄落阿　　한기운 다해 혼은 올라가고 백은 떨어지도다.

'湽湽大化往復弗極阿'는 宇宙大自然의 生生自化로 流轉과 還滅의 萬古不變의 眞理에 다름 아니다. 이는 '道生一 一生二 二生三 三生萬物 萬物負陰而抱陽 冲氣以爲和'[1]의 현상이다. 天地萬物은 다 雜多하지만 道에서 나서 道로 돌

아간다는 인식이 바탕에 깔려 있다. 삶과 죽음은 道의 작용에 따른 萬物轉變의 하나이다. 그러므로 '一氣之窮'하여 '魂升魄落'한다고 했다. 森羅萬象 어느 하나 一氣의 造化가 아님이 없고, 理의 發顯이 아님이 없다. 理氣論的 魂魄聚散說이다. 生命을 지닌 人間存在 또한 理의 發顯에 따른 氣의 造化에 불과하다. 이 氣가 다하면 사람이 죽는다는 死生觀과, 魂은 올라가고 魄은 떨어진다는 靈魂觀이 반영되었다.

　죽음은 生命의 絶對的 終焉이 아니고, 再生 등의 過渡期的 段階라 믿는다. 이것은 靈魂不滅思想에서 言及되는 再生信仰이다. 靈의 肉體脫離와 肉體再現의 관념은 說話로부터 朝鮮朝 小說의 系譜的 發展過程에서도 엿볼 수 있다. 그것은 꿈이라는 現象과도 관련되며 生死와도 관련된다. 原始人들은 晝夜나 季節의 연속적인 바뀜을 보고 生의 영원한 復活을 느꼈고, 再生을 반복하는 달을 보고 죽었다가 다시 살아나는 肉體再現의 信仰을 지니게 되었다. 靈魂不滅思想을 바탕으로 한 說話나 小說, 敍事巫歌를 보면 이러한 점이 잘 나타나 있다.

　再生信仰은 세계 어느 민족에게서나 찾아볼 수 있다. 특히 二元論的 世界觀을 지닌 민족에게서 顯著히 나타난다. 죽음은 生命의 絶對的 終焉이 아니라, 再生을 위한 過渡的 段階에 不過하다고 믿는다. 신기한 靈藥이나 靈物을 써서 살려내기도 하고, 또는 死者의 魂이 玉皇上帝나 저승왕에게 억울한 사정을 呼訴하여 壽命을 延長받아 다시 再生하기도 한다.

　<東招>에서는 亡者의 魂이 再生을 試圖했다. 이러한 점은 宋玉의 <招魂>과 그 양상이 다르다. 그러나 亡者가 恨을 품고 죽었다는 것은 모두 같다. 亡者가 壽命을 맡고 있는 司命을 만나 그의 잘못을 꾸짖음으로써 再生을 꾀하려고 했다. 亡者의 魂이 스스로 再生코자 한 것은 죽음에 따른 恨이 너무나도 많았기 때문이다. 그런데 이것은 說話나 小說에서 볼 수 있는 것처럼 억울함을 呼訴함으로써 壽命을 延長받아 再生코자 하는 것과는 그 樣相이 다르다. <東招>에서 亡者의 魂은 목숨을 거둔 司命의 잘못을 조목조목 따졌다. 兄弟

---

1) ≪道德經≫ 第42章.

도 없고 子孫도 없이 늙어 버린 父母가 있음을 想起시키고, 復歸할 것을 제사
날로 約束하라고 다그쳤다. 이것은 懇切한 所望成就를 위한 威脅的 言述이다.
그러나 司命은 亡者가 天帝의 政事를 알지 못함을 지적한 뒤에 大行을 말했
다. 모든 것은 이미 정해져 있는 것임을 강조했다. 司命은 帝政과 宇宙大自
然의 攝理를 말하면서 復歸의 어리석음을 꾸짖었다.

生命이 있는 곳에는 죽음이 있고, 始初가 있으면 終末이 있다. 이것은 宇宙
大自然의 섭리이므로 죽음은 自然現象의 일부일 뿐이다. 무릇 天地萬物은　空
間的·時間的으로 相因하는 存在여서 '彼出於是 是亦因彼'[2]하는 것이다. 곧 이
곳에서 '죽었다'함은 저곳에서 '낳았다'고 할 것이어서 '方生方死 方死方生'이
라 할 것이다. 사람은 죽음으로 끝나는 것은 아니라고 보았다. '天地與我並生'
이요, '萬物與我爲一'이다. 그런데 사람은 死生을 비교함으로써 悅生惡死의 觀
念을 지니게 된다. 그렇다면 惡生悅死의 觀念도 있을 수 있다. 그러나 比較와
區別이 없어지면 삶은 삶 그 자체로 있는 것이고, 죽음은 죽음 그 자체로 있
게 된다. 이것이 곧 自然이다. 죽음이나 삶은 인간 스스로 만들어 낸 拘束과
束縛일 뿐, 好惡의 感情으로 문제 삼을 일이 아니라는 것이 老莊的 죽음에 대
한 인식이다.[3] 인간은 自然의 攝理에 順應하는 것만이 올바른 道理라고 보았
다. 그러므로 '嬴縮乘除紛其有定阿'라 했다.

亡者의 魂은 死後長命이 있음에도 불구하고 天上에 定着하지 못한 채, 마
침내 地上을 떠도는 寃魂이 된다. 이는 寃魂의 浮遊이다. 그러므로 '魂兮下徠
彷徨无所托阿 歸反故宇謇其怳惕阿'라고 했다. 招魂의 行爲는 <招魂>과 같지
만 四方에 대한 描寫는 크게 다르다. 東西南北은 <招魂>에서 볼 수 있는 恐
怖스러운 空間이 아니다. 死者의 世界는 다분히 現實的 空間으로 그려지고 있
다. 生者의 世界도 <招魂>과 차이가 난다. <招魂>에서는 지극히 아름답고
豊饒로우며 便安한 곳으로, 地上的 온갖 즐거움이 가득찬 歡樂의 空間으로 華

2) ≪莊子≫ 內篇 제2 <齊物論>.
3) 宋恒龍, <老·莊에서 본 죽음의 問題>, ≪韓國道敎文化의 位相≫(亞細亞文化社,1993),
15-26 참조.

麗하게 描寫되었다. 그러나 <東招>에서는 이러한 華麗함은 없다.

祭儀의 神聖空間은 日常과의 隔絶을 象徵한다. 招魂祭義는 非日常的이고 非世俗的인 時空, 곧 聖化된 空間에서 이루어진다. 死者와 生者가 만나 怨과 恨을 푸는 淨化된 空間이 神聖空間이다. <東招>에서는 3년 동안 머물 鬼神之 所가 바로 神聖空間으로 나타난다. 그러므로 '魂兮歸來'를 간절히 念願한다. 이것은 宋玉의 <招魂> '魂兮歸來'의 반복에 의한 강력한 呪術과 일치하며, 素 月의 <招魂>이 지닌 內面心象과 동일하다. 죽음을 결코 認定할 수 없다는 意 志의 表明이다. 반드시 復活해야 한다는 悲願이라고 하겠다.

魂兮歸來集故里阿	혼이여, 돌아오라! 옛마을에 모일지로다.
朕詔爾父母弗號而笑阿	짐이 알리노니 그대의 부모는 이제 부르잖고 웃도다.
朕詔爾室家媚祭祀阿	짐이 알리노니 그대의 아내는 곱게 제사를 하도다.
魂兮歸來安故處阿	혼이여, 돌아오라! 그 옛날 처소가 편안할지로다.

'魂兮歸來'의 단순반복은 亡者의 明界顯現을 바라는 강력한 呪術이다. 이 반복을 통해 맺힌 恨을 풀려고 했다. 魂魄의 離散을 막고 故居에 復歸케 함으 로써 地上의 맺힘을 풀려는 것이다. 따라서 '魂兮歸來'에 모든 詩想이 집약되 고 있다. 일반적으로 이러한 반복은 催眠的 效果를 지니며, 雙方을 餘他의 存 在로부터 分離시킴으로써 靈的 交感을 가능케 한다. 그리하여 그 呪力이 死者 의 世界에까지 울려퍼질 것을 바란다.

呪術歌는 일반적으로 同一語句를 반복한다. 노래의 진행에 따른 祝願內容 의 변화에도 불구하고 그 반복의 本質的 要素는 계속 이어진다. 이러한 반복 현상은 우리나라에서만 나타나는 것이 아니라, 原始音樂 대부분의 바탕에 깔 려 있다. 同一語句의 반복은 主題를 强化하고 緊張을 高潮시킴으로써 呪術的 心理狀態에 이르게 한다. 일반적으로 祈禱文이나 呪文에서의 반복은 催眠效果 가 있다.4) 이런 현상에 맞추어 招魂歌도 현저한 반복어구를 지니고 있다.

---

4) 金仁會, <韓國巫歌와 讚頌歌의 比較硏究>, ≪論叢≫ 21輯(梨花女大 韓國文化硏究院, 1973), 270쪽.

이승과 저승이라는 커다란 거리에도 불구하고 현재의 헤어짐이 永遠한 離別로 끝나는 것이 아님을 招魂은 드러낸다. 사람이 죽으면 魂은 再生할 수도 있고, 다른 生命의 原形으로 반복될 수 있다고도 한다. 그래서 再生이나 還生 또는 幻生한다고 말하기도 하며, 本鄕回歸를 말하기도 한다. 그러나 <招魂>이나 <東招>의 創作動機에서 유추할 수 있는 것처럼 魂은 離散하여 아예 없어져 버릴 수도 있다. 그러기에 宋玉의 <招魂>과 石北의 <東招>에서는 간절하게 魂을 불러 그 復活을 꾀했다.

2) 맺힘과 풀림의 美學

宋玉의 <招魂>이나 石北의 <東招>와 같은 招魂歌는 모두 恨의 맺힘과 그 풀림을 原形으로 한다. 亡者의 魂을 불러 復活을 꿈꾸는 것으로 볼 수도 있지만, 어디까지나 그것은 招魂祭儀에서 口誦되는 巫歌의 구조적 요소를 文學的으로 변용시켰다고 할 것이다. 招魂은 亡者의 魂을 慰勞하는 鎭魂儀式이다. 이것은 亡者의 魂을 불러 慰魂하고 薦度하는 巫俗的 神事와 관련이 깊다. 招魂歌 내지 薦度歌로 볼 수 있는 것으로 古朝鮮의 <公無渡河歌>나 鄕歌 가운데 <祭亡妹歌>를 들 수 있다. 祭儀의 時空 속에서 무당 또는 그와 유사한 司祭에 의해서 모두 非命에 怨死한 사랑하는 사람의 혼을 불러 慰魂하고 薦度한다는 同一한 動機를 지녔다. 招魂歌의 原形性을 內包하고 있다고 하겠다. 素月의 <招魂>도 이러한 同一性과 原形性에 立脚해서 時空을 超越해서 접맥되고 있다.5) 곧 모든 招魂歌는 맺힘과 풀림의 美學을 그 바탕에 깔고 있다.

亡者에 대한 招魂의 慣習은 靈魂不滅과 靈肉二元論을 信仰하는 種族에게는 보편적인 현상으로 나타난다. 亡者의 魂을 부르는 것은 怨恨의 매듭을 풀어주기 위함이다. 죽음 그 자체 또는 生前의 未盡했던 人生事가 怨恨의 매듭이 되었기 때문이다. 그러므로 죽음으로 인한 人生의 未完成과 慾望의 挫折에 따른 亡者의 넋두리를 들어주고, 그 悲哀와 憤怒와 悔恨을 받아주며, 亡者에 대한

---

5) 이몽희, ≪韓國現代詩의 巫俗的 硏究≫(集文堂, 1990), 38-53쪽 참조.

合當한 禮遇를 保障한다. 여기에서 劇的 풀림이 나타난다. 이러한 맺힘과 풀림이 集約的으로 內包되어 있는 巫儀式이 死靈祭이다. 死靈祭는 冤魂이 生時에 가졌던 삶의 未完을 成就시키고, 欲求의 挫折로 인한 맺힘을 풀고 淨化시켜, 亡者가 원하는 곳으로 永生을 향한 復活을 떠나게 함이 그 原形構造이다.

<東招>는 巫俗의 死靈祭에서 볼 수 있었던 것처럼 死者의 恨을 풀어줌으로써 慰魂하여 薦度하는 노래라고 할 수 있다. 이 노래의 대상인 李光垕는 祭祀를 지낼 有腹子도 없이 늙은 세 父母와 아내를 남겨놓고 客地에서 非命橫死했다. 冤魂이 될 만한 必要·充分條件을 고루 다 갖추고 있다고 하겠다.

地上的 人倫의 情을 다하지 못한 뜻밖의 死別은 生者나 死者 모두에게 응어리진 恨을 남긴다. 죽음은 生의 未完과 欲求의 挫折을 의미하고, 日常的 삶의 調和와 均衡의 喪失을 뜻한다. 이것들은 完成되고, 充足되고, 恢復되기를 기대하는 것이지만, 現實的으로 不可能하다. 不可能은 곧 葛藤을 동반한다. 여기서 恨이 맺힌다. 이 맺힘이 死者와 관련을 맺었을 때 冤魂이 된다. 冤魂은 挫折된 人間欲求의 人格的 表現이기도 하며, 인간의 內在的 魔性 그 자체의 人格的 表現이기도 하다. 挫折된 欲求와 內在的 魔性이 상승적으로 극대화되었을 때, 靈魂은 그 속성인 昇華나 超越도 거부하게 되고, 끝내는 人間存在의 한 극한적 표현인 惡과 罪의 權化이기를 선택한다. <東招>에서 亡者의 魂은 天帝之所에서 永生을 누릴수도 있었지만, 응어리진 恨이 너무나도 컸기에 天上의 삶을 스스로 抛棄했다. 그리하여 司命을 꾸짖고는 끝내 金剛山 등 地上을 떠도는 冤魂이 되었다.

<東招>의 亡者는 生의 諸要件 중에서도 특히 家族間의 人倫의 情을 다하지 못하고 客地에서 夭折함으로써 未完의 삶을 마친 冤魂이 되었다. 그러므로 이 작품은 生者의 贖罪的 풀이 儀式으로 이루어진 鎭魂歌라고 하겠다. '魂兮歸來'의 반복을 통해 詩的 感動과 呪術的 效果를 더해 生者의 맺힘도 풀려고 했다. 이러한 동기는 씻김굿의 고풀이 祭次와 그 原形을 같이하는 것으로 보인다. <東招>의 亡者는 哀痛한 怨恨의 曲折을 司命에게 말함으로써 그것을 하나하나 풀려고 했던 것이며, 生者 또한 魂을 불러 極樂往生이나 永生의 復

活을 祈求함으로써 死別의 恨을 풀고자 했던 것이다. 곧 招魂은 恨의 맺힘과 그 풀림의 構造라고 하겠다. 이 맺힘과 풀림의 心理的 葛藤과 그 解消는 招魂의 核心的 課題가 된다.

<東招>는 亡者의 魂을 慰撫하여 薦度한다는 동기도 있지만, 무엇보다도 生者의 아픔을 달랜다는 동기가 더 강하다. 寃魂이란 死者의 恨인 동시에 生者의 恨이기 때문이다. 生者의 恨이 投射된 것이 寃魂이다. 삶 그 자체의 原質的 未完成과 困難에서 빚어지는 未練과 葛藤, 이것이 곧 死者의 怨恨이 되며, 따라서 그것을 풀기 위하여 生者는 敬虔하게 祭儀를 올리며 魂을 부른다. 그러나 이것은 결국 內面的으로 自己自身의 怨恨을 다스리는 것에 지나지 않는다. 그러므로 <東招>는 表面的으로는 死者를 위한 것이지만, 裏面的으로는 生者를 위한 것이라 하겠다. 生者는 그의 無意識에 潛伏하고 있는 累積된 葛藤을 解消케 함으로써 感情을 淨化시키고 있는 것이다. 感情의 淨化, 이것이 곧 招魂의 內的 意味이다. 여기에 맺힘과 풀림이라는 美學의 核心이 있다. 맺힘과 풀림을 통한 心理的 葛藤과 그 解消가 招魂의 象徵的 意味다.

宋玉의 <招魂>을 受容한 작품으로 石北의 <東招>와 <反招魂> 외에도 希菴 蔡彭胤(1669-1731)의 <擬招哀睦尚書>와 艮翁 李獻慶(1719-1791)의 <鷄林李義士招魂辭>, 그리고 丹陵 李胤永(1714-1759)의 <招魂辭> 등이 있다.

2. 仙的 昇華와 仙界遨遊

1) 죽음의 仙的 昇華

<反招魂>은 杜機 崔成大(1691-1761)의 죽음을 哀悼한 작품이다. 그러나 그 내용은 <東招>나 宋玉의 <招魂>과는 대조적이다. 그것은 '魂兮歸來'하지 않고, '魂兮無歸'라고 했기 때문이다. <反招魂>의 創作動機와 그 背景은, 그 序

文에 잘 나타나 있는데, 그것은 다음과 같다.

　　故承旨 崔公의 <觀化賦>시에 '海上三島'란 말이 있다. 영천 신광수가 황려에
서 직하고 있을 적에 공의 죽음을 들었다. 시가 있어서 사적으로 애도한다. 이
제 춘천으로 大歸하였다. 세상에서는 白樂天이 海山院主가 되고, 石曼卿이 芙蓉
城主가 되고, 蘇長公이 玉局散吏가 되었다고 한다. 옛날의 文章之士는 그 청명
한 기운이 균일하여 사라지지 아니하면 때때로 列仙者가 되었다. 거기에 공이
있으니 공은 그러므로 신선 중의 한 사람이다. 춘천은 또 동해에 가까우므로 그
신이 반드시 海山에 있어 永郎 諸仙과 더불어 笙鶴을 타고 노닐것을 의심치 않
는다. 광수가 마침내 그 뜻을 이끌어서 辭를 지어 그 이름을 <반초혼>이라 했다.
무릇 <초혼>이라는 것은 宋玉이 屈原의 魂魄에게 사방에 의탁하지 말고 반드
시 楚國으로 돌아와야 한다고 권하는 것이다. 지금 광수는 공에게 반드시 동해
로 돌아가야 한다고 권한다. 그러므로 송옥의 뜻에는 반하는 것일 따름이다.[1]

　　창작동기와 그 목적, 사상적 배경 및 <반초혼>이라고 題名한 이유를 밝히
고 있다. 杜機의 죽음을 듣고 그를 애도하기 위하여 지었다는 것이다. 두기의
絶命詩에서 선경을 연상하고는, 두기 또한 신선 중의 한 사람이라 하고 있으
며, 그 근거로 白樂天·石曼卿·蘇東坡가 列仙이 되었음을 밝혔다. 그러므로 시
인인 두기도 신선으로 永郎諸仙과 더불어 笙鶴을 타고 노닐 것을 의심치 않
는다는 것이다. 임종시 두기가 그토록 갈망했던 곳이 '海上三島'이므로 그 뜻
을 이어 <招魂>에 반하는 작품을 지었다. 이미 죽어 神仙이 되었으므로 현세
로 돌아올 필요가 없다는 판단이며, 東海가 곧 신선의 거주처 仙境이라는 인
식이다.

---

1) 申光洙, <反招魂> 序文, ≪文集≫ 권5 장34-35. "故承旨崔公觀化賦詩有海上三島之語 靈
　川申光洙在黃驪直中 聞公之亡 有詩私悼 今大歸于春川 世傳白樂天爲海山院主 石曼卿爲
　芙蓉城主 蘇長公爲玉局散吏 古之文章之士 其淸明之氣均 而不遞漸減 往往爲列仙者 有之
　公 故神仙中人 春川又近東海 其神必在海山 與永郎諸仙 爲笙鶴之遊無疑矣 光洙遂導其意
　而爲辭以將之 其名曰反招魂 夫招魂者 宋玉勸屈原魂魄 勿托四方 必歸楚國 今光洙勸公
　必歸乎東海 故反宋玉之意云爾"

石北의 뇌리에 깊이 인각된 두기의 <絶筆>은 그가 임종시 절명의 순간에 남긴 口號詩이다. 이것은 일명 <絶命辭>, 또는 <觀化賦>로 일컬어지고 있다. 두기는 이 작품에서 仙界에 대한 동경과 仙化欲求를 드러냈다. 또한 해상삼도에서 선유하려 했는데 뜻을 이루지 못했음을 읊었고 풍진세상에 잘못 나왔다는 謫仙意識을 보였다. 그래서 本鄕인 海上三島를 무한히 동경하고 추구했다. 그러나 사나운 파도가 가로막아 접근할 수가 없다고 했다. 해상삼도란 三神山을 의미한다. 이 삼신산에 대한 견해는 분분하지만, ≪史記≫ 이후 많은 기록이 우리나라를 삼신산의 나라로 믿게 했다. 그리하여 이곳을 형상한 작품에서 神仙思想과 仙鄕憧憬 및 仙界遊遊의 낭만적 환상을 드러냈다. 石北은 두기의 죽음을 애도하여 <聞崔而有亡悼成一律>, <述哀崔襄陽寄李子伋>, <除夕杜機終祥直中感賦> 등의 작품을 남겼다.

崔成大는(1691-1761)의 자는 士集, 호는 杜機·而有·而有齋이다. 본관은 全義로 正郞 守慶(1668-1726)의 아들이다. 1720년 30세에 蔭補로 別提를 지내고 1732년 庭試文科에 丙科로 급제, 世子侍講院說書를 거쳐 持平·掌令을 지낸 뒤에 大司諫에 이르렀다. 시문에 뛰어나 三淵 金昌翕(1653-1722) 이후의 제일인자로 알려지기도 했다. 靑泉 申維翰(1681-1752)과 藥山 吳光運(1689-1745)과 문학적 교류가 활발했다. ≪杜機詩集≫에 970여 수가 있다.

<反招魂>[2]은 크게 전반부(제1구-제16구)와 후반부(제17구-제131구)로 나누어진다. 세분하면 전반부는 바로 도입부가 되며, 후반부는 전개부와 종결부로 나눌 수 있다. 전반부는 도입부의 성격을 띤 부분으로 죽음으로 인한 仙化와 혼을 부르지 않은 까닭을 말했다. 이의 구체화인 후반부가 대부분을 차지하는데, 전개부에서는 仙界遊遊를 주로 노래했으나 부분적으로 謫仙意識과 下土認識 등이 나타나며, 종결부에서는 이를 바탕으로 詩想을 마무리했다.

楚辭의 형식을 빌었으나 그 구체적 양상은 다르다. <反招魂>은 哀悼辭이자 遊仙辭인 바, 그 내용은 매우 독창적이다. 작가로서 石北의 개성과 문학정

---

2) 申光洙, ≪石北文集≫ 권5 장34-39.

신이 전편에 걸쳐 나타난다. 그 처음은 다음과 같다.

聞夫子之遠徂兮	부자가 멀리 나감을 들음이여!
厭下土而不居	하토가 싫어 거주하지 않는다네.
乘靑丘而左轉兮	청구에 올라 왼쪽으로 돌아감이여!
至東海而弭車	동해에 이르러 수레를 멈추었도다.
云閬風之仙鄕兮	낭풍산은 선향이라
固夫子之所廬	참으로 부자가 살 만한 곳이로다.
與列仙乎翶翔兮	옅선과 더불어 높이 날아오르매
又何懷夫故都	또 어찌 저 고도를 생각하리.

사후 두기의 영혼이 신선이 되어 선향을 찾아 오유함을 드러냈다. 신선전설을 수용하여 동해상에 선계가 있음을 신실하게 믿고, 절명시에 동경했던 선계를 향한 비상의 꿈을 구현했다. 열선과 더불은 선계비상은 하토에 미련을 둘 필요가 필요가 없다는 관념이다. 지상적 현실에 대한 부정적 인식이 깔려 있음이다. 그러므로 영혼의 육체탈리를 선계오유의 출발로 인식했고, 하토가 싫어 거주하지 않는 것으로 합리화했다. 선화한 영혼은 仙鄕 낭풍산에 이르러 열선과 더불어 신선지락을 누린다. 영혼의 육체탈리라는 죽음의 현상을 거침으로써 억압과 구속, 시비곡직과 이해득실의 고통스러운 현실적 질곡을 벗어났다. 무한한 절대적 자유가 사후세계에 있다. 그러므로 故都에 미련을 둘 필요가 없다고 인식했다.

이 작품은 <東招>나 초사 중의 <招魂> 및 <大招>와 그 발상부터가 완전히 다르다. 仙化는 자유를 향한 무한한 비상이다. 두기는 그의 꿈을 성취했다. 이런한 사유의 바탕에 영혼불멸사상이 있다. 그러나 그 문학적 표출양상은 '招魂'이 아니고, '反招魂'이다. 혼이란 '永世之所樂'이므로 '逍遙而勿歸'해야 한다는 인식이다.

'魂兮無歸'의 반복은 <招魂>·<大招>·<東招>의 '魂兮歸來'처럼 강한 呪力을 담고 있다. 모두 生者의 강렬한 소망을 성취하기 위한 呪言이다. 영혼을 위무

하여 천도하기 위함이다. 死者는 사자대로 生者는 생자대로 遺恨이 있다. 응어리진 한을 푸는 방법은 다양하다. 맺힌 한을 풀려고 할 때, 민간에서 가장 많이 사용하고 있는 것이 巫俗的 呪術인 바, 그것은 흔히 무속의 死靈祭에서 나타난다.

원래 逍遙遊란 莊子思想의 귀결점이라 할 만큼 그의 핵심적 사상이다. 그의 <逍遙遊>를 보면, 대소의 동식물에서 고래의 실존 및 가상의 인물, 그리고 자연계의 현상 등에 이르기까지 매우 다양하고 이질적인 성격의 소재들을 활용하여 '정신적인 절대자유의 세계와 절대적 자유인의 眞相'을 부각시키고 있다.3) 곧 정신적인 무한한 자유에 대한 추구를 강조한 것이다. 그러므로 소요유란 무장무애의 세계에서 정신적인 절대자유의 경지를 누리는 것이다. 이것은 彼와 此의 경계를 없앰으로써 누릴 수 있는 天人合一의 眞樂4)과 일맥상통한다.

逍遙而勿歸의 理由와 逍遙遊處의 형상화를 위해 '遂爲之辭曰' 다음에 본격적으로 '魂兮無歸'를 외치며, '東方可以托些'라 했다. 제18구-제23구에서 두기가 묻힌 곳은 洶美한 山川으로 그려진다. '魂兮無歸'는 '魂兮歸來'의 <招魂>이나 <東招>와 대조적이다. 이미 永生의 神仙이 되었고, 東方은 의탁할 만한 아름다운 곳이니, 굳이 현실에 연연해할 필요가 없다는 인식이다.

> 玄窀旣閉安體魄些   현둔 이미 닫혔으니 체백이야 편안해라.
> 魂兮獨升乘御廣莫些   혼이야 홀로 올라 아득히 넓은 하늘 타네.

'魂升魄落'의 죽음에 대한 인식이다. 그러나 주목되는 것은 청명한 이 작품의 서문에서 볼 수 있었던 것처럼 기운이 균일하여 사라지지 않을 때, 때때로 列仙이 된다는 사유이다. 이것은 靈魂不滅思想에 바탕을 둔 것이지만, 도교적 사생관의 일단을 엿볼 수 있다는 점에서 부언을 요한다.

---

3) 朴鍾赫, ≪<莊子> <逍遙遊>의 散文精神과 譬喩>(亞細亞文化社, 1993), 42쪽 참조.
4) 李起炫, <高山九曲歌의 構造와 志向>, ≪한양어문연구≫ 제11집(한양대학교 한양어문연구회, 1993), 272-273쪽 참조.

우리의 경우 도교는 재앙을 몰아내고 齋醮를 주로 하는 科儀的 종교로 국가에서 보호를 받은 적이 있고, 修鍊的 종교로 민간에서 신봉되었으나 종교적 교단을 형성하지는 못했다.5) 그러나 조선후기로 이어지면서 도교적 요소들은 일상생활에 파고들어 민간의식의 일부를 형성했다. 도교사상이 반영된 민간설화의 일반화, 도교적 상상력의 관습적 형상화 및 문학적 전통은 종교적 인식 없이도 선인들의 사유를 사로잡았다.

도교에서는 죽음을 어떻게 인식하고 있는가. 도교는 죽음에 대한 상반된 인식을 보이고 있다. 노장적 사생관과 신선사상이 바로 그것이다. 생사란 우주대자연의 섭리에 불과하다는 노장적 사생관은 天道隨順과 萬物齊同論이 깔려 있다. 특히 장자의 齊物論은 생과 사를 대립적인 것으로 보지 않고 하나라고 보았다.

> 삶은 죽음의 동반자요, 죽음은 삶의 시작이다. 이렇게 순환해 마지않는 생사에서 어느 것이 근본인 줄 누가 알겠는가. 사람이 살고 있다는 것은 기운들이 모여 들었다는 말이다. 이 기운이 모이면 삶이 되고 흩어지면 죽음이 되는 것뿐이다. 만약 생사가 불가분의 관계에 있음을 안다면, 생사에 대해서 무엇을 근심할 까닭이 있겠는가. 그러므로 만물은 하나일뿐이다.6)

生死一如라는 장자의 제물론적 사생관이다. 장자는 ‘天地與我並生’과 ‘萬物與我爲一’라고 했다. 이것은 ‘彼出於是 是亦因彼’라는 인식과 상통한다. 이곳에서 ‘죽었다’함은 곧 저곳에서 ‘낳았다’고 할 것이어서 ‘方生方死 方死方生’이라 할 것이다. 道 전체에서 바라보면 모든 것이 다 같은 것이다. 현상계의 만물은 공간적인 것만이 아니라 시간적으로도 상의하는 것으로 생각한 결과, 만물은 시시각각으로 변하고 있으나 이 변화는 연속되는 존재이므로 과거와 미래를 갈라서 생각할 것이 아니라 하였다. 그래서 인간의 생사도 이와 같이 연속된 것이며, 사람은 죽음으로 끝나는 것이 아니라고 하였다.7) 그러나 인간은

---

5) 車柱環, ≪韓國의 道敎思想≫(同和出版公社, 1986년), 12쪽 참조.
6) <地北遊>, ≪莊子≫ 제22. “生也死之徒 死也生之始 孰知其紀 人之生 氣之聚也 聚則爲生 散則爲死 若死生爲徒 吾又何患 故萬物一也”

400

이 일체의 도에 어둡고, 是非와 眞僞를 다투기를 좋아하며, 현실적 삶을 중시한다. 그러므로 悅生惡死의 생각을 지니게 된다. 사후세계란 不可知의 세계이므로 마음껏 상상력을 동원할 수 있다. <反招魂> 서문에서 볼 수 있었던 것처럼 '淸明한 氣運이 均一하여 흩어지지 않으면, 때때로 列仙者가 된다'는 神話的 민음이 있었다. 道敎思想과 靈魂不滅思想이 깔려 있고, 宇宙森羅萬象은 玉皇上帝의 權能 아래 있다는 道敎的 想像力이 작용했다.

靈魂不滅을 믿는 心理에는 現世의 한정된 삶에 대한 두려움과 비통한 고뇌가 뒤따랐다. 그러므로 靈魂不滅을 믿는 인간의 心的 태도는 生命의 有限性에 대한 諸般心理의 逆投射 현상으로, 生命의 觀念的 延長形態를 보인다. 이는 공간성을 초월하여 생명의 시간적 無限性을 나타내는 것이니, 그것은 곧 인생을 무한으로 연장 발전시켜 가는 생명에 대한 神話的 思考이다.[8] 靈魂의 仙化는 이같은 神話的 思考인 바, 完全한 世界를 향한 끝없는 인간의 동경과 욕망의 소산이다.

石北은 杜機의 죽음에서 온 슬픔과 虛無를 仙化를 통해 초극함과 동시에 崇慕의 情을 담았다. 죽음의 悲哀와 虛無, 恐怖를 仙界遨遊로 昇華시켰다. 이것은 老莊에서 본 죽음의 문제로 悅生惡死의 관념을 惡生悅死의 관념으로 전도시킨 것이다.[9] 죽음이야말로 모든 것으로부터의 해방이요, 온갖 속박으로부터 벗어남이다. 石北은 天道隨順이나 齊物論的 死生觀 및 魂升魄落의 思惟를 수용하여, 죽음을 仙化로 관념화함으로써 悅生惡死를 惡生悅死로 昇華시켰다.

2) 死後世界의 仙遊

天上仙界는 玉皇上帝의 權能 아래 不老長生하는 神仙의 세계다. 地上的 缺陷이 없는 恍惚한 幻想界다. 有限한 人生의 地上的 桎梏과 죽음의 恐怖를 극

---

7) 李鍾殷, ≪韓國詩歌上의 道敎思想硏究≫(普成文化社, 1978). 25-26쪽.
8) 金泰坤, ≪韓國巫俗硏究≫(集文堂, 1985), 321쪽 참조.
9) 宋恒龍, <老·莊에서 본 죽음의 문제>, ≪韓國道敎文化의 位相≫(亞細亞文化社, 1993).

복하기 위해 先人들이 憧憬했던 세계다. <反招魂>의 仙界遨遊는 杜機를 哀悼
하고, 臨終時 그의 所望成就를 위해 펼쳐졌다. 神仙傳說을 제재로 仙界遨遊나
鍊丹服藥을 통해 不老長生의 염원을 노래하거나, 離塵去俗하는 仙遊를 통해
현실적 葛藤과 桎梏을 抒情·克服코자 한 시를 遊仙詩라고 정의할 때,10) <反
招魂>은 離塵去俗의 仙界遨遊를 드러낸 遊仙辭라고 할 수 있다.

　제21구-제39에서 道教的 想像力이 神仙傳說과 결합되었다. 두기는 죽어 海
上三島에 이른 바, 四仙이 그를 맞이함으로써 仙界의 일원으로서 同質性이 확
인된다. 夢中 遊仙詩에 흔히 나타나는 동질성 확인의 징표인 丹藥 섭취를 통
해 換骨成仙하는 服藥 모티프는 없다. 魂升魄落의 仙化過程을 거쳤기 때문이
다. 恍惚한 仙界의 浪漫的 傲遊가 펼쳐지며, 無窮無盡한 天樂을 즐긴다.

　제46구-제77구는 仙界遨遊와 그 興趣가 절정을 이룬 부분이다. 三島十洲를
두루 노니는 웅장한 모습이 화려하게 그려졌다. 白鶴과 鸞鳳과 孔雀이 있고,
무성한 芝草와 영롱한 琪樹가 있다. 三神山을 맡은 羨門과 安期生 등 眞仙들
이 잔치를 벌인다. 화려한 옷차림의 美人들이 등장하여 歌舞를 하는 등 天樂
을 만끽하기도 하고, 幻想的 仙界遨遊가 무한히 펼쳐지기도 한다. 이는 現實
界의 모든 꿈과 慾望의 投射이다.

　遊仙文學에서 仙界는 어떤 갈등도 존재하지 않는 상실했던 樂園, 충만함이
넘치는 공간으로 관념된다. 仙界는 혼재의 모든 결함을 보상해 줄 수 있는 완
전한 공간으로, 불완전한 現在나 완전한 過去 또는 未來의 공간에 존재한다.
현실의 중압이 존재치 않는 완벽한 이상세계인 仙界相은, 舊約聖經에서 묘사
되고 있는 에던시절이나, 혹은 ≪失樂園≫에서 그려지고 있는 잃어버린 '黃金
時代' 등 유토피아의 모습과 본질적으로 다르지 않다.11) 공간묘사를 통해 구
체화된 선계상은 樂園思想12)을 통해 그려낸 가장 완벽한 理想境이다. 그러므

---

10) 鄭珉, <16.7세기 遊仙詩의 자료개관과 출현동인>, ≪韓國 道教思想의 理解≫(亞細亞文
　　化社, 1990). 101-102쪽.
11) 李健清, ≪韓國田園詩 연구≫(文學世社, 1986). 27-35쪽.
12) 樂園思想과 관련된 論著로 다음과 같은 것 등이 있다.
　　金錫夏, ≪韓國文學의 樂園思想研究≫(日新社, 1973).

402

로 仙界傲遊는 가장 완벽한 精神的 경지, 곧 '無所不妨'의 逍遙遊인 絶對自由
를 누린다는 의미를 지닌다.

옥황상제, 불로장생의 신선들, 다양한 위계로 짜여진 신들의 세계와 온갖
신령스런 동물들, 이들이 거주하는 천상 및 삼신산의 황홀한 경관 등 도교의
이러한 제반 요소들은 우리 문학에서 끊임 없이 낭만적 상상력의 원천적 공
급원의 구실을 했다. 여기에 도가의 사상이 추구하는 정신적 해방과 자유의
세계는 종교로서의 도교와 뚜렷한 경계 없이 넘나들며 문학의 주제로 형상화
되어 왔다. 유교 이념의 권위가 엄연했던 조선조 유자들에게 있어서도 도교가
갖추고 있는 신비적 낭만적 상상력의 세계는 현실적 중압에서 벗어나게 하는
역할을 했던 것이다. 유선문학의 지향이 유교 이념과 정면 배치된다는 이율배
반적인 모순을 언뜻 보이지만, 유교와 도교의 관계는 상보적인 관계로 파악해
야 한다.13)

제118구-제126구에서도 仙界遨遊를 그렸다. 仙界의 帝府는 人間界의 秩序
를 옮겨 놓았지만, 人間界와는 구분된다. 여기에 白玉京의 十二樓가 있다. 玉
皇上帝는 白玉京에서 群仙의 朝會를 받으며 제반사항을 관장한다. 天上仙界는
웅장하고 광대하며, 아름답고 화려하다. 햇빛·달빛·별빛이라는 三光에 호흡하

김윤식, ≪황홀경의 사상≫(홍성사, 1984).
김종회, ≪한국소설의 낙원의식 연구≫(문학아카데미, 1990).
蘇在英, <韓國 文學에 나타난 理想鄕 硏究>, ≪東洋學≫ 第23輯(단국대 동
양학연구소, 1993). 李鍾殷, 앞의 책.
李鍾殷·尹錫山外, <韓國文學에 나타난 유토피아 意識 硏究>, ≪韓國學論集≫
(漢陽大學校 韓國學硏究所, 1996).
鄭珉, <遊仙文學의 서사구조와 도교적 상상력>, ≪韓國道敎와 道家思想≫(亞
細亞文化社, 1991).
13) 鄭珉, 앞의 글, 앞의 책. 여기서 鄭珉은 遊仙文學에 대하여, 遊仙文學은 世我矛盾에서
말미암은 自己同一性의 喪失을 謫仙意識이라는 보상기제를 통해 극복하려는 譏刺의
형상화, 탈출공간으로서의 仙界相 및 낭만적 傲遊, 服藥 모티프와 下界鳥瞰에서 확인
되는 부정적 塵土認識, 그리고 궁극적 구원이 될 수 없는 仙界體驗의 현실적 의미 등
을 서사구조 속에 담고 있다고 밝혔다.

며 飛翔하는 神仙之樂이 있다.

　仙界는 가장 완벽한 낙원이다. 그러므로 도교적 상상력을 통한 仙界遨遊는 현실의 질곡과 갈등에서 해방되는 기쁨을 만끽케 한다. 이것이 바로 逍遙遊의 心象이요, 天樂이다. 그러므로 '逍遙而勿歸'라 했고, '從天樂'이라 했으며, '無所不妨'의 逍遙遊를 강조했다. 이러한 仙界遨遊의 眞樂이 있으므로 '魂兮無歸'를 거듭 반복했다.

> 魂兮海山澹忘歸些　　혼이여 해산이 맑으니 돌아올 것을 잊으라.
> 無涯之期杜一機些　　끝없는 기간에 한 세속을 막으니
> 其樂如彼孰是非些　　그 즐거움 이같으매 누가 시비하랴.
> 四方之中東方最樂些　사방 가운데 동방이 가장 좋은 낙원이니
> 魂兮無歸東方可以托些　혼이여, 돌아오지 마라! 동방은 의탁할 만한곳일지니.

　終結部인 제127구-제131구이다. '忘歸'를 외치고 '無歸'를 강조했다. 四方 가운데 東方이 最樂處이니 逍遙遊의 天樂을 누리라는 呪術이다. 그러므로 돌아올 생각은 아예 말라고 했다. 東方은 맑은 海山이 있고 즐거움이 가득한 공간, 世俗의 是非善惡이 없는 樂園이다. 그러므로 '魂兮無歸東方可以托些'이라 했다. 主題意識이 담긴 詩句이다. 同一語句의 반복을 통해 현실적 삶의 고통과 질곡이 없는 永生의 세계에서 神仙之樂을 누리라는 강렬한 所望表出이자 呪術이다.

　否定的 下土認識은 仙界遨遊의 기쁨을 강조하려는 意識過程이다. 동시에 現世의 葛藤과 挫折에 대한 自己補償의 의미를 갖는다. 현실에 대한 집착이 강할수록 上界는 美化되고 下土는 否定된다. 聖의 上界와 俗의 下土를 대조시켜 仙界遨遊의 天樂을 강조하고 下土를 부정함으로써, 懷才不遇라는 현실적 갈등과 좌절을 서정하려 한다. 潛在意識의 神話的 표출이다. 이러한 思惟의 바탕에는 근본적으로 謫仙意識이 전제되어 있다. 따라서 否定的 下土認識은 本鄕回歸에 대한 강렬한 憧憬意識을 낳는다. 여기에서 '聖(仙界) →俗(人間界) →聖(仙界)'의 原形構造가 만들어진다.

404

제40구-제45구에서 四仙을 통해 謫仙意識과 下土認識, 그리고 本鄕回歸意識을 드러냈다. 天上에서 罪를 지어 下界에 적강했다가 다시 그 참을 온전히 회복하여 上天했다는 인식이다. '聖(仙界) →俗(現實界) →聖(仙界)'의 세계관이다. 이러한 空間意識은 渾天說에 따른 宇宙觀[14]과, 萬物轉變은 絶對者의 權能 아래 있다는 宿命論的 宇宙觀을 바탕으로 한 多元的 敍事空間의 統括原理[15]와 그 맥락을 같이 한다.

否定的 下土認識은 本鄕回歸에 대한 강렬한 憧憬意識의 神話的 표출이다. 地上的 挫折은 葛藤을 낳는다. 갈등을 서정하려는 의식은 下土를 더욱 부정적인 세계로 부각시킨다. 이것은 존재근원의 本鄕에 대한 강렬한 回歸意識을 낳는다. 그리하여 자신의 不遇를 地上仙의 通過儀禮的 苦痛으로 인식하게끔 하는 謫仙意識을 낳는다. 따라서 언젠가 잃어버린 樂園을 향한 本鄕回歸를 꿈꾸게 된다.

人間界는 고뇌와 갈등이 존재하는 不完全한 공간이다. 여기에 劫·見·命·煩惱·衆生이라는 五濁이 있다. 人間界를 五濁惡世라 봄은 불교적 인식이다. 지상의 부정적 현실을 불교적 인식을 통해 드러냈다. 여기서 生老病死의 苦惱가 없는 神聖空間이 요구된다. 神仙思想을 반영한 작품에서 神聖空間은 天上仙界로 구현되기 마련이다. 선계는 영원존재의 세계이며, 인간계는 순간존재의 세계이다. 여기에 인간존재는 영원하다고 믿는 존재근원에 대한 회귀의식이 나타난다. 존재근원에 대한 회귀는 영혼관뿐만 아니라, 神話·巫歌·巫俗祭儀 전반에 걸쳐서 나타나는 존재에 대한 근원적인 사유인 原形的 思考[16]와 관련된다. 靈魂은 世俗의 瞬間存在로부터 벗어나 神聖의 永遠存在로 回歸함으로써 不滅한다는 사고이다.

제110구-제117구에서는 仙界와 대조적인 人間界의 모습을 드러냈다. 否定

---

14) 李春基, <三韓拾遺硏究>, ≪韓國文學의 道敎的 照明≫(李鍾殷 編, 普成文化社, 1992), 168-169쪽 참조.

15) 金勇範, <英雄小說에 나타난 道敎思想硏究>(漢陽大學校 博士學位論文,1988),41-52쪽.

16) 金泰坤, ≪韓國巫俗硏究≫(集文堂, 1985), 305쪽.

的 下土認識이 나타난다. 손바닥만한 中國, 좁쌀만한 三韓에서 초파리처럼 朝夕으로 사라지는 인간의 삶은 극히 왜소화되고 무의미한 것으로 그려졌다. 인간계의 모든 것은 諸行無常에 불과할 뿐인데, 사람들은 부귀와 빈천을 따지며 오욕칠정에 기뻐하고 노하고 부러워한다. 영욕과 은원이 만변하건만, 가슴을 조이며 애를 태우고 괴로워한다. 우주대자연의 무한한 도를 깨우치지 못하고 시비와 이해에 얽매여 있는 인간세상의 부정적 모습이다. 상계에서 하계를 바라보고 웃는 '大笑'는 인간계의 부정적 요소를 모두 떨쳐버린 정신적 해방에서 온 悅樂의 웃음이다. 높은 정신적 경지의 상징이다.

　일반적으로 유선문학의 하계조감은 하토에 대한 부정적 인식을 드러낸다. 그런데 <反招魂>은 부정적 인식뿐만 아니라, 긍적적 인식도 보이고 있어 주목된다. 하토에 대한 긍정적 인식은 신선전설과 관련이 깊은 금강산 일대를 통해 구현된다.

　제78구-제109에서 三神山의 하나인 금강산 일대가 선경으로 나타난다. 관동 아홉 고을의 시간은 선계와 다르다. 그러므로 성곽 인민의 천 년이 빠르다고 노래했다. 하늘을 나는 흰 갈매기와 土歌, 낙산 최립의 鏤板, 명사길 해당화와 철적 소리, 아름다운 주변의 섬, 총석정과 사선봉, 삼일포, 한송정과 경포대의 밝은 달, 죽서루 등이 나타나며, 四仙에 대한 추모의 정도 나타난다. 관동팔경이 다분히 지상적 현실계라면 금강산은 선계로 보다 신비화되고 있다. 그것은 '神馬遵海颷遠擧兮/ 一往一徠莫知其處兮'의 과정을 거쳐 금강산에 도달하고 있기 때문이다. 그러나 금강산의 오십삼불, 중향성, 만폭동의 폭포, 보덕현, 비로봉 등은 다분히 현실적이다.

　상상은 철저히 꿈의 세계다. 현실적으로 가능하지도 못하고 있을 수도 없는 마음의 세계일뿐이다. 꿈은 소망의 세계이고, 이러한 소망은 현실적인 불가능을 전제로 한다. 개인의 문제에서 국가적인 문제에 이르기까지 질곡이 심하면 심할수록 사람은 꿈을 꾼다. 꿈을 꿈으로써 잃었던 심리적인 평형을 찾을 수 있기 때문이다. 이러한 소망을 충족시켜주는 대표적인 기제는 신선이다. 그래서 신선에 대한 동경과 유선의 꿈은 우리 문학에서 지속적으로 형상

406

되어 왔다. 이러한 양상은 특히 어지러운 시대에 자주 나타나는 바, 삶이 고
통스러울수록 그 정도가 심하다. 일상으로부터의 탈출을 의미한다는 점에서
隱逸이나 管是非의 정신과 근본 맥락을 같이 한다. 산수를 노래한 작품에서
이러한 도교적 상상력을 가장 손쉽게 발견할 수 있다. 仙의 字義에서 드러나
듯이 신선이 사는 곳은 산이라는 생각이 옛부터 있었고, 또 신선의 성격상 그
들의 활동공간인 선계는 사람들의 일상공간과 다르기 때문이다. 명승절경을
만나면 신선을 떠올리는 것이 공통된 현상이다. 이는 작가의 상상력이 십분
발휘되기 보다는 관습적인 사유에 따라 둘을 연상시키는 것에 그치는 경우가
많기 때문에 독특한 문학적 성과를 기대하기가 힘들다.17) 그러나 石北의 경
우는 작가의 상상력이 십분 발휘되었을 뿐만 아니라, 그의 예술혼을 유감없이
펼쳤다는 점에서 그 나름대로 성공한 작품이라고 하겠다.

17) 李鍾殷, <高麗後期 漢詩의 道教的 樣相>, ≪道教의 韓國的 受容과 轉移≫(亞細亞文化
社, 1994), 87쪽.

Ⅴ. 散文文學의 世界

　石北의 散文은 文集 제11권-제16권에 실려 있다. 제11권에 書 46편, 제12권에 書 52편, 제13권에 書 24편·疏 1편·上樑文 1편, 제14권에 祭文 26편·辭賦 1편·祝文 등 4편, 제15권에 序 14편·碑陰記 1편·傳 1편·騈儷文 3편이 있다. 그리고 제16권은 雜著와 附錄으로 구성되어 있는 바, 잡저 11편에는 <書馬騎士事>·<虎僧傳>·<劒僧傳>·<書狂奴子墓誌事> 등이 있고, 附錄에는 <行狀>과 <年記>가 있다. 여기서는 傳, 書事, 碑陰記, 그리고 騈儷文으로 된 세 편의 序를 고찰코자 한다. 이를 통해 傳文學의 傳統性과 文藝的 變移, 書事文學의 文藝性과 主題樣相, 碑陰記의 主題意識, 그리고 騈儷文의 世界 등이 밝혀지리라 기대한다.

　石北의 文은 雄肆·峻潔하며 敍事는 簡要·奇奧한데, 그 骨格과 風神은 韓愈와 歐陽修에 가장 가깝다.[1] 그의 문장은 天機가 流動하여 조각으로 말미암지 아니하고, 순수함은 마치 金玉이 쇳덩어리와 옥덩어리로부터 나온 것과 같고, 俊逸함은 몹시 사나운 새가 높은 나무 위를 나는 것과 같다[2]고 평해지기도 했다. 石北은 弱冠에 아우 騎鹿 및 震澤과 더불어 古文을 힘써 공부했고, 항상 左丘明과 司馬子長의 문을 즐거이 읽었다[3]고 한다.

---

1) 申光河, <行狀>, ≪文集≫ 권16 장24. "公之文雄肆峻潔 敍事簡要奇奧 然其骨格風神最近於韓歐"
2) 張錫龍, <石北集序>, ≪文集≫. "大抵公之文章 天機流動 不由彫刻 純粹如金玉之出鑛璞 俊逸若鷔鳥之翔雲林"
3) 申光河, 앞의 글, 같은 곳. "弱冠與弟騎鹿震澤 公力攻古文 常喜讀左丘明司馬子長之文"

1. 傳文學의 傳統性과 文藝的 變移

傳에 대한 기존의 양식적 논의는 다양하다. 傳을 傳으로 보는 관점, 傳을 說話가 小說로 발전하는 과도기적 양식으로 보는 관점, 傳의 일부를 小說로 보는 관점, 傳을 傳記로 보는 관점 등이다. 傳은 그만큼 문학양식으로서 다양하게 해석될 수 있는 개방성을 충분히 지니고 있다고 하겠다. 傳은 또한 記나 志로 쓰기도 하였는데 志·記·識·紀·誌의 다섯 글자와 음과 뜻이 상통했으며 한 글자였다고 한다.1) 傳과 親緣關係에 있는 文體로 記·錄·志·書事·實記·實錄·本紀·世家 등이 있다. 처음에는 인물의 일생을 기록한 것을 傳, 특정한 사적을 기술한 것을 記, 그리고 이 둘을 결합하여 敍入述事한 것을 傳記라고 하게 되었다고 하나, 한 인물에 대하여 기록하다 보면 관련된 사건의 서술은 저절로 수반된다는 점에서, 傳은 후대에 이르게 되면 傳記的 성격을 띠게 된다.

徐師曾은 그의 ≪文體明辨≫에서 傳을 史傳·家傳·托傳·假傳의 4품으로 분류하였다.2) 그러나 우리나라의 경우 이 명칭을 그대로 썼을 때 한자음이 같아서 혼동될 염려가 있으므로 作傳者·立傳對象·立傳趣旨에 따라 列傳·私傳·托傳·假傳으로 구분하여 사용하고 있다. 이러한 傳에는 문체상 正體와 變體가 있다. 傳에 대한 분류는 그 기준을 어떻게 설정하느냐에 따라 다양하게 나타난다. 입전인물을 기준으로 할 경우에는 忠義傳·孝子傳·烈女傳·逸士傳·神仙傳·藝人傳·遊俠傳 등으로 나눌 수도 있고, 서술형식을 기준으로 할 경우는 의론적 유형·삽화적유형·유기적유형3)으로 나눌 수도 있다.

傳의 命名法은 '立傳人物의 이름(혹은 신분)+傳'으로 됨이 일반적이다. 일찍

---

1) 金龍德, ≪韓國傳記文學論≫(民族文化社, 1987), 15쪽 참조.
2) 徐師曾, ≪文體明辨≫ 58권, 傳條. "按字書云 傳者傳(平聲)也 紀載事迹以傳於後世也 自漢司馬遷作史記創爲列傳 以紀一人之始終 而後世史家卒莫能易嗣是 山林里巷或有隱德而不彰 或有細仁而可法 則皆爲之作傳以傳 其事寓其意 而馳騁文墨者間以滑稽之術雜焉 皆傳體也 故今辨而列之其品有四 一曰史傳(有正變二體) 二曰家傳 三曰托傳 四曰假傳 使作者有考焉"
3) 朴熙秉, ≪朝鮮後期 傳의 小說的 性向 硏究≫(成均館大學校 大東文化硏究院, 1993).

이 중국의 학자 焦肱은 전의 특징을 '以人係事'에서 찾았으니, 인간을 벼리줄로 해서 사건이 구성되는 紀傳體 서술방식의 특색과 관련이 깊다.4) 조선후기에는 '禮失求野'의 정신이 나타나기도 하여 立傳人物이 크게 확대됐다. 敍事性과 敎述性을 함께 갖춘 傳은 모두 戒世懲人함으로써 敎訓을 남기고자 한다. 그러한 점에서 傳은 載道論的 文學觀이 가장 잘 반영된 문학양식 중의 하나이다.

傳의 형식은 3단구성으로 되어 있다는 것이 통설이나, 論者에 따라 다소 견해 차이가 있다. 그것은 그만큼 형식이 개방적임을 의미한다. 傳의 형식에 대해 김광순, 김균태, 김용덕, 김태준, 안병설은 3단구성으로, 조수학은 2단구성과 3단구성으로, 이동근은 3단구성과 4단구성으로 보고 있다. 한편, 조종업과 주명회는 傳의 공통적 포함요소를 관습적 순서에 의해 배열했다.5) 따라서 문제가 되는 것은 傳의 구성상의 형식을 어떻게 보는 것이 보다 합리적이고 바람직한 것이냐로 귀착된다고 할 것이다.

傳을 구성하는 대표적인 요소는 自序, 人物의 行蹟, 論贊이다. 그러므로 傳의 완벽한 형식은 '趣意部(自序)-行蹟部(本贊)-評訣部(論贊)'이다. 그런데 여기서 인물의 행적은 필수요소이다. 반면에 自序와 論贊은 작품에 따라 생략되는 경우가 적지 않다는 점에서 선택요소라고 하겠다. 특히 자서의 경우는 생략되는 경우가 많다. 그러므로 행적부를 보다 세분하여 살피는 것이 보다 합리적이라고 생각한다. 자서와 논찬을 제외한 부분, 곧 행적부는 다시 '도입-전개-결말'이라는 3단으로 세분될 수 있다. 따라서 傳의 형식은 3단구성, 4단구성, 5단구성으로 나타난다. '趣意部(自序)-導入部-展開部-結末部-評結部(論贊)'로 이루어지는 것은 5단구성이다. 그러므로 4단구성은 취의부나 평결부 중 하나가 없이 이루어지며, 3단구성은 취의부도 없고, 평결부도 없이 이루어진다.

---

4) 林熒澤, <三國史記列傳의 文學性>, ≪韓國漢文學硏究≫ 제12집(韓國漢文學硏究會, 1989), 12쪽.
5) 李東根, ≪朝鮮後期「傳」文學硏究≫(太學社, 1991), 207-210쪽 참조.

1) 鄭烈婦傳의 形象性과 美意識

(1) 敍述技法의 傳統性과 그 逸脫

<鄭烈婦傳>은 전형적인 私傳이다. 烈婦 鄭氏는 八溪 사람으로 남편이 죽자 남편을 장사지내고 卒哭까지 마친 뒤에 남편의 뒤를 따라 스스로 목숨을 끊었다. 石北은 이를 기리기 위해 이 傳을 지었고, <驪江節婦歌> 五解도 지었다.

<鄭烈婦傳>은 '도입부-전개부-결말부-평결부'라는 4단구성을 취하고 있다. 이러한 구성은 조선후기 私傳에서 가장 일반적으로 나타나는 유형 중 하나이다. 이 작품의 내용단락은 다음과 같다.

① 鄭烈婦에 대한 人定記述
② 가난하여 남편과 함께 오라비에게 의지함
③ 남편이 병들자 정성을 다했으나 죽음
④ 죽기로 작정했으나 형님의 타이름에 죽음 보류
⑤ 남편의 장사를 지내고 졸곡까지 마침
⑥ 평상시처럼 행동함
⑦ 글을 남기고 죽음
⑧ 남편 곁에 묻음. 이야기를 들은 사대부들마다 슬퍼함
⑨ 논평

①은 도입부, ②-⑥은 전개부, ⑦-⑧은 결말부, 그리고 ⑨는 평결부이다. 도입부는 흔히 인물의 인적사항이 나타난다. 곧 입전인물의 出生, 姓名, 家系, 官職, 性品 등 人定記述이 바로 그것이다. 이 작품의 도입부는,

烈婦 鄭氏는 八溪 사람이다. 學生 德輝의 딸로 태어났다. 지극한 성품이 있어 부모를 섬김에 孝誠스러웠고, 형제를 대함에 友愛하고 儉素했으며 節槪가 굳고

方正했다. 비록 家人族黨이 그녀가 말하고 웃는 것을 드물게 보았지만, 늠연히
女士風이 있었다. 士人 朴思億에게 시집가서 婦道를 행함에 어김이 없었다.6)

와 같이 서술되고 있다. 鄭烈婦는 효성, 우애, 검소, 굳은 절개, 그리고 방정한
행동 등 婦德을 갖춘 전형적인 인물이다. 그러므로 늠연한 女士風이 있다고
했다. 이러한 성품은 '婦道'에 압축되어 있다. 인물에 대한 요약적 제시다. 結
末部도 이같은 요약적 제시로 이루어지고 있다. 그러나 展開部는 요약적 제시
와 장면적 제시가 함께 나타난다. 도입부·전개부·결말부는 모두 3인칭 객관적
진술로 서술되었다. 반면에 評結部는 3인칭 주관적 진술과 1인칭 주관적 진술
이 함께 나타난다. 傳은 객관적 진술과 주관적 진술을 통해서 인물의 德性을
최대한 부각시키려고 한다. 傳이 敍事性과 敎述性을 아울러 지니게 된 것은 이
같은 이유때문이다. 전개부에서 규범적 행위를 객관적으로 제시하고 평결부에
서 인물에 대해 주관적으로 평가하는 것은 전의 두드러진 형식상의 특징이다.

<鄭烈婦傳>의 展開部에서 場面的 提示가 활용됨은 朝鮮前記 傳과 구별되
는 朝鮮後期 傳의 특징이다. 그렇다고 조선후기 모든 傳에서 이러한 장면적
제시가 나타나는 것은 아니다. 실제로 傳의 내용을 검토하면 입전된 인물의
경험적 세계가 장면화되지 못하고 요약제시된 경우가 많다. 장면적 제시가 조
선후기에 많아진 것은, 傳이 說話나 野談 또는 小說의 영향을 입었기 때문이
다.7) 장면적 제시는 현장감과 생동감을 불러일으킨다. 그러나 自我가 世界와
심각한 대립을 보이기보다는 하나의 특이한 경험적 진실을 진술하고 있을 뿐
이다.

이 날로부터 죽기로 맹세하고 일절 밥을 먹지 아니했다. 날이 지나도 물만

---

6) 申光洙, <鄭烈婦傳>, ≪文集≫ 권15 장19. "烈婦鄭氏八溪人 學生德輝女生 有至性事父母
孝 處兄弟友廉介剛方 雖家人族黨罕見其言笑 凜然有女士風 及長歸于士人朴思億 執婦道
无違"
7) 場面描寫나 인물의 獨白, 또는 心理描寫 등은 司馬遷의 ≪史記≫에도 적지 않게 나타나
고 있다(金聖日, <史記列傳의 人物描寫技巧硏究>, 全南大學校 博士學位論文, 1994). 그
러나 여기서는 朝鮮前期에 비해 크게 변모된 樣相에 초점을 맞추었다.

자주 들이마시니 그 형이 울면서 말하기를,

"우리 집이 매우 가난하고 또 안에 主食도 없으니 네가 만약 죽는다면 누가 남편을 맡아 장사하고 제사하겠느냐."

라고 했다. 정씨가 말하길,

"아아, 제가 죽으면 누가 제 남편을 맡아 장사지내고 제사지낼 자가 있으리오."

라고 했다. 이에 비로소 억지로 나아가 죽을 들고 朝夕으로 祭奠함에 몸소 살피지 않음이 없었다. 이후부터 그녀의 형은 속으로 '내 동생이 이제는 죽지 않으려고 한다'고 스스로 기뻐했다. 이미 장사지내고 졸곡까지 마쳤다.[8]

전개부에서 주목할 것은 內的 獨白과 인물의 心理가 나타나고 있는 점이다. 형님의 독백이 바로 그것이다. 內的 葛藤도 미미하나마 보인 바, 그것은 對話에서 엿볼 수 있다. 죽고자 했으나 현실적으로 죽음을 보류하지 않을 수 없는 것은 갈등상이다. 이것은 조선후기 傳의 敍述技法이 그만큼 多樣化하고 있음을 단적으로 보인 예이다. 한 인물의 행적을 있는 그대로 서술한다는 전통적인 서술기법에서 逸脫했다.

烈女傳을 비롯한 전은 사실을 바탕으로 하여 쓰기 때문에 작가의 상상력을 배제하는 것이 원칙이다. 경험적 진실을 추구하는 傳에 작가의 상상력이 개입될 경우 크게 확장된 對話를 통해 다양한 수사법을 구사하거나,[9] 인물에 대한 서술이 보다 具體化된다. 있었던 그대로 서술하는 것이 아니라 있을 수 있는 장면을 연상한다. 그리하여 내적 독백이나 인물의 심리까지 드러내기도 한다. 그것이 발전하면 보다 개성이 강한 인물을 창조할 수도 있다. 南公轍의 <崔七七傳>은 畵家 崔北의 내면적 충동과 정신적 특질을 잘 그리고 있는 바, 이는 인물의 個性을 중시했다는 의미가 된다.[10] 인물의 個性重視는 興味追求

---

8) 申光洙, 앞의 글, 《文集》 권15 장19-20. "自是日矢從死 絶不飮食 日進水數吸 其兄泣語 吾家甚貧 又內無主饋 汝若死 誰當主 而夫葬祭者 鄭氏曰 噫 吾而死 誰當吾夫葬祭者 於是始强進粥飮 朝夕祭奠 无不躬視 自後其兄內自喜 吾妹庶幾欲不死乎 旣葬卒哭"

9) 朴壽密, <馬駔傳硏究>(漢陽大學校 碩士學位論文, 1994).

10) 朴熙秉, 앞의 책, 114-115쪽.

――――, 《韓國古典人物傳硏究》(한길사, 1992), 404-417쪽.

의 경향이나 虛構的 想像力의 적극적 발휘, 閭巷人에 대한 주목 등과도 밀접
한 관련을 맺고 있다. 개성이 있는 인물들을 立傳한 傳들이 조선후기에 많이
창작될 수 있었던 데에는 이 시기에 유형적 인간 대신에 진정한 개인이 출현
했다는 점에 크게 힘입고 있다. <鄭烈婦傳>은 이같은 개성적 인물의 창조에까
지는 이르지 못했지만, 전형적인 傳의 태도에서 逸脫하려는 움직임을 보였다.

정열부의 성품에 대한 도입부의 서술은 다음에 일어날 사건과 긴밀하게 연
결된다. 전개부에서 사건의 구체화를 통해 인물의 규범적 행위를 부각시켰다.
가난 속에서도 남편을 극진히 섬기는 婦道를 강조했고, 남편의 병을 고치기
위한 정성을 강조했다. 衣食때문에 남편의 마음을 걱정시키고 어지럽히지 않
았다. 또한 남편의 병을 고치기 위해 온갖 노력을 기울였을 뿐만 아니라, 氷
雪 중에서도 목욕하여 몸을 깨끗이 하고, 여섯 달 동안 朝夕으로 이슬을 맞으
며 기도했다. 남편을 장사지내고 제사할 사람이 없기 때문에 죽음을 잠시 보
류했다. 그리고 평상시처럼 행동했다. 그러나 결국 그녀는 스스로 목숨을 끊
었다. 그녀가 죽을 수 있었던 것은 烈婦로서 덕성뿐만 아니라, 결말부에 나타
난 것처럼 자식이 없었기 때문이기도 했다. 그리고 이러한 점은 論評을 통해
서도 다시 한번 확인되고 있다. 이처럼 모든 서술은 인물의 德性을 부각시키
는 데에 초점이 맞추어져 있다.

헐벗음과 굶주림으로 대표된 가난, 서울에서 여주로의 공간이동, 남편을 섬
김, 남편의 병, 남편의 죽음, 죽음에 대한 일시적 보류, 장사와 졸곡, 평상시와
같은 행동 등 모든 행위는 정열부의 婦道를 각인하기 위한 요소이다. 인물의
德性은 사건의 단순한 나열로는 인상적으로 부각될 수가 없다. 그것은 인물의
행위가 因果的 秩序에 따라 전개될 때 가능하다. 모든 행위가 有機的으로 연
결되면서 苦難을 중첩시키고 있다. 苦難의 重疊을 통해 規範的인 인간상을 확
연하게 드러냈다. 이는 苦難의 重疊構造를 통한 인물의 부각이라고 하겠다.
이러한 특징은 그 이전의 傳과는 다소 다른 양상이라고 할 수 있다. 사건의
因果的 秩序에 따른 구성과 苦難의 重疊構造를 통해 鄭烈婦의 행위가 보다
부각되고, 그리하여 그녀의 행위가 더욱 의미있는 것으로 나타난다.

정열부의 죽음은 그녀의 婦道를 드러낸 결정적인 행위이다. 남편을 따라 끝내 죽었기 때문에 烈女로서 表彰의 대상이 된 것이다. 傳은 대부분 죽음으로 끝나기 때문에 悲劇的 構造로 나타난다. 곧 上昇構造가 아닌 下降構造요, 열린 구조가 아닌 닫힌 구조라고 하겠다. 정열부의 죽음은 자아와 세계의 대립이 완전히 해소됐음을 의미하는 것은 아니다. 비극으로 끝났다는 점에서 세계와 화해라는 野譚과 다르다.

評結部는 外史氏에 의한 論評과 작자의 論評으로 나누어 서술하고 있다는 특징을 보였다. 제3자인 外史氏의 시각을 빌린 것은 主觀的 陳述인 論評을 보다 客觀化하고자 함이다. 評結部의 虛頭語는 작품에 따라 '史臣曰, 外史氏曰, 野史曰, 君子歎曰, 樊巖子曰, 贊曰, 嗚呼, 噫' 등 다양하게 나타나는데, 이 가운데 제3자의 시각을 빌려 主觀的으로 敍述하는 것은 인물을 보다 객관적으로 평가하고 있다는 인상을 심기 위한 것이다. 비록 立傳人物이 正史에는 들어갈 수는 없어도 外史나 野史 등에는 들어갈 수 있지 않겠느냐는 의식이 작용했다. 인물에 대한 평가를 객관화하는 것은 경험적 진실임을 드러내고자 하는 것이며, 그렇게 함으로써 信憑性을 확보하고, 敎訓性을 보다 높이려는 것이다. 그런데 그것만으로는 미진했던지 여기에 자신의 주관적 진술을 덧붙였다. 이러한 점은 일반적인 傳과는 그 양상이 다르다. 시점의 이동을 보인 것이다. 敍事的 事件展開만으로 인물에 대한 평가가 미흡하다고 생각한 傳의 작가는 제3자나 또는 자신의 시각을 통해 인물의 삶에 대해 가치를 부여한다.

<鄭烈婦傳>은 서술방식에 있어서 장면제시적 서술지향성을 보여 준다. 뿐만 아니라, 내적 독백과 인물의 심리를 드러내기도 했다. 그리하여 사건을 因果的 秩序에 따라 서술하고, 대화 등을 통해서 현장감을 느끼게 하고 있다. 곧 小說에서 볼 수 있는 표현을 구사하고 있는 것이다. 평결부에서도 여타의 傳과는 다른 양상을 보이고 있는 바, 烈女傳으로서 傳統的 敍述技法에 구애받지 않고, 그것을 더욱 多樣化하고 擴張했다고 하겠다.

(2) 主題上의 美意識

남편이 죽자 따라 죽었다는 내용은 일반적인 烈女傳과 크게 다르지 않다. 그러나 그 죽음의 양상에 대한 작가의 시각은 사뭇 다름을 알 수 있다. 이러한 점도 立傳의 動機 중 하나가 되었을 것이다.

外史氏가 말했다. 부인 중에는 남편의 죽음을 따르는 자가 세상에 때때로 있었으니 그녀가 그러하다. 많은 사람들은 兵戎에 허둥지둥하다가 빼앗김에 이르러 자살하는 것이다. 평상시 무사히 지내다가 남편이 죽으니, 그 죽음을 따르는 자가 또한 그 몇 사람이나 되었던가. 지극히 어렵지 않는 것이 죽음이니, 죽음을 스스로 당길 수 있는 자는 더군다나 지극히 어렵지 않다. 그러나 鄭은 백성으로 어찌 그리도 조용했던고? 지금 사람들 중에는 疾痛함이 있어 죽으려 하는 자는 물에 몸을 던지기도 하고, 스스로 배를 찌르기도 하며, 대들보에 목을 매달기도 하지만, 다행히 사람들이 구해 죽지 않을 수도 있다. 다시 擧行하려 하여도 차마 이것을 하지 못하는 것이 人情이다. 鄭氏는 남편을 잃고 죽으려 하였으나, 형의 말을 듣고 죽지 아니하고, 장사와 졸곡을 기다렸던 것이다. 그러나 자손도 없었기에 그날 居然히 곧 죽었던 것이다. 이것은 지극한 굳셈으로도 작정한 것이 흔들리지 않을 수 없는 것인데, 바탕에 끝과 시작이 하나 같음이 있었던 것이다. 날마다 性命從心함으로써 아침 저녁 이와 같았기에 그것은 어렵지 않았다. 아아, 슬프도다! 그 貞烈이여!11)

죽음을 맞이하는 태도가 일반 女人과 다름을 분명히 하고, 죽을 수밖에 없었던 事緣을 말한 다음, 憐憫의 感情을 드러냈다. 이러한 論評을 통하여 鄭烈婦의 행위에 가치를 부여하고, 그녀의 婦道를 禮讚함으로써 인물의 德性을 부각시키는 데에 초점을 맞추었다. 여기에 인물의 美德을 길이 새기고 기리고자

---

11) 申光洙, 앞의 글, 《文集》 권15 장20. "外史氏曰 婦人從夫死者世往往有其人然 多兵戎倉卒奪迫引決者 平居无事 夫死而從死者亦幾人哉 至莫難者死也 死而能自引者尤至莫難焉 而鄭民何其從容也 今人有疾痛 求死者或投於水 或自刺其腹 懸於樑 幸人救解得不死 欲再擧則不忍此人情也 鄭氏欲死於夫喪 以兄之言而不死 必待葬又卒哭 而能不後 其日居然乃死 此匪至剛不撓定計 有素終始如一 日有能以性命從心早晚若是 其无難耶 嗚呼 其烈矣"

416

한 銘頌意識이 자리잡고 있다. 인물에 대한 銘頌意識은 褒貶意識과 맞물리며, 이것은 規範意識을 확립코자 하는 데서 나타난다. 規範意識의 바탕에는 당대의 道德律이 깔려 있다.

가난과 남편의 병듦 등 苦難重疊과 그 극복과정에는 嚴肅美가 흐른다. 外的 試鍊에 맞서서 삶을 지속하려는 노력은 그 자체만으로도 嚴肅하지 않을 수 없다. 立傳人物의 죽음은 悲劇美 또는 悲壯美를 創出한다. 죽음은 삶의 終末이므로 悲劇이고 悲壯하다. 특히 주어진 현실을 극복하지 못하고 스스로 죽음을 선택한 경우에는 더욱 그러하다. 悲劇美·悲壯美는 憐憫意識때문에 나타난다. 立傳人物의 죽음은 독자의 憐憫意識을 불러일으킨다. 憐憫意識의 바탕에는 人間의 生命을 중시하는 人本主義思想이 깔려 있다. 그러므로 悲壯美는 독자의 정서적 반응에서 나타난 것이므로 規範意識을 확립시키는 데에 결정적 구실을 한다. 한 인물의 規範美를 통한 悲劇的 一生은 보다 큰 감동을 준다. 그러므로 결말부는 悲壯美를 통한 規範意識의 확립이라는 의미를 지니게 되며, 評結部는 그것의 再強調라는 의미를 지닌다.

社會的 存在로서 인간이 바라는 가장 理想的인 틀을 만들려고 하는 것이 規範意識이다. 規範美는 인물의 德性을 통해 나타나는 바, 그 德性이 최대한 부각될 때, 하나의 美意識으로서 의의를 지니게 된다. 작가는 이를 통해 道德的 敎訓을 주려고 한다. 그러므로 規範意識은 반드시 인물에 대하여 褒貶한다. 褒貶을 통해 規範美를 확립하려는 것이다. 褒貶은 절로 人物禮讚이라는 銘頌意識을 수반하게 된다. 따라서 傳은 規範意識과 褒貶意識 및 銘頌意識이 相互作用함으로써 보다 바람직한 人間相을 제시한다는 특성을 지닌다. 傳이 인물의 德性이나 善行을 부각시키는 데 초점을 맞출 수밖에 없는 이유가 바로 여기에 있다.

石北은 外史氏의 말을 빌리어 이 점을 확실히 했다. 그리고 나서는,

내가 마을의 선비에게서 그것을 듣고 바야흐로 朝廷에 그 일을 올릴 것을 도모했다. 鄭氏의 節槪는 旌을 기다릴 것도 없이 높은 사람이나 낮은 사람이나 鄕

人이 그것을 알고, 이웃 고을 邑에서 그것을 알며, 閭巷의 婦孺가 그녀가 烈女임을 칭찬하지 않음이 없으니, 마땅히 驪江의 山水와 나란히 그것은 흐르고 우뚝 솟아야 한다. 그러므로 이 나라의 선비가 반드시 그 마을에 旌門을 세우려 할 것이니 烈婦를 알림으로써 또한 넉넉히 鄕風을 보게 하려는 것이다.[12]

라고 하여 外史氏라는 3인칭 시점에서 1인칭 시점으로 바꾸어 자신의 시각에서 褒貶意識을 드러내고 있다. 烈婦의 일을 조정에 올리고자 한 것은 인물의 절개를 찬양하고 기림으로써 後世에 교훈을 주기 위함이다. 烈婦의 節槪는 鄕人이 알고, 이웃 고을 사람들이 알고, 모든 여항의 婦孺가 앎으로써 風俗이 敎化되어야 한다는 외침이다. 그러므로 그녀의 節槪는 여강 고을의 강물처럼 영원히 흘러 전해져야 하고, 산처럼 우뚝 솟지 않으면 안 될 當爲性을 지니고 있다. 鄭烈婦를 立傳한 까닭이 바로 여기에 있다. 그 속에 規範意識과 憐憫意識 및 褒貶意識, 그리고 銘頌意識이 자리잡고 있으며, 이들은 모두 人道主義에 의해 지탱되고 있다. 인물을 새기고 기리려는 작가의 主題意識이 인물의 삶을 아름답게 美化했다.

烈婦傳에서 보이는 規範意識은 그 나름의 문제점이 없는 것은 아니다. 그것은 당대의 道德律을 지나치게 강조함으로써 人間存在의 高貴性을 度外視하고 있기 때문이다. 그러한 점에서 燕岩의 <烈女咸陽朴氏傳>은 示唆하는 바가 많다. 이 작품에서 연암은 무조건 남편을 따라 죽음으로써 節槪를 지킨다는 慣習的 思考를 비판했다. 男女平等에 입각한 性慾解放[13]이라는 점에서도 그렇다. 물론 朴趾源도 작품의 끝부분에서 烈婦의 행위를 極讚하지 않은 것은 아니지만, 因襲에 얽매여 죽음을 선택하는 것이 바람직한 현상이 아님을 지적했다. 傳統的 女性像의 變貌는 改嫁와 관련된 <孀女>, <太學婦路>, <古談>, <遺訓> 등 漢文短篇에서 엿볼 수 있다.[14] 그리고 庶民階層의 女性이 등장한

---

12) 申光洙, 앞의 글, ≪文集≫ 권15 장20. "余聞鄕之士 方謀上其事于朝 鄭氏之節匪待旌 而輕重者鄕人知之 旁郡邑知之 閭巷婦孺莫不稱其爲烈女 當與驪江山水竝其流峙 然是邦之士必欲旌其間 以報烈婦亦足以觀鄕風矣"
13) 李家源, ≪燕巖小說硏究≫(乙酉文化社, 1988), 745쪽.

<朝報>와 <鹽>과 <馬> 등에서도 傳統的 規範에서 벗어난 女性像을 엿볼 수 있는 바, 여기에 등장하는 女主人公들은 名分보다 實利를, 社會倫理보다 個人의 思想과 感情을 중시하며, 富貴를 手段으로 삼는 모습을 드러내고 있다.15) 권력의 횡포에 대해 첨예하게 저항하는 전투적 여성이나 자신의 뜻에 따라 배우자를 선택하고 헤어지기도 하는 자유분방한 여성상을 <吉女>와 <劍女>에서 엿볼 수 있다.16) 이러한 변모양상에도 불구하고 대부분의 烈女傳 에서는 女人의 죽음을 極讚하고 기림으로 一貫함은 그 한계가 아닐 수 없다. 여기에는 하나의 個體的 存在로서 女性이 끼어들 틈이 없기 때문이다.

李埈의 <楊烈婦傳>, 金起弘의 <烈女許氏傳>, <節婦許氏傳>, 朴趾源의 <烈女咸陽朴氏傳>, 李德懋의 <兩烈女傳>, 李鈺의 <烈女李氏傳>, 洪直弼의 <李烈女傳>, <趙烈女傳> 등 烈女傳은 대부분이 남편을 잃고 스스로 목숨을 끊는다는 敍事構造를 지닌다. 그러므로 <春香傳>과 같은 小說에서 볼 수 있는 것처럼 志操와 節槪를 지킴으로써 행복한 결말로 끝나는 것이 아니다. 따라서 닫힌 구조를 지닌 傳은 모두 規範意識의 확립, 곧 規範美의 具顯이라는 主題意識을 담고 있다고 할 것이다.

2) 虎僧傳의 虛構性과 報恩意識

(1) 虛構性과 眞實性

丁丑年(1757)에 지은 <虎僧傳>은 '도입부-전개부-결말부-평결부'라는 4단 구성으로 된 작품이다. 그런데 결말부는 다시 '虎僧의 죽음과 그 뒤의 정황, 제보경위'로 나눌 수 있다. 평결부는 傳樣式에서 흔히 나타나는 '外史氏曰'로 시작된다.

---

14) 李佑成·林熒澤 譯編, ≪李朝漢文短篇集≫(上)(一潮閣, 1995).
15) 徐京希, <漢文短篇에 나타난 李朝後期의 女性像>, ≪韓國漢文學研究≫ 第3-4輯(韓國 漢文學研究會, 1979).
16) 李明學, <漢文短篇에 나타난 女性形象>, ≪韓國漢文學研究≫ 第8輯(韓國漢文學研究會, 1985).

도입부는 虎僧의 인물됨이 나타나 있고, 스승과 더불어 함께 지낸 이야기가 포괄적으로 압축되어 있다. 전개부는 '어느 날 저녁 노승은 제자의 마중을 나갔다가 범에게 먹히었다. 젊은 승려는 짐이 過重하여 그 스승과 약속한 날짜를 지키지 못하고 하루 늦게 이르렀다. 그는 스승의 원수를 갚기 위해 그 범과 결투했다.'는 내용이다.

여기서 주목되는 것은 도입부와 전개부 및 결말부가 因果的 秩序에 의해 구성되고 있다는 점이다. 서두부에서 虎僧은 성실하고 근면한 인물로 스승을 잘 섬겼고, 스승 또한 그를 매우 사랑했다고 했다. 그리고 약속을 한번도 어긴 적이 없다고 했다. 그러나 전개부에서 약속한 날짜를 지키지 못함으로써 스승이 범에게 잡혀 먹힌 사건이 발생한다. 약속한 期日을 지키지 못한 것은 짐이 무겁고 길이 멀었기 때문이다. 스승이 호랑이에게 먹힌 사실을 안 虎僧은 復讐를 다짐하고, 호랑이와 싸우다 힘이 다하여 결국 죽는다. 이러한 일련의 과정은 단순한 사실의 羅列이 아니라 因果的으로 펼쳐지고 있다는 데에 그 특징이 있다. 결말부의 제보경위를 말한 부분에서도 호승의 키가 칠 척 남짓이고 스무살쯤이라고 확인한 것은 虎僧이 호랑이를 충분히 상대할 수 있음을 나타낸 것이다.

<虎僧傳>에서 제보의 경위는 <鄭烈婦傳>보다 구체화되고 있다. 이것은 說話를 수용한 양상이 짙으므로, 虎僧의 이야기가 經驗的 眞實임을 강조하기 위한 것이다. 곧 제보의 경위를 서술함으로써 虎僧의 이야기가 虛構가 아니라는 점을 분명히 하고자 했다. 이는 傳이 일반적으로 추구하는 經驗的 眞實의 强調와 無關하지 않다. 立傳人物의 행적이 얼마만큼 經驗的 眞實인가를 밝히기 위해서 見聞한 근거를 제시해야 한다. 이것은 傳이 근본적으로 歷史敍述에서 발전된 散文形式이기 때문이다. 사실의 眞實性에 충실코자 함이다.

<鄭烈婦傳>이 石北 당대에 일어났던 實事를 바탕으로 立傳한 작품이라면, <虎僧傳>은 說話를 수용하여 立傳한 작품이다. 이 작품 역시 要約的 提示와 場面的 提示가 뒤섞여 있고, 視點의 移動이 나타나고 있다. 특히 호랑이와 싸우는 부분의 장면제시는 현장감을 주고 있다. 스승의 원수를 갚기 위해 호랑

이와 싸우다 장렬히 죽었다는 내용을 실감나게 그렸다. 小說에 보다 접근한 양상이라고 하겠다. 여기에 작가의 想像力이 개입할 소지가 있다. 그러므로 인물의 구체적 행위를 虛構化하여 보다 극적으로 제시할 수 있었다. 사실의 眞實性을 규명하기 보다는 虛構的 眞實性을 추구하려는 경향을 보였다. 그러므로 이 부분만 본다면, 무엇을 위해 싸우다가 죽었느냐에 초점을 맞춘 것이 아니라, 어떻게 싸우다가 죽었느냐에 보다 초점을 맞추고 있다.

이같은 양상은 說話를 수용과 관련이 깊다. 說話는 經驗的 眞實을 추구하는 문학이라기보다는 虛構的 眞實을 추구하는 문학이다. 口傳되는 과정에서 얼마든지 潤色, 添加, 削除가 가능하다. 그러나 傳은 實事를 바탕으로 인물을 드러내려고 하기 때문에 想像力이 개입할 틈이 거의 없다. 그럼에도 불구하고 <虎僧傳>에서 장면제시의 구체화는 想像力의 산물이다. 그것은 조선후기 人物傳의 野譚趣向性17)과 관련되기도 하고, 또는 事實을 受容했더라도 立傳過程의 변모에 따른 小說化 경향18)과 관련되기도 한다.

朝鮮後期 傳의 變貌樣相으로 立傳人物의 多樣化, 說話의 受容, 虛構的 想像力의 介入, 興味追求, 人物의 個性 重視, 形式과 文體의 變化 등을 들 수 있다.19) 특히 興味追求와 好奇心이 說話受容의 動因이 되었다. 그러므로 <虎僧傳>은 '호승이 그 스승의 원수를 갚기 위해 호랑이와 싸우다가 죽었다.'는 내용의 說話를 수용했다고 하겠다. 이러한 작품들은 興味充足에 많은 비중을 두고 있다. 겉으로는 道德的 敎化에 초점을 맞췄다고 할지라도, 그 속에는 興味를 充足시키려는 욕망이 잠재해 있다. 이같은 興味追求와 好奇心의 발현이 傳의 가장 주요한 立傳動機였던 道德的 敎化에 맞섬으로써 規範에 잘 부합되는 인물들만이 아니고, 거의 모든 인간이 전의 立傳對象이 될 수 있었다. 그리하여 遊俠, 畵家, 樂士, 歌客, 醫圓, 거지, 사기꾼과 같은 존재도 立傳되기에 이

---

17) 金均泰, <朝鮮後期 人物傳의 野譚趣向性 考察>, ≪韓國漢文學硏究≫ 第12輯(韓國漢文學硏究會, 1989).

18) 朴晙遠, <朝鮮後期 傳의 事實受容樣相>, ≪韓國漢文學硏究≫ 第12輯(韓國漢文學硏究會, 1989).

19) 朴熙秉, 앞의 책, 83-126쪽.

르렀다. 規範的 人間型 밖에 존재하는 새로운 인간들을 발견하였을 뿐만 아니라, 規範的 人間型의 立傳에도 변화를 야기시켰다.

조선후기 전은 說話를 부분적으로 수용한 경우, 여러 편의 說話를 수용한 경우, 한 편의 說話를 수용한 경우 등이 있다. <虎僧傳>은 한 편의 說話가 한 편의 傳을 이루는 경우이다. <劍僧傳>도 마찬가지다. 說話가 한 편의 傳을 이루는 경우, 說話는 사건중심의 敍述構造를 갖게 마련이다. 傳이 인물에 초점을 맞추어 서술된다면, 說話는 사건에 초점을 맞추어 서술되기 때문이다. 그러므로 說話를 수용한 傳은 사건중심의 서술구조를 지니게 되고, 그 서술방식도 철저히 因果的·契機的이라는 특징을 보인다. 인물의 道德的 品性이나 非凡한 才能을 확인하는 데에 초점이 맞추어지는 것이 아니라, 사건 자체의 奇異함과 興味에 초점이 맞추어진다. <虎僧傳>에서 장면의 구체화는 이에 다름 아니다. 傳이 입전인물에 큰 변모를 보인 것은 17세기 初葉에 쓴 許筠의 작품에서 확인된다. 虎僧의 立傳은 이러한 경향의 延長線上에 있다고 하겠다. 이러한 변화와 說話의 수용이 想像力의 개입을 용이하게 함으로써 傳의 서술에 변화를 가져온 것이다.

아아, 호승은 죽어 이름을 구한 것이 아니로다. (中略) 듣자니 嶺南 사람들은 대저 質樸하고 悃愊하여 新羅의 遺風이 있다고 한다. 다른 때의 朴堤上·金郞幢·實用·黃昌과 같은 이들은 남자로서, 近代 大丘의 朴孝娘 姉妹는 논할 것도 없고 晉陽妓 介德이나 善山의 香娘 같은이는 여자로서 모두가 節義가 뛰어난 사람들로 이목에 빛났던 것이다. 그러니 호승 또한 嶺南人일 것이다.[20]

여기서 볼 수 있는 것처럼 평결부에서는 인물의 삶에 대한 평가뿐만 아니라, 立傳人物의 행적이 얼마만큼 경험적 진실인가를 밝히기 위해서 見聞한 근거나 증거 등을 제시하기도 한다. 傳이 근본적으로 歷史敍述에서 발전된 散文

20) 申光洙, <虎僧傳>, ≪文集≫ 권16 장11. "噫 虎僧匪死而求名者 (中略) 聞嶺南其人大抵質樸悃愊有新羅遺風 異時朴堤上金郞幢實用黃昌之流 以男子 近代大丘朴孝娘姉妹無論如晉陽妓介德 善山香娘 以女子 俱節義卓卓 焜燿人耳目者也 抑虎僧亦嶺南人耶"

422

形式이기 때문에 사실의 眞實에 충실코자 하는 의도에서 비롯되었다. 이러한 점은 결말부에서도 나타난다.

(2) 報恩意識과 信義의 强調

傳의 主題意識은 평결부의 論贊에서 확연히 드러난다. 論贊은 본래 다양한 위치에 나타났으나, 후대로 내려오면서 끝부분에 위치하게 되었다. 평결부는 서술자가 전개부에서 인물에 대한 서술이 충분하지 못했다고 생각할 때, 인물의 행적에 대해 논평하는 부분이다. 傳은 입전된 인물의 삶을 解釋하여 傳授하려는 목적을 지니고 있다. 그러므로 작가는 평결부를 통해 주로 立傳된 인물의 삶을 가치있는 것으로 規範化하고, 이를 後世에 전수하고자 한 의도를 드러내게 된다. 그러나 전개부의 서술과정에서 인물에 대한 평가가 충분히 진술되었다고 생각하면 論贊은 생략되기도 한다.

外史氏가 말하였다. 무릇 세상이 더욱 衰薄하니 鄕曲의 小人은 부모와 형제의 원수가 있어도 대개 죽음에 이르는 자가 드물었다. 또한 利財로 인하여 사는 자 중에도 때로 그러함이 있었다. 그러나 저 浮屠氏는 夷狄의 가르침인 것이다. 그가 師弟子로 칭하는 것은 義로써 합한 것이 아닌가. 호승은 그 몸이 고기가 되는 것도 꺼리지 않았다. 호랑이 입에 던져 육박전을 벌이다가 힘이 다해, 마침내 호랑이와 함께 죽음으로써 스승에게 보답하였던 것이다. 일찍이 夷狄의 가르침이 이 사람에게 있었던 것이로다.21)

石北은 결국 이를 통해 사람으로서 지켜야 할 道理를 강조하고자 했다. 곧 弟子가 스승의 원수를 갚기 위해 죽음도 不辭했다는 내용을 통해 당시 극도로 衰薄해진 사람 사이의 義理를 강조했다. 父母와 兄弟의 怨讐가 있어도 갚

---

21) 申光洙, 앞의 글, ≪文集≫ 권16 장11. "外史氏曰 夫世益衰薄 鄕曲小人有父母兄弟之讐 蓋致死者鮮矣 又因利而貨 居者往往有之 彼浮屠氏夷狄之敎也 其所稱師弟子者 非以義合者乎 虎僧不憚以其身爲肉 投虎口 肉薄力竭 卒與虎俱斃 以報其師 曾夷翟之敎而斯人也哉"

지 아니하는 世態에 대한 頂門一鍼이다. 父母의 怨讐는 不共戴天이라고 했다. 스승은 부모와 같은 존재이다. 그럼에도 불구하고 죽음이 두렵거나 利財에 눈이 어두워 恩惠를 망각하는 세태를 꼬집은 것이다. 恩惠를 茶飯事로 저버리는 人間事를 비판함이다.

佛敎는 世俗的 因緣에 超然한 慈悲의 宗敎로서 殺生을 금하고 있는데, 佛弟子가 죽음으로써 스승의 원수를 갚았다는 내용이 흥미를 끈다. 諸行無常을 강조하는 佛弟子를 立傳人物로 선택함으로써 義理精神을 보다 부각시키려는 의도가 작용했다고 할 것이다. 그리하여 信義를 지키지 않고 小人의 길을 걷는 것을 보다 극적으로 비판한 것이다. 결국 그것은 信義의 强調에 다름 아니다.

조선후기 孝子傳 중에는 父親의 怨讐를 갚는다는 내용을 形象化한 것으로 李光庭의 <鄭孝子傳>, 南有容의 <孝子朴氏傳>, 金養根의 <權孝子傳> 등이 있다. 특히 金起泓의 <孝子方戒令>에서는 立傳人物인 方戒令이 아버지를 해친 호랑이를 죽임으로써 復讐한다는 내용을 담고 있다.

虎僧은 죽어서 이름을 구하려고 한 것이 아니다. 다만 師弟之間의 義理로써 스승의 원수를 죽음으로 갚은 것이다. 은혜를 잊지 않고 보답하려는 報恩意識을 통해 信義를 강조하고자 했다. 그러므로 평결부에서 朴堤上·金郞幢·寶用·黃昌과 같은 인물을 들었고, 大丘의 朴孝娘 姉妹와 晉陽妓 介德 및 善山의 香娘을 들었다. 節義란 모든 사람이 지켜야 할 德目임을 강조하고자 함이다. 그러나 이 작품은 당시의 實際譚이라고 하지만, 스님의 이름이 드러나지 않았고, 그 내용으로 볼 때, 說話를 수용하여 經驗的 眞實에 충실코자 했다고 하겠다.

3) 劍僧傳의 興味性과 美意識의 變貌

(1) 形式上의 特徵과 興味性의 浮刻

<劍僧傳>의 가장 두드러진 형식상의 특징은 액자식구성이다. '도입부-전개

424

부-결말부-평결부'라는 4단 구성을 취하고 있다. 導入部에 시간적 배경과 공간적 배경, 인물을 포함한 서술의 정황이 먼저 제시되었다. 사건전개를 위한 예비상황이다. 傳의 도입부에는 입전인물의 出生, 姓名, 性格, 先系, 官閥 등 人定記述이 나타나게 마련이다. 그런데 <劍僧傳>은 입전인물의 人定記述로 날래고 굳센 성격만 나타나고 있다는 점, 그리고 시간적 공간적 배경이 구체적으로 제시되고 있다는 점, 특히 시간은 백여 년 전의 과거로 설정되고 있다는 점, 호기심을 자극하는 특이한 정황이 설정되고 있다는 점 등에서 일반적인 傳과 그 도입부의 양상이 다르다.

전개부는 도입액자에서 제시된 예비상황에 근거해서 과거의 사건이 서술된다. 도입부에서 제기된 나그네의 물음에 대답하는 형식을 취했다. 도입부에서는 스님이 哭을 했다. 호기심의 자극이다. 이를 이상히 여긴 나그네가 까닭을 물은 바, 전개부는 스님이 나그네에게 이야기하는 형식을 취했다. 倭將 淸正이 조선을 침략할 때, 20세 이하 청년 劍士 오만 명 중에 삼천 명을 정선하여 특별부대를 편성하고, 철령을 넘어 육진에까지 이르렀다. 삼천명이 해안에서 異人을 만나 싸운 끝에 둘만 남게 되었다. 이인은 두 사람을 제자로 삼아 검법을 모두 전수했는데, 제자 하나가 기회를 엿보다가 스승을 죽였다. 이에 다른 제자가 그를 죽이고 오대산에 들어가 스승의 忌日이 되면 슬피울었다는 내용이다.

결말부는 '편안해지더니 곧 웃었다. 다음날에는 간 곳을 알 수 없었다.'[22)가 그 전부로 대단히 짧다. 결말부가 이렇게 짧아진 것은 劍師의 죽음과 그 이후의 정황까지를 모두 전개부에 포함시켰기 때문이다. 이것은 전개부에서 사건을 충분히 서술했으므로 결말부에서 굳이 부연할 이유가 없어졌을 뿐만 아니라, 더 하고 싶은 말은 평결부에서 충분히 개진할 수 있기 때문인 것으로 보인다. 이에 이어 '外史氏曰'로 시작되는 평결부가 나타난다.

<劍僧傳>은 사건전개가 치밀하게 구성되고 있는데, 그것은 특히 액자식

---

22) 申光洙, <劍僧傳>, ≪文集≫ 권16 장13. "夷然乃笑 明日不知所之"

구성을 취하고 있기 때문이다. 도입부에서 제기된 곡소리에 대한 의문이 전개부를 통해 해명되어 결말부에서 완전 해소되고, 인물이 종적을 감추어 버림으로써 사건은 종결된다. 그만큼 구성의 치밀성을 보이고 있다. 도입부와 결말부는 외부이야기가 되며, 전개부는 내부이야기가 된다. 이 작품은 내부이야기 속에 또다른 이야기, 곧 劍師에 대한 이야기가 있다는 특징을 지녔다.

조선후기의 傳에서 보인 형식면의 변모 중 가장 두드러진 것은 바로 이 액자구성이다. 액자구성이란 내부이야기의 밖에 별도의 서술상황, 별도의 서술시점을 설정하는 것을 말한다. 그러므로 액자구성은 대개 1인칭 서술과 3인칭 서술이 액자를 경계로 교차한다는 특징을 보인다. 액자구성에는 도입액자와 결말액자가 모두 구비된 이른바 수미양괄식의 폐쇄형, 도입액자와 결말액자 중 하나가 결여된 개방형이 있는가 하면, 하나의 이야기만 액자 속에 담기는 단일형, 둘 이상의 이야기가 액자 속에 담기는 순환형도 있다. 傳에는 대개 말미에 論贊이라는 것이 붙으므로, 기본적으로 개방적 액자구성을 취하고 있다. 조선전기의 傳이 주로 보이고 있는 액자구성방식이다. 조선후기에는 수미양괄식의 액자가 상당수 등장한다. 조선후기 전이 보인 형식상의 가장 두드러진 변모이다.23) 이러한 점에서 수미양괄식의 액자구성을 취하고 있는 <劍僧傳>은 주목된다.

<劍僧傳>은 수미양괄식의 완전한 액자구성을 취하기 때문에 서술시점의 이동이 나타난다. 시점의 이동은 '3인칭 시점(도입부) → 1인칭 시점(전개부) → 3인칭 시점(종결부)'으로 나타난다. 내부이야기는 1인칭 시점으로 서술되고 있는데, 여기서 주목할 것은 구체적 장면제시와 異人의 등장이다. 삼천 명의 왜인 중 두 사람만을 남기고 모조리 죽인 검사는 뛰어난 재주를 지닌 異人임에 틀림없다. 이러한 인물의 설정은 비현실적이라는 점에서 작자의 상상력이 개입되었다고 할 것이다. 상상력의 개입은 허구적 진실을 추구하게 한다. 그

---

23) 司馬遷의 ≪史記≫에서도 수미양괄식의 완전한 액자구성을 취하고 있은 작품들이 부분적으로 있다. 조선후기 전에 나타난 도입액자의 양상과 기능은 다양하다. 朴熙秉, 앞의 책, 117-119 참조.

426

리하여 장면을 보다 구체적으로 제시할 수 있게 한다. 이러한 경향은 특히 설화를 수용한 경우에 많이 나타나고 있다.

조선후기는 한 편의 口傳說話가 전의 전체적 줄거리로 수용되는 경우가 많다. 그리하여 野譚이나 傳奇와 잘 구별되지 않는 경우도 있다. 許筠의 <南宮先生傳>, 金壽增의 <法性傳>, 金祖淳의 <五臺劍俠傳>, 吳道一의 <薛生傳>, 朴趾源의 <許生傳>, 李玉의 <浮穆漢傳>, 蔡濟恭의 <淸風義婦傳>, 李安中의 <李將軍傳> 등이 그러하다. 口傳說話는 傳의 서술방식이나 분위기에 커다란 영향을 미치게 된다. 說話를 수용한 傳들은 거의 그대로 옮겨 놓고 있다기보다 윤색이나 부연을 가하고 있는 경우가 일반적이다. 說話가 한 편의 傳을 이루는 경우, 사건중심의 서술구조를 지니게 되고, 그 서술방식도 철저히 因果的이라는 특징을 보인다. 그러므로 이런 종류의 傳은 조선후기의 傳으로 하여금 敍事性을 높이면서 小說에 보다 접근하게 하는 데 크게 기여했다. 그것은 작가가 독자를 강하게 의식하고, 그 결과 文藝性을 높이려는 의도가 작용했기 때문이다.

倭人을 모조리 죽인 劍師의 활약상 등에 대한 서술은 傳의 전통의식에서 크게 벗어났다. 현실적 인물에 초점을 맞추는 것도 아니고, 경험적 진실 그 자체에 초점을 맞추고 있지도 않다. 또한 인물의 도덕적 품성을 확인하는 데에 초점을 맞추고 있지도 않다. 주로 사건 자체의 奇異性과 興味性에 초점을 맞추고 있다. 그러므로 서술상 특징은 興味爲主의 부연과 윤색이 확대되기 마련이다. 설화를 수용한 傳들의 경우 전체적으로 모두 윤색이 인정되지만, 비현실적 인물이 등장하여 사건 자체의 기이함에 초점을 맞춘 경우에 더욱 두드러진다.

허구적 상상력이 개입된 경우, 대화를 상상적으로 창조하거나 실제보다 확장시켰고, 자의적으로 입전인물의 생각이나 독백을 서술하며, 일어났을지도 모른다는 단순한 蓋然性으로 자세한 행동들을 서술한다. 이는 傳에 허용하는 상상력의 테두리를 벗어나는 것이다. 하루 아침에 외톨이가 된 老僧의 심리는 자살충동으로 나타난다. 老僧이 홀로 남게 되어 자살을 시도했다는 것은 그만

큼 갈등이 치열했음을 의미한다. 서술이 크게 확장되면서 인물의 내면심리도
<鄭烈婦傳>에 비해 두드러지게 표출되었다.

<劍僧傳>의 도입부와 전개부에서는 교훈적 성격을 부차적인 것으로 격하
시키고, 개인의 독특한 경험담에서 맛볼 수 있는 흥미를 강조하거나 놀랍고
재미있는 소재에 관심을 돌리고 있다. 표면적으로는 여전히 도덕적 교훈을 내
세우고 있다 할지라도 그 본질에 있어서 사건의 기이함과 인물의 특이한 체
험에 강한 호기심과 흥미를 느끼고 있다. 傳의 規範意識과 銘頌意識이 약화되
면서 奇異追求와 興味追求가 전면에 부각되었다고 할 것이다. 이러한 경향은
조선후기에 대대적으로 유행한 稗史小品에 특징적으로 나타난다.

조선후기 傳이 說話를 무비판적으로 수용하거나 초경험적인 영역의 수용에
인색치 않았던 것도, 따지고 보면 새로이 대두된 奇異追求와 興味追求에 밀접
하게 관련된다. 또한 조선후기 傳이 허구적 상상력을 적극적으로 개입시켰던
이면에도 흥미추구의 동기가 개재되어 있다. 여기에는 현실에 대한 批判意識
과 表現欲求와 같은 동기도 있다. 조선후기 일부 傳은 흥미성을 높이기 위해
傳의 생명인 신빙성까지도 희생시켰다. 호기심을 충족시키고 흥미를 끌기 위
해 표현과 형식에 더 많은 주의를 기울였다. 奇異追求와 興味追求는 엄숙한
道德律로부터 탈피하게 했고, 文藝性을 향상시켰을 뿐만 아니라, 그것에 생기
를 불어넣는 중요한 계기가 되었다.

  (2) 諷刺意識과 批判意識의 登場

  人才가 등용되지 못한 채 숨어 살아야 하거나, 등용되더라도 목숨을 유지
하기 어려운 朝鮮의 政治的 現實을 비판했다. 또한 恩惠를 저버리는 세태를
批判함과 동시에 善人과 惡人을 구별할 수 있는 眼目의 필요성을 강조했다.
이 작품에서는 <鄭烈婦傳>과 같은 烈女傳에서 볼 수 있는 銘頌意識·規範意
識·褒貶意識·憐憫意識은 크게 약화되고, 반면에 興味追求나 表現欲求가 전면
에 등장하면서 批判意識이 크게 부각되고 있다. 批判意識은 특히 평결부에서
강하게 나타난다.

　　그 劍師는 아마 협객으로 숨어 사는 사람인 듯싶다. 壬辰亂을 당하여 저 草
野에서 일어난 용사로서 洪季男·金應瑞 같은 이들이 모두 용감히 倭賊을 물리치
고 뛰어난 공을 세웠거늘, 이 劍師는 숨어서 나오지 않고 功名으로써 스스로 몸
을 드러내지 않으려 하였음은 무슨 까닭인가? 그는 아마 異術을 가졌으나 실로
壬辰의 事變이 天運이요, 구구한 智力으로는 그치게 할 수가 없음을 안 것이리
라.24)

　　壬辰亂과 같은 國家存亡의 상황에도 불구하고 劍師는 왜 草野에 묻혀 지내
려고 했는가? 작가는 天運으로 돌렸다. 壬辰亂을 당하여 草野에 묻혀 지내다
가 일어난 洪季男과 金應瑞는 나라를 위해 큰 공을 세운 인물이다. 그런데도
異述을 지닌 劍師는 功名을 드러내려고 하지 않았다. 여기서 壬辰亂을 당해
대조적인 반응을 보인 두 인물유형을 든 것은 그 나름의 까닭이 있다.

　　洪季男은 壬辰倭亂 때 아버지를 따라 義兵을 일으켰다. 아버지가 戰死하자
怨讐를 갚기 위해 通文을 돌리고 義兵을 지휘했다. 그리하여 여러 곳에서 승
리를 거두었다. 그가 돌린 通文에, '나는 불행하게도 이 지극한 凶禍를 당했으
니, 凶惡한 왜놈들의 칼날 아래 아버지와 형이 목숨을 잃었다. 어찌 구차하게
살아서 이 敵과 한 하늘 밑에 있겠는가. 생각하니 멀고 가까운 곳의 선비와
백성이 나와 같았으니, 슬프고 아픈 사람들이 백 명, 천 명뿐만은 아닐 것이
다. 이에 이들을 糾合하여 한 부대를 만들어 復讐를 軍號로 내걸고, 아버지와
형의 깊은 怨讐를 갚으려 한다.'25)라고 했다. 그 후에도 晋州·求禮·慶州 등지
의 싸움에 참전했으며, 李夢鶴의 난을 평정함에 공을 세우기도 했다.

　　初名이 應瑞인 金景瑞는 1588년 監察이 되었으나, 집안이 미천한 탓으로
파직되었는데, 壬辰倭亂이 일어나자 다시 기용되었다. 평양 방위전에서 守灘

---

24) 申光洙, 앞의 글, ≪文集≫ 권16 장13. "外史氏曰 劍師俠而隱者乎 當壬辰之難 草野勇
　　如洪季男金應瑞輩 多奮起捍賊 立奇功 劍師伏而弗出 不欲以功名自顯何哉 彼有異術 誠
　　知壬辰之變天數也 非區區智力可弭"
25) 李肯翊, ≪燃藜室記述≫ 권16 宣祖朝故事本末, 壬辰義兵, 洪彦秀·洪季男條. "吾不幸遭此
　　鞫凶 兇鋒之下父母俱殞 豈容苟求生活與此賊共一天乎 因念遠近士民同我慘慟者必不啻千
　　百 玆欲鳩募爲一隊 揭之以復讐 以復父兄之深讐"

將으로 大同江을 건너는 賊兵을 막은 공으로 평안도 방어사가 되었다. 이듬해
칠천칠백 명의 병력으로 李如松의 明軍과 함께 평양성을 탈환하였고, 1594년
에 경상도의 방어사에 轉職되었다. 이 해 南韓 일대에 도적이 횡행하자 都元
帥 權慄의 명으로 이를 소탕, 그 공으로 1595년 경상우도 병마절도사에 승진
되었으며, 軍官 李弘發을 부산에 潛入시켜 敵情을 정찰하게 하고, 적의 간첩
要時羅를 매수하여 정보를 수집하는 등 많은 공을 세웠다.

이처럼 洪季男과 金應瑞는 용감히 왜적을 물리침으로써 뛰어난 공을 세운
인물이다. 그런데 劍師는 草野에 묻혀서 功名을 드러내지 않으려고 했다. 그
렇다면 國土山河가 倭軍에게 유린되는 상황에서 民族의 慘憺한 情景을 못 본
척한 劍師는 바람직한 인물이라고 평가할 수 없다. 그러나 서술의 초점을 여
기에 있는 것은 아니다. 작가의 의도는 劍師가 洪季男이나 金應瑞처럼 뛰어난
인물임을 강조하는 데에 있다. 劍師가 壬辰倭亂은 天運임을 알았다고 한 것은
이에 다름 아니다. 天運임을 알았다고 한 것은 그만큼 뛰어난 능력의 소유자
임을 반증하는 것이다. 劍師는 國難을 충분히 막을 수 있는 능력을 지니고 있
는 인물이다. 경험적 진실이 아닌 허구적 진실 속에서는 劍師가 洪季男이나
金應瑞보다 더 뛰어난 인물이라고 보지 않을 수 없다.

그러므로 서술의 초점은 國難을 충분히 막을 수 있는 능력의 소유자가 草
野에 묻혀 지낸 까닭에 모아지고 있다. 劍師는 왜 초야에 묻혀 지내고자 했는
가. 당대의 政治的 現實때문이다.

　　예로부터 슬기와 용맹과 기이한 재주를 지닌 자들이 거의 禍를 면치 못한 경
　우가 많았는데, 작은 나라일수록 더욱 심했다. 이제 李朝의 역사로써 말하더라
　도 南怡와 金德齡 등이 모두 그러했다. 그러므로 劍師는 차라리 깊은 산속에서
　늙어 죽을지언정 뉘우치지 않는 것이다. 그가 어찌 세상에 전하는 두 사람, 이
　른바 白頭隱者·草衣客의 무리가 아니겠는가? 그가 또한 姓名을 말하여 주지 않
　음에 이르러서는 더욱 奇異한 일이다.[26]

---

26) 申光洙, 앞의 글, ≪文集≫ 권16 장13. "自古智勇異能之士 多不免 小國尤甚焉 雖以國朝
　　言之 南怡金德齡皆是已 故劍師寧老死山甚巖而弗悔也 豈世傳二子所遇白頭隱者草衣客之

430

　슬기와 용맹과 기이한 재주를 지닌 사람들이 禍를 입은 경우가 많았음을
지적하고 있다. 작은 나라일수록 더욱 심하다. 작은 나라란 朝鮮이다. 작은 나
라는 곧 힘이 없는 나라를 의미한다. 石北은 그의 문집에서 작은 나라의 비애
를 여러 번 드러낸 바 있다. 오랑캐가 세운 淸나라에 조공하는 현실적 비애를
노래하기도 했고, 三田渡의 치욕을 한스러워하기도 했다. 힘이 없는 나라이기
때문에 三田渡의 치욕을 겪은 것처럼, 힘이 없는 나라이기 때문에 壬辰倭亂으
로 국토가 유린되었다는 인식이다.

　그러면 왜 힘이 없는 나라, 그래서 작은 나라가 됐는가. 결론적으로 말한다
면 인재를 등용하여 적재적소에 활용하지 못했기 때문이며, 인재가 등용되더
라도 黨爭으로 인하여 그 생명을 유지하기 힘들었기 때문이다. 그것을 강조하
기 위해 슬기와 용맹과 출중한 재주를 지니고도 禍를 면치 못한 대표적인 인
물로 南怡와 金德齡을 든 것이다.

　南怡는 李施愛가 北關에서 亂을 일으키자 右廂大將으로 이를 토벌하고, 西
北邊의 建州衛를 정벌한 공으로 27세의 나이로 병조판서가 되었다. 27세란 젊
은 나이의 병조판서는 부러움의 대상이다. 그런데 임금의 파격적인 待遇와 寵
愛를 입었던 것이 도리어 禍가 되었다. 南怡는 일찍이 '백두산 돌이야 칼을
갈아 다 없애고(白頭山石磨刀盡)/ 두만강 물이야 말을 먹여 다 없애리(豆滿江
派飮馬無)/ 사나이가 스무살에 나라 평정 못한다면(男兒二十未平國)/ 후세에
그 누가 대장부라 이르리오(後世誰稱大丈夫)'라는 드높은 기개를 드러낸 바
있다. 그러나 시기와 질투를 받다가 모함에 걸려 화를 면치 못했다. 1468년
예종이 즉위한 지 얼마 안되어 대궐 안에서 숙직하던 밤에 彗星이 나타난 것
을 보고, '묵은 것을 없애고 새 것이 깔릴 징조이다'27)라고 말했다. 이에 평소
그의 승진을 질투하고 있던 柳子光이 이것을 엿듣고 역모를 꾸민다고 모함하
였다. 그리하여 결국 康純 등과 함께 誅殺되었던 것이다.

　金德齡 또한 마찬가지였다. 그는 壬辰倭亂이 일어나자 母親 喪中임에도 불

　流也歟 至若不言其姓名尤奇矣哉"
27) 李肯翊, 앞의 책, 권6 睿宗朝故事本末 南怡之獄條. "彗星乃除舊布新之象也"

구하고, '이제는 어머니가 別世하였으니 臣下로서 節義를 다 할 수 있겠다.'28)
고 하며 義兵을 일으켰다. 1594년에는 義兵을 정돈하고 선전관에 임명된 후에
權慄의 휘하에 들어가 일본군의 호남지방 진출을 막기 위해 鎭海·固城 지방
을 방어했다. 義兵將 郭再祐와 협력하여 賊의 大軍을 무찌르기도 했고, 1595
년 고성에 상륙하려는 日本軍을 기습하여 격퇴하기도 했다. 그리하여 일본군
이 가장 무서워하는 義兵將의 한 사람이 되었다. 그러나 왕의 신임을 받자 大
臣들의 질투를 받아, 李夢鶴과 내통했다는 誣告로 마침내 獄死했던 것이다.
이러한 억울한 죽음때문에 후대에 오면서 민중적 영웅으로 부각되면서 많은
설화를 파생시켰다.29)

　金德齡은 일찍이 '거문고와 노래는 영웅 일이 아니나니(絃歌不是英雄事)/
칼춤으로 모름지기 옥장에서 놀리로다(劍舞要須玉帳遊)/ 다른 날 칼을 씻고
돌아온 뒤에는(他日洗兵歸去後)/ 강호에서 낚시질 다시 무얼 구하리오(江湖漁
釣更何求)30)라고 했다. 이 노래의 뜻을 알 만도 하건만, 크게 성공도 하기 전
에 시기를 받아 마침내 非命에 죽고 말았던 것이다. 그러므로 權慄도 '장군은
지난날에 쇠창을 잡았건만(將軍昔日把金戈)/ 씩씩한 뜻 꺾여지니 운명을 어찌
하리(壯志中摧乃命何)'31)라고 슬피 노래했다. 郭再祐처럼 큰 공을 세운 인물
도, '고양이를 기르는 것은 쥐를 잡기 위해서이다. 이제 賊이 이미 평정되어
나의 할 일이 없으니 가는 것이 옳다.'32)하고 산중에 들어갔던 것이니, 金德齡
의 죽음을 보고 일할 때가 아님을 알았던 것이다.

---

28) 李肯翊, 앞의 책, 권17 宣祖朝故事本末 金德齡條. "今則母旣終堂 臣可盡節"
29) 이에 대한 보다 구체적인 것은 ≪임진왜란과 한국문학≫(김태준外, 民音社, 1992). <悲
　　劇的 將帥說話의 硏究>(姜賢模, 漢陽大學校 博士學位論文, 1994), <金德齡說話硏究>
　　(林哲鎬, ≪韓國言語文學≫ 第22輯, 韓國言語文學會, 1983)등을 참고할 것.
30) 李肯翊, 앞의 책, 17권 宣祖朝故事本末 金德齡條.
31) 李肯翊, 앞의 책, 같은 곳.
32) 李肯翊, 앞의 책, 권16 宣祖朝故事本末 壬辰義兵 郭在祐條. "及賊退曰 養猫所以捕鼠 今
　　賊已平 余無所事 可以去矣"
　　李晬光의 ≪芝峰類說≫에도 이같은 기록이 보인다. ≪朝鮮道敎史≫(李能和
　　輯述, 李鍾殷 譯註, 普成文化社, 1990), 246쪽.

  슬기와 용맹과 기이한 재주를 가진 사람들이 이처럼 禍를 면치 못했으므로, 劍師는 깊은 산속에서 늙어 죽을지언정 功名을 드러내려고 하지 않았다. 白頭 隱者나 草衣客처럼 草野에 묻혀서 지낸 까닭이 바로 여기에 있다. 까닭없는 시기와 질투, 그리고 黨爭 등으로 말미암아 인재가 설 곳을 거의 잃은 朝鮮의 歷史를 예리하게 비판한 것이다.

  劍師는 애초부터 세속에 초탈하였기 때문에 이른바 江湖歌道에서 흔히 나타나는 退而自守의 歸去來意識이 있을 수 없다. 그렇기는 하나 超世的 隱逸 意識이 없는 것은 아니다. 明哲保身과 獨善其身이 자리잡고 있고, 傲世之志와 吾不關焉의 방관적 태도가 드러나기 때문이다. 그러므로 石北은 劍師에 대해 '몸을 보존하는 데는 밝았으나 사람을 아는 데에는 어두웠다.'고 논평했다.

  일찍이 李珥는 自守者를 天民과 學者와 隱者 셋으로 나누어 그 성격을 밝힌 바 있다. 天民은 安分知足한 가운데 道를 즐기나, 때를 만나면 감추었던 능력을 발휘하므로 천하 사람이 모두 그의 혜택을 입을 만큼 뛰어난 재주를 지녔다. 學者는 부족함을 알아 애써 배우지만, 明道가 아니면 가볍게 움직이지 않는다. 隱者는 세상에 대하여 吾不關焉의 태도를 보이며 遯世에 치우친 사람이다. 그 중 隱者는 '非時中之道'이므로 부정적이다.[33] 이를 보면 劍師는 天民의 성격과 隱者의 성격을 어느 정도 아울러 지닌 異人이라고 할 것이다.

  그러나 작자는 이 작품을 통해서 草野에 묻혀 지내는 異人을 동경하고자 한 것이 아니다. 어디까지나 인재가 등용되지 못하는 현실과, 등용되었다고 할지라도 꽃을 피우기도 전에 꺾어 버리는 현실, 곧 黨爭의 희생물이 되거나 시기와 질투를 받아 禍를 면치 못하는 현실을 풍자하고 비판하려고 했다. 슬기와 용맹과 뛰어난 재주를 지니고도 禍를 입은 사람이 어디 南怡와 金德齡 뿐이겠는가. 劍師가 끝내 이름을 밝히기를 거부했던 이유도 여기에 있었다. 朴趾源의 <許生傳>에서도 이러한 양상은 마찬가지 의미를 지닌다. 결국 인재를 등용하여 적재적소에 활용하지 못하면, 그리고 인재가 무단히 禍를 입는

---

33) 李起炫, <高山九曲歌의 構造와 志向>, ≪한양어문연구≫ 제11집(한양어문연구회, 1993), 265-266쪽 참조.

폐단이 없어지지 않는다면, 결코 小國의 처지를 벗어나지 못한다는 주장이다. 힘이 있는 나라, 곧 大國이 되기 위해서는 무엇보다도 인재를 가꾸고 인재를 등용하여 그 인재를 잘 활용해야 한다는 힘찬 외침이다.

壬辰倭亂을 배경으로 한 작품 가운데 <南允傳>이 사랑을 통해 國境을 초월했다면, <劍僧傳>은 師弟間의 信義를 통해 國境을 초월했다는 공통점이 있다.[34] 그런데 <劍僧傳>에서 두 倭人 중 하나는 도적이 되고 하나는 아들이 되었다. 劍師는 도적에게 방술을 가르쳐 목숨을 잃었다. 검사는 공명을 위해 자신을 드러내지 않음으로써 몸을 보존하는 것에는 밝았으나 사람을 아는 것에는 어두웠다. 사람을 안다는 것은 사람됨을 구별하는 능력을 의미한다. 그것은 인물의 내면을 꿰뚫어 보는 眼目이 있을 때 가능하다. 그러므로 사람을 안다는 것은 그만큼 어려운 일이 아닐 수 없다. '열 길 물 속은 알아도 한 길 사람 속은 모른다.'라는 속담은 이를 말한다. 劍師가 도적에게 방술을 가르쳐서 목숨을 잃은 것은 마치 '單豹를 속여서 기르매 범은 그 바깥을 먹는다'는 말과 같다고 한 것이다. 그러므로 羿에게도 잘못이 있다고 했다.

逢蒙이 羿에게서 활 쏘는 법을 배워 羿의 그 방법을 다 익히고 난 뒤 온 천하에 오직 羿만이 활 쏘는 재주가 자기보다 낫다는 생각에 곧 羿를 죽여 버렸다. 孟子께서 "그렇게 된 데에는 또한 羿에게도 잘못이 있다."라고 말씀하셨다.[35]

이것은 交友間이거나 師弟間이거나 인간관계에 있어서 자신과 밀접한 인물로부터 禍를 입게 되는 것은 상대편보다 자신에게 더 큰 잘못이 있음을 의미한다. 羿의 경우만 하더라도 逢蒙에게 활쏘는 재주를 가르쳐 주었는데, 그의 활에 목숨을 잃은 것은 弟子의 사람됨을 분간하지 못한 채 활쏘기를 가르친 잘못이 제일 크다는 것이다. 이에 孟子는 師弟間의 情을 살펴 이와 상반된 이야기를 교훈적으로 들려 주기도 했다.

---

34) 蘇在英, <壬丙兩亂과 小說의 發達>, ≪古典小說研究≫(一志社, 1993), 171쪽.
35) ≪孟子≫ 離婁章句. "逢蒙學射於羿 盡羿之道 思天下惟羿爲愈己 於是殺羿 孟子曰 是亦 羿有罪焉"

朝鮮朝의 政治的 現實이나 世態에 대한 批判意識의 부각은 奇異追求이나 興味追求 및 表現欲求와 관련이 깊다. 倭人 劒士 삼천 명을 단숨에 물리친 劒師는 뛰어난 술법을 지닌 異人이다. 그러므로 그 이야기는 奇異하고 興味津津하지 않을 수 없다. 傳이 興味津津한 이야기를 수용한 것은 朝鮮後期 문학의 개방성과 관련이 깊으며, 이것은 작가 및 독자의 意識世界의 변화와 관련이 깊다. 조선후기 대폭적으로 일어난 世界觀의 변화는 傳에도 영향을 미쳐, 下層民에 대한 관심을 증대시켰을 뿐만 아니라, 기이와 흥미를 추구하게 했다. 그 결과 立傳對象이 크게 확대되었고, 規範意識이나 銘頌意識은 크게 약화되었다. 독자를 강하게 의식한 작가는 立傳過程에서 이야기에 과감한 윤색과 첨삭을 하게 되었고, 그리하여 文藝性을 높이는 결과를 가져왔다. 특히 奇異追求나 興味追求는 일반적인 傳이 지닌 銘頌意識이나 規範意識 및 褒貶意識을 크게 떨어뜨리고, 憐憫意識마저 크게 떨어뜨림으로써 嚴肅美·規範美·悲壯美의 약화도 초래했다. <劒僧傳>에서 이러한 점이 확인된다. 銘頌意識과 規範意識, 褒貶意識과 憐憫意識의 약화는 상대적으로 諷刺意識과 批判意識의 강화라는 현상으로 나타난다.

모순과 부조리로 가득찬 현실을 효과적으로 비판하기 위해 奇異追求나 興味追求는 적절하게 활용되고 있다. 奇異追求나 興味追求를 작품의 전면에 내세우고, 그 이면에서 현실을 날카롭게 풍자하고 비판하는 기법을 활용하고 있는 것이다. 특히 인재를 활용하지 못하는 현실을 비판하는 데에 적합한 문학적 장치로 異人을 등장시키는 수법이 이용되고 있다. 朴趾源의 <許生傳>도 이러한 측면이 있음을 부정할 수 없다. 그 주제의 양상은 다르나 金祖淳의 <五臺劒俠傳>도 <劒僧傳>처럼 奇異追求와 興味追求를 통해 당대의 부조리한 사회현실을 비판했다. 이것이 주관적 서술인 평결부를 통해 확연히 드러나고 있다는 점에서 <五臺劒俠傳>이나 <劒僧傳>은 같은 양상을 보인다.

傳의 작가는 모두 당대의 知識人이다. 모순과 부조리에 가득찬 현실에 대하여 못 본체하기란 知識人으로서는 여간 괴로운 일이 아닐 수 없었을 것이다. 침묵으로만 일관할 수 없는 知識人의 갈등은 증폭된 바, 그 해소방법을 모색하는 것은 자연스러운 일이라 하겠다. 그러므로 여기에 그것을 어떤 형태로든지 드러내고자 하는 表現欲求가 잠재하게 된다. 그렇다고 직접적으로 드러내어 비판하기란 당대의 여건상 위험을 감수하지 않을 수 없다. 그러므로 興味津津한 이야기 속에 깊은 뜻을 함축하는 기법을 활용했다. 그것이 오히려 독자에게 더 큰 감동을 줄 뿐만 아니라, 부조리하고 모순된 세계를 인식시키고 부각시키는 데에 효과적으로 작용할 수 있었다고 하겠다.

2. 書事文學의 文藝性과 主題樣相

書事란 '書○○事'라는 명칭에서 따온 것으로 '紀○○事'로도 나타나며 개인 문집의 편차목록에도 '書事' 혹은 '紀事'로 나타나고 있다. 중국의 경우는 '紀事本末'·'傳錄記事'·'書記類' 등으로 지칭되고 있다. 傳·錄·記事의 三稱은 서로 구분되는 양식이지만, 상위개념으로 분류할 때는 同類에 속한다. 書事는 하나의 事件이나 逸話를 提報의 경위와 아울러 보고식으로 기록하는 형식을 취한다. 이는 근본적으로 傳의 서술구조와 전적으로 동일하다. 그러나 단 하나의 사건만을 다룬다는 점, 비교적 사건의 전말을 상세히 기록한다는 점, 제보의 경위를 반드시 밝힌다는 점을 특징으로 한다. 단편적인 일화들을 사실 그대로 기록에 옮긴 글이 書事이며, 이러한 書事的 일화를 재구성하여 기술자의 주관적 의도에 따라 재구성하면 傳이 된다.[1] 그러므로 書事와 傳 및 記는 서로 類似한 성격을 지니는 양식이라고 하겠다.

書事는 대개의 경우 사건을 직접 목격하였거나 믿을 만한 제보자에 의하여 전해 들은 이야기를 기술한다. 그러므로 사건의 경위나 장면, 묘사 등이 세밀한 편이며 대화가 많이 서술된다. 그러므로 현장감이 강하다. 사건에 초점을

---

1) 金惠淑, <傳·書事(記事)·野談의 대비적 고찰>, ≪野談文學論≫下(寶庫社, 1994).

맞추므로 줄거리 전개상 인과관계가 분명하고, 단일한 사건이므로 인상이 뚜렷하며, 實事이므로 묘사가 비교적 자세하다. 書事는 단편적인 사건이나 일화가 거의 즉시 기록에 옮겨진 것이지만, 이러한 사건이나 일화는 몇 가지 다른 敍事樣式으로 변모될 수 있는 가능성이 많다.

書事의 대상으로 선정된 逸話는 일상을 벗어난 특이한 이야기들로서 기술자의 관점은 어디까지나 사건 그 자체에 집중된다. 石北의 <書馬騎士事>는 丁若鏞의 <紀李大將遇刺客事>처럼 非凡한 人品이나 氣質을 단적으로 보여주지만, <書狂奴子墓誌事>는 朴趾源의 <書李邦翼事>나 <書廣文者後>처럼 사건자체의 기이함에 보다 초점을 맞추고 있다. <書馬騎士事>는 書事體이나 일명 <馬生傳>으로도 불리운다. 그러므로 書事體 형식의 傳이라고 할 것이다.

1) 書馬騎士事의 文藝性

(1) 形式上의 特徵

書事는 기본적으로 '도입부-전개부-결말부-평결부'라는 구성을 갖추고 있다. 인물에 대한 人的 事項이나 사건전개를 위한 예비적 상황을 드러낸 부분, 사건이 구체적으로 전개되는 부분, 사건이 마무리되는 부분, 주관적인 論評이 나타나는 부분으로 이루어진다. 여기에 제보경위 등 事實性을 立證하는 부대기록이나 특별히 덧붙이고 싶은 내용 등이 첨가되기도 한다. 이러한 점에서 傳의 구성과 거의 동일하다. 그러나 개별작품에 있어서는 그 형식이 다양하게 나타난다.

<書馬騎士事>는 액자식구성으로 평결부 다음의 첨가부가 크게 확대되었다는 특징을 지닌다. 작품의 내용단락은 다음과 같다.

① 馬騎士의 신원은 알 수 없음. 光河가 돌아옴
② 마기사의 외양과 행위
③ 마기사와 광하의 詩話와 詩評

④ 마기사가 자신의 平生略述(草書客, 董生 등장)

⑤ 마기사와 광하의 작별

⑥ 마기사에 대한 작자의 감동

⑦ 논평

⑧ 마기사에 대한 관심

⑨ 權國珍이 마기사의 商業的 행위를 전함

⑩ 만남에 대한 기대

작가는 주로 아우 光河로부터 馬騎士의 행적을 듣는 형식을 취하고 있으며, 馬騎士의 過去는 그 자신에 의해 소개되는 형식을 취하고 있다. 뿐만 아니라 이야기를 들은 다음 작가의 논평이 나타나고 있으며, 끝부분에서 權國珍으로부터 다시 馬騎士에 대한 소식을 듣는 형식을 취하고 있다. 그러나 ①-⑦까지만 본다면 傳이 취하고 있는 '도입부-전개부-결말부-평결부'라는 구성상의 형식과 전적으로 동일하다. 여기에 ⑧-⑩의 내용이 첨가되어 있다는 점이 傳의 일반적 형식과 다르다고 하겠다.

전개부를 다시 세분하면 ①과 ⑥은 외부이야기이고, ②-⑤가 내부이야기이며, 내부이야기 속에 또다른 내부이야기 ④가 있는 형식이다. 서술의 초점은 馬騎士에 맞추어져 있으므로, 馬騎士의 시각에서 서술되는 그의 과거 ④가 서사에 있어서 중요한 의미를 지닌다. 특이한 액자식구성의 전형이다. 따라서 馬騎士의 직접적인 행위가 나타난 부분은 ①-⑥에서는 ②-⑤이다. 이 부분이 光河가 見聞한 馬騎士의 행적이 나타난 곳이다.

⑦에서는 馬騎士에 대한 주관적 논평을 하고 있다. ⑧-⑩은 외부이야기의 연장으로 첨가부라고 하겠는데, ⑧에서 馬騎士에 대한 관심과 궁금증을 표출했고, ⑨에서 마기사의 상업적 행위에 대한 소문을 權國珍으로부터 듣고 있으며, ⑩에서 馬騎士를 만나고 싶은 간절한 심정을 드러내고 있다. 따라서 전체적으로 볼 때, 외부이야기 속에 내부이야기를 담고 있는 액자식구성을 취하여 小說에 보다 접근하고 있다는 점에서 그 가치가 높다고 하겠다.[2]

  <書馬騎士事>의 도입부는 외부이야기로 '馬騎士가 어떤 사람인지는 알지 못한다. 지난 해 겨울에 나의 작은 아우 光河가 臨淄에 있는 婦家에서 돌아왔다.'[3]이다. 도입액자인 바, 대단히 짧다. 평결부 바로 앞부분의 외부이야기는 '며칠이 지나 집에 이르러 騎士의 首尾를 전하니, 그때는 등불이 예예하여 반쯤 밝았다. 내가 누워서 그것을 듣다가 비로소 기뻐하면서 놀라 일어나 않으니, 그 끝이 자못 怳惚自失했다.'[4]로 결말부가 된다. 馬騎士에 대한 이야기를 듣고 나타난 감동을 '怳惚自失'로 압축했다. 여기에 평결부와 첨가부가 이어지고 있다. 그러므로 <書馬騎士事>는 액자식구성으로 결국 '도입부-전개부-결말부-평결부-첨가부'의 구성상의 특징을 보인다고 할 것이다.

  石北은 劈頭에서 벌써 '馬騎士 不知何許人'이라 하여 家系를 알 수 없다고 하였다. 기록이 없어 家系가 불분명한 경우에 傳에서 흔히 쓰는 수법이다. 史書인 《三國史記》 列傳에서조차도 이런 경우가 많으며, 許筠의 <莊生傳>도 이처럼 인물을 소개하고 있다. 이런 표현법은 口傳說話를 근거로 할 때 흔히 쓰인다. 口傳說話는 구전자의 취향에 따라 어느 부분이 강조되기도 하고 축소되기도 하며 탈락되는 등의 변이가 일어난다. 인물의 행위 그 자체가 관심거리다. 그러므로 구전과정에서 家系와 出生 등에 관한 사실은 잊혀진 채 전승될 가능성이 높다. 그리하여 때로는 사실적 인물과는 전혀 다른 인물로 변해버리거나, 다른 類似說話의 일화가 개입되어 재편성될 가능성도 생각할 수 있다.[5] '不知何許人'은 인물의 奇異性을 드러내기 위한 장치다. 마기사는 뛰어난 재주를 지녔음에도 끝내 姓名을 밝히지 않았다.

---

2) 이러한 점에서 현대단편소설에 흔히 나타나는 액자식구성은 전이나 서사에서 그 형식의 전통을 찾을 수 있다고 본다. 따라서 1920년대 김동인 등의 단편소설에 나타나는 액자식구성은 신문물의 영향도 있겠지만, 그것보다는 우리의 전통적인 서사양식을 계승하여 발전했다고 보는 것이 설득력 있지 않을까 생각한다.

3) 申光洙, <書馬騎士事>, 《文集》 권16 장4. "馬騎士不知何許人 去年冬 吾少弟光河 歸自臨淄婦家"

4) 申光洙, 앞의 글, 《文集》 권16 장7. "行數日至家 傳騎士首尾 時鐙火翳翳半明 余臥聽之 始而喜中而驚起坐 其終也怳惚自失也"

5) 金龍德, 《韓國傳記文學論》(民族文化社, 1987), 69-70쪽 참조.

石北은 마기사를 등장시켜 光河가 목격한 실존적 인물로 그렸다. 인물의 외양이나 행위에 대한 묘사가 구체적이다. 이는 생동감이나 현장감을 준다. 대화체의 빈번한 사용도 서술상 특징이다. 光河와 馬騎士가 대화를 통해 詩話와 詩評을 전개하였고, 馬騎士는 자신의 평생을 대화를 통해 드러내고 있다. 이는 평면적 진술이 아닌 입체적 진술이다. 소설에 보다 접근한 서술이다.

挿入詩를 통해 인물의 세계관을 드러내고 있는 것도 서술상의 특징 중의 하나이다. 挿入詩는 감정전달이나 심회표출 및 분위기 조성과 관련이 깊다.6) 그리하여 주제의 형상화에 크게 기여한다.

(2) 自尊意識과 批判意識

가. 自尊意識

<書馬騎士事>에서 尊明排清意識, 人才登用의 문제점 批判, 平等意識의 反影, 商業을 통한 富의 축적 등의 양상을 엿볼 수 있다. 이 작품은 <許生傳>과 유사점이 많다. <許生傳>은 財貨輕視의 道家的 生活風貌7)가 없는 것은 아니나, 일찍이 北學思想을 가장 잘 반영한 작품으로 商業經濟思想의 鼓吹, 理想國의 建設, 北伐派의 排擊 등이 형상된 것으로 파악되었다.8) 따라서 필요한 경우 <許生傳>과 비교하겠다.

尊明排清意識은 이미 詩文學의 世界 '歷史認識'에서 살핀 바 있다. 연행시나 연행록, 그리고 石北이 살던 당대를 전후한 작품에서 드러난 것처럼 華夷論的 中華主義는 朝鮮人의 意識底邊에 팽배해 있었다. 이 시기 北學派의 등장은 朱子學의 발전적 극복과정을 보인 바, 그들은 湖洛論爭을 거쳐 華夷論을 극복할 수 있었다. 그러나 대부분의 사대부들은 尊明派였다. 연암과 같은 북

---

6) 金昌龍, <朝鮮朝 小說에 挿入된 詩歌의 機能研究>(漢陽大學校, 碩士學位論文, 1983). 漢文小說에 挿入된 漢詩의 機能을 發端的 機能, 展開的 機能, 危機的 機能, 轉換的 機能, 大團圓的 機能으로 나누어 설명하기도 한다(文永午, ≪國文學研究論考≫, 太學社, 1987).
7) 文永午, ≪燕岩小說의 道家哲學的 照明≫(太學社, 1993), 93-98쪽.
8) 李家源, 앞의 책, 639-695쪽.

학파도 노골적으로 斥明을 주장하지는 못했다.

> 그 뒤에 董生을 만났는데, 그 또한 기이한 선비였습니다. 시에 능하고 노래를
> 잘 했습니다. 저를 좇아 산택간에 노닐며 창화한 시가 매우 많습니다. 年前에
> 스스로를 팔아 역자가 되어 燕市에서 종으로 놀았습니다. 昭王이 樂生하던 터에
> 서 遼나라 金나라가 대를 이어가는 것을 보았고, 大明遺民이 다 변하여 다른 풍
> 속으로 돌아감을 보고 慷慨했습니다.[9]

존명배청의식의 일단을 엿볼 수 있다. 당대의 지식인들은 한 세기 전에 발
생했던 삼전도 치욕을 잊을 수 없었다. 조선중화주의가 팽배했던 시대였다.
동생은 대명유민이 청나라 풍속을 따르는 것을 보고 강개했다. 이는 당대 지
식인들의 청나라에 대한 적개심이자 오랑캐의 지배에서 벗어나지 못한 비애
이다. 국난에 대한 애국충정이 깔려 있다. 그러므로 石北은 小國의 비애를 노
래하기도 했고, 그러한 심정을 <劒僧傳>을 통해 표출하기도 했다.

우리나라는 임진왜란 때 명나라의 도움을 받았으므로 형제지국으로서 의리
를 간직하고 있었다.[10] 이러한 점은 '이야기가 다 끝나자 혜음령을 직시하더
니 말하지 아니하였다. 혜음령은 천하장수 李如松이 패병한 곳이다.'[11]에서도
드러나고 있다. 李如松은 적을 치기 위해 혜음령을 넘다가 별안간 말이 미끄
러지면서 땅에 떨어져 얼굴을 다쳤고, 그 근처 礪峴에서 크게 패했다.[12] 또한

---

9) 申光洙, 앞의 글, ≪文集≫ 권16 장6-7. "後遇董生者 董亦奇士也 能詩善歌 從吾游山澤
   間 倡和詩甚多 年前自賣爲譯者奴遊於燕市 觀昭王樂生之墟 遼金迭代 大明遺民盡化 爲
   異俗歸來慷慨"
10) 그러나 明軍에 대한 비판적 시각도 적지 않다. 明軍은 싸움다운 싸움은 하지도 못하고
    오히려 약탈과 살륙 등 많은 행패를 부리기도 했다. 서민대중에 대한 횡포는 말할 것
    도 없고, 위정자나 사대부계층도 그 대상이 되기도 했다. 趙靖의 ≪壬辰倭亂日記≫ 등
    과 같은 實記文學에서는 倭軍뿐만 아니라, 明軍의 살륙과 약탈에 대해서도 자세히 기
    록하고 있다. ≪임진왜란과 한국문학≫(民音社, 1992) 참조. 李肯翊의 ≪燃藜室記述≫
    에도 명군의 횡포에 대한 체험을 생생하게 담고 있다.
11) 申光洙, 앞의 글, ≪文集≫ 권16 장7. "直視惠蔭嶺不語 惠蔭嶺天將李如松敗兵地也"
12) 李肯翊, 앞의 책, 권16 宣祖朝故事本末 求救明朝收復京城條 참조.

宣祖가 이곳을 넘어 몽진하기도 했는데, 그날은 비가 몹시 쏟아졌다고 한다. 馬騎士는 光河에게 증별시를 주었다. 여기서 광하와의 友道, 논시의 기쁨, 국난의 아픔을 등을 드러냈다. 그러므로 石北은 '이 시는 호장하고 감격하여 燕·趙 비가의 강개한 풍이 있다'고 했다. 이 점은 작품의 말미에 나타난 시에서 보다 뚜렷이 나타난다. 마기사는 일찍이 창성으로 달려가 호시 달밤에 황금루에 올라 율시를 지었다. 그 수련을 읽었으니,

雲冥萬里單于窟	구름 아득 머나먼 만 리 선우굴
月白三更戍客樓	달 밝은 한밤중에 수루 나그네.
天地雖分南北界	하늘 땅이 남북으로 갈라질망정
山河尙帶丙丁羞	산과 강은 병정년의 수치 지니리.

라는 것이고, 또 그 미련 일구를 읽었으니, '노하여 깃발 보니 칼 절로 뽑혀(怒看旄頭劒自抽)'[13]라는 것이다.

수루 나그네의 심정을 통해 丙子胡亂의 恥辱을 상기했다. 그러므로 하늘과 땅이 남북으로 갈라질지라도 절대로 丙子年(1636)과 丁卯年(1628)의 치욕을 잊을 수 없다고 했다. 慷慨意識의 표출을 통한 復讐雪恥의 다짐이다. 칼은 남아의 포부와 경륜을 상징하기도 하는데,[14] 여기서는 復讐雪恥하자는 北伐의 결의와 의지를 함축한다. 伐淸은 聖統을 이은 明에 대한 義理로도 볼 수 있거니와 明의 道統을 이은 朝鮮이 禽獸夷賊인 淸을 伐하는 攘夷로도 풀이할 수 있으니, 이는 孔孟의 道統을 이은 朝鮮이 禽獸夷賊인 淸을 伐한다는 春秋大義思想에 다름 아니다.[15]

조선후기 유학자들은 朱子의 尊華黜夷精神에 입각하여 中華를 높이고 스스

---

13) 申光洙, 앞의 글, ≪文集≫ 권16 장9.
14) 朴魯埻, <李鼎輔의 時調와 退行 속의 進境>, ≪古典文學硏究≫ 第8輯(韓國古典文學硏究會, 1993), 143쪽 참조.
15) 李鍾殷, <斯文大義錄을 통해 본 尤庵의 大義精神>, ≪尤庵思想硏究論叢≫(斯文學會, 1992), 252쪽 참조.

442

로를 小中華라 하였다. 尊華攘夷는 국가의식을 앙양하여 기존질서를 유지하는 보수적인 애국사상을 고취하는 기능을 갖는 것일 뿐, 새로운 國際秩序에 적응하여 민족의 활로를 적극적으로 개척하려는 전진적 의미를 갖는 것은 아니었다. 孝宗 때 春秋大義를 내세운 유학자들의 북벌론만 하더라도 처음부터 그 실현성이 없었고, 다만 소수집권층의 정책적 구호인 바, 국민의 민족적 적개심을 무마하면서 집권을 연장시키려는 데에 이용되었을 뿐이라는 비판적 시각도 있다.16) 그러나 尊華攘夷는 愛國心과 自尊意識의 고취라는 점에서 그 나름의 의미를 지닌다.

청나라를 반드시 쳐부수어야 한다는 의식의 저변에는 尊明排淸意識이 자리잡고 있으며, 그 사상적 배경에는 人物性異論이 자리잡고 있다. 그러한 점에서 北伐論의 허구성을 비판한 朴趾源의 <許生傳>과 좋은 대비가 된다. 北學派는 華夷論에 입각한 중화의식과 북벌론의 허구성을 비판하고, 청나라의 문물과 문화를 받아들여야 한다고 주장했다. 초기 북학파로 불리는 洪大容과 朴趾源은 北學思想을 형성한 핵심적 인물이었다. 북학파가 북벌론의 허구성을 극복하게 된 사상적 배경은 人物性同論이다.

16세기 말에 학계는 畿湖士林에 의해 주도되는 경향을 보이면서 分派하여 17세기 후반에 이르면 宋時烈에 의해 西人은 老論과 少論으로 分黨하게 된다. 老論의 영수였던 宋時烈이 정권을 잡은 이후 학계나 정계는 老論에 의해 주도되고, 18세기 초에 이르면 그의 제자들 사이에 湖洛論爭이 벌어진다.

---

16) 17세기 道家的 歷史意識의 성장으로 나타난 <揆園史話>·<海東傳道錄>·<靑鶴集>·<海東異蹟>과 같은 道書는 自尊意識을 고취하여 尊華意識을 탈피하는 밑거름이 되었다. 古典小說의 대부분이 中國에 대해 友好的이고 事大的인 입장을 나타내는데 유달리 傳記小說인 <崔致遠傳>과 <田禹治傳>은 反尊華的 歷史意識을 표명하고 있는 것도 自尊意識의 결과이다. 自尊的 對外意識을 나타내고 있는 소설은 이밖에도 <林慶業傳>과 <姜邯贊傳> 및 <朴氏傳>이 있다. <林慶業傳>이나 <朴氏傳>은 淸에 대한 精神的 勝利를 구현한 소설이다. 排淸崇明意識이 작품의 전면에 흐르고 있어서 尊華論者의 意識을 벗어나지 못한 한계는 있으나, 明이 망하고 淸이 中原을 차지한 주인이므로 尊明意識은 한갓 역사의 회고일 뿐이며, 실상은 현재적 국제질서를 용납하지 않겠다는 自尊意識의 표현이다. 金龍德, 앞의 책, 227-240쪽 참조.

湖論은 忠淸道의 權尙夏·韓元震·尹鳳九 등이 주장한 이론이고, 洛論은 서울 지방의 李柬·金昌翕·金昌協·李縡·魚有鳳 등이 주장한 이론이다. 논쟁의 초점은 人物性論인 바, 湖論이 주로 性卽氣를 바탕으로 人物性異論을 주장했고, 洛論은 性卽理를 바탕으로 人物性同論을 주장했다.[17] 결국 모두 栗谷系列인 이들은 栗谷의 '理氣二而一 一而二'와 '理氣元不相離'의 妙를 깨닫지 못하였다. [18]그러나 18세기 초부터 30여 년간 계속된 湖洛論爭은 朝鮮性理學이 深化過程을 거쳐 극도로 첨예한 心性論에까지 발전된 것으로, 시대의 진전과 주변상황의 변화에도 불구하고 끝까지 華夷論을 고수했다. 이러한 점은 丙子胡亂의 치욕에 따른 淸에 대한 적개심과 맞물려 있었던 바, 排淸尊明意識의 저변에는 人物性異論과 같은 사고가 바탕에 깔려 있다고 하겠다.

洛論은 지역적으로 서울 및 그 주변에 거주하여 시대상황에 기민하게 반응할 수 있었고, 執權層으로 燕行하는 등 일찍부터 淸文化에 접촉할 기회가 많았기 때문에, 현실을 중시하던 사람들이 그 중심인물이었다. 人物性同論은 人性과 物性이 동일하다는 전제하에 人物均이나 人物莫辨의 이론을 전개했다. 결국 華夷는 같다는 이론을 이끌어 華인 中國과 朝鮮, 그리고 夷인 淸을 다르지 않다고 보았다. 그리하여 淸나라의 문물과 문화를 재평가하는 계기를 마련했고, 주변사물에 대한 관심을 고조시켰다. 자연관의 변화, 實務의 학문인 經濟學에 대한 관심, 더 나아가 利用厚生의 문제에까지 사상적 전개를 보인 바, 기존의 心性論이나 禮樂論을 지양하여 독자적인 학문영역을 구축하게 되었던 것이다.[19] 그리하여 人物性同論은 다음 세대인 洪大容이나 朴趾源에 이르러 北學論의 틀을 형성케 하여 北伐論의 虛構性을 비판하게 되었다. 또한 最下層의 庶民群像을 작품의 주인공으로 내세워 그들의 삶을 肯定的으로 묘사하고, 그들의 人間性을 肯定[20]한 것이나, 조선후기의 平等思想의 대두도 人物性同

---

17) 玄相允, ≪朝鮮儒學史≫(玄音社, 1986), 308쪽 참조.
18) 裵宗鎬, ≪韓國儒學史≫(延世大學校 出版部, 1986), 239쪽 참조.
19) 鄭玉子, ≪朝鮮後期 文學思想社≫(서울大學校, 1990), 64-66쪽 참조.
20) 朴箕錫, ≪朴趾源文學硏究≫(二知院, 1993), 50쪽.

論의 思惟와 無關하지 않으며, 華夷의 槪念을 부정했던 茶山의 朝鮮詩 宣言도 결국은 이같은 바탕에서 나온 것이다.

朴趾源의 <許生傳>은 조선은 華이고 淸은 夷라는 기존의 사고를 벗어나 朝鮮이나 淸이나 中國이나 모두 같다는 사고의 변화를 반영한 작품이다. 朝鮮中華主義에 懷疑를 하면서 조선을 주체로 파악하여 개별주체를 재확인하거나 自尊意識을 강화함으로써 조선의 위치를 보다 객관적으로 보는 자성론을 전개했다. 결국 18세기의 주류인 華夷論의 도도한 자존의식 속에서 북벌론의 허구성을 비판했다고 하겠다.

존명배청의식은 당대의 많은 작품에서도 나타나고 있는 것이지만, 특히 燕巖의 <許生傳>은 北伐論의 虛構性을 지적하고 있는 작품이기에 특별하다. <許生傳>에서 변씨의 '방금 사대부들이 남한산성에서 오랑캐에게 당했던 치욕을 씻어 보고자 하니, 지금이야말로 지혜로운 선비가 팔뚝을 뽑내고 일어설 때가 이니겠소? 선생의 그 재주로 어찌 괴롭게 파묻혀 지내려 하십니까?'[21] 라는 말에서도 당대 尊明排淸意識이 얼마나 저변에 널리 깔려 있는 것인가를 여실히 알 수 있다. 그렇다면 작가는 왜 이러한 작품에 燕趙悲歌의 慷慨한 風이 있다고 한 것인가. 그리고 왜 馬騎士와 같은 奇士를 등장시켰는가?

나. 不遇於時와 不合於世

石北은 光河로부터 馬騎士의 이야기를 듣고 지대한 관심을 표명했다. 그러므로 평결부 다음에도 적지 않은 내용이 馬騎士에 대한 궁금증과 관심으로 채워져 있다. 이것은 馬騎士에 대한 호기심과 만남에 대한 기대감의 표출이다. 그러나 그 이면에는 馬騎士가 石北 자신의 시를 알고 있었다는 점, 馬騎士의 행적이 기인에 가깝다는 점 등이 크게 작용했다. 근본적으로는 馬騎士와 같은 인물이 세상에서 인정받지 못하고 草野에 묻혀 지낸다는 현실인식때문이다.

---

21) 朴趾源, <許生傳>. "方今士大夫 欲雪南漢之恥 此智士搤腕奮智之秋也 以子之才 何自苦 沈冥 以沒世耶"

　　내가 騎士의 시를 보니 豪壯하고 感激하여 燕·趙 悲歌의 慷慨之風이 있었다. 어찌 不平者의 울림이 아니겠느냐. 아아, 기사는 그 磊落으로써 不羈之氣하여 下流에 빠지지 않았으니, 그 壯心을 드러낸 것은 어쩔 수가 없는 것이다. 그것을 당겨서 산수시를 짓고 술을 마시며 傲遊했으니, 그 울림에 어찌 불평이 없겠는가. 그러나 기사는 때를 만나지 못했기에 山水를 만나고 詩酒를 만나고 草書客과 董生을 만났으니, 騎士는 온전히 만나지 않음이 없는 것이다. 나같은 이는 나아갔으나 이미 不合於世했고, 곧 물러나 산수에 뜻을 두었으나 아직 능하지 못하며, 詩酒에 뜻을 두었으나 아직 능하지 못하다. 초서객과 동생이 돌아보고 어찌 從遊하겠으며, 어찌 기사의 웃음거리가 되지 않겠는가.[22]

　　石北은 騎士의 시에 대하여 燕나라와 趙나라의 慷慨한 風이 있는 바, 거기에 不平之音이 있다고 했다. 구속을 싫어하고 시류에 영합하지 않는 마기사의 성격때문이다. 보다 근본적으로는 당대의 부조리한 현실때문이다. 때를 만나지 못했음이다. 때를 만나지 못했기 때문에 그 대신 山水를 만나고 詩酒를 만나고 초서객과 동생자를 만났다. 불평지음이 나타난 까닭이 여기에 있다. 이는 林悌의 詩에 보이는 薄運에 대한 慷慨意識[23]의 표출과 일맥상통한다. 옛날의 선비는 때를 만나지 못하면 退而自守했다. 그러나 선비의 뜻은 經國濟民의 兼善에 있는 것이므로 퇴이자수는 그 본심이 아니었다. 그러므로 율곡은 '때의 만남과 못 만남'[24]을 말했던 것이다.

　　때를 만나지 못한 선비들 중에는 退而自守한 경우도 많았지만, 그렇지 않은 경우도 적지 않았으니, 세속에 영합하여 名利를 탐하며 온갖 부정한 짓을 서슴지 않았다. 그리하여 經國濟民해야 할 인재들이 草野에 묻히게 되는 기현상이 나타났다. 馬騎士는 不羈之氣한 성격 탓으로 不合於世할 수밖에 없었다.

22) 申光洙, 앞의 글, 《文集》 권16 장7-8. "吾觀騎士之詩 豪壯感激 有燕趙悲歌慷慨之風 盖不平者之鳴也 噫 騎士以其磊落不羈之氣 淪於下流無 以發其壯心 則不得已 洩之爲山水詩 酒之遊 其鳴惡得不不平乎 然騎士不遇於時 而遇於山水 遇於詩酒 遇於草書客董生 騎士不爲全不遇矣 若余者進旣不合於世 則退而有志於山水未能也 有志於詩酒未能也 草書客董生顧 何以從遊 而不爲騎士所笑者乎"
23) 金昌植, <林悌詩 硏究>(漢陽大學校 博士學位論文, 1991), 92~98쪽.
24) 李珥, <東湖問答>, 《栗谷全書》 권15 雜著2. "時有遇不遇"

446

그러므로 그의 시에는 불평자의 울림이 있었던 것이다. 그것은 결국 인재등용의 폐단에 대한 신랄한 비판이다.

인재등용에 대한 비판의식은 <釰僧傳>에도 나타남을 이미 보았다. 燕巖의 <許生傳>에서도 인재등용의 폐단을 비판했다. 燕巖은 <許生傳>에서 時事三策을 제시한 바 있다. 그 제일책이 인재등용과 관련된 것이다. 연암은 허생과 이완의 대화를 통해 인재등용제도의 누적된 폐단을 지적함으로써 인재의 등용을 강조했다. 인재등용의 폐단은 변씨의 물음에 대한 허생의 대답, '어허, 자고로 묻혀 지낸 사람들이 한둘이었겠소? 우선 拙修齋 趙成期 같은 분은 敵國에 사신으로 보낼 만한 인물이었건만 베잠방이로 늙어 죽었고, 磻溪居士 柳馨遠 같은 분은 軍糧을 조달할 만한 재능이 있었건만, 저 바닷가에서 소요하고 있지 않습니까? 지금의 執政者들은 가히 알만한 사람이지요.'25)에서 잘 드러나고 있다.

인재등용제도의 폐단은 黨爭때문에 나타났다. 관직은 한정되어 있는데 사람은 많았다. 관직을 얻기 위한 싸움이 생길 수밖에 없었다. 黨爭이 극심해지자 영조도 탕평책을 펼쳤지만, 그 뿌리가 워낙 컸다. 경세치국의 인재를 충분히 등용하지 못함으로써 인재들이 야인으로 묻혀 사는 경우가 많았다.

英正朝에 과거에 응시한 자가 수만이 되었고, 여러 해 거듭된 과거에 합격한 사람이 현직에 봉직하고 있는 관리수보다 몇 배나 되었다. 응시에서 낙방된 수는 더욱 많았다. 당쟁은 필연적이었다. 살기 위한 생활 방편의 하나가 된 당쟁은 정권투쟁으로 번졌고, 영조조에는 마침내 노론천하가 됐다. 노론천하에서 남인은 그 설 자리가 별로 없었다. 石北 또한 예외가 아니었다.

限定된 벼슬 자리에 비해 兩班들의 수효가 늘어만 갔으니, 자리는 적고 競爭者는 많았던 것이 그 原因이었다. 卽 中國의 支持를 받는 王權乃至 政權에 對하여 武力에 의한 兵亂은 不可能하였고, 다만 反對派를 失脚시키도록 王에게 强要

25) 朴趾源, <許生傳>. "古來沈冥者何限 趙聖期可使敵國而老死布褐 柳馨遠足繼軍食而逍遙海曲 今之謀國政者可知已"

하는 方法밖에 없었다. 이리하여 對立되는 政派의 審判者로서 王權은 强大해졌
으며, 國王을 둘러싼 陰謀와 奸計는 끊임없이 벌어졌던 것이다. 또한 朱子學이
지나치게 義理를 내세워 君子, 小人을 가려 융합의 氣가 적었으며, 三司의 言論
과 自由는 黨爭을 위한 政人에 濫用되거나 惡用되어 黨爭을 激化시켰던 것이
다.26)

이러한 현실때문에 때를 만날 수 없었다. 그렇다고 세상에 영합할 수도 없
었던 것이다. '不遇於時'와 '不合於世'는 이같은 현실에 대한 비판의식이다.

마기사는 때를 만나지 못했다. 그러나 산수를 만나고, 詩酒를 만나고, 초서
객과 동생자를 만났다. 그는 풍악을 세 번이나 들어갔으며, 구군·청평·설악·오
대·지리·동래·육진 등 거의 모든 국내 명승지를 밟지 않음이 없었다. 또한 奇
士가 아니면 서로 사귀기도 싫어했다. 초서객과 백록담에서 사흘 동안 시를
지었다. 초서객은 이를 亂筆로 써서 던져 버렸다. 흥이 다해서야 돌아왔다. 마
기사는 동생도 만났다. 동생은 시와 노래를 잘했다. 동생은 스스로 譯奴가 되
어 燕市에서 놀았다. 遼金이 대를 이음을 보았고, 大明遺民이 夷俗을 따름을
보았다. 강개했다.

마기사는 商業에도 탁월한 능력을 보였다. 理財에도 밝아서 돈을 빌려 수
천금을 벌었다. 1배의 이익만 취하고 그 나머지는 물주에게 돌려 주었다. 허
생은 변승업에게 10배의 이익금을 보상하였다. 이로 보아 <許生傳>이 石北의
<馬生傳>의 영향을 입었을 가능성도 있다.27) 이러한 점은 마기사의 상업적
행위뿐만 아니라 그의 이인다운 행동, 그리고 끝내 이름을 밝히기를 거부했다
는 점에서도 허생의 행동과 일맥상통하고 있다. 인재가 등용되지 못하는 현실
비판도 상통한다.

山水의 傲遊와 詩酒는 石北의 동경이었다. 산수에서 操存省察하거나 詩酒

---

26) 金德龍, 《人物韓國史》 Ⅳ(博英社, 1965). 13-15쪽 참조.
27) 買占賣惜을 통한 富의 획득은 《李朝漢文短篇集》(上)(李佑成·林熒澤 譯編)의 <婢夫>,
　　<甘草>, <澤蕩>, <讀易>, <許生別傳>, <呂生> 등에서도 나타나고 있는 바, 富의 획
　　득은 당시 知識人들의 주된 關心事였음을 알 수 있다.

로써 즐김은 조선조 선비들이 추구했던 이상적 삶의 한 양태였다. 그러나 마기사와 초서객의 행위는 그 양상이 다르다. 백록담에서 사흘 동안이나 먹지도 않고 지낸 것은 단순치 않다. 그것은 평소의 울분을 모두 씻어 버리고자 하는 狂人의 행위다. 당대의 현실에 대한 울분이다.

초서객은 스스로 譯奴가 되어 燕市를 구경했으니, 청나라 사정을 누구보다도 잘 아는 인물이다. 청나라를 상대할 수 있는 유용한 인재라고 하겠다. 그럼에도 불구하고 불평자가 된 것은 당대의 부조리한 현실때문이다. 그러므로 마기사나 초서객, 그리고 동생자는 모두 때를 만나지 못한 인물이며, 세상에 영합하지 않은 기인들이라 하겠다. 方外人으로서 불평자들인 것이다.

石北은 不合於世한 인물로 자처했다. 그러나 山水와 詩酒, 그리고 초서객과 동생자 같은 기인을 만나지 못했다. 작가에게 결여된 것을 마기사는 모두 지니고 있었다. 石北이 마기사에 대한 관심을 지극히 보인 까닭이 바로 여기에 있다. 石北은 이를 통해 문무를 겸비한 인물이 불평자로 지내야만 하는 부조리한 현실을 비판했다. 그러므로 이 작품은 불평자의 울림, 부조리한 현실에 대한 頂門一鍼이다.

> 神仙과 劒客 같은 이는 變化隱現하여 헤아릴 수가 없다. 그 자취가 다 없어지므로 또한 탄식하면서 그것을 슬퍼한다. 馬騎士는 세상의 奇男子로 騎士들 중에 숨은 사람이다. 지금 사람들은 늘 옛날의 豪傑과 奇偉한 선비를 말하지만 다시 이 세상에 있는 것은 아니다. 騎士와 같은 이가 그러한 사람이 아니겠는가. 東國이 비록 협소하지만 산택과 초옥 사이가 진기하여 儁物이 엎드려서 나오지 않음이 있으니, 어찌 오직 한 기사에 그치겠는가. 그는 혹은 漁採로서, 혹은 商賈로서, 혹은 市井으로서, 혹은 輿儓로서, 혹은 浮屠·丐者·賣酒·屠狗·捆屨·織席之流로서 빛을 머금었으나 자취를 숨기고 끝내 늙어 죽어 澌滅하니 초목과 다르지 않다. 세상에서 그 사람이 있음을 또한 알지 못하나니 어찌 슬프지 않으리오.28)

---

28) 申光洙, 앞의 글, ≪文集≫ 권16 장7. "若神仙劒客變化隱現莫測 其跡者旣而復歎息以悲之 騎士世之奇男子 而隱於騎士者也 今人每言古豪傑奇偉之士 不復有斯世 若騎士者非其人耶 東國雖狹小 山澤草茅之間塊 在儁物伏而不出者 豈獨一騎士而止哉 彼或以漁採 或

　마기사와 같은 인재가 수없이 많지만, 그 빛을 드러내지 못하고 초목처럼
사라짐을 슬퍼했다. 마기사와 같은 괴걸형의 기인이 끊임없이 있을 것이지만,
우리나라와 같은 환경에서는 숨은 재주를 드러낼 수 없다는 인식이다. 또 하
나 여기서 주목되는 것은 여러 하류계층에 숨은 기재가 많다는 지적이다. 이
것은 石北의 계급차별에 대한 의식의 일단을 보인 것이다. 평등사상의 반영이
다. 하층민 속에도 나라를 떠받들 동량지재가 없는 것이 아닌데, 계급차별때
문에 빛을 보지 못하는 현실에 대한 비판이다.

　현실비판은 작가의 개인적 체험의 반영이다. 작품은 어떤 형태로든지 당대
의 현실과 작가의 세계관을 반영하기 마련이다. 작가의 세계관은 당대의 현실
과 무관할 수 없고, 당대의 현실 속에서 겪은 개별적 체험이 그 형성에 영향
을 미치게 된다. 마기사는 시에 대한 감식이 높다. 번암 채제공이 영외로 부
임할 때의 시를 인용한 것은 石北의 심정을 대변한다. 그것은 널리 알려진 詩
名에도 불구하고 아직 벼슬길에 오르지 못한 야인으로 있는 현실때문이다. 石
北이 벼슬길에 오르지 못한 것은 남인이라는 신분상의 제약도 있지만, 당시
과거제도의 문란도 그 원인 중의 하나였다.

　임진왜란 이후 관거제도는 대리응시 및 출제문제의 사전 누출, 뇌물 공세
와 인맥에 따른 불공평한 채점 등 문란했다. 특히 광해조에 심한 바, 이러한
점은 李肯翊의 ≪燃藜實記述≫ 권21에서 엿볼 수 있다. 星湖 李瀷도 과거제의
본질면과 시행면의 모순을 지적한 바 있으며, 茶山도 <擧賢>에서 과거제도의
폐단을 통렬히 비판한 바 있다. 李鈺은 <科策>에서 과거제도 문란의 원인과
그 해결책을 제시했고, <柳光億傳>을 써서 과거제도의 폐단을 고발했다.[29]
과거제도의 문란은 <校生·秀才>, <朴突夢>, <水原 李同知>, <秋吏>, <科
場>, <祭文> 등에서도 여실히 엿볼 수 있다.[30] 이같은 과거제도의 문란때문

　　以商賈 或以市井 或以興儓 或以浮屠丐者賣酒屠狗捆屨織席之流 而含光遁跡 終以老死澌
　　滅 與草木無異 世不復知其斯人 則豈不悲哉"
29) 金均泰, ≪李鈺의 文學理論과 作品世界의 硏究≫(創學社, 1991), 175-179쪽 참조.
30) 李佑成·林熒澤 譯編, ≪李朝漢文短篇集≫(中)(一潮閣, 1995).

450

에 石北은 벼슬길에 쉽게 오를 수 없었다.

石北은 오랫동안 때를 만나지 못했다. 게다가 不合於世했다. 李直心과 權擥을 작품 속에서 든 것도 나름대로 까닭이 있다. 모두 石北이 존경했던 인물이다. 특히 權擥은 시로써 유명한 인물이었다. 石北이 이를 든 것은 그와 버금가는 인물로 자부하고 싶었기 때문으로 보인다. 마기사가 기인이었기 때문이기도 하지만, 불우한 石北이었기에 자신의 시를 알고 있는 마기사에 대한 이야기를 듣고는 '怳惚自失'이라 했던 것이다.

艮翁 李獻慶은 <馬騎士後題>에서 石北의 작품을 歐陽公의 <送釋秘演序>에 견주었다. 선비의 趣好는 다르나 자신을 알아주는 사람이 있기 때문에 기쁘다. 만경과 비연이 구양공의 현명함을 아는 것처럼 마기사는 石北의 시를 안다. 石北을 구양공에, 마기사를 만경과 비연에 견줌으로써 <書馬騎士事>를 높이 평가했다.[31] 간옹은 '하물며 우리나라는 땅이 좁고 인재가 치우쳐 쇠상하니, 비록 구양공이 성심으로 선비를 기뻐함이 있다할지라도, 그가 이 세상에서 어찌 그것을 얻겠는가.'[32]라고 하여, 石北을 더욱 높이 평가하고자 했다. 또한,

> 내가 어찌 당세에서 誣告를 면하겠는가. 보건대 마기사가 스스로 평생 행한 바를 말함에 즐겨 검을 차고, 시주를 잘하며, 산택간에서 자방하며, 노래하고 읊조리다 술에 취해 忼慨하고 磊落하니, 진실로 奇節士다. 그가 더불은 바 벗에 초서를 잘하는 자가 있어 집을 버리고 서로 따르며 翰墨을 휘두르고, 濤渤巖穴 사이에서 灑落했다. 또한 노래와 시를 잘하는 동생이 있어 서로 좇아 唱和하며 즐거워했다. 동생은 또한 일찍이 스스로 몸을 팔아 譯舌之奴가 되어 燕趙에 가서 그 悲歌와 遺俗을 보았으니, 그 회포는 씩씩하였고, 그 일은 위대하였으며,

31) 李獻慶, <馬騎士後題>, ≪艮翁先生文集≫ 권23 장19-20(景仁文化社, 1994). "歐陽公之於曼卿秘演 申君之於馬騎士 固不可謂同其趣好也 見而知歐陽公之賢者曼卿秘演也 聞而知申君之詩者馬騎士也 如余者遑遑乎 以走孑孑乎 以處莫遇也 莫知也 誦歐陽公之序而知有曼卿秘演 讀申君之文而知有馬騎士而已"
32) 李獻慶, 앞의 글, ≪艮翁先生文集≫ 권23 장18. "況我國小地褊人才衰降雖有歐陽公之誠心喜士其於斯世何得焉"

그 자취는 기이하였다. 무릇 어찌 세속의 선비가 쉽게 헤아릴 바이랴. 나로 하여금 마기사를 벗하게 하였고, 그는 두 사람을 벗하였으니, 진실로 또한 나의 벗이다. 그가 歐陽公이 얻은 바를 보았다면 장차 이에 더했겠는가. 어찌 이 세상에 그 사람이 없다고 이르겠는가.33)

라고도 하여, 마기사를 높이 평가하고 그와 같은 인물이 실존하기를 간절히 바랐다. 간옹만이 石北의 작품을 높이 평가한 것은 아니다. 당시 石北은 참으로 불우한 시절을 지냈기 때문에, 자신을 알아준 마기사에 감격하여 <서마기사사>를 지었던 것이니, 이 작품을 읽고 감탄한 벗에게 준 시에서,

君讀馬生傳	그대는 내가 지은 마생전 읽고
文章歎我奇	문장이 기이하다 감탄을 했네.
敢爲千古意	함부로 천고 뜻을 말한 것인데
猶有一人知	한 사람 자네만이 알고 있구려.
夜酒無長語	밤술에 오래도록 말이 없다가
秋風送別時	가을 바람 맞으며 송별하는 때.
明朝解寶劒	내일 아침 보검을 풀어 주리니
歧路各天涯	갈래갈래 갈린 길 하늘 끝으로.

<別孺直盡室歸坡山> 其三(권1 장43)

라고 했다. 이것은 石北이 그의 벗 孺直 權偘에게 준 별시다. 癸酉년(1753)에 유직이 가솔을 데리고 고향 파주로 돌아가는 때였다. 여기서 <書馬騎士事>가 일명 <馬生傳>으로 일컬어지고 있음을 알 수 있다. 이 점은 淵民도 일찍이 지적한 바 있다.34) <書馬騎士事>는 書事와 傳이 서로 넘나들었음을

---

33) 李獻慶, 앞의 글, ≪艮翁先生文集≫ 권23 장19. "吾幾不免誣當世矣 觀馬騎士自說平生所爲 喜擊劒能詩酒 自放山澤間 歌吟沉醉 忼慨磊落 眞奇節士也 其所與友有善草書者 能棄家相隨揮翰 灑落於濤渤巖穴之間 又有善歌詩者董生 相從唱和爲樂 董生又嘗自鬻爲譯舌之奴 往觀燕趙悲歌遺俗 以壯其懷抱 其事偉 其跡奇 夫豈世俗之士所易測度也哉 使吾得友馬騎士者其友二人 固亦吾友也 其視歐陽之公所得將有加焉 豈可謂斯世無其人也"

34) 李家源, <石北文學研究>, ≪東方學誌≫ 第4輯(延世大學校, 1958), 43쪽.

보인 대표적인 작품이다. 奇文인 줄 알고 감탄의 口氣를 연발한 유직에게 시를 증정한 것은 一世를 둘러보아도 知己가 적은 까닭이다. 石北은 자신이 지은 <馬生傳>에 '千古意'가 실리어 있다고 했다. 작품에서 보인 尊明排淸意識, 人才가 登用되지 않는 現實에 대한 批判, '不遇於時'와 '不合於世'를 통해 주제를 형상한 것이니, 그러한 현실에 밤술에도 침통해 하지 않을 수 없었던 것이다.

2) 書狂奴子墓誌事의 文藝性

(1) 敍述技法上의 特徵

<書狂奴子墓誌事>는 '서두부-전개부-평결부'의 3단구성을 취했다. 이야기 속에 또다른 이야기가 포함되어 있는 액자식구성이다. 하나의 비범한 사건을 기술했다는 점에서 전생애의 단적인 상징을 기술하는 전과 다르다.

> 今上 이십이 년에 端宗時의 賜死諸臣의 벼슬을 회복시키도록 분부하였으니, 시호를 내려 기록한 뒤에 육신의 예처럼 하였다. 이에 김공 종서·황보공 인· 조공 극관은 모두 후견록이 있었으나, 오직 충장공 정분만은 그 자손을 찾을 수 없었다. 나라 사람들이 그것을 슬퍼했다.[35]

서두부이다. 단종시 죽은 여러 신하의 복위사건을 통해 정분의 후예가 없음을 슬퍼했다. 사건전개의 예비상황이다.

전개부는 규환이 조상의 가계를 알기 위해 팔세조 변소씨가 지은 지석을 가지고 石北을 찾아오기까지의 과정과, 石北이 묘지의 내용을 판독하기까지의 과정을 객관적으로 서술했다. 평결부에서는 광노자묘지와 관련된 내용을 주관적으로 진술했다.

石北이 묘지를 보니 이따금 빠진 글자가 있었지만, 뜻으로 그것을 알 수

---

35) 申光洙, <書狂奴子墓誌事>, 《文集》 권16 장14. "今上二十二年 命復端宗時死事諸臣官 贈諡錄後 如六臣例 於是金公宗瑞皇甫公仁趙公克寬 皆有後見錄 獨忠莊公鄭苯子孫無所 徵 國人悲之 今年春 長興鄭君國彦 其姪進士奎煥 扣光洙北山 下出 袠中文曰"

있었다. 靑川君으로부터 九世祖 光露에 이르기까지 무릇 五世였고, 광로의 初
名은 遠이고, 字는 器之로 忠莊公 鄭苯의 아들이었다. 광로는 계유정난의 화
를 피하기 위해 자칭 狂奴子라 했다. 官奴가 된 것은 光音이 官과 가까워 와
전되었기 때문이다. 충장공이 낙안에서 사사된 바, 이후 장흥에 살게 되었다
는 점, 자손록에 變韶의 처가 송경 마씨였다는 점 등이 밝혀진다.

전개부의 구성은 매우 치밀하다. 규환이 石北을 찾기까지의 과정이 興味津
津하게 서술되고, 규환이 궁금해 하던 것들이 石北에 의해 낱낱이 해소된다.
인과적 질서에 따른 사건전개이다. 전개부의 전반부와 후반부의 대응이 치밀
하고, 또한 이것은 서두부와 밀접히 연결되고 있다. 서두부의 안타까움과 슬
픔이 이 부분에서 모두 해소되었다. 그러므로 평결부에서 정상국의 후예가 드
러난 것은 어디까지나 하늘의 뜻이라고 했다.

서사의 평결부는 전의 평결부와 그 기능이 전적으로 같다. 작가의 교화성
을 드러내고 일어난 사건에 의미를 부여했다. 그리하여 충장공과 광로를 새기
고 기리고자 했다. 서두부와 전반부의 내용을 다시 한번 확인함으로써 관련사
건의 의미를 한층 더 부각시켰다. 전개부는 전적으로 객관적 진술로 일관하고
있다. 여기서 주관적 진술을 할 수 없었기 때문에 논평이 그만큼 길어졌다.
결국 石北은 좀체로 경험할 수 없는 특이한 사건을 액자식구성을 통해 치밀
하게 구조화했다고 하겠다.

서사란 사건이 중심이 되는 글이므로 그 사건은 객관성을 지향한다. 주관
적 감정이 들어가지 않는 것이 기본원칙이다. 객관적 진술만을 통하여 작자가
작품을 만든 의도를 충분히 드러낼 수 없을 때, 평결부를 두어 사건에 대하여
의미를 부여한다. 그러므로 서사성과 교술성을 동시에 지니게 된다.

시가 삽입되어 있다는 것도 하나의 특징이다. 삽입시는 묘지의 내용과 관
련된 사건을 더욱 부각시키고 비극적 분위기를 조성하는 데에 크게 기여하고
있다. 산문이 주는 단조로움에 변화를 줌으로써 독자의 관심과 흥미를 불러일
으켰다. 계유정난에 미친 척하고 몸을 숨겼던 광로가, 아버지 충장공이 사사
되는 순간에 나타나 곡을 하였다는 일화는 시와 직접적으로 관련된다. 이런

점에서 시를 든 것은 작가의 의도적인 고려라고 하지 않을 수 없다. 묘지를 해독해 달라는 경험도 특이하지만, 무엇보다도 묘지의 내용과 관련된 사건들이 역사적으로도 충분한 의미를 지닌다는 점에서 의의가 있다.

정분은 단종에 대한 일편단심의 충심을 보인 인물이고, 그리하여 비극적 최후를 마친 인물이다. 그 와중에서도 정분의 아들 광로가 살아남아 당시의 슬픔을 시로 읊었다. 광로가 있었기에 오늘날까지 그 후손이 이어질 수 있었다고 하겠다. 이러한 일화의 삽입도 서술상 특징 중의 하나라고 하겠다. 다시 말하면 현실적 문제점이 역사적 사실의 해명을 통해 해소되는 과정을 드러내면서 관련 일화를 서술했다는 특징이 있다.

(2) 主題具顯과 歷史意識

石北에 의해 300년 동안 드러나지 않았던 忠孝家의 家系가 소상히 밝혀졌다. 이러한 일은 興味津津한 내용을 수반한다. 그러나 書事를 통해 작자가 보여주고자 한 것은 단순히 好奇心의 充足과 興味의 觸發을 위한 것만은 아니다. 그것은 그 내용이 너무 무겁기 때문이다. 특이한 사건이므로 好奇心을 유발하면서도 전체적으로는 엄숙함이 바탕에 깔려 있다. 이러한 점은 자신의 근원을 알고자 하는 族譜意識이 기본적으로 자리잡고 있을 뿐만 아니라, 단종 때의 忠臣 鄭苯과 그 아들의 비극적 이야기가 담겨 있는 데서 연유한다. 그러므로 主題樣相은 家門意識과 忠孝思想 및 天道思想으로 나타난다

규환이 마씨와 다툰 것은 조상에 대한 제사때문이다. 분쟁으로 마침내 무덤을 열고 광노자의 묘지를 얻을 수 있었다. 그러나 가계를 정확히 알 수가 없어서 石北을 찾았고, 그리하여 그의 가계를 소상히 알 수 있었다. 이것은 자신의 조상을 분명히 알고자 했던 鄭氏家의 家門意識때문에 가능했다. 자신의 근본을 알고자 하는 근원의식이자 근본을 잊지 않으려는 族譜意識이 發動된 결과이다. 家門意識은 민족의 저변에 깔려 있는 祖上崇拜와 관련이 깊으며, 孝思想과도 관련이 깊다.

아아, 하늘은 忠臣·孝子가 호매하여 드러나지 않음을 오로지 두려워할 뿐이다. 비록 그 더디고 빠름이 때에 있다고 할지라도 갑자기 몰래 드러나지 않을 수 없는 것이다. 정씨가 이미 여러 세대 동안 두려워하고 고생했지만, 임진년의 합문 지잠에도 가승은 탕연했도다. 세월이 오래될수록 후손은 더욱 아득해졌던 것이다. 광로가 광노가 되고 광노가 충장공의 아들이 됨을, 하늘이 아니면 누가 그것을 드러냈겠느냐. 그러나 하늘은 스스로 말을 할 수 없으므로 사람을 기다려서야 그것을 드러낸 것이니, 이에 마씨자가 나와 다툼으로써 광노의 이름을 삼백 년 뒤에야 드러나게 한 것이다. 그 앎이 이처럼 높으며, 그 뜻은 이처럼 슬프며, 그 자취는 이처럼 기이하도다. 일세가 크게 놀랐으니 기이한 일이로다. 무릇 그러한 뒤에야 九世祖의 시와 더불어 향리에 전해진 것이다.[36]

조상에게 제사를 하는 것은 조상숭배이며, 그것은 곧 효사상이다. 광로가 계유정난의 혼란 속에서도 목숨을 유지하고자 한 것은 대를 잇기 위함이다. 그것 자체가 효도의 핵심이었다. 가문이 자신의 대에서 끝나는 것은 씻을 수 없는 불효를 저지른다는 인식이다.

家門意識과 孝思想과 아울러 그 바탕에 자리잡고 있는 것은 忠義思想이다. 수양대군이 단종을 몰아내고 왕위를 찬탈한 계유정난의 부당함에 반대함으로써 결국 죽음을 당했다. 조선조 선비들이 가장 중히 여겼던 忠義思想의 모범을 보인 것이다. 그러한 사건과 관련된 墓誌였으므로 石北은 더욱 감격했다. 그러므로 忠臣과 孝子는 하늘이 언젠가는 드러낸다고 외쳤다. 忠孝思想이라는 規範意識을 形象하려는 바탕에 天道思想이 든든하게 떠받치고 있음을 볼 수 있다.

삼세가 묘갈에다 입적하지 않은 것은 청천의 조그마한 뜻이었으나, 모든 것은 서약을 집행하는 것과 같았으니, 저 마씨자를 부른 것은 하늘이 한 일이었고,

---

36) 申光洙, 앞의 글, ≪文集≫ 권16 장15-16. "嗚呼 天之於忠臣孝子 唯恐其晦昧而弗章 雖其遲速有時 卒未嘗不陰發之也 鄭氏旣數世異約 壬辰闔門之燼 家乘蕩然 歲月逾久 後屬逾遠 光露之爲狂奴 狂奴之爲忠莊公子 非天而孰能發之 然天不能自言 必待人而發之 於是馬氏者出而角之 使狂奴之名顯於三百年後 其識如此高也 其志如此悲也 其跡如此奇也 一世大驚爲異事 夫然後鄕里之所傳與九世祖之詩"

황태수가 정씨에게 명령하여 지를 증명한 것 또한 하늘이었다. 하늘이 정씨를
위해 애씀이 또한 부지런했도다. 세상에서는 정씨가 목숨을 거두기 수일 전에
산승으로 하여금 백반을 지어 부모에게 제사하고 신주를 태웠다고 한다. 죽림
가운데서 어찌 또한 종사를 근심하였던고. 그러나 정씨의 혈맥이 인간계에서 끊
어지지 아니한 채 숨었다가 다시 나타났고, 꺾이고 뽑혔다가 다시 떨쳤으니, 마
치 한 겨울 폐색한 뒤에야 마른 나무가 싹이 트는 것과 같은 것이로다. 하늘이
忠臣의 후예를 이처럼 끊지 않았도다. 변소씨가 간난우환 중에도 능히 아버지의
묘에 지를 넣었던 것이다. 그 글에서 단종의 일에 문득 上王을 일컬었으니, 어
찌 광노공이 현자가 아니리오. 이제부터 충장공의 자손은 마땅히 하빈의 박과
더불어 삼한에 나란히 드러나야 할 것이다.[37]

　　忠臣과 孝子의 아름다운 행위를 다시 한번 강조함으로써 교화성을 드러내
고 있다. 忠臣과 孝子는 규범적 인물이다. 이를 통해 충효사상을 고취함으로
써 궁극적으로 中世的 社會의 安寧과 秩序를 유지코자 했다. 인물을 새기고
기리는 것은 銘頌이다. 그러므로 이 작품의 바탕에는 銘頌意識과 規範意識이
자리잡고 있다. 정상국이나 그의 아들 광로는 충효를 규범적으로 보인 인물이
므로 길이 새기어 간직할 만한 가치가 있다고 본 것이다
　　忠孝思想의 강조는 결국 天道에 연결된다. 올바른 삶을 산 사람에게는 반
드시 그에 상응하는 보답이 있어야 한다는 것이 天道이다. 일찍이 司馬遷은
《史記》列傳에서 天道를 말한 바 있다. 天道가 올바로 행해진다면 善惡에
따라 그에 相應한 결과가 나타나야 되는데, 그렇지 않은 현실에 깊은 懷疑를
드러낸 바 있다. 그는 天道에 대한 懷疑를 통해 歷史意識을 自覺했던 것이니,
善惡을 기록하여 褒貶함으로써 後世에 敎訓을 주고자 했다. 狂奴子의 後裔가
드러난 것은 天道가 행해졌다는 의미이다. 그러므로 石北은 그것이 하늘의 뜻

37) 申光洙, 앞의 글, 《文集》권16 장16. "三世不立籍墓碣 菁川之微意 皆如執契 而徵彼馬
　　氏者天之役也　黃太守令鄭氏徵誌亦天也　天之爲鄭氏用心亦勤矣　世言忠莊公畢命前數日
　　令山僧作白飯祭父母焚主　竹林中豈復以宗祀爲恤哉　然鄭氏血脈不絶於人間　隱而復見 挫
　　揚而復振 如大冬閉塞之餘枯擘萌發 天之不絶忠臣之後如此哉 變詔氏艱難憂患中能納誌父
　　墓 其書端宗事輒稱上王 豈非狂奴公之賢子乎 自今忠莊子孫當與河濱之朴竝顯於三韓"

이라고 했다. 石北의 벗 丁範祖도,

　내가 狂奴子墓誌를 읽고 비로소 天人의 끝이 드러남을 알았다. 문득 엎드려
성인의 덕이 큼을 보았다. (中略) 비록 그러하나 상국은 이미 義에 나아갔던 것
이고, 상국의 아들 광노자는 거짓 미친 척하여 이름을 바꾸고 스스로 숨었던 것
이다. 그리하여 그 뒤에 문헌에 빠졌으니, 스스로 상국의 후예임을 알지 못하였
다. 우리 肅宗께서 일찍이 육신에게 작록을 주고, 그 자손은 천하 사람들이 모
두 충현의 후예로 존중하도록 말씀하셨다. 그러나 상국의 자손만이 오직 여기에
없었다. 어찌 하늘의 뜻이겠는가. 그러므로 마씨가 소송하여 광노자의 묘지가
발견된 것이다. 묘지가 드러나니 상국이 비로소 정씨의 조상이 된 것이고, 정씨
는 비로소 존중될 수 있었던 것이다. 이렇게 한 것은 하늘이다. 비록 그러할지
라도 그것은 하늘이 진실로 기다림이 있었던 것이다.[38]

라고 하여 천도를 강조하고 있다. 하늘이 아니라면 묘지가 드러날 수 없었을
것이고, 광노자의 후예 또한 밝혀지지 않았을 것이라는 의미를 담고 있다. 광
노자의 묘지가 밝혀지고, 그리하여 정상국의 후예가 드러나 존중될 수 있었던
것은 모두 하늘의 뜻이라는 천명이다. 천도의 강조는 규범의식을 확립코자함
이다. 이러한 의식은 명송의식을 통할 때 더욱 뚜렷이 드러난다. 규범의식을
확립코자 함은 다음에서도 나타난다.

　교은공이 가르쳐 준 바에 이르러 이것은 더욱 증험했도다. 공이 어찌 술법이
있어 미리 알았겠는가. 내가 듣자니 '誌가 발견된 날에 무덤 곁에서 쌍무지개가
일어났다.'고 한다. 고을에서 모인 사람들이 놀라 서로 전하기를, '忠臣·孝子의
기가 수백 년 동안 울결하였다가 감촉격발하여 오르며 하늘에서 빛났다.'고 한
다. 이치가 진실로 그러한 것은 정씨 세가에 충절이 많기 때문이다. 승지공의
형제 여섯 사람이 두 형을 이어 적에게 죽음으로써 이름이 널리 알려져 유명했

---

38) 丁範祖, <狂奴子墓誌序>, ≪海左先生文集≫ 권21 장15-16. "余讀狂奴子墓誌 而後迺知
　天人之際章矣 而抑伏睹聖人之德大哉 (中略) 雖然 相國旣就義 相國之子狂奴子佯狂變名
　以自晦 而其後世闕文獻 不自知爲相國後 我肅考嘗命贈六臣爵祿 其子孫天下咸敬重忠賢
　之裔 而相國子孫獨泯焉 豈天之意哉 是故馬氏之訟出 而狂奴子之墓誌見 墓誌見而相國迺
　爲鄭氏祖 而鄭氏迺重 此天也 雖然彼天固有待也"

다. 또한 그 아우는 은성 태수로 이름을 떨쳐서 청백리에 선정되어 일찍이, "내 가슴 속에 절로 비수가 있어 사욕을 할거해 버렸다."고 말했으니 국언의 고조였 던 것이다. 국언은 강개하고 기의가 있었고, 규환 또한 글을 잘 지었다.[39]

무덤을 열 때의 신비한 현상을 부언하고, 그러한 신비한 현상은 정씨가문에 충절이 많기 때문이라는 견해를 밝히고 있다. 규범적인 가문의 전형을 발견하 고 작가 나름의 견해를 덧붙임으로써 아름다운 미덕을 길이 남기고자 했다. 銘 頌意識이다. 그렇게 함으로써 교훈을 주고 規範意識을 확립코자 했다. 天道의 의미가 바로 여기에 있다고 하겠다. 그러므로 石北은 狂奴子墓誌와 관련하여 시를 지어 기리고 새기기도 했다. 天道思想을 바탕으로 하여 忠孝思想을 강조 함으로써 美風良俗을 확립하려는 規範的 歷史意識은 碑陰記에도 나타난다.

3. 碑陰記上의 歷史意識과 天道思想

碑誌는 죽은 이의 功德을 기록하여 전하는 것으로 여기에는 墓碑, 神道碑, 墓誌, 墓碣, 旌閭碑 등이 있다. 碑文에 銘이 있으면 碑銘이 된다. 銘은 비문 자체를 의미하기도 했으나, 이는 주로 비문 결미에서 '銘曰'로 시작된다. 비문 의 대상은 죽은 이가 주로 되지만, 山川·城池·宮室·神廟·家廟 등이 되기도 한 다. 이러한 비지에는 正體인 敍事體와 變體인 論說體가 있다.

碑誌는 일반적으로 序文, 敍事的 本文, 銘으로 이루어지므로, 人定記述·敍事 ·論贊으로 이루어지는 傳과 비슷한 형식을 갖는다. 그 내용적 요소는 名·字· 姓氏·鄕里·家系·出生·成長過程·經歷·死亡日·享年·婦人·子女·葬日·葬地 등이다.

---

39) 申光洙, 앞의 글, ≪文集≫ 권16 장16. "郊隱公所詔至此益驗矣 公豈有術能前知耶 吾聞 發誌之日 有雙虹起于穴旁 郡來會者驚相傳 忠臣孝子之氣 鬱結數百年 感觸激發 上燭于 天 理固有然者 鄭氏世多忠節 承旨公兄弟六人繼二兄 而死於賊者 名弘名立 又其弟隱城 守名振 選淸白吏 譽曰 吾胸中自有匕首 能割去私慾 國彦高祖也 國彦慷慨有氣誼 奎煥亦 能文"

碑誌는 장소나 형태, 銘의 유무, 내용, 비문의 위치 등에 따라 세분되기도 한다. 첫째, 무덤 앞에 세운 것을 墓碑 또는 墓表라 하고, 무덤에 묻는 것을 墓誌 또는 壙誌라고 하며, 풍수에서 동남향을 神道라고 일렀으므로 묘의 동남쪽에 세운 것을 神道碑라고 한다. 신도비는 우리나라에서는 종2품 이상의 고관의 무덤에만 세울 수 있었다. 둘째, 형태에 따라 墓碑와 墓碣로 나누었으나 후대에는 碣도 碑라고 하였다. 셋째, 銘이 있는 경우에는 묘지명, 신도비명, 정려비명과 같이 명자를 붙였다. 넷째, 내용에 따라 묘비·정려비·기적비 등으로 나눌 수 있다. 다섯째, 비의 전면은 陽, 비의 뒷면은 陰이 되므로 비의 뒷면에 새긴 글을 陰記 또는 碑陰이라고 한다.[1]

비음기는 唐代에 비로서 나타났는데, 남이 비문을 짓기도 했지만, 자신이 직접 비문을 지어 다하지 못한 뜻을 드러내기도 했다.[2] 碑는 원래 上古時代에 제왕들이 스스로 말을 기록하여 천지에 제사지내고 돌을 산 위에 세운 데서 비롯했다. 後漢 이후로 碑와 碣이 많이 나타났다. 대표적인 작가는 蔡邕이었다.[3] 이로 볼 때 비지 중에 비음기는 碑보다 후대에 나타나고 있음을 알 수 있다.

<嚴參判興道碑陰記>는 엄흥도가 죽은 지 300여 년이 지난 뒤인 1774년에 지은 것이다. 엄흥도는 영월의 호장으로 단종이 영월에서 죽자 후환이 두려워 아무도 돌보지 않는데도 불구하고 관을 준비하여 장례를 치르고 몸을 숨겼다. 현종 때 송시열의 건의로 그의 자손이 등용되었는데, 장릉의 육신 사당의 기문 현판에는 송시열의 시가 있다. 숙종조에 공조참의를 증직하였고, 영조 때 정문이 세워졌으며, 공조참판에 추증되었다.

이 작품은 제명에서 알 수 있는 것처럼 忠臣 엄흥도의 공덕을 새기고 기려 후세에 남기고자 지은 것이다. 전문은 다음과 같다.

---

1) 李東根, ≪朝鮮後期傳文學硏究≫(太學社, 1991), 220-221쪽 참조.
2) 徐師曾, ≪文體明辯≫ 권49 장37. 碑陰文條. "古無此體至唐始有之 或他人爲碑文而題其後 或自爲碑文而發其未盡之意"
3) 劉勰, ≪文心雕龍≫ 권3 誄碑條 참조.

①. 내가 장흥 정씨의 일을 서술하면서 충장공에게 후손이 있음을 보았으니, 天道가 비로소 忠臣義士를 알지 못함이 없었다. 엄호장과 같은 이는 마땅히 그 후손이 있어야 한다. 조정에서 그 마을에 정을 표했고, 여러 차례 증직하여 참판에 이르렀다. 육신묘에서 음식을 거둔 뒤에 자손을 채용할 것을 명했으나, 이에 자손이 없다고 들었다. 또한 天道를 의심하지 않을 수 없었다.

②. 영월에 부임한 다음해 한식에 엄공의 묘가 부 남쪽 팔계에 있는데, 후손이 고개 너머 예천으로부터 와서 다듬고 봉토한다고 들었다. 내가 장차 장릉의 일이 이루어져 곧 비를 무릅쓰고 강을 건너 그 묘에 올라 절을 하였다. 북쪽으로 바라보니 능산이 십 리였고, 서쪽으로 청령포에 닿았는데, 물이 묘을 에둘러 동쪽으로 흘렀다. 마침내 조금 걷다가 탄식하며 말했다.

"육신은 집현전에서 부탁을 받고 어쩔 수 없이 단종을 위해 죽었다. 공은 일개 영월의 관리로 단종때문에 죽지는 않았으나, 또한 어찌 주살되었음에도 바야흐로 곡을 하고 상왕을 염습하여 만산중에 널을 숨겼는가."

화복를 슬퍼하는 사람들에게 대답하였으니, "우리 임금을 장사지내매 멸족할 것이지만, 내가 달게 마음 먹은 바이다."라고 했던 것이다.

구족이 다행히도 마침내 무사하였다. 그러나 공의 마음은 곧 육신의 마음이다. 장사를 다 지내고는 그의 아들 호현 및 광순과 더불어 도망갔으므로 그 뒷일을 알지 못했다. 공이 죽자 두 아들이 몰래 돌아와 고토에다 장사지내고 또 도망갔다.

부로가 전하기를, "그 자손은 청주와 예천 사이 읍에서 산다."고 했다.

선비 엄영태가 글을 지어 엄씨의 일을 서술했으니 자못 상세하였다. 명릉 경자년에 지주 임공 순원이 이청에서 학질을 치료할 적에 옛날 궤가 있었는데, 백년이나 열지 않았던 것이었다. 영태와 임공의 아들 수관이 그것을 열어 엄한례의 免役牒을 얻었다. 만력 신묘년에 한례가 월적에 들었는데, 공의 현손이었다. 아들에 응원·응평·응일이 있었다. 십육 년 뒤인 병오년에 적이 끊어졌다. 한례의 아우 한의가 이에 예천에 살아 예천을 관적으로 삼았고 한의를 처회로 고쳤다. 생각컨대 엄공 손화의 서가 같은 고을에 살아 엄승진 이후에 묘 아래 머물며 초목을 금하였을 것이다. 대개 성이 같았으니 실로 외손이었다.

그러나 공의 자손은 감히 돌아갈 수 없었으므로 鄕·貫·名·字를 바꾸고 수백 년을 지내면서 두려움과 고생은 끝이 없었으니 거의 編戶에 가까워졌던 것이다. 장릉이 이미 복위되고 엄씨가 차츰차츰 세상에 나와 왕래하였으니 영월 한의의 증손 승선 등이 비로소 위전을 두었고 세시에 향화함이 끊어지지 않았다. 지금의 창진·상곤 등은 또한 승선의 증현손이다. 벌석하여 묘표를 만들었으니 무릇 그 자손이 어진 것이다. 이에 나랏사람들이 엄호장에게 후손이 있음을 알았다.

　③. 아아, 자고로 忠臣義士가 見危授命하여 闔門誅滅했으나 때때로 자손이 세
상에 나타남이 있다. 마치 방희직에게 엽복이 있는 것과 같고, 황자징에게 전경
이 있는 것과 같았던 것이다. 또한 공과 같은 때의 육신은 모두 후손이 없었으
나, 오직 하빈의 박만 세상에 크게 드러났던 것이다. 공은 화를 입지도 않고 또
한 후손마저 있으니 벼슬아치로 성을 잃지 않았다. 예천에 승관자가 오십여인에
이른다고 들었다. 이것은 공이 미리 정할 수 없는 것이므로 하늘이 나중에 정하
지 않을 수 없었던 것이다. 아직도 吏廳의 궤를 열지 않았다면 누가 엄공에게 후
손이 있다고 믿겠는가. 그가 궤를 연 것은 임공과 영태가 아니다. 곧 하늘인 것
이다. 하늘이 忠臣의사에게 報施한 것이니 돌아보매 어떠하뇨. 내가 예천의 엄장
과 하빈의 박 및 장흥의 정이 나란히 세상에 드러남을 보았으니, 또한 의심하지
않는다. 무릇 자손록을 곁에서 보았던 것이다.4)

　이 작품은 크게 '①도입부-②전개부-③결말부'로 구성되어 있다. 이러한 형

---

4) 申光洙, <嚴參判興道碑陰記>, 《文集》 권15 장17-19. "不佞紋長興鄭氏事 見忠莊公有後
而天道未始無知于忠臣義士 如嚴戶長者宜其有後 而朝家旌其閭 累贈至參判 腏食六臣廟
命錄用子孫 子孫無聞焉 又未嘗不疑天道焉 莅越之明年寒食 聞嚴公墓在府南八溪 有孫自
嶺之醴泉來改封土 不佞將莊陵事成 卽冒雨涉江 登拜其墓 北望陵山十里 西接淸冷浦 水遶
墓而東 遂行于而歎曰 六臣受集賢托孤 不得不爲端宗死 公一越吏爾 不死於端宗 亦何誅
然方哭殮上王椑藏萬山中也 答怵以禍福者曰 葬吾君而族 吾所甘心 九族幸卒無事 然公之
心卽六臣之心也 旣葬與其子好賢光舜亡去 不知所終후 公死 二子潛歸葬故土 又亡去 父老
傳其子孫居淸州醴泉間邑 士嚴永泰所爲文字 紋嚴氏事頗詳 明陵庚子 地主任公舜元辟瘖于
吏廳 有古櫃 百年不發 永泰與任公子守寬發之 得嚴漢禮免役牒 萬曆辛卯漢禮入越籍 公玄
孫也 子應坦應平應一 後十六年丙午絶籍 漢禮弟漢義仍居醴泉 以醴泉爲貫籍 以漢義爲處
義 惟嚴公孫和之塿同郡 嚴承軫之後住墓下者禁樵牧 盖姓同而實外孫也 然公之子孫不敢歸
至變鄕貫名字 歷數百年 畏約無窮 幾於編戶 莊陵旣復 嚴氏稍稍出于世往來 寧越漢義曾孫
承善等始置位田 歲時香火不絶 今昌震尙寬等又承善之曾玄孫 伐石爲墓表 盖其子孫之賢者
也 於是國人知嚴戶長有後 嗚呼 自古忠臣義士見危授命閭門誅滅 往往有子孫見於世 如方
希直之有葉復 黃子澄之有田經也 且公時六臣皆無後 而唯河濱之朴大顯于世 公之不及於
禍又能有後 吏 不失其姓 聞醴泉承冠者至五十餘人 此公之所不能定於前者 天不得不定之
於後也 尙使吏廳之櫃不發 則孰從而信嚴公之有後也 其發之者非任公與永泰也 乃天也 天
之報施忠臣義士者 顧何如也 吾見其醴泉之嚴將與河濱之朴長興之鄭幷顯于世 亦無疑也 夫
子孫錄見左方"

식은 傳과 크게 다르지 않다. 사실을 바탕으로 하며 그것을 객관적 진술과 주관적 진술로 드러낸다는 점에서도 그 양상이 비슷하다.

도입부에서는 충장공의 후손이 세상에 드러났으나, 엄호장에게 자손이 없음을 듣고 천도를 의심했다는 내용이다. 단종 때 죽음을 당했던 충장공 정분으로 시작하여 그 당시 공적을 세웠던 엄홍도에 자연스럽게 접근하고 있다.

전개부는 다시 전반부와 후반부로 나눌 수 있다. 전개부의 전반부에서는 영월로 부임하여 엄홍도의 후손이 있다는 소문을 들음, 묘소를 찾아 절하고 탄식함, 과거 엄홍도의 공적을 회상함 등으로 이루어지고 있다. 전개부의 후반부는 엄홍도의 후손 엄영태가 지은 嚴氏事를 봄, 엄홍도의 후손이 묻히지 않고 세상에 알려지기까지의 과정 등으로 이루어지고 있다.

결말부는 논평으로 전의 평결부와 같은 구실을 하고 있다. 전개부에 대한 총평이라고 할 수 있다. 엄홍도가 당시에 화를 입지 않고 후손이 이어진 것은 天道때문이라고 강조했다. 이를 통해 단종의 시신을 처리한 엄홍도의 忠義를 새기고 기리고자 함이다.

단종이 주살되자 모두들 화를 입을까 두려워 그 시신을 방치했지만, 엄홍도는 죽음을 무릅쓰고 단종을 염습하여 장사지냈던 것이다. 당시 일가친척이 그것을 다투어 말렸으나 엄홍도는 '옳은 일을 하고 해를 당하는 것은 내가 달게 생각하는 바이다.'[5]라고 하였다. 작품에서 보이는 '우리 임금을 장사지내매 멸족할 것이지만, 내가 달게 마음 먹은 바이다.'라고 한 것이 바로 그것이다. 당시 禍福을 슬퍼하는 사람에게 했던 엄홍도의 말이다.

작가는 홍도의 의로운 마음을 돋보이게 하기 위해 육신에 비교했다. 육신은 집현전에서 세종의 부탁을 받았기 때문에 어쩔 수 없이 단종을 위해 죽었다. 그러나 홍도는 영월의 호장으로서 죽음을 무릅쓰고 단종을 염습하여 장사지냈다. 이 점을 높이 평가하여 엄홍도의 마음은 곧 사육신의 마음이라고 극찬했다. 忠義를 지닌 志士의 모습이었다.

---

5) 李肯翊, ≪燃藜室記述≫ 권4 端宗朝故事本末 錦城之獄端宗上昇. "興道曰爲善遇害吾所甘心"

石北은 이를 통해 엄홍도의 공적을 분명히 드러냈으니, 이것은 '성대한 덕을 서술함에 있어서는 반드시 맑은 風格의 精華를 밝혀야 하며, 크고 아름다운 행적을 기록함에는 반드시 그 높고도 큰 功績을 나타내야 한다. 이것이 바로 碑의 규범인 것이다.'6)와 같은 말에 충실하고자 했음을 뜻한다. 청순한 풍격의 정화를 명백히 하고 숭고하고 위대한 공적을 나타내는 것이 비지이기 때문이다. 그러므로 石北은 '무릇 碑의 文字는 造語가 純古하고 結響이 堅驤하고 賦色이 雅樸해야 한다. 때때로 長句에 短句가 調和되어야 하고 虛字를 잘 쓰지 않고 句句가 凝重해야 한다.'7)는 것을 염두에 두지 않을 수 없었을 것이다.

엄홍도는 호장의 신분으로 멸족의 화를 무릅썼다. 의로운 일을 위해서다. 그가 명문의 대가가 아니라는 점에서도 더욱 돋보이는 일이었다. 또한 그 당시에 임금을 팔아 이익을 꾀했던 무리들이 자기 임금을 죽음에 몰아 넣고도 오히려 부끄러움을 몰랐던 것이니, 홍도야말로 그 뜻이 높고 그 행위가 아름답다. 그래서 그의 행적을 기림으로써 후세의 규범이 되게 하고자 한 것이다. 그러므로 石北은 '아아, 자고로 忠臣義士가 見危授命하여 闔門誅滅했으나 때때로 자손이 세상에 나타남이 있다.'고 하면서, 그것은 하늘의 뜻이라고 강조했다.

古代의 天은 人格神으로 신앙된 上帝 또는 天帝의 의미였다. 그러므로 天命은 인간이 마음대로 바꿀 수 있는 것이 아니었다. ≪書經≫의 '天命不易'은 이를 뜻한다. 그러던 것이 역사의 진전과 더불어 天의 의미는 自然 및 自然法則의 의미로 바뀌었으며, 上帝·天帝의 天은 道德的 良心의 근거가 되었다. 그리하여 ≪書經≫의 <湯誥篇>·<仲虺之誥篇>·<說明篇>에 보이는 天道라는 용어와 함께 自然法則 및 道德法則으로 간주되었고, 그러한 의미변화는 性理學

---

6) 劉勰, 앞의 책, 같은 글."碑之體資乎史才 其序則傳 其文則銘 標序盛德 必見淸風之華 昭紀鴻懿 必見峻偉之烈 此碑之制也"
7) 설봉창, ≪문체론≫, 비지조(이동근, 앞의 책, 같은 곳, 재인용). "大抵碑版文字 造語必純古 結響必堅驤 賦色必雅樸 往往宜長句者必節爲短句 不多用虛字 句句落紙 始見凝重"

에서 天이 天理 내지는 理를 가리키는 것으로 되었다.8) 儒學的 天은 勸善懲惡하는 道德的 성격을 띤다. 그것은 天이 道德根源이자 道德的 標準으로 인식되기 때문이다. ≪中庸≫의 첫머리에서 '天命之謂性 率性之謂道'라 했다. 이는 天道와 人道가 相通함을 뜻한다. 人道는 결국 天道를 통해 具顯된다는 것이 天道思想이다. 그러므로 사람의 善惡에 맞추어 그것에 相應하는 賞罰이 내려야 마땅하다는 인식으로 나타난다.

石北은 도입부에서 天道에 대해 회의했다. 그러나 嚴興道의 後孫이 면면히 이어져 세상에 드러나게 된 것은 하늘의 행위라고 강조했다. 天道에 대한 회의는 司馬遷이 <伯夷列傳>에서 '天道是耶非耶'라고 제기한 바 있다. 善行을 쌓고 仁德을 베풀면 그에 상응하는 보답을 받고, 극악무도한 惡行을 저지르면 그에 합당한 벌을 받는 것이 마땅한 도리인데, 그렇지 않은 현실에 직면해서 절망적 회의를 품었던 것이다. 하늘은 公平無私해서 항상 착한 사람을 돕는다는데, 伯夷와 叔齊는 굶어서 죽었고, 孔子의 제자 顔淵은 가난 끝에 夭折하고 말았던 것이다. 그러나 司馬遷은 그러한 회의로부터 오히려 歷史家로서 자기 역할을 발견하고 列傳을 지었던 것이니, 그것은 역사를 통해 天道가 드러남을 보이고자 한 것이다. 긴긴 역사의 흐름 속에서 善人은 稱頌을 받고 惡人은 指彈을 받게 하려는 의도가 그 속에 있었다.

石北이 천도를 의심한 것은 司馬遷의 歷史意識과 다르지 않다. 그는 天道가 올바로 행해짐을 강조하기 위해 이 <嚴參判興道碑陰記>를 지었고, <鄭烈婦傳>과 <書狂奴子墓誌事> 등을 지었다. 그러므로 엄홍도의 숭고하고 아름다운 정신을 높이 기린 것이며, 그 후손이 마침내 드러났다고 한 것이다. 엄홍도의 후손이 오늘날까지 온전히 살아 남아 세상에 알려지게 된 것은 모두 하늘의 행위가 아님이 없다고 강조했다. 예천의 엄장과 하빈의 朴 및 장흥의 鄭이 나란히 세상에 드러남을 보고 천도를 의심하지 않는다고 결론을 내렸다.

이 작품의 두드러진 특징 중의 하나는 비지의 내용적 요소인 名·字·姓氏·鄕

---

8) 尹絲淳, <河西 金麟厚의 天命思想>, ≪河西 金仁厚의 文學과 思想≫(河西紀念會, 1994), 29-31쪽.

里·家系·出生·成長過程·經歷·死亡日·享年·婦人·子女·葬日·葬地 등에 충실하지 않고 있다는 점이다. 비음기가 미진한 것이 있을 때 보충하여 짓는 경우가 많다. 그러나 어느 정도는 내용적 요소를 최대한 반영하려고 한다. 그럼에도 불구하고 그 내용에 충실하지 않은 것은 엄홍도의 행위와, 그 후손의 이어짐을 통해 天道가 행해지고 있음을 강조하고자 했다고 하겠다.

4. 騈儷文의 世界

石北의 騈儷文으로 <黃山夜遊詩序>와 <敬送洪明府重寅歸田序> 및 <洪明府重寅花嶺幽居序>가 있고, 二梁文 일편도 儷文으로 되어 있으나, 여기서는 상량문을 제외한 세 작품만을 고찰의 대상으로 한다. <黃山夜遊詩序>와 <敬送洪明府重寅歸田序> 및 <洪明府重寅花嶺幽居序>는 모두 변려문으로 된 序의 일종이다. 序는 사물이나 사건의 顚末 또는 來歷을 체계적으로 밝힌 글인데, 일반적으로 文集 등 著書의 앞이나 뒤에 들어가는 書序의 형태로 존재한다. 書序는 책이 이루어진 동기와 유래 또는 내용적인 가치 등을 언급한다. 序에는 이밖에도 送別의 정을 서술한 送序, 특정인에 대한 敎訓이나 특정인의 삶이나 德을 稱頌하는 贈序, 특정인의 榮達을 축하는 賀序, 단일 작품에 대한 詩序 등이 있다. 文集 권15의 騈儷文을 제외한 序 14편도 대부분 이 범주에서 벗어나지 않는다. <黃山夜遊詩序>·<敬送洪明府重寅歸田序>·<洪明府重寅花嶺幽居序>는 순서대로 각각 詩序와 送序 및 贈序로 분류된다.

1) 赤壁賦의 受容과 江上風流

石北이 壬戌年(1742)에 지은 <黃山夜游詩序>는, 中秋를 맞아 洪重寅 및 李愿冑 등과 더불어 黃山에서 夜游할 때 쓴 詩의 序文이다. 옛사람들의 風流를 그리워하며 夜遊의 경위과 심회를 드러낸 것으로, 그 성격은 李白의 <春夜桃

466

李園序>와 같지만, 그 내용은 蘇東坡의 <赤壁賦>의 영향을 많이 받았다. 한 잎 배의 故事를 사용하여 도도한 풍류를 즐기는 모습에서 이 점은 확연히 드러난다.

먼저 이 작품은 변려문의 일반적인 특징인 對偶法과 典故를 많이 사용하고 있음을 볼 수 있는데, 다음처럼 대부분 古人의 風流와 관련된 내용이다.

> 서술하노라. 무릇 왕희지의 蘭亭脩禊는 늦은 봄 초승이었고, 매승의 廣陵觀濤는 팔월 저녁이었다. 중양절에 국화를 띄우니 용산의 落帽之宴이 있었으며, 아름다운 밤 꽃 속에 앉으니 桃園의 秉燭之飮이 전해졌다. 이것으로 좋은 시절과 아름다운 정경에는 무릇 遭遇가 많지 않았음을 알겠고, 그러므로 韻客騷人이 노 닒에 오르는 것이 귀했음을 알겠도다.1)

두 구절이 한 짝을 이루는 隔句對가 많이 쓰이고 있다. 이것은 이 부분뿐만 아니라 전체적으로도 그러하다. 當句對 또한 쓰이고 있는데, '良辰美景'과 '韻客騷人'은 구절 자체에서 짝을 이루고 있다.2) 이처럼 대우법을 사용함으로써 병행의 아름다움과 가락을 느끼도록 했다.

王羲之, 枚乘, 孟嘉, 李白 등이 이 작품의 典故와 과련된 인물이다. 이들의 고사를 들어 좋은 시절과 아름다운 풍경 속에서 韻客騷人과 더불어 노니는 것이 소중함을 말했다. 좋은 시절은 항상 있기 어렵고, 마찬가지로 아름다운

---

1) 申光洙, <黃山夜游詩序>, 《文集》 권15 장21. "逑夫蘭亭脩禊 右軍暮春之初 廣陵觀濤 枚乘八月之夕 重陽泛菊 龍山有落帽之筵 芳宵坐花 桃園傳秉燭之飮 是知良辰美景 盖遭遇 之無多 韻客騷人 故登游之爲貴"

2) 대우법의 주요한 법식으로 '天:地, 東:西, 長:短, 往:還, 高:低, 黑:白, 遠近'처럼 서로 반대되는 말로 짝을 짓는 的名對, '日:月, 怒風:疾風, 薄雲:輕霧'와 같이 同類語로 짝을 짓는 同對, '天:山·風·水, 月星:山川' 등과 같이 異類語로 짝을 짓는 異類對, '寢興日已寒:白露生庭蕪'에서 '寢興:白露'처럼 異類對로서 잘 이해되지 않으면서도 전체를 놓고 보면 뜻이 짝이 되어지는 意對가 있었다. 對偶의 句法에도 여러 가지가 있는데, '襟三江而帶五湖'와 같이 一句에서 짝을 짓는 當句對, '南昌故郡:洪都新府'와 같이 한 句節씩 짝을 짓는 雙句對, 그리고 두 句節씩을 가지고 짝을 짓는 隔句對의 세 가지 방법이 쓰이었다. 文璇圭, 《韓國漢文學》(半島出版社, 1979), 66쪽 참조.

풍경도 언제나 있는 것은 아니다. 게다가 마음에 맞는 韻客騷人이 있기란 더욱 어려운 것이다. 그러므로 좋은 시절과 아름다운 풍경 속에서 마음에 맞는 벗과 풍류를 구가하는 것은 소중한 것이 아닐 수 없다는 인식이다. 여기서 이들과 관련된 고사를 차례대로 살피기로 한다.

蘭亭會는 晉나라 穆帝의 永和九年 삼월 삼일에 太原의 孫統·孫綽, 廣漢의 王彬之, 陳郡의 謝安, 太原의 王蘊·釋支遁 등 당시의 名士 사십일인이 會稽山陰의 난정에 모여 풍류를 즐겼기 때문에 붙여진 이름이다. 浙江省 紹興縣 서남쪽 湖口에 있는 난정에서 禊宴을 베풀어 曲水에 잔을 띄우고 시를 지어 읊었다. ≪晉書≫ <王羲之傳>에는 회계는 산수가 아름다워 名士가 많이 살았다고 한다. 謝安이 벼슬하지 않을 때에 여기서 살았고, 孫綽과 李充과 許詢과 支遁 등은 모두 文과 義로써 세상에 으뜸이었는데, 왕희지 등과 더불어 회계산 북쪽 난정에 모여 잔치했다고 하며, 당시에 왕희지가 스스로 序를 지어서 그 뜻을 펼쳤다고 한다.

石北이 '蘭亭脩禊 右軍暮春之初'라고 한 것은 이를 말함이다. 右軍은 逸少 王羲之를 일컫는 바, 이것은 그가 右軍將軍을 지냈기 때문이다. '暮春之初'는 왕희지의 <三月三日蘭亭詩序>에 보이는 구절이다.[3] ≪蘭亭集≫의 序는 뒤에 記類에 포함되어 <蘭亭記>란 이름으로 실리기도 했다.

'廣陵觀濤 枚乘八月之夕'은 枚乘의 <七發>에 보이는 '客曰 將以八月之望 與諸侯遠方交游 兄弟並往觀濤乎廣陵之曲江'에서 온 것이다. <七發>은 東方朔이 지은 楚辭 <七諫>을 모방한 작품이다. 枚乘은 字가 叔으로 漢나라 淮陰人이다. ≪南齋書≫ <州郡志上>에 광릉은 州鎮으로 매우 平曠한 곳인데 京口의 對岸과 함께 江이 壯闊하다고 한다.[4] 石北이 매승을 든 것은 <七發>의 내용 때문이 아니고 광릉에서 장활한 자연을 본 사실을 중시한 것이다.

'重陽泛菊 龍山有落帽之筵'은 陶淵明의 外祖父 孟嘉와 관련된 고사이다. 重

---

3) 蘇東坡, <三月三日蘭亭詩序>. "永和九ᄅ 歲在癸丑 暮春之初 會於會稽山陰之蘭亭 修禊事也."
4) "廣陵因此爲州鎮, 土甚平曠, 刺史每以秋月, 多出海陵觀濤, 與京口對岸, 江之壯闊處也."

陽節에 晉의 孟嘉가 桓溫을 따라 龍山에 올라가서 술을 마시고 노닐 적에, 바람이 불어 嘉의 모자가 떨어지자, 溫은 사람들에게 글을 지어 이를 조롱하게 하니, 嘉가 이때 답으로 지은 글이 매우 훌륭하여 감탄했다[5]는 고사에서 나온 말이다. 그리하여 '落帽之辰'은 구월 구일의 絶句가 된 것이다. 중양절에는 서로 만나 산에 올라가 菊花酒를 마시는 풍습이 있었다. 곧 술에 국화를 띄워 마시는데, 이를 登高會 또는 泛菊會라고 한다.

'芳宵坐花 桃園傳秉燭之飮'은 李白의 <春夜桃李園序>와 관련이 깊다. 이백은 봄밤에 복숭아꽃과 오얏꽃이 만발한 동산에 형제와 親族들을 초대하여 酒宴을 베풀고, 그들과 더불어 시를 지었는데, 그 시편의 머리에 실고자 그때의 경위를 서술한 것이 <春夜桃李園序>이다. 이백은 여기서 '무릇 천지라는 것은 만물의 여관이요, 세월이라는 것은 영원한 길손이로다. 뜬 인생이 꿈과 같으니 즐거움을 누림이 그 얼마이더뇨. 옛 사람이 촛불을 잡고 밤에 노니는 것은 진실로 까닭이 있도다.'[6]라고 했다. '秉燭之飮'은 '秉燭夜遊'를 말함이다. '秉燭夜遊 良有以也.'는 魏文帝의 <又與吳質書>에도 보인다. '年一過往 何可攀援 古人思秉燭夜遊 良有以也'가 바로 그것이다. 또한 '백 년도 못 사는 꿈같은 인생이/ 천 년의 근심을 언제나 안고 있네/ 낮은 짧고 밤이 긴 것 한스러워/ 어찌 밤에 촛불 켜고 놀지 않으리'[7]라고 노래한 바, 모두 같은 意趣를 보인 것이다.

이러한 고사의 공통점은 모두 좋은 시절과 아름다운 풍경 속에서 노니는 것과 관련된다. 良辰美景을 만나 韻客騷人과 더불어 노니는 것은 조선조 사대부들의 이상적 삶 중의 하나였다. 한번쯤 세속의 묵은 때와·찌꺼기를 詩·酒·音을 통해 말끔히 씻어 버리고 자연 속에 동화됨으로써, 억눌린 감정을 서정

---

5) 《晋書》, <孟嘉傳>. "九月九日, 桓溫燕龍山 僚佐畢集 時佐史並著戎服 有風至吹 嘉帽墮落 嘉不之覺 溫使左右勿言 欲觀其舉止 嘉良久如厠 溫令取還之 命孫盛作文嘲嘉 著嘉坐處 嘉還見 卽答之 其文甚美 四坐嗟歎"

6) 李白, <春夜宴桃李園序>. "夫天地者 萬物之逆旅 光陰者 百代之過客 而浮生若夢 爲歡幾何 秉燭夜遊 良有以也"

7) <古詩十九首> 其十五. "生年不滿百 常懷千歲憂 晝短而夜長 何不秉燭遊"

할 수 있었던 것이다. 그리하여 '靑山도 절로 절로 綠水도 절로 절로 山 절로
水 절로 山水間에 나도 절로 그 중에 절로 ㅈ란 몸이 늙기도 절로 ᄒ리라'[8]
의 無障無碍의 경지를 만끽하고자 했다. 단순히 '노세 노세 젊어서 노세'의 쾌
락을 추구했던 것은 아니다. '秉燭夜遊 良有以也', 바로 여기에 石北이 中秋를
맞아 <黃山夜游詩序>를 쓴 까닭이 있다. 이 글은 왕희지의 <三月三日蘭亭詩
序>와 이백의 <春夜桃李園序>를 염두에 두고 지었으나, 그 내용은 蘇東坡의
<赤壁賦>와 관련이 깊다.

> 壬戌年 七月 旣望은 곧 蘇仙이 지난날 赤壁에서 노닐었던 날이로다. 비록 海
> 外의 山川이 먼 곳을 빙 돌지라도 三江七澤은 아니로다. 그러나 인간의 甲子는
> 輕薄한 때에도 돌아오나니 또한 올해의 中秋인 것이로다. 往古來今에 선배들의
> 풍류가 마치 어제의 일과 같으니, 백 년 중 하루라도 뜬 세상의 즐거움이 그 어
> 떠하더뇨. 이에 萬頃의 長江 한 잎 배의 고사를 사용한다.[9]

선배들의 풍류가 마치 어제의 일처럼 생생하니, 백 년 중 하루라도 뜬 세
상의 즐거움을 누려야 하지 않겠느냐는 것이다. '百年一日 浮世之歡娛幾何'에
서 작가는 인생을 꿈처럼 덧없는 것으로 파악했음을 엿볼 수 있다. 浮世에 대
한 인식은 상대적으로 歡娛를 보다 강렬하게 추구하게 한다. 그러므로 소동파
의 <赤壁賦>에 나타나는 만 이랑 물결 長江의 一葦之故事를 사용한다고 했
다. 石北이 이 작품을 지은 것은 壬戌年(1742)이다. 이것은 소동파가 <赤壁
賦>를 지은 해의 干支와 같다. 뿐만 아니라, 배경과 소재 등의 측면에서도
<赤壁賦>와 유사한 점이 대단히 많다.

> 조금 있으니 달이 동산 위에 나와서 斗牛星 사이에서 배회한다. 흰 이슬은

---

8) 임기중·임종욱 엮음, ≪한국고전시가어휘색인사전≫<작품편>(보고사,1996), 967쪽.
9) 申光洙, <黃山夜游詩序>, ≪文集≫ 권15 장21. "維壬戌七月之旣望 卽蘇仙赤壁之舊游 雖
　　海外之山川廻俏地 非三江七澤 然人間之甲子廻薄時 又是歲中秋 往古來今 前輩之風流如
　　昨 百年一日 浮世之歡娛幾何 於是凌萬頃之長江 用一葦之故事"

470

가람에 비껴 있고 물빛은 하늘에 닿아 있도다. 한 조각 작은 배가 가는 대로 맡겨 한없이 넓은 강물 아득한 데를 넘어가노라니, 넓고 커서 허공에 기대어 바람을 탄 듯 그 머물 곳을 알지 못하겠고, 두둥실 가벼이 떠올라 세상을 잊고 홀로 선 채 깃이 돋아 神仙 되어 오르는 듯하도다.[10]

이것은 소동파의 <前赤壁賦> 중의 일부이다. 소동파의 <前赤壁賦>와 <後赤壁賦>는 千古의 名文으로 韻客騷人의 사랑을 많이 받은 작품이다. 소동파는 47세 때에 밝은 달밤을 타고 적벽강에 배를 띄워 노닐면서 이 글을 지었다. 동산에 달이 두둥실 떠올라 사방을 비추니, 주위는 온통 물빛과 하늘빛으로 가득하다. 제멋대로 흘러가는 조각배 속에서 대자연의 무한한 품속에 안긴 순간, 문득 絶對自由의 무한한 경지를 누렸다. 세속의 모든 물욕에서 벗어나고, 세상의 모든 속박에서 벗어나니, 그야말로 신선이 된 듯한 기분이다. 그러므로 황홀한 경지에 들어가 주거니 받거니 술잔을 기울이기도 했고, 뱃전을 두드리며 노래를 부르기도 하였으며, 대자연의 무한한 섭리를 깨닫기도 했던 것이다.

곱디고운 배를 저어가나니 中流에서 白鷗나 일어나고, 거울처럼 맑은 물 황산 끝 나루터에서 명월을 기다리노라. 고기 잡고 소금 굽는 팔방의 모임에는 고개의 나무와 호수의 돛배가 있고, 닭이 울고 개가 짖는 일만 집 고을에는 푸른 연기와 붉은 불이 있도다. 오리와 학이 노니는 물가 푸른 갈대에 덮혀 넓고 아득한데, 그림집과 조각난간은 푸른 숲속에서 나타났다가 사라지곤 하도다. 조금 있으니 노니는 분위기가 점점 높아져 맑디맑은 몸은 비로소 두둥실 날아 오른다. 玉鏡처럼 맑은 물은 흘러 차갑나니 산하가 함께 빛나고, 유리처럼 맑은 물은 넓고 푸르나니 물과 하늘은 빛을 이었다. 가을 회오리바람 솔솔 불어 흰 이슬은 허공에 맺혀 있고, 은빛 나루터는 맑디맑아 북두성은 들판에 드리웠도다.[11]

---

10) 蘇東坡, <前赤壁賦>. "少焉 月出於東山之上 徘徊於斗牛之間 白露橫江 水光接天 縱一葦之所如 凌萬頃之茫然 浩浩乎如 憑虛御風而不知其所止 飄飄乎如 遺世獨立 羽化而登仙"
11) 申光洙, 앞의 글. "牙檣錦纜 起白鷗於中流 鏡水黃山 候明月於極浦 魚鹽八方之會 嶺梅

시간적 배경과 공간적 배경은 시공을 초월하여 <前赤壁賦>와 같고, 강·조
각배·하늘·달·별·이슬 등 그 소재 또한 같으며, 작가가 추구하는 지향점 또한
크게 다르지 않다. 공간적 배경과 관련된 黃山은 본래 백제의 黃等也山이었는
데, 신라 때에 黃山郡으로 고쳤고, 고려 초기에는 連山縣으로 고쳤다. 조선조
仁祖 때에는 恩津·尼山·連山을 합하여 한 현으로 만들어 恩山이라고 불렸다.
황산은 고려조와 조선조에서 모두 도읍으로 정하려고 했던 곳으로 산천이 웅
장하고 수려하다고 한다.[12] 이러한 황산 나루터 끝 錦江에 배를 띄웠으니 절
로 소동파가 된 기분이 아닐 수 없다.

화려하게 장식한 배를 타고 황산 끝 나루터에서 명월을 기다렸는데, 어느
새 달은 두둥실 떠서 온세상을 환하게 비추고 있다. 산하는 그야말고 옥경처
럼 맑고 유리처럼 깨끗하기만 하다. 푸른 하늘과 푸른 강물, 맑고 깨끗한 산
과 들이 온통 달빛으로 가득하다. <전적벽부>의 '水光接天'이 '水天連光'으로
바뀌고, '白露橫江'이 '白露凝空'으로 바뀌고 있다. 분위기가 고조되면서 몸마
저 허공에 두둥실 떠오르고 있는 듯하다. 소동파만 '羽化而登仙'의 황홀경을
맛본 것은 아니다.

　안개 돛은 간들간들, 계수나무 노는 흔들흔들. 菱歌를 연창함에 商聲을 안배
하여 일제히 부르고, 비단 자리 검은 상에서는 깃털처럼 날리는 술잔을 자주 주
고받는다. 구불구불한 강에 오르니 덜고 가까운 곳에 푸른 벽은 있건만, 손가락
으로 양쪽 언덕을 가리키니 푸른 산은 나타났다가 사라지도다. 마침내 이에 곧
좇아 구곡을 돌아 연못에서 일편의 長笛을 끌어당긴다. 지나가는 구름 그림자에
머물며 학을 타고 나는 神仙은 머리를 끄덕거리고, 푸른 물은 엉겨 흘러 貝闕의
숨은 蛟龍은 뿔을 숙이도다. 퉁소를 부는 옛 나그네를 볼 수는 없지만, 오히려
가락에 맞춘 새로운 소리를 듣는다. 이때에 이웃배는 불은 밝게 켠 채 새벽 밀
물을 타고 오른다. 봉창을 위로 걷어 올려 낭랑히 읊조리고 상앗대를 두드리면

湖帆　鷄犬萬家之鄕　靑烟朱火　梟汀鶴渚接蒼葦而微茫　畵棟雕欄間碧樹而出入　俄而　游氛
漸捲　霽魄初騰　玉鏡流寒　山河同照　琉璃蕩碧　水天連光　金颷颿而白露凝空　銀浦澄而北斗
垂野"
12) ≪新增東國與地勝覽≫ 권18 連山縣條 참조.

서 서서히 돌도다. 長風이 한번 부나니 蓬萊之島 가까이 배를 대고, 뜬 뗏목이 참으로 범하나니 황홀하게 두우의 나루터를 묻는다. 塵埃에서 玉樹를 뛰어넘으니 가을 회포가 교교하고, 沈瀯 속에서 고운 북두성의 자루를 쥐니 밤 기운이 냉랭하도다. 빼어난 흥을 흰 구름 속에 날리고 먼 생각을 푸른 하늘 속에 부치노라. 술잔을 거듭 가지런히 하고 翰墨으로 사귀며 오른다. 花牋이 다투어 펼쳐지나니 구름과 놀의 움직이는 빛이 난만하고, 비단 같은 말이 다투어 나오나니 金石의 諧音이 무성하도다.[13]

달밤에 금강을 거슬러 오르며 노래와 술과 시로써 끝없는 풍류를 즐김을 볼 수 있다. 동양인들의 생활의 규범과 질서는 유교사상을 바탕으로 하고 있으나, 내면적 사유의 근간에는 언제나 도교가 자리잡고 있는 바, 도교는 규범적 질서보다 자유로운 상상력에 더 가치를 두고 있다[14]는 데서 도교사상은 국문학의 저변에 흐르고 있다. 그러므로 백 년 뜬 인생에 한번만이라도 속세의 모든 속박으로부터 벗어나 神仙과 같은 絶對自由의 경지를 누리고 싶은 소망이 무르녹아 흐른 것이다. 능가를 부르고 술잔을 주고 받으며 그림같은 夜景에 도취되지 않을 수 없다. 구불구불 아홉 구비를 돌아가노라니 靑山은 나타났다 사라지고, 새로운 가락 피리 소리에 학을 탄 신선도 머리를 끄덕거린다. 전설상의 仙境이 금강에 펼쳐진 것이다.

大自然과 일체가 된 恍惚境, 그 無我의 경지에서 삿대를 두드리고 노래하며, 티끌세상의 온갖 때를 씻어 버린다. 그러므로 한묵을 펼칠 때마다 구름이 움직이고 놀이 빛나며 비단같은 말이 쏟아질 수밖에 없다. 참으로 더할 나위 없는 인생의 즐거움인 것이다. '百年一日 浮世之歡娛幾何'에 나타난 의미가 이

---

13) 申光洙, 앞의 글, ≪文集≫ 권15 장21-22. "爾其 烟颸裊裊 桂棹搖遙 蓮唱菱歌 按商聲而齊發 錦席烏几 飛羽觴而頻酬 逶迤上江 遠近蒼壁 指點兩岸 有無靑山 遂乃遵九曲之回塘引一遍之長笛 行雲住影 鶴背之飛仙點頭 綠水凝流 貝闕之潛蛟低角 不見吹簫之舊客 猶聞倚歌之新聲 于時 隣舟火明 曉渡潮上 褰篷窓而朗咏 鼓蘭枻而徐回 長風一吹 庶幾橫蓬萊之島 浮槎眞犯 恍忽問斗牛之津 超玉樹於塵埃 秋懷皎皎 把瓊杓於沈瀯 夜氣冷冷 蜚逸興於白雲 寄遐思於碧落 盃枻重整 翰墨交騰 花牋競舒 爛雲霞之動色 綺語爭吐 藹金石諧音"

14) 李鍾殷, <道敎思想의 現代的 意義>, ≪韓國學論集≫ 第26輯(1995), 8쪽 참조.

작품의 바탕에 흐르고 있다. 인생은 無常한 것이므로 하루라도 즐거움과 기쁨을 마음껏 누리고 싶다는 인간의 보편적 갈망이 작용했다. 그래서 마침내 넓고 아득한 대자연 속에서 노래와 술과 시를 통해 현세의 모든 구속과 속박에서 벗어나는 기쁨을 맛보고자 했다. 그러므로 신선이 산다는 이상향의 세계 蓬萊之島가 등장하고 있음은 극히 자연스러운 일이라 하겠다.

맑고 깨끗한 자연 속에서 펼쳐지는 끝없는 풍류, 이것은 곧 조선조 문인들의 이상적 삶 중의 하나였으니, 그것이 도교적 상상력과 결부되면서 황홀경의 세계에까지 이를 수 있었다는 것은 우리 문학을 위해 참으로 다행스러운 일이다. 황홀경을 느끼는 그 순간의 공간은 현실과 차단된 세계로 등장한다. 그러므로 그곳에 티끌세상의 번뇌와 갈등이 있을 수 없다. 백 년에 단 하루만이라도 추구하고자 했던 멋들어진 풍류의 세계가 펼쳐질 수 있는 까닭이 바로 여기에 있다. '아아! 長公이 떠나가니 落落한 乾坤이건만, 二賦가 전하나니 悠悠한 天地로다.'[15]라고 한 것은 이러한 심정에 다름 아니다. 소동파가 남긴 <前赤壁賦>와 <後赤壁賦>가 있었기에 黃山夜遊는 더욱 빛을 발할 수 있었다. 石北의 풍류는 나이가 들어서도 시들지 않았으니,

> 아득한 물은 새롭게 맑아졌고 달빛 강은 더욱 풍성합니다. 그대가 올 뜻이 있다면 특별히 청컨대 하룻만이라도 노를 멈추고 巾屨를 늦추십시오. 陵口에 거룻배를 띄우고 뱃전에 의지하여 朗然히 袁家聲을 지어서 마주하며 소장공의 적벽부를 읊조림이 싫지 않을 것입니다. 해가 저물어도 나에게 이르지 않으면 돛을 펼치고 갈 것입니다.[16]

에서도 달빛 가득한 맑은 강에서 풍류를 즐기려고 함을 볼 수 있다. 소동파가 적벽에서 누렸던 멋을 마음껏 누리고자 했다. 게다가 그 대상이 정범조라는

---

15) 申光洙, 앞의 글, ≪文集≫ 권15 장23. "嗚呼 長公去而落落乾坤 二賦傳而悠悠天地"
16) 申光洙, <與法正>, ≪文集≫권11 장25-26. "渣水新澄 江月益盛 足下有意來 別請停橈一日 以遲巾屨 泛舴艋陵口 倚舷朗然作袁家聲 對詠蘇長公赤壁賦不惡 日夕不至僕則張帆去矣"

474

둘도 없는 지기였으니, 다시 한번 소장공이 되어 달빛을 가득 안은 채 두둥실 황홀경 속에 잠기고 싶었던 것이다. 해가 저물어도 이르지 않으면 돛을 펼치고 가겠다는 데에 이르러서는 더 이상 할 말이 없다. 소동파가 보인 '羽化而登仙'에 대한 지극한 갈망이다. 石北은 벼슬을 할 때나 그렇지 않을 때나 江湖自然의 주인이 되고자 했다. 영월에서 벼슬하고 있을 때도, '吾若去越 無江山主人'17)이라고 할 정도였으니, 風月主人으로서 江湖自然을 벗삼아 그 속에서 노니려는 樂山樂水의 지향이 어떠했는지를 짐작할 수 있다.

만남이 있으면 헤어짐이 있듯이 풍류도 언제까지나 지속될 수만은 없다. 풍류가 아름답고 멋들어질수록 그것을 지속하고 싶은 심정은 간절하고, 헤어질 시간이 다가올수록 더욱 아쉽기 마련이다.

아아! 강가에 다다라 헤어지려고 하니 다정함은 많기도 한데, 꿈속에서도 가리키며 그리워하리니 애오라지 오랫동안 번갈아 바라보도다. 한스러운 바는 扶餘故國이 莽蒼하여 오르며 노닐다가 맑은 금강 돌아가는 배를 따라 여울로 내려감이로다. 龍은 옛 나루터에서 죽었건만 물결 따라 흐르는 靈을 조상하지 않고, 꽃은 층암절벽에서 떨어졌건만 아직 가람 저 멀리서 부르는 노래를 듣지 못했노라. 산은 높으나 달은 작으니 반드시 중동에 거듭 오는 것은 아니지만, 고기잡잇불과 강가 단풍에 오히려 中秋의 一泊을 기약하노라.18)

石北과 함께 배에 오른 인물은 洪重寅과 李憙胄였다. 모두 石北이 존경했던 사람이다. 이 작품 중간에서 洪重寅은 가슴 속의 띠끌을 다 없애고 粹宇에서 道를 가까이 한 인물로 그려지고 있다. 그는 君子의 風度를 보인 인물이다. 그러므로 優游한 暇日에 智者之樂이 이 뱃놀이에 있다고 기렸다. 그리고 李憙胄는 珪璋並輝하고 棣萼聯秀하며, 도덕과 문장이 높을 뿐만 아니라, 象外에서 노니는 인물로 그려지고 있다. 이러한 사람과 더불어 풍류를 즐겼으니,

17) 申光洙, <與丁學士範祖>, ≪文集≫ 권13 장2.
18) 申光洙, <黃山夜游詩序>, ≪文集≫ 권15 장23. "噫 臨江上而欲別 但覺多情 指夢中而相思 聊脩替面 所恨 扶餘故國 莽蒼而上游 淸錦歸舸 逶巡而下瀨 龍亡古渡 莫弔乘潮之靈 花落層巖 未聞隔江之唱 山高月小 不必仲冬之重來 漁火江楓 尙期中秋之一泊"

헤어질 시간이 다가올수록 한스럽지 않을 수 없다. 또한 아직 夫餘故國의 풍류가 다하지 않았기 때문이기도 하며, 또한 후일을 기약할 수 없기 때문이기도 하다. 게다가 勝會가 항상 있는 것도 아니다. 그러므로 中秋의 一泊을 다시 한번 기약하지 않을 수 없었던 것이다.

<黃山夜遊詩序>는 소동파의 <赤壁賦>의 영향을 입은 바 크다. <赤壁賦>에서 볼 수 있는 대화체는 나타나지 않지만, 시공을 초월한 배경과 소재들이 같고, 그 意趣가 같다. 우리의 산천을 배경으로 하여 도도한 풍류를 그렸고, 아름다운 표현을 통해 우리의 정서를 드러내고 있을 뿐만 아니라, <적벽부>와 견주어도 손색이 없다는 점에서 의의를 지녔다고 하겠다.

2) 致仕客의 歸田과 別離의 形象

<敬送洪明府重寅歸田序>는 洪重寅이 벼슬을 그만두고 歸田하게 되어 그와 헤어질 때 쓴 送序이다. 壬戌年(1742)에 지었다. 洪重寅의 字는 亮卿이고, 號는 花隱이며, 본관은 豊山이다. 判書 萬朝의 아들로 1714년 成均館 儒生이 되었고, 宣陵參奉에 이어 여러 州郡을 다스렸다. 韓山郡守를 지낸 뒤에 사직했다가 아들의 공으로 僉知中樞府事·敦寧府都正을 역임했다. 한산 고을을 잘 다스렸으며, 그 당시에 石北이 무척 존경하고 따랐던 인물이다. <送洪諫院重寅正輔>·<山鳳七章> 등의 시에서 그를 새기고 기리면서 흠모했다.

홍중인이 한산군수로 재직하고 있을 때에 지은 것이 <黃山夜遊詩序>인데, <敬送洪明府重寅歸田序>는 그가 한산군수를 사직하고 歸去來할 때 지은 것이다. 또한 이 시기에 지은 것으로 <洪明府重寅花領幽居序>가 있는 바, <敬送洪明府重寅歸田序>와 그 성격이 일맥상통하고 있다.

<敬送洪明府重寅歸田序>는 離別의 슬픔, 홍중인에 대한 銘頌 및 歸田의 모습, 그리고 石北 자신의 處地와 心懷 등을 담고 있다.

회오리바람이 땅을 휩쓰는 막막한 섣달이요, 朔雪이 하늘에 이은 悠悠한 먼 길이로다. 추위가 고목에서 일어나고 관하는 넓디넓어 움츠리든 몸을 숙이는데,

싸늘함은 슬픈 날라리 소리에 들고 성곽은 저물어 푸른 연기가 엷게 깔린다. 이런 때에 下邑에서 印章을 던지고는 구름과 새를 바라보고 외로이 읊조리며, 中原에서 깃발에 실려 별들을 이고서 멀리 간다. 蠶叢에서 널리 교화하여 五袴之新謠를 들었도다.[19]

隔句對를 사용하여 배경을 구체화함으로써 작별의 서글픔을 배가시키는 수법이 뛰어나다. 回風과 朔雪, 漠漠과 悠悠, 地와 天, 窮陰과 長道가 절묘한 조화를 이루면서 쓸쓸한 분위기를 조성하고, 여기에 이어 古木과 悲笳 등 모든 자연적 소재와 인위적 소재가 쓸쓸함을 더욱 고조시키는 구실을 하고 있다. 한산에서 善政을 베푼 洪公이 벼슬을 그만두고 떠남에 이별의 슬픔을 강조하기 위함이다. 送序의 특징이 잘 나타나고 있다.

홍중인은 한산에서 '蠶叢敷化'의 선정을 베풀었으므로 '五袴之新謠'를 들을 수 있었다. 蠶叢은 蜀地의 異名이기도 하고, 蜀王의 先祖로 문자와 예악을 잘 알지 못하는 백성들을 開明시킨 인물이기도 하다. 地名으로 보든지 人名으로 보든지 그것이 '敷化'와 어울림으로써 홍공의 善政을 드러내고 있다. 더욱이 '五袴之新謠'는 잘못된 제도를 과감히 없앰으로써 백성들의 생활에 활력을 주었으므로, 백성들이 그 仁政을 칭송해서 부른 노래이다.

廉范의 字는 叔度이다. (中略) 成都는 民物이 豐盛했으나 邑宇는 逼側했다. 舊制에 백성들이 밤에 일하는 것을 금지하는데 火災를 예방하기 위함이었다. 그러나 계속하여 相이 폐단을 숨기니, 불을 지른 자가 날로 늘어났다. 范은 이에 곧 先令을 毀削하고는 儼히 물만 비축하게 하였을 뿐이다. 百姓들이 便安해져 이에 곧 그것을 노래했는데, '廉叔度가 어떤 날 저녁에 왔네. 불을 금하지 않아 백성들이 편안히 일을 하네. 平生에 속옷이 없다가 이제는 五絝라네.'라고 했다.[20]

---

19) 申光洙, <敬送洪明賦重寅歸田序>, ≪文集≫ 권15 장24. "回風捲地 漠漠而窮陰 朔雪連天 悠悠而長道 寒生古木 關河曠而圓魄低 冷入悲笳 城郭暮而蒼烟薄 于時 明府洪公 投章下邑 睇雲鳥而孤吟 載旆中原 戴星辰而遐邁 蠶叢敷化 聞五袴之新謠 禹穴騰裝 歎百錢之旋膽"

20) ≪後漢書≫, <廉范傳>. "廉范字叔度, 云云, 建初中 遷蜀郡太守 其俗尚文辯 好相持短長 云云 成都民物豐盛 邑宇逼側 舊制 禁民夜作 以防火災 而更相隱弊 燒者日屬 范迺毀削

제도가 잘못되어 백성들의 숨통이 막힘을 살필 줄 아는 혜안과, 잘못된 제도를 과감히 뜯어 고친 결단이야말로 관리의 모범이 아닐 수 없다. 백성들을 진정으로 아끼고 사랑할 줄 아는 인물이 보인 德治다. '絝'는 '袴'와 뜻이 같다. 평생 속옷이 없다가 廉叔度의 선정으로 이제는 다섯이나 된다는 데서 그 절정을 이루고 있다. '禹穴騰裝 歕百錢[21]之旋贈' 또한 이것과 일맥상통하니 넉넉히 새기고 기리기에 충분하다. 염숙도는 홍중인에 다름 아니다. 홍중인은 汲長儒 臥治의 모범을 보인 인물로 맑고 깨끗한 인품의 소유자였던 것이다.

  豊山 洪公이 와서 임하니 이 나라가 밝다. 금년 겨울에 벼슬을 버리고 天安 鄉廬로 돌아가니 靈川 申光洙가 좇아 그를 보내며 말한다. (中略) 어질고 믿음이 있으며 그 사랑이 남을 향함이 많습니다. 비록 이 백성을 버리고자 하여도 백성들은 반드시 기꺼이 그대를 버리려 하지 않을 것입니다. 제가 이 때문에 그 은혜를 알아 다시 와서 기약이 있게 된 것입니다.[22]

洪重寅에 대한 칭송이다. 한산 지방에서 선정을 베풀었기에 백성들이 끝까지 따를 것이라고 한 데서 그의 인품을 엿볼 수 있다. 그러므로 石北은 당시에 <送洪明府重寅>에서 '의상이 넓고 넓어(衣裳有博)/ 이 한산 지방을 잘 다스렸네(殿此韓方)'[23]라고 노래했다. 이처럼 훌륭한 인품의 소유자였기에 헤어짐에 임하여 서글픔을 드러냈던 것이다.

  당시 어떤 사유로 벼슬을 그만두게 되었는지는 알 수 없으나, 홍중인은 歸去來할 수밖에 없는 처지였던 것이다. 이른바 黨爭下의 逃避일 수도 있다. 귀

  先令 但儼使儲水而已 百姓爲便 乃歌之曰 廉叔度 來何暮 不禁火 民安作 平生無襦 今五絝"
21) 《史記》 <蘇秦傳>에서는 "貸人百錢爲資"라 했고, 《漢書》 <景帝紀>에서는 "遺詔賜諸侯王列侯馬二駟 吏二千石黃金二斤 吏民戶百錢"라고 했다.
22) 申光洙, <送洪諫院重寅正輔幷書>, 《文集》 권1 장1-2. "豊山洪公來莅 是邦之明 年冬棄官 歸於天安鄉廬 靈川申光洙 追而送之曰 (중략) 仁而有信 其愛之在人者多矣 雖欲舍是民 而民必不肯舍諸 余以是知其惠 然復來爲有期矣"
23) 申光洙, <送洪明府重寅>, 《文集》 권5 장2

거래는 조선조 양반들의 생활구호였던 것이나, 聾巖 李賢輔가 致仕 歸鄕時에 漢江 舟中에서, '歸去來 歸去來 말뿐이오 가리 업싀'처럼 스스로 물러간 이가 없었으니, 귀거래는 口頭禪에 그친 것이 대부분이었다. 致仕後의 閒情을 누리기 위해, 또는 당쟁이라는 현실적 風波를 벗어나기 위해 田園을 찾았던 것이다. 그러므로 明哲保身을 꾀하는 이는 벼슬을 미련없이 내던지고 江湖로 물러갔고, 뜻 있는 이는 아예 江湖에서 나오지 않았으며, 벼슬길에 있으면서도 항상 戰戰兢兢하며 致仕後 歸去來할 것을 바랐다.[24] 歸去來는 곧 조선조 양반의 간절한 憧憬이었다.

石北은 홍중인의 致仕後의 歸去來에 대해, '아아! 사립문의 소나무와 국화에서 옷을 끌며 어린 것들이 맞이할 것을 생각하나니, 기수의 연하에 동색하며 주인이 돌아옴에 기뻐하도다'.[25]라고 읊은 바, 이것은 陶淵明의 <歸去來辭>에 보이는 '이윽고 허술한 집을 바라보고 문득 기뻐 뛰어가니, 심부름꾼 사내 아이는 반갑게 맞이하고 어린 것들은 문에서 기다린다. 三徑은 거칠어지기 시작했지만, 소나무와 국화는 아직도 그대로 있네.'[26]라는 심경에 다름 아니다. 이처럼 送序로써 歸去來를 말한 것은 '淸風高趣'의 관념적 풍조가 역사적으로 줄기차게 흐른 때문이다. 특히 중국문학, 그 중에서도 陶淵明의 영향이 지대하다고 하겠다.

귀거래는 단순히 한적만을 추구하기 위한 歸鄕은 아니었다. 性理學의 세계로 沈潛할 것을 다짐할 때도, 정신적 志向處를 말할 때도 歸去來를 외쳤다. 爲己之學을 버리고 爲人之學을 해야겠다는 學文上의 方向轉換時에도 周易의 세계를 깊이 파고들겠다고 다짐할 때도 歸去來라고 했다.[27] 그리하여 때로는 현실과 열린 관계를 유지하기도 했고, 때로는 현실에 대한 문을 아예 닫고서

---

24) 崔珍源, ≪國文學과 自然≫(成均館大學校出版部, 1986), 11-13쪽 참조.
25) 申光洙, <敬送洪明賦重寅歸田序>, ≪文集≫ 권15 장24. "噫 柴門松菊 牽衣想穉子之迎 琪出烟霞 動色喜主人之返"
26) 陶淵明, <歸去來辭>. "乃瞻衡宇 載欣載奔 僮僕歡迎 稚子候門 三徑就荒 松菊猶尊 携幼 入室 有酒盈樽"
27) 南潤秀, ≪韓國의 和陶辭 硏究≫(高麗大學校 博士學位論文, 1989), 12-13쪽 참조.

獨善其身의 고답적 경지를 추구하기도 했다.

石北은 洪重寅을 보내면서 자신의 처지와 심회를 다음과 같이 드러냈다.

> 어찌 내가 西湖의 流浪客이 아니며, 下國의 腐儒가 아니리오. 王粲의 逸才도
> 없는데 終軍의 弱冠은 지나갔도다. 塵埃에서 短褐로 지내며 십 년 동안이나 칼
> 을 배운 어리석음을 웃었고, 山水에서 그윽한 거문고 타고 四海 멀리 술잔 머금
> 기를 좋아하였다.[28)

서른이 넘도록 아직 野人으로 지내는 자신을 流客과 腐儒로 표현하고 있
다. 작가 자신의 처지에 따른 착잡한 심회를 드러낸 것이다. 그러나 그 속에
서도 홍중인과 더불어 宿德을 논하였고, 淸風明月을 벗하였으니, 그와의 작별
은 못내 서글픈 것이다. 이별의 술잔치도 끝난 지금, 티끌 바람 속에 아득히
멀어지는 홍공을 바라보는 오늘의 人情은 쓸쓸할 수밖에 없다. 來年의 春色에
만남을 기약할 수 없는 것이다. 그러므로 '少停陽關之疊 願聽吳郡之歌'로 이별
의 슬픔을 끝맺고 있다. 陽關之疊은 王維의 <送元二使安西詩>로 이별시의 백
미이다.

3) 幽居生活과 淸風高趣

<洪明府重寅花嶺幽居序>는 洪重寅이 花嶺에 幽居게 되어 지은 작품이다.
幽居에 따른 別離의 아쉬움, 인물에 대한 銘頌, 幽居地 花嶺의 方位와 形局,
幽居生活 등을 그 내용에 담고 있는데, 幽居生活이 중심을 이룬다. 題名에서
隱居라고 하지 않고 幽居라고 한 것은 단순히 현실과 손을 끊고 세상을 피해
숨어산다는 의미가 아님을 말하기 위한 것으로 보인다. 즉 賢者의 逃避的 삶
이 아니라 '淸風高趣'의 맑고 그윽한 삶을 드러내기 위한 것이다. 幽居生活이
중심을 이루므로 歸去來한 공간은 仙境처럼 아름다운 勝景으로 나타나고, 그

---

28) 申光洙, 앞의 글, ≪文集≫ 권15 장25. "矧僕西湖流客 下國腐儒 匪王粲之逸才 過終軍之
弱冠 塵埃短褐 十年笑學劍之愚 山水幽絃 四海隔啣盃之好"

곳의 삶에 神仙 또는 그와 관련된 용어가 자주 등장함은 자연스러운 일이라고 하겠다.

丘園에서 養性하여 六塵을 없애 內葆하기도 하고, 官職에 대한 뜻을 벗어나 萬象과 섞이어 冥觀하기도 한다. 蘿月과 松風이 百齡의 賓主를 허락하니, 洞天福地에서 一世의 神仙이라고 일컬어질 수 있다.29) 福地에 幽居하여 六識인 色·聲·香·味·觸·法에서 일어나는 여섯 가지 欲情을 제거하고 冥觀하면서 蘿月과 松楓을 벗삼아 神仙처럼 지내는 삶은 부러움의 대상이 아닐 수 없다. 그러므로 幽居地는 늘 仙境처럼 아름다운 곳으로 그려지게 마련이다.

> 楡柳를 조금 심어 높낮은 곳을 좇아 거리에 통하고, 柴荊을 만들지 않아 굽이굽이 돌아서 오솔길을 이루었다. 堂 앞에 물길 뚫어 연못을 만들고, 집 뒤는 벼랑져서 섬돌을 놓았다. 푸른 도랑 열 길은 玉井의 靈根에서 흐르고, 고운 꽃나무 일천 이름은 銑溪의 奇品으로 벌렸도다.30)

花嶺 幽居地는 이쯤되면 仙境이 아닐 수 없다. 紫甸과 淸湖가 교차하는 곳이라 멀리 푸른 물소리가 밖으로 두르고, 玉盞과 金盃의 빼어난 形局이라 丹峽은 가운데가 툭터져 郡城의 시끌벅적함이 없다. 평평한 골짝 窈窕之境의 땅은 비옥하고 샘물은 달다. 이 곳의 주인 洪公은 九節之雄, 一時之秀으로 여겨졌던 것이니, 그의 幽居는 凡常한 것이 아니었다.

洪重寅의 號가 花隱이 된 것은 이 花嶺에 幽居했기 때문이다. 致仕後의 幽居하는 인물을 대상으로 쓴 글이므로, 그의 훌륭한 人品을 새기고 기리며, 벼슬길에서 물러남을 아쉬워하는 내용이 들어간다. 또한 幽居에 따른 글이므로 벼슬을 그만두고 歸去來했던 인물들과 관련된 고사가 많이 사용되고 있다. 그것은 그만큼 歸去來에 큰 의미를 부여하기 위한 것이다. 歸去來는 政治的 現

29) 申光洙, <洪明府重寅花嶺幽居序>, 《文集》 권15 장25. "或養性丘園 銷六塵而內葆 或脫情軒晃 混萬象而冥觀 蘿月松風 許百齡之賓主 洞天福地 稱一世之神仙者哉"
30) 申光洙, 앞의 글, 《文集》 권15 장26. "楡柳略栽 逐高低而通巷 柴荊不設 依曲折而成蹊 堂前則穿水爲池 舍後則因匡築砌 靑渠十丈 移玉井之靈根 彩卉千名 列銑溪之奇品"

實과 완전 손을 끊고 오로지 明哲保身과 獨善其身함으로써 隱求의 樂을 추구하는 경우도 없지 않아 있지만, 조선조의 경우 대부분은 政治的 現實과 열린 관계를 유지했다고 하겠다. 그것은 조건만 주어지면 언제든지 出仕하는 경우가 많았기 때문이다. 이른바 假隱者라고 하겠다.

그럼에도 불구하고 이 작품에서 彭澤·鹿門·長翰 등의 고사가 많이 사용되고 있는 바, 歸去來는 조선조 선비들이 간절히 憧憬했던 삶인 것만은 분명하다. 彭澤은 陶燕明을 가리킨다. 陶淵明이 彭澤令을 지냈기 때문에 그처럼 불리게 된 것이다. 陶淵明이 진나라 彭澤의 縣令으로 있을 때, 官吏의 成績을 考課하기 위해 郡에서 보낸 督郵에게 衣冠束帶하고 뵈라고 하자 陶淵明이 탄식하면서, '내가 닷말 곡식때문에 小人 앞에 허리를 굽힐 수 없다.'고 하며, 그날로 辭職하여 <歸去來辭>를 읊으며 고향으로 돌아갔다고 한다.31) 陶淵明은 마음이 한갓 몸의 奴隷가 되어 허덕이는 것을 슬퍼하여 田園으로 돌아갔던 것이다.

그러므로 洪公의 歸居來 또한 이들과 다르지 않다는 인식이다. 西圃梅花之海와 孤山處士之家 등의 등장도 그의 幽居生活를 보여주기 위한 것이다. 작품에서 보이는 黃昏, 氷雪, 淸水, 參星, 栗里田園, 山陽竹樹 등은 모두 幽居生活을 드러내기 위한 소재들이다. 그러므로 봄날의 맑디맑은 기운, 여름날의 무성한 나무, 가을날 서리에 물든 단풍, 겨울날 눈에 덮인 자연 등 사시사철 佳景이 끝없이 펼쳐지고 있다. 이러한 四時의 佳景 속에서 흰 베옷을 입고 烏紗帽를 쓴 채 그윽한 꽃과 빽빽한 대나무 사이를 거닐기도 하고, 밭이랑에서 비를 만나 삿갓을 쓰기도 하며, 아침에는 김을 매기도 하며, 거문고와 바둑을 대하기도 한다.

> 거문고와 바둑으로 비로소 쉬고, 지팡이와 가죽신에는 한가함이 많다. 평평한 밭둔덕이 바람을 띠니 漠漠한 禾黍요, 먼 촌락이 빛을 머금으니 依依한 桑麻로다.32)

---

31) ≪宋書≫ <隱逸傳>. "君見督郵至 縣吏白 應束帶見之 潛歎曰 我不能爲五米斗 折腰向鄕里小兒 卽日 解印綬去職賦歸去來"

32) 申光洙, 앞의 글, ≪文集≫ 권15 장27. "琴碁初歇 杖屨多閑 平疇帶風漠漠而禾黍 遠落含

田園의 閑情을 물씬 풍기고 있다. 바둑과 거문고로 세월을 보내기도 하고, 주변의 아름다운 風光 속에서 六塵을 멀리 하니, 그야말로 조선조 선비들이 동경하여 마지 않던 이상적 삶의 모습인 것이다. 여기에 世俗의 物慾이 끼어 들 틈은 전혀 없다. 그러므로 幽居地는 仙境으로 그려지는 것이 당연하다.

> 몸이 편안함은 嬰兒之日과 같고 산의 고요함은 太古之年과 같다. 橘水의 띠 집에서 남녀가 耕鑿之業을 보전하고 桃源 울타리에는 닭과 개가 이곳저곳에 흩어져 울고 짖는다. 밭둔덕을 넘어 漁樵와 섞이어 자리를 다투고, 좋은 날 아름다운 風景에 술잔을 들어 회포를 연다. 문을 닫으면 俗客이 찾아오지 않고, 길 들이니 섬돌에는 그윽한 새가 날아 내린다.33)

陶淵明의 武陵桃源이 여기에 펼쳐지고 있다. 이것은 인간이 바라는 가장 이상적 삶의 모습 중 하나가 아닐 수 없다. 세속에서 시달린 心身을 모두 잊고 어린이처럼 天眞無垢한 心境으로 돌아간다. 現世의 모든 근심과 걱정, 고통과 번뇌로부터 벗어나 太古의 理想鄕 속에 安住하는 것이다. 그러므로 도원경의 모습은 남녀가 어울려 논밭을 갈고 개가 짖고 닭이 우는 태고의 淳俗 그대로 유지하게 된다. 어초와 더불어 자리를 다투기도 하고, 良辰美景에 술잔을 들어 시를 읊조리기도 하는 삶이 그려지는 것이다.

幽居의 동기가 내부적인 것이든지 외부적인 것이든지 莫論하고, 일단 田園에 묻히게 되면 泉石膏肓에 沒入하여 無障無碍의 神仙境을 누리게 되고, 그 순간만은 세속과 단절된 淳俗의 太古가 펼쳐지게 된다. 그러므로 理想鄕의 추구는 거의가 本鄕回歸意識을 지닌다고 할 수 있다. 兒日之日의 心境을 누림 또한 이에 다름 아닌 것이다.

幽居에는 이러한 神仙境뿐만 아니라, 때로는 성긴 종울림 소리와 차디찬

照依依而桑麻"
33) 申光洙, 앞의 글, ≪文集≫ 권15 장27. "身安如嬰兒之日 山靜似太古之年 橘水茅茨 男女保耕鑿之業 桃源籬落 鷄犬散鳴吠之聲 越陌度阡 混漁樵而爭席 良辰美景 侑尊酒而開懷 閉戶而俗客不來 馴墀而幽禽飛下"

범종 소리에 禪的 분위기에 젖어 들기도 한다. 惠遠蓮社가 작품 속에 등장하
는 것은 이런 점 때문이다. 그러므로 洪公은 名理를 空有之際에서도 窮究하
고, 逍遙하면서 세월을 보내는 인물로 그려진다. 그러나 幽居生活은 역시 桃
源境 속의 閑寂한 생활이 중심을 이룬다고 하겠다.

　寥廓에 마음이 쏠려 郭璞의 游仙詩를 보고, 바위 언덕에서 散髮하고 左思의
招隱之句를 읊조린다. 子綦는 고요함을 익혀 차츰차츰 忘形에 들어가고 叔夜는
養生하다가 도리어 일 많음을 깨달았도다. 하물며 圖書는 방에 가득함에랴. 子
孫은 성공하여 謝太傅의 뜨락에 나아가고, 芝蘭의 사귐은 竇侍御의 門戶에서 향
기롭다. 千里馬와 鳳凰은 나란히 奇絶하도다. 임금에게 忠誠하고 어버이에게 孝
道하니 집에는 萬石之訓이 전해지고, 善을 쌓고 慶事로움을 기르니 堂에는 三槐
之陰이 鬱蒼하다.34)

한적한 幽居生活 속에서 古人과 같은 삶을 추구함에 物我一體의 忘形의 경
지를 누리기도 하고, 養生을 하는 것에 문득 일 많음을 깨닫기도 한다. 이 모
두 세속을 벗어난 기쁨과 즐거움을 드러내려고 한 것이나, 忠孝에서 엿볼 수
있는 것처럼 세속과 완전히 단절된 것은 아니다. 현실과 이상의 조화를 추구
함으로써 가장 이상적인 삶의 모습을 그린 것이고, 그것으로써 존경하던 인물
을 새기고 기리고자 한 것이다. 田園幽居와 子孫의 榮光됨은 인간이 누릴 수
있는 더할 나위 없는 淸福이라고 하겠다.
　政治的 現實에서 벗어나 田園에 歸去來한 경우라도, 朝鮮朝 선비들은 그들
의 理念인 經國濟民을 한때라도 잊지 못했던 것이니, 임금이 부르면 언제든지
달려갔던 것이다. '江湖에 病이 깁퍼 竹林에 누엇더니 關東八百里에 方面을
맛디시니 어와 聖恩이야 가디록 망극ᄒ다'는 이를 잘 대변한다. 그러므로 儒
者의 自然은 현실과 완전 단절된 공간이 될 수가 없었던 것이다. 洪重寅이 아

---

34) 申光洙, 앞의 글, ≪文集≫ 권15 장28. "棲神寥廓 攬郭璞游仙之詩 散髮巖阿 咏左思招隱
　之句 子綦習靜 稍入忘形 叔夜養生 還覺多事 而况圖史滿室 子孫成行謝太傅之階庭 芝蘭
　交馥竇侍御之門戶 驥鳳聯奇 忠君孝親 家傳萬石之訓 積善毓慶 堂蔚三槐之陰"

들의 공으로 나중에 다시 벼슬길에 오른 것은 이를 단적으로 드러낸다. 그러나 田園 속에 묻혀 있는 그 순간만은 忘形의 絶對的 自由를 누리고자 했다. 도연명이 추구했던 '以心爲形役'의 질곡에서 벗어난 경지가 여기에 있다. 홍중인의 인물됨이 훌륭했고, 그의 幽居가 淸淨했기에 石北은,

> 아아! 明府의 道가 幽貞에 맞으니 누추한 집에는 終身之樂이 있고, 諫院의 낯빛이 溫淸을 이으니 고운 비단옷엔 하루라도 시름이 없다. 어찌 이른바 泉石烟霞는 靈眞의 淸福이 아니며, 壽考愷悌는 君子의 吉祥이 아니리오.[35]

라고 진술했던 것이다. 인물에 대한 稱頌은 贈序의 두드러진 특징이다. '終身之落'과 '無一日之憂'는 인간이 바라는 바다. 거기에 아름다운 자연 속에서 長壽까지 누린다면 더할 나위 없는 淸福이라고 하겠다. 忘形과 養生을 추구했으니, 天地自然의 道에 어긋남이 있을 수 없다. 그러므로 여기서 長壽의 和樂한 모습을 보일 수 있었던 것이다.

> 채소를 먹고 물을 마시며 笏을 잡고 인끈을 매지 않으니 밝게 빛나는 영광이지만, 그늘에서 쉬고 빛을 머금어 끝내 天人과 斷絶되니 원망스럽고 탓하는 생각뿐이로다. 바야흐로 華胥의 들에서는 말을 타고, 黃農의 뜰에서는 활을 쏘리니, 동서남북에서 天命을 따라 움직일 것이요, 淡泊한 天地自然의 氣는 지극한 道와 더불어 높이 날 것이로다.[36]

致仕하고 幽居함을 아쉬워하면서도, 理想鄕 속에서 끝없는 悅樂을 누리기를 갈망하고 있다. 유거생활에서 추구할 수 있는 최고의 경지가 바로 '順天命'이요, '與至道'라고 하겠다. 天理와 人欲이 渾融一體가 된 天人合一, 無爲自然

---

35) 申光洙, 앞의 글, ≪文集≫ 권15 장28. "嗚呼 明府道叶幽貞 衡門有終身之樂 諫院色承溫淸 綵服無一日之憂 豈所謂泉石烟霞靈眞之淸福 壽考愷悌君子之吉祥者耶"

36) 申光洙, 앞의 글, ≪文集≫ 권15 장28. "茹蔬飮水而不挾圭組 焜燿之榮 息影含光而終絶天人 怨尤之念 方將揚鑣於華胥之野 弴節於黃農之庭 東西南北順天命而行止 淡泊溟涬與至道而翶翔"

이 아닐 수 없다. 自我와 世界 사이에 대립과 갈등이 끼어들 틈이 없는 것이다. 자아와 세계가 하나가 된 경지이니, 그야말로 天地與我並生인 것이요, 萬物與我爲一인 것이다.

<洪明府重寅花嶺幽居序>는 결국 幽居生活에서 맛볼 수 있는 가장 이상적인 삶의 모습을 드러냄으로써 조선조 선비들이 지향했던 세계의 일단을 보였다. 그렇게 함으로써 인물을 새기고 기리고자 했고, 작가 자신도 또한 그러한 세계에 몰입할 수 있었던 것이다. 이러한 것들이 騈儷文을 통해 그려지고 있다는 점에서 그 나름대로 의미를 지닌다고 하겠다. 특히 石北의 雄肆·峻潔한 문장은 이러한 변려문을 통해 잘 드러나고 있는 것으로 보인다.

Ⅳ. 結 論

　이 책은 石北의 文學世界를 밝히고자 크게 詩文學의 世界와 辭賦文學의 世界, 그리고 散文文學의 世界로 나누어 검토했다. 이를 위해 먼저 時代的 背景과 傳記的 背景 및 文學觀을 살폈다.

　石北의 文學觀은 性情之正과 聲音之和, 有補世敎, 情景相値와 天理流行, 詩有神境으로 압축된다. 석북은 性情之正에서 나와 聲音之和를 얻은 시는 世敎에 보탬이 된다고 했고, 情景相値에 自然의 神이 발동하여 吟詠하는 것은 天理流行 가운데 하나라고 했으며, 詩에는 神境이 있다고 했다.

　性情之正은 哀而不傷하고 樂而不淫하는 溫柔敦厚함이나 思無邪를 바탕으로 하는 것으로 賞自然을 통해 길러지며, 美辭麗句나 淫聲美色을 멀리 하여 風雅之道를 견지함으로써 유지된다. 性情之正과 聲音之和는 문학작품의 내용과 형식인 바, 이의 조화를 통해 文質彬彬의 이상적 시가 나타난다. 그러므로 性情之正에서 나와 聲音之和를 얻은 시는 有補世敎의 效用性을 가장 잘 드러낼 수 있다.

　情景相値는 情景合一·情景融合·情景交融과 같다. 天理流行은 天然說이나 天機論과 상통하는 것으로 情緒의 자연스러운 發露를 중시한다. 自我와 世界의 合一에서 나타난 興趣나 悲哀 등의 情緒를 外景을 통해 自然스럽게 담아야 한다는 文學觀이다. 詩有神境은 嚴羽의 妙悟論이나 王士禎의 神韻說과 相通하는 것으로 시에 있어서 入神의 境地를 이른다. 直觀과 觀照 및 靈感을 包括하는 槪念으로 不傳之妙의 神秘로운 詩境이다.

詩文學의 世界는 日常的 삶의 哀歡, 社會認識, 風流意識, 歷史認識, 思想的 趣向으로 主題領域을 나누어 검토한 바, 특히 自我와 世界에 대한 認識에 초점을 맞추었다. 이와 다른 시각에서 科詩와 樂府詩의 世界를 설정하여 <關山戎馬>와 <關西樂府>를 다루었다. 그것은 이 두 작품이 石北詩를 대표하며, 音樂과도 밀접한 관련을 맺고 있기 때문이다.

日常的 삶의 哀歡으로 風塵南北의 旅情, 삶의 고뇌와 갈등, 농촌생활과 안분지족를 살폈다. 旅情을 통해 나타난 鄕愁와 思親 및 가족에 대한 그리움을 형상한 작품에는 眞率한 감정을 숨김없이 드러낸 경우가 많다. 그러한 점에서 旅情을 통해 형상된 작품은 주로 情景相値와 天理流行이라는 그의 文學觀이 잘 반영되었다고 하겠다. 貧賤은 삶의 苦惱와 葛藤의 핵심적 요인으로 작용한 바, 이를 詩人이라는 矜持와 自負로 극복하려고 했다. 貧賤을 숨김없이 형상한 시는 貧窮文學의 전형으로 漢文學史上 중요한 위치를 차지하는 것으로 파악된다. 田園은 부정되기도 하지만 대체로 긍정된다. 農村生活은 그윽함, 平和로움, 眞率함 등의 모습으로 그려진 바, 農村은 건강한 勞動現場, 豊饒로움, 與民同樂, 自我省察, 그리고 自然과 冊을 매개로 安貧樂道하는 공간으로 나타난다.

社會認識을 드러낸 시는 愛民意識을 바탕으로 形象되었으며, 有補世敎의 文學觀이 두드러지게 반영되었다. 民生의 慘狀과 桎梏뿐만 아니라, 理想的 牧民相과 社會相을 提示했으며, 知識人의 悲哀와 苦惱를 詩化했다. 民生의 慘狀과 桎梏의 詩的 形象은 不條理한 현실에 대한 批判意識을 바탕으로 한다. <採薪行>·<臘月九日行>·<潛女歌>·<濟州乞者歌> 등에서 批判的 眼目을 드러낸 바, 이는 以詩正世的 社會美學의 구현이라 하겠다. 支配層과 彼支配層의 對立構造를 통해 民生의 慘狀과 桎梏을 부각시킴과 동시에 不條理하고 矛盾에 찬 사회를 비판했다. 이는 결국 儒敎的 理念을 具顯하려는 意志로 나타난 바, 理想的 牧民相과 社會相의 提示가 바로 그것이다.

理想的 牧民相은 <金馬別歌>와 <關西樂府> 등을 통해 제시되고 있다. 여

기서 與民同樂, 衣食住와 冠婚喪祭 및 農事 등에 대한 관심을 통한 善政, 엄정한 官穀管理, 官吏의 紀綱確立, 文武獎勵, 軍紀確定, 國防意識의 鼓吹 등을 통해 理想的 牧民相을 부각시켰다. 理想的 牧民官은 淸廉해야 할 뿐만 아니라, 善政을 베푼 뒤에는 忙中閑도 즐길 줄 아는 인물로 그려졌다. 理想的인 社會相은 民官의 바람직한 관계를 통해서 나타나기도 하고, 儒敎的 人倫이 실현되거나 勤勉함과 和睦함이 넘치는 鄕村社會를 통해 具顯되고 있다. 또는 自然性 그대로 살아가는 太古의 淳俗을 통해 理想的 社會相을 提示하기도 했다. 知識人의 悲哀와 苦惱는 身分秩序의 動搖 속에 나타난다. 沒落兩班이 商業에 종사하며 全國을 떠돌지 않으면 안되는 社會相, 窮乏의 寫實的 描寫, 貧窮과 租稅로 인한 知識人의 悲哀 등을 통해 知識人의 葛藤과 苦惱가 어느 시대보다 底邊으로 擴散되었음을 보았다. 知識人들은 貧窮에서 발생한 苦惱와 葛藤을 自然과 文章을 매개로 하여 克服하려고 했다.

賞自然, 竹社老人會, 演戲와 藝人, 官邊의 風流, 風情과 그 戲化 등을 통해 風流意識을 검토했다. 賞自然의 風流는 士林派의 賞自然과 달리 道學的 思惟가 거의 없으며 動的인 自然沒入이 많다. 石北의 風流는 觀念的인 것이 아니라 生活理念을 바탕으로 하고 있다. 官邊風流는 詩·酒·歌·舞와 妓女의 등장이 거의 필연적이다. 여기에서 멋을 바탕으로 한 風流意識뿐만 아니라, 18세기 풍속의 일단을 볼 수 있었다. 은근한 風情과 그 戲化는 人間本然의 感情에 充實한 詩的 形象化이며, 여기에 人間性에 대한 肯定的 思考가 깔려 있다.

孝宗과 尊明排淸意識, 端宗과 情恨의 心象, 忠孝烈의 形象化로 나누어 歷史認識을 살폈다. 孝宗에 대한 詩人의 認識, 胡亂의 遺恨과 恥辱, 恥辱의 原因, 北伐意志 등을 살펴 보았다. 胡亂의 遺恨은 寧陵이나 三田渡와 같은 空間이나, 孝宗과 三學士 및 燕行使節과 같은 人物을 매개로 하여 나타나며, 이를 통해 대부분 尊明排淸意識과 北伐意志를 드러내고 있는데, 그 바탕에는 春秋大義思想이 깔려 있다. 孝宗을 內聖外王으로 認識한 것이나 不書僞號의 文學的 形象化, 慷慨意識 등을 통해 尊明排淸意識과 北伐意志를 드러낸 바, 이는 결국 毁損된 國家의 尊嚴性을 되찾고, 傷處받은 民族의 氣象을 회복하자는 것이다. 곧 復讐雪恥를 통해 民族의 自尊과 自主를 되찾자는 意志에 다름 아니다.

석북은 寧越이나 六臣祠에서 端宗의 비극과 死六臣의 忠節을 생각하고 지극한 追慕의 情을 표출했다. 寧越에서 端宗을 追慕하고 그 情恨을 노래한 작품이 적지 않은 바, 端宗을 追慕하는 가운데 死六臣을 연상하고, 六臣祠에서는 死六臣의 忠節을 追慕하는 가운데 端宗을 연상하기도 했다. 端宗의 悲劇은 처절한 슬픔과 恨을 동반하므로 작품 중에 그같은 양상이 드러난 바, 특히 子規의 悽絶하고 哀怨한 心象을 통해 悲劇性을 고조시켰다. 端宗哀史와 관련된 <狂奴子歌>를 통해 忠孝의 美德을 드러내기도 했다.

忠孝烈의 形象化에 나타난 歷史認識은 三綱五倫이라는 중세의 朱子的 秩序의 확립과 관련이 깊다. 三綱五倫은 중세적 질서 속에 있는 어느 시대나 강조되었던 보편적 德目이다. 忠孝烈의 강조는 아름다운 道德的 社會의 건설과 관련된다. 有補世敎의 문학관이 잘 반영되었는데, 以詩正世的 美刺의 기능 중에서도 특히 美가 강조되었다. 人倫의 근간이 되는 三綱五倫의 德目을 강조함으로써 아름다운 規範意識을 확립하고, 이를 통해 바람직한 사회가 永續되기를 바란 것은 歷史認識의 소산이다.

佛家的 思惟, 道家的 思惟, 神仙思想과 仙界憧憬을 중심으로 思想的 趣向을 考察했다. 現世志向의 儒敎社會에서 발생한 挫折은 葛藤을 同伴하는 바, 佛敎나 道敎에 대한 思惟를 통해 이를 抒情하고 克服하려는 一面이 있었다.

山寺는 脫俗의 세계로 禪的 분위기가 넘실거리는 空間이다. 그러므로 山寺를 배경으로 한 시는 脫俗의 詩境이나 禪的 분위기를 드러내는 경우가 많다. 山寺를 배경으로 僧俗의 交遊를 형상하기고 했고, 詩禪一如의 경지를 그리려고도 했으며, 그러한 경지를 누리려고도 하였다. 情景相值의 物我一體를 거쳐 天理가 流行하여 나온 詩有神境의 禪味, 萬有無常의 自然觀, 祖師心의 眞境追求, 世俗的 慾望에서 벗어나고자 함, 普賢行의 渴望, 能忘物我의 追求 등을 통해 世俗에서 찌들고 억눌린 自我를 解放시키려 했다. 僧俗의 交遊나 賞自然을 바탕으로 한 豁然開悟의 禪遊를 드러낸 작품도 있다. 物我一體의 賞自然의 詩興을 통해 豁然開悟의 詩心을 누리고 싶은 지극한 渴望을 표출했다. 이것은 결국 處染常淨의 淸淨心과 禪遊를 통해 情緖를 醇化함으로써 한층 더 맑고 깨끗한 삶을 누리고 싶은 所望에 다름 아니다.

隱遁과 隱逸은 다르다. 그런데 隱遁生活 속에서도 隱逸文學을 낳을 수 있는 바, 그것은 觀念 속에서는 超世的 隱逸을 추구할 수 있기 때문이다. 현실에서 빚어진 拘束과 抑壓, 挫折과 葛藤 등을 道家的 思惟를 통해 克服하려고 했다. 그러나 그 樣相은 經濟的 基盤이 튼튼한 士大夫들과 다르다. 隱遁生活은 현실에 적극적으로 對處하려는 逆說的 表現, 또는 현실에 대한 愛情의 逆說的 表現이다.

石北은 不斷히 出仕志向과 隱逸追求를 보인 바, 여기서 생긴 葛藤相을 道家的 思惟를 통해 극복하려 했다. 道家的 思惟는 儒家的 規範에서 벗어나 天賦의 自然性을 회복하게 함으로써, 지쳐 버린 心身에 활기를 불어 넣는다. 苦惱와 葛藤을 抒情하기 위한 방법으로 自然과 술과 바둑과 詩를 매개로 하여 安分知足하고, 觀念 속에서나마 隱逸的 삶을 즐겼다. 특히 陶淵明에 심취하기도 했다. 道家的 思惟 속에 완전히 침잠할 때 葛藤은 존재하지 않는다. 物外閒適과 無爲自然의 절로절로를 통해 아무런 葛藤이 없는 삶을 누리고 있음을 볼 수 있었다. 특히 여기에 詩有神境과 情景相値와 天理流行의 文學觀이 두드러지게 形象되고 있음을 보았다.

神仙思想을 다루면서 仙語의 心象과 그 詩的 機能도 함께 探究했다. 仙語는 詩想과 意趣에 커다란 영향을 미치고 있다. 神仙傳說과 관련된 仙跡으로 평양의 朝天石, 麒麟窟, 乙密臺와 成川의 降仙樓 등이 나타난다. 隱逸的 삶, 理想的 官吏의 삶, 風流마당, 그리고 壽宴이나 得意 및 致仕 등을 祝賀한 시에서 현실적 인물을 神仙으로 인식하고 있다. 仙語는 非現實的 想像力의 世界나, 脫俗의 仙的 분위기를 創造하기도 하며, 人間存在가 지닌 本然의 情緖를 表出하는 데에 效果的으로 活用되기도 한다. 無常感의 克服, 地上的 拘束으로부터 解放, 複合的인 情緖의 含蓄的 表出, 經國濟民이라는 儒家的 理想具顯, 情緖의 硬化로부터 逸脫 등에 仙語가 중요한 기능을 하고 있다. 또한 對象의 美化, 詩的 生命의 維持, 인물의 長壽에 대한 頌祝, 잔치의 분위기 고조, 滔滔

492

한 興趣의 表出, 人倫의 浮刻, 批判精神의 容易한 表出 등의 구실을 하고 있다.

神仙憧憬이나 仙趣는 儒敎的 禮樂의 拘束으로부터 벗어나고자 한 內的 心理와 眞率한 感情表現, 貧賤과 病弱 및 失意 등에서 온 현실적 葛藤의 解消나 長壽에 대한 渴望 등과 관련된다. 三神山의 하나로 인식된 金剛山이나 漢拏山에 대한 憧憬을 통해 神秘로운 仙界를 체험함과 동시에 社會倫理와 道德秩序라는 規範에 갇힌 自我를 解放하려 했다. 仙界憧憬은 결국 本鄕回歸意識과도 관련된 바, 本鄕回歸意識은 哀悼詩에서 극명하게 드러남을 보았다. 인간은 '聖 → 俗 → 聖'의 세계를 순환하는 永遠存在로 인식되고 있다. 本鄕回歸意識의 基底에는 生命의 永續을 바라는 인간의 욕망과 죽음의 恐怖를 克服하려는 심리가 깔려 있다.

科詩와 樂府詩의 世界에서는 代表作 <關山戎馬>와 <關西樂府>의 文藝性과 音樂性 등을 검토했다. 漢詩史上 詩와 音樂의 本格的 만남은 石北에 이르러 이루어졌다. <關山戎馬>와 <關西樂府>는 最近까지도 愛唱되었을 뿐만 아니라, 中國에까지 전해져 洞庭湖 近處의 關善亭에서도 불리워졌다.

石北은 18韻 36句와 19韻 38句라는 科詩의 정식을 깨고, 자신의 詩想展開에 알맞은 형식을 創出하였다. 석북에 이르러 과시체는 40구-44구로 늘어난 바, <關山戎馬>는 44구이며, <題陶淵明秋菊詩歎役物者失此生> 등은 40구이다. 杜詩의 集句로 이루어진 <關山戎馬>는 憂國衷情과 愛國憐民思想을 형상했다. 儒家的 理念의 詩的 形象이면서도 文藝性과 抒情性이 풍부하다는 점에서 有補世敎의 文學觀이 詩的 昇華를 거친 작품이라고 하겠다. 性情之正에서 나와 聲音之和를 얻었고, 情景相値를 통한 天理流行 그대로 天衣無縫, 文質彬彬의 작품이다. <題陶淵明秋菊詩歎役物者失此生>은 以心爲形役의 役物者가 된 것을 탄식함으로써 飄逸의 絶對自由를 누리고 싶은 소망을 形象했다. <關山戎馬>에는 儒家的 思惟가 전편에 흐르고 있다면, 이 작품에는 道家的 思惟가 전편에 흐르고 있다고 하겠다. 儒家的 思惟는 杜甫의 憂國憐民으로 대표되고, 道家的 思惟는 陶淵明의 飄逸로 대표된다. 이것이 石北科詩에 나타난 詩世界의 두 모습이다.

　<關山戎馬>는 憂國衷情과 愛國憐民思想으로 일관되어 있고, 形式과 內容이 잘 調和되어 있는, 文質이 彬彬한 이상적인 行詩이자 樂府이다. <關山戎馬>는 석북 당시부터 管絃歌詞에 올라 樂院·妓房에서 200餘年 동안 겨레의 사랑을 듬뿍 받았을 뿐만 아니라, 中國에까지 알려져 洞庭湖 근처의 關善亭에서도 불리워졌다. <關山戎馬>가 널리 사랑을 받은 것은 文藝性이 뛰어날 뿐만 아니라, 儒敎的 理念을 구현했기 때문이다. <關山戎馬>는 그 情調가 구슬프다. 그러므로 五音의 商調나 十二律의 太簇調로 부른다. <關山戎馬>의 唱은 地域과 階層에 따라 다소 차이가 있는 바, 南唱으로 京唱, 北唱으로 西道唱, 그리고 藝人唱과 文人唱, 女唱과 男唱 등이 있다.

　紀俗樂府·入樂樂府·非漢譯樂府로서 <關西樂府>는 關西地方의 風俗·地理·歷史 등을 소재로 활용하여 우리 민족 特有의 情調·律調를 전편에 걸쳐 반영하였다. 眈美的·唯美的 世界相을 보이고 있으나, <關西樂府幷序>에서 읽을 수 있는 것처럼 有補世敎의 敎化論的 文學觀을 반영했다. 遊興宴樂의 裏面에다 聲色에 대한 경계를 함축하여, 牧民官의 本分과 道理를 지키라는 勸懲의 뜻을 담았다. 國土山河의 形勝에 대한 긍지와 애정, 歷史와 人物을 통한 民族的 矜持와 自主精神, 風俗을 통한 民族的 情調와 情趣, 理想的 牧民相의 제시 등을 통해 主題를 展開했다. <關西樂府>에서 가장 많은 분량을 차지하고 있는 것이 平壤監司의 日常事를 중심으로 벌어지는 官邊風俗이다. 到任儀禮와 節次, 官邊과 妓坊의 風情과 世態, 遊興宴樂, 巡視 등은 모두 당시의 官邊風俗인 바, 여기에 민족 특유의 情調와 情趣를 담았다.

　<關西樂府>의 가장 두드러진 특징 가운데 하나가 <關山戎馬>와 더불어 노래로 불리워졌다는 점이다. <關西樂府>가 入樂된 時期는 석북이 樊巖에게 작품을 준 바로 直後일 가능성이 크다. <關西樂府>는 兒女之情과 飮酒情趣를 통한 風流性, 抒情性과 敍事性의 調和, 敎化論的 性格, 風俗의 實寫를 통한 民族的의 情調와 情趣 등을 풍부히 담고 있다는 점에서 친밀감을 주고, 여기에 우리의 聲音口氣에 맞는 詩語들이 使用되었다는 점 등이 크게 작용하여 널리 불리워진 것으로 보인다.

　辭賦文學의 世界에서는 <東招>와 <反招魂>을 그 세계를 통해 검토했다. 이 두 작품은 宋玉의 <招魂>을 受容하여 韓國的 變移를 보인 작품이다. 죽음에 대한 認識과 巫俗的 思惟, 그리고 죽음의 仙的 昇華와 死後世界에 대한 認識 등이 형상되었음을 보았다. <東招>는 非命橫死한 亡者의 魂을 부른 작품으로 魂升魄落의 死生觀, 再生欲求와 亡者의 恨, 寃魂의 浮遊와 反居之樂, 魂兮歸來의 呪術性이 그려진 바, 그 바탕에는 巫俗的 思惟가 깔려 있으며, 맺힌 恨을 巫俗的 思惟를 통해 풀려고 하는 의식이 작용하고 있다.

　<反招魂>은 杜機 崔成大의 죽음을 哀悼한 작품이다. 그러나 내용은 <東招>나 宋玉의 <招魂>과는 대조적인 바, 그것은 魂兮歸來대신에 魂兮無歸를 반복하고 있기 때문이다. 淸明한 氣運이 均一하여 사라지지 아니하면 때때로 列仙者가 된다는 인식을 바탕으로 죽음의 悲哀와 虛無 및 恐怖를 仙的으로 昇華시켰으며, 死後世界는 神仙들과 더불어 永生을 누리는 공간으로 형상했다. 道敎的 想像力을 바탕으로 한 死後世界의 仙遊가 대부분을 차지하며, 부분적으로 謫仙意識과 下土認識 등이 나타난다. 일반적으로 遊仙文學의 下土認識은 부정적으로 드러나는데 이 작품은 긍정적 인식도 보이고 있다.

　傳記文學의 傳統性과 文藝的 變移, 書事文學과 碑陰記의 文藝性과 主題樣相, 그리고 騈儷文의 世界 등을 검토했다. 傳記文學과 書事文學 및 碑陰記는 親緣關係에 있기 때문에 서로 넘나드는 일면도 있다. <馬生傳>으로 불리우기도 하는 <書馬騎士事>는 書事文學이자 傳記文學이기도 한 바, 이는 두 문학이 서로 親緣關係에 있음을 단적으로 보인 예이다.

　傳記文學에 <鄭烈婦傳>·<虎僧傳>·<劒僧傳>이 있는 바, 文學的 傳統性과 文藝的 變移에 초점을 맞추어 考究했다. <鄭烈婦傳>은 場面提示的 敍述志向性, 內的 獨白과 人物의 心理 등을 드러냈고, 苦難을 重疊시켜 事件을 因果的 秩序에 따라 서술했다. 評結部에서도 餘他의 傳과는 다른 양상을 보이고 있는 바, 烈女傳으로서 傳統的 敍述技法에 구애받지 않고, 그것을 더욱 多樣化하고 擴張했다. 이것은 인물의 행적을 있는 그대로 서술한다는 傳統的인 敍述技法에서 逸脫했음을 뜻한다. 鄭烈婦의 婦道를 禮讚함으로써 인물의 德性을 부각시키는 데에 초점을 맞추었다. 規範意識과 褒貶意識 및 銘頌意識, 그리고 憐民意識이라는 傳統的 特質을 바탕으로 바람직한 人間相을 제시했다. 嚴肅美와 悲劇美 또는 悲壯美라는 美意識이 나타나며, 悲壯美는 規範意識을 확립시키는 데에 결정적 구실을 하고 있다. 그러므로 結末部는 悲壯美를 통한 規範意識의 확립이라는 의미를 지니게 되며, 評結部는 그것의 再强調라는 의미를 지닌다.

<虎僧傳>은 說話를 수용하여 立傳한 작품이므로 想像力이 介入하고 있다. 그러나 傳의 傳統性인 事實의 眞實性에 充實하고자 했다. 因果的 秩序, 提報의 經緯를 具體化함으로써 經驗的 眞實임을 강조했다. 그러나 인물의 具體的 행위를 虛構化하여 劇的으로 提示함으로써 事實의 眞實性을 糾明하기 보다는 虛構的 眞實性을 추구하려는 경향을 보였다. 弟子가 스승의 원수를 갚기 위해 죽음도 不辭했다는 報恩意識을 드러냈고, 이를 통해 당시 極度로 衰薄해진 世態를 批判함으로써 信義를 强調했다.

<劍僧傳>은 액자식구성을 취해 緻密한 事件展開를 보인 작품이다. 朝鮮後期의 傳에서 보인 形式面의 變貌 중 가장 두드러진 것은 바로 이 액자식구성이다. 異人을 등장시켜 사건 자체의 奇異性과 興味性에 초점을 맞추고 있다. 그리하여 傳의 規範意識과 銘頌意識이 약화되면서 道德律로부터 脫皮하게 함으로써 文藝性을 향상시켰다. 이를 통해 人才가 登用되지 못한 채 숨어 살거나, 登用되더라도 목숨을 維持하기 어려운 朝鮮의 政治的 現實을 批判했다. 또한 恩惠를 저버리는 世態를 批判함과 동시에 善人과 惡人을 구별할 수 있는 眼目의 필요성을 강조했다. 銘頌意識·規範意識·褒貶意識·憐憫意識은 크게 약화되고, 반면에 興味追求나 表現欲求가 전면에 등장하면서 諷刺意識과 批判意識이 크게 부각되고 있다. 그리하여 嚴肅美·規範美·悲壯美의 弱化도 초래했다. 銘頌意識과 規範意識, 褒貶意識과 憐憫意識의 弱化는 상대적으로 諷刺意識과 批判意識의 强化라는 현상으로 나타났다.

<書馬騎士事>는 액자식구성으로 評結部 다음의 添加部가 크게 확대되었다는 특징을 지닌다. 馬騎士를 登場시켜 光河가 목격한 實存的 인물로 그린 바, 인물의 外樣이나 行爲에 대한 描寫가 具體的이다. 對話體의 빈번한 사용이나

496

詩의 揷入도 서술상의 특징 중 하나이다. <書馬騎士事>에서 尊明排淸意識,
人才登用의 弊端에 대한 批判, 平等意識, 商業을 통한 富의 蓄積 등을 엿볼
수 있다. 丙子胡亂의 恥辱을 상기하고 慷慨意識을 표출한 것은 尊明排淸意識
을 드러낸 것에 다름 아니며, 그것은 결국 自尊意識을 회복하자는 주장에 다
름 아니다. 尊明排淸意識의 근저에는 人物性異論이 자리잡고 있다. 그러한 점
에서 人物性同論을 바탕으로 한 朴趾源의 <許生傳>과 좋은 대비가 된다. 그
러나 전체적으로는 적지 않은 類似點을 지니고 있다. 人才登用의 弊端에 대한
批判意識 바탕에는 '不遇於時'하고 '不合於世'한 作家的 現實이 크게 작용하고
있다.

<書狂奴子墓誌事> 하나의 非凡한 사건을 기술했다는 점에서 全生涯의 단
적인 상징을 기술하는 傳과 다르다. 좀체로 경험할 수 없는 特異한 사건을 액
자식구성을 통해 치밀하게 구조화했다. 詩의 揷入이나 逸話의 揷入도 서술상
특징 중의 하나이다. 端宗 때의 忠臣 鄭苯과 그 아들의 비극적 이야기를 담고
있는 바, 家門意識과 忠孝思想 및 天道思想이 바탕에 깔려 있다. 天道思想을
바탕으로 하여 忠孝思想을 강조함으로써 美風良俗을 확립하려는 規範的 歷史
意識을 드러냈다.

<嚴參判輿道碑陰記>를 통해 歷史意識과 天道思想을 살핀 바, <書狂奴子墓
誌事>와 大同小異함을 보았다. 嚴輿道의 忠義를 새기고 기리는 가운데 天道
思想을 강조했다. 이는 司馬遷의 《史記》에 나타난 歷史意識과 크게 다르지
않다. 天道가 올바로 행해짐을 강조하기 위해 인물의 崇高하고 아름다운 精神
을 높이 기렸고, 그 後孫이 끝어지지 않고 마침내 드러남을 보였다.

騈儷文의 世界는 <黃山夜遊詩序>와 <敬送洪明府重寅歸田序> 및 <洪明府
重寅花嶺幽居序>를 대상으로 했다. 석북이 壬戌年(1742)에 지은 <黃山夜游詩
序>는 中秋를 맞아 洪重寅 및 李惠胄 등과 더불어 黃山에서 夜游할 때 쓴 詩
의 序文이다. 古人의 風流를 그리워하며 夜遊의 經緯과 心懷를 드러낸 것으로,
그 성격은 李白의 <春夜桃李園序>와 같지만, 그 내용은 蘇東坡의 <赤壁賦>
의 영향을 많이 받았다. 이 작품에 蘇東坡의 <赤壁賦>에서 볼 수 있는 對話

體는 나타나지 않지만, 時空을 超越하여 背景과 素材들이 같고, 그 意趣가 같다. 우리의 山川을 배경으로 하여 도도한 風流를 그렸고, 아름다운 표현을 통해 우리의 情緖를 드러냈다. <赤壁賦>와 견주어도 遜色이 없는 작품이다.

<敬送洪明府重寅歸田序>는 洪重寅이 벼슬을 그만두고 歸田하게 되어 그와 헤어질 때 쓴 送序이다. 離別의 슬픔, 인물에 대한 銘頌 및 歸田의 모습, 그리고 석북 자신의 處地와 心懷 등을 담고 있다. <洪明府重寅花嶺幽居序>는 洪重寅이 花嶺에 幽居게 되어 지은 작품이다. 幽居에 따른 別離의 아쉬움, 인물에 대한 銘頌, 幽居地 花嶺의 方位와 形局, 幽居生活 등을 그 내용에 담고 있는데, 幽居生活이 중심으로 淸風高趣의 맑고 그윽한 삶을 그렸다. 이를 통해 幽居生活에서 맛볼 수 있는 가장 理想的인 삶의 모습을 드러냈다.

本稿는 石北文學을 漢文學의 樣式에 따라 作品을 分析·理解하려 했으므로 부분적으로 主題領域이 겹치는 부분이 없지 않아 있다. 그것은 특히 詩文學의 世界를 主題領域別로 다루었기 때문에 나타난 현상이다. 그러나 石北文學의 總體的 分析과 理解가 필요함을 절실히 느끼지 않을 수 없었다. 石北은 모든 文學方面에 뛰어나 樂府·行詩·古體詩·近體詩·辭賦·傳記文學 등을 남기고 있다. 그러나 그의 文學은 적지 않은 사람들이 評價한 것처럼 詩로 대표된다고 하겠다. ≪石北文集≫에 있는 약 1060題 1800餘首는 하나하나가 모두 영롱한 작품이다. 그 가운데서도 <關山戎馬>와 <關西樂府>가 가장 뛰어나다.

◇ 參考文獻 ◇

1. 資料

葛洪,《抱朴子》.

《高麗史》, 亞細亞文化社, 1972.

《高麗史節要》, 亞細亞文化社, 1993.

《高靈申氏世譜》, 大田回想社, 1976.

《古文眞寶》.

《科詩》, 李家源所藏.

《科詩詩抄》 3冊, 奎章閣所藏.

申光洙・李縡共著,《科詩二選》, 奎章閣所藏.

權近,《陽村集》.

奇大升,《高峯全集》.

金德龍,《人物韓國史》 Ⅳ, 博英社, 1965.

金澤榮,《金澤榮全集》.

《老子》.

《論語》.

《論語集註大全》.

《大學》.

《道德經》.

陶潛,《漢詩大觀》 권1(《古詩源》 권9, 晉詩).

《東詩》, 成均館大學校 圖書館所藏.

杜甫,《杜少陵詩集》,《漢詩大觀》 권3.

500

≪孟子≫.

民族文化推進會, ≪韓國文集叢刊≫.

金富軾, ≪三國史記≫.

徐敬德, ≪花潭集≫.

徐師曾, ≪文體明變≫.

宋時烈, ≪宋子大典≫.

≪詩經≫.

≪詩傳大全≫.

申光洙, ≪石北集≫, 國立中央圖書館所藏.

申光洙, ≪石北文集≫.

申光洙, ≪石北先生文集≫, 景仁文化社, 1994.

申光淵, ≪騎鹿樵吟≫.

申光河, ≪震澤文集≫.

申石艸 譯, ≪石北詩集·紫霞詩集≫, 大洋書籍, 1975.

≪新增東國輿地勝覽≫.

申叔舟, ≪保閑齋集≫.

申緯, ≪申紫霞詩集>.

申佐模, ≪澹人集≫.

沈載完 編著, ≪校本歷代時調全書≫, 世宗文化社, 1972.

王建外, ≪宮詞≫, 國立中央圖書館所藏.

呂圭亨, ≪荷亭集≫.

≪禮記≫.

柳得恭, ≪京都雜志≫.

劉安著, 李錫浩 譯, ≪淮南子≫, 世界社, 1992.

劉勰, ≪文心雕龍≫.

≪李家源全集≫.

李肯翊, ≪燃藜室記述≫.

李穡, ≪牧隱集≫.

李穡, ≪牧隱藁≫.

李用基編, 鄭在晧外 註解, ≪註解樂府≫, 高麗大學校 民族文化研究所, 1992.

李用休, ≪惠寰詩鈔≫, 國立中央圖書館所藏.

李珥, ≪栗谷全書≫.

李瀷, ≪星湖僿說≫.

李瀷, ≪星湖先生全集≫.

李仁老, ≪破閑集≫, 亞細亞文化社, 1972.

李種殷外, ≪韓國歷代詩話類編≫, 亞細亞文化社, 1988.

李重煥, ≪擇里地≫.

李滉, ≪退溪集≫.

李獻慶, ≪艮翁先生文集≫.

임기중·임종욱　엮음,　≪한국고전시가어휘색인사전≫<작품편>,　보고사, 1996.

張錫龍, ≪遊軒集≫.

丁若鏞, ≪與猶堂全書≫.

정병욱 편저, ≪시조문학사전≫, 신구문화사, 1982.

諸橋轍次, ≪大漢和辭典≫, 大修館書店, 1984.

≪朝鮮王朝實錄≫.

佐久節編, ≪漢詩大觀≫, 井田書店, 1943.

≪周易≫.

≪朱子語類≫.

≪增補文獻備考≫.

蔡濟恭, ≪樊巖集≫.

蔡濟恭 著, 南晩星 譯, ≪樊巖集≫, 大洋書籍, 1982.

蔡濟恭著, 李鍾燦 譯註, ≪含忍錄≫, 一志社, 1995.

崔滋, ≪補閑集≫, 亞細亞文化社, 1972.

502

韓國人名大事典, 新丘文化社, 1983.

韓國漢文學研究會編, ≪崇文聯芳集≫, 探求堂, 1975.

≪漢文樂府·詞資料集≫, 啓明文化社, 1988.

≪海東樂府集成≫, 驪江出版社, 1988.

許均, ≪惺所覆瓿藁≫.

≪後漢書≫.

休靜 著, 法頂 譯, ≪禪家龜鑑≫, 新華社, 1983.

2. 單行本

姜東燁, ≪熱河日記研究≫, 一志社, 1988.

金慶洙, ≪李奎報의 詩文學研究≫, 亞細亞文化社, 1986.

金均泰, ≪李鈺의 文學理論과 作品世界의 研究≫, 創學社, 1991.

金東華, ≪佛敎學槪論≫, 寶蓮閣, 1984.

金相洪外, ≪韓國文學思想史≫, 啓明文化社, 1991.

金錫夏, ≪韓國文學史≫, 新雅社, 1975.

───, ≪韓國文學의 樂園思想研究≫, 日新社, 1973.

金時俊, ≪毛詩研究≫, 瑞麟出版社, 1981.

김열규, ≪한국의 神話·傳說·民譚≫, 正音社, 1983.

金龍德, ≪韓國傳記文學論≫, 民族文化社, 1987.

김용범, ≪道敎思想과 英雄小說≫, 문학아카데미, 1991.

김윤식, ≪황홀경의 사상≫, 홍성사, 1984.

김종회, ≪한국소설의 낙원의식 연구≫, 문학아카데미, 1990.

金台俊, ≪校註朝鮮漢文學史≫, 太學社, 1994.

김태준外, ≪임진왜란과 한국문학≫, 民音社, 1992.

金泰坤, ≪韓國巫俗研究≫, 集文堂, 1985.

金學主, ≪老子와 道家思想≫, 明文堂, 1988.

───, ≪中國文學序說≫, 新雅社, 1996.

김현룡, ≪신선과 국문학≫, 평민사, 1979.

金興圭, ≪朝鮮後期의 詩經論과 詩意識≫, 高大民族文化研究所, 1982.

董達, ≪朝鮮 三大 詩歌人 作品과 中國 詩歌文學과의 相關性 研究≫, 探求堂, 1995.

文璇圭, ≪韓國漢文學≫, 半島出版社, 1979.

文永午, ≪國文學研究論考≫, 太學社, 1987.

───, ≪燕岩小說의 道教哲學的 照明≫, 太學社, 1993.

朴箕錫, ≪朴趾源文學研究≫, 二知院, 1993.

朴魯埻, ≪新羅歌謠의 研究≫, 열화당, 1989.

朴三緒, ≪韓國의 道教思想과 文學教育 研究≫, 國學資料院, 1995.

朴異文, ≪老莊思想≫, 文學과 知性社, 1987.

朴熙秉, ≪朝鮮後期 傳의 小說的 性向 研究≫, 成均館大學校 大東文化研究 참고.1993.

───, ≪韓國古典人物傳研究≫, 한길사, 1992.

裵宗鎬, ≪韓國儒學史≫, 延世大學校 出版部, 1986.

斯文學會, ≪尤庵思想研究論叢≫, 1992.

徐漢範, ≪國樂通論≫, 태림출판사, 1996.

孫五圭, ≪山水文學研究≫, 釜山大學校 出版部, 1994.

孫燦植, ≪朝鮮朝 道家의 詩文學 研究≫, 國學資料院, 1995.

孫八洲, ≪韓中詩研究≫, 빛남, 1992.

宋芳松, ≪韓國音樂通史≫, 一潮閣, 1988.

宋載邵, ≪茶山詩研究≫, 創作社, 1986.

宋寯鎬, ≪柳得恭의 詩文學 研究≫, 太學社, 1985.

宋赫, ≪韓國佛教詩文學論≫, 東國大學校 出版部, 1986.

沈雨晟, ≪韓國의 民俗劇≫, 創作과 批評社, 1977.

梁柱東, ≪麗謠箋注≫, 乙酉文化社, 1946.

劉若愚著, 李章佑譯, ≪中國詩學≫, 同和出版公社, 1984.

─────, 李章佑譯, ≪中國文學의 理論≫, 汎學圖書, 1978.

윤광봉, ≪한국연희시연구≫, 이우출판사, 1987.

尹敬洙, ≪石北詩硏究≫, 正法文化社, 1984.

─────, ≪韓國文學思想의 現代性硏究≫, 太學社, 1994.

尹基洪, ≪朴趾源과 後期 四家의 文學思想 硏究≫, 延世大學校博士學位論文, 1988.

尹在根, ≪萬海詩와 主題的 詩論≫, 文學世界社, 1983.

李家源, ≪燕巖小說硏究≫, 乙酉文化社, 1988.

─────, ≪韓國漢文學史≫, 普成文化社, 1984.

李康洙, ≪道家思想의 硏究≫, 高麗大學校 民族文化硏究所, 1989.

李健濟, ≪韓國田園詩 연구≫, 文學世界社, 1986.

李圭虎, ≪韓國古典詩學論≫, 새문社, 1985.

李能和, ≪朝鮮解語花史≫.

───── 輯述, 李鍾殷 譯注, ≪朝鮮道敎史≫, 普成文化史, 1990.

李東根, ≪朝鮮後期「傳」文學硏究≫, 太學社, 1991.

李東喆, ≪李奎報詩의 主題硏究≫, 國學資料院, 1990.

이몽희, ≪韓國現代詩의 巫俗的 硏究≫, 集文堂, 1990.

李敏弘, ≪朝鮮中期 詩歌의 理念과 美意識≫, 成均館大學校 出版部, 1993.

李丙疇, ≪韓國文學上의 杜詩硏究≫, 二友出版社, 1976.

李炳漢, ≪漢詩批評의 體例硏究≫, 通文閣, 1985.

이상보, ≪조선시대시가의 연구≫, 이회문화사, 1993.

李相殷, ≪儒學과 東洋文化≫, 汎學圖書, 1975.

李演載, ≪高麗詩와 神仙思想의 理解≫, 亞細亞文化社, 1989.

李佑成·林熒澤 譯編, ≪李朝漢文短篇集≫(上), 一潮閣, 1995.

───────── 譯編, ≪李朝漢文短篇集≫(中), 一潮閣, 1995.

───────── 譯編, ≪李朝漢文短篇集≫(下), 一潮閣, 1995.

이원섭·최순열 엮음, ≪현대문학과 선시≫, 불지사, 1992.

李銀順, ≪朝鮮後期黨爭史硏究≫, 一潮閣, 1995.

李乙浩譯, ≪牧民心書≫, 玄岩社, 1993.

李廷卓, ≪韓國山林文學硏究≫, 螢雪出版社, 1992.

李鍾殷, ≪韓國詩歌上의 道敎思想硏究≫, 普成文化社, 1978.

────外, ≪韓國歷代詩話類編≫, 亞細亞文化社, 1988.

────編, ≪韓國文學의 道敎的 照明≫, 普成文化社, 1986.

李鍾燦, ≪韓國佛家詩文學史論≫, 불광출판부, 1993.

────, ≪韓國의 漢詩≫, 二友出版社, 1985.

────, ≪漢文學槪論≫, 二友出版社, 1989.

李昌龍, ≪韓中詩의 比較文學的 硏究≫, 一志社, 1984.

李惠求, ≪韓國音樂序說≫, 서울大學校出版部, 1989.

印權煥, ≪高麗時代 佛敎詩의 硏究≫, 高麗大學校 民族文化硏究所, 1983.

林熒澤 편역, ≪李朝時代 敍事詩≫(상), 창작과 비평사, 1992.

──── 편역, ≪李朝時代 敍事詩≫(하), 창작과 비평사, 1992.

──── ≪韓國文學史의 視角≫, 창작과 비평사, 1984.

전형대외, ≪한국고전시학사≫, 弘盛社, 1983.

정대림, ≪한국 고전문학비평의 이해≫, 태학사, 1991.

鄭珉, ≪朝鮮後期古文論硏究≫, 亞細亞文化社, 1989.

정병욱, ≪한국고전시가론≫, 신구문화사, 1981.

鄭尙均, ≪韓國中世詩文學史硏究≫, 翰信文化社, 1986.

鄭奭鍾, ≪朝鮮後期社會變動硏究≫, 一潮閣, 1995.

丁若鏞著, 茶山硏究會譯註, ≪牧民心書≫ Ⅰ-Ⅴ, 創作과 批評社.

──── 著, 李乙浩譯, ≪牧民心書≫, 玄岩社, 1993.

鄭玉子, ≪朝鮮後期文化運動史≫, 一潮閣, 1993.

────, ≪朝鮮後期文學思想社≫, 서울大學校出版部, 1990.

丁益燮, ≪韓國詩歌文學論攷≫, 全南大學校出版部, 1989.

鄭坰兌, 《歌樂譜》, 大韓時友會, 1964.

조규익, 《朝鮮朝 詩文集 序·跋의 研究》, 숭실대학교출판부, 1988.

趙東一, 《韓國文學思想史試論》, 知識産業社, 1982.

조동일, 《한국시가의 역사의식》, 문예출판사, 1993.

趙石來, 《柳夢寅詩文研究》, 叡智閣, 1989.

趙潤濟, 《韓國文學史》, 探求堂, 1993.

———, 《朝鮮詩歌史綱》, 東光堂書店, 1937.

酒井忠夫外, 崔俊植 옮김, 《道敎란 무엇인가》, 民族社, 1990.

周勳初外, 《중국문학비평사》, 이론과 실천, 1992.

車柱環, 《中國詩論》, 서울大學校出版部, 1992.

———, 《韓國의 道敎思想》, 同和出版公社, 1986.

채미화, 《고려문학의 미의식연구》, 박이정출판사, 1995.

千柄植, 《朝鮮後期委巷詩社研究》, 國學資料院, 1991.

崔斗植, 《韓國詠史文學研究》, 太學社, 1987.

崔三龍, 《韓國初期小說의 道仙思想》, 螢雪出版社, 1982.

———, 《韓國文學과 道敎思想》, 새문社, 1990.

崔珍源, 《國文學과 自然》, 成均館大學校出版部, 1986.

———, 《韓國古典詩歌의 形象性》, 成均館大學校, 大東文化研究院, 1988.

崔昌錄, 《韓國神仙小說研究》, 螢雪出版社, 1984.

韓國道敎思想研究會編, 《道敎思想의 韓國的 展開》, 亞細亞文化社, 1989.

————————, 《道敎와 韓國文化》, 亞細亞文化社, 1988.

————————, 《道敎와 韓國思想》,(株)汎洋社出版部, 1987.

————————, 《韓國道敎의 現代的 照明》, 亞細亞文化社, 1992.

————————, 《道敎의 韓國的 受容과 轉移》, 亞細亞文化社,1994.

————————, 《韓國道敎와 道家思想》, 亞細亞文化社, 1991.

————————, 《韓國 道敎文化의 位相》, 亞細亞文化社, 1993.

─────────────, ≪韓國 道敎思想의 理解≫, 亞細亞文化社, 1990.

─────────────, ≪老莊思想과 東洋文化≫, 亞細亞文化社, 1995.

韓國文學硏究所編, <韓國佛敎文學硏究>(上)·(下), 東國大學校 出版部, 1988.

≪韓國中世社會 解體期의 諸問題≫(上), 한울아카데미, 1992.

黃淳九, ≪敍事詩東明王篇硏究≫, 白山出版社, 1992.

───── 編著, ≪韓國漢文敍事詩選≫, 太學社, 1984.

허경진, ≪여섯 사람의 옛시인≫, 청아출판사, 1982.

───── 엮음, ≪石北 申光洙 詩選≫, 평민사, 1993.

玄相允, ≪朝鮮儒學史≫, 玄音社, 1986.

3. 論文

姜開翔, <自然美與藝術>, ≪山水與美學≫, 丹靑圖書有限公司, 中華民國七十
　　六年.

姜賢模, <悲劇的 將帥說話의 硏究>, 漢陽大學校 博士學位論文, 1994.

권두환, <18세기의 歌客과 時調文學>, ≪震檀學報≫ 55호, 震檀學會, 1983.

金均泰, <朝鮮後期 人物傳의 野譚趣向性 考察>, ≪韓國漢文學硏究≫ 第12輯,
　　韓國漢文學硏究會, 1989.

金聖日, <史記列傳의 人物描寫技巧硏究>, 全南大學校 博士學位論文, 1994.

金時鄴, <李奎報의 現實認識과 農民詩>, ≪大東文化硏究≫ 第12輯, 大東文
　　化硏究所, 1978.

金信中, <韓國 四詩歌의 硏究>, 全南大學校 博士學位論文, 1992.

金勇範, <英雄小說에 나타난 道敎思想 硏究>, 漢陽大學校 博士學位論文,
　　1988.

金圓卿, <韓國詩歌文學의 儒學思想硏究>, ≪韓國文學의 思想的 硏究≫(上),
　　太學社, 1981.

金銀美, <朝鮮初期 樓亭記의 硏究>, 梨花女子大學校 博士學位論文, 1990.

金應煥, <李仁老 文學에 나타난 道敎思想>, ≪한양어문연구≫ 제4집, 한양
　　　대학교 한양어문연구회, 1986.

金仁會, <韓國巫歌와 讚頌歌의 比較硏究>, ≪論叢≫ 21輯, 梨花女大 韓國文
　　　化硏究院, 1973.

金梓洙, <呪具로서의 東明王의 馬鞭>, ≪韓國言語文學≫ 제16집, 韓國言語
　　　文學會, 1978.

金昌植, <林悌詩 硏究>, 漢陽大學校 博士學位論文, 1991.

金昌龍, <朝鮮朝 小說에 揷入된 詩歌의 機能硏究>, 漢陽大學校, 碩士學位論
　　　文, 1983.

金惠淑, <傳·書事(記事)·野談의 대비적 고찰>, ≪野談文學論≫下, 寶庫社,
　　　1994.

金興圭, <江湖自然과 정치현실>, ≪世界의 文學≫, 民音社, 1981. 봄.

───, <漁父四時詞에서의 興의 性格>, ≪한국고전시가작품론≫ 2, 集文
　　　堂, 1992.

戴璉璋, <阮籍的 自然觀>, ≪韓國道敎文化의 位相≫, 亞細亞文化社, 1993.

朴魯埻, <安玟英 時調의 기본틀과 志向世界>, ≪古典文學硏究≫ 제5집, 韓
　　　國古典文學硏究會, 1990.

───, <李鼎輔 時調와 退行 속의 進境>, ≪古典文學硏究≫ 第8輯, 韓國
　　　古典文學硏究會, 1993.

───, <立巖十首의 意味>, ≪韓國學論集≫ 제4집, 漢陽大學校 韓國學硏究
　　　所, 1983.

朴壽密, <馬駔傳硏究>, 漢陽大學校 碩士學位論文, 1994.

朴永浩, <許筠 文學 硏究>, 漢陽大學校 博士學位論文, 1991.

朴晙遠, <朝鮮後期 傳의 事實受容樣相>, ≪韓國漢文學硏究≫ 第12輯, 韓國
　　　漢文學硏究會, 1989.

徐慶田, <道家의 敎化論>, ≪藥南李鍾殷博士華甲紀念論叢:韓國道敎와 道家
　　　思想≫, 藥南先生華甲紀念論叢刊行委員會, 亞細亞文化社, 1991.

徐京希, <漢文短篇에 나타난 李朝後期의 女性像>, ≪韓國漢文學硏究≫ 第
    3-4輯, 韓國漢文學硏究會, 1979.

徐俊燮, <朝鮮朝 自然詩歌의 構造的 性格>, ≪백영정병욱선생 환갑기념논
    총≫, 신구문화사, 1982.

蘇在英, <壬丙兩亂과 小說의 發達>, ≪古典小說硏究≫, 一志社, 1993.

───, <韓國 文學에 나타난 理想鄕 硏究>, ≪東洋學≫ 第23輯, 단국대
    동양학연구소, 1993.

宋恒龍, <韓國 古代의 道敎思想>, ≪道敎와 韓國思想≫, 韓國道敎思想硏究
    會編, 1987.

───, <老·莊에서 본 죽음의 問題>, ≪韓國道敎文化의 位相≫, 亞細亞文
    化社,1993.

辛暎明, <16세기 江湖時調의 硏究>, 高麗大學校 博士學位論文, 1990.

沈在龍, <전통적 韓國禪의 脈絡과 특질>, ≪韓國思想의 深層硏究≫, 도서
    출판 宇石, 1986.

楊纘, <中國古代詩歌的情景交融問題>, ≪韓國傳統文化硏究≫ 第10輯, 曉星
    가톨릭大學校.

元容文, <오우가의 윤리적 의미>, ≪한국고전시가작품론≫ 2, 集文堂, 1992.

尹光鳳, <신광수론>, ≪韓國文學作家論≫, 나손선생추모논총간행위원회,
    1991.

尹敬洙, <科詩改革과 西道唱 關山戎馬論>(上), ≪現代文學≫ 第25卷 第3號
    通卷292, 1979. 3.

───, <科詩改革과 西道唱 關山戎馬論>(下), ≪現代文學≫ 第26卷 第4號
    通卷293, 1979. 4.

───, <關山戎馬硏究>, 建國大學校 碩士學位論文, 1976.

───, <石北文學硏究>, ≪陶南學報≫ 第5輯, 陶南學會, 1982.

───, <石北詩硏究>, 成均館大學校 博士學位論文, 1983.

───, <石北 申光洙의 詩語>, ≪石齋趙演鉉博士華甲紀念論文集≫, 石齋趙

510

演鉉博士華甲紀念論文集刊行會, 1980.

──, <申石北의 耽羅錄考>, ≪成大文學≫ 第23輯, 成均館大學教 國語國文學科, 1984.

尹絲淳, <河西 金麟厚의 天命思想>, ≪河西 金仁厚의 文學과 思想≫, 河西紀念會, 1994.

李家源, <石北文學研究>, ≪東方學志≫ 第4輯, 延世大學校, 1958.

──, <石北申光洙와 關西樂府>, ≪韓國名人小傳≫, 一志社, 1975.

──, <玉溜山莊詩話>, ≪延世論叢≫ 第7輯, 延大大學院, 1970.

李庚秀, <石北詩研究>, 서울대碩士學位論文, 1978.

李起炫, <高山九曲歌의 構造와 志向>第11輯, ≪한양어문연구≫ 第11輯, 한양대학교 한양어문연구회, 1993.

──, <高山九曲歌의 漢譯樂府에 대한 一考察>,第24輯 ≪韓國學論集≫,漢陽大學校 韓國學研究所, 1994.

──, <關西樂府에 대한 一考察>, 漢陽大學校 碩士學位論文, 1985.

──, <石北 申光洙의 金馬別歌 研究>, ≪韓國漢文學研究≫, 韓國漢文學會, 1994.

──, <石北의 東招研究>, ≪韓國學論集≫ 第28輯, 漢陽大學校 韓國學研究所,1996.

──, <石北의 反招魂研究>, ≪한양어문연구≫ 제13집, 한양대학교한양어문연구회, 1995.

李東歡, <朝鮮後期에 있어서 民謠趣向의 擡頭>, ≪韓國漢文學研究≫ 第3-4輯, 韓國漢文學研究會, 1978-1979.

李萬烈, <17·8세기 史書와 古代史認識>, ≪韓國의 歷史認識≫(下), 李佑成·姜萬吉 編, 創作과 批評社, 1985.

李明學, <漢文短篇에 나타난 女性形象>, ≪韓國漢文學研究≫ 第8輯, 韓國漢文學研究會, 1985.

李敏弘, <士林派文學의 研究>, 成均館大學校 博士學位論文, 1984.

李炳基, <關山戎馬에 대하여>, ≪韓國言語文學≫ 17·18호, 韓國言語文學會, 1979.

李秉岐, <時調의 發生과 歌曲과의 區分>, ≪震檀學報≫ 1號, 震檀學會, 1934.

李丙燾, <三韓問題의 新考察>(二), ≪震檀學報≫ 3卷, 震檀學會編, 景仁文化社 影印, 1972.

李丙疇, <杜甫秋興詩薆解>, 東國大學校 論文集, 1964. 3.

──, <韓國漢文學上의 杜詩研究>, ≪漢文學研究≫, 正音文化史, 1983.

이상보, <하서 김인후의 국문학을 다시 말함>, ≪河西金麟厚의 思想과 文學≫, 河西紀念會, 1994.

李成茂, <17世紀 禮論과 黨爭>, ≪朝鮮後期 黨爭의 綜合的 檢討≫, 韓國精神文化研究院, 1994.

李壬壽, <松江 將進酒辭의 構造美學>, ≪松江文學研究≫, 國學資料院, 1993.

李鍾殷, <高麗後期 漢詩의 道教的 樣相>, ≪韓國學論集≫ 제25집, 漢陽大學校 韓國學研究所, 1994.

──, <道教思想의 現代的 意義>, ≪韓國學論集≫ 第26輯, 漢陽大學校 韓國學研究所, 1995.

──, <斯文大義錄을 통해 본 尤庵의 大義精神>, ≪尤庵思想研究論叢≫, 斯文學會, 1992.

──, <時調文學에 나타난 隱逸思想>, ≪時調文學研究≫, 正音文化社, 1986.

──, <竹林七賢과 竹高七賢의 對比的 考察>, ≪韓國學論集≫ 第17輯, 漢陽大學校 韓國學研究所, 1990.

──, <韓國漢詩上의 神仙思想>, ≪韓國의 漢文學≫ 제1권, 民音社, 1992.

──── 外, <高麗中期 道教의 綜合的 研究>, ≪韓國學論集≫ 第15輯, 漢陽大學校 韓國學研究所, 1989.

512

—— 外, <韓國文學에 나타난 유토피아 意識 硏究>, ≪韓國學論集≫ 第 28輯, 漢陽大學校 韓國學硏究所, 1996.

李鍾燦, <佛家의 漢詩>, ≪韓國文學硏究入門≫, 知識産業社, 1982.

李昌炅, <秋江 南孝溫의 文學硏究>, 漢陽大學校 博士學位論文, 1991.

李昌龍, <高麗詩人과 陶淵明>, ≪韓國漢文學≫, 正音文化社, 1983.

——, <韓國詩文學에 대한 杜詩影響의 硏究>, 成均館大學校 博士學位論 文, 1981.

李春基, <三韓拾遺硏究>, ≪韓國文學의 道敎的 照明≫, 李鍾殷編, 普成文化 社, 1992.

林哲鎬,<金德齡說話硏究>, ≪韓國言語文學≫ 第22輯, 韓國言語文學會, 1983.

林熒澤, <三國史記列傳의 文學性>, ≪韓國漢文學硏究≫ 제12집, 韓國漢文學 硏究會, 1989.

——, <16世紀 士林派의 文藝意識>, ≪漢文學硏究≫, 正音文化社, 1983.

——, <16世紀 光羅地域의 士林層과 宋純의 詩世界>, ≪林下崔珍源博士 停年紀念論叢; 古典詩歌의 理念과 表象≫, 論叢刊行委員會, 1991.

——, <17세기 전후 六歌形式의 발전과 시조문학>, ≪민족문학사연구≫ 제6호, 민족문학사연구소, 1994.

——, <18세기 藝術史의 視角>, ≪李朝後期 漢文學의 再照明≫, 創作과 批評社, 1983.

張孝鉉, <朝鮮後期 竹枝詞硏究>, ≪韓國學報≫ 第34輯, 一志社, 1984.

鄭萬祚, <朝鮮時代 朋黨論의 展開와 그 性格>, ≪朝鮮後期 黨爭의 綜合的 檢討≫, 韓國精神文化硏究院, 1994.

鄭 珉, <石州詩의 두 모습>, ≪韓國學論集> 第8集,漢陽大學校 韓國學硏究 所, 1985.

——, <16.7세기 遊仙詩의 자료개관과 출현동인>, ≪韓國 道敎思想의 理 解≫, 亞細亞文化社, 1990.

──, <漁父四時詞의 갈등상>, ≪古典文學硏究≫ 第4輯, 韓國古典文學硏究會, 1988.

──, <遊仙文學의 서사구조와 도교적 상상력>, ≪韓國道敎와 道家思想≫, 亞細亞文化社, 1991.

정용수, <鄭知常의 送人詩와 海東渭城三疊 考>, ≪泮橋語文硏究≫ 제5집, 泮橋語文學會, 1994.

丁益燮, <湖南歌壇을 背景으로 한 河西 金麟厚 硏究>, ≪河西 金麟厚의 思想과 文學≫, 河西紀念會, 1994.

조동일, <산수시의 경치, 흥취, 이치>, ≪한국시가의 역사의식≫, 文藝出版社, 1993.

趙芝薰, <累石壇神樹堂집 信仰硏究>, ≪文理論集≫ 7집, 高大, 1966.

陳在敎, <李朝後期 流民에 관한 詩的 形象>, ≪韓國漢文學硏究≫ 제16집, 韓國漢文學會, 1993.

崔三龍, <仙人 說話로 본 韓國 固有의 仙家에 대한 硏究>, ≪韓國言語文學≫ 제17·18집 합병호, 韓國言語文學會, 1979.

崔信浩, <申景濬의 詩則에 대하여>, ≪韓國漢文學硏究≫ 第2輯, 韓國漢文學硏究會, 1977.

索 引

516

520

522

李 起 炫

1956년 3월 2일(음력) 전남 해남군에서 태어남.
한양대학교 국문학과 졸업,
같은 대학원에서 석사과정과 박사과정을 마침.
현재 한양대학교의 강사로 있다.

石北 申光洙 文學 研究
◆
초판인쇄/1996년 9월 23일
초판발행/1996년 9월 30일

著者/李起炫
發行人/金興國

등록번호/7-64
등록일자/1990년 12월

서울시 강북구 수유4동 281-40
전화/903-4667, 906-6135
팩스/991-9675